Moisson noire

Les meilleures nouvelles
policières américaines 2003

Moisson noire

Les meilleures nouvelles policières américaines 2003

Anthologie établie et préfacée par James Ellroy

Rivages/noir

Titre original : *The Best American Mystery Stories*
Un livre édité par Otto Penzler
(Houghton Mifflin Company)

106, boulevard Saint-Germain – 75006 Paris

ISBN : 978-2-7436-1738-7

Préface

La nouvelle, c'est le roman en réduction. On condense pour mieux dévoiler. Ses particularités : une révélation, et des personnages qui vivent sous la contrainte. Une telle miniaturisation est difficile. C'est l'art de l'horloger adapté aux mots.

Je préfère la forme du roman. Mais j'aime bien le principe de la nouvelle selon lequel « chaque mot compte », conjugué à un éventail de personnages soumis à une *forte* contrainte. J'ai écrit douze romans et un nombre équivalent de nouvelles. Les romans ont nécessité des années de travail. Les nouvelles m'ont demandé plus de temps par page, plus de temps par phrase, plus de temps par mot. C'est un ami éditeur qui m'a poussé vers cet art particulier. Je suis content qu'il l'ait fait.

La nouvelle équilibre le développement du récit et la représentation des personnages, elle limite le champ de l'intrigue. La forme de la nouvelle force le romancier à concevoir de façon plus simple et à condenser le dénouement. La forme de la nouvelle m'a appris à réfléchir de façon plus sûre et plus directe. Elle m'a appris à adopter le point de vue du lecteur et à ne plus me reposer uniquement sur l'intrigue. La forme de la nouvelle m'a appris à choisir mes sujets et à privilégier la brièveté pour que mes personnages fassent des étincelles.

Je ne me suis pas laissé faire sans hurler ni me débattre quand mon ami éditeur m'a amené à la nouvelle. J'avais une dette envers lui. L'acharnement avec lequel je me suis mis au travail m'a libéré de ma dette – en laquelle j'ai découvert un véritable cadeau maquillé en pensum. La nouvelle, c'est l'univers parallèle du romancier. Écrire une nouvelle, c'est se libérer de la contrainte d'une concentration incessante. C'est s'adapter d'urgence à la nécessité d'une concentration maximale dans l'instant. C'est s'affranchir des champs sans limites, c'est l'initiation expresse aux champs restreints. C'est l'art de l'horloger enseigné aux architectes et aux ingénieurs des travaux publics.

L'intrigue et les personnages doivent se fondre et fusionner fissa. La révélation doit empoigner le lecteur et ne plus le lâcher. Un monde doit s'ériger sur des évidences et des sous-entendus. Entre les unes et les autres, l'équilibre doit être parfait.

La nouvelle *policière* est un art à l'intérieur d'un art. Les nécessités de l'intrigue rendent cet équilibre difficile. La fiction policière appartient au domaine de la fiction criminelle. La fiction criminelle, c'est la fiction conventionnelle dotée d'une intrigue exigeante et de personnages construits avec un art tout aussi exigeant. Jeter les filets de l'intrigue *loin*, c'est relativement facile. Quand il doit se limiter aux dimensions d'une nouvelle, le romancier souffre. Oui, mais c'est une souffrance qui fait *tellement* de bien.

Concision. Précision. Distiller l'essence ou subir la dérision du lecteur. Une intrigue qui interpelle, une chute qui choque, des péripéties qui percutent.

Il ne faut pas laisser languir le langage. Il ne faut pas louvoyer dans le laïus. Il ne faut pas s'ingénier à inventer des idylles inutiles. Il faut examiner, éliminer, exposer.

La forme vous libère en même temps qu'elle vous restreint. La fiction policière et criminelle a toujours célébré l'extraordinaire plus que le prosaïque. L'honneur personnel et la corruption. Des sociétés divisées. Le meurtre par amoralité. Les Grands Thèmes de la fiction policière et criminelle malmènent le minimalisme et les menus détails de la fiction conventionnelle. Ils enchantent, ils enrichissent, ils divertissent le lecteur. Souvent, ils s'emballent et s'envolent vers des excès extravagants. Ils s'abîment dans le mauvais mélodrame. De temps à autre, ils assument le label « littérature » – une littérature accessible, pleine de vie.

Le roman criminel et policier, c'est cet univers extraordinaire capturé au grand angle. La nouvelle policière, c'est le même monde magnifié par le microscope.

L'écrivain de talent esquive cette trajectoire semée d'excès. Les auteurs de valeur se mesurent au mélodrame poisseux et s'extirpent du pétrin pour en sortir vivants. La fiction criminelle et policière dissèque des événements extravagants et les met en avant. C'est un piège, et aussi une chance de prendre son envol.

Dans la fiction policière et criminelle, les mauvais romans se traînent dans les tréfonds. La façon dont ils narrent les événements d'envergure frise le grotesque et donne par contraste fière allure au minimalisme. Les mauvaises nouvelles policières sont des édifices affaiblis par leur format. L'industrie horlogère les ravalerait au rang de rebuts.

Oui – mais quand elles sont *bonnes*, elles vous donnent tout.

Hop ! – une psychologie adroite est mise en place dans une époque et un lieu parfaitement représentés. Paf ! – vous êtes transporté dans un endroit entièrement nouveau. Vlan ! – voilà la surface de plusieurs existences en suspens. Bang ! – elles ne sont pas du tout ce qu'elles semblent être.

Vous avez droit à un mystère. Qui peut, ou non, se rapporter à un crime. Vous découvrez ce lieu et cette époque disposés en strates. Vous avez droit à du suspense et des surprises. Vous assistez à l'ascension et à la chute des personnages. L'angoisse vous affole. Leur douleur et leur calvaire vous touchent droit au cœur. L'histoire est *courte*. Mais sa brièveté n'empêche pas la densité. Elle peut s'articuler sur une simple métaphore ou sur une promesse. Vous êtes séduit sans délai.

Pour le lecteur, une *bonne* nouvelle, c'est un sprint effréné vers la ligne d'arrivée, c'est un verre d'alcool vidé cul sec. C'est une sacrée secousse, c'est vite expédié, ça vous réchauffe le cœur, et les sensations persistent après consommation. Le format réduit rend le rôle du lecteur plus actif. Il y a un crime à élucider, ou un mystère à percer. Il y a une révélation qui rôde tout près. Par lui-même, le faible nombre de pages crée la tension. On peut lire une nouvelle d'un trait. C'est de cette façon, d'ailleurs, que l'on *devrait* toutes les lire. Bang ! – vous en faites le tour en un éclair. Vous avez droit à la grande secousse, à l'assimilation instantanée. Ensuite, elle est toute à vous, pour que vous puissiez à loisir la savourer et la ressasser.

Ces lectures effrénées vous consument, vous épuisent, vous enthousiasment, vous émeuvent, vous effraient. La nouvelle policière vous émerveillera par sa richesse et sa diversité. Dans ce livre, de nombreux auteurs de talent pratiquent l'art de l'horloger. Lisez-les à perdre haleine, et tombez sous le charme.

James ELLROY

Toutes les notes sont des traducteurs.

John Biguenet

IL PLEUT À BEJUCAL

Paru dans *Zoetrope*

Il pleut lorsque la lettre arrive. Mais quand ne pleut-il pas à Bejucal ? À quel moment les toits en tôle des baraquements ne crépitent-ils pas sous le déluge incessant d'une grenaille liquide ? Quand donc les rares fenêtres ne sont-elles pas brouillées par les traces sinueuses des gouttes de pluie glissant sur les vitres ? Et quand la face brune du fleuve n'est-elle pas grêlée comme celle de la vieille Doña Ananá, qui a contracté la petite vérole à l'âge de douze ans lors de son unique visite à sa cousine qui habitait la capitale ?

Oui, la lettre arrive sous la pluie. Un homme pieds nus, ses sandales pendues à une ficelle autour de son cou, patauge dans la boue pour traverser la rue depuis le comptoir en planches imputrescibles de la Compagnie commerciale du Croissant Sud. Mouillée, l'enveloppe bleue gondole déjà dans sa main. Il marque un arrêt sur la véranda de la *cantina* pour enfiler ses chaussures et ôter son chapeau de paille. Bien qu'il soit le contremaître de la compagnie, il n'a pas le choix ; l'implacable Doña Ananá le renverrait sous la pluie battante comme n'importe quel autre homme qui oserait entrer dans son café avec un chapeau sur la tête ou sans chaussures aux pieds. « C'est un établissement respectable, non ? »

l'a-t-il entendue beugler à des péons allongés à même le sol et qui tremblaient de peur devant son coupe-coupe brandi au-dessus de sa tête. C'est pourquoi, dégoulinant de tous les plis de son poncho, le contremaître se lisse les cheveux en arrière.

Les hommes de la ville sont tous là, penchés sur les tables, à siroter du maté, en attendant que la pluie cesse. Rien ne les presse : ce qu'ils ne feront pas aujourd'hui sera fait demain, ou le jour suivant peut-être. À certaines tables, les hommes restent assis sans rien dire. Ils ont grandi ensemble, presque tous. Ils savent tout les uns des autres. Et il y a des années qu'ils ont renoncé à parler du temps. Alors, que leur reste-t-il, comme sujet de discussion ?

Le contremaître – tous ceux qui le connaissent l'appellent Tavi – salue Doña Ananá d'un signe de tête. Elle lui adresse un sourire en coin. Même quand il était gamin, il sentait bien que la vieille femme ne l'aimait pas. D'un pas décidé, il se dirige vers José Antonio López qui, perché sur un tabouret de bar, tient à deux mains une chope à bière vide. Le contremaître s'assied près de lui et, sans dire un mot, pousse l'enveloppe bleue tachée de gouttes de pluie vers son vieil ami, à qui elle est adressée. Le geste furtif de Tavi pour passer l'enveloppe est celui d'un homme qui rétribue le crime qu'un autre va commettre à sa place. Il a toujours eu le goût de la mise en scène. Ailleurs, il aurait pu être notaire ou représentant de commerce, mais à Bejucal, il n'est que celui qui dirige les équipes de la compagnie, celui qui reçoit ses ordres, toutes les cinq semaines, du responsable des tournées. Celui qui remet en mains propres une lettre qui a remonté le fleuve sur cinq cents kilomètres depuis la capitale jusqu'à cet avant-poste perdu dans la jungle.

L'air renfrogné, Doña Ananá toise deux Indiens qui jouent aux dominos sur le banc contre le mur. Tavi accroche le regard de la vieille femme.

« Señora, une bière, et une pour cet homme, aussi. »

Quand le contremaître pose sur le comptoir un billet de dix pesos pour payer les deux verres de bière tiède, elle sort la monnaie de la poche de son tablier. « Monsieur joue les grands seigneurs », l'entend-il maugréer. Sur l'enveloppe bleue, le pouce gauche de José Antonio cache l'adresse de l'expéditeur tandis que la vieille femme fait claquer les piécettes sur le zinc, une par une, devant Tavi.

« Alors, tu ne l'ouvres pas ? »

Tavi chuchote presque lorsqu'elle a disparu dans la petite cuisine, derrière le rideau taché.

« Dans une minute. »

À présent, José Antonio tient la lettre à deux mains. Son pouce passe et repasse sur l'adresse en relief du siège de la Loterie nationale. Les deux hommes savent déjà ce qu'elle doit dire, cette lettre. La Loterie nationale ne gaspille pas une seule feuille de son papier à en-tête, glissé dans l'une de ses enveloppes bleu pâle, pour informer un citoyen qu'à l'issue du tirage annuel dans la capitale, son billet est resté au fond de la grande cage en acier parmi les milliers d'autres que la main de l'archevêque n'a pas choisis.

Ils le savent, ces deux anciens camarades d'école, parce que au cours des trente-deux dernières années, depuis le jour où ils ont enfin eu, à quinze ans, l'âge réglementaire pour jouer à la loterie, ils n'ont jamais reçu de lettre les informant avec un profond regret qu'ils avaient perdu une fois de plus. Ils ont vite compris, sans le dire ni même le reconnaître pour eux-mêmes, que telle est la leçon de la loterie : perdre est inévitable. Pourquoi gâcher du papier à confirmer une évidence ?

Néanmoins, l'agent de la Loterie arrive chaque automne sous la protection du responsable de tournée du Croissant Sud et des convoyeurs qui assurent le transport de la paie des employés. Le petit homme installe sur une table de cette même *cantina* un panneau annonçant les lots inimaginables qui seront attribués au printemps suivant. Puis il déverrouille sa caisse et, comme l'année précédente et l'année d'avant et l'année d'avant, une fois de plus il inscrit chaque villageois dans son registre. Chaque nom est porté à côté d'un numéro joliment imprimé dans la marge, un numéro qui correspond à celui figurant sur le billet bleu que le petit homme à lunettes vous donne en guise de reçu pour votre pari.

C'est pourquoi José Antonio n'a pas besoin de tirer son couteau de l'étui fixé entre ses omoplates et de fendre le rabat de l'enveloppe pour savoir qu'on l'invite à présenter son billet au siège de la Loterie nationale à Puerto Túrbido, où il pourra réclamer son dû.

« Allez, *amigo*, fais-nous voir ça », le supplie Tavi.

Mais, glissant la lettre dans sa poche, son ami est intraitable.

« Plus tard. »

D'un signe de tête, José Antonio montre le miroir terni, derrière le bar, où s'agitent les reflets des silhouettes sombres qui envahissent la salle en attendant que cesse le déluge.

Tavi soupire.

« J'apporterai une bouteille, d'accord ?

– Ouais, plus tard... »

La voix s'étiole et s'égare dans cet espace sans repères fait de souvenirs et de rêves où Tavi a souvent perdu son ami.

Le contremaître finit son verre et tapote l'épaule de l'homme assis près de lui.

« Dieu te sourit », murmure-t-il.

Mais il sait que José Antonio ne l'entend pas.

2

La maison, qui est la sienne depuis son enfance, s'est délabrée ces dernières années. Le toit fuit, bien sûr. Dans la chambre du haut, des gouttes d'eau crépitent dans divers récipients répartis çà et là. On dirait que quelque chose est sur le point de bouillir, que José Antonio prépare du thé pour le village tout entier.

Du moins, c'est ce qu'il pense pendant qu'il fait la sieste, à moitié endormi sur le lit qu'il a traîné au milieu du plancher, le seul endroit qui reste sec dans la pièce. La Vierge le regarde depuis son cadre en bois accroché au mur ; elle tient dans ses mains un cœur dévoré par les flammes, et de ses yeux coulent des larmes.

Il lui suffit de jeter un regard au portrait de Notre-Dame, il le sait, pour redevenir une fois encore ce petit garçon de cinq ans, figé sur le pas de la porte, réveillé en pleine nuit par les hurlements de sa mère, tandis que son père, la maudissant toujours, passe en force près de lui et dévale l'escalier. Le portrait de la Vierge est la dernière chose qu'elle ait vue, sa mère, alors que sous elle le drap s'imbibait, dans ce même lit. Il revoit, juste sous son nez, le sang suinter entre les longs doigts qu'elle pressait contre l'entaille qui lui déchirait le ventre, et il se rappelle la petite flaque rouge sombre, presque noire, au creux de son corps tordu par la douleur.

Même après que sa grand-tante eut tenté, à grand renfort de lessive de soude, d'ôter le sang du lin grossier, frottant au bord du fleuve le drap sur la pierre du lavoir usée par des générations d'Indiennes, l'ombre brune de la tache persista, comme une marque laissée par un fer trop chaud. Mais la vieille femme, trop économe pour jeter un objet qui pouvait encore servir, dormit pendant les douze années suivantes sur ce drap souillé, dans le lit où était morte sa nièce, jusqu'à cet après-midi où elle mourut à son tour, prise de délire et maudissant le prêtre.

Dans son souvenir, José Antonio est incapable de distinguer le visage de sa mère de celui qui orne le mur. Il n'existe aucune photo d'Elena. Quand il était gamin, il avait fini par se convaincre que, peut-être, elle ressemblait bel et bien à la Vierge, avec sa bouche amère et ses yeux bleus attristés par le sort de son fils. Cependant, lorsqu'il en parla à sa grand-tante, la vieille ricana. « Des yeux bleus ? » fit-elle avec mépris. « Quelqu'un de notre famille ? » Mais elle se radoucit bien vite. « La Mère de Dieu est la seule mère que tu aies, niño, alors, oui, ta mère a le visage de la Vierge. »

De ce jour, la vieille femme obligea le petit à dire ses prières chaque soir, à genoux devant le portrait. À Pâques, chaque année, elle remplaçait la petite branche de palmier coincée au-dessus du cadre par un nouveau rameau béni par le prêtre. La ramille hérissée d'aiguilles vertes protégeait les maisons des chrétiens fidèles et de tous ceux qui vivaient sous leur toit, croyait-elle, tout comme elle croyait la moindre des superstitions admises par l'église. En fait, ce qui avait déclenché la fureur dont elle avait accablé le prêtre itinérant venu lui administrer les derniers sacrements, c'est l'inefficacité de son eau bénite, incapable de réduire la tumeur qui croissait dans ses entrailles. Au début, elle avait trempé deux doigts dans la vasque creusée dans la pierre, juste derrière la porte de la pauvre chapelle, chaque mois avant la messe, glissant la main sous sa jupe pour frotter l'excroissance. Puis, quand la fin fut proche, lorsque la douleur, à grands coups de griffe, l'eut réduite à l'état de vieille folle geignarde, José Antonio surprit sa grand-tante lapant l'eau bénite à même la vasque, tel un singe rabougri buvant de l'eau de pluie accumulée au creux d'un arbre.

Il fit envelopper la vieille femme dans le drap taché sur lequel elle était morte, les genoux repliés contre sa poitrine desséchée dans les affres de sa dernière heure. Le jeune homme avait cru enterrer le fantôme de sa mère dans la tombe de sa grand-tante, mais quand il rentra chez lui après les obsèques, il retrouva au même endroit l'ombre de la mort de sa mère, ses contours indécis marquant la toile du matelas. Il la voit encore à chaque fois qu'il défait le lit et bourre le matelas d'enveloppes de maïs fraîches, lissant les touffes végétales, les bras plongés jusqu'aux épaules dans les fentes de la literie. Et il y a eu des moments où, agenouillé près du lit, la joue posée sur la tache brune laissée par le sang de sa mère, les doigts au plus profond du matelas pour trouver l'amas durci de balle séchée qui trouble son sommeil nuit après nuit, José Antonio aurait pu se laisser aller à pleurer comme un enfant.

Songeant à sa mère, il s'agenouille devant le portrait de la Vierge et redit la prière qu'il lui offre depuis plus de trente ans. Il répète le serment qu'il va – enfin – pouvoir honorer grâce à la Loterie : celui de retrouver son père et de le tuer.

Puis il se signe, se relève devant le mur et glisse la main derrière le cadre de l'image sainte. Juste au-dessous des piquants de la feuille de palmier qu'il n'a cessé de remplacer chaque année depuis la mort de sa grand-tante, glissée dans la rainure qui plaque le dos du cadre contre l'image, une feuille mince frissonne sous le bout de ses doigts. Rassuré, il sourit tout seul en caressant la bande de papier bleu sur laquelle sont imprimées, il le sait, une série de chiffres marron, et les armoiries richement ornées de la Loterie nationale.

3

Le vapeur sur lequel est arrivée la lettre de José Antonio repartira demain matin à la première heure pour son voyage de retour à Puerto Túrbido ; le Croissant Sud ne fait pas commerce avec les villages situés plus en amont. Déjà, Tavi a rassemblé une équipe pour charger les caisses d'orchidées rares et les paniers d'ailes de papillons iridescentes recueillies par les Indiens sur les pentes d'une vallée sans nom à six jours de marche de Bejucal par des sentiers pénibles. Comme on est en pleine saison des pluies, les entrepôts de la compagnie sont presque vides. Le bois de charpente, noirci par la pluie, est trop lourd pour qu'on le transporte par charrette sur les chemins forestiers creusés d'ornières bourbeuses. Quant aux cultures qui poussent dans la jungle, on ne pourra pas commencer à les récolter avant que la pluie ne cesse de tomber, dans un mois ou deux. C'est pourquoi, à cette époque de l'année, la compagnie envoie le vapeur, qui ne prend pas la peine de rester longtemps dans ce petit village avant de retourner vers la capitale.

José Antonio retrouve son ami au débarcadère, où il pointe l'inventaire d'un chargement, et ils se rendent ensemble au bureau de Tavi. La pluie lèche leurs visages de ses mille langues minuscules.

À l'intérieur du bâtiment, Tavi se penche devant le coffre-fort dont la compagnie a équipé chacun de ses avant-postes. Celui de Bejucal est une antiquité ; les chiffres composant la combinaison, Tavi les tient de son père, qui les lui a transmis il y a vingt-deux ans. À présent, sans même répéter le code dans sa tête tandis qu'il fait tourner le bouton de cuivre dans un sens puis dans l'autre entre son pouce et son index, le contremaître ouvre le coffre et compte le salaire dû depuis la dernière paie, qui remonte à près de trois mois. Au moment où José Antonio signe le registre pour ratifier l'opération, Tavi comprend soudain qu'il ne reverra jamais son ami. Quelle raison aurait-il de revenir dans ce trou perdu ?

« Rapporte une caisse de whisky à ton retour, dit-il en rangeant le registre rouge dans le coffre.

– Pour la fiesta », promet la voix derrière lui.

Il y a beaucoup à faire, et José Antonio n'a pas l'habitude d'être bousculé. Avec sa paie, et s'il vend la montre en or de son père toujours sous clé dans le coffre caché entre deux solives sous le plancher de sa chambre, José Antonio aura de quoi payer son voyage jusqu'à la capitale – même en déduisant les dettes qu'il lui faut régler avant de quitter le village. Il doit à Doña Ananá un mois de consommations prises à la *cantina*. Il y a l'argent de la hache qu'il a empruntée à Xavier et perdue dans un trou du fleuve quand son canoë s'est retourné le printemps dernier. Et puis, il faut qu'il fasse quelque chose pour Maciza.

Il a besoin d'une natte pour dormir, et d'un nouveau chapeau, avec une bande à l'intérieur qui empêche la paille de lui irriter le front. Il doit laver ses vêtements et les ranger dans le sac en tissu qu'un Indien, rencontré au pied des chutes de San Ignacio, lui a échangé contre un miroir de poche. Il faut que j'affûte mon couteau, se dit-il.

La journée se passe sans que la pluie cesse. José Antonio déteste se sentir pourchassé par des obligations qui le harcèlent, comme des chiots lui mordillant les chevilles. La nuit est déjà tombée lorsque, enfin débarrassé de toutes les corvées, il envoie un gamin chercher Maciza.

Près de son fauteuil à bascule, une bouteille oubliée depuis la veille ou le soir précédent contient un ou deux doigts de rhum où se reflète la lueur de la lampe. José Antonio verse l'alcool dans deux verres et les apporte à la femme qui, déjà déshabillée, l'attend dans son lit au premier étage.

Maciza renifle le breuvage quand il le lui tend.

« Vas-y, c'est du rhum.

– Pourquoi est-ce qu'on boit, ce soir ? »

Elle sent que l'homme est mal à l'aise.

« Demain, je pars en voyage. » Il sent le regard de Maciza posé sur lui. « Un long voyage.

– Pour combien de temps ? »

Il hausse les épaules et avale le liquide sombre. Puis il défait ses vêtements.

Agenouillée, elle pose sa joue contre le matelas. Maciza laisserait volontiers l'homme la coucher sur le dos, mais cela la gêne d'être prise comme une femme blanche, et sa honte étouffe les gémissements de plaisir qu'il aime entendre sortir de sa bouche. C'est pourquoi il se met à genoux derrière elle sur le lit qui se creuse, laissant ses mains courir sur la courbe de son dos jusqu'au moment où il lui saisit les épaules et les tient serrées.

Quand c'est terminé, il lui dit de vivre dans la maison jusqu'à son retour.

« Ton retour ? s'esclaffe-t-elle. Et pourquoi aurais-tu envie de revenir ?

– On ne sait jamais, chuchote-t-il dans le noir. Tu me manqueras, peut-être.

– Oh, *hombre*..., ronronne-t-elle, ravie.

– Et si je ne reviens pas, tu gardes la maison. »

La femme, qui lui tourne toujours le dos, est à la fois touchée et vexée par la promesse de ce cadeau qu'il lui destine.

4

Au bout d'une heure environ, José Antonio ne fait plus attention au halètement des pistons sous le pont. Assis sur une balle de chemisiers dont les poignets et le plastron sont brodés de talismans tribaux, il observe les turbulences que la poupe laisse dans son sillage. En levant les yeux, il voit le bouillonnement s'estomper, puis s'effacer une vingtaine de mètres plus loin, comme si le bateau n'était jamais passé.

Jamais, de toute sa vie, il n'a éprouvé le besoin de posséder une montre. Mais à présent, alors qu'il glisse sur le fleuve brunâtre qui s'épaissit derrière lui avant que le bateau ait même franchi le prochain méandre, José Antonio demande l'heure à un matelot.

« Dix minutes de plus, répond le marin, que la dernière fois que vous me l'avez demandée.

– Ah, excusez-moi. Le temps ne passe pas vite, sur le fleuve.

– Sauf quand on a du travail à faire », dit sèchement l'homme en jetant une bâche sur les trois balles de chemisiers, de tabliers et de jupes d'apparat transportées de Xinutlan à Bejucal pour qu'on les expédie vers la capitale.

Les textiles sont empilés sur le pont ; dans la cale, l'humidité est telle que les tissus seraient moisis et tachés bien avant d'arriver à Puerto Túrbido.

José Antonio attend que le matelot parte vaquer à d'autres tâches, puis il s'étend sur la bâche et les trois balles de vêtements qu'elle recouvre. Somnolant sur cette paillasse improvisée, il prend sa première leçon sur ce que signifie le fait d'avoir de l'argent : souvent les riches subissent l'ennui.

Les sentiments qu'il éprouve le laissent perplexe. Aujourd'hui, déjà, il a fait, il a vu, il a dit davantage de choses qu'il n'y parvenait, habituellement, en une semaine entière à Bejucal. Alors même qu'il s'interroge sur ce qui lui arrive, le mouvement du bateau le berce et l'endort.

Le croassement sonore d'un perroquet le réveille en sursaut. Du sommet des balles où il a dormi, il se laisse glisser jusqu'au pont. L'oiseau, perché sur un barreau de la rambarde, s'envole dans un cri rauque vers un arbre surplombant le fleuve. La branche plie sous son poids.

José Antonio a faim. Il ne sait pas combien de temps il a somnolé, mais la matinée n'est pas terminée. Un rêve rôde dans sa tête avec insistance jusqu'au moment où il s'enfuit, tel un énorme poisson qui nage juste sous la surface de l'eau, un *pirarucu*, peut-être, avant de plonger vers le fond. José Antonio pèle une banane.

Cela continue de la même façon – le sommeil, les repas, la jungle et son fleuve qui se referme derrière eux –, si bien que José Antonio serait prêt à croire qu'il voyage depuis une semaine, un mois, voire plus si on le lui affirmait.

Pendant les jours suivants, le bateau remplit ses cales, et le pont devient impraticable, encombré de balles de textiles, de cages renfermant des aras qui croassent, de bacs en fer-blanc remplis de tortues qui grimpent les unes sur les autres, de cuves où des choses semblables à des doigts humains flottent dans du vinaigre. Les recoins où l'on pouvait passer l'après-midi à somnoler sous un auvent de toile sont envahis de marchandises en vrac. Pourtant José Antonio le remarque à peine. Il fait les cent pas à l'avant du bateau, tout encombré qu'il soit, comme l'ocelot dans sa cage ou le petit pécari attaché à un taquet.

Gagné par l'impatience, il a hâte d'arriver et d'exécuter la promesse qu'il répète comme une prière depuis presque aussi longtemps qu'il s'en souvienne. Mais la question qui l'a toujours hanté au cours de ces dix mille nuits – non, plus que cela – où il s'est agenouillé devant la Vierge, c'est de savoir comment il tiendrait ce serment de venger sa mère, alors que son père s'est enfui et qu'il n'a pas les moyens matériels de partir à sa recherche ? Comment, sans aide, retrouver la trace de l'assassin à travers ce désert que sont les années enfuies ? Comment chasser une brute dissimulée dans un repli du temps, dont les cheveux noirs sont devenus d'un gris de cendre, dont le visage séduisant s'affaisse sous le masque ridé de la vieillesse, dont les yeux au regard farouche se sont ternis comme des pièces de monnaie usées ? Mais la route à suivre, celle qu'il ne pouvait voir, se révèle à lui, à présent, comme le fleuve brunâtre qui serpente en silence à travers la jungle impénétrable jusqu'à Puerto Túrbido.

José Antonio ne veut plus se laisser bercer par les vibrations monotones des machines sous ses pieds, par la langueur d'une brise chargée d'humidité, par le balancement de la bôme mal arrimée. La léthargie de la jungle – la progression laborieuse d'un aï suspendu sous une branche ruisselante, le pas traînant du tapir à travers les bambous géants, le sommeil de l'anaconda – n'entame pas la prudence de la proie, la vigilance du prédateur. Il reste en alerte, s'efforçant de voir plus loin que le prochain méandre.

Finalement, arrive le moment où le prochain méandre révèle quelques huttes, perchées sur des pilotis plantés dans la vase du fleuve qui clapote sous elles. Puis, un peu plus loin, des enfants qui suivent le bateau des yeux depuis des abris en tôle au milieu d'une clairière.

La jungle se fait moins dense. Les arbres décroissent, des buissons les remplacent. Les buissons se tassent, deviennent broussailles. Les broussailles se dispersent, il ne reste que des plaines brûlées. Des feux jettent leurs dernières lueurs à l'horizon.

Des gens émergent de la fumée. D'abord, il ne voit qu'une ou deux personnes sortir de l'ombre. Puis cette ombre s'épaissit, devient un noyau de silhouettes humaines. Soudain, c'est la plaine tout entière qui grouille de vie, d'êtres noirs de suie tournant en rond sans but apparent.

De chaque côté du fleuve, la boue des rives est constellée de traces de pas, jonchée de détritus. Le bateau poursuit paisiblement sa course.

La boue se durcit, s'élève en murs grossiers, s'érige en maisons rudimentaires. Des incinérateurs, pareils à d'énormes troncs d'arbre, se dressent sous le feuillage dense de leur fumée jaune. Une nappe de mousse bouillonnante s'étend jusqu'au milieu du fleuve à chaque endroit où une usine occupe un pan de la rive. Dans l'espace qui les sépare, s'alignent des entrepôts rouillés, des barges amarrées le long de leur quai.

Le capitaine réduit l'allure alors que son navire s'approche d'un complexe de bâtiments blanchis à la chaux et d'appontements. Signalant son arrivée par un long sifflement strident suivi d'un coup bref et puissant, il attend la réponse du capitaine du port, puis il vire de bord et se range en douceur contre le quai d'un hangar de deux étages.

Les dockers sont déjà à bord, hissant les colis sur leurs épaules, avant que José Antonio puisse dire au revoir au capitaine et emprunter la passerelle.

Longeant le fleuve, il passe devant une succession d'entrepôts, jusqu'au moment où le quai tourne pour s'enfoncer dans le port proprement dit. Se dressant devant un ciel teinté d'orange sombre par le soleil couchant, les trois flèches de la cathédrale, flanquées par la coupole de l'ancienne garnison coloniale et le petit dôme de l'hôtel de ville, dominent les mâts et les cheminées des navires amarrés.

Pour la première fois depuis que son voyage a commencé à Bejucal, il y a des jours et des jours, José Antonio a peur. La foule qui se presse, le vacarme de la ville, le labyrinthe des immeubles... Troublé, il reste figé sur la vaste place de l'église, et se laisse gagner par le doute. Cherchant refuge, il franchit le petit passage ménagé dans l'une des énormes portes en bois sculpté de la cathédrale. Il s'agenouille devant la Sainte Vierge qui écrase sous son talon le serpent Satan. Aux pieds de la statue, vacillent les flammes de plusieurs rangées de cierges. José Antonio prie pour que la Vierge le guide et, levant les yeux, reconnaît le serpent : c'est un souroucou, un maître-de-la-brousse. Ce détail l'apaise. Peu importe à quoi ressemble Puerto Túrbido ; il comprend qu'il est toujours dans la jungle.

5

L'autre grande place de la ville, la Plaza de la Paix du 3 décembre, n'est qu'à quelques pas de la maison de la veuve chez qui José Antonio a pris une chambre.

Se réveillant à l'aube, il reste assis sur son lit jusqu'à huit heures, quand la Señora Machado sert le petit déjeuner à ses pensionnaires. Elle est jeune pour avoir perdu un mari, pense-t-il en épluchant une mangue que sa logeuse lui a tendue dans une coupe bleue.

Ainsi qu'elle le lui a indiqué, il suit le boulevard de la Révolution jusqu'à la plaza, quelques pâtés de maisons plus loin, autour de laquelle tous les bâtiments administratifs sont alignés, lui semble-t-il lorsqu'il examine les immeubles massifs bordant la place, comme des sièges d'apparat à la lisière d'un tapis à fleurs.

Le siège de la Loterie nationale se trouve au premier étage de la Banque nationale. Bien que la façade de la banque soit ornée de dorures, José Antonio est déçu lorsqu'il découvre, au sommet d'un escalier à l'arrière du bâtiment, que son avenir se trouve derrière une simple porte munie d'un verre dépoli. Quand il entre, José Antonio est surpris de trouver d'autres personnes comme lui, des Indiens et des gens de la campagne s'agitant en tous sens dans le vestibule, qui est séparé du bureau principal par une barrière en acajou munie d'un portillon.

Deux employés, chacun derrière sa propre table, discutent sans perdre leur calme avec les personnes assises en face d'eux. Un homme, qui tourne le dos à la foule du vestibule, frappe la table du poing. L'employé qui lui parle lève les mains comme s'il était offensé et ferme le registre posé entre eux. L'homme furieux rentre les épaules ; même de loin, on comprend qu'il présente ses excuses, qu'il tente d'amadouer le fonctionnaire pour que celui-ci rouvre son livre. Avec un grognement de mépris, le jeune employé cède. José Antonio remarque que sous une grande fenêtre, contre le mur du fond, le chef de bureau boit dans une tasse d'aspect fragile et surveille ses deux subordonnés.

La foule qui attend dans le vestibule devient de plus en plus nombreuse. Une heure s'écoule avant que José Antonio pousse finalement le portillon d'acajou et se poste devant un bureau. Le fonctionnaire lui fait signe de s'asseoir et lui demande son billet de loterie. Quand il plonge la main derrière sa nuque et pose sur le bureau son couteau dans son étui, il voit le jeune homme blêmir de peur. Il n'aime pas cet employé, ni la façon dont il a contraint un homme à le supplier tout juste une heure plus tôt. C'est pourquoi il tient l'étui d'une main et, lentement, sort son arme de l'autre. Le caquetage affolé du fonctionnaire s'arrête net quand José Antonio frappe l'ouverture du fourreau, serrée dans son poing, sur le plateau de la table. Soulevant l'étui, il révèle un billet froissé de couleur bleue.

Le rire nerveux que lâche l'employé tandis qu'il aplatit le billet de ses mains pâles comble de joie José Antonio. Il commence à prendre ses repères dans cette jungle de pierre.

Le fonctionnaire, comparant le billet à son registre, se penche soudain pour examiner la page de plus près. S'excusant, il bat en retraite vers le bureau du chef, où il agite le billet en chuchotant avec animation. Il revient et informe José Antonio que son supérieur va s'occuper de lui.

« Señor », s'exclame-t-il alors que José Antonio se lève et se dirige vers le fond de la salle, « vous oubliez votre couteau. »

José Antonio sourit. En un seul et même mouvement, la lame rentre dans l'étui, et celui-ci disparaît derrière sa tête et dans son dos, sous sa chemise.

L'employé trottine derrière lui, tenant son registre ouvert à une page particulière.

Le vieil homme serre la main de José Antonio d'un air grave.

« Señor López, Dieu vous sourit.

– Et il vous sourit aussi, Señor.

– Peut-être, mon ami. Voyez-vous, il se passe quelque chose d'inhabituel, aujourd'hui. Le billet que vous avez montré à mon auxiliaire... Il porte un numéro gagnant. »

José Antonio hoche la tête.

« C'est ce que disait votre lettre.

– Ah, des lettres comme celle-là, nous en envoyons beaucoup. Mais elles concernent le second tirage.

– Quel second tirage ? »

Le vieil homme sourit à son auxiliaire.

« C'est vrai, personne ne lit le règlement.

– Le règlement ? répète José Antonio.

– Au verso des pancartes. Elles le reproduisent toutes. C'est obligatoire. Mais peu importe. Nous ne parlons pas de vous, Señor López. Le second tirage, c'est pour tous ces pauvres diables. » Le chef de bureau a un geste vague en direction de la foule qui encombre le vestibule. « Cent pesos, deux cents pesos, peut-être cinq cents pour les plus chanceux. Ils font tout ce chemin, et pour gagner quoi ? Tout juste assez d'argent pour rentrer chez eux – dans le meilleur des cas.

– C'est ça, leur fortune ?

– Non, mon ami, c'est leur destin. »

José Antonio soupire.

« Et moi, quel est mon destin ?

– Eh bien, une fortune. » Le vieil homme sourit jusqu'aux oreilles. Puis, consultant le registre, il rectifie. « Une petite fortune.

– Combien ?

– Nous allons devoir faire le calcul. C'est un pourcentage au troisième degré. Moins les frais, bien sûr.

– Les frais ?

– Les frais administratifs. Tout est précisé dans le règlement. »

L'employé exécute les opérations et présente un résultat à son supérieur, qui vérifie les calculs avant de les parapher. Sortant d'un tiroir une feuille de papier bleu à en-tête, le vieil homme copie le chiffre, plie la page en deux, et la glisse sur le bureau vers José Antonio.

En ouvrant la feuille, il est surpris. Oui, c'est davantage d'argent qu'il n'en a jamais eu, mais il n'appellerait pas cela une fortune. Avec cette somme, il pourrait acheter une maison, pense-t-il, une belle maison, même ici dans la capitale. Si rien ne changeait, il pourrait en vivre longtemps, jusqu'à la fin de ses jours probablement, à Bejucal. Mais les richesses inimaginables promises sur la pancarte, dans la *cantina* de Doña Ananá, elles ont dû aller à quelqu'un d'autre. Malgré tout, le lot qui lui revient suffira pour réaliser ce qu'il est venu faire.

José Antonio hoche la tête et repousse le papier vers le vieux fonctionnaire, mais celui-ci l'arrête d'un geste.

« Vous devez le signer, en guise de reçu. Diaz vous conduira à la banque, au rez-de-chaussée, pour toucher votre argent et remplir les dernières formalités. (Le chef de bureau se lève et lui tend la main.) Je vous félicite, Señor López. »

José Antonio hoche la tête de nouveau.

« Une dernière chose..., ajoute le vieil homme sur le ton de la confidence, comme pour lui épargner une expérience embarrassante. La coutume veut qu'un gagnant de la Loterie nationale, pour saluer cette aubaine, donne un pourboire aux pauvres fonctionnaires que nous sommes.

– C'est dans le règlement, ça aussi ?

– Le règlement ? » Le vieil homme s'esclaffe. « Ah, très bien, Señor. Je vois que nous nous comprenons. » Il fait signe à son auxiliaire. « Ne vous inquiétez pas, Diaz vous conseillera quand vous serez en bas. »

Malgré les recommandations de Diaz qui l'incite à laisser son argent sur un compte à la banque, José Antonio insiste pour emporter ses gains avec lui dans le sac tissé des Chutes de San Ignacio, d'où il a tout exprès retiré ses vêtements la veille au soir.

Il ignore pareillement les remontrances indignées dont le jeune auxiliaire accable l'heureux gagnant qui refuse de partager un seul peso avec les employés du siège de la Loterie nationale.

6

La jeune veuve, qui écosse des haricots pour le dîner sur la table de la cuisine, prête une oreille bienveillante aux histoires de José Antonio. Il ne mentionne pas les gains provenant de la Loterie nationale qu'il a dissimulés dans sa chambre, à l'étage, derrière la corniche de la lourde armoire, et il se garde aussi de décrire l'assassinat d'Elena. Mais sa logeuse apprend qu'il s'est retrouvé orphelin de mère, et abandonné par son père, à l'âge de cinq ans, élevé par une grand-tante, et livré à lui-même après la mort de cette dernière. Il raconte à la Señora Machado qu'il est venu à Puerto Túrbido pour rechercher son père et faire la paix avec le vieil homme.

Le sourire mélancolique de la veuve, comprend José Antonio, n'est pas pour lui, mais pour son jeune fils Enrique, qu'elle câline à chaque fois que l'enfant tire sur sa jupe sous la table où il joue avec un lapin en bois.

« Mais comment vais-je pouvoir le retrouver ? » lui demande son pensionnaire tandis qu'elle dorlote le petit.

L'enfant l'a distraite de leur conversation.

« Qui ?

– Mon père.

– Vous avez besoin d'un détective, Señor López. D'un professionnel. Il faut que vous demandiez au Dr Hidalgo. Il saura vous dire où aller. Ce soir, au dîner, demandez-le-lui.

– À vous entendre, il me faut un détective pour trouver un détective. »

Le rire de la jeune veuve est aussi apaisant que l'eau fraîche qui coule sur les galets.

Le Dr Hidalgo, malheureusement, ne connaît pas de détectives, mais il compte un avocat parmi ses patients. Le lendemain, l'avocat recommande un de ses clients, un ancien policier récemment libéré de prison.

« Il a un sacré caractère, oui, c'est vrai. Mais plus honnête que lui, vous ne trouverez jamais. Devant un tribunal, il ne se cherche pas d'excuses, pas d'alibis. Il se lève et il dit au juge : " Oui, bien sûr que je l'ai tué. C'était un emmerdeur. " Qu'est-ce que vous pensez de ça ? En pleine salle d'audience. Luis Menéndez, voilà l'homme qu'il vous faut. Franc comme l'or. »

Quand il revient chez la veuve au coucher du soleil, José Antonio apprend que Luis Menéndez accepte de chercher Juan López. Cela le touche qu'un fils, à l'âge adulte, souhaite retrouver son père qui a abandonné le foyer. Entre ses vieux amis toujours dans la police et les nouveaux amis qu'il s'est faits en prison, il ne doute pas de pouvoir découvrir la trace du vieil homme. Cela risque de coûter un peu d'argent – « Tout le monde a la main tendue, de nos jours », se plaint l'ancien policier en secouant la tête – mais il est sûr de retrouver le père en fuite.

Sa logeuse accueille José Antonio sur le pas de la porte.

« Qu'est-ce que c'est ? demande-t-elle en désignant le crocodile bleu en peluche qu'il tient dans sa main.

– Pour votre petit bonhomme, explique-t-il timidement.

– Venez. » Elle sourit, lui prenant le bras. « Le dîner est prêt. »

Allongé sur son lit, après le dîner au cours duquel le Dr Hidalgo a décrit les affections de ses patients, il comprend qu'elle est enfin en marche, cette vengeance qu'il a juré de mettre à exécution. Il repousse les couvertures, s'agenouille sur le tapis usé, et répète le serment qu'il n'a pas prononcé depuis sa dernière nuit à Bejucal, priant devant le portrait de la Vierge, sous les yeux de Maciza qui le regardait depuis le lit.

Tandis qu'il s'assoupit, José Antonio se rejoue la scène qu'il imagine soir après soir depuis si longtemps.

Il frappe à la porte. Son père lui ouvre. Il plonge son couteau dans le ventre du vieux.

Le seul détail qui change, la seule chose dont il n'est pas encore sûr, c'est ce qu'il devrait dire tandis que le sang s'étale en flaque sur le corps qui agonise. Devrait-il annoncer : « Je suis le fils de la femme que tu as assassinée » ? Ou simplement se contenter de maudire son père ? Ou encore ne rien dire du tout, laisser le vieil homme mourir sans explication, sans un mot ?

Comme toujours, il s'endort sans avoir pris de décision.

Quand il revoit Menéndez, le détective n'a pas de piste précise, mais il reste optimiste.

« La clé du problème, affirme l'ancien policier à José Antonio, c'est de disposer de suffisamment de temps. Et de suffisamment d'argent. »

Menéndez en personne a épluché les trois dernières années des archives notariales, sans trouver de Juan López dont l'âge et le lieu de naissance correspondent. Quand son client le presse de questions, il reconnaît que l'enquête avancerait plus vite s'il pouvait engager des collaborateurs pour examiner les actes de vente, les avis d'imposition, les registres d'état civil.

« N'hésitez pas, confirme José Antonio. Engagez qui vous voulez. Peu importe ce que cela coûte. Mon seul souci, c'est de retrouver mon père.

– J'aimerais avoir un fils comme vous », soupire le détective.

À chaque fois que Menéndez fait son rapport au fils de Juan López, l'opération montée pour retrouver le vieil homme prend de l'ampleur. À présent, il y a des policiers retraités qui travaillent sur l'affaire à Guadajierno, à Santa Maria, même dans les îles au large de la côte Ouest. L'avocat avait raison : Menéndez est un homme honnête, qui ne manque jamais de fournir un reçu pour chaque dépense que José Antonio lui rembourse. Un jour, le détective fait une remarque concernant les sommes en liquide que lui verse son client.

« Mon héritage, explique José Antonio. C'est l'argent de ma mère. »

Satisfait, Menéndez ne remet plus la question sur le tapis.

La Señora Machado fait allusion à son argent, elle aussi, mais de façon indirecte, quand elle reproche à son pensionnaire de couvrir de cadeaux le petit Enrique. Elle sait que José Antonio ne travaille pas, et pourtant il n'a pas l'air riche.

« L'argent m'est arrivé trop tard pour que je change de vie », bafouille-t-il, tête baissée, en remuant les pieds.

La veuve a l'impression d'avoir provoqué sa gêne.

« Non, Señor López, ne vous excusez pas. Les pauvres ne haïraient pas les riches s'ils étaient tous comme vous. »

José Antonio fait de longues promenades sans jamais voir le bout des pavés de la ville, qui s'étendent, lui semble-t-il, jusqu'à l'horizon. Conscient des regards qu'attirent ses vêtements frustes, il commence à s'habiller comme un citadin.

Un après-midi, alors qu'il est seul dans la maison avec la Señora Machado – « Alma », insiste-t-elle – il demande à la veuve comment nouer la cravate qu'il a achetée pour compléter sa garde-robe en même temps qu'une chemise à col et une veste en lin. Les épaules d'Alma sont très étroites, remarque-t-il tandis qu'elle triture le morceau de tissu passé autour de son cou. Il pense au dos brun et musclé de Maciza, à ses larges épaules. Il touche le visage si blanc de la jeune veuve, qui appuie sa joue contre la main de l'homme.

De ce jour, ils font l'amour en pleine journée, quand les autres pensionnaires sont partis au travail et que le petit fait la sieste. Leur discrétion est inutile, cependant. Ils sont incapables de dissimuler la tendresse qu'ils éprouvent l'un pour l'autre. Bientôt, la maisonnée tout entière accepte cet arrangement. La jeune Indienne qui vient faire le ménage ne les dérange jamais quand la porte est fermée. Quant aux autres, le Dr Hidalgo explique aux pensionnaires vieillissants qu'il n'est pas sain, sur le plan physique, pour une jeune femme, particulièrement une jeune mère, d'être... (il choisit le terme avec soin) ... seule. Il a une excellente opinion de José Antonio, non seulement parce que celui-ci a suivi son conseil pour le choix d'un détective, mais aussi parce qu'il se montre un auditeur attentif au cours des soirées où il conte des anecdotes sur ses patients.

Un après-midi, Enrique entre en courant dans le salon alors que José Antonio lit le journal et qu'Alma boit son thé à petites gorgées. L'enfant demande le nom de l'oiseau qui chante dans l'arbre, devant la fenêtre. Quand l'homme explique que c'est un canari, Enrique s'interroge.

« Mais sa chanson, elle parle de quoi, Papá ? »

José Antonio lance un regard à la mère du petit. Alma lui adresse un sourire triste et hoche la tête, résignée à un sort qu'elle ne peut changer.

Cela fait maintenant six mois que José Antonio a vu pour la première fois les flèches de la cathédrale dominant le port. Les rapports lui parviennent de tous les coins du pays ; il y en a presque une cinquantaine. Depuis Aldora, un pickpocket signale à Menéndez un Juan López, marchand de tabac, mais il se révèle que ce López-là est un immigrant espagnol et trop jeune de dix ans. Un autre Juan López est repéré sur la côte dans un village de pêcheurs. L'âge correspond, mais sa main droite est atrophiée depuis qu'il est né – cela se confirme plus tard – dans ce même village, où il travaille toujours à la glacière. Le détective conseille de rester patient.

Toutefois Menéndez commet l'erreur de considérer son client comme un citadin. Non, José Antonio n'a pas fait preuve de patience ; il est sur les traces de son père comme un homme qui chasse dans la jungle. Il a donné au détective l'impression d'être révérencieux, presque passif, peut-être même indifférent. Quand on lui donne des rapports à consulter, José Antonio parcourt quelques pages, soupire, rend le dossier en haussant les épaules. Ce que l'ancien policier prend pour de l'ennui, cependant, c'est l'immobilité du serpent dont la langue fourchue capte une odeur portée par le vent. Chaque matin, José Antonio affûte son couteau sur la petite pierre à aiguiser qu'il garde dans sa poche. Dans l'après-midi, pendant qu'Alma somnole encore dans les draps en désordre, il décroche de la colonne du lit en acajou son étui en cuir muni de sa lanière, la glisse autour de son cou, et retourne dans les rues. Rôdant jusqu'au soir, il cherche sa proie insaisissable dans d'étranges quartiers, suivant des rues inconnues jusqu'aux taudis des lisières de la capitale, et plus loin encore, vers les bidonvilles qui s'étalent au-delà, aussi infatigable et vigilant qu'un jaguar sur les traces d'une future victime. Et il termine chaque journée à genoux, promettant à la Vierge qu'il n'échouera pas.

Lorsque arrive la fin de la première année d'enquête, Menéndez a transmis à José Antonio des rapports sur deux cents pistes. Aucune ne se concrétise. Alors, le détective jette un filet plus large. À présent, ses agents (ainsi qu'il commence à les appeler quand il se fait rembourser leurs services par son client) lui envoient des dossiers sur un Joaquim López de Plato Negro, un Juan Lopata qui vit dans un village de montagne à dix kilomètres de Titalpa, et même un Anglais nommé John Loping, un ingénieur qui a construit un pont dans la vallée de l'Apulco.

José Antonio fait toujours le même serment chaque soir près du lit dans lequel il dort seul par souci des convenances, mais il commence à se dire qu'il ne retrouvera jamais son père. Il a, lui-même, sillonné la ville dans tous les sens, glissant un peso dans la paume de tous ceux qui voulaient bien écouter l'histoire du fils abandonné cherchant son père en fuite. Sa dévotion envers le vieil homme lui a valu la bénédiction de centaines de gens simples. « Si seulement mon propre fils... », se plaignent-ils à lui, l'un après l'autre, ne finissant presque jamais leur phrase. Cependant, même dans une grande ville comme Puerto Túrbido, les rues pavées finissent par céder la place à des chemins boueux, qui eux-mêmes se perdent dans les champs bordant la jungle. Au bout d'une année de longues explorations à travers la capitale, les gens commencent à le reconnaître. Il ne reste plus personne à qui raconter son histoire. Peut-être, se permet-il de penser, le vieil homme est-il mort.

Bien que l'idée de renoncer à sa vengeance ne lui apporte aucun soulagement, il commence à songer, avec un certain plaisir, à ouvrir un commerce avec l'argent qu'il lui reste, à s'établir comme marchand de glaces, peut-être. Il y a un an, il ignorait encore l'existence de la crème glacée, mais aujourd'hui, il bougonne s'il n'a pas sa boule de glace au chocolat après la sieste. Et il se plaît à imaginer qu'Alma pourrait devenir sa femme, Enrique son fils. Il se voit dans le rôle du chef de famille.

Il se décide à demander sa logeuse en mariage, à adopter son fils. Il commence même à faire des projets pour la cérémonie. Envers sa mère, se répète José Antonio, il a fait son devoir. Qu'aurait-il pu tenter de plus ? Il dit à Menéndez que cela suffit comme ça, qu'il faut arrêter les recherches. Mais avant qu'il ait pu offrir à Alma la bague qu'il a achetée avec ses économies qui fondent à vue d'œil, le détective lui rend visite un dimanche matin, après la messe, pour lui annoncer qu'il a finalement mis la main sur Juan López.

7

« Depuis tout ce temps, il était juste sous notre nez. » Le détective hausse les épaules. « Et, vous savez, nous l'avions dans nos dossiers depuis le début, sans même nous en rendre compte. Vous imaginez ça ? Rapport numéro huit. Mais il y avait deux chiffres inversés dans la date de naissance. Ce n'était pas 1854, mais 1845. Voilà pourquoi il nous a échappé. »

José Antonio se rappelle cette fiche du tout premier groupe. Il avait même demandé à Menéndez de réexaminer le cas ; il semblait correspondre en bien des points, le numéro huit. Mais non, avait affirmé le détective à leur entrevue suivante, le numéro huit ne pouvait pas être son père. Et puis, il y en a tant d'autres à examiner, avait expliqué le repris de justice. On lui avait signalé un type, dans le Sud, qui répondait presque parfaitement au signalement de Juan López. Cela allait coûter un peu d'argent en plus pour vérifier cette piste, avait-il reconnu, mais il avait la certitude que c'était bien le Juan López qu'ils recherchaient. Quand le personnage en question s'était révélé gaucher, Menéndez avait paru encore plus déçu que José Antonio.

« Alors, comment avez-vous compris votre erreur ?

– Le destin, Señor López, une intervention divine. Quand vous m'avez demandé d'arrêter les recherches, j'ai rangé les dossiers dans un carton, et je ne sais comment le contenu du numéro huit m'a glissé entre les doigts et s'est répandu par terre. Là, côte à côte sur le carrelage, se trouvaient la copie de l'acte de naissance du sujet, et la page de carnet où j'avais recopié la date. Par hasard, la divergence entre les deux m'a sauté aux yeux. »

José Antonio dévisage Menéndez.

« Vous avez tout vérifié de nouveau ?

– Vous n'allez pas me croire. Votre père habite un appartement, à dix pâtés de maisons d'ici. Il a changé de nom – il se fait appeler Juan Sánchez – mais il ne fait qu'utiliser le nom de sa mère. Il figure sur l'acte de naissance, le nom de jeune fille de sa mère.

– Pendant tout ce temps, il était à portée de main ? Dans ce quartier même ?

– Je vous le dis, Señor, le monde est un mouchoir de poche. » Le détective soupire. « Il a été malin, malgré tout. C'était simple de passer de Juan López y Sánchez à Juan Sánchez tout court. Rien d'extravagant, juste un petit changement, mais aujourd'hui personne, dans toute la ville, ne sait qui il est vraiment. Personne, sauf vous et moi. » Le détective sourit, se permettant d'afficher la fierté du professionnel qui a bien fait son travail. « Je suppose qu'il a dû éprouver de la honte d'avoir abandonné femme et enfant. »

En passant le dossier à son client, Menéndez pose sur l'enveloppe en papier bulle une ultime facture.

« Les derniers remboursements », explique-t-il. Puis il s'éclaircit la gorge. « Et, bien sûr, j'y ai ajouté la prime en cas de succès que vous m'avez promise au début. »

José Antonio comprend brusquement le stratagème du détective, avec le dégoût qu'éprouve un homme qui, s'extirpant d'un marécage où il était embourbé jusqu'à la taille, découvre une énorme sangsue collée à sa cuisse. Menéndez l'a saigné à blanc. Et il est absolument certain que l'ancien policier savait depuis le début où trouver le vieillard.

« Vous aurez ce que je vous dois, promet José Antonio en examinant la facture, quand vous m'amènerez à mon père. »

Le détective hésite.

« Ce soir, à neuf heures, ajoute José Antonio. Où voulez-vous qu'on se retrouve ? À la fontaine de la grande plaza ? »

Mécontent, mais tenant beaucoup à ne pas compromettre le dernier paiement, Menéndez répète :

« Ce soir neuf heures, à la fontaine.

– Oui, mon ami, à ce soir », confirme José Antonio en reconduisant l'homme jusqu'à la porte.

Quand Alma et ses pensionnaires s'assoient autour de la table du déjeuner une heure plus tard, José Antonio regarde la veuve rire à une plaisanterie. Il regrette que ce soit le jour du Seigneur, aujourd'hui. Après le copieux repas, ils se retireront tous dans leur chambre pour faire la sieste, mais

Alma, cependant, ne viendra pas se glisser dans son lit pendant que les autres dormiront. Elle a honte de coucher avec lui le dimanche.

Seul dans sa chambre, ayant brûlé le dossier de son père dans le petit foyer, José Antonio frotte lentement son couteau sur la petite pierre à aiguiser, encore et encore, tandis qu'il se perd dans ses souvenirs, certains plus récents que d'autres.

Juste avant neuf heures, l'étui dissimulé sous sa vieille chemise de Bejucal, le fils de Juan López suit un chemin fleuri menant à la grande fontaine qui orne le centre de la Plaza de la Paix du 3 décembre. Alors qu'il s'en approche, la pluie qui a menacé toute la journée commence à tomber. Elle chasse des bancs de pierre quelques jeunes couples, suivis de vieilles duègnes à l'air sévère, qui vont se réfugier dans les cafés, sous les arcades des immeubles entourant la place. Les gouttes de pluie, qui frappent comme de petites mains l'eau du vaste bassin de pierre, ravivent chez José Antonio des souvenirs de son village. Il coiffe le chapeau de paille qui pend à une cordelette autour de son cou.

Menéndez n'est pas en retard.

« J'ai failli ne pas vous reconnaître, habillé comme vous l'êtes. Vous ressemblez à l'un de ces péons de la campagne.

– C'est pour mon père. C'est comme cela qu'il se souvient de moi. »

Le détective hausse les épaules et conduit son client dans une rue adjacente déserte qui les éloigne de la plaza. Les façades des maisons qu'ils longent sont teintées à l'aide de l'argile brune que l'on employait aux tout premiers temps de l'édification de la capitale. C'est une sorte de bas quartier, que ses habitants appellent « la vieille ville ». La pluie redouble.

Menéndez remonte son col pour se protéger de l'averse.

« Dites-moi, Señor, pourquoi était-ce si important pour vous, de retrouver votre père ?

– J'ai promis à ma mère, explique José Antonio, de ne jamais oublier mon père.

– Une sainte femme », acquiesce le détective. Puis il montre du doigt. « C'est là, de l'autre côté de la rue. »

Les deux hommes s'engouffrent dans l'entrée de l'immeuble délabré. La porte d'entrée, grande ouverte, est coincée par une cale en bois.

« Ces gens-là, critique Menéndez qui hoche la tête. Ils sont trop bêtes pour fermer une porte, même quand il pleut. » Puis, se rappelant à qui ils rendent visite : « Je ne parlais pas de votre père. Je pensais à la vieille bique qui habite au rez-de-chaussée. »

Il désigne une porte, sur leur droite, près des boîtes aux lettres.

José Antonio note le fait que Menéndez est familier des lieux.

Ils montent l'escalier jusqu'au second palier. Le détective frappe à une porte au bois éraflé.

« Qui est-ce ? »

La voix est flûtée. Même à travers le panneau, José Antonio entend un sifflement entre deux mots.

« La police, Señor Sánchez. » Menéndez adresse un clin d'œil à son client. « Nous avons trouvé quelque chose qui vous appartient.

– Ce n'est pas fermé à clé, parvient à prononcer la voix entre deux quintes de toux dévastatrices.

– Vous êtes sur le point de retrouver votre père », chuchote le détective en tournant la poignée.

La porte s'ouvre sur la chambre, dont les murs tremblotent à la lueur d'une bougie.

Juan López est alité. C'est un homme chétif, qui ne ressemble en rien à son fils. Sa voix chevrote avant d'articuler des sons.

« Qu'est-ce que vous avez trouvé qui est à moi ? »

L'homme est cachectique, son visage émacié. La consomption, comprend José Antonio, qui se rappelle le récit du Dr Hidalgo décrivant un soir la mort atroce d'un patient phtisique.

Le vieillard respire bruyamment. Il attend la réponse de Menéndez.

Le détective pose une main sur l'épaule de son client.

« Votre fils, Señor López. »

Menéndez marque un temps d'arrêt, comme un boxeur qui vient de placer une frappe inattendue, mais le vieil homme ne bronche pas.

« Je n'ai pas de fils, grommelle López entre deux halètements.

– Papá ? C'est moi, Papá, José Antonio.

– Toi ? »

José Antonio hoche la tête.

« C'est ma mère qui m'envoie.

– Cette pute... »

Mais l'injure se mue en une toux qu'il ne peut maîtriser.

« Étouffe-toi avec ton insulte, assassin ! »

López reprend son souffle peu à peu.

« De l'eau, supplie-t-il. Pour l'amour du ciel, donnez-moi un verre d'eau. »

Ignorant la main tremblante tendue vers lui, José Antonio contourne le lit. C'est Menéndez qui remplit un verre avec le pichet de la table de nuit.

Tandis que son père se désaltère, suffoquant entre deux gorgées, José Antonio se penche sur lui et prononce ces mots, à peine audibles :

« Tu vas mourir, Papá. »

Une toux – pas un rire – jaillit des lèvres de López, qui recrache un peu d'eau sur ses couvertures. Le vieil homme ôte de sa poitrine le drap mouillé. Ses expectorations ont laissé des taches jaunâtres sur son maillot de corps.

« Bien sûr que je vais mourir, parvient-il à dire entre deux goulées d'air. Et arrête de m'appeler " Papá ". Je ne suis pas ton père.

– Tu es bien Juan López, non ? Le mari d'Elena Altiérrez ?

– Oh, oui, je suis tout cela. Mais pas le père de José Antonio López. C'est un bâtard, ce gamin. »

José Antonio est ébranlé.

« Alors, qui est mon père ? »

Le vieillard tente de hausser les épaules, mais il se met à tousser de nouveau.

« Un Indien quelconque », s'étrangle-t-il. Puis, respirant profondément, il retrouve son calme. « Pour quelle raison crois-tu qu'un homme tue sa femme ? Il regarde son fils, et il ne voit rien chez lui qui lui ressemble. Et sa femme, cette chienne, elle le nargue avec ça. » López rit tout seul. « Alors, bien sûr, il lui plante son couteau dans le ventre.

– Messieurs, je vous en prie, intervient Menéndez. Je vois que vous avez des comptes à régler. Il vaut mieux que je prenne congé. » Mais le repris de justice ne bouge pas, il attend. José Antonio relève la tête, détachant son regard du vieillard grabataire. « Il reste la question, Señor, du dernier versement...

– Ah, oui, pardonnez-moi. Je vous dois encore quelque chose, n'est-ce pas ? »

D'un signe de tête, le détective acquiesce alors que son client fait le tour du lit.

José Antonio sait que dans la jungle la mort frappe comme nulle part ailleurs. Il est foudroyant, le poison que secrètent les crocs du serpent ; les sucs digestifs attaquent la souris avant même qu'elle ne soit complètement avalée. Et le singe, quand il est touché par une flèche, tombe de sa branche, déjà mort, sur le lit de feuilles humides amassées autour du tronc de l'arbre. Alors, quand il sort le couteau caché dans son dos et le plonge, en un seul et même geste, dans le cœur de l'homme qui l'a dépouillé de presque tous ses gains, le corps épais du détective s'affale en travers du lit sans un gémissement de protestation.

José Antonio se tourne de nouveau vers son père.

« Je ne peux plus bouger », crache López. Le lourd cadavre cloue au matelas ses jambes décharnées. Alors, prenant conscience de la situation, il raille : « Vas-y, achève-moi, fils de pute. »

Mais José Antonio s'empare de la main squelettique de son père et il en replie les doigts autour du manche du couteau toujours planté dans la poitrine de Menéndez. Le vieillard se démène pour extraire sa main couverte de sang de sous le corps qui écrase le sien.

« Demain matin, il viendra bien quelqu'un, n'est-ce pas ? La vieille du rez-de-chaussée ? Avec ton petit déjeuner ? explique José Antonio en essuyant sa main sur la couverture. Et qu'est-ce que tu leur raconteras, Sánchez, au sujet de cet ancien policier assassiné dans ta propre chambre avec ton propre couteau ? Car c'est le tien, tu sais. C'est le couteau que j'ai retiré du ventre de ma mère. »

Le vieil homme lui tient tête.

« Je leur parlerai de toi, sale bâtard.

– Tu leur diras que tu es Juan López, le meurtrier d'Elena Altiérrez ? Assassiner une jeune mère... c'est encore pire que ce crime-ci. Tu préfères être exécuté pour avoir tué ta femme ? Dans un cas comme dans l'autre, ce n'est que justice, non ? » José Antonio se penche pour souffler la bougie de la table de nuit. « Penses-y, Papá. Tu as toute la nuit pour y réfléchir, avant qu'ils ne viennent te chercher demain matin.

– Tu ne peux pas m'abandonner de cette façon, ahane piteusement le vieil homme dans le noir.

– Ce n'est pas de cette façon que tu m'as abandonné ? » lui répondent les ténèbres.

8

Dans la jungle, parfois, au sein d'une végétation si haute qu'elle masque la vue, on sent malgré tout qu'on est sur la bonne piste pour rentrer chez soi. Pas besoin de boussole ni de repères. Il suffit de tendre l'oreille pour écouter ce que l'on connaît déjà.

Lundi à deux heures, Alma monte à la chambre de José Antonio, frappe deux fois, et ouvre doucement la porte. Elle n'imagine pas une seconde que son amant ne soit pas là, à attendre sa visite. Bien qu'il lui soit déjà arrivé de manquer le petit déjeuner, partant de bon matin pour l'une de ses longues promenades, il est toujours revenu à temps pour leur siesta.

Mais sur le lit, ses vêtements de ville gisent comme un cadavre sur sa bière. Par-dessus le pantalon de lin, à l'intérieur de la veste, se trouve sa chemise, le col fermé par la cravate qu'un jour elle lui a appris à nouer. Quand elle se penche pour toucher le tissu, Alma voit qu'un bout de la cravate est passé dans une alliance sertie de diamants, et que la poche de la chemise est bourrée de billets de cent pesos entourés d'une lettre qu'elle mouillera de ses larmes.

Déjà, derrière les plaines fumantes qui bordent Puerto Túrbido, s'éloigne le vapeur sur lequel José Antonio a réservé une place pour remonter le fleuve. Et quand il s'assied, à la proue du navire, sur la caisse de whisky qu'il a achetée pour la fiesta avec ses dernières économies, cela lui met du baume au cœur de voir les broussailles brunâtres s'épanouir en une jungle d'un vert intense.

Titre original : *It Is Raining in Bejucal*

Traduit par Jean-Paul Gratias

Michael Connelly

COUP DOUBLE

Paru dans *Murderers' Row*

Le bus avait quarante minutes de retard.

Stilwell et Harwick attendaient dans une Volvo, un modèle datant de six ans, garée contre le trottoir, à côté du McDonald's, à un pâté de maisons de la gare routière. Stilwell, qui était au volant, avait choisi cet endroit parce qu'il était sûr que Vachon irait au McDonald's en descendant du bus. Leur filature commencerait ici.

« Ces mecs, ils ont passé quatre, cinq ans en taule. Et quand ils sortent, ils veulent d'abord se bourrer la gueule, et ensuite s'envoyer en l'air, dans cet ordre précis, Stilwell avait dit à Harwick. Mais quand ils descendent du bus qui les ramène à la liberté, il se passe un truc. Ils voient le grand " M " jaune du McDonald's qui leur fait de l'œil au bout de la rue. Un Big Mac, des frites, du ketchup. Merde, qu'est-ce que ces saloperies leur manquaient en prison ! »

Harwick sourit et dit :

« Tu sais, je me suis toujours demandé comment font les gens pleins aux as. Les types qui ont grandi dans la pauvreté, qui bouffaient dans des fast-foods, et puis qui ont gagné tellement de pognon que l'argent n'a plus de valeur. Bill Gates, des mecs dans ce genre. Tu crois qu'ils vont encore au

McDonald's se faire une orgie de graillon de temps en temps ?

– Ils y vont peut-être déguisés, suggéra Stilwell. Je pense pas qu'ils arrivent en limousine et tout le tralala.

– Ouais, t'as sûrement raison. »

On échangeait les plaisanteries d'usage entre nouveaux coéquipiers. C'était leur premier jour ensemble. C'était également le premier jour d'Harwick à la brigade antigang. Stilwell était le plus âgé des deux. Le vétéran. Ils travaillaient sur l'une de ses affaires.

Quarante-cinq minutes plus tard, le bus n'était toujours pas là.

« Alors, qu'est-ce que tu veux savoir ? demanda Stilwell. Si tu veux me poser des questions sur mon ex-coéquipier, ne te gêne pas.

– Eh ben, pourquoi il est parti ?

– Il supportait pas la pression.

– On m'a raconté qu'il a rejoint le groupe d'intervention spéciale. J'imagine donc que ce n'était pas la pression du boulot qu'il ne supportait pas, mais plutôt la tienne.

– Faudrait lui demander. J'ai eu trois coéquipiers en cinq ans. T'es le quatrième.

– Un chiffre porte bonheur. Deuxième question : qu'est-ce qu'on fabrique, là ? demanda Harwick.

– On attend le bus en provenance de Corcoran.

– Ça, j'avais compris.

– Un dealer de speed du nom d'Eugene Vachon est dedans. On va le suivre, voir avec qui il a rendez-vous.

– Han-han. »

Harwick attendait que Stilwell lui donne d'autres informations. Il avait les yeux rivés vers la gare routière, à un demi-pâté de maisons de Vine. Finalement, Stilwell prit un paquet de photos rangées au-dessus du pare-soleil et ôta l'élastique qui les retenait. Il les parcourut pour trouver celle qu'il cherchait et la tendit à Harwick.

« C'est lui. Il y a quatre ans. On le surnomme Milky. »

La photo représentait un homme d'une petite trentaine d'années, avec des cheveux tout blancs ramenés en arrière en une queue-de-cheval. Il avait la peau laiteuse, et ses yeux bleu clair rappelaient la couleur d'un jean délavé.

« Edgar Winters, dit Harwick.

– Quoi ?

– Tu te souviens pas de ce type ? Un albinos. C'était une star du rock dans les années soixante-dix. Ce mec lui ressemble comme deux gouttes d'eau. Il avait un frère, Johnny. C'était peut-être lui, l'albinos.

– J'ai raté cet épisode.

– Bon, alors, que nous mijote Milky ? Si tu es à ses trousses, c'est sûrement parce qu'il fait partie du gang des Road Saints, pas vrai ?

– Il est sur la touche. Il trafiquait pour eux, mais il n'a jamais réussi à obtenir ses galons. Et puis, il s'est fait pincer pour une connerie, et on l'a envoyé faire un séjour à la prison de Cork. Maintenant, s'il veut retrouver sa place, il va devoir leur rendre un gros service.

– Tu veux dire, buter quelqu'un ?

– Exactement. »

Stilwell lui expliqua comment la brigade antigang gardait des contacts avec des agents des services de renseignements dans toutes les prisons de Californie. L'un d'eux leur avait donné des informations au sujet de Vachon. Durant ses cinq années passées à la prison fédérale de Corcoran, Milky avait bénéficié de la protection d'autres détenus, membres des Road Saints.

En échange de cette protection, et à titre de droit d'entrée de membre officiel dans le gang des motards – aujourd'hui devenu un réseau de trafic de drogue infiltré dans les prisons – Vachon devait, à sa sortie, exécuter quelqu'un.

Harwick hocha la tête.

« C'est toi le grand spécialiste du gang des Saints, cette affaire te revient donc de droit. Ça, j'l'ai compris. Qui est la cible ?

– C'est un mystère que nous allons éclaircir, répondit Stilwell. Nous allons prendre Milky en filature et essayer de le découvrir. Lui-même ne le sait peut-être même pas encore à l'heure actuelle. Il pourrait s'agir d'un membre de l'organisation, ou bien d'un contrat de sous-traitance que les Saints ont accepté. Un échange de bons procédés avec les Noirs ou les *eMe* [1]. Tout est possible. Milky n'a peut-être même pas encore reçu de directives. Tout ce que nous savons, c'est qu'il est sur écoute.

– Et on intervient si l'occasion se présente.

– *Quand* l'occasion se présente.

– *Quand* l'occasion se présente », répéta Harwick.

Stilwell donna le paquet de photos à Harwick et dit :

« Voici les membres actifs des Saints. Par " actifs ", je veux dire ceux qui ne sont pas en prison. La cible pourrait être n'importe lequel d'entre eux. Les Saints n'ont aucun scrupule à abattre l'un des leurs. À la tête du réseau, on trouve un type du nom de Sonny Mitchell qui purge une peine à perpétuité à la prison d'Ironwood. À chaque fois qu'un membre en liberté fait des vagues, parle de mettre quelqu'un d'autre à la tête de l'organisation, un membre actif par exemple, Sonny le fait descendre. Ça aide à garder les brebis égarées dans le rang.

1. Gang de la mafia mexicaine.

– Comment a-t-il réussi à communiquer avec Milky, qui se trouve à Corcoran, depuis la prison d'Ironwood ?

– Les femmes. Celle de Sonny lui rend visite au parloir. Il lui transmet le message, sûrement au moment où il l'embrasse. Elle s'en va, et fait passer l'information à une épouse venue rendre visite à son mari à la prison de Cork. C'est aussi simple que cela.

– Tu es bien rencardé, mon vieux. Ça fait combien de temps que tu es sur ce coup ? demanda Harwick.

– Bientôt cinq ans. Un bail, répondit Stilwell.

– Pourquoi tu n'as jamais demandé à quelqu'un de prendre le relais ? »

Stilwell se redressa derrière son volant et ignora la question.

« Voilà le bus », dit-il. Stilwell avait eu raison. En descendant du bus, Vachon se dirigea tout droit vers le McDonald's. Il mangea deux Big Macs et retourna deux fois au comptoir chercher du ketchup pour ses frites. Stilwell et Harwick entrèrent dans le fast-food par une porte située sur le côté, et se glissèrent dans l'alcôve derrière Vachon. Stilwell dit qu'il n'avait jamais rencontré Vachon mais qu'il lui fallait prendre ses précautions parce qu'il était probable que Vachon, lui, ait vu sa photo. Les Saints avaient leur propre réseau d'informations, et puis, Stilwell travaillait à temps complet sur cette enquête depuis cinq ans. Lorsque Vachon vint chercher du ketchup au comptoir pour la seconde fois, Stilwell remarqua qu'une enveloppe dépassait de la poche arrière de son jean. Il confia à Harwick que cela l'intriguait. « Généralement, quand ces types sortent de taule, ils ne veulent pas garder quoi que ce soit leur rappelant d'où ils viennent », murmura-t-il en se penchant sur la table. « Lettres, photos, livres, ils laissent tout derrière eux. Cette lettre doit avoir une signification. Je ne veux pas parler d'une valeur sentimentale. Cette lettre veut dire quelque chose. » Il réfléchit un instant et hocha la tête, comme pour lui-même. « Je vais sortir, histoire de voir si je peux le faire interpeller et fouiller. Reste ici. Rejoins-moi dès qu'il commence à débarrasser son plateau. Si je suis en retard, c'est moi qui te retrouverai. Dans le cas contraire, sers-toi de ton talkie-walkie. »

Stilwell appela le bureau du shérif et leur demanda de contacter la police de Los Angeles pour qu'on leur envoie du renfort. Ils se retrouveraient à l'angle du McDonald's, de façon à ce que Vachon ne les remarque pas.

La voiture blanche et noire de la police mit presque dix minutes à arriver. L'agent en uniforme arrêta son véhicule à côté de la Volvo, sa vitre bien en face de celle de Stilwell.

« Stilwell ?

– C'est moi. »

De sa chemise, Stilwell sortit un badge. Celui-ci était attaché à une chaîne autour de son cou. Un 7 en or, de la taille d'un ongle, y était également accroché.

« Ortiz. Qu'est-ce que je peux faire pour vous ? demanda le policier.

– À l'angle de la rue, mon coéquipier surveille un type qui vient de descendre du bus en provenance de Corcoran. J'ai besoin de le fouiller. Il a une enveloppe dans sa poche arrière. J'aimerais savoir exactement ce qu'elle contient. »

Ortiz acquiesça. Il avait environ vingt-cinq ans. Ses tempes étaient presque rasées, et au sommet de son crâne poussaient trois bons centimètres de cheveux. L'un de ses poignets reposait sur le volant, et ses doigts pianotaient sur le tableau de bord.

« Pourquoi il est allé en taule ? demanda le flic.

– Il trafiquait du speed pour les Road Saints », répondit Stilwell.

Ortiz se remit à pianoter.

« Il va pas opposer trop de résistance ? Je suis tout seul, au cas où vous l'auriez pas remarqué.

– Aujourd'hui, il ne devrait pas nous poser trop de problèmes. Comme je l'ai déjà dit, il sort juste de prison. Contentez-vous de le rudoyer un peu, dites-lui que vous ne voulez plus le revoir dans le quartier. Ça devrait suffire. Mon coéquipier et moi nous tiendrons prêts à intervenir. Vous ne risquez rien.

– D'accord. Vous allez me montrer le type ?

– C'est un albinos avec une queue-de-cheval. Il ressemble à ce mec, là, Edgar Winters.

– Qui ça ?

– Rien, c'est pas grave. Vous le reconnaîtrez tout de suite.

– Très bien. On se retrouve ici après ?

– Ouais. Merci. »

Ortiz démarra le premier, sous le regard de Stilwell. Celui-ci le suivit, puis tourna au coin de la rue. Il vit Harwick debout sur le trottoir, devant le McDonald's. Un demi-pâté de maisons plus loin, Vachon marchait en direction du nord.

Stilwell arrêta son véhicule à côté de Harwick. Il monta dans la Volvo.

« Je me demandais où tu étais, dit Harwick.

– J'ai oublié d'allumer mon talkie-walkie.

– C'est la voiture de la police de Los Angeles qui vient de passer ? demanda Harwick.

– Affirmatif. »

Il regardèrent en silence le véhicule noir et blanc s'arrêter le long du trottoir, à côté de Vachon. Ortiz descendit. Le policier lui fit signe de poser ses mains sur le capot de la voiture, et Vachon s'exécuta sans protester.

Stilwell se pencha vers la boîte à gants et prit une paire de petites jumelles pour observer la scène.

Ortiz allongea Vachon sur le capot et le fouilla au corps. Il le maintint dans cette position, son avant-bras appuyé sur le dos de l'ex-taulard. Après avoir vérifié qu'il n'était pas armé, Ortiz prit l'enveloppe blanche dans la poche arrière de Vachon.

Allongé sur le capot, Vachon ne voyait pas ce qu'Ortiz fabriquait. D'une seule main, le policier réussit à ouvrir l'enveloppe et à regarder à l'intérieur. Il étudia son contenu un long moment, sans toutefois le sortir de l'enveloppe. Il remit celle-ci dans la poche arrière de Vachon.

« Tu vois ce que c'est ? demanda Harwick.

– Non. En tout cas, le flic n'a pas pris ce qu'il y avait dans l'enveloppe. »

Stilwell continua d'observer la scène avec ses jumelles. Ortiz avait autorisé Vachon à se redresser, il lui parlait, face à face. Ortiz avait les bras croisés, et sa gestuelle suggérait qu'il essayait d'intimider Vachon. Il lui ordonnait de ne plus remettre les pieds par ici. On aurait dit un contrôle de routine. Ortiz s'en sortait très bien.

Un instant plus tard, le policier fit signe à Vachon de déguerpir. Puis il remonta dans sa voiture.

« Bon, toi tu sors surveiller Milky. Je vais discuter avec le flic, et ensuite je viendrai te chercher.

– Capito. »

Après dix minutes, la Volvo s'arrêta à côté de Harwick, à l'angle de Hollywood et de Vine. Harwick remonta dans la voiture.

« Il s'agissait d'un billet de base-ball pour un match avec les Dodgers, dit Stilwell. Il a lieu ce soir.

– Dans l'enveloppe ? Rien d'autre qu'un billet de base-ball ?

– Exactement. Son adresse à la prison de Corcoran était inscrite au dos de l'enveloppe. Le nom de l'expéditeur était illisible, l'encre avait bavé. Le cachet de la poste provenait de Palmdale. La lettre a été postée il y a huit jours. Elle ne contenait rien d'autre que ce ticket. Tribune d'honneur, section 11, rang K, siège numéro 1. Au fait, où est Vachon ?

– En face. Au Palais du porno. J'imagine qu'il cherche...

– Il y a une issue à l'arrière du bâtiment. »

Stilwell sortit avant même d'avoir terminé sa phrase. Il traversa la rue en trombe, se retrouvant au milieu des voitures, puis il passa le rideau de perles à l'entrée du sex-shop.

Harwick le suivait, mais à une allure moins vive. Lorsqu'il entra dans la boutique, Stilwell avait déjà inspecté la salle réservée aux vidéos et aux nouveaux gadgets. Il se trouvait dans le couloir du fond, il tirait brusquement un à un les rideaux des cabines de visionnage privées. Pas de trace de Vachon.

Stilwell s'approcha de l'issue à l'arrière de la boutique et l'ouvrit. Elle donnait sur une allée derrière le sex-shop. Il regarda à droite et à gauche, mais ne vit pas Vachon. Un jeune couple était appuyé contre une benne à ordures. Ils avaient le regard vitreux, à cause de la drogue, et arboraient des piercings un peu partout. Stilwell s'approcha d'eux.

« Vous n'avez pas vu un type sortir par ici il y a quelques secondes ? Blanc, avec des cheveux blancs. Un albinos. Vous n'avez pas pu le rater. » Le couple rit bêtement. L'un des deux raconta une histoire de lapin blanc descendu dans un terrier. Il n'y avait rien à en tirer, et Stilwell le savait. Il regarda une dernière fois dans l'allée, se demandant si, en s'échappant à travers le sex-shop, Vachon avait simplement pris ses précautions, ou bien s'il avait remarqué qu'Harwick et lui le suivaient. Il y avait une troisième possibilité. Vachon avait pris peur après son arrestation, et décidé de disparaître. C'était à envisager. Harwick sortit dans l'allée. Stilwell lui jeta un regard noir, et Harwick détourna les yeux. « Tu sais ce qu'on m'a dit à ton sujet, Harwick ? Que tu allais suivre des cours du soir. »

Cette remarque n'était pas à prendre au sens littéral. C'était une expression employée dans la police. Quand on disait d'un flic qu'il voulait « suivre des cours du soir », cela signifiait qu'il n'aimait pas son boulot. Qu'il ne voulait pas travailler sur le terrain, être sur les lieux de l'action. Qu'il pensait à son plan de carrière, pas à la mission présente.

« Arrête tes conneries ! répliqua Harwick. Qu'est-ce que j'étais censé faire ? Tu m'as planté là. Et même si j'avais surveillé l'arrière de la boutique, il se serait échappé par-devant. » Les deux camés rirent, amusés par les invectives des flics. Stilwell sortit de l'allée et revint vers Vine où il avait laissé sa voiture. « Écoute, t'inquiète pas. Le match est ce soir. On le coincera à ce moment-là. »

Stilwell jeta un coup d'œil à sa montre. Il était presque cinq heures.

« Ce soir, il sera peut-être trop tard », dit-il sans regarder Harwick.

Devant la grille du parking du Dodger Stadium, la femme qui se trouvait dans la guérite demanda à voir leurs billets. Stilwell répondit qu'ils n'en avaient pas.

« Mais, nous n'avons pas le droit de vous laisser entrer sans billet. Le match de ce soir est complet, et il est interdit de se garer ici sans billet pour le match. »

Avant que Stilwell ait le temps de réagir, Harwick se pencha pour regarder la femme.

« Complet ? Les Dodgers touchent pas une bille. Qu'est-ce qui se passe, c'est une soirée tee-shirt mouillé ?

– Non, les gens viennent voir Mark McGwire [1].
– Ah, d'accord, McGwire ! »
Stilwell sortit son badge de sa chemise.
« Nous sommes des adjoints du shérif, madame. Nous sommes en mission. Nous avons besoin d'entrer. » La femme prit un porte-bloc à pince derrière elle. Elle demanda son nom à Stilwell et lui dit de rester là pendant qu'elle appelait le service de sécurité du stade. Tandis qu'ils attendaient, la file de voitures grandissait derrière eux, certains conducteurs klaxonnaient. Stillwell jeta un coup d'œil à sa montre. Il restait encore quarante minutes avant le début du match. « Pourquoi ils sont si pressés ?
– C'est à cause de l'EB, répondit Harwick.
– Le quoi ?
– L'échauffement de batte. Ils veulent voir McGwire frapper quelques balles puissantes avant le match. Tu connais Mark McGwire, non ? »
Stilwell se retourna pour regarder la femme dans la guérite. C'était long.
« Oui, je sais qui c'est. J'ai assisté au match de 1988, ici, au stade. Il n'était pas aussi populaire, à l'époque.
– Le championnat des World Series ? Tu as vu le *home run* [2] de Gibson ?
– J'y étais, répondit Stilwell.
– C'est pas vrai ! Moi aussi ! »
Stilwell se tourna vers Harwick et dit :
« Tu y étais ? Le premier match, la neuvième manche ? »
Il avait demandé cela sur un ton franchement dubitatif.

1. Joueur de base-ball de l'équipe des Cardinals de Saint Louis.
2. Point marqué par le batteur s'il réussit à faire le tour des bases.

« Puisque j'te l'dis, protesta Harwick. Bon sang, c'était le meilleur moment de sport que j'ai jamais vu de ma vie ! »

Stilwell se contenta de le fixer du regard.

« Quoi ? Mais puisque je te dis que j'y étais ! répéta Harwick.

– Monsieur ? »

Stilwell se tourna vers la femme. Elle lui donna un passe pour le parking.

« Il vous donne accès au parking numéro 7. Garez-vous là, puis allez à la grille d'entrée au niveau du terrain de jeu, et demandez à parler à M. Houghton. C'est le chef de la sécurité. Il décidera si vous pouvez entrer ou non. D'accord ?

– Merci. »

Pour faire bonne mesure, la Volvo passa la grille sous une salve de klaxons.

« Alors, comme ça, tu es un fana de base-ball, poursuivit Harwick. J'ignorais cela.

– Tu ne sais pas qui je suis, répondit Stilwell.

– Mais, tu as assisté au championnat des World Series. Je crois que cela fait de toi un fan.

– J'étais passionné de base-ball, autrefois. Plus maintenant. »

Harwick se tut et médita cette dernière phrase. Stilwell était occupé à chercher le parking numéro 7. Ils avançaient sur une route qui faisait le tour du stade. Les parkings, situés de part et d'autre du chemin, étaient signalés par de grandes balles de base-ball sur lesquelles on avait peint des numéros. Leur numérotation échappait à la logique de Stilwell.

« Qu'est-ce qui s'est passé ? demanda finalement Harwick.

– Comment ça, qu'est-ce qui s'est passé ?

– On dit que le base-ball est une métaphore de la vie. Si l'on perd le goût du base-ball, on perd le goût de la vie, expliqua Harwick.

– Quel ramassis de conneries. »

Stilwell sentit le rouge lui monter au visage. Il vit enfin la balle de base-ball avec un 7 peint en orange. En regardant le numéro, un sentiment de tristesse et de vacuité envahit sa poitrine. Une douleur qu'il surmonta en accélérant jusqu'à l'entrée du parking. Il tendit son passe au vigile.

« Garez-vous où vous voulez, dit celui-ci. Mais ralentissez. »

Stilwell entra, il fit le tour du parc de stationnement et prit la place la plus proche de la sortie, de façon à pouvoir partir très vite.

« Si on retrouve Milky ici, ça va être un vrai cauchemar de le suivre à la fin du match, dit-il en coupant le moteur.

– On trouvera bien une solution, répondit Harwick. Alors, qu'est-ce qui s'est passé ? »

Stilwell ouvrit la portière. Il était sur le point de sortir, mais au lieu de cela, il se retourna vers son coéquipier.

« J'ai perdu ma raison d'aimer ce sport, ça te va ? La discussion est close. »

Il allait sortir lorsque Harwick l'interrompit de nouveau.

« Que s'est-il passé ? Dis-le-moi. On est coéquipiers. »

Stilwell remit ses deux mains sur le volant et regarda droit devant lui.

« Autrefois, j'emmenais mon gamin aux matchs. On y allait tout le temps. Il avait cinq ans quand je l'ai emmené à un match des World Series. Il a vu le *home run* de Gibson, mon vieux. On était assis là-bas, dans les tribunes à droite du terrain, dans la rangée du fond. C'étaient les seuls billets que j'avais réussi à obtenir. C'était un souvenir que j'aurais pu lui raconter quand il serait grand. Dans cette ville, plein de gens mentent au sujet de ce match, racontent qu'ils y ont assisté, qu'ils l'ont vu... » Il s'interrompit. Cependant, Harwick ne mit pas la main sur sa portière pour sortir. Il attendit. « Mais je l'ai perdu. Mon fils. Et sans lui... Je n'avais plus vraiment de raison de venir ici. »

Sans ajouter un seul mot, Stilwell sortit de la voiture et claqua la portière derrière lui.

« Mark McGwire est en ville, et tout le monde s'est donné rendez-vous au stade. Je vous préviens, les gars, si votre histoire est pas réglo, je ne peux pas vous laisser entrer. Revenez pour un autre match, on verra ce qu'on pourra faire. Je suis un ancien de la police de Los Angeles, j'ai pris ma retraite, et je serai ravi de...

– C'est très gentil, monsieur Houghton, mais laissez-moi vous expliquer, répondit Stilwell. Nous sommes venus ici pour voir un tireur d'élite, mais il ne s'appelle pas McGwire. Nous sommes sur la piste d'un homme qui est en ville pour tuer quelqu'un, pas pour frapper dans une balle. Nous ignorons où il se trouve en ce moment, mais nous savons une chose : il a un billet pour assister à ce match. Il a peut-être rendez-vous avec quelqu'un, il est peut-être ici pour remplir son contrat. Nous ne le savons pas. Et nous ne le saurons jamais si nous restons plantés dehors. Vous comprenez notre situation, à présent ? »

Houghton hocha la tête une fois sous le regard intimidant de Stilwell.

« Il y aura plus de cinquante mille spectateurs ce soir, répondit-il. Comment allez-vous...

– Tribune d'honneur, section 11, rang K, siège numéro 1.

– C'est sa place ? »

Stilwell acquiesça.

« Et, si vous n'y voyez pas d'inconvénient, nous aimerions savoir d'où vient ce billet, et qui l'a acheté, si c'est possible », ajouta Harwick.

Stilwell regarda Harwick et hocha la tête. Il n'y avait pas pensé. C'était une bonne idée.

« Pas de problème », répondit Houghton sur un ton qui dénotait une entière coopération, maintenant. « Bon, voyons voir où sera assis votre homme. À quelle distance aurez-vous besoin de vous trouver ?

– Assez près pour surveiller ses faits et gestes, voir à qui il parle, dit Stilwell. Être capables d'intervenir si nécessaire.

– Ce siège est juste au-dessous de la tribune de presse. Je peux vous mettre là, comme ça vous aurez une vue plongeante sur lui. »

Stilwell secoua la tête.

« Ça ne marchera pas. S'il se lève et s'en va, nous serons quelques rangées plus haut. Nous perdrons sa trace.

– Et si j'installais l'un de vous dans la tribune de presse, et l'autre au-dessous... Vous pourriez être mobiles, vous déplacer. »

Stilwell réfléchit à cette idée et regarda Harwick. Ce dernier hocha la tête.

« Ça pourrait fonctionner, répondit-il. Nous avons nos talkies-walkies. » Stilwell regarda Houghton. « C'est d'accord. »

Ils se trouvaient tous deux dans la tribune de presse, assis au premier rang, surplombant le siège de Vachon. Celui-ci était vide, et l'on avait déjà chanté l'hymne national. Les Dodgers entraient sur le terrain. Kevin Brown était sur le monticule du lanceur. Ce match promettait un affrontement historique entre Kevin Brown, lanceur hors pair, et McGwire, batteur de premier ordre.

« Ça va être grandiose, dit Harwick.

– N'oublie quand même pas pourquoi nous sommes ici », répondit Stilwell.

Les Cardinals touchèrent les trois bases, tandis que McGwire restait planté là, attendant son tour.

Dans la dernière moitié de la première manche, les Dodgers ne firent pas mieux. Pas de coup sûr, pas de *home run.*

Et aucun signe de Milky Vachon.

Houghton descendit l'escalier et les informa que la place de Vachon faisait partie d'un lot vendu à une billetterie de Hollywood. Ils notèrent le nom du responsable de la billetterie pour faire une recherche le lendemain matin.

La deuxième manche commençait. Stilwell était assis, les bras croisés sur le rebord de la tribune de presse. Cette dernière offrait une vue panoramique du stade. Stilwell n'avait qu'à baisser les yeux pour voir le siège numéro 1 de la rangée K, section 11.

Harwick était calé au fond de son fauteuil. Aux yeux de Stilwell, son coéquipier était tout aussi absorbé par le match que par les trois rangées de journalistes et de présentateurs de télévision. Les Dodgers revenaient sur le terrain.

« Ton fils, dit Harwick, il se droguait, c'est ça ? »

Stilwell inspira profondément, puis expira.

« Qu'est-ce que tu veux savoir, Harwick ? » demanda-t-il sans le regarder.

« On va travailler ensemble. Je veux juste... comprendre. Quand des trucs comme ça arrivent, certains se réfugient dans l'alcool. D'autres dans le travail. On voit tout de suite à quelle catégorie tu appartiens. J'ai entendu dire que tu traques les Road Saints par vengeance personnelle. C'était du speed ? Ou bien de la méthédrine ? »

Stilwell ne répondit pas. Il regardait un type qui portait une casquette des Dodgers s'asseoir sur le premier siège du rang K, juste au-dessous d'eux. Sa casquette était à l'envers. Une queue-de-cheval blanche dépassait de la visière. C'était Milky Vachon. Celui-ci posa une canette de bière pleine sur la marche en ciment à côté de lui, et il en tenait une autre à la main. Le siège numéro deux était vide.

« Harwick, dit Stilwell, on est peut-être coéquipiers, mais il est hors de question que l'on discute de mon fils. Tu piges ?

– J'essaie simplement de...

– Le base-ball est une métaphore de la vie, Harwick. La vie, c'est comme une balle. Certaines personnes marquent des *home runs*, d'autres se font mettre sur la touche. Il y a le double jeu [1], les coups suicidaires, et chacun veut rentrer chez lui sain et sauf. Certains vont jusqu'au bout du match. D'autres partent plus tôt pour éviter les embouteillages. » Stilwell se leva et se tourna vers son coéquipier. « Je sais qui tu es, Harwick. Tu es du genre à éviter les embouteillages. Tu n'étais pas ici, en 1988. Je le sais. Et si jamais tu as assisté au championnat, tu as lâché les joueurs et tu es parti avant la fin du match. J'en suis persuadé. » Harwick garda le silence. Il détourna les yeux. « Vachon est en bas. Je descends pour l'avoir à l'œil. S'il bouge, je le suis. Ne te sépare pas de ton talkie-walkie. »

Stilwell monta l'escalier et sortit de la tribune de presse.

Au début de la deuxième manche, McGwire rata trois balles et Brown n'eut aucun mal à l'éliminer. À la troisième manche, les Dodgers remportèrent trois points immérités à la suite d'une erreur des Cardinals, ainsi qu'une base par balle, et un *home run* à cause de deux balles fautes.

Puis le jeu devint plus calme. Jusqu'à la cinquième manche, lorsque McGwire ouvrit les hostilités en envoyant une balle contre la cloison à la

1. Action de la défense permettant l'élimination de deux attaquants.

droite du terrain, et les cinquante mille spectateurs se levèrent. Mais le défenseur de droite se jeta contre la cloison rembourrée et réussit à la rattraper.

La trajectoire de la balle rappela à Stilwell cette soirée de 1988 où Kirk Gibson avait lancé une balle dans les tribunes à la fin de la neuvième et dernière manche, alors que le score était de trois contre deux, remportant ainsi le premier match du championnat des World Series. Ceci provoqua un retournement de situation spectaculaire, et les Dodgers gagnèrent les matchs suivants sans difficulté. Ce moment resta gravé dans bien des mémoires. Un moment à part à Los Angeles, avant les émeutes, avant le tremblement de terre, avant l'affaire O. J. Simpson.

Avant que Stilwell ne perde son fils.

Brown joua parfaitement jusqu'à la septième manche. La foule devint plus attentive et plus bruyante. On avait le sentiment que quelque chose allait se produire.

Pendant le match, Stilwell changea de place à plusieurs reprises, restant toujours à proximité de Vachon qu'il observait avec ses jumelles. L'ex-taulard ne se leva qu'une fois, pour applaudir le formidable lancer de McGwire, comme tout le monde. Il se contenta de regarder le match en buvant ses deux bières. Le siège à côté du sien resta vide. Et mis à part un vendeur à qui il acheta des cacahuètes à la quatrième manche, il ne parla à personne.

Vachon ne se retourna pas. Il avait les yeux rivés sur le terrain. Et Stilwell commença à se demander si Vachon n'était pas venu là uniquement pour voir le match. Il réfléchit à ce que Harwick lui avait dit à propos des gens qui perdent la passion du base-ball. Peut-être que Vachon, après trois ans passés en taule, essayait de ranimer cette flamme. Le base-ball lui avait peut-être manqué avec la même intensité que le goût de l'alcool, ou la sensation de ses mains sur le corps d'une femme.

Stilwell sortit le talkie-walkie de sa poche et appuya deux fois sur le bouton de réception. Presque immédiatement, il entendit la voix d'Harwick lui répondre.

« Ouais », dit celui-ci d'un ton sec et froid.

« Tu devrais descendre ici après la huitième manche, comme ça on sera prêts lorsqu'il s'en ira.

– J'arrive.

– Terminé. »

Il rangea son talkie-walkie.

Dans la septième manche, Brown n'était plus dans le coup. Les Cardinals marquèrent deux points pour commencer, gâchant ainsi un match parfait, dans lequel le lanceur ne laisserait l'équipe adverse marquer aucun point. Comme ce n'était pas au tour de McGwire de lancer, l'équipe mettait en danger son avance au score.

Grâce aux coureurs placés aux angles, Brown élimina le batteur suivant, permettant ainsi à McGwire d'entrer sur le terrain. Toutes les bases étaient occupées. S'il parvenait à envoyer la balle hors du terrain, les Cardinals prendraient la tête du match et seraient lancés dans la dynamique de la victoire.

Davey Johnson, l'entraîneur de l'équipe, courut jusqu'au monticule pour parler avec son lanceur. Mais apparemment, ce n'était que pour l'encourager. Il laissa Brown sur le terrain et retourna s'asseoir sur le banc des remplaçants, sous un tonnerre d'applaudissements.

La foule se leva et se tut, jubilant devant ce qui promettait d'être la grande confrontation de la soirée. Le talkie-walkie de Stilwell grésilla deux fois. Il le prit dans sa poche.

« Ouais ?

– J'en crois pas mes yeux ! Il faut absolument qu'on envoie un pack de bière à ce Houghton pour le remercier. »

Stilwell ne répondit pas. Ses yeux étaient rivés sur Vachon qui avait quitté son siège et montait l'escalier menant aux stands de confiseries et de boissons.

« Il s'en va.

– Quoi ? C'est pas vrai. Comment il peut louper un moment pareil ? »

Stilwell se retourna et s'appuya contre un pilier un béton. Vachon arrivait en haut de l'escalier. Il passa derrière lui.

Quand la voie fut libre, Stilwell balaya les alentours du regard et vit Vachon se diriger vers les toilettes, tandis qu'un groupe d'hommes se précipitait dehors afin de voir le lancer de McGwire.

Stilwell porta le talkie-walkie à sa bouche.

« Il va aux toilettes, à côté du stand de vente de beignets.

– Il a bu deux bières, dit Harwick. Il a peut-être envie de pisser, tout simplement. Tu veux que je vienne ? »

Stilwell répondit, mais au même moment, un grondement s'éleva dans la foule, puis se tut. Stilwell avait le regard fixé sur l'entrée des toilettes pour hommes. Il était à trois mètres de la porte lorsqu'un homme en sortit. Ce n'était pas Vachon. C'était un type blanc, baraqué, avec une longue barbe foncée et le crâne rasé. Il portait un tee-shirt moulant, et ses bras étaient entièrement tatoués. Stilwell chercha une tête de mort avec une auréole, l'insigne des Road Saints, mais il ne la vit pas.

Néanmoins, la présence de cet homme suffit à ralentir ses pas. Le tatoué tourna à sa droite et passa son chemin. La voix de Harwick retentit dans le talkie-walkie.

« Répète un peu. J'ai pas entendu, à cause de la foule.

– Je t'ai demandé de venir ici », répéta Stilwell dans son récepteur.

Une brève clameur d'enthousiasme retentit de nouveau parmi la foule. Mais cette fois, elle était trop courte pour indiquer s'il s'agissait d'un point gagnant ou d'une balle perdue. Stilwell s'approcha de l'entrée des toilettes. Il repensa à l'homme au crâne rasé, essayant de se rappeler si ce visage lui était familier. Stilwell avait laissé ses photos dans l'élastique, au-dessus du pare-soleil de la Volvo.

Soudain, cela fit tilt. Un transfert d'arme. Vachon était venu au match pour récupérer ses instructions et une arme.

« Je crois qu'il est armé », dit Stilwell dans son talkie-walkie. « Je rentre dans les toilettes. »

Il remit son appareil dans sa poche, sortit son badge de sa chemise et le laissa en évidence sur son torse. Il dégaina son 45 et entra.

C'était une pièce caverneuse, tapissée de carreaux jaunes. Deux rangées d'urinoirs en acier inoxydable se faisaient face et étaient prolongées par des cabinets fermés. L'endroit semblait vide, mais ce n'était qu'une impression, Stilwell le savait.

« Bureau du shérif. Sortez, les mains sur la tête. »

Pas de réponse. Pas un bruit, hormis les cris du public, à l'extérieur. Stilwell s'approcha encore un peu et répéta ses paroles, plus fort cette fois. Mais soudain, une cacophonie assourdissante jaillit de la foule, tel le grondement d'un train à l'approche, et couvrit le son de sa voix. Sur le terrain, l'affrontement venait de commencer.

Stilwell s'avança entre les urinoirs et resta debout entre les rangées de cabinets. Il y en avait huit de chaque côté. La porte des cabinets au fond à gauche était fermée. Les autres portes, bien qu'entrouvertes, ne permettaient pas de voir à l'intérieur.

Stilwell s'accroupit, adoptant la position du receveur au base-ball, et regarda sous les portes. Aucun pied ne dépassait. Cependant, par terre, à l'intérieur du cabinet fermé, se trouvait une casquette bleue des Dodgers.

« Vachon ! hurla-t-il. Allez, sors maintenant ! »

Il prit position devant la porte fermée. Sans hésiter, il leva la jambe et donna un grand coup de pied. Celle-ci s'ouvrit brusquement, percutant la cloison. Elle rebondit et se referma. Cela ne dura qu'une seconde, pourtant, Stilwell eut assez de temps pour voir que le cabinet était vide.

Et de comprendre qu'il était dans une situation de vulnérabilité.

Il se retourna et entendit un grattement derrière lui. Du coin de l'œil, dans son champ périphérique, il vit quelque chose bouger, s'approcher de lui. Il leva son arme, sachant pourtant qu'il était trop tard. Et au même moment, il comprit qui était la mystérieuse cible de Vachon.

Le couteau lui fit l'effet d'un coup de poing sur le côté gauche de son cou. Puis une main attrapa son col de chemise et le tira en arrière, tandis que la lame tournait vers l'avant et lui tranchait la gorge.

Stilwell lâcha son arme, et instinctivement porta ses mains à sa gorge ouverte. Alors, derrière lui, il entendit quelqu'un murmurer à son oreille.

« Avec les bons vœux de Sonny Mitchell. »

On le tira en arrière et on le poussa contre le mur, à côté du dernier cabinet. Stilwell se retourna et se mit à glisser le long des carreaux jaunes, ses yeux rivés sur la silhouette de Milky Vachon qui prenait la porte de sortie.

En tombant par terre, Stilwell sentit son pistolet sous sa jambe. Sa main gauche toujours à son cou, il prit l'arme avec sa main droite et visa. Il tira quatre fois sur Vachon. Les balles vinrent se loger dans la partie supérieure de son dos, les unes à côté des autres, et Vachon fut projeté dans une poubelle débordant de papier toilette. Puis il s'effondra à terre, sur le dos, son regard bleu ciel fixait le plafond, immobile, tandis que la poubelle renversée roulait d'avant en arrière à côté de lui.

Stilwell laissa retomber sa main sur le carrelage et lâcha son arme. Il baissa les yeux vers son torse. Son sang coulait de toutes parts, entre ses doigts, le long de son bras. Ses poumons se remplissaient, et il ne parvenait plus à respirer.

Il était condamné, il le savait.

Il bascula sur le côté et tourna les hanches de façon à pouvoir atteindre la poche arrière de son pantalon. Il prit son portefeuille.

Une autre clameur jaillit de la foule, semblant faire trembler la pièce. Alors, Harwick entra, il vit les cadavres à chaque extrémité des toilettes et accourut auprès de Stilwell.

« Oh, mon Dieu ! Oh, mon Dieu. »

Il se pencha et regarda Stilwell un moment, puis il prit son talkie-walkie et se mit à hurler dans le micro. Il se rendit compte qu'il était sur une fréquence réservée. Il tourna rapidement le bouton sur une fréquence libre et demanda au policier qui était en bas de venir. Stilwell écoutait avec détachement. Il savait qu'il n'avait aucune chance. Il baissa les yeux vers l'image pieuse qu'il tenait dans sa main.

« Tiens bon, collègue, hurla Harwick. Me lâche pas, mon pote. Ils arrivent, ils arrivent. » Stilwell entendit du vacarme derrière lui, et Harwick se retourna. Deux hommes étaient debout dans l'embrasure de porte. « Fichez le camp ! Foutez le camp, bon Dieu ! Ne laissez entrer personne ! » Il se retourna vers Stilwell. « Écoute, mon pote, je suis désolé. J'ai déconné. Oh, putain, je suis vraiment désolé. Je t'en prie, ne meurs pas. Accroche-toi, mon pote, je t'en prie, accroche-toi. » Les mots jaillissaient de sa bouche comme le sang du cou de Stilwell. Un flot continu, comme un torrent fou. Désespéré. « T'avais raison, mec. T'avais raison sur moi. Je.. Je... J'ai menti à propos du championnat. Je suis parti avant la fin du match, et je m'excuse d'avoir menti. Il faut pas que tu me lâches. Je t'en prie, reste avec moi ! »

Les paupières de Stilwell se baissèrent doucement, alors il se souvint de ce soir-là, il y a si longtemps. Cet autre soir. Puis il mourut, avec son nouveau coéquipier qui bafouillait, pleurait à chaudes larmes, agenouillé à ses côtés.

Harwick ne parvint à se calmer que lorsqu'il comprit que Stilwell était mort. Il observa alors le visage de son partenaire et lut une certaine sérénité dans son expression. Il se rendit compte qu'il semblait plus heureux qu'à n'importe quel autre moment où il l'avait vu ce jour-là.

Il remarqua le portefeuille ouvert par terre, puis la carte dans la main de Stilwell. Harwick la retira de ses doigts inertes et la regarda. Il s'agissait d'une carte de base-ball. Pas une vraie. Un carte fantaisie. Elle représentait un petit garçon de onze ou douze ans. Il portait la tenue officielle des Dodgers et tenait une batte posée sur son épaule. Sur son maillot était inscrit le numéro 7. Sous la photo, on pouvait y lire : « Stevie Stilwell, défenseur droit ».

Harwick entendit de nouveau du brouhaha derrière lui, il se retourna et vit les services de secours entrer. Il s'écarta, même s'il savait qu'il était trop tard.

Tandis que les secouristes cherchaient des signes de vie sur son coéquipier mort, Harwick recula et sécha les larmes de son visage avec la manche de sa chemise. Puis il prit la carte de base-ball et la glissa dans l'étui en plastique de son badge. Il la garderait sur lui. Toujours.

Thomas H. Cook

LE COMBAT TRUQUÉ

Paru dans *Murder on the Ropes*

Cela aurait pu arriver n'importe quand, au cours de n'importe lequel de mes trajets quotidiens avec le bus 42 qui traverse la ville. Je le prenais tous les jours à huit heures du matin pour me rendre à mon bureau situé à l'angle de la 42e Rue et de Lex, puis le soir, je descendais à Port Authority et je longeais à pied un pâté de maisons en direction du centre-ville jusqu'à chez moi, sur la 43e Rue.

Cela aurait pu arriver n'importe quand, mais c'était une froide soirée de janvier ; à six heures du soir la ville était déjà plongée dans une profonde obscurité hivernale. Pire encore, il tombait une neige épaisse qui recouvrait la chaussée et bloquait la circulation, particulièrement sur la 42e Rue, où les banlieusards du Jersey se dépêchaient de s'engouffrer dans le tunnel de Lincoln, obstruant les artères du réseau en se ruant vers le fleuve comme des lapins détalant d'une forêt en feu.

Je devrais vous dire mon nom, parce que quand j'aurai fini cette histoire, vous voudrez le connaître, vous voudrez vérifier, savoir si je suis vraiment qui je prétends être, si j'ai réellement entendu ce que je dis avoir entendu ce soir-là dans le bus 42.

Eh bien, je m'appelle Jack. Jack Burke. Je suis photographe pour Cosmic Advertising et mon appareil photo fait en général sa mise au point sur un flacon de parfum ou une assiette de spaghettis. Mais dans le temps, j'étais photo-reporter pour *News* et j'immortalisais principalement des incendies et de spectaculaires ruptures de canalisations, le genre de clichés qui finissent en page 8. J'ai pourtant fait une couverture en 1974, une femme suspendue dans le vide à Harlem, une main accrochée à une sortie de secours, et tenant de l'autre son bébé qui se balançait comme un sac à patates. J'ai appuyé sur le déclencheur pile quand elle a lâché, les saisissant tous deux dans le premier instant de leur chute. Cette photo avait du cœur, et parfois, quand, assis à mon bureau, j'essaye de décider quel cliché donnerait le plus envie à un môme d'acheter un soda, je me languis de sentir à nouveau battre ce cœur, de faire entendre ou voir quelque chose qui, telle une décharge électrique, me ferait retrouver ma vie d'avant.

À l'époque, quand la rue était mon terrain de prédilection, je connaissais la Grande Pomme jusqu'au trognon, ses rades mal famés et ses bouges après l'heure de la fermeture. Le mec au bout du zinc, avec son costume froissé et son chapeau gris posé sur le tabouret d'à côté, c'était moi. C'était mes vertes années, et j'en ai aimé chaque minute. Pendant presque cinq ans, pas une nuit ne passait sans que je retombe une nouvelle fois amoureux de tout ça, la nuit et la ville, les clubs de jazz de Bleeker Street à trois heures du matin quand la fumée est épaisse, que les riffs paraissent simples et que l'addition grandit comme une rose rouge près de votre verre.

Puis Jack Burke avait épousé une étudiante de l'université de New York nommée Rikki, dont les lèvres épaisses et le cul parfait avaient fait l'effet d'un Mickey Finn [1] sur son cerveau. Il y avait eu beaucoup de fleurs et un groupe de douze musiciens. Après quoi, la mariée rougissante avait enfanté tous les quatre ans environ. Jack s'était fait embaucher dans une agence de pub pour payer les écoles privées et c'était la fin des additions arrosées. Puis la femme de Jack, aspirant à une meilleure destinée avec un autre type, lui avait laissé une douloureuse à faire bander Bloomingdale's. L'appartement de la 85e Rue était retourné à l'efficace équipe de la société de crédit Emigrant Savings et Jack s'était dégoté un endroit où crécher sur la 43e Rue Ouest. Voilà pour la version courte de comment je me suis retrouvé dans le bus 42 cette soirée neigeuse de janvier de l'an de grâce 2000.

Les blues les plus profonds, dit-on, sont ceux qu'on ne sent pas, ceux qui vous paralysent, le meilleur de ce que vous étiez s'évanouit purement et simplement et vous en êtes réduit à regarder fixement par la fenêtre en essayant de vous rappeler la dernière fois où vous avez sauté de joie, ri aux larmes ou laissé la pluie vous tremper jusqu'aux os. J'en étais peut-être à ce stade quand je suis monté dans le bus 42 ce soir-là. Et pourtant, je n'étais pas suffisamment éteint pour que la vue de cet homme ne produise pas en moi une étincelle, ne me rappelle pas le bon vieux temps, et combien il me manquait.

Et ce qui me manquait le plus, c'était les combats.

Je vais vous dire pourquoi. Parce que tous les vieux adages sur la boxe sont vrais. L'ambiguïté n'a pas sa place sur le ring. On sait qui gagne et qui perd. Là, dans ce petit carré, sous l'éclairage puissant, deux types donnent tout ce qu'ils ont, s'affrontent sans avocats ni inspecteurs des finances. Ils se dévisagent sans rien dire. Ils sont à nu, dépouillés même de mots. Les boxeurs ne

1. Boisson droguée.

s'insultent pas. Ils ne hurlent pas : « Hé ! va te faire foutre, espèce de pauvre type, tu veux me mettre en pièces, ah, eh bien, viens me chercher, putain de sac à merde »... tout en reculant, en jetant des regards alentour et en priant pour qu'un flic se pointe. Les boxeurs n'intentent pas de procès et ne vous dénoncent pas au fisc. Ils ne s'abonnent pas à des revues porno sous votre nom pour les faire envoyer chez vous. Ils ne lancent pas de rumeurs insinuant que vous vous camez ou que vous êtes peut-être pédé. Les boxeurs ne vous attaquent pas en traître par l'intermédiaire d'un document que vous remet en main propre un homme que vous n'avez jamais vu alors que vous sortez de chez vous. Les boxeurs ne glissent pas de lettres dans la boîte à idées et ne se plaignent pas à votre patron que vous n'êtes plus à la hauteur. Les boxeurs ne louvoient pas. Les boxeurs avancent à grandes enjambées vers le centre du ring, lèvent les poings, et se battent. C'est ce que j'ai toujours aimé chez eux, qu'ils n'aient rien en commun avec nous autres.

Pourtant, ça faisait plus de vingt ans que je n'avais pas vu de match au Garden ou ailleurs quand je suis monté dans le bus 42 ce soir-là, et toute la fièvre du ring, le bruit et la fumée, avaient depuis dérivé en moi vers un lieu que je ne visitais plus. Je n'arrivais pas à me rappeler la dernière fois que j'avais lu un article sur la boxe dans le journal, ou même jeté un simple coup d'œil au magazine *Ring*. À vrai dire, ce soir-là justement, j'avais préféré prendre un *Newsweek* sur la pile, puis marcher d'un pas traînant vers le bus, prévoyant d'acheter, une fois descendu, du porc *moo shoo* à emporter, de patauger jusqu'à chez moi et de lire l'article sur cet obstétricien de East Hampton qui avait filé cinq mille dollars à un jockey jamaïquain empoté pour qu'il bute sa femme.

Puis, surgi de nulle part, je le vis.

Il était avachi à l'arrière du bus, le visage tourné vers la vitre, scrutant la rue, sans cependant avoir l'air de regarder quoi que ce soit en particulier. Son regard avait cette expression que vous connaissez tous. Rien ne rentre, pas grand-chose n'en sort. Un regard mort, abattu.

Ses vêtements étaient tellement miteux que si je n'avais pas remarqué son profil, l'oreille ratatinée et le nez épaté, j'aurais pu le prendre pour un tas de linge sale. Ils étaient déchirés, en lambeaux, l'écharpe autour de son cou criblée de trous, des gants bleu foncé laissaient voir ses doigts. C'était le genre de look pouilleux qui trimbale sa propre odeur et que les explorateurs urbains associent inévitablement à la folie ou à la chiasse. Ce qui, dans ce bus où on était serrés comme des sardines, expliquait le siège vide à côté de lui.

J'aurais pu rester à distance, le fixer un temps, me rappeler mes jours anciens tout en me remémorant les siens, puis descendre discrètement du bus à mon arrêt habituel, oublier toute cette affaire jusqu'à ce que le lendemain matin au boulot, je croise Max Groom dans les toilettes et lui dise : « Hé, Max, devine qui j'ai vu dans le 42 hier soir ? Qui ? Vinnie Teague, voilà qui, Vinnie Teague l'Irlandais, le Shameful Shamrock, le Trèfle [1] Truqueur. Putain, il est toujours en vie ? Ouais, si on veut. »

Et ça aurait pu s'arrêter là.

Mais non.

Vous savez pourquoi ? Parce que, si on veut, moi aussi j'étais encore en vie. Et que se doivent les vivants, dites-moi, sinon d'écouter les histoires qu'ils ont à se raconter ?

Alors, jouant des coudes, je me frayai un passage à travers la foule jusqu'à l'arrière du bus, tandis que Vinnie l'Irlandais continuait de scruter la nuit vaine,

1. Emblème national de l'Irlande.

le visage encore plus figé vu de près, les yeux aussi fixes que des boules de billard dans une arrière-salle déserte.

La bonne nouvelle ? Pas d'odeur. Restait donc la question : Est-il barge ?

Le langage est un bon test de santé psychique, alors je dis : « Salut. »

Rien.

« Bonjour. » Cette fois-ci en tapant légèrement sur son épaule en loques.

Toujours rien, alors je plaçai la barre plus haut. « Vinnie ? »

Une petite lueur traversa ses yeux abattus, morts.

« Vinnie Teague ? »

Quelque chose vacilla, mais au loin, de façon morne, comme une bougie dans la fenêtre d'un orphelinat.

« C'est toi, pas vrai ? Vinnie Teague ? »

Le tas de linge frémit, et les yeux abattus, morts, se tournèrent vers moi.

Un silence, mais un léger signe de tête.

« Je suis Jack Burke. Vous ne me connaissez pas, mais il y a longtemps, je vous ai vu au Garden. »

La vérité c'est que j'avais vu Vinnie Teague l'Irlandais, le Trèfle Truqueur, pas mal de fois au Garden. Je l'avais vu une première fois quand il était poids lourd-léger, puis plus tard, après qu'il avait pris juste assez de poids pour rentrer dans la catégorie des lourds.

Il avait le visage de bouledogue typique des boxeurs passés par l'école de la rue, qui avaient découvert leur aptitude au combat non pas dans des gymnases ou des cours du soir, mais dans des salles de bars et des usines, dans des lieux où personne n'était sauvé par le gong et où la sciure ou les copeaux de métal buvaient le sang de leurs premiers adversaires.

C'est Spiro Melinas qui le premier avait remarqué Vinnie. À l'époque déjà Spiro était un vieux de la vieille, un magouilleur qui mettait du fric de côté en douce, un mec qui trempait le bout de son cigare dans du jus de tomate, ce qui, affirmait-il, réduisait la nocivité du tabac. Spiro était un manager de boxe à la petite semaine qui louait des salles délabrées le long du Jersey Shore ou dans les villes industrielles rouillées du Connecticut et du Massachusetts. Il rôdait autour des bateaux de pêche qui mouillaient dans les ports huileux de Fall River ou de New Bedford, et on l'avait même aperçu dans le Nord jusque dans l'État côtier du Maine, à surveiller les tapis roulants couverts de poissons qui alimentaient les conserveries locales, à l'affût de rapidité et de muscle parmi les couteaux étincelants.

Mais Spiro n'avait trouvé Vinnie Teague dans aucun des endroits où il avait cherché des boxeurs potentiels durant les cinq années précédentes. Ni dans le Maine, ni dans le Connecticut, ni dans le New Jersey. Ni dans une salle de bar, ni dans une usine de chaussures, ni dans le froid glacial d'une pêcherie de la Nouvelle-Angleterre. Non, Vinnie avait été sous son nez tout le temps, un obscur habitant du coin le plus sinistre de Brooklyn qui, au moment d'être découvert, venait juste de jeter un type par la porte battante d'un foyer pour femmes situé sur Flatbush. Le type s'était relevé, précipité sur Vinnie, puis avait dû reculer, chancelant sous une pluie aveuglante de droites et de gauches, la tête projetée en arrière à chaque impact, le visage réduit en purée par une succession de coups de poing foudroyants, même si, pour Spiro, il était évident que durant toute cette terrible avalanche de coups, Vinnie avait ménagé son adversaire. « Doux Jésus, si Vinnie n'avait pas retenu ses coups, raconterait-il plus tard à Salmon Weiss, il aurait tué ce pauvre type en deux droites et une gauche. » Un hochement de tête, le regard de Spiro figé dans un émerveillement sinistre. « Je te le dis, Salmon, on peut vraiment dire que Vinnie se contentait de lui filer des baffes, et l'autre type avait l'air d'avoir fait douze rounds contre un ventilateur métallique. »

Inutile de le dire, c'était le coup de foudre.

Et donc, les deux années suivantes, Spiro avait materné Vinnie comme un petit poussin. Il avait payé son loyer et fait ses courses pour que Vinnie puisse lâcher son prestigieux boulot de videur au foyer pour femmes. Il avait payé l'entraînement de Vinnie, les vêtements de Vinnie, le gâteau d'anniversaire de chez Carvel de Vinnie, un événement auquel j'avais assisté, ma première rencontre avec Vinnie Teague l'Irlandais. Il ingurgitait une part de gâteau tandis que Spiro le regardait faire, radieux. Clic-clac. Un flash. En page 8, au-dessus de la légende : LE POULAIN PROMETTEUR INTERROMPT L'ENTRAÎNEMENT POUR FÊTER SON 24e ANNIVERSAIRE.

Il avait poursuivi son ascension les quatre années suivantes, grimpant à la force de ses muscles de plus en plus haut dans le classement, jusqu'à ce que, juste au moment où le titre était à sa portée, il perde volontairement un match.

Il y a combat truqué et combat truqué, mais le combat truqué de Vinnie était le plus célèbre de tous.

Pourquoi ?

Parce que c'était le plus transparent. Jake La Motta, c'était Laurence Olivier comparé à Vinnie. Jake était au top de l'Actors Studio, une affiche de recrutement pour la méthode Strasberg, l'élève le plus brillant que Stella Adler ait jamais eu... comparé à Vinnie. Jake La Motta s'était couché, mais Vinnie l'Irlandais s'était couché en faisant un saut de l'ange, c'était tellement évident que c'était du chiqué, tellement bizarre et tellement gros que pour la première et seule fois de l'histoire des boxeurs qui se couchent, même les fans s'étaient emportés, non seulement en huant et en brandissant leurs poings levés, mais en se ruant carrément vers le ring comme un seul homme pour choper Vinnie Teague et lui arracher son cœur de menteur.

Trente-sept personnes avaient terminé à Saint Vincent ce soir-là, dont six flics qui, contre toute attente, étaient parvenus à faire sortir Vinnie du ring, où il s'était relevé d'un bond avec une agilité surprenante, et à l'emmener dans les entrailles en béton du Garden, où il avait passé plus d'une heure assis, planqué dans un placard à balais, tandis qu'en haut l'enfer se déchaînait. Addition finale, selon le *Daily News,* quatre-vingt-six mille dollars de dégâts. Et, bien sûr, des poursuites judiciaires en veux-tu en voilà et donc, l'affaire terminée, le saut de l'ange de Vinnie, quel que soit le montant de la somme qu'il avait empochée, s'était avéré être le plus coûteux de l'histoire de la boxe.

C'était la fin de la carrière de Vinnie, évidemment, son dernier combat pour une bourse. Il n'y avait pas besoin de preuves. Le *Daily News* l'avait surnommé le « Trèfle Truqueur » et les promoteurs ne lui avaient plus fait aucune offre. Spiro s'était séparé de lui et, sans plus de cérémonie, Vinnie avait sombré en eaux troubles, tombant aussi durement et aussi bas qu'au cours de cette soirée fatale où Douggie Burns, à ce moment-là guère plus qu'une pièce de bœuf sanguinolente, avait réussi à soulever sa patte et à donner une petite tape sur la joue de Vinnie, à la suite de quoi le « Edwin Booth [1] des boxeurs », autre sobriquet du *Daily News*, s'était écrasé sur le tapis comme un coffre-fort tombé du plafond du Garden. Après ça, plus aucune

1. Acteur américain (1833-1893).

foule n'avait jamais acclamé Vinnie Teague, pas plus qu'on ne s'était demandé ce qu'il avait bien pu devenir.

Mais soudain il était là devant moi une fois encore, Vinnie l'Irlandais, le Trèfle Truqueur, blotti à l'arrière du bus 42, un tas de loques qui respire.

« Vinnie Teague. C'est ça ? T'es Vinnie Teague. »

Pas un son de sa bouche, mais un assentiment dans ses yeux, tout juste l'impression, sans plus, qu'il ne le niait pas.

« J'ai assisté à ton vingt-quatrième anniversaire », lui dis-je, comme si c'était le moment de sa vie dont je me souvenais le mieux, plutôt que sa chute tristement célèbre. « Il y avait une photo dans le *News*. Toi avec une part du gâteau de chez Carvel. C'est moi qui ai pris la photo. »

Un hochement de tête.

« Et Spiro Melinas, qu'est-ce qu'il est devenu ? »

Il gardait les yeux rivés sur la rue derrière la vitre, la circulation était toujours d'une lenteur impossible, des automobilistes furibards klaxonnaient à tout rompre. Après un moment de silence, un léger murmure s'échappa de son vieux visage cabossé. « Mort.

– Ah ouais ? Désolé de l'apprendre. »

Une rafale de vent s'écrasa contre le flanc du bus, rabattant violemment une vague de neige contre la vitre et, au son que cela fit, Vinnie L'Irlandais se tassa un peu, rentrant les épaules comme un boxeur... encore comme un boxeur.

« Et toi, Vinnie. Comment ça a été ? »

Vinnie haussa les épaules comme pour dire qu'il allait aussi bien qu'on pouvait l'attendre d'un boxeur lessivé et loqueteux qui avait fait le saut de l'ange le plus célèbre du monde.

Le bus avança un peu, juste assez pour faire légèrement tituber les voyageurs debout, puis s'immobilisa de nouveau.

« T'étais bon, tu sais, dis-je doucement. T'étais vraiment bon, Vinnie. La fois contre Chico Perez. C'était quoi ? Trois reprises ? Bon sang, il était pas beau à voir après. »

Vinnie acquiesça. « Pas beau à voir », répéta-t-il.

« Et Harry Sermak. Deux reprises, pas vrai ? »

Un signe affirmatif de la tête.

Le fait est que Vinnie l'Irlandais n'avait pas perdu un seul combat avant que Douggie Burns lui caresse le menton dans le dernier round de cette soirée historique au Garden. Et mieux encore, il avait gagné en faisant largement la différence, presque toujours par *knock-out*, presque toujours avant la dixième reprise, et en général par un seul coup dévastateur qui faisait penser à Marciano, sauf que celui qu'envoyait Vinnie semblait encore plus mortel et assassin. Comme Brando, le meilleur acteur, l'a dit un jour : « L'aurait pu prétendre au titre. »

En fait, il l'avait été, prétendant au titre, un prétendant très sérieux, ce qui, à mes yeux, a toujours rendu sa chute encore plus mystérieuse. Combien cela avait-il bien pu valoir ? Combien avait-on proposé à Vinnie pour faire ce saut de l'ange désastreux ? C'était une énigme qui ne faisait que s'épaissir à mesure que je réfléchissais à son indigence actuelle. Quel que soit l'accord que Spiro Melinas avait passé pour Vinnie, quelle que soit la somme qui avait atterri sur un obscur compte bancaire, elle n'avait pas duré très longtemps. Ce qui finalement m'amena au sujet qui me brûlait les lèvres.

« Trop dommage ... » J'hésitai juste le temps de m'interroger sur ma sécurité, puis je montai sur le ring et touchai les gants de Vinnie avec les miens. « ... le dernier combat.

– Ouais », fit Vinnie, puis il se tourna de nouveau vers la vitre comme si maintenant c'était le coin sûr du ring et sa tête partit légèrement en arrière lorsque le bus chancela vers l'avant en hoquetant, avant de s'arrêter net.

« Le truc, c'est que j'ai jamais pigé », ajoutai-je.

Ce qui était un foutu mensonge vu qu'il ne fallait pas avoir inventé l'eau tiède pour deviner les ingrédients d'un combat truqué. C'est le fric ou la peur côté boxeur, rien que le fric côté combinard.

Ma remarque comme quoi je n'arrivais pas à comprendre ce qui s'était passé quand le gant de Douggie Burn avait embrassé la joue de Vinnie et que le Trèfle Truqueur s'était écroulé sur le tapis comme un cheval mort, c'était une feinte, juste une tactique que j'avais apprise dans le monde des affaires, selon laquelle il faut faire semblant d'admirer la compétence d'un incompétent pour gagner sa confiance. Dans le cas de Vinnie, je lui offrais un doute, l'idée que, dans tout l'univers, j'étais la seule et unique pauvre andouille qui n'était pas tout à fait sûre d'avoir compris pourquoi il avait fait le saut de l'ange le plus célèbre du monde.

Mais avec lui, ça ne marcha pas. Vinnie resta immobile, les yeux toujours braqués sur la vitre, sans rien suivre de ce qui se passait derrière, mais clairement peu disposé à me laisser lui faire perdre davantage son précieux temps.

Ce qui ne fit qu'emballer la machine en moi. « Alors, quelqu'un d'autre te l'a déjà dit ? demandai-je. Qu'il avait un doute, je veux dire. »

L'épaule droite de Vinnie se souleva un peu, puis retomba. À part ça, rien.

« Le truc que j'ai jamais pigé, c'est qu'est-ce qui a bien pu faire que ça vaille le coup, tu vois ? Pour toi, je veux dire. Même, disons, cent mille dollars. Même ça, c'était de la petite monnaie comparé à ce qui t'attendait. »

Vinnie pivota légèrement et les doigts de sa main droite s'enroulèrent pour former un poing, mouvement que j'accueillis avec une légitime appréhension.

« Et perdre ce combat, fis-je. Contre Douggie Burns. Il se faisait déjà vieux. Atomisé dans le match contre Chester Link. Perdre un combat contre un véritable adversaire, c'est une chose. Mais en perdre un contre un pauvre type vieux et fini comme... »

Soudain, Vinnie se tourna brusquement, les yeux brillants. « Douggie Burns, c'était un mec droit.

– Un mec droit ? demandai-je. Tu connaissais Douggie ?

– Je savais que c'était un mec droit.

– Ah ouais ? dis-je. Comment ça ?

– Que c'était un type honnête, fit Vinnie. Un mec droit, comme j'ai dit.

– Très bien, d'accord, fis-je. Mais excuse-moi, et alors ? C'était un fantôme. Combien, trente-trois, trente-quatre ans ? Un dinosaure. » Je lâchai un petit rire. « Son dernier combat, par exemple. Contre Chester Link. Bon Dieu, la correction qu'il s'est pris. »

Quelque chose se crispa dans le visage de Vinnie. « Un sale truc », marmonna-t-il.

« Le massacre des Innocents, voilà ce que c'était, dis-je. Après le premier round, je me suis dit que Burns irait au tapis dans la première minute du deuxième. Tu vois le truc ? »

Vinnie acquiesça d'un signe de tête.

« Puis Douggie y retourne et prend une raclée tout aussi sévère dans le deuxième », continuai-je, travaillant toujours à engager la conversation avec Vinnie l'Irlandais, ou peut-être simplement pour raviver la douceur de ma propre jeunesse disparue, l'époque où je me serrais au bord du ring à la table réservée à la presse, fumant Camel sur Camel, le chapeau relevé sur l'avant avec ma carte de presse qui dépassait de la bande, le type tout droit sorti de *Front Page*, même si encore aujourd'hui il me paraît étonnamment vrai, mon numéro de photographe de presse, tellement plus proche de mon vrai moi que tous les rôles que j'avais joués depuis.

« Puis le gong retentit pour le troisième round et Chester continue à démolir Douggie. Doux Jésus, il était groggy quand le gong a retenti à la fin de la reprise. » Je souris jusqu'aux oreilles. « Il s'est dirigé vers le mauvais coin, tu te souviens ? Il a fallu que l'arbitre prenne ce pauvre type complètement sonné par les épaules et le remette dans la bonne direction.

– Un mec droit », répéta Vinnie avec détermination, mais pour lui seul à présent.

« J'étais étonné que l'arbitre n'arrête pas le match, continuai-je. Les gens ont perdu un paquet de fric ce soir-là. Tout le monde avait parié que Douggie Burns ne finirait pas le match. J'avais parié dix dollars qu'il ne verrait pas le cinquième. »

Vinnie braqua son regard sur moi. « Plein de gens ont perdu du fric, grommela-t-il. Des gens importants. »

Des gens importants, pensai-je, me rappelant que le plus important d'entre eux se trouvait au bord du ring ce soir-là. Personne d'autre que Salmon Weiss, le type qui manageait Chester Link. Weiss était le genre de promoteur de combats à porter un manteau en cachemire et un foulard en soie blanc et à toujours avoir une Cadillac noire qui attendait devant la salle avec une blonde aux longues jambes sur la banquette arrière. Il avait un nez qui tenait plus du rêve que de la réalité avant qu'un chirurgien de l'East Side ne s'en occupe au scalpel, et quand il parlait, personne ne mouftait.

Vous voyez le tableau ? Bref, Salmon Weiss était comme ça, et tous ceux qui faisaient partie du milieu de la boxe ou gravitaient autour savaient parfaitement qui c'était. Les paris qu'il faisait à titre personnel, ça par contre c'était une autre histoire, et j'étais surpris qu'un type comme Vinnie l'Irlandais, un bouledogue qui n'avait rien à voir avec Weiss, ait une idée de comment le Salmon susmentionné plaçait son fric.

« T'étais pas un des gars à Weiss, si ? » demandai-je, tout en sachant pertinemment que Vinnie avait toujours été managé par le vieux Melinas.

Vinnie fit non de la tête.

« Spiro Melinas était ton manager. »

Vinnie acquiesça.

Ce qui nous donne ? Je me posai la question, mais je me dis que ce n'était pas mes affaires et je passai à la suite.

« Bon, dis-je. Chester a fait de son mieux pour démolir Douggie avant la limite, mais le pauvre bougre a tenu bon jusqu'au dixième round. » Je ris de nouveau.

Le bus gronda, un coup de vent l'ébranla, puis il avança de nouveau en se traînant.

« Eh bien, tout ce dont je me rappelle, c'est de la dérouillée qu'a prise Douggie. »

Vinnie mâchouilla sa lèvre inférieure. « Parce qu'il voulait pas aller au tapis.

– C'est exact. Il a tenu les dix. Jusqu'au bout, au tout dernier coup de gong. »

Vinnie paraissait quasiment se trouver de nouveau au bord du ring, assistant à ce match passé depuis longtemps, observant comment Douggie Burns, battu et en sang, tout juste capable de lever la tête, encaissait coup sur coup, reculait en vacillant sur ses jambes, sans se protéger du tout, à peine conscient, on aurait dit une statue que Chester Link frappait de toutes ses forces, les gants faisaient un bruit sourd en s'écrasant contre le ventre, les épaules, le visage, tout Douggie Burns, mais un Douggie Burns insensible, qui ne voyait rien, ne sentait rien, un Douggie Burns de marbre.

« L'est resté sur ses jambes, articula alors Vinnie. Jusqu'au bout.

– Oui, il a tenu bon », fis-je, remarquant l'étrange admiration que Vinnie portait encore à Douggie, même si ça ressemblait plutôt au respect d'un boxeur pour la capacité d'un autre à encaisser une punition inhumaine. « Mais tu dois reconnaître qu'il était vraiment dans un sale état après le combat, ajoutai-je.

– Ouais, dans un sale état.

– Ce qui m'amène à me demander pourquoi tu as accepté de le combattre », dis-je, revenant à ce qui m'intéressait réellement dans l'affaire Vinnie Teague l'Irlandais. « Parce que enfin, c'était pas un vrai match, Douggie et toi. Après la raclée que lui avait infligée Chester Link, Douggie était incapable de faire du mal à une mouche.

– L'était dans un très sale état, Douggie, reconnut Vinnie.

– Mais toi, tu étais dans la fleur de l'âge, lui dis-je. Pas un vrai match, comme je disais. Et de... tu sais... perdre contre lui... ça c'était cinglé, qui que ce soit qui ait monté ça. »

Vinnie ne dit rien, mais je voyais que son esprit turbinait.

« Spiro. Qu'est-ce qui lui est passé par la tête quand il a fait ça ? Monter un combat entre toi et Douggie Burns ? Ça n'a jamais eu aucun sens pour moi. Il n'y avait rien à gagner, ni d'un côté ni de l'autre. Tu n'avais rien à gagner à battre Douggie... et qu'est-ce que Douggie pouvait gagner à te battre s'il ne pouvait pas le faire sans que ce soit un... je veux dire, sans que ce soit... vrai. »

Vinnie secoua la tête. « C'est Weiss qu'a monté ça. Pas M. Melinas.

– Oh, Salmon Weiss, dis-je. Alors c'est Weiss qui a organisé ton combat contre Douggie ? »

Vinnie hocha la tête.

Je fis comme si le spectacle tristement célèbre qu'avait donné la combine de Weiss était simplement une erreur tactique de la part de Vinnie, et non, comme on pouvait le dire aussi, le numéro insipide et dramatique qui avait mis un terme à sa carrière.

« Eh bien, j'espère au moins que Weiss t'a fait une bonne offre pour ce combat, parce que ça ne pouvait absolument pas te faire progresser dans le classement. » Je ris. « Bon Dieu, même si t'avais enfilé les gants face à Sœur Évangeline de Notre Dame des Lépreux, tu aurais grimpé davantage. »

Aucun sourire ne brisa le masque de mélancolie de Vinnie Teague l'Irlandais.

Je secouai la tête devant le mystère des choses de la vie. « Et un combat truqué par-dessus le marché », ajoutai-je à voix basse.

Le regard de Vinnie me transperça. « C'était pas truqué », dit-il. Ses yeux se plissèrent de façon menaçante. « Je me suis pas couché pour Douggie Burns. »

Je revis soudain toute la scène dans un flash de lumière, le gant de Douggie qui flotte dans l'air, effleure à peine le côté du visage de Vinnie, puis s'affaissant en douceur tandis que le Trèfle Truqueur s'écroulait sur le tapis. Si ça ce n'était pas se coucher, alors personne ne s'était jamais couché dans toute l'histoire du ring.

Mais que dire à un homme qui vous ment de façon éhontée, qui prétend avoir paumé le fric ou affirme ne pas avoir vraiment baisé ?

Je haussai les épaules. « Hé, écoute, c'était y a longtemps, pas vrai ? »

Les yeux cernés de rouge de Vinnie me sondèrent intensément. « J'étais jamais censé me coucher, dit-il.

– Tu n'étais pas censé te coucher ? » demandai-je, pour meubler maintenant, en espérant que le bus reprenne sa route, prêt à descendre, pour en avoir terminé avec Vinnie Teague. « T'étais pas censé perdre contre Douggie Burns ? »

Vinnie secoua la tête. « Non, j'étais censé gagner ce match. L'était pas truqué.

– Pas truqué, fis-je. Alors quoi ? »

Il me regarda d'un air entendu. « Weiss a dit que je devais faire tomber Douggie Burns.

– Tu devais faire tomber Douggie Burns ?

– Lui donner une leçon. À lui et aux autres.

– Aux autres ?

– Ceux que Weiss manageait, dit Vinnie. Ses autres boxeurs. Il voulait leur donner une leçon pour qu'ils...

– Qu'ils quoi ?

– Restent dans le rang. Fassent ce qu'il leur dit de faire.

– Et tu étais censé leur faire la leçon en prenant Douggie Burns comme exemple ?

– C'est ça.

– Qu'est-ce qu'il avait contre Burns, Weiss ?

– Un max de trucs, fit Vinnie. Parce que Douggie acceptait pas de le faire. C'était un mec droit, et il le faisait pas.

– Il faisait pas quoi ?

– Se coucher devant Chester Link, répondit Vinnie. Douggie était censé se coucher au cinquième. Mais il l'a pas fait. Alors Weiss a monté ce combat. Entre moi et Douggie. Il disait que je devais donner une leçon à Douggie. Il disait que si je le faisais pas... » Il baissa les yeux sur ses mains. « ... je ferais plus aucun combat. » Il haussa les épaules. « En tout cas, j'étais pas censé perdre ce match contre Douggie. J'étais censé le gagner. Le gagner pour de bon. Le faire sérieusement aller au tapis, Douggie. » Il hésita un instant, et son côté sombre s'obscurcit encore d'un ton. « Définitivement. »

Un frisson me parcourut. « Définitivement », répétai-je.

« Pour que les boxeurs à Weiss ils sachent ce qui leur arrivera s'il leur dit de se coucher et qu'ils le font pas.

– Alors c'était pas un combat truqué », dis-je, comprenant enfin. « Le combat entre toi et Douggie. Il n'a jamais été truqué. »

Vinnie fit non de la tête.

Les derniers mots me sont tombés de la bouche comme un protège-dents ensanglanté. « C'était un meurtre. »

Vinnie acquiesça doucement de la tête. « J'ai pas pu le faire, n'empêche, dit-il. On tue pas un mec parce qu'il a fait ce qu'il faut faire. »

Je vis le gant de Douggie Burns s'élever lentement, rester suspendu en l'air, tout mou et flottant, dériver vers l'avant, porter un coup qui n'en était pas vraiment un, puis Vinnie Teague l'Irlandais, le Trèfle Truqueur, s'affaler sur le tapis comme un sac de sable.

Les portes hydrauliques s'ouvrirent avant que j'arrive à articuler un mot de plus.

« Je descends ici », dit Vinnie en se levant péniblement.

Je lui touchai le bras, songeant à toutes les fois où j'avais agi avec moins de noblesse, en échappant à la punition, les fois où je savais ce qu'il fallait faire, mais où m'avait manqué ce truc qui avait fait que Vinnie, lui, avait fait ce qu'il fallait.

« T'es un mec droit, Vinnie », dis-je.

Il sourit tendrement, puis se détourna et se fraya un passage jusqu'à la porte à travers la horde de voyageurs debout. Il ne se retourna pas une seule fois pour me regarder, mais continua son chemin, descendit les quelques marches qui le menèrent dehors, dans la nuit, où il resta immobile un instant, dressé bien droit contre les éléments. Le bus redémarra, et je tendis le cou pour jeter un dernier regard à Vinnie Teague l'Irlandais tandis qu'on s'éloignait. Debout à l'angle de la rue, il tira sur son écharpe en loques pour l'ajuster autour de sa gorge. Puis il se dirigea d'un pas lourd vers le néon rose du Smith's Bar et une multitude de flocons de neige se précipitèrent soudain sur lui, étincelants, d'une blancheur éclatante, virevoltant partout, comme une nuée d'anges consolateurs dans l'air noir et corrompu.

Titre original : *The Fix*

Traduit par Julia Dorner

Sean Doolittle

MATHRIX

Paru dans *Crime Spree*

Inexplicablement, et indépendamment de toutes les autres variables, le dernier client semblait s'obstiner à débarquer chaque soir à trois minutes de la fermeture. C'en était vraiment curieux : un théorème du chaos régissant la clientèle des fast-foods. Naguère, Stephen Fielder, professeur de mathématiques appliquées et maître de conférence à l'université Ivan et Adele Stremlau, aurait été enclin à analyser un phénomène aussi étrange en termes de modèles statistiques et de courbes de probabilités.

Mais ce soir-là, Stephen Fielder, retourneur de hamburgers, se borna à redresser son dos noué, en poussant un soupir. Il rabaissa la grille graisseuse, s'essuya les mains au dernier coin propre de son tablier et, se traînant vers le comptoir, se prépara à affronter le type qui lorgnait le menu rétroéclairé, affiché au-dessus de sa tête.

« Bienvenue chez Bronco Burger, lui dit Fielder depuis sa caisse. Puis-je prendre votre commande ?

– Mettez-moi un double Bronco au bacon, fit le client. Avec des frites. Et un Coca Light.

– Un menu Wrangler, vous voulez dire... ?

– Un quoi ? fit l'homme.

– Une formule-menu Wrangler », fit Fielder, sans tourner la tête, le pouce pointé par-dessus son épaule en direction du panneau.

« Si vous le dites, répondit le type. Et oubliez pas – Light, le Coca.

– Formule ordinaire ou maxi ? » Fielder attendit, le doigt suspendu au-dessus des touches de couleur du clavier. Comme la réponse tardait, il leva le nez. Son client semblait absorbé dans la contemplation de la salle déserte, autour de lui.

Un type courtaud, mais solidement charpenté. Genre baril de pétrole sur pattes, songea Fielder. Il portait une veste de lin fripé dont il avait retroussé les manches jusqu'aux coudes et, s'il avait remarqué le coup d'œil que lui avait jeté Fielder, il n'en laissa rien paraître.

« Formule ordinaire, ou maxi, monsieur ? »

Le type lui lança un regard éteint.

« Une grande frite et un maxi Coca, pour seulement trente-cinq cents de supplément...

– Light, le Coca », fit l'inconnu. À présent, il semblait inspecter les tables vides qui se trouvaient derrière lui.

« Monsieur ? »

L'homme finit par faire pivoter sa carrure massive en direction de Fielder, avec un sourire avenant.

« Ils vous ont laissé toute la boîte sur les bras, ce soir, on dirait ? »

Plus tard, en y repensant, Stephen Fielder songerait qu'il aurait dû y entendre comme une sonnette d'alarme. Mais il n'avait aucune expérience du service de nuit. Il était minuit passé. Il croulait de fatigue. Il avait du steak haché incrusté dans les plis des paumes, et n'avait qu'une envie – finir de récurer le gril, et regagner ses foyers.

David, son jeune collègue, un collectionneur de boucles d'oreille, s'était éclipsé quelques minutes plus tôt, sous prétexte d'aller balayer le parking de derrière et Veronica, la jolie petite qui tenait le guichet du drive-in, était allée dans la salle de repos pour s'en griller une. Ce qui le laissait, effectivement, seul à bord.

Il haussa les épaules. « Bah... C'est calme, ce soir. Ce sera tout, monsieur ?

– Oui, merci. Enfin, presque... »

Le type eut alors un geste qui prit Fielder au dépourvu. Il fit un pas vers la caisse, tout en levant la main droite. Les yeux de Fielder suivirent la gourmette en or qui se balançait à son poignet velu.

Distrait par ce mouvement inattendu, il ne vit pas l'autre poing de son client arriver droit sur sa mâchoire.

Tout ce qu'il vit, ce fut l'éclosion d'une supernova glacée, nimbée d'une lueur bleutée et aussitôt suivie d'un écran de brouillard qui s'abattit devant ses yeux. « Hé... ? ! » se dit-il.

Puis il se sentit hissé par-dessus le comptoir et tiré par son tablier, sur lequel s'était refermée la grosse paluche de l'homme.

« Vous deux. Cassez-vous. »

Ces mots lui parvinrent comme de très loin. Ses paupières s'ouvrirent laborieusement, livrant passage à une lumière douloureuse. Il était cerné de tous côtés par des parois d'inox. Sans avoir le moindre souvenir de la façon dont il avait pu atterrir là, il découvrit qu'il gisait sur le sol graisseux de l'arrière-cuisine.

David et Veronica prirent le large sans demander leur reste. Fielder leva la tête juste à temps pour les voir filer par la porte de derrière. Le sang lui bourdonnait aux oreilles. Il parvint à se redresser suffisamment pour pouvoir s'accouder au grille-pain. Il aperçut alors le type, dont la présence lui était jusque-là passée inaperçue. L'homme pêchait des frites froides dans une friteuse qu'il avait oublié de vider.

« Vous travaillez pour la Fondation ? » Question idiote, se dit Fielder. *Je suis encore sous le choc...*. Sa mâchoire lui faisait un mal de chien, comme si elle était restée décrochée.

« Exact », fit le type. Il hocha la tête en mastiquant des frites froides. « Pour la fondation *On Leur en Fout Plein la Gueule, aux Fauchés dans ton Genre*. Une association à but humanitaire, voyez... On pratique la politique de la main tendue... »

Fielder ferma les yeux et se palpa délicatement la mâchoire. La pièce se mit à tanguer autour de lui. « Je crois que vous faites erreur.

– Sans blague ? Là, vous m'en verriez vraiment navré... » Le type sortit un petit calepin noir de sa poche intérieure. « Fielder – Stephen Fielder. Employé au Bronco Burger, sur Davenport Street. C'est ce que j'ai noté. On est bien au Bronco Burger, ici, non ? »

Fielder hocha la tête sans mot dire. Feignant le soulagement, l'homme poussa un grand soupir en s'essuyant le front d'un revers de main.

« Je ne comprends pas, fit Fielder.

– Ça, j'avais cru remarquer.

– Je ne... Qu'est-ce que vous me voulez ?

– Moi ? Rien. C'est mon patron. » Le type lui agita son calepin sous le nez. « Il veut récupérer le fric que vous lui devez. »

Fielder rumina un instant l'information. Dookie Weber ? Incroyable. Ce type travaillait pour Dookie ?

« Vous travaillez pour Dookie Weber ?

– Vous rigolez ? Sérieux, vous trouvez que j'ai l'air d'un mec qui bosserait pour ce genre de mange-merde ? fit-il, la main sur le cœur. Hé ! Aïe, aïe, aïe... !

– En ce cas, je ne... je ne comprends vraiment pas.

– OK. Je vais vous expliquer. Dookie Weber travaille, tout comme moi, pour un certain Mr King. Joseph King, dit Happy Joe. Vous connaissez ? »

Fielder secoua la tête – en toute honnêteté, le nom ne lui disait rien.

« Comme de juste. Mais vous auriez peut-être intérêt à vous en souvenir, de ce nom – vous allez tout de suite comprendre pourquoi. » Le type croisa les bras et s'adossa contre une portion d'inox propre. « Dookie, comme je vous l'ai dit, il bossait pour Happy Joe King. Mais son problème – enfin, le principal de ses problèmes – c'est que ces derniers temps, il avait comme une légère tendance à oublier pour qui il bossait. Ce qui fait que Happy Joe, notre patron... ben, il nageait pas précisément dans le bonheur, si vous voyez ce que je veux dire. Alors, eh bien disons que Dookie ne bosse plus pour Happy Joe King. Et c'est là que le problème de Dookie devient *votre* problème. Vous me suivez ?

– Je crois que je commence, oui.

– Bravo, petit gars ! » Le type se replongea dans son calepin. « Je devine ce que vous êtes en train de vous dire. Mais paniquons pas : Happy Joe est un type très compréhensif. Quand on bosse pour lui, et qu'on y met du sien, il peut se montrer beaucoup plus arrangeant que le prétendent certains. Alors, si on faisait un peu le point, tous les deux... »

Tandis que Fielder se redressait en position assise, en se massant la mâchoire, le type qui bossait pour un certain Happy Joe King tourna une page de son calepin noir et fit courir son index sur celle d'après. Il ne s'était pas écoulé trois secondes qu'il fit entendre un sifflement étouffé.

« Dis donc, mon pote, t'as vraiment bu la tasse, pour les championnats... »

Les yeux clos, Fielder hocha la tête.

Le type à la veste de lin tourna une autre page. « Et forcément, aux courses, ça n'a pas été plus brillant... »

Fielder soupira. « Pas vraiment, non... »

Le type tourna une nouvelle page et glissa un œil vers Fielder.

« Je sais, admit Fielder. Je sais.

– Va pas le prendre mal, mais on peut dire que, question manque de bol, t'es bien parti pour décrocher le pompon, cette année !

– Disons que les chiffres n'étaient pas de mon côté, ces derniers temps.

– Et comment ! » Le type tourna une autre page, avant de refermer son calepin. « OK. Je vois qu'on a du pain sur la planche. Je vais te dire. Au casino, t'as des ardoises qui remontent à plus de quatre-vingt-dix jours. On va commencer par celles-là, et après, on remontera jusqu'à aujourd'hui. Ça te paraît correct ?

– Au casino ? » La quantité d'informations que semblait receler ce calepin commençait à lui inspirer un vague désespoir. « Au Nugget... ?

– Non – au MGM Grand ! Et comment, au Nugget ! T'en connais un autre, de casino, dans cette ville ?

– Mais Dookie n'avait rien à voir avec le casino...

– Dookie, non, fit l'homme. Mais mon patron, si. Et comme, en ce moment, il a décidé de solder les comptes, ça a tendance à dégager le paysage. Certains détails, qui seraient passés inaperçus en temps normal, ont tendance à lui sauter aux yeux. Désolé d'être le messager de la mauvaise nouvelle ! »

Ne trouvant rien à ajouter, Fielder préféra garder le silence.

« Eh ! fit l'homme. Te laisse pas abattre, collègue ! Ça va s'arranger, tu vas voir ! » Il fit un pas vers lui et se pencha, la main tendue. « Viens, on y va ! »

Sans laisser à Fielder le temps de décliner sa proposition, il le hissa sans ménagement sur ses pieds. La pièce se remit à tanguer. Fielder cligna les yeux, subitement plongé dans un invisible nuage d'eau de toilette bon marché.

« Alors, ça baigne ? Et la mâchoire, ça se remet ?

– Elle doit être cassée.

– Awww ! Allez – j'ai quand même pas cogné si fort que ça !

– Si vous le dites... »

Le type s'esclaffa et, sortant un stylo de sa poche intérieure, il griffonna quelque chose sur son calepin, détacha la page, la plia en deux et la fourra dans la poche de la chemise de Fielder.

« Voilà la somme, dit-il. On va commencer doucement. Ça te paraît correct ?

– Je... » Les mots lui manquaient. « Oui.

– Alors, ça roule. Je reviendrai dans une semaine. » Le type lui décocha un grand sourire. Puis il se rassombrit et fit un signe de tête en direction de la poche poitrine de Fielder. « On est bien d'accord, hein ? »

Fielder aurait voulu jeter un œil au papier, mais, n'osant pas, il se borna à hocher la tête.

« Bravo, petit gars ! Je suis sûr que ça va rouler au poil, nous deux ! »

Stephen hocha la tête. Une poigne d'acier s'abattit sur son épaule.

« Bon, et ce hamburger... ? » fit le collecteur.

Le lendemain matin commença, fatalement...

Par des coups de fils.

Le premier émanait de Ned, le beau-frère de Fielder, qui était aussi le propriétaire des six Bronco Burger de la ville. Fielder laissa Ned haranguer son répondeur, tandis qu'il remplissait l'écuelle de Rhombus, un Labrador qu'il avait depuis l'époque où il était encore étudiant.

Renee appela vers les huit heures trente, pratiquement dans la foulée de son frère.

Hello ! tout va bien ? Oh, non. Pas elle... Les premiers mots qui franchirent les lèvres de son ex-femme furent : « Je ne sais pas dans quoi tu es encore allé te fourrer, mais je peux te dire que tu as un sacré culot ! C'est pourtant pas faute d'avoir prévenu Ned ! Je lui ai formellement déconseillé de t'engager ! »

Il préféra laisser au répondeur le soin d'enregistrer ce second monologue.

Puis, aux alentours de dix heures trente, il entendit pour la troisième fois le déclic du répondeur. Il s'était installé devant une table à jouer pliante, dans sa kitchenette, pour lire le journal de la veille et boire sa première Stoli de la journée.

« Papa ? Qu'est-ce que tu fiches – tu filtres ? » Cette fois, dès qu'il reconnut la voix, il décrocha son récepteur sans fil.

« Andrea ?

– Papa ? Qu'est-ce qui se passe ? Est-ce que ça va ?

– Je vais bien, mon poussin. Tu ne devrais pas être à tes cours, là ?

– C'est l'interclasse. Et ne change pas de sujet. Qu'est-ce qui t'est arrivé, hier soir ?

– De quoi tu parles ?

– C'est mon copain Derek qui me l'a dit. Tu as été victime d'une agression.

– Ton copain qui ?

– Derek. Il était de service en même temps que toi, hier soir. Il m'a dit qu'un type était venu au restaurant et t'avait à moitié assommé. C'est vrai, papa ? »

À ces mots, Fielder sentit quelque chose tomber en miettes dans sa poitrine – le peu d'amour-propre qui lui restait, sans doute... « Ce gamin, avec toute cette quincaillerie aux oreilles... ? Je croyais qu'il s'appelait David.

– Papa ! »

Fielder poussa un soupir.

« Rien de grave, mon chaton. Vraiment. Il y a un type qui est passé, effectivement. Mais ce n'était rien. Un givré. Rien de plus.

– Derek l'a entendu dire que tu devais de l'argent à quelqu'un. Est-ce que tu aurais des ennuis, papa ? Dis-moi la vérité.

– Tout va bien, Andie. Tout va très bien – OK ? Tiens, fais-moi le plaisir d'aller dire à ton ami Derek qu'il s'occupe de ses oignons.

– Je vais passer te voir pendant la pause-déjeuner.

– Tu es à l'autre bout de la ville ! Ne gaspille pas ton essence.

– Je viens. Tu as quelque chose à manger, à l'appartement ?

– Andie...

– Pas grave. J'achèterai quelque chose en chemin. » Elle marqua une petite pause, pour l'effet. « Un hamburger de chez Bronco – ça t'ira ?

– Ça n'est pas drôle.

– T'as entendu quelqu'un rigoler ? »

Elle raccrocha.

Fielder passa l'heure suivante devant sa petite table miteuse, l'œil morne, à regarder les glaçons fondre dans la vodka. À un moment, Rhombus vint poser sa grosse tête de chien sur ses genoux, pour qu'il la lui gratte entre les oreilles. Ils se dévisagèrent. *Alors... quoi de neuf, de ton côté ?*

Lorsqu'il entendit frapper à sa porte, vers les onze heures trente, il rassembla ses énergies et se prépara à endosser le rôle du père le plus pitoyable du monde.

C'était déprimant, mais il pouvait faire avec. Le divorce avait été officiellement prononcé sept mois plus tôt, et chaque minute qu'il parvenait à passer en compagnie de sa fille était une bénédiction. En dépit du séisme familial qu'avait déclenché sa rupture avec Renee, Andie était restée cette brillante jeune personne qui n'avait jamais cessé de l'impressionner, de le charmer et de le surprendre. Pour Fielder, l'absence de sa fille était infiniment plus difficile à supporter que la crainte de la décevoir.

Il balança donc dans l'évier le fond de vodka qui restait dans son verre et le rinça. Il rangea la bouteille dans le placard au-dessus du frigo et se rua vers la porte.

Mais ça n'était pas Andie.

« Stephen Fielder ? » fit le type. Le regard de Fielder glissa sur le marteau qu'il portait à sa ceinture.

Il poussa un soupir, le coude appuyé contre le bord de sa porte. « Qu'est-ce que c'est ? »

De l'index, le type lui montra un papier qu'il tenait à la main. « Mr Fielder ? »

Sur la poche poitrine de l'homme, Stephen avait repéré le logo de la compagnie du câble. « C'est bien moi, mais il doit s'agir d'une erreur. Je n'ai aucun problème de câble.

– Eh bien, c'est déjà ça ! » fit ce sale imposteur, en se fendant d'un grand sourire, tandis qu'il tendait à Stephen une longue enveloppe administrative à l'en-tête du cabinet juridique de l'université. « À votre service, m'sieur. Et au plaisir... ! »

Il avait maintes fois médité sur la catastrophe qui s'était abattue sur l'un de ses plus vieux amis, l'année d'avant. Juste avant les vacances, cet ami avait passé un examen médical de routine qui avait permis de dépister une tumeur au cerveau. *Seigneur...* s'était-il dit à l'époque, *comment peut-on vivre une chose pareille ?* Pour le jour de l'an, le malheureux était mort.

Mais à tout prendre, une tumeur de la taille d'un dollar d'argent, c'était au moins une explication logique. Lui, ça faisait des mois qu'il avait cessé d'en chercher une à ses propres problèmes. Chaque matin, il se levait, se lavait, s'habillait et partait déambuler à contrecœur dans le rêve éveillé qu'était devenue sa vie. Pour lui, chaque jour était une bande de Moebius qui le ramenait inexorablement à son point de départ, sans jamais rien lui apporter de neuf.

Était-ce le fameux trou noir de l'âge mur ? Il avait entendu parler d'hommes de son âge souffrant d'impuissance – quand ils ne sombraient pas dans les bondieuseries. D'autres se faisaient percer les oreilles, ou roulaient en décapotable. Lui, il n'avait jamais eu ce genre de problème.

Mais un beau matin de l'automne précédent, il s'était réveillé incapable d'exercer son métier de mathématicien.

Ce jour-là, tout était en tout point identique à la veille. Tout semblait normal. Chaque chose était à sa place – sauf qu'au moment de faire chauffer ses flocons d'avoine au micro-ondes, il avait constaté qu'il avait du mal à lire les chiffres du cadran.

Un peu plus tard dans la matinée, comme il donnait un cours de calcul intégral à ses étudiants de troisième année, il avait dû s'interrompre. Le marqueur à la main, il était resté sec dans le grand amphithéâtre silencieux. Il avait contemplé le tableau blanc d'un œil médusé, jusqu'à ce que l'un de ses habitués du premier rang s'approche de l'estrade pour lui demander si tout allait bien.

La fin de cette journée était un nœud temporel, dans la mémoire de Fielder. Il se souvenait d'être resté dans son bureau trois heures d'affilée, incapable de se repérer sur le clavier de la calculatrice dont il s'était servi pendant plus de la moitié de sa vie. Les symboles que portaient ces touches usées par le contact de ses propres doigts s'étaient métamorphosés en d'impénétrables hiéroglyphes.

Il avait fini par renoncer et s'était plongé dans ses dossiers. Mais il s'était vainement évertué à relire ses propres notes, qui dataient pourtant de la veille.

Plus tard, en rentrant chez lui au volant de sa voiture, il avait essayé de se remémorer les bases les plus élémentaires, pour relancer la machine. Mais les tables de multiplication elles-mêmes s'étaient envolées, comme si elles avaient profité d'un moment d'inattention pour s'échapper de sa mémoire. Il s'était couché tôt, ce soir-là, partagé entre l'amusement et l'inquiétude.

Certes, depuis plusieurs semaines, il avait un peu abusé de ses forces. Travaillant à un rythme inhumain. Mangeant n'importe quoi, pratiquement sans s'accorder un moment d'exercice physique. Purée, son couple venait d'exploser, après douze ans de vie commune, et les débris n'avaient même pas fini de retomber...

C'est le stress, s'était-il dit. Il arrivait que tous vos voyants se mettent au rouge, parfois même à votre insu. Une bonne nuit de sommeil, et il n'y paraîtrait plus !

Mais le lendemain matin, il en était exactement au même point. Tout comme le jour suivant, et celui d'après. Il ne récupérait pas. Deux et deux ne faisaient toujours pas quatre, mais lui, il commençait à s'en faire.

Il prit rendez-vous avec son médecin, qui le trouva en excellente forme et le renvoya vers un collègue neuropsychiatre. Ils le passèrent à la moulinette de tous les acronymes dont ils disposaient – IRM, TAO, TEP... Et ne lui trouvèrent que sept kilos à perdre. À part ça, lui dirent-ils, son état général était plutôt bon, vu son âge.

Et à présent, l'aventure ne l'amusait plus du tout. Sur les conseils de son médecin, il prit rendez-vous deux fois par semaine avec un psychiatre qui lui prescrivit un puissant antidépresseur. Le traitement eut pour seul effet de le plonger dans un état de torpeur permanente, assortie d'une bonne diarrhée.

Le diagnostic final tomba : *acalculie atypique.*

Autrement dit, « *on n'y pige que pouic, mon pote !* »

Invoquant les suites du divorce, Fielder demanda et obtint un arrêt de travail pour raisons personnelles, et laissa à ses assistants le soin d'assurer ses cours jusqu'à la fin du trimestre. Il avait décroché une bourse prestigieuse pour le semestre suivant, qu'il devait consacrer à ses propres recherches, financées par la fondation universitaire Burkholder.

Il avait donc du temps, s'était-il dit. Il aurait tout loisir de tirer ça au clair.

Car en dépit de tout ce qui pouvait lui empoisonner la vie par ailleurs, il aurait été bien incapable de se souvenir d'une époque où les chiffres lui demeuraient hermétiques. Depuis sa plus tendre enfance, il en avait fait ses délices. Pendant que ses copains de classe griffonnaient des croquis scatologiques dans les marges de leur livre de maths, Stephen s'amusait à composer des séries de Fibonacci [1] de plusieurs pages.

Et à présent que l'âge mûr le surprenait pataugeant jusqu'aux genoux dans les décombres de son mariage, les chiffres et les nombres demeuraient ses seuls phares dans la tempête. Ils étaient fiables, limpides, adéquats. Ils avaient le pouvoir de composer de saisissants mystères, tout en vous révélant l'insondable. Ils savaient être à la fois imprévisibles et cohérents, rigoureux et fluctuants, inflexibles et

1. Séquences de nombres dont chaque terme est la somme des deux précédents (de Leonardo Fibonacci de Pise, 1170-1230).

recombinables à l'infini. Le fonctionnement mental de ses semblables échapperait toujours plus ou moins à sa compréhension, mais les nombres, il connaissait.

Et voilà que tout à coup, au moment où ils lui étaient le plus indispensables, eux aussi l'avaient plaqué...

Selon Gudder, l'essence des mathématiques n'était pas d'aller du plus simple au plus compliqué, mais du plus compliqué au plus simple. Pendant des années, Fielder avait cité cet aphorisme dans l'introduction des polycopiés de tous ses cours.

Mais ces temps-ci, la seule image qui ait gardé un peu de sens pour lui était celle de Darwin : « Un mathématicien est un aveugle cherchant dans une pièce obscure un chat noir qui ne s'y trouve pas. »

À présent, le monde de Fielder se réduisait effectivement à une pièce des plus sombres... et il ne lui restait plus que son chien.

Il s'était mis à forcer sur la bouteille. Il se couchait tard, buvait dès son réveil et passait le reste de sa journée à dormir. Il ne fichait plus rien. Il se sentait partir à la dérive, sans avoir la force de remonter le courant, tandis que la marée de son propre mal-être l'entraînait de plus en plus loin du rivage.

Ce fut un événement fortuit qui provoqua son ultime dégringolade – à moins qu'il n'ait fallu y voir un maillon de quelque inexorable enchaînement de causes et d'effets. Il n'aurait su le dire. Il avait personnellement renoncé à reconnaître un ordre quelconque, en ce monde.

La seule chose de sûre, c'était qu'une nuit de beuverie, il avait atterri au Nugget, sur la rive d'en face – et ce, pour l'unique motif que le bar du casino restait ouvert deux heures plus tard que tous les autres établissements de la ville.

Et ce fut là, au milieu de ces lumières multicolores et de ce vacarme de foire, qu'il expérimenta le genre de révélation scintillante que seule peut provoquer la dépression clinique, dissoute dans une dose massive d'alcool.

Car ici se trouvait manifestée, devant lui, au-dessus de lui, tout autour de lui et où qu'il portât les yeux, l'essence même des mathématiques. Ici s'accomplissait l'inextricable mystère des probabilités et de l'ordre cosmique, sous les espèces d'un simple jet de dés, ou d'un tour de roue.

Fielder se rappelait en être resté baba, sur son tabouret. Puis, levant le visage vers la lumière, il s'était senti pénétré d'une étrange paix.

Car, nom de Dieu, s'il existait encore des endroits comme celui-ci, où les probabilités régnaient en maîtresses absolues, peut-être lui restait-il un espoir, dans cet univers livré au chaos.

« Ça m'a l'air d'être à peu près ça », fit le collecteur de fonds de Happy Joe King, en soupesant l'enveloppe contenant les cinq cents dollars que Fielder avait soutirés à son beau-frère, à titre d'avance sur salaire. « Pas besoin de compter, hein ?

– Ils y sont. » Fielder avait insisté pour que Ned les compte devant lui.

« Tu sais quoi ? Tu m'inspires plutôt confiance, toi. On finit toujours par s'entendre, entre personnes de bonne foi, pas vrai ?

– La confiance est indispensable, admit Fielder.

– Je vois qu'on cause la même langue, tous les deux », fit le collecteur, en lui envoyant une bonne claque sur l'épaule. Il portait la même veste que la semaine précédente. « À partir de maintenant, tu peux m'appeler Shorty. Un surnom qui m'est resté, rapport à ma taille... »

Le regard de Fielder s'échappa en direction du parking. « OK, fit-il.

– Mais c'est pas parce que je m'appelle Shorty qu'on peut me doubler, hein ! – c'est, comme qui dirait, ma devise personnelle ! » Le collecteur partit d'un rire qui évoquait le grondement d'un moteur diesel au démarrage.

Fielder allait faire demi-tour vers la porte de service du fast-food, quand une poigne d'acier s'abattit sur son épaule.

« Minute, mon pote. Y a pas le feu. »

Fielder sentit son sang se figer dans ses veines. « Vous pouvez vérifier. Le compte y est.

– Relax, professeur. C'est juste une petite surprise. »

Fielder se prépara au pire.

Mais Shorty le collecteur se contenta de rigoler à nouveau. « Dites donc, vous... z'êtes une vraie boule de nerfs ! On vous a jamais dit que vous devriez faire un peu de relaxation... ? »

À la grande stupeur de Fielder, Shorty allongea la main et remit l'enveloppe dans la poche de son tablier.

« Si on allait plutôt faire un petit tour ? »

Fielder lui lança un regard ahuri.

« Amenez-vous, professeur, répéta le collecteur. Et relax ! Aujourd'hui, je crois que c'est votre jour de chance. »

Shorty l'emmena dans un parking sombre, derrière un dépôt-vente de meubles. Là, au milieu des tas de ressorts rouillés et de cadres de sommiers cassés, les attendait une grande limousine noire, grise de poussière, moteur coupé, tous phares éteints et toutes vitres fermées. Shorty ouvrit l'une des portières arrière. Le plafonnier ne s'alluma pas.

« Après vous », fit-il.

Fielder ne bougea pas d'un cheveu.

« Allez-y, quoi ! et relax... Ah, je vous jure ! » D'un coup de menton Shorty lui désigna la porte ouverte.

« Je ne peux pas quitter mon poste au restaurant, fit Fielder. Je crois que j'ai oublié d'éteindre le gril...

– Putain de merde, professeur, vous allez monter, oui ou non ? »

Fielder considéra la portière sombre, qui semblait l'attendre. Il regarda Shorty, puis il lâcha un soupir entrecoupé et se laissa choir sur la banquette.

Shorty s'engouffra dans son sillage et claqua la porte sur eux. Le cuir crissa sous leur poids, tandis que Fielder s'avançait sur la banquette pour lui faire place. Levant la main, le collecteur actionna un bouton au-dessus de leur tête, et le plafonnier s'alluma, inondant l'habitacle d'une aveuglante lumière jaune.

« Vous empestez le graillon, tous les deux ! » fit une voix sur la banquette d'en face.

La voix appartenait à un homme élancé. Cheveux poivre et sel, coupe impeccable, visage anguleux, marqué au coin des yeux de profondes pattes d'oie. Il était vêtu d'un costume style western, avec des bottes en peau d'autruche. Son bras était calé sur le dossier du siège, et son autre main, posée sur son genou, tenait un verre de cristal plein d'un liquide ambré.

« Professeur Fielder, fit l'homme en se penchant, la main tendue. Je suis Joseph King. Comment allez-vous ? »

Fielder glissa un regard vers Shorty, qui lui répondit d'un clin d'œil.

« Mr King, répliqua-t-il, en serrant la main qu'il lui tendait.

– Appelez-moi Joe. “ Mr King, c'était mon père ! ” comme on dit... » King se fendit d'un grand sourire et, d'un geste, lui indiqua un petit placard aménagé dans la paroi latérale de la limousine. « Puis-je vous servir quelque chose ? Quelle est votre boisson préférée ? Nous l'avons sûrement, quelque part par là.

– Non, je vous remercie. » Fielder s'éclaircit la gorge.

« Professeur, je ne vous sens pas très à l'aise. Vous vous demandez peut-être la raison de ce petit colloque... ?

– Comment savez-vous que je suis professeur ?

– En fait, répliqua Happy Joe, ce verbe aurait dû être à l'imparfait, si je ne m'abuse ? »

Fielder eut soudain l'esprit obscurci par la conscience aiguë de son tablier crasseux.

« Je sais deux ou trois choses sur vous, fit Joseph King. Que vous avez quarante-quatre ans, par exemple. Ou que vous avez laissé pas mal de plumes – ne nous voilons pas la face – dans la négociation de votre divorce, prononcé voici quelques mois. Que vous avez un enfant. Une fille de seize ans, répondant au prénom d'Andrea, inscrite au Northeast High – excellente élève... elle prépare son entrée à l'université. » Les glaçons s'entrechoquèrent dans le verre que King porta à ses lèvres. « Et vous-même, pour ce qui est de l'université, vous étiez bien parti pour décrocher un poste de titulaire, mais vous êtes actuellement en rupture de contrat avec l'administration universitaire. Je suppose que vous êtes trop fier pour vous laisser purement et simplement sombrer, mais vous ne l'êtes pas assez pour refuser un job minable, payé au lance-pierres, dans le fast-food de votre beau-frère. Et vous avez sur le dos un procès pour dette, que vous intente la fondation Burkholder – c'est bien ça ? » fit King, en consultant Shorty du regard.

Son collecteur de fonds confirma d'un signe de tête. « Exact. Burkholder.

– J'ai cru comprendre qu'ils n'étaient pas totalement satisfaits des résultats des recherches qu'ils ont subventionnées – ou de *leur absence* de résultats, devrais-je dire... »

Fielder sentit se former un nœud glacé, juste derrière son sternum. « D'où tenez-vous tout cela ?

– Disons que je préfère prendre mes renseignements, concernant le passé de tous mes employés potentiels.

– Désolé, fit Fielder, je ne saisis vraiment pas...

– Il semblerait, reprit Happy Joe King en portant à nouveau son verre à ses lèvres, que nous puissions nous être mutuellement utiles, vous et moi... »

Fielder garda le silence.

« D'un côté, poursuivit King, vous vous êtes débrouillé pour contracter une dette pour le moins malencontreuse, à mon égard – mais de l'autre, il se trouve que j'ai actuellement besoin d'une personne présentant vos compétences.

– Ah ? Vous cherchez un grilleur de hamburgers ? »

À ses côtés, Shorty s'esclaffa. Happy Joe lui-même parut goûter la plaisanterie. Il fit craquer un glaçon entre ses dents. « Non, fit-il. Je crains que ça ne soit pas exactement le genre de compétences auxquelles je pensais.

– Ah. » Fielder restait bouche bée, comme un idiot. Il n'avait nullement eu l'intention de faire de l'esprit. Il nageait en plein brouillard.

« Si vous permettez, je vais m'expliquer. Comme vous le savez peut-être, je suis à la tête d'une sorte d'entreprise. Une entreprise dont les différentes filiales seraient, eh bien, disons... plutôt diversifiées. Et, à cause de cette diversité même, la rentabilité de l'ensemble repose en grande partie sur ce que l'on pourrait définir comme un système comptable d'une relative complexité. Ne vous méprenez surtout pas – je sais parfaitement que pour un mathématicien de votre envergure, la comptabilité journalière d'une telle entreprise n'est qu'un pâté de sable dans le bac du jardin d'enfants. Mais vous seriez sans doute surpris du mal que l'on peut avoir à recruter du personnel vraiment qualifié, en ce domaine.

– Mr King...

– Professeur. Je vous en prie – appelez-moi Joe, comme je vous l'ai demandé.

– Mais je ne...

– Pour me résumer, poursuivit Happy Joe King, voici ce que j'envisage de faire pour vous. Je vais dédommager la fondation Burkholder, ainsi que l'administration de l'université, pour votre rupture de contrat de recherche. Et, ce qui est sans doute, de votre point de vue, le plus important, je considérerai comme soldée la dette substantielle que vous avez envers moi. Tout cela en échange de l'exclusivité de vos services, au poste de directeur financier de mes différentes filiales. » Le verre de King décrivit une courbe dans l'air. « Vous conviendrez que je vous fais là une offre des plus compétitives... »

Pendant une longue minute, durant laquelle le temps lui sembla se réverbérer à l'infini, Stephen Fielder en resta cloué à son siège, marinant dans les relents de frites, les yeux fixés sur un vague point, quelque part dans l'espace qui le séparait de Happy Joe King. Shorty ne pipait mot. Son patron non plus.

« N'avez-vous pas déjà un directeur financier ? parvint à articuler Fielder.

– Bien sûr que j'en avais un. Et depuis de longues années. » Une note de tristesse avait résonné dans la voix de Happy Joe. « Mais à mon grand regret, votre prédécesseur à ce poste est actuellement dans l'incapacité de remplir ses fonctions. Pour raisons de santé.

– Pour raisons de santé ?

– Il s'est pris un truc dans l'œil », expliqua Shorty.

Fielder regarda le collecteur. « Un truc dans l'œil ? »

Shorty haussa les épaules. « Bof, façon de parler...

– Peu importe, fit Happy Joe. Vos yeux à vous me paraissent en excellent état, et c'est l'essentiel. Et surtout, notez que je ne m'amuserais pas à proposer un poste de cadre supérieur au premier canard boiteux venu. Ce qui compte, pour moi, c'est que vous ayez quelque chose à m'offrir. Et inversement. Que nous puissions nous être mutuellement utiles. » King leva son verre. « Alors, professeur Fielder, je vous le sers, ce verre ? »

Ce fut comme si les lèvres de Fielder avaient articulé la réplique suivante sans attendre sa permission : « C'est tout à fait impossible, s'entendit-il répondre. Je ne peux pas accepter. »

Le regard de Happy Joe King s'assombrit. « Pardon ?

– Je ne... Mr King, c'est impossible. Je ne demanderais pas mieux que de vous aider. Mais je ne peux pas. »

Le regard de King fit la navette entre Fielder et son collecteur. Il n'avait pas l'air content. « Vous me passerez l'expression, professeur, mais pour un homme qui se trouve dans votre pétrin, ça serait une belle connerie, de laisser filer une opportunité pareille. Je ne m'attendais vraiment pas à ce genre d'idiotie, de votre part. Et toi, Shorty ?

– Ben, là, j'avoue que... » Shorty avait l'air soufflé. « Moi non plus !

– Vous ne comprenez pas ! s'empressa de protester Fielder. Ce n'est pas parce que... je ne veux pas le faire. C'est que j'en suis tout bonnement incapable. En toute honnêteté. »

Il s'écoula une terrifiante minute de silence.

« C'est à cause des chiffres. Comment vous expliquer ça... ? » Il regarda King, avec le sentiment d'une catastrophe imminente. « Je ne suis tout simplement pas l'homme qu'il vous faut.

– Ça, c'est pas de bol, finit par laisser tomber King.

– Vous m'en voyez sincèrement navré. »

King garda le silence. Il réfléchissait, en faisant tourner son whisky dans son verre. « Êtes-vous bien certain que c'est votre dernier mot ?

– Je ne... Ça n'est pas du tout que... » Fielder poussa un soupir. « J'ai un problème de santé. Un genre de maladie neurologique. Une *acalculie atypique*.

– Excusez-moi – vous dites ?

– Une *enculie à type X*... ? traduisit Shorty, posant sur Fielder un regard méfiant. Vous seriez un genre de tarlouze, ou quelque chose ?

– Une *acalculie*, répéta Fielder. Ce qui signifie que je ne peux plus... » Il chercha un instant ses mots, puis renonça. À quoi bon...

Happy Joe King gardait le silence.

« Mr King, insista Fielder, je vous prie de croire que je vous suis très reconnaissant de cette offre, si généreuse. »

King avait ponctué chacun de ses mots d'un petit hochement de tête. Il le jaugeait.

Inspirant une grande bouffée d'air, Fielder se força à poser une question dont il ne tenait surtout pas à connaître la réponse : « Dans ces conditions, que va-t-il se passer pour moi – puisqu'il semble que je ne sois pas en mesure d'accepter votre... proposition ? »

Joe King n'eut pour toute réponse qu'un petit haussement d'épaules désinvolte, comme si la question n'était déjà plus d'actualité, en ce qui le concernait. Mais il se pencha pour repêcher l'enveloppe dans la poche du tablier de Fielder.

« Ça me paraît un peu léger », fit-il.

Fielder lança un bref coup d'œil vers Shorty, qui ne le lui rendit pas. « Mais le compte y est. Je vous assure. Vous pouvez vérifier.

– Il ne doit pas y avoir plus de cinq cents dollars, là-dedans, à tout casser.

– Cinq cents, oui. Ils y sont.

– Le montant convenu est de huit cents.

– Mais vous aviez dit... Shorty avait dit cinq cents. » Il lança un regard implorant vers le collecteur, qui resta de marbre. « Cinq cents dollars. Ils y sont.

– Cinq cents ? Oui, fit King. La semaine dernière. Cette semaine, c'est huit cents.

– Mais c'est... » L'estomac de Fielder ne fit qu'un tour. « Je ne comprends pas...

– Dans un système économique soumis à une évolution aussi rapide que le nôtre, répliqua King, il peut arriver que les organismes spécialisés dans l'avance et le recouvrement de fonds – et dans une large mesure, c'est ainsi qu'il vous faudra désormais nous considérer – se voient dans l'obligation de recourir à une soudaine augmentation de leurs taux d'intérêt, pour les ajuster au rythme de leur expansion. C'est une contrainte inhérente au système, professeur. Vous comprendrez que je doive composer avec les forces du marché. Ce n'est pas moi qui en fixe les règles. »

Fielder se sentit défaillir.

« Shorty ? fit King.

– Ouaip.

– Je te laisse le soin d'expliquer au professeur notre système de pénalités de retard. N'oublie pas qu'il n'est pas au mieux de sa forme... »

Lorsque Shorty ouvrit sa portière, Fielder sentit sa grosse paluche s'appesantir sur son épaule, et ce fut comme si le temps se figeait, avant de s'accélérer subitement. Il glissa un coup d'œil vers Shorty, dans l'espoir, bien improbable, de le voir prendre sa défense. Mais le visage du collecteur ne reflétait qu'un zèle inflexible et glacé.

Plus tard, sur le long trajet qu'il dut parcourir pour rentrer chez lui – il pouvait heureusement encore marcher – Fielder songea que, vu les circonstances, il avait opté pour la seule décision sensée.

Il avait d'abord été en proie à un accès de pure terreur, agrémentée de visions de fractures ouvertes, le menaçant dans un avenir très proche.

Mais après avoir parcouru quelques blocs, il fut pris comme d'un vertige. Sa poitrine vibrait d'une sorte de tressaillement, vague mais grisant. Son souffle s'était fait plus vif.

Et tout en marchant – il allait d'un pas plus alerte, allongeant ses foulées entre les flaques de lumière électrique qui tombaient des lampadaires, et voyait à chaque pas se raccourcir la distance qui le séparait encore de son appartement – il sentit peu à peu sourdre en lui un sentiment qu'il n'avait plus éprouvé depuis une époque si reculée qu'il en avait perdu jusqu'au souvenir...

L'impression d'être plutôt verni.

Ça n'était peut-être qu'une décharge d'adrénaline différée – n'avait-il pas réussi à se tirer d'une situation des plus épineuses ? À moins que la main d'un *motivateur* professionnel posée sur votre épaule, ne fût un remède souverain contre l'inclination à se complaire dans une attitude improductive...

Il n'aurait su trancher, et n'aurait pas davantage su dire si les oiseaux du quartier chantaient ainsi toutes les nuits, ou si c'était simplement la première fois qu'il les entendait.

Mais il avait au moins une certitude – c'était qu'il venait de vivre quelque chose d'essentiel, durant cette dernière demi-heure. Une véritable métamorphose.

Car certains perdaient leurs bras ou leurs jambes. Ou se retrouvaient irréversiblement mutilés. Grands dieux ! Cette prise de conscience avait quelque chose de saisissant. Le moindre accident pouvait vous laisser handicapé à vie. On pouvait perdre l'ouïe, lentement mais sûrement – il suffisait de travailler dans un niveau sonore trop élevé. Un simple virus pouvait vous coûter la vue. Certaines maladies du système neuromusculaire, particulièrement atroces, faisaient de vous un légume, paralysé à vie...

Depuis le début de son étrange maladie, Fielder avait ressassé *ad nauseam* ses souvenirs de cet ami, mort d'une tumeur au cerveau, mais pour la première fois, il s'avisa que ça n'était pas à son ami disparu qu'il aurait dû penser.

C'était à ce journaliste français, dont il avait jadis lu l'histoire.

Bauby. Jean-Dominique Bauby.

En pleine force de l'âge, Bauby avait été foudroyé par une attaque cérébrale qui l'avait laissé quadriplégique et, à quarante-quatre ans – l'âge de Fielder, comme par hasard – le journaliste avait entrepris de rédiger ses mémoires. Quelque chose comme deux cents pages, dictées lettre à lettre en clignant la paupière gauche. Deux cents pages codées, caractère par caractère. Des millions de lettres. Des millions de battements de paupière...

On pouvait donc survivre à tout. Jour après jour, des foules de gens réapprenaient à vivre dans des conditions d'une horreur qui défiait l'imagination. Ils dormaient, se réveillaient et résistaient un jour de plus – et pareil le lendemain, ainsi que le surlendemain. Ils s'adaptaient. Ils surmontaient d'innombrables obstacles. Ils inventaient des appareils. Trouvaient des solutions. Refusaient de capituler. Au prix d'une ingéniosité inouïe, ils réajustaient et recalculaient chacune de leurs variables, jusqu'à ce que leur équation personnelle aboutisse à nouveau à un résultat positif.

En arrivant devant son immeuble, Fielder se sentait littéralement des ailes. Il avait réfléchi à son problème de reconnaissance visuelle. Combien de temps lui faudrait-il pour réapprendre la forme des caractères numériques ? Pour ré-engrammer les traits et les courbes de chaque symbole ? Il pourrait s'aider d'un logiciel. Il existait des tableurs, des applications graphiques. Des microprocesseurs dont la puissance de calcul laissait sur place n'importe quel cerveau humain. Autant de miracles de l'invention humaine, expressément conçus pour appréhender la complexité, et en faire une chose simple.

Et il était si absorbé par ces idées, en grimpant les étages, qu'il mit plusieurs secondes à s'apercevoir que Rhombus l'attendait dans le couloir, couché devant sa porte.

« Rhombie, fit-il en se baissant pour le gratter entre les oreilles. Comment tu as fait pour sortir ? »

En guise de réponse, Rhombus se contenta de poser sur lui le regard pénétré de ses yeux sombres. *Me demande pas*, semblait-il dire. *C'est à eux qu'il faut poser la question...*

Fielder s'aperçut alors que sa porte était restée entrebâillée.

À l'intérieur l'attendaient quatre hommes. Deux en costards, un troisième en jean, avec un blouson. Le dernier avait ôté sa veste, et l'avait posée sur le dossier du canapé. Il portait un holster à l'épaule. L'œil de Fielder tomba sur le badge accroché à sa ceinture.

« Professeur Fielder ! » lui lança l'un des types en costard. Il venait à sa rencontre, la main tendue, tout en lui présentant, de l'autre, un portefeuille ouvert où était inséré son insigne. « Excusez-nous d'avoir fait intrusion chez vous. Inspecteur Corrigan, du FBI. Je suis agent spécial. »

Fielder serra comme un robot la main tendue de l'inspecteur. Rhombus était resté dans le couloir. De l'index, Corrigan lui désigna tour à tour ses trois coéquipiers. « Je vous présente l'agent Klein – mon partenaire. Et voici les inspecteurs Reese et Carvajal. »

Le type en bras de chemise, harnaché de son holster, le salua de la main.

Fielder les regarda.

« Qu'est-ce que vous faites chez moi ?

– Professeur Fielder, répliqua l'inspecteur Corrigan. Il semblerait que nous soyons tous deux en mesure de nous être mutuellement utiles. »

Cette nuit-là, Fielder rêva qu'il jouait aux dames avec sa fille, sur une petite table à jouer pliante, en un lieu inconnu de lui. Ils s'amusaient bien. Ils riaient aux éclats.

Il allait proclamer « dame ! », lorsqu'une porte s'ouvrit, livrant passage à une cohorte d'avocats à la solde de la Burkholder, qui débarquèrent au pas de charge. Fielder releva la tête tout en se demandant comment ils avaient bien pu le dénicher. Les avocats, tous munis d'attachés-cases identiques, vinrent s'aligner en une rangée impeccable.

Il allait les sommer de s'expliquer pour cette intrusion pendant les précieuses minutes dont il disposait en compagnie de sa fille, lorsqu'une seconde porte s'ouvrit. C'était Happy Joe King, Shorty sur les talons.

Il prit note de la présence des avocats, et réciproquement. Shorty émit un ricanement.

Quand tout à coup, une troisième porte s'ouvrit à toute volée. Corrigan et Klein se ruèrent dans la pièce, l'arme au poing, suivis de près par leurs collègues Reese et Carvajal.

Fielder tenta de quitter son fauteuil, mais impossible. Il y était cloué.

« FBI ! » cria Corrigan, en pointant son arme sur Shorty, qui était venu se poster de l'autre côté de la table à jouer.

Sans cesser de ricaner, le gangster porta la main à sa poche intérieure dont il tira son propre revolver. « Casse-toi, connard ! grinça-t-il. Le prof est pour nous ! »

Fielder sentit se former dans sa gorge un gros bouchon tiède et salé. Il tenta vainement d'émettre un son, puis de se lever. Andie le dévisageait en secouant la tête. « Dis donc, toi ! On peut dire que tu as un sacré culot... ! »

En cet instant, tous les avocats s'agenouillèrent, en rang d'oignons. Posant à terre leurs attachés-cases, ils en sortirent des armes de toutes formes et de toutes tailles.

Désolé, fit l'un des avocats – il arborait à présent, par-dessus son costume trois-pièces tout un assortiment de cartouchières qu'il portait en bandoulière. *Mais le professeur va venir avec nous !*

Je ne suis plus professeur ! aurait voulu protester Fielder, mais il avait tout à coup la bouche pleine d'une bouillie gluante qu'il renonça à identifier. Comme ses yeux se posaient sur ses mains, il découvrit qu'elles étaient encombrées de détritus. Des emballages Bronco Burger vides.

Et sans lui laisser le temps de recracher ce qui lui obstruait le gosier, tous les présents ouvrirent le feu.

Pris avec sa fille au centre de leur triangle, il eut la stupeur de constater que les canons crachaient non pas des balles, mais des chiffres et des symboles mathématiques. Ils fusaient des flingues, dans des gerbes d'étincelles, avant de dériver lentement dans la pièce, comme s'ils flottaient dans l'air.

L'un des avocats aspergea l'agent Corrigan d'une salve de 7 qui tourbillonnaient sur eux-mêmes. Shorty, toujours enclin à miser sur la vulnérabilité de l'adversaire, visa l'avocat à la gorge avec un 9. Klein, couvert par l'inspecteur Carvajal, qui faisait pleuvoir sur la tête des avocats une cascade de fractions, fit un fulgurant roulé-boulé.

Andie observait la scène avec un sourire où l'effroi le disputait à l'émerveillement. *Papa! T'as vu ça!* De son index dressé, elle intercepta un symbole *au moins égal à*, qu'elle fit dévier de sa course. *Qu'ils sont beaux!*

Elle n'avait pas vu, juste derrière son épaule gauche, l'avocat qui pointait son arme sur l'inspecteur Reese. Lorsqu'elle se tourna vers lui et qu'elle vit le projectile arriver droit sur elle, il était trop tard. Elle n'avait plus le temps d'esquiver.

Mais Fielder, ayant enfin retrouvé sa liberté de mouvement, bondit en avant et plongea pour protéger sa fille.

Comme il la rejoignait, les bras en croix, il s'en prit un dans l'épaule. La violence de l'impact l'envoya valdinguer, tournoyant comme une toupie, du côté de Happy Joe King.

Du coin de l'œil, il aperçut le soubresaut qui agita le flingue de Shorty, et leva la main pour se protéger. Mais dans les coulisses du rêve, quelqu'un avait dû désactiver le ralenti, car un symbole pi le heurta à toute volée, en plein visage, avant qu'il ne morde la poussière.

Finalement, Fielder tint le coup près de deux mois, avant que Shorty ne découvre qu'il avait joué les porteurs de micros.

Ce fut l'effet d'une pure coïncidence. Le collecteur était venu le chercher à Bronco Burger pour leur réunion hebdomadaire, qui se tenait comme d'habitude dans la limousine de Happy Joe King. Sur le trajet en direction du dépôt-vente, Shorty dut lâcher une vanne qu'il ponctua d'un petit coup de poing blagueur dans les côtes de Fielder. Stephen, qui ne l'avait pas vu venir, ne put esquiver à temps. Le poing de Shorty glissa sur le boîtier qu'il portait à la taille, fixé par du sparadrap.

Shorty allongea à nouveau la main, pour s'assurer qu'il n'avait pas rêvé.

Puis son visage s'assombrit et, d'un coup de poing, un vrai cette fois, il fit exploser l'estomac de Fielder.

Quand il parvint à retrouver un semblant de souffle, il était à l'arrière de la limousine. Une main hargneuse avait arraché les boutons de sa chemise Bronco Burger, qui béait sur sa poitrine, zébrée de marques rouges, à l'emplacement où le sparadrap avait été brutalement décollé. Il allait donc affronter Joseph « Happy Joe » King pour ce qui serait, sans l'ombre d'un doute, la dernière fois.

Le vieil escroc regardait sans mot dire l'appareil du FBI qu'il tenait au creux de la main, comme il aurait contemplé quelque pierre runique high-tech. À ses côtés, Fielder sentait la présence électrique de Shorty, qui menaçait à tout instant d'éclater, tel un orage.

Happy Joe observa l'objet en silence, pendant ce qui lui sembla une éternité.

Il finit par laisser tomber trois mots : « Depuis combien de temps ? »

Fielder n'essaya même pas de nier – au point où ils en étaient, ç'aurait été ridicule. « Deux mois, avoua-t-il. Six semaines. Peut-être sept. »

Joe King hocha la tête. Fielder n'en aurait pas juré, mais il crut reconnaître l'expression qui se peignit sur ses traits. C'était celle d'un homme qui commence à subodorer qu'il va devoir renoncer à une chose qu'il a depuis toujours considérée comme acquise.

Ou alors, celle d'un homme qui s'apprête à reconnaître qu'il l'avait perdue depuis longtemps déjà, et qu'il le savait.

À bout de patience, Shorty lâcha un rugissement chargé de rage. Quand la crosse du collecteur l'atteignit en plein visage, Fielder sentit son nez céder sous le choc.

Il suffoquait, noyé dans son propre sang, la joue plaquée contre la vitre de la portière opposée, la tête immobilisée par le canon du gros calibre que Shorty tenait appuyé contre son crâne, juste au-dessus de la tempe, tandis que le collecteur lui hurlait à l'oreille, d'assez près pour l'asperger de postillons : « Dire qu'on te faisait confiance, et toi, pauvre cloche... »

Avant de perdre connaissance, Fielder entraperçut le mouvement de tête que fit Happy Joe King pour retenir son gorille. Shorty poussa un nouveau rugissement puis, en guise de conclusion, gratifia Fielder d'un bon direct dans les reins. Un coup dévastateur – définitif.

Après quoi, ce fut le chaos.

Une grande lumière blanche inonda l'univers. Des portières s'ouvrirent, tandis que d'autres claquaient. Des ordres fusèrent, aboyés par des voix sèches. Des gens firent irruption et traversèrent en trombe son champ de vision. Il en vit vaguement passer un, avec un mégaphone.

Un peu plus tard, comme on l'avait installé à l'arrière de l'ambulance dont la portière était restée ouverte, avec un gros paquet de glace ruisselant de sang, qu'il pressait sur sa lèvre fendue et son nez fracturé, Fielder vit arriver sa fille. Elle se débattit pour échapper à un flic en uniforme puis, traversant la barrière de banderoles jaunes, piqua un sprint dans sa direction.

Effectivement, elle lui avait dit qu'elle ferait peut-être un saut, ce soir-là... mais cet hypothétique rendez-vous lui était totalement sorti de l'esprit.

Pour une obscure raison, la vue de sa fille lui rappela un film, une cassette vidéo qu'ils avaient louée ensemble, un an ou deux auparavant, et dont le titre lui échappait. Mais selon ce film, la réalité ordinaire, telle que la perçoit Monsieur Tout le Monde, n'était qu'un grand modèle informatique d'une sophistication inouïe. Il suffisait de savoir manipuler le programme pour pouvoir en infléchir les règles : sauter plus haut, courir plus vite, se rire de la pesanteur, comme un personnage de jeux vidéo – ce genre de trucs. Si vous étiez exceptionnellement doué, vous pouviez même trouver le moyen d'échapper totalement au programme.

Et pour une raison tout aussi obscure, Fielder revit en détail la scène clé du film, le moment où le héros parvient enfin à l'ultime illumination, et au-delà duquel il perçoit directement les flux de données, ces myriades de chiffres dont est tissée l'éternelle illusion...

Il eut soudain le sentiment que, s'il avait été dans la peau du personnage principal de ce film, il aurait été précisément en train de vivre ce moment décisif où, tout en étant témoin de la scène chaotique qui se déroulait devant lui, il commençait à en entrevoir les schémas sous-jacents. Où tout lui était révélé.

Son esprit revint alors vers Happy Joe. Avait-il déjà compris, lui ?

Ou était-il seul à voir les choses de cet étrange point de vue ?

Puis il sentit les bras de sa fille se nouer autour de son cou. D'une voix entrecoupée, elle lui demanda si ça allait.

Souriant malgré sa douleur, il lui caressa les cheveux, et lui répondit que oui.

Titre original : *Summa Mathematica*

Traduit par Stéphane Carn

Michael Downs

UN HOMME TUE SA FEMME ET SES DEUX CHIENS

Paru dans *Willow Springs*

Au bruit des trois forts coups secs frappés à la porte, Dudek lâcha sa bière. Seul le propriétaire venait parfois, ce qui désormais, ne risquait pas de se reproduire. Pas après ce qui s'était passé le matin.

« La porte était ouverte en bas », expliqua-t-elle.

Il la fit entrer. Elle sentait le lilas. Il remarqua que ses perles étaient sans doute fausses, même si ça n'avait pas l'air de la gêner. Ses cheveux blond vénitien atteignaient ses épaules et son pull-over pourpre. La journaliste se présenta et annonça qu'elle souhaitait discuter de la fusillade.

« Qu'est-ce que vous aimeriez que je vous dise ? » demanda Dudek, espérant ainsi lui faire comprendre qu'il lui raconterait tout ce qu'elle voudrait.

La journaliste ne mordit pas à l'hameçon :

« Dites-moi ce que vous avez vu et entendu. »

Sa voix était comme du chocolat chaud qui se déverse sur des monceaux de glace vanille. Il dit la première chose qui lui traversa l'esprit :

« Il est ressorti avec un flic à chaque bras. J'ai essayé de voir sa tête. Je voulais savoir de quoi a l'air un type qui vient de tuer sa femme. Eh bien, je vais vous le dire. Il souriait. Comme si tout n'était que ciel bleu et petits oiseaux qui chantent. Il avait l'air de si bonne humeur que j'ai failli lui crier : “ Eh, monsieur Tucker ! Ça vous dérange si je paie le loyer en retard ? ” N'écrivez pas ça, c'est une plaisanterie. »

Elle sourit et l'observa tout en griffonnant sur son bloc-notes, son franc regard acajou n'ayant pas peur de croiser ses yeux. Cent pour cent drague, pas de doute là-dessus. Dudek savait capter un sourire dragueur à dix mètres dans l'obscurité d'un bar enfumé, même quand son cœur ne pompait plus du sang mais de la tequila. Et là, chez lui, bien que n'ayant bu qu'une canette de bière, il se sentait aussi sûr des intentions de la journaliste que des siennes.

Il alla chercher un chiffon dans la salle de bains pour essuyer la bière par terre. Il voyait les journalistes à la télévision, toujours en train de tchatcher, de tchatcher. Mais pas celle-là. Elle, elle écoutait en fronçant les sourcils d'un air compatissant, la lèvre inférieure un peu boudeuse. « Demandez-moi quelque chose », eut-il envie de dire, mais il se contenta de remonter les stores et se mit à contempler ce sale après-midi d'avril. Il pensa que ce tableau la séduirait : un solitaire vêtu de son T-shirt et de son vieux pantalon observant par la fenêtre un monde en pleine déconfiture. Dans la rue de Dudek, ce monde consistait en voitures surbaissées et pick-ups rongés par la rouille, avec en face une maison où les gosses avaient accroché une bannière en Nylon de mauvaise qualité pour la fête pascale. Dessus, un lapin rose rassemblait des œufs peints en souriant d'un air niais en direction de la maison où vivait Dudek ainsi que, jusqu'à environ six heures et demie du matin, Mme Tucker.

« Ça me troue le cul qu'il ait choisi le dimanche de Pâques, déclara Dudek. Nom de Dieu, il aurait pu attendre lundi. Vous voyez ce que je veux dire ?

– Nom de Dieu », répéta-t-elle en gloussant, et lui aussi se mit à rire.

Il aimait les taches de rousseur qui parsemaient ses joues comme une poudre de fée.

Dudek se fit un devoir de chasser les miettes du canapé, et retapa même un coussin avec sa paume ouverte.

« Asseyez-vous », lui dit-il en se dirigeant vers la cuisine. « Je peux vous offrir un café ? Vous servir une bière ? Un meurtre le jour de Pâques, ça vaut bien un pack de six !

– C'est tentant, mais je suis de service. »

Il attrapa une bière dans le frigo, soulagé que la journaliste ait décliné son offre quand il remarqua qu'il ne lui restait qu'une seule canette.

« Vous lisez notre journal ? » demanda-t-elle alors qu'il revenait s'asseoir à côté d'elle sur le canapé.

Le quotidien était posé n'importe comment sur une table basse récupérée un jour dans la pile d'objets dont se débarrassait un voisin.

« C'est aux Tucker. »

Il prit une gorgée de bière et replia le journal. Il avait lu des articles sur deux guerres, une inondation en Chine, et des gens qui réclamaient que pendant une semaine par an, une plage publique soit déclarée nudiste. Il était pour les nudistes.

« Et donc, quand avez-vous entendu les coups de feu ?

– Je préparais mon petit déjeuner, des œufs durs, puisque c'était Pâques. Il faisait encore noir dehors. Tout était calme. Je suis incapable de rester au lit le matin. Mon vieux faisait pareil, mais lui, c'était à cause de la toux du fumeur. Moi, je ne sais pas. Bref, les Tucker. Je n'entendais rien en bas, et c'est bizarre parce que quand ils s'engueulent, je les entends toujours. Ou plutôt, je les entendais. On aurait pu penser que ce matin aussi, ils se seraient engueulés.

– À propos de quoi se disputaient-ils ?

– Des trucs stupides. Des trucs tristes. Elle le traitait de gros, alors qu'elle était plus grosse que lui. Ça le gonflait qu'elle ne travaille pas. Des fois, je me réveillais en pleine nuit quand il la traitait de " sale sorcière inculte ", ou quand elle lui gueulait dessus parce qu'il n'était pas doué de ses mains. » Dudek fit la grimace. « Des trucs que je n'avais pas besoin de savoir. Certains soirs, on avait l'impression que ça leur plaisait de se détester à ce point. »

Dudek prit une bonne gorgée et attendit que la bière lui picote les gencives. Le lendemain des engueulades, il les guettait avant de partir au travail, il attendait que M. ou Mme Tucker sortent de chez eux. Et là, il se précipitait dans l'escalier qui menait à leur porte, il voulait voir sur leur visage comment ils avaient encaissé la nuit, en quoi ils avaient changé, si quelque chose avait disparu ou apparu. Il ne raconta rien de tout cela à la journaliste.

Elle griffonna quelque chose et croisa les jambes, son collant noir scintillant à la lumière crue de l'ampoule au plafond. Elle avait de petits pieds, la journaliste. Et des chaussures avec des talons noirs qui se terminaient comme une pointe de couteau. Ils n'étaient pas très hauts, mais Dudek l'imagina avec des talons vraiment hauts. Il termina sa bière et posa la canette entre ses pieds à côté de la précédente, se disant qu'elle aimerait sans doute entendre quelque chose de sympa sur les Tucker.

« Ils adoraient leurs chiens. Deux boxers. Pur race. Frazier et Foreman. Très forts en gueule. Beau poitrail. Putain, ils aboyaient comme des fous.

– Ce matin ?

– Tout le temps. Mais ce matin... je ne les avais jamais entendus aboyer comme ça. Ils produisaient un son étranglé. Presque un hurlement. Vous allez me croire fou – il marqua une pause pour accentuer son effet – mais on aurait dit qu'ils suppliaient. »

Il observa ses doigts pendant qu'elle écrivait : ongles moyennement longs recouverts de vernis transparent. Pas de bague au doigt qui comptait.

« Quand les chiens se sont-ils mis à aboyer ?

– Après le premier coup de feu. Comme je vous l'ai dit, j'étais devant la cuisinière. »

Il lui expliqua qu'il patientait alors que les œufs s'entrechoquaient et cognaient contre les parois de la casserole. Premier coup de feu. Merde. Comme un imbécile, il s'était précipité dans l'escalier. En sous-vêtements. Et à mi-chemin, il avait entendu deux autres coups, le bruit se répercutant contre les murs jusqu'à sa moelle épinière. Il avait fait demi-tour. Un coup, ça pouvait être un accident. Trois, c'était une tuerie.

« Et puis ? » insista-t-elle.

Le silence. Pas un aboiement. Rien. Il s'était enfermé chez lui. Avait appelé les flics.

« Ils sont arrivés en quelques minutes », reprit-il.

Mais elles lui avaient paru longues, ces minutes où il se demandait si Tucker allait monter. Dudek était assis dans son salon, agrippé à la batte de base-ball en aluminium qu'il gardait sous son lit en cas de problème, se retenant de vomir. Madame-Lilas-Fausses-Perles n'avait pas besoin de savoir ça.

« Ils l'ont emmenée sur un brancard, recouverte d'un drap. L'une des roues s'est prise dans un trou du trottoir et ils ont failli la renverser. Et ils ont sorti les chiens dans des sacs-poubelles. »

La journaliste décroisa les jambes mais garda les genoux serrés. Elle se pencha vers lui, le bout de son stylo entre les dents, les lèvres entrouvertes.

Putain de merde, pensa Dudek, et il rit de sa chance.

« Qu'est-ce qu'il y a de si drôle ?

– Rien, rien. Qu'est-ce que vous voulez savoir d'autre ? »

Elle réfléchit un moment.

« Pourquoi ne s'est-il pas tué par la même occasion ?

– Ça paraît stupide, hein ? Peut-être parce que dans ce genre d'histoire, on entend toujours parler d'un meurtre *et* d'un suicide. Mais Tucker, lui, est sorti avec un grand sourire. Peut-être que c'était comme une alarme de voiture qui gueule en pleine nuit. Vous feriez n'importe quoi pour arrêter ce truc. Vous ne pensez plus qu'à la faire taire. Rien d'autre ne compte.

– Mme Tucker aurait ainsi été une alarme de voiture. »

Dudek haussa les épaules et répondit :

« Je suis pas psychiatre en chef. Juste un voisin.

– Les Tucker avaient-ils des amis ou des enfants ?

– Pas que je sache.

– Vous ne les connaissiez pas très bien, n'est-ce pas ?

– On ne faisait pas la tournée des bars ensemble, mais à force de vivre au-dessus des gens, on sait des choses. Ils étaient assez gentils, je crois. Elle lisait des romans policiers écrits à partir d'histoires vraies. En été, elle s'installait sous la galerie, elle s'endormait sur une chaise longue grinçante et elle se mettait à ronfler. Lui, il aimait le catch. Mais en tant que propriétaire, il ne faisait pas la différence entre une clé et des tenailles, ça je peux vous le dire. Il était radin. Ça se voit qu'il n'aimait pas dépenser de l'argent pour la maison. »

Elle avait cessé d'écrire. Elle avait l'air de s'ennuyer. Dudek se mordit la lèvre inférieure.

« Nos appartements sont disposés de la même manière, reprit-il. Ma chambre est au-dessus de la leur. Les flics m'ont dit que c'était là où il l'avait tuée, si vous voulez voir... »

Il désigna un endroit à l'extérieur du salon, le visage tellement empreint d'une fausse innocence qu'elle en sourit.

Dudek n'avait pas fait son lit, et il y avait une montagne de linge sale dans le coin le plus éloigné de la pièce.

« La bonne est malade », dit-il en repoussant d'un coup de pied sous son lit des slips et des T-shirts. Puis il désigna le sol. « C'est là-dessous. »

La journaliste fit le tour de l'armoire et du lit de Dudek, ses talons cliquetant sur le parquet usé. Dudek se rendit alors compte que les événements du matin avaient rendu cette pièce sinistre, et qu'il n'avait eu de cesse de l'éviter. Tout à coup, il ne put s'empêcher d'imaginer Tucker quelques mètres plus bas, appuyant doucement sur la détente, le recul dans sa main, le bruit. Il avait dû fermer les yeux. Et quand il les avait ouverts... Et Mme Tucker ? L'avait-il secouée par l'épaule pour la réveiller ? Avait-il allumé la lumière ? Il avait dû avoir besoin de lumière. Sauf s'il était suffisamment près pour poser le canon contre son crâne.

Dudek arrêta de se frotter les tempes. Il ne se souvenait pas avoir commencé.

« Ça me sidère, dit-il. Tuer sa femme et ses chiens le jour de Pâques. Ça contient une certaine forme de poésie, vous ne trouvez pas ? Alors que tout le monde a envie de passer un bon moment, boum ! Tucker lui, il attrape son arme et il crie : " Ohé tout le monde, je suis vraiment dans la merde. Terminé le printemps. Terminé cette connerie de résurrection. Je vais lui faire joliment sauter la cervelle. "

– Pourquoi a-t-il fait ça ?

– C'est la grande question, hein ? Pourquoi il a balancé ça à la gueule de Dieu, comme s'il lui disait :

“ Je t’ai bien baisé ! ” » Dudek agita le majeur en direction du plafond. « Un truc a dû le rendre vraiment fou... »

Elle voulait savoir. Elle voulait vraiment, ça se voyait – à sa voix insistante, à son cou pâle maintenant écarlate –, se frotter à l’horreur et au péril du matin, ressentir la décharge électrique qu’il avait prise en pleine gueule. Elle appuya une épaule contre le mur de sa chambre, les cheveux derrière les oreilles pour dégager son cou délicat et sa fine oreille percée d’une minuscule boucle en cristal.

« En fait, j’aurais pu m’en douter », déclara Dudek en s’asseyant au coin de son lit, qui s’affaissa de plusieurs centimètres. « Un peu plus tôt, avant même que je prépare mon petit déjeuner, j’avais entendu du bruit à la porte en bas, comme si quelqu’un cherchait à entrer. Je suis descendu tout doucement au cas où ça soit un voleur. J’avais emporté ma batte de base-ball, on ne sait jamais. » Il l’attrapa sous son lit pour la lui montrer. « Et j’ai trouvé M. Tucker sur le palier, tout habillé. »

Elle attendit la suite.

« Ce n’était pas la première fois qu’il passait la nuit dehors. Il se penchait pour prendre la clé sous le paillasson. “ Joyeuses Pâques ”, je lui ai dit. J’ai répété : “ Joyeuses Pâques ”. “ Joyeuses Pâques, Henry ”, il a répondu, puis en regardant la batte de base-ball, il a ajouté : “ Attention à la prochaine balle ”. Il avait de l’humour, ce Tucker. Il a ouvert la porte et il a remis la clé à sa place. Et là, j’ai senti son haleine. »

Quand Dudek la dévisagea, la journaliste soutint son regard tout en écrivant sur son bloc-notes. Elle fit un signe de tête et posa une question avec les yeux.

« Un sacré ivrogne », confirma-t-il. « Elle aussi. »

La journaliste cessa d’écrire. Comme si elle connaissait déjà toute l’histoire.

« Et ils ne buvaient pas simplement le week-end, insista-t-il. C'était une véritable activité chez eux. Vous verriez les caisses d'alcool dehors. M. Tucker manquait souvent le travail. Les chiens erraient. Le mardi, quand il réussissait à sortir les ordures sur le trottoir, on aurait dit un Everest de sacs remplis de bouteilles vides. Parfois, il oubliait que je lui devais le loyer. Moi, ça m'arrangeait, mais vous savez...

– C'est pour cela qu'il l'a tuée ?

– Ouais. Un meurtre le dimanche de Pâques, une dispute, l'alcool, ça ne vous suffit pas ?

– Non, répondit-elle en griffonnant quelque chose. Je veux dire, bien sûr que ça suffit. C'est comme ça. Eh bien, voilà. »

Elle lui tendit une carte de visite avec un sourire et lui demanda de l'appeler s'il se souvenait de quelque chose. Il hocha la tête comme si tout cela n'était que très normal tandis qu'elle quittait l'appartement et descendait l'escalier en faisant claquer ses talons pointus. Alors que la nuit tombait, il la regarda par la fenêtre rejoindre sa voiture, une petite Honda. Elle jeta un dernier coup d'œil à l'appartement des Tucker et se mit au volant. Les phares s'allumèrent et hop, elle était partie.

Vite fait bien fait. C'était le plan de Dudek. Il savait qu'ils avaient de la bière ou des alcools forts, et de toute façon, ils lui en devaient. Tout du moins M. Tucker, pour lui avoir infligé ce meurtre par un jour saint. D'ailleurs, le gars devait des tournées à tout le quartier.

La police avait bloqué l'accès à l'appartement des Tucker avec un ruban jaune entortillé autour de deux clous rouillés de chaque côté de la porte. Dudek défit le ruban et récupéra la clé là où Tucker l'avait mise sous le paillasson. Il repoussa le verrou.

De l'entrée, il ne voyait presque rien, la seule lumière provenant d'une ampoule de faible intensité très haute dans la cage d'escalier. Il s'attendit à ce que quelque chose bouge ou fasse du bruit, peu surpris d'avoir peur, même s'il n'avait pas envisagé ça. Quand ses yeux se furent accoutumés à la pénombre, il s'avança. Il y avait dans la pièce une odeur douceâtre et cuivrée, comme celle d'un paquet de cigarettes neuf, et il entendait le frigo des Tucker ronronner dans la cuisine. Une pendule tictaquait. Dans l'obscurité, une lumière bleue clignotait – l'affichage d'un magnétoscope. Il savait qu'il y avait un canapé près de la porte, il l'avait aperçu de l'escalier quand M. ou Mme Tucker entrait ou sortait. Il se fit alors la remarque qu'il ne les avait jamais vus ensemble, que ce soit sous la galerie ou en train de promener les chiens : il les croisait toujours l'un sans l'autre.

Il tâtonna le mur près de la porte à la recherche de l'interrupteur qui devait être au même endroit que chez lui, mais craignit tout à coup qu'un voisin remarque la lumière et appelle les flics. Les cambrioleurs faisaient leur beurre de ça, non, dévaliser les maisons des gens qui venaient de mourir ? Mais ce n'était pas exactement son cas. Et puis, il ne traînerait pas. L'appartement serait à nouveau plongé dans le noir avant que quelqu'un s'en aperçoive.

En allumant, il s'attendait à voir un appartement dévasté par la violence des trois meurtres, mais non. Il aperçut le canapé rembourré, au velours presque complètement râpé, et une table basse au bois plastifié. Dessus, le programme télé du journal, une tasse de café pleine, un stylo et quelques bouts de papier où on avait fait une liste : renouveler l'assurance pour les termites, réparer les freins, parler à Dudek de sa voiture... Ça avait dû les foutre en rogne, qu'il se gare juste derrière eux dans cette allée minuscule et qu'ils ne puissent plus sortir leur voiture. Aux deux coins de la pièce, se trouvaient les couvertures écossaises des chiens, Frazier et Foreman, leur nom brodé sur les coussins. Sur les murs coquille d'œuf, des gravures encadrées : une grange dans un champ de blé et des fillettes se promenant avec des poignées de pissenlits. Il découvrit la télévision et le magnétoscope dont il avait deviné la présence. Une étagère avec quelques livres appartenant à Mme Tucker, mais surtout des photos vingt sur vingt-cinq encadrées d'enfants en chapeau de cowboy prenant la pause avec un sourire forcé devant un drap tendu de photographe. Sur une autre photo, un gars d'une trentaine d'années – avec le nez pointu et le corps en forme de poire de M. Tucker – serrait la main de Tommy Lasorda [1]. Leurs gosses vivaient donc à Los Angeles, ce qui expliquait pourquoi Dudek ne les avait jamais vus. Peut-être que maintenant, ils allaient venir régler leurs affaires. La police les avait certainement prévenus.

Dans la cuisine, il voulut prendre trois bières, puis se ravisa et attrapa tout le pack de six dans son emballage cartonné. Qu'est-ce que ça changeait ? Tucker Junior ferait l'inventaire ? Et alors ? Quand Dudek referma la porte du réfrigérateur, il fit tomber des aimants, un menu de restaurant chinois et quelques photos. En ramassant le tout, il remarqua, à hauteur de ses yeux, des billets de loterie accrochés au frigo par un aimant de Floride fantaisie en caoutchouc.

Il s'approcha et découvrit cinq séries de chiffres pour le tirage du 7 avril, le mercredi après Pâques. Il glissa les billets dans la poche de son pantalon. Pourquoi pas ?

En sortant de la cuisine, il laissa filer son regard dans le couloir jusqu'à leur chambre. La porte était

1. Né en 1927, joueur de base-ball, puis entraîneur des Dodgers de Los Angeles.

fermée. C'est comme dans ces films, se dit-il, où on a envie de crier : « N'ouvre pas la porte ! » à cette idiote de baby-sitter, mais où en même temps, on veut qu'elle l'ouvre, cette porte, parce qu'on ne veut pas en rester là, on veut savoir. Dudek voulait voir l'endroit où c'était arrivé. Ça ferait une bonne histoire à raconter plus tard. Il posa le pack de six sur le siège d'un fauteuil et s'avança dans le couloir très sombre.

C'est stupide, pensa-t-il à l'instant où il frappait. Gêné, il tourna le bouton en verre et ouvrit violemment la porte, qui alla heurter le mur. Puis il alluma le plafonnier et découvrit un lit défait, des draps tachés et raides, une giclée de sang sur la tête de lit en vinyle jaune, et deux autres traînées sur les lattes du parquet : les chiens. Du rembourrage de matelas se souleva dans le courant d'air que Dudek avait provoqué en ouvrant la porte. Il ferma les yeux, effrayé, puis regarda à nouveau. Le sang qui avait commencé à sécher était marron sur le mur et rouge foncé sur la tête de lit, mais les draps et les grosses mares par terre étaient encore rouge vif. Il en avait assez vu comme ça. Il recula, mais s'arrêta en remarquant des cartons empilés le long du mur le plus proche, si nombreux qu'ils le cachaient entièrement. Il y avait aussi un bureau, et quand il s'en approcha en prenant soin d'éviter les taches de sang par terre, il vit au-dessus un tableau d'affichage avec des colonnes, assez hautes et assez lointaines sur le mur pour avoir été épargnées par le sang. Dans ces colonnes, d'une écriture fine et parfaite, comme sortant d'une machine, Dudek lut des nombres par groupe de six, aucun ne dépassant quarante-cinq. Chaque série était datée, certaines étaient surlignées en jaune, d'autres entourées de rouge. Des numéros de loterie.

Le scotch transparent – jauni par le temps – crissa quand il ouvrit un carton. En secouant la tête, il attrapa des paquets de billets de loterie qu'il feuilleta avec son pouce. Chacun comportait la même écriture pointilleuse que les colonnes du tableau. Des milliers de billets, des centaines de milliers de numéros répétés, des douze et des deux, des seize et des trente-sept, perdant, perdant, perdant, la plupart barrés d'une croix mais certains entourés d'une encre rouge devenue rose au fil du temps. Il ouvrit un deuxième carton, sur lequel était écrit : Fév 76-mai 79. Également rempli de billets de loterie aux nombres entourés ou barrés. Puis un autre : Fév 92-mai 95, et encore un autre. Dudek rit. Il se sentit nauséeux, pris de vertige, et s'éloigna des cartons, comme s'il voulait mettre de la distance entre eux et lui, comme s'ils étaient responsables de la folie ayant perdu les Tucker et allaient le contaminer à son tour.

Merde ! Il revint à la réalité. Vite. Il attrapa les bières, éteignit les lumières, referma la porte, glissa la clé sous le paillasson, replaça le ruban jaune autour des clous.

Les Tucker buvaient de la bière en bouteille. Ils achetaient une bière fantaisie sombre comme de la mélasse, plus amère que ce qu'aimait Dudek mais, comme on dit, à défaut de grives, on mange des merles. Il retira ses chaussures et ses chaussettes, éteignit, releva les stores et s'assit près de la fenêtre pour boire un coup. En face, dans la rue, les couleurs de la bannière du lapin étaient grisâtres dans la nuit, et le sourire indélébile de l'animal trop brillant, trop heureux. Dudek savait que le lapin ne le faisait pas exprès.

Entre deux gorgées, il percevait de temps à autre la sirène solitaire et paniquée d'une voiture de flics, il voyait des gyrophares rouges se refléter sur les façades des immeubles jusqu'au centre ville. Toutes ces lumières dans tous ces appartements. Il se demanda si dans l'un d'eux, ou même plusieurs, une personne en tuait une autre. Probable.

Il sortit les billets de sa poche, les plia puis lissa le pli. Il lut les nombres à la lumière d'un réverbère tout proche, mais il dut pour cela plisser les yeux : la bière lui brouillait la vue. Drôles de combinaisons : un 12 perdu au milieu d'une série de 31, 33, 36, 38 et 39. Sur un autre billet : 1, 2, 4, 5, 7, 8. Tout cela ne servirait sans doute à rien. Dudek se promit de les comparer aux numéros gagnants dans le journal du jeudi, puis les rangea dans son portefeuille.

Il ouvrit une autre bière, puis encore une autre, lançant les capsules en direction de la poubelle et la ratant, les capsules cliquetant par terre. Il essaya de réfléchir, mais il ne parvenait pas à faire le lien entre les cartons, les numéros, les colonnes et tout ce qu'il savait – ou pensait savoir – sur les Tucker. Puis il se souvint du type qui serrait la main de Tommy Lasorda. Pauvre gars. Désormais, à chaque fois qu'il verrait un œuf peint, ça lui rappellerait son père qui avait tué sa mère. C'était Pâques à l'envers, ce qu'avait fait le vieux, distribuer de la souffrance et des ennuis comme des toasts brûlés au petit déjeuner, Tucker Junior se tapant la plus grosse tranche. Dudek l'imagina dans l'avion, habillé de noir avec des lunettes noires, puis atterrissant le lendemain à Bradley International, achetant un journal pour y chercher une nécrologie ou quelque chose comme ça et tombant sur le papier de la journaliste. Il lirait ce que Dudek avait dit. Il lirait que ses parents étaient des alcooliques, qu'ils se disputaient tout le temps. Le gosse n'apprendrait sans doute rien, mais Tucker Junior saurait qu'à Hartford, tout le monde lirait ça aussi.

Et Tucker Junior deviendrait le nouveau propriétaire.

Dudek souffla un bon coup, paria sur l'expulsion. Et adieu le dépôt de garantie : comment protester ? Il imaginait déjà le gosse en train de mettre les affaires de ses parents dans des cartons. Dudek s'imagina assis sur le canapé, tendant l'oreille sans oser descendre, n'osant même pas tirer la chasse, voulant disparaître, tout simplement. Il avait mal à l'estomac. La bière fantaisie. Trop amère, putain.

La tête en bouillie, il s'affala dans son fauteuil. Même dans le noir, il distinguait la trace d'humidité en travers du plafond. Il se souvint des moustiquaires déchirées sur la galerie derrière la maison. Des endroits minables comme ça, il y en avait partout en ville. Et il pouvait vivre n'importe où. Ce n'était donc pas l'expulsion qui le dérangeait. Ce n'était pas non plus le dépôt de garantie. De toute façon, il n'avait jamais réussi à en récupérer un.

Il posa la bière. De la bouillasse de merde. Il se demanda si Tucker Junior aimait ce machin, lui aussi. Putain, le gamin allait avoir besoin de boire un coup. Il se demanda si la journaliste était en train d'écrire ce que Tucker Junior lirait, ce qu'il lui avait dit, il l'imagina à son bureau. Longues jambes, talons, fausses perles.

En allumant une lampe, il aperçut sa carte de visite. Peut-être penserait-elle qu'il était un type bien. Soucieux d'un congénère, vous voyez le genre ? Elle décrocha à la première sonnerie. Cette voix de chocolat chaud. Dans le téléphone, il la trouvait encore meilleure.

Il hésita à dire son nom, puis demanda :

« Ça vous dérangerait de ne pas vous servir de ce que je vous ai dit ? C'est que, vous voyez, ça ne les fait pas apparaître sous un bon jour. C'était comme si on les salissait, vous comprenez ? Ils n'ont pas eu assez d'ennuis comme ça ? »

Il mordit la peau dure autour de l'ongle de son pouce en attendant la réponse. Pensa qu'elle prenait une bouffée d'air, qu'elle allait dire quelque chose, mais non. Il l'imagina en train de fumer. Tapotant la cigarette sur un cendrier. Les journalistes fumaient tous, non ? Ça lui plaisait bien, qu'elle fume.

« Je ne peux pas, déclara-t-elle. Je suis désolée, mais je me suis présentée et vous avez accepté de me parler. Une fois que vous m'avez donné votre accord, je peux mettre dans l'article ce que vous avez dit. C'est comme ça que ça marche.

– Mais regardez pour qui ça les fait passer. Et s'ils ont des gosses ?

– Je ne peux pas me soucier de cela, M. Dudek. Écoutez, il n'y aura pas grand-chose de ce que vous m'avez dit dans mon article, mais je ne peux pas vous promettre que je n'utiliserai rien.

– C'est dégueulasse.

– Il aurait fallu y penser avant de parler. »

Dudek avait tourné sur lui-même jusqu'à ce que le fil de téléphone s'entortille autour de son corps, et tournait maintenant dans l'autre sens. Il s'était complètement planté. Le truc du type gentil ne marchait pas. Il se souvint de sa gorge qui avait rougi. Elle aimait se faire peur. Bien sûr. Quel journaliste aime le soleil qui brille et le grand jour ?

« D'accord, dit-il. Écoutez. Il y a des choses que je ne vous ai pas dites. Vous n'en croiriez pas vos oreilles.

– M. Dudek, je suis en train de boucler.

– Attendez. Laissez-moi vous raconter. Des billets de loterie. Des cartons et des cartons. Ils gardaient la trace de tous les numéros. Ils les notaient sur chaque billet. Quand je dis des cartons, ce sont vraiment des cartons. Comme dans un entrepôt. Vous devriez revenir. Pour voir ça.

– Écoutez, je ne sais pas à quel petit jeu vous jouez, mais il ne me concerne plus. »

Elle raccrocha. Dudek donna un coup de pied dans la table, faisant tomber le téléphone, le combiné s'arrachant du poste sous le choc.

« Salope ! » gueula-t-il.

Qu'est-ce que ça voulait dire, elle ne savait pas à quel jeu il jouait, putain ! Elle le connaissait, ce jeu ! Elle aussi y avait joué, avec ses jambes, sa voix, son stylo entre les dents. Et elle avait eu ce qu'elle voulait, non ? Et lui ? Il se revit dans sa chambre avec cette journaliste, utilisant les Tucker pour retenir son attention, et il avait envie de s'étrangler avec ses propres mains.

Dudek prit une autre bière, la dernière. Il avait besoin d'air, de marcher, quelque chose.

En face, les voisins avaient éteint la lumière sous leur galerie et Dudek ne voyait plus la bannière du lapin. Peut-être l'avaient-ils même descendu. Pâques était terminé. Il sortit pour faire quelques pas, mais la pluie s'abattit sur sa nuque et il rebroussa chemin, allant terminer sa bière assis sous la galerie, puis lançant la bouteille dans la rue uniquement pour l'entendre se briser. Ça le calma un peu. Peut-être qu'il était tout simplement saoul, il ne savait pas. Mais il se sentit mieux.

Il attrapa son portefeuille, sortit les billets et les fit défiler jusqu'au règlement écrit en tout petit, puis dans l'autre sens jusqu'aux numéros. La seule chose qui comptait, c'étaient les numéros. Peut-être qu'ils n'étaient pas perdants, après tout. Les Tucker avaient vraiment étudié la chose, non ?

De l'eau de pluie tombait des gouttières autour de la galerie. Dudek avait froid à ses pieds nus et il se mit à trembler. Il se demanda à quelle heure l'article sur les Tucker heurterait la marche de l'escalier. Peut-être pouvait-il attendre jusque-là pour se coucher, histoire de voir, encore tout chaud de l'imprimerie, ce que cette salope avait écrit.

Et s'il gagnait à la loterie, elle l'appellerait, non ? Elle lui ferait cette voix enjôleuse. Il se montrerait généreux. Il pourrait se le permettre, avec quelques millions sur son compte en banque. Mais il faudrait y aller doucement avec elle. Un dîner chez Carbone, ou un truc chic comme ça. Ça commencerait à l'intéresser. Puis des journées de balade dans sa Porsche rouge, mais seulement si elle mettait des jupes courtes. « J'ai mes critères », lui dirait-il. Et ensuite, une bande de sable sur une île des Caraïbes. Il achèterait un bikini en string à la journaliste, il lui étalerait de la crème solaire sur le dos, et elle deviendrait toute dorée, dorée, dorée. Ils mangeraient des huîtres et des crevettes, ils se pinteraient avec des cocktails aux noms brillants comme le soleil, puis il la baiserait jusqu'à ce qu'elle en ait mal. Très vite, la nouvelle se répandrait sur l'île qu'il était quelqu'un d'important parce qu'il laissait de gros pourboires. Dix dollars pour une bière qui en coûtait cinq. Ça attirerait les femmes. Il aurait le choix. La blonde avec les grosses lèvres ? La rousse avec l'anneau en argent autour de son nombril cuivré ? La fille du coin ? Oh oui. La fille du coin. Il laisserait tomber la journaliste. Paie-toi ton billet de retour, ma chérie. C'est dégueulasse, dirait-elle. Et il rirait, il rirait.

Une voiture surgit dans la nuit et projeta de l'eau sur le trottoir. Dudek avait les poings fermés, si serrés qu'il en avait le bout des doigts blanc. Quand il les desserra, il se rendit compte qu'il avait tellement froissé les billets qu'ils étaient réduits à une boule de papier dans ses paumes.

Paniqué, il les défroissa les uns après les autres, et avec ses doigts les aplatit sur sa cuisse jusqu'à ce qu'il puisse à nouveau lire les numéros.

Titre original : *Man Kills Wife, Two Dogs*

Traduit par Laetitia Devaux

Brendan DuBois

ESPRIT D'ÉQUIPE

Paru dans *Murderers' Row*

Pour un mois de juin, le temps était étonnamment lourd et moite, surtout sur le terrain de base-ball du collège régional de Morton, où il n'y avait pas un poil d'ombre et où le soleil cognait si fort que Richard Dow le sentait, malgré la casquette qu'il avait sur la tête – une casquette jaune avec un « P » bleu sur le devant, identique à celles qu'arboraient les douze membres de l'équipe junior du Pine Tree Rotary présents sur le terrain ou assis dans l'abri. Debout près de la première base – sa place attitrée, en tant qu'assistant du coach de l'équipe –, il leva les yeux vers le tableau de marque qu'une gamine, armée d'un bloc de craie aussi gros que son poing, tenait à jour. Pine Tree Rotary : 1. Glen's Plumbing & Heating : 0. Déjà deux batteurs de l'équipe adverse éliminés, et plus qu'une frappe pour conclure la sixième manche. Le match était pratiquement fini. Une bonne balle et ils gagnaient.

Il se frotta nerveusement les mains. Glen's Plumbing & Heating avait un joueur en troisième base. Son nom lui échappait. En revanche, il connaissait fort bien celui du garçon qui était, en ce moment, sur la plaque du lanceur : Sam Dow, douze ans, à deux doigts d'assurer sa première victoire de la saison à l'équipe du Pine Tree Rotary. Cette année, elle avait bien remporté un de ses cinq matchs, mais personne ne considérait cet unique succès comme une vraie victoire : elle avait gagné par forfait, le club visiteur – Jerry's Lumberyard – ne s'étant pas présenté sur le terrain parce que, en chemin, le car qui transportait les joueurs s'était farci un orignal sur la Route 4.

« Vas-y, Sam ! cria-t-il, en tapant dans ses mains. Plus qu'une bonne balle et tu le sors ! Tu peux le faire ! Plus qu'une bonne balle ! »

Sam ne lui prêta aucune attention. C'est bien, fils ! Concentre-toi sur l'adversaire ! se dit Richard. L'adversaire en question, casqué et vêtu de son maillot blanc et bleu, agrippait une batte qui paraissait énorme dans ses petites mains. Pour une journée aussi étouffante – et pour le Vermont –, le public était venu assez nombreux, et une petite foule de parents et d'amis peuplait la tribune, derrière le marbre. Quelque part sur les gradins, quelqu'un fumait un gros cigare dont un coup de vent rabattit la fumée sur le terrain. Richard fut sidéré de la violente envie de fumer qui le submergea instantanément. Bon sang ! Depuis quand n'avait-il pas dégusté un bon cigare ?

Richard explora la tribune des yeux et repéra sa fille cadette, Olivia, dix ans, qui, penchée sur un gros classeur, y notait avec application les dernières phases du jeu. Il lui fit un petit signe mais, pas plus que son frère, elle ne lui prêta la moindre attention, absorbée qu'elle était par son travail – comme sa mère devait l'être, elle aussi, en ce début d'après-midi, dans l'agence de voyages de la Grand'Rue.

Sam se ramassa sur lui-même et sa balle s'envola, rapide pour un garçon de son âge. Le batteur exécuta un grand moulinet et, dans la même seconde, Richard entendit la balle atterrir avec un agréable petit « *Plop !* » dans le gant du receveur. L'arbitre effectua sa petite danse rituelle et annonça : « *Strike !* ». Quelques hourras et quelques grognements déçus s'élevèrent des gradins, mais pas de huées ou de sifflets. Denny Thompson, le chef des sapeurs-pompiers de la ville, qui arbitrait le match, avait un bon coup d'œil et, pour un arbitre, était plutôt équitable.

« Allez, vas-y, Sam ! marmonna Richard. Encore un *strike* ! Tu peux le faire ! » À nouveau, il se frotta les mains et jeta un coup d'œil aux quelques joueurs du Pine Tree qui n'étaient pas sur le terrain. À les voir ainsi penchés en avant, sur le vieux banc vert écaillé de l'abri, il devinait leur fol espoir, leur soif juvénile de connaître, ne serait-ce qu'une fois, le goût de la victoire. Seulement ça, un truc tout bête, au fond, mais pour un garçon de onze ou douze ans, quitter le terrain en vainqueur, c'était le rêve. Il y avait bien longtemps qu'il n'avait plus leur âge, mais il n'avait pas oublié. Ce genre de chose, ça ne s'oublie pas.

Attention ! C'est reparti ! Il vit son fils se ramasser sur lui-même, vit la balle fendre l'air et...

Crac !

Richard tourna la tête, suivant des yeux la balle qui montait dans le ciel. C'était une jolie balle, pas mal frappée du tout, mais... une seconde, là... on dirait qu'elle se met à retomber... une chandelle... génial ! C'est bien ça, c'est une chandelle... cette fois, ça y est, c'est quasi sûr, on la tient, la victoire !

Et juste à ce moment, Richard remarqua la lenteur avec laquelle le défenseur du champ droit courait à reculons, une main en visière pour se protéger les yeux du soleil, son gant ouvert au bout de son autre bras – un bras soudain hésitant, qui se mettait à trembler et à s'agiter dans tous les sens, comme un sémaphore. Leo Winn. Le benjamin de l'équipe... Richard se remit à marmonner entre ses dents serrées : « Vas-y, Leo, vas-y ! Tu peux le faire, petit ! Attrape-moi cette balle comme à l'entraînement ! C'est rien du tout à faire. C'est simple comme bonjour. »

Le gant de Leo se referma sur la balle, mais ses coéquipiers et les supporters du Pine Tree avaient à peine commencé à passer de la joie au délire que le malheureux petit Leo, qui continuait de reculer sur sa lancée, trébucha et s'affala à plat dos. La balle lui échappa et roula sur le gazon tondu de frais. Aussitôt, les rugissements et les ovations changèrent de camp, tandis que les joueurs et les supporters du Pine Tree, Richard comme les autres, se taisaient, écrasés par cette nouvelle défaite.

*

Après le traditionnel *line-up* de fin de partie et les échanges de poignées de main et de « Beau match ! Beau match ! » entre joueurs, Richard se dirigea vers le parking du collège, un bras passé autour des épaules d'Olivia, l'autre autour de celles de Sam. Olivia tapota son classeur. « Tu sais, Sam, fit-elle, c'est ton meilleur match de l'année. Trois *strikeouts* et un seul *hit*. Et encore, l'arbitre a jugé le lancer mauvais...

– Ouais, ça va, je sais ! J'étais sur le terrain, OK ? répliqua Sam. Mais qu'est-ce que ça change ? On a quand même perdu... »

Richard pressa l'épaule de son fils. « Tu t'es bien battu, Sam ! Leo aussi, d'ailleurs.

– Leo ? Il est nul, p'pa ! protesta Sam.

– Il n'est pas aussi bon que toi, d'accord, mais il s'accroche, il s'entraîne dur et il continue quand même à jouer, répondit Richard. Et ça, c'est énorme. Il aurait pu se décourager depuis belle lurette. Mais il ne l'a pas fait. »

Sam resta silencieux et Richard, qui sentait que le pauvre garçon s'efforçait de cacher la peine que lui causait cette nouvelle défaite, préféra ne rien ajouter qui risquerait de déclencher une crise de larmes intempestive. Pour un garçon de douze ans, pleurer, c'est la honte absolue.

Olivia combla le silence. « Hé ! Vous avez vu ? V'là l'autre équipe ! Ils vont manger des glaces.

– Et alors ? fit Richard, en regardant les vainqueurs s'engouffrer, le visage radieux, dans deux voitures et un minibus. Qu'est-ce qui nous empêche d'en faire autant ?

– Non, p'pa ! S'te plaît ! fit Sam. Je préfère qu'on rentre à la maison. Y a pas de raison. Eux, ils vont manger des glaces parce qu'ils ont gagné. Les perdants, ça ne va pas manger des glaces après un match comme celui qu'on a fait. »

Richard ouvrait la bouche pour lui répondre quand quelque chose attira son attention, à côté des bennes à ordures du collège. Il sortit de sa poche les clefs de sa Lexus et les tendit à Sam. « Tiens ! Allez m'attendre dans la voiture. J'arrive tout de suite.

– Je peux la faire démarrer ? demanda Sam, soudain considérablement moins abattu.

– Si tu veux, mais fais-lui faire un tour de roues et je te jure que tu auras encore du mal à t'asseoir dans vingt ans ! »

Les deux enfants s'éloignèrent en courant vers la Lexus, tandis qu'il contournait l'arrière d'un pick-up, attelé d'une remorque où était juchée une tondeuse à gazon.

« ... Bougre d'emmanché ! Comment t'as pu laisser échapper c'te putain de balle ? C'est pourtant pas sorcier d'attraper une chandelle ! Minable ! Sans toi, leur batteur était mort, bordel ! » tonna une voix d'homme, forte, insistante.

À la vue qui s'offrait à lui, Richard se figea. George Winn, le jardinier municipal – la plus avouable de ses activités, pas toutes très légales... – tenait à pleine main le devant du maillot de son fils et secouait le pauvre gosse comme un prunier. Des larmes ruisselaient sur les joues du petit, dont la casquette était tombée par terre, à ses pieds. Winn était du style armoire à glace, avec une barbe qui lui tombait au milieu de la poitrine et une panse de buveur de bière qui distendait son T-shirt vert bouteille. Le poing crispé sur le T-shirt de Leo était couvert de terre et de cambouis. Richard fit un pas en avant. « Ho ! Faut pas t'énerver comme ça, George ! C'est juste un match de base-ball ! »

Winn fit volte-face, la mine ébahie, comme s'il n'arrivait pas à croire que quelqu'un puisse se mêler d'un truc aussi anodin. « De quoi ? C'est à moi que tu causes, Dick ? »

Richard, qui avait horreur qu'on l'appelle Dick, préféra ne pas relever. « Allons, voyons, George ! Ce n'est jamais qu'un match. Ton fils a fait de son mieux. »

Le gros poing se détacha du T-shirt de Leo, qui se hâta d'aller récupérer sa casquette. Winn fit un pas vers Richard. Il puait la bière à plein nez. « Tu me cherches ou quoi, Dick ? »

Richard sentit ses mains le démanger, comme si elles venaient de se prendre un shoot d'adrénaline. Il reconnut la sensation et s'efforça de se dominer. « Pas du tout. Je dis simplement que ton fils est un bon joueur. C'est même un vrai battant. Pourquoi est-ce que tu ne... ? »

Winn fit un autre pas et, vrillant son index dans le sternum de Richard, le força à reculer. « Non, c'est pas un battant ! C'est un nullard qui a fait perdre son équipe, alors tu te tires, l'écrivain, tu dégages ! À moins que t'aies envie qu'on règle ça entre hommes là, tout de suite ? »

Un coup de klaxon retentit. Richard reconnut le son familier. Sam et Olivia s'impatientaient dans la

Lexus et lui signalaient de se dépêcher de les ramener à la maison. Tout près, une portière claqua et il aperçut la petite silhouette de Leo sur la banquette avant du pick-up. Il entama une retraite stratégique, en prenant soin de ne pas tourner le dos à Winn.

« Non, je n'ai pas envie qu'on règle ça entre hommes, là, tout de suite, George. »

Winn eut un petit rire gras satisfait. « Bien ! Alors, pourquoi que tu retournes pas à tes chers bouquins pour mouflets et que tu ne nous lâches pas la grappe, à mon môme et à moi ? »

Comme Richard se dirigeait vers la Lexus, le pick-up fit marche arrière en trombe et, dans un rugissement de moteur, fonça vers la sortie du parking en le frôlant de si près, au passage, qu'il crut que le coin du pare-chocs allait lui emporter sa jambe de pantalon. Une fois dans la voiture, il resta un bon moment assis devant son volant, sans bouger. Sur la banquette arrière, il entendait Sam décortiquer le match et Olivia s'inquiéter de ce qu'ils auraient, ce soir, à dîner, mais c'était comme si leurs voix lui parvenaient à travers un tampon d'ouate. Car la seule qui résonnait encore haut et clair dans ses oreilles était celle de George Winn.

*

Comme tous les jours, la soirée ressembla à un joyeux pandémonium entre le dîner à préparer, les conversations à tue-tête pour couvrir la télévision qui braillait, et le téléphone qui n'arrêtait pas de sonner – des copains ayant des trucs hyperimportants à dire à Sam et Olivia (« Pourquoi est-ce que tous les ados du monde éprouvent le besoin de s'appeler juste au moment de passer à table ? se demanda Richard. C'est génétique, ou quoi ? ») –, mais il réussit quand même à prendre Carla dans ses bras le temps de l'embrasser, pendant qu'elle mettait la dernière main à son plat de thon à la provençale.

« Alors, ce match ? Comment ça s'est passé, à part que vous l'avez perdu ?

– Très bien, fit-il. Sam a réussi de bons lancers. Il a fait trois *strikeouts*. Et toi, ta journée ? Bonne ?

– Mmm-mmm, fit-elle, en lui tendant un cœur de romaine. Tu peux me passer ça à l'eau, s'il te plaît ?

– Pas de problème », répondit-il, en coulant un regard vers la silhouette de sa mince et blonde épouse, à croquer dans son jean moulant, ses ballerines noires et son polo bleu ciel brodé, côté cœur, du logo de l'agence de voyages où elle travaillait. Une appétissante odeur de thon montait de la cocotte, mais il se souvenait encore du temps où Carla lui préparait des ziti gratinés, des manicotti et des fettucine au homard... Bon sang, ce que ça avait pu être bon ! Hélas, les recettes de tous ces petits plats faisaient partie des nombreuses choses qu'ils avaient laissées derrière eux, voilà des années, quand ils étaient venus s'installer dans le Vermont...

Olivia, qui dessinait un cheval, installée sur le comptoir de la cuisine, leva la tête. « Je crois que p'pa a failli se bagarrer, c't' aprèm », lança-t-elle de sa petite voix flûtée.

Aussitôt, Carla fut tout ouïe. « Ah ? Il a failli se bagarrer ? »

Richard ouvrit le robinet et se mit à rincer sa salade à grande eau. « Mais non ! fit-il. Y a jamais eu de bagarre. Juste une petite discussion.

– C'est bien vrai, ça, Olivia ? demanda Carla, la voix tendue.

– J'en sais rien, m'man, répondit la fillette, penchée sur son dessin. Les portières de la voiture étaient fermées. Mais le monsieur a poussé p'pa avec son doigt.

– Ah, tiens ! Il l'a poussé ? fit Carla, en dardant sur son époux des yeux noisette qui fulguraient. Je croyais que tu m'avais dit que tout s'était très bien passé, Richard...

– Mais, c'est la vérité ! fit-il, en lavant une autre feuille de salade sous le robinet.

– Je peux savoir avec qui tu étais et de quoi vous discutiez ? s'enquit-elle.

– De rien de grave, je t'assure ! fit Richard, qui entreprit d'éponger sa salade entre deux feuilles de Sopalin. Ce type et moi, on a juste eu une petite discussion à propos du match, entre pères de joueurs. Tu vois le topo... Il s'est un peu énervé, mais ça n'a pas été plus loin. J'ai tenté de lui rappeler que pour le Pine Tree, le base-ball, c'était avant tout un sport familial. C'est tout.

– Pas de problème, alors ? » insista-t-elle.

Il lui sourit. « Pas le moindre. »

*

Quelques heures plus tard, il se réveilla, couché sur le dos à côté de Carla. Il se tourna vers le radio-réveil posé sur sa table de nuit. Les chiffres rouges du cadran indiquaient : 1:00 A.M. Sans bruit, il repoussa le drap et resta un moment assis au bord du lit, espérant que Carla ne se réveillerait pas. Mais c'était compter sans son sixième sens.

Il sentit sa main se poser sur son dos nu. « Qu'est-ce qui se passe, chéri ? murmura-t-elle, en se coulant vers lui, dans le noir.

– Rien de grave, répondit-il en tendant le bras vers la chaise où étaient posés son pull et son pantalon.

– Tu t'habilles ?

– Mmm-mmm.

– Qu'est-ce qu'il y a ?

– Il faut que j'aille voir un type à propos d'un truc.

– Un embêtement ? »

Il allongea le bras et lui caressa la joue. « Non, rien de grave, je te dis. Il faut juste que je voie ce type. Ne t'inquiète pas. J'en ai pour une heure environ.

– OK, murmura-t-elle. Sois prudent. Les petits et moi, on a besoin de toi... *Capisce ?*

– *Capisce* », souffla-t-il, en l'embrassant sur le front.

*

Une demi-heure plus tard, il était à l'autre bout de la ville, garé près de l'entrée du vieux pont couvert qui enjambe la Bellamy River. Assis derrière son volant, il chercha une position plus confortable et grimaça en sentant le Browning 9mm passé dans sa ceinture de pantalon s'incruster dans ses lombaires. La nuit était douce. Il s'accouda à sa portière, vitre baissée. Quelque part, des grillons et des grenouilles chantaient. Pas désagréable... Mais il se rappelait d'autres ambiances nocturnes. Une circulation qui ne connaissait ni trêve ni repos. Des coups de klaxon, des sirènes, des crissements de freins. De la musique, le grondement sourd des rames de métro et, partout, des gens en train de parler, de rire, de s'apostropher. Et en arrière-fond, la rumeur incessante d'une île peuplée de millions d'êtres humains toujours en mouvement, toujours en train de traiter des affaires, de s'activer. Ah ! Cette impression d'énergie, d'être dans le coup, de faire partie de quelque chose ! Vingt dieux ! Ce que ça pouvait lui manquer ! Autant que le goût du cigare, dans l'après-midi...

Un pinceau de lumière éclaira l'enfilade du pont. Deux appels de phares puis l'obscurité revint et, tous feux éteints, une voiture vint s'arrêter à côté de sa Lexus. Il mit pied à terre, gardant le capot et le moteur entre lui et les arrivants.

« Richard ? » lança une voix familière, de l'intérieur de la voiture. Charlie Moore... Et, à nouveau, il souhaita être quelque part où il n'aurait pas à réentendre cette voix, de sa vie.

« En personne », fit-il, sentant ses muscles se dénouer. Il détacha sa main du Browning plaqué contre sa chemise, et la ramena à son côté.

« Content de vous revoir ! fit la voix. Je ne suis pas venu seul. Ça vous ennuie ?

– Ça changerait quelque chose, pour vous, que ça m'ennuie ou pas ? »

Un rire. « Non, je ne crois pas... »

Des pas approchèrent de la Lexus et une autre voix lança : « Attention les yeux ! Je vais éclairer un peu les débats... » Comme il détournait la tête, une petite lampe s'alluma. Quelqu'un la posa sur son capot. L'ampoule n'était pas grosse mais elle éclairait bien. À sa lumière, il découvrit deux visages – celui d'une vieille connaissance et celui d'un inconnu. « Permettez-moi de faire les présentations, dit l'homme qu'il connaissait : Bob Tuthill, du ministère de la Justice... Richard Dow, plus connu naguère sous le nom de Ricky Dolano, alias “ le Flingueur ”... »

Tuthill – complet sombre, chemise blanche et cravate rouge – se contenta d'incliner la tête. Charlie Moore avait opté pour une tenue plus décontractée – jeans et col roulé noir.

« Qu'est-ce qui se passe, Charlie ? » s'enquit Richard.

Ce fut Tuthill qui répondit. « Ce qui se passe, c'est qu'un nouveau procès doit s'ouvrir en août.

– Où ça ?

– En Californie. Deux jours. Trois peut-être...

– À qui vous vous attaquez, cette fois ?

– Mel Flemmi, intervint Moore. Il sévissait dans les mêmes eaux territoriales que vous, fut un temps, mais là, c'est à San Diego qu'il s'est fait alpaguer. Le gouvernement a besoin d'apporter la preuve qu'il a un long passé criminel, et c'est là que vous intervenez, en témoignant de ce qu'il a fait dans le New Jersey. Ça ne vous pose pas de problème, j'espère ?

– Pas du tout », répondit Richard.

Tuthill secoua la tête. « Désolé, Ricky, mais vous...

– *Richard !* l'interrompit-il. Je m'appelle Richard Dow, à présent ! Continuez... »

Tuthill se tourna vers Charlie, l'air excédé, et reprit : « Ce que je m'apprêtais à dire, c'est que vous avez répondu un peu rapidement... Que vous nous assuriez que ça ne vous pose pas de problème, c'est forcé, étant donné tout ce que vous nous devez. Votre installation dans ce véritable petit Eden fait partie du contrat, tout comme votre obligation d'aller témoigner chaque fois qu'on vous le demande. Non, c'est de vous entendre répondre si vite à Mr Moore qui m'a fait tiquer... Ce dont je veux être certain, c'est que nous pourrons compter sur votre pleine et entière coopération quand vous serez amené à témoigner contre Flemmi. Vu ? »

Sentant la moutarde lui monter au nez, comme sur le parking du collège, face à ce gros porc de George Winn, Richard se coinça résolument les mains sous les aisselles. « Ecoutez, fit-il, Flemmi est une brute sadique. Ce que je sais de ses activités passées suffirait déjà amplement à l'envoyer moisir en taule jusqu'au prochain millénaire, alors je n'ai pas besoin de savoir ce qu'il a, *en plus*, été fabriquer à San Diego ! Et c'est pourquoi, effectivement, je n'ai pas le moindre état d'âme à l'idée de témoigner contre lui... Quand sa propre nièce, une mineure, est tombée dans la drogue et a commencé à traîner le soir tard dans les rues, ce fumier s'est chargé personnellement de la remettre dans le droit chemin. À coups de cravache. Pour qu'elle ne déshonore pas la famille. Voilà le genre d'individu que c'est, et voilà pourquoi je n'ai pas l'ombre d'une hésitation à aller témoigner contre lui. Ça vous suffit, ça, comme explication, Tuthill ? »

Un petit sourire courut sur le visage de ce dernier. « Joli discours pour un homme qui est lui-même soupçonné d'avoir onze meurtres à son actif !

– *Soupçonné,* glissa Richard, mais jamais condamné... »

Cette fois, Tuthill éclata de rire et se tourna vers Charlie. « Qu'est-ce qui leur arrive, aux truands, bordel ? Ils retournent leur veste comme un rien et, à la première sollicitation, ils sont prêts à charger leurs ex-complices. Dans mon service, les vieux de la vieille se souviennent d'un temps où les types dans leur genre auraient préféré tirer dix, vingt ou trente ans de taule plutôt que de jouer les balances. Ils n'ont plus de couilles, ou quoi ? »

Richard croisa plus étroitement les bras sur sa poitrine. « Je ne sais pas ce qu'il en est de ces types dont vous parlez. Ce que je sais, moi, c'est que j'ai découvert un jour que mon boss fricotait avec des types dans *votre* genre, Tuthill. Alors, j'ai passé un petit accord personnel pour me couvrir et protéger ma famille. La loyauté, c'est à double sens, et jamais je ne risquerai la perpétuité à Leavenworth pour un mec qui n'est pas réglo avec moi. »

Tuthill s'esclaffa. « N'empêche... Bon, eh bien, si vous n'avez rien à ajouter, Moore, on peut y aller. Oh ! Juste une petite chose encore, Richard...

– Oui ? »

Tuthill se pencha au-dessus du capot. « Ces derniers temps, pas mal de vos compatriotes ont foutu le ministère dans la merde, à cause des activités occultes qu'ils continuaient d'avoir en douce, tout en faisant partie du programme. Votre métier, c'est quoi, officiellement ? Auteur de livres pour enfants, c'est ça ?

– C'est celui qu'on m'a trouvé... fit Richard.

– Et le problème de la notoriété ? s'enquit Tuthill.

– J'aurais cru que vous étiez au courant, répliqua Richard. J'ai un pseudonyme. Mes bouquins s'adressent à des gamins de deux ou trois ans. Il y a donc peu de risques que je reçoive des lettres d'admirateurs. Il n'y a jamais de photo de moi sur les jaquettes. Je suis censé vivre en Californie. Quant aux gens d'ici, ils se contrefichent de ce que je fais. On est dans le Vermont... Vous pourriez sacrifier des boucs à Lucifer, à vos moments perdus, personne ne s'en soucierait, pourvu que le bruit ne dérange pas les voisins...

– Charmant ! fit Tuthill. Ce qui me ramène à ce que je disais tout à l'heure... Quelques repentis, dans la même situation que vous, se sont lassés des termes du contrat et ont décidé de renouer avec leurs bonnes vieilles habitudes, style prêts à taux usuraire, machines à sous truquées, intimidation musclée... Résultat, certains avocats de la défense ont tendance à passer leur moralité au peigne fin pour déterminer si leur témoignage est recevable ou pas.

– C'est passionnant... fit Richard.

– Et ça se corse ! Parce que je vous préviens : vous avez intérêt à vous tenir à carreau ! Alors, pas de violences, pas de menaces, pas même une contredanse pour stationnement non autorisé. Ce procès est important, *très* important même, et je n'ai pas l'intention de laisser un tueur repenti me le faire perdre. Parce que si vous me faites ça, vous n'aurez plus qu'à boucler vos valises, vous et votre précieuse famille. Ça vous dirait de vous retrouver dans une porcherie industrielle, au fin fond du Nebraska ?

– Je me plais bien, ici. Vous n'aurez pas l'ombre d'un problème avec moi, fit Richard.

– Heureux de vous l'entendre dire ! fit Tuthill. Bon, ben, c'est quand vous voulez, Moore. J'ai terminé.

– OK ! répondit Charlie. Je suis à vous tout de suite. »

Dès que la portière de Tuthill eut claqué, Moore soupira. « 'Faut l'excuser, Richard. Il est jeune, il débute dans le métier, il a envie de se faire les dents. Désolé qu'il vous ait apostrophé comme ça...

– Bah ! Vous n'y êtes pour rien, fit Richard, en desserrant un peu les bras.

– Cela dit...

– Oui ?

– Je serais vous, j'écouterais ce qu'il dit, Richard. À part l'unique petit faux pas qui figure dans votre dossier, on n'a rien à vous reprocher depuis que vous êtes dans le coin. Continuez comme ça, sinon il vous expédiera vraiment dans une porcherie... Votre femme, vos enfants, ils se sont adaptés à leur vie ici, non ? Je ne pense pas que ça leur plairait des masses d'avoir à déménager encore.

– J'ai pas besoin de vos conseils pour m'occuper de ma famille, OK ? Quant à mon fameux " faux pas ", c'était vraiment peu de chose, et vous le savez très bien. En plus, ça faisait à peine un mois qu'on était ici. J'étais encore en phase d'adaptation. »

Charlie se mit à rire. « Ratatiner les phares d'un type à la batte de base-ball et le menacer d'en faire autant à son râtelier, je n'appelle pas ça " peu de chose ", moi... »

Richard sourit. « Ho ! Il m'avait piqué ma place de parking, devant le centre commercial ! Mais c'est bon. Message reçu cinq sur cinq. Je vais me tenir à carreau.

– Bien ! fit Charlie. Ah ! tenez ! J'avais deux trucs à vous donner. » Il tira de sa poche un boîtier de CD et le lança à Richard, qui l'attrapa au vol. « Votre prochain bouquin... *Momo, le petit morse qui avait le mal de mer.*

– Super ! C'est quoi, l'autre truc ?

– Ça ! fit Charlie, en lui passant un sac de supermarché plein à craquer. Des petits souvenirs de votre ancien quartier. Fromage, saucisses, pepperoni, épices, sauces cuisinées... Un peu de tout... Je me suis dit que vous deviez toujours avoir la nostalgie de vos plats préférés d'avant. Je me trompe ? »

À la seconde, Richard sentit l'eau lui monter à la bouche. « Non. Vous ne vous trompez pas... »

Charlie ramassa la petite lampe et l'éteignit. « Eh bien, comme ça au moins, vous ne pourrez pas dire que les services de l'U.S. Marshall ne sont pas aux petits soins pour vous. Allez, bye ! On se revoit bientôt !

– Oui, malheureusement... » fit-il, le nez assailli par les délicieuses odeurs qui s'échappaient du sac plastique. Son estomac se mit à gargouiller. Pendant que la voiture quittait le parking, il soupesa le sac une fois ou deux, puis attendit que ses yeux s'accoutument à l'obscurité et couvrit les quelques mètres qui le séparaient de l'entrée du pont couvert. L'écho de ses pas résonnait encore sous la vieille voûte de bois quand il se pencha par-dessus le parapet. Les eaux de la Bellamy couraient en contrebas avec un bruit de torrent. Il souleva le sac et le balança dans le vide.

Avec un soupir, il se passa une main sur la figure. C'était la seule solution... Respecter les règles du jeu et survivre, et ne jamais, absolument jamais, s'habiller, fumer, manger ou faire la moindre chose comme avant, parce qu'ils étaient toujours là, quelque part, invisibles, à l'affût, bien décidés à se venger, et qu'il ne voulait pas faire quoi que ce soit qui risque de les remettre sur sa piste.

Il s'attarda quelques instants à contempler la rivière avant de regagner sa voiture et de prendre le chemin du retour.

*

Comme il traversait le palier, il entendit un murmure de voix provenant de la chambre de Sam. La porte était entrebâillée et une lueur bleutée en filtrait. Vêtu d'un pantalon de pyjama gris clair, Sam était couché en chien de fusil, les yeux fermés. Sur la commode, au pied de son lit, la petite télé couleur était allumée. Sur l'écran, un match de base-ball se déroulait. Il allongea la main vers le bouton du poste. Aussitôt, une petite voix ensommeillée protesta : « Non, p'pa ! Éteins pas... Je regardais le match...

– Il est près de trois heures du matin, Sam.

– 'Chais bien... C'est les Red Sox. En direct de Seattle... Ils jouent les prolongations... »

Richard jeta un œil au petit tableau de marque incrusté dans l'angle de l'écran. « Voyons, Sam ! Ils sont à égalité, zéro partout, et c'est la dix-huitième manche...

– M'man m'a dit que je pouvais regarder le match jusqu'à la fin. »

Richard éteignit le poste. « Et moi, je te dis que ce n'est qu'un match de base-ball, OK ? Tu as besoin de sommeil, Sam ! »

Pas de réaction. Juste un bruit léger de respiration. À la lumière du plafonnier du palier, il distinguait des posters de joueurs de base-ball – tous arborant le maillot des Red Sox. Il haussa les épaules. Si, au moins, son fils avait pu soutenir une équipe gagnante, genre les Mets ou les Yankees. Mais non, c'était comme ça... Il se pencha sur Sam et l'embrassa sur le front.

« C'est juste un match, fiston. Juste un match... »

*

Le lendemain matin, avant de partir à l'agence et de déposer les enfants au centre aéré, Carla monta lui apporter une tasse de café frais dans son bureau – en fait, l'ex-chambre d'amis, qu'il avait annexée dès qu'ils avaient emménagé dans la maison. Il lui prit la tasse des mains et avala une gorgée de café brûlant.

« Alors, dit-elle, de quoi il s'agissait, cette nuit ? »

Il posa la tasse sur un coin de sa table. « Un voyage en Californie, d'ici deux mois. Un nouveau témoignage à faire. Contre Mel Flemmi. »

Elle pinça les lèvres. « Il ne l'a pas volé, c'est sûr... Quoi d'autre ?

– Comment ça, quoi d'autre ? »

Carla lui allongea une petite tape sur l'épaule. « Il y a toujours une clause annexe, avec les fédéraux. Qu'est-ce que c'était, là ? »

Il s'efforça de prendre l'air dégagé et haussa les épaules. « Que je me tienne à carreau, comme d'hab'... Comme ça, pas un avocat de la défense ne pourra me récuser comme témoin, sous prétexte que j'ai un casier chargé.

– Te tenir à carreau... répéta-t-elle. Est-ce que ça veut dire éviter de péter les phares d'un type pour une place de parking ?

– Cette place, elle me revenait de droit ! En plus, on venait juste d'arriver ici. Mais ça ne se reproduira pas. »

Elle se pencha sur lui, l'empoigna par les oreilles et lui planta un baiser sur les lèvres. « Parfait ! Parce que ce n'est pas un jeu, Richard. Je me plais bien, ici. On a tout pour être heureux. Alors ne fais rien qui risquerait de tout foutre en l'air.

– Promis, juré !

– Bien ! Parce que si tu me fais ça, je te tue ! »

Il lui rendit son baiser. « Oh ! T'en serais capable, je sais ! »

*

Il passa la majeure partie de la journée devant son ordinateur, à faire vingt-trois parties de solitaire et un jeu électronique, dont le but était de dégommer un maximum de monstres hyperagiles – il fit, naturellement, un score de champion –, à la suite de quoi il se connecta un moment à Internet pour visiter les sites de jeunes créatrices de mode, plutôt mal fringuées, selon lui, et glana une ou deux idées pour la prochaine Saint-Valentin.

Enfin, sur le coup de trois heures de l'après-midi, il glissa le CD que lui avait remis Charlie Moore dans son ordinateur, ouvrit un fichier intitulé « Morse », imprima les trente-trois pages de texte qu'il contenait, les glissa dans une enveloppe Express Mail, sauta dans sa voiture pour aller à la poste et expédia le pli à un éditeur new-yorkais. De retour chez eux, il se fit un café et se mit à attendre Carla et les enfants. « Y a pas, se dit-il. Les écrivains ont vraiment la belle vie ! »

*

Le lendemain, l'équipe junior du Pine Tree Rotary avait entraînement. L'ardeur des garçons – Patrick, Jeffrey, Alexander, Sam et tous les autres – faisait plaisir à voir. Jusqu'au petit Leo qui trottait allègrement sur ses jambes grêles. Après une courte séance d'échauffement, ils travaillèrent le lancer de balle et la technique de la batte et, pour finir, piquèrent quelques sprints entre les bases pour améliorer leur vitesse. Richard prit la peine de consacrer un peu plus de temps à Leo qu'aux autres et lui lança une série de chandelles. Le petit en bloqua quinze d'affilée sans problème.

À la fin de l'entraînement, il prit à part Ron Bachman, expert-comptable de son métier et manager de l'équipe. « T'as vu ce que Leo vient de faire ?

– Ouais, fit Ron, qui notait quelque chose sur ses tablettes, j'ai vu ça. Il n'a pas loupé une balle. C'est toujours comme ça quand son paternel n'est pas là. Il joue vachement mieux.

– Entre nous, Ron, c'est quoi son problème, à son père ? »

Ron décolla les yeux de sa feuille. « Comment ça, c'est quoi son problème ?

– Cette façon qu'il a de toujours tanner son gosse, je veux dire.

– Oh ! ça... fit Ron. Tu sais, le problème de George, c'est qu'il n'en a pas qu'un. Il en a des tas. La boisson, un tempérament bagarreur, le fait d'être le fils du président du conseil municipal... Ça fait beaucoup pour un seul homme. C'est un aigri qui se venge de ses frustrations sur son propre fils. Le schéma classique... Ce qui est moche, c'est que ce soit de cette façon que ça s'exprime.

– Oui, tu l'as dit ! fit Richard. C'est moche... »

*

Deux jours plus tard, toute l'équipe s'embarqua pour une sortie au Fenway Park de Boston – une heure de route, avec trois minibus bourrés de gosses et de quelques parents venus les encadrer. Richard, qui répartissait les enfants à bord des véhicules, s'arrangea pour que Leo se trouve dans le sien et surveilla discrètement le petit pendant le trajet. Il s'attendait plus ou moins à lui voir un regard inquiet ou un visage tendu, mais non. Rien de tel. Juste l'excitation d'aller à Boston et d'assister à un match des Red Sox.

Tandis qu'ils cherchaient leurs places sur les gradins, Richard contempla Fenway Park. C'était un petit stade, inauguré en 1912 – l'année où le *Titanic* avait sombré, au cours de son unique traversée. Il n'était pas dépourvu de charme, avec son immense mur vert qui bordait le côté gauche du terrain – le fameux « Monstre Vert » – et le côté intime qu'il y avait à se trouver si près de l'action et des joueurs, mais Richard ne pouvait se défendre d'un petit pincement de déception : ce n'était pas le Yankee Stadium, ce n'était pas « la maison que Ruth a bâtie [1] », mais il garda ses réflexions pour lui. Ça faisait partie de sa nouvelle existence.

Pendant le match, il prit presque autant de plaisir à regarder les enfants qu'à suivre le jeu. Tout en se gavant de pop-corn, de hot-dogs et de Coca, ils observaient chaque lancer avec intensité et manifestèrent bruyamment leur joie lorsqu'un Red Sox, d'un coup de batte magistral, expédia la balle pardessus le « Monstre Vert ». À l'inverse, ils huèrent copieusement le lanceur des Tigers qui avait failli assommer le batteur des Red Sox avec un vrai boulet de canon – incident qui dégénéra rapidement en pugilat, les deux équipes en étant venues aux mains. Le niveau du jeu n'était pas exceptionnel – une simple rencontre de début de saison, que les Red

1. Babe Ruth (1895-1948), une des légendes du base-ball américain, fut la star de l'équipe des New York Yankees dans les années 20 et 30. Malgré ses 74 000 places, le Yankee Stadium, construit en son honneur en 1923, se révéla rapidement trop petit pour accueillir tous ses fans.

Sox réussirent à perdre 4 à 3 –, mais bon, il y avait de l'ambiance. Et puis, être là avec son fils, c'était mieux qu'être en prison... Le petit Leo aussi avait l'air heureux et suivait le match, les yeux écarquillés, un grand sourire aux lèvres, comme si son père était à des milliers de kilomètres de là.

Pendant le trajet du retour, tandis que les autres garçons somnolaient à l'arrière du minibus, Sam, qui s'était installé sur la banquette avant, à ses côtés, se tourna vers lui.

« Dis, p'pa...

– Quoi, mon fils ? » demanda-t-il, encore tout émoustillé d'avoir, pour une fois, conduit dans de vraies rues, dans une vraie ville. À Boston, il y avait de la circulation, de grands carrefours, des lumières, des rues noires de monde. Dans le petit trou du Vermont où ils vivaient désormais, il y avait, en tout et pour tout, deux feux rouges et quelques centaines de mètres de trottoirs dans le centre-ville... Il adorait conduire en ville et, pour mieux s'imprégner des bruits et des odeurs de la grande cité, il avait traversé tout Boston, vitres baissées.

À présent, ils roulaient sur un ruban d'asphalte anonyme, en route pour le Vermont.

« C'est à propos du match... reprit Sam.

– Je t'écoute.

– Quand le batteur des Red Sox s'est chopé cette balle, t'as vu à quelle vitesse le reste de l'équipe est sorti de l'abri et s'est jeté sur le lanceur ? Et là, t'as vu la réaction des Tigers ? Elle a démarré vachement vite, cette bagarre, hein, p'pa ! Pourquoi ils se battent comme ça ? Ça aurait pas pu être juste un accident ?

– Possible, oui... » répondit-il, tout en scrutant les bas-côtés de la route, pas très large à cet endroit : si un cerf ou un orignal décidait de traverser et bigornait le minibus, la facture des réparations pourrait se chiffrer en milliers de dollars. « Cela dit, pour des joueurs comme eux, c'est plus que ça. C'est une question d'esprit d'équipe. On est soudé et on soutient ses coéquipiers envers et contre tout. Et quand un copain est touché ou se trouve en difficulté, on ne le laisse pas tomber et on n'hésite pas à se battre pour lui. C'est ce qui s'est passé...

– Ah ! fit Sam. Un peu comme dans une famille, alors ? Comme tu le dis tout le temps, pour Olivia et moi ? Qu'il faut qu'on se soutienne, tous les deux ? Une équipe, c'est comme une famille, quoi...

– Exactement ! fit-il. Comme une famille... »

Il fit quelques kilomètres en silence. À côté de lui, Sam dormait à moitié. Des souvenirs lui revinrent. Ceux d'une époque où son fils était tout petit et où ils vivaient dans un quartier pas très différent de certaines des rues où ils étaient passés pour aller à Fenway Park.

« Sam ?

– Quoi ?

– À part le match, ça t'a plu, cette journée ? »

Sam s'agita sur la banquette, comme s'il cherchait une position plus confortable pour s'endormir. « 'Chais pas, moi... Qu'est-ce que tu veux dire, ça m'a plu ?

– Ben... qu'est-ce que tu penses de Boston ? Ça t'a plu de te retrouver dans une vraie ville ? Tous ces grands immeubles, tous ces gens... Comment t'as trouvé ça ? »

Sam bâilla. « J'ai trouvé qu'il y avait trop de bruit, et que c'était crade, dans les rues. J'aime bien mieux comme c'est chez nous.

– Ah ! »

Il se concentra sur sa conduite, ne sachant s'il devait s'affliger ou se réjouir de ce que son fils – un enfant qui avait grandi à New York – déteste à présent les grandes villes.

*

Quelques jours plus tard, le Pine Tree Rotary disputa son avant-dernier match de la saison contre l'équipe de Greg's Small Engine Repair. Richard était crevé, il avait chaud et soif. L'équipe adverse avait mis la pression au Pine Tree dès le début de la première manche et le score était déjà de 10 à 0. Même Sam, si bon batteur qu'il fût, avait par deux fois, sur des balles au sol, été pris de vitesse par la défense adverse avant d'avoir atteint la première base et avait, une fois aussi, été éliminé pour avoir manqué trois frappes de suite. Le seul de l'équipe à avoir eu un brin de réussite était Leo, qui était si petit qu'il avait déstabilisé le lanceur de l'équipe adverse, moyennant quoi, il avait pu, deux fois, aller en première base, comme le voulait le règlement. Ça avait beau n'être que des *walks*, Leo, qui devait se prendre pour Pete « Charlie Hustle » Rose en personne – avant cette lamentable affaire de paris qui l'avait fait radier à vie, s'entend ! –, avait foncé jusqu'à la première base, aux anges de se retrouver, pour une fois, sur le terrain.

C'était la dernière manche du match, et Leo était dans le rectangle du batteur. Richard jeta un coup d'œil à sa montre et s'apprêtait à encourager le gamin quand une voix tonitruante le prit de vitesse.

« Leo ! beugla-t-elle. Je te conseille de faire un *hit* ou tu peux numéroter tes abattis ! Et je plaisante pas ! »

Richard se mit la main en visière au-dessus des yeux et localisa aussitôt celui qui venait de jouer la mouche du coach : George Winn soi-même, collé contre la clôture du stade, ses gros doigts boudinés passés dans les mailles du grillage. « Leo ! se remit-il à rugir. Tu m'entends, joueur de mes deux ? T'as intérêt à pas rater cette balle, sinon c'est moi qui ne te raterai pas !

– Du calme, Leo ! cria Richard au petit. Attends une bonne balle, mon gars ! »

Mais Leo, les genoux tremblants, le visage cramoisi, tenta de frapper les trois premières balles qui lui arrivèrent et, en un instant, fut éliminé.

*

Sans s'occuper ni d'Olivia, ni de Sam, ni des autres entraîneurs, ni du reste de l'équipe, il fila droit au parking. Winn était en train de traîner son fils par la peau du dos vers son pick-up.

« Ho ! George ! lui cria Richard, une seconde ! »

Avec une vitesse surprenante pour un homme de sa corpulence, Winn fit volte-face. D'une poussée, il propulsa Leo vers la camionnette. « Va m'attendre dans la bagnole ! Et plus vite que ça, t'entends ? »

Tandis que le gamin filait sans demander son reste, Richard rejoignit Winn.

« Tu n'as pas le droit de traiter ton fils comme ça. Il fait du mieux qu'il peut et c'est pas de l'engueuler à jet continu qui... »

Il n'acheva pas. Winn fit un pas en avant et lui balança son poing dans l'estomac. Richard recula en chancelant. La force du coup réveilla une foule de souvenirs qui dormaient dans ses muscles, des souvenirs d'une époque où il avait affronté et dérouillé des types autrement plus costauds et plus vicelards que Winn. D'eux-mêmes, ses poings se fermèrent et se mirent en garde et il réfléchissait déjà à la façon la plus expéditive d'envoyer cette brute épaisse au tapis quand, brusquement, il se rappela Carla et les enfants.

Le coup suivant s'écrasa sur son maxillaire, puis George l'empoigna à bras le corps et le déséquilibra.

Il se sentit tomber et, à peine à terre, les coups de latte commencèrent, méthodiques. Il se recroquevilla sur lui-même et ne s'occupa plus que de se protéger le mieux possible les reins, l'entrejambe et la figure, jusqu'à ce que, enfin, des voix et des cris s'élèvent, et que coups de poing et coups de pied cessent.

*

Le soir le trouva couché dans son lit, tandis que, penchée sur lui, Carla lui tamponnait délicatement le visage avec un gant de toilette humide. Son visage à elle était dur et fermé et il n'aurait su dire avec exactitude à qui elle en voulait le plus. Alors il se contenta de s'abandonner, sans faire un geste, à ses soins et de l'écouter.

« Tu crois que ça m'amuse que les enfants te voient, toi, leur père, en train de faire le coup de poing sur le parking de leur école ? »

Rien qu'ouvrir la bouche lui était douloureux, aussi préféra-t-il aller à l'essentiel. « Je m'suis pas battu. Je l'ai même pas touché.

– En tout cas, Winn ne s'en est visiblement pas privé, lui ! fit-elle. Cette pauvre Olivia... Et Sam ! Si tu avais vu dans quel état ils étaient ! Ils ont pleuré, pleuré... J'ai cru que je n'arriverais pas à les consoler.

– Il leur est rien arrivé.

– Peut-être bien, mais pas à toi. En plus, rappelle-toi ce que les fédéraux t'ont dit, que t'avais intérêt à te tenir à carreau. C'est comme ça que tu le fais ?

– J'ai pas porté plainte, fit-il. Ni appelé les flics. »

Elle lui passa le gant de toilette sur la figure et il grimaça. Même bourré d'analgésiques, la nuit allait être longue...

« Quelle différence ça fait ? dit-elle. Les nouvelles vont vite. Ça va forcément se savoir... Quant à ton fils, il est pour que toute l'équipe se rassemble et aille foutre le feu à la maison de George Winn. Il dit qu'ils devraient tous se serrer les coudes et se battre pour toi, par solidarité. Tu trouves ça bien ?

– Non.

– Je ne te le fais pas dire ! » fit-elle. Elle se leva et disparut dans la salle de bains, dont elle ressortit bientôt avec un autre gant de toilette. « Cela dit, la famille, ce n'est pas la même chose. Je n'apprécie pas du tout ce qui s'est passé aujourd'hui. Mais alors, là, pas du tout du tout ! Tu as l'intention de faire quelque chose à ce sujet ? »

Il réfléchit rapidement. « Oui. »

Elle tordit son gant de toilette au-dessus d'une petite cuvette. « Tu peux me dire quoi ?

– Pas encore.

– Quand, alors ?

– Bientôt. »

*

Le lendemain, alors qu'il faisait une énième partie de solitaire dans son bureau, la main droite encore si sensible que rien que de remuer les doigts lui tirait une grimace, le téléphone sonna.

« Richard ? s'enquit une voix vaguement familière.

– Oui, fit-il. Qui est à l'appareil ? »

Son correspondant ricana. « Disons que c'est une des deux personnes avec qui vous avez eu une petite conversation, l'autre nuit. »

Il se redressa sur son siège. « Vous ne devriez pas m'appeler. C'est contraire à tous nos accords. Ça ne...

– Oh ! mollo, hein ! Le seul accord qui m'intéresse, moi, c'est que vous puissiez témoigner en août prochain et donc, que vous évitiez de vous faire remarquer d'ici-là. Or, j'apprends que vous vous donnez en spectacle et ça, ça ne me plaît pas du tout.

– Je ne vois pas de quoi vous voulez parler.

– Il n'y a pas eu une bagarre, dans votre bled, hier ? Sur un parking d'école ? Juste après un match de base-ball auquel participait votre fils ? »

Ses doigts se crispèrent sur le combiné et il grimaça. « Ce n'était pas de ma faute. C'est ce type qui a déclenché la bagarre. Pas moi. Et je ne suis pas allé porter plainte chez les flics. »

Nouveau ricanement. « Exact. À ce que je sais, vous n'avez même pas tenté de vous défendre. Putain ! Vous devez vraiment vous y plaire un max, dans votre trou, pour encaisser une pareille dégelée sans réagir ! Bref, voilà où en est la situation : vous êtes limite tangent, Richard. S'il se produit un seul autre incident – et peu importe à qui la faute ou qui aura cogné le premier –, vous irez quand même témoigner en Californie. Mais votre billet de retour, il sera direction le Nebraska et cette fameuse porcherie industrielle dont on a causé... »

Richard ne se fatigua même pas à répondre. Son correspondant avait déjà raccroché.

Il se laissa aller contre son dossier, contempla la souris posée à côté de son PC et, d'un revers de main, l'envoya valdinguer à l'autre bout de la pièce.

*

Deux jours après ce coup de fil, il était dans la cuisine quand Sam déboula en trombe dans la pièce et faillit le bousculer. Au lieu de l'enguirlander et de lui dire de faire un peu attention, il se contenta de lui lancer : « Dis voir, Sam... T'as des projets pour aujourd'hui ? »

Sam fonça vers le frigo, l'ouvrit et, s'emparant de la bouteille de jus d'orange, en lampa deux grandes gorgées au goulot. Jamais sa mère n'aurait toléré qu'il fasse ça sans râler, mais il savait fort bien que son père ne lui dirait rien. Sacré gosse ! Sam remit la bouteille en place. « Bof ! Pas grand-chose, répondit-il. On a vaguement parlé d'aller pêcher dans la rivière, c't' aprèm, Greg et moi.

– Ça te dirait, un petit cinoche en matinée ? »

Sam sourit. « Rien que nous deux ? Qu'est-ce qu'elles vont dire, m'man et Olivia ?

– Ta mère travaille et Olivia est allée voir une copine, chez qui elle doit rester dîner. Je laisserai un mot à ta mère, t'inquiète pas ! Alors, c'est oui ? T'as une rude journée en perspective, demain. Le dernier match de la saison... »

Sam claqua la porte du frigo. « À quelle heure on part ?

– Tout de suite.

– Cool ! »

*

Le complexe multisalles était situé à la sortie de la ville, dans un petit centre commercial, et il y régnait une agréable fraîcheur. Richard laissa à Sam le choix du film – l'adaptation à l'écran d'une B.D. apparemment culte chez les ados, mais dont il n'avait jamais entendu parler. Le public était en majorité composé d'enfants du même âge que Sam, avec, çà et là, quelques parents venus surveiller leur progéniture ou s'assurer qu'aucun jeune spectateur ne sortait en douce pour aller voir un film interdit aux mineurs dans une autre salle. Sur le même rang qu'eux se trouvait un homme qu'il connaissait de vue – un dénommé Paul, qui travaillait à la quincaillerie locale –, venu en compagnie de son fils, un gamin d'une huitaine d'années.

Comme le film défilait, ponctué de bagarres, de fusillades et d'explosions d'immeubles à répétition, il jeta un coup d'œil à sa montre. Autour de lui, des visages d'enfants, illuminés par les scènes de violence qui se déroulaient sur l'écran. Des visages frais, heureux, pleins de vie et d'énergie. Il pensa à Leo Winn. Qu'est-ce qu'il pouvait bien faire, à cette seconde ? S'angoissait-il pour le match du lendemain, le dernier de la saison, l'ultime chance du Pine Tree Rotary de remporter enfin une victoire ? Appréhendait-il de se retrouver une fois de plus sur le terrain, surveillé par son père qui l'abreuverait encore de menaces ?

De nouveau, il consulta sa montre. C'était le moment. Il se pencha vers Sam et lui chuchota : « Je sors m'acheter du pop-corn. Tu veux que je te rapporte un truc à boire ?

– Mmm-mmm », marmonna Sam, les yeux rivés sur l'écran.

Richard se leva, se faufila dans la pénombre vers le bout du rang, non sans écraser au passage le pied de Paul – « Oh ! pardon ! Je suis vraiment désolé ! » –, et sortit de la salle.

*

Vers la fin de la soirée, alors qu'il était dans le living, en train d'aider Olivia à choisir son plus beau dessin de cheval – « C'est pour le concours organisé par la bibliothèque, p'pa, et c'est demain, la date limite ! » –, on sonna à la porte. Olivia lui lança un regard étonné et, au même moment, Carla s'encadra dans la porte de la cuisine, armée d'un saladier qu'elle finissait d'essuyer. Il baissa les yeux vers Olivia.

« Allez, file ! lui dit-il. Va voir maman.

– Mais, p'pa !

– Tout de suite, Olivia ! fit-il.

– Fais ce que te dit ton père, Olivia ! ordonna Carla. Il finira de regarder tes dessins tout à l'heure. »

Il se passa une main dans les cheveux et se dirigea vers l'entrée, en repensant à toutes les autres fois où il était allé répondre à des coups de sonnette comme celui-ci. Aussi ne fut-il pas vraiment surpris de découvrir un policier en uniforme planté sur le seuil.

« Mr Dow ? s'enquit le flic. Ted Reiser, chef de la police... »

Reiser, qui devait avoir une dizaine d'années de plus que lui, était doté d'une belle brioche, d'une moustache noire et d'un triple menton dont les replis s'étalaient sur son col de chemise, aux pointes piquées d'une petite étoile dorée. Richard songea *in petto* que le chef – qui avait six hommes sous ses ordres – manquait un peu de prestance.

« Je suis bien Richard Dow, fit-il. Que puis-je pour vous ? »

Par-dessus son épaule, le chef jeta un coup d'œil à l'intérieur du living. « Je peux vous parler une minute ?

– Pas de problème. Entrez, entrez ! »

Reiser mit le cap sur le canapé et s'y assit lourdement, sa casquette à galon doré perchée en équilibre sur ses genoux. Richard s'installa en face de lui.

« Si ça vous dit, je peux vous offrir un verre ou bien... »

Reiser leva une main. « Merci, mais non... Ce serait pas de refus mais je suis ici en service commandé. J'enquête sur des faits qui se sont produits en fin d'après-midi. Des faits dans lesquels vous êtes, je le crains, probablement impliqué. »

Richard se croisa dramatiquement les mains et se pencha en avant. « Un des enfants ? Ils ont fait quelque chose ? »

Ignorant la question, le chef poursuivit : « George Winn... Ce nom vous dit quelque chose, je pense.

– Naturellement ! Son fils joue dans l'équipe de base-ball que j'encadre.

– Vous avez aussi eu des mots avec lui. Et une altercation. Est-ce exact ? »

Richard confirma d'un signe de tête. « Ça l'est. Je tâche d'aider son fils à progresser mais, apparemment, George est persuadé qu'il n'y a rien de tel que les menaces pour le stimuler.

– Mais vous en êtes bien venu aux mains avec lui, il y a une semaine environ...

– Jamais de la vie ! Je ne l'ai même pas touché. Si vous m'expliquiez ce qui se passe... »

Le chef soupira. « George Winn a été agressé aujourd'hui. Il est sérieusement blessé. Un inconnu a fait effraction chez lui et l'a frappé par-derrière. On n'a aucun signalement de son agresseur. Mais j'ai bien peur de devoir vous demander ce que vous faisiez, cet après-midi, vers 16 heures 45.

– Pourquoi ça ?

– Je vous en prie, Mr Dow... Vous vous êtes battu avec lui, la semaine dernière. Répondez à ma question.

– Je dois appeler un avocat ou quoi ? »

Reiser réagit au quart de tour. « Vous pensez que vous allez en avoir besoin ?

– Pas du tout, murmura Richard.

– Alors pourquoi ne pas me dire où vous étiez, cet après-midi ? »

Richard haussa les épaules. « Très bien. Je suis allé voir un film avec mon fils, au River Mall. La séance a commencé à trois heures et demie et on est sortis du cinéma à cinq heures et demie.

– Vous pouvez le prouver ? demanda le chef.

– Sans problème. » Il plongea la main dans sa poche de pantalon et farfouilla entre son mouchoir et des pièces de monnaie. « Tenez ! J'ai encore nos deux billets...

– Quelqu'un vous a vu, là-bas ?

– Ben, oui... Larry, le jeune à qui j'ai pris les places, à la caisse.

– Qui d'autre ?

– Voyons voir... Ah, mais oui ! Paul, le vendeur de chez Twombly. Il était sur le même rang que moi, dans la salle. Le pauvre... Même que je lui ai marché sur le pied quand je suis sorti m'acheter du pop-corn, vers le milieu du film. »

Le chef fit faire un quart de tour à sa casquette. « Vous avez une idée de l'heure qu'il était ?

– Absolument pas.

– Et de celle qu'il était quand vous êtes revenu dans la salle ? »

Richard fixa le policier, tâchant de deviner ce qui se passait derrière ces petits yeux qui ne cillaient pas. « Excusez-moi, mais qu'est-ce que vous voulez savoir au juste ? »

Ce fut au policier de se pencher vers lui. « Vous venez de me dire que vous étiez sorti de la salle pour acheter du pop-corn. Ce que je veux savoir, c'est combien de temps vous êtes resté parti.

– Je ne sais pas, moi ! Trois minutes, quatre peut-être...

– Et est-ce que quelqu'un vous a vu revenir dans la salle ?

– Oui. Paul, j'en suis sûr !

– Ah ! tiens ! Vous en êtes sûr... Pourquoi êtes-vous si affirmatif ? »

Sans se troubler, Richard regarda le chef bien en face. « Parce que, quand je suis repassé devant lui pour regagner ma place, je l'ai arrosé de Coca... Voilà pourquoi ! »

*

Il faisait un temps magnifique. Une vraie journée estivale, mais sans la moindre trace d'humidité dans l'air. Richard était debout à sa place attitrée, à côté de la première base. La sixième manche touchait à sa fin et les deux équipes étaient à égalité, 0 à 0, mais aujourd'hui, il y avait un joueur du Pine Tree Rotary en troisième base : son fils, Sam. Il se frotta vigoureusement les mains. Dans l'abri, l'espoir était presque palpable, alors que le batteur suivant de l'équipe, le petit Leo Winn, se dirigeait vers le marbre, tenant sa batte d'une main ferme.

Les gradins étaient pratiquement combles et, comme lors du match précédent, Olivia était là, son gros classeur ouvert sur les genoux, assise à côté de Carla, qui, exceptionnellement, avait pris son après-midi. Il leur adressa un petit signe de la main, mais ni sa femme ni sa fille ne lui répondirent, trop occupées qu'elles étaient à papoter ensemble. Bah ! Tout à l'heure, peut-être... se dit-il.

Il s'essuya les mains sur ses jambes de pantalon. Il faisait un temps génial – la première vraie journée d'été – et la sixième manche allait reprendre...

Plop !

Avec un bruit mat, la balle atterrit dans le gant du receveur. Cette fois encore, c'était Denny Thompson qui arbitrait le match. Il se redressa posément.

« *Ball !* »

« Bien vu, Leo, bien vu ! » lança Richard, avec un regard en direction de la tribune. Comme de juste, George Winn y était assis, raide comme la justice. Richard fut tenté de lui faire bonjour de loin, mais se dit que ce serait peut-être pousser le bouchon un peu beaucoup.

Nouveau lancer. Cette fois, Leo donna un puissant coup de batte... et rata la balle. Nouveau « *Plop !* » dans le gant du receveur.

« *Strike !* »

Richard tapa dans ses mains. « C'est bien, Leo, c'est bien ! Tu te défends comme un chef ! » Et comme un seul homme, toute l'équipe, dans l'abri, se mit à donner de la voix pour encourager Leo et lui conseiller de ne pas se précipiter, d'attendre une bonne balle pour frapper. Ça faisait chaud au cœur, c'était génial d'entendre ça – et ce, d'autant plus qu'aucune menace, aucun nom d'oiseau, ne s'y mêlait. Comme il l'avait dit à Sam, dans le minibus, en rentrant de Boston, il y avait des fois où une équipe, c'était une vraie famille, où tout le monde s'épaulait, se serrait les coudes. Il jeta un rapide coup d'œil vers les gradins. George Winn était toujours là, toujours aussi raide, toujours aussi muet.

De nouveau, Richard tapa dans ses mains. « Allez, vas-y Leo ! La prochaine est pour toi ! »

Ceci dit, Winn n'avait pas vraiment le choix. Il avait tout le bas du visage immobilisé par une armature métallique, depuis qu'un inconnu s'était introduit chez lui et lui avait fracassé la mâchoire avec ce que la police pensait être une longueur de tuyau de plomb. C'est drôle, la façon dont les choses arrivent, songea Richard, avant de se tourner vers Carla et de lui faire un grand signe de main.

Cette fois, elle leva la sienne pour lui répondre et, même à cette distance, il remarqua la petite crispation de douleur qui lui plissait les paupières, à cause du violent effort qu'elle avait fait, la veille. Mais aussi, comment ne pas attraper quelques courbatures quand on maniait un tuyau de plomb avec un bras aussi frêle que le sien ? Il se mit à sourire, et tandis qu'il regardait le lanceur de l'équipe adverse se ramasser sur lui-même, il repensa à sa conversation nocturne avec les deux fédéraux, huit jours plus tôt, et à la façon dont ils ne parvenaient pas à comprendre comment il avait toujours réussi à échapper à la justice, malgré les onze meurtres qu'il était soupçonné d'avoir commis du temps qu'il s'appelait Ricky Dolano. Ça n'avait rien de sorcier, en fait, si vous considériez ça comme un sport d'équipe, un sport familial. Alors, une fois de plus, il adressa un petit signe de main à sa merveilleuse épouse.

La balle s'envola et, cette fois, ah ! cette fois...

La batte de Leo fendit l'air. Il y eut un « *Crac !* » retentissant, tandis que la balle montait, montait, toujours plus haut vers le ciel et que, sur les gradins, les spectateurs se mettaient à hurler et que le petit Leo, transfiguré par la joie et l'excitation, se mettait à tricoter des jambes sur le sentier, et oui, c'était vrai, ce n'était peut-être que du sport, mais c'était quand même le sport le plus formidable du monde !

Titre original : *A Family Game*

Traduit par Catherine Cheval

David Edgerley Gates

LE MIROIR BLEU

Paru dans *Alfred Hitchcock's Mystery Magazine*

« Tu sais combien de temps ça tient, un mitrailleur de queue au combat, en principe ? me demanda Stanley. Vingt-quatre minutes, en moyenne. Moi, j'ai défié toutes les statistiques, je me suis coltiné mes cinquante missions, je suis rentré au pays, j'ai fait la tournée des copains. »

Il secoua la tête avec amertume.

« Et maintenant le cancer me bouffe, je passerai pas l'année. »

Je connaissais Stanley Kosciusko depuis presque toujours. Il venait de Fitchburg, juste au nord de Leominster où mon frère Tony et moi avons grandi. Il y avait pas mal de Polonais là-bas, près de la frontière avec le New Hampshire, et un bon paquet de Finlandais, bizarrement.

À l'origine, les Polonais étaient venus travailler dans les usines de papeterie et dans les filatures, les Finlandais pour fabriquer des meubles, des fauteuils en bois et des salles à manger. Après la guerre, Stanley s'était mis avec une Finlandaise, Maria Aho.

« Il faut savoir apprécier les petites ironies de la vie, c'est pas vrai, ça ? » me dit-il.

Sa femme était-elle au courant ? me demandai-je tout haut.

« Pour le cancer, évidemment. Ça, là, non. »

C'était de ça qu'il était venu me parler.

« J'ai menti sur mon âge, poursuivit-il. Je me suis engagé à dix-sept ans. Je me suis retrouvé dans un Liberator B-24, on décollait de Sicile pour aller bombarder les champs de pétrole de Ploesti. On se les caillait sévère dans ces zincs, mais bon Dieu, on suait à grosses gouttes quand les avions de chasse allemands nous arrivaient dessus, les Focke-Wulf et les Messerschmitt. Tous ceux qui disent qu'ils avaient pas le trouillomètre à zéro, soit c'est des attardés mentaux soit ils sont complètement dingues. »

Je réfléchissais à l'âge qu'il avait. Le Jour J, ça remontait à une bonne cinquantaine d'années. Si on faisait le compte, Stanley avait dans les soixante-quinze ans. Il avait encore l'air assez vigoureux, mais maintenant que je savais ce qu'il fallait regarder, je remarquai l'expression tendue qu'avaient ses yeux à force de contenir la douleur, et le reflet métallique de sa peau, terne et grisâtre. Dans la lumière ensoleillée de l'après-midi qui entrait par les fenêtres de mon bureau, je vis qu'il s'était mis du fard à joues ou du blush pour donner à son visage la couleur qui lui faisait défaut. Je me dis que ça ne faisait de mal à personne.

« Ton père a fait la guerre, non ? me demanda-t-il.

– Pas la même, répondis-je. Celle de Corée. »

Stanley hocha la tête.

« J'étais au courant », dit-il comme s'il était important que je comprenne qu'il avait encore toute sa tête.

Il s'était mis sur son trente et un, en plus, comme s'il devait faire bonne impression.

Stanley était un carrossier à la retraite. Quand on était mômes, Tony et moi, on traînait dans son atelier le samedi matin, parce qu'il était capable de réparer n'importe quoi. On pouvait lui apporter son vélo, un appareil de cuisine cassé que notre maman s'apprêtait à jeter ou une locomotive Lionel à la structure abîmée et il remettait tout en état. Il adorait les outils, pas seulement ceux dont il se servait pour son métier, barres de levier, manches à têtes interchangeables, ponceuses, mais de vieux outils mécaniques comme des rabots, des chignoles, des boîtes à onglets, des équarissoirs, tout ce qui avait une utilisation bien déterminée, car Stanley lui-même était un homme bien déterminé. Tony et moi allions dénicher des objets dans les usines abandonnées et les déchetteries du coin juste pour entendre Stanley nous dire à quoi ils servaient. Il examinait un truc rouillé et usagé, une varlope ou un vilebrequin dont la boîte à cliquet était corrodée, il le démontait, le nettoyait, affûtait la mâche ou la lame et le remontait pour pouvoir nous montrer comme il était bien adapté à la main de l'homme, quand on voulait faire un joint où ne passerait pas une feuille de papier ou goujonner un pied de table. Il savait réparer les horloges, les 22 long rifle, et le secret, c'était sa curiosité, ce savoir qu'un autre avait fabriqué cet objet, quel qu'il soit, l'avait conçu pour un travail bien précis.

« Je m'en veux, dit Stanley. Il faut accepter la responsabilité de ce qu'on a fait ou pas fait.

– Le cancer, tu n'y es pour rien, Stanley.

– Tu crois que je ne le sais pas ? »

Mal à l'aise, il changea de position, son costume le gênait aux entournures.

« Jack, il y a quelqu'un qui me veut du mal. À moi ou à ma famille, ce qui revient au même. »

Son homonyme était un général de la Guerre d'Indépendance qui était rentré ensuite en Pologne et avait mené contre les Russes une révolte vouée à l'échec.

« Voilà ce qu'il faudrait que tu fasses pour moi, dit-il. Moi, je meurs sur pied, là. Il faut que je me trouve un remplaçant. »

Je l'imaginais encore briser le cou d'un Cosaque de ses mains nues.

« Tu vois, si ces putains de cocos avaient pas tué Stosh au Vietnam, les choses seraient différentes, dit-il. Mais là, je suis coincé. C'est tout juste si j'arrive à lever un verre. »

Les petites ironies de la vie. Quand un homme est condamné dans l'année, de quoi peut-on le menacer ? Mais, plus prosaïquement, comment peut-on l'envoyer promener quand il demande de l'aide ?

*

Voici le reste de ce que Stanley me raconta ensuite. Tout ça, je l'expliquai à mon frère en buvant une bière.

« Stanley Junior est mort au Vietnam, c'est ça ? me demanda-t-il.

– Premier régiment de cavalerie », répondis-je.

Tony fit pivoter son fauteuil roulant pour aller vers l'évier. Je venais de l'aider à s'installer dans ce logement et il n'était pas encore habitué à vivre seul. Il détestait être dépendant, et une fois la rééducation terminée, il n'avait plus besoin de soins médicalisés, mais c'était quand même une grande étape à franchir. Il rinça sa bouteille de bière et la laissa sur la paillasse.

« Et il y a un petit-fils ?

– Andy. Andy Ravenant. Il a pris le nom de son beau-père quand sa mère s'est remariée, mais Stanley et lui ont toujours été très proches.

– Ravenant. Ça me dit quelque chose, pourquoi ?

– Tu regardais ses pubs à la télé le soir après *Star Trek*, Richie Ravenant le Râleur. Il vendait des tapis et de la moquette.

– Dans l'avenue Lynn, où il y a tous les magasins de discount ?

– À côté du restau Adventure Car-Hop, inventeur du Ginsburger.

– Il doit se faire un beau volume de ventes, remarqua Tony. Logiquement, c'est le roi de la moquette qu'on irait embêter, pas Stanley.

– Sauf que le beau-père est mort il y a huit ans et la maman d'Andy vit en Floride.

– C'est pas ça qui va faciliter les recherches de ce côté-là.

– Si on décide de prendre appui sur Andy, fis-je.

– C'est peut-être le contraire qui se passe. »

À mon tour je m'approchai de l'évier pour rincer ma bouteille et sortis deux autres bières du frigo. Je les décapsulai.

« Bon alors, dit Tony en prenant celle que je lui tendais, pourquoi ces gens-là viennent-ils embêter Stanley ? S'ils ont un compte à régler avec le môme, en quoi ça concerne le grand-père ? Et comment c'est venu à ses oreilles, pour commencer ? »

Stanley consultait un spécialiste à Beth Israel, qui est juste à côté de la voie express Jamaica-way. Et au moment où il sort de l'hôpital et se dirige vers l'endroit où il avait garé sa voiture dans Brookline Avenue, il y a un métèque – je cite Stanley – qui commence à l'emmerder.

« Explique-moi ça un peu mieux, me dit Tony. Ce type surgit tout d'un coup ?

– Apparemment. Alors Stanley lui fait, “ Salut, qu'est-ce qui t'arrive, mon gars ? Ancien du Viet-nam et sans abri, t'es prêt à bosser pour un repas ? ”

– Je suppose que c'était pas ça, malheureusement. »

Le type essaie de se la jouer calme, mais il est nerveux, comme s'il fallait qu'il aille ailleurs, ou comme s'il s'était juste arrêté pour faire une pause.

« Défoncé ? demanda mon frère.

– Bonne remarque. Sauf que Stanley, il ne sait pas déceler les signes, lui. Là, je lis entre les lignes. Le gars regardait sans arrêt derrière lui.

– Excuse-moi, fit Tony en souriant. Tu disais ? »

D'après Stanley, le gars arrivait pas à dire où il voulait en venir, ou alors c'était à croire qu'il s'exprimait en langage codé. Il n'arrêtait pas de faire des allusions obscures, détournées, comme si Stanley devait les comprendre et, au bout d'un moment, lui, il commence à en avoir marre et il essaie de passer son chemin. Et là, l'autre, il est tellement frustré à cause de ce que lui fait Stanley qui, disons, fait *exprès* de ne pas le comprendre, qu'il lui lance en partant qu'il va lui envoyer la langue de son petit-fils dans un bocal.

« C'est la première fois qu'il parle ouvertement d'Andy, c'est bien ça ?

– C'est ça. Tout le reste, avant, c'était des conneries avec allusions, sous-entendus et tout.

– À mon avis il y a le choix entre deux possibilités. Ou plus exactement entre une seule, à savoir que Stanley lui flanque un coup de pied au cul, à ce mec, et il l'expédie en vol plané jusqu'à Chestnut Hill.

– Sauf qu'il a plus de soixante-dix ans, qu'il subit un traitement lourd et qu'il comprend rien à rien à cette histoire.

– Alors il refoule l'instinct naturel qui le pousse à faire mordre la poussière à cet enfoiré, sans compter qu'il n'est peut-être plus ce qu'il était dans le passé, et il vient te voir.

– Oui, en gros. »

Tony pinça les lèvres.

« Par où tu commences ? me demanda-t-il.

– Je commence par le petit-fils de Stanley.

– Le môme.

– Ce n'est pas vraiment un môme. »

En fait, Andy avait presque l'âge de mon frère. Il avait trente et un ans, il était avocat. Dans le droit pénal, rien de très glorieux, mais toujours sur la brèche. Il avait fait deux ans comme avocat commis d'office au tribunal de grande instance du Suffolk et maintenant il travaillait pour un cabinet privé situé au centre-ville, dans Milk Street.

« Tu espères que ce chien-là va te flairer une piste ? demanda Tony.

– Andy a davantage de chances d'avoir des ennemis que son grand-père.

– Ouais, ça paraît logique. »

Mais Tony avait l'air ailleurs, comme si son esprit était distrait par une pensée qui affleurait sans vouloir se préciser.

« Qu'est-ce qu'il y a ? lui demandai-je.

– Je n'arrive pas à mettre le doigt dessus, dit-il. Peut-être que si j'arrêtais de chercher, ça finirait par émerger. »

*

Les bureaux de Ravenant et Dwyer se trouvaient en bas du quartier des finances, à l'ombre de la tour des Douanes. C'était l'une des plus anciennes parties de la ville, construite et reconstruite, mais tout comme dans North End et dans Beacon Hill, on voyait encore des traces de la manière dont Boston était organisée au dix-huitième siècle quand son commerce dépendait des activités portuaires et que les rues étroites et tortueuses menaient vers les quais. La circulation à l'époque devait s'effectuer dans des chariots et des charrettes tirés par des chevaux, brinquebalant sur les pavés, et les petites boutiques devaient être des shipchandlers et des grossistes, des ateliers de voilures et des usines de cordages. Cela demeurait un district commercial, avec des fournisseurs de matériel de plomberie en gros et ce genre de choses en rez-de-chaussée tandis que les occupants des bureaux, dans les étages, étaient également un mélange de professions commerciales et libérales, mais de nos jours ils offraient un éventail de services différents. Le cabinet juridique d'Andy se trouvait à un premier étage, sa porte d'entrée partageant un petit palier avec un bijoutier et un bureau d'études en architecture. J'avais rendez-vous à dix heures.

Je donnai mon nom à la réceptionniste et m'assis pour attendre.

J'attendais depuis quarante-cinq bonnes secondes quand Andy Ravenant sortit d'un bureau, passa la petite barrière pivotante qui séparait la réceptionniste des clients et s'avança vers moi pendant que je me levais. Nous échangeâmes une poignée de main.

« Je me souviens de vous et de votre frère dans l'atelier de carrosserie de mon grand-père », me dit-il avec un sourire.

Je gardais un vague souvenir de son père, Stan Jr., mais absolument aucun d'Andy. Évidemment, si j'avais sept ou huit ans à l'époque, je ne pouvais pas, de moi-même, prêter beaucoup d'attention à un petit môme de quatre ans. Je décidai de ne rien dire.

Il me précéda dans son bureau, petite pièce dont les murs étaient couverts de livres de droit : les statuts du Massachusetts, des extraits de jugements prononcés au niveau fédéral, des transcriptions de procès reliées. Nous nous assîmes.

« Alors », fit Andy en se carrant dans son fauteuil et en joignant les mains par le bout des doigts devant son sternum. « Qu'est-ce qui vient ainsi tourner les sangs de Papa Stan ? Il est resté très évasif avec moi.

– Savez-vous qu'il est en phase terminale de cancer ? » lui demandai-je.

Je savais que c'était plutôt abrupt mais je n'avais pas le temps de le ménager.

Andy se redressa soudain, consterné.

J'eus un geste d'excuse.

« Il en a fait part à votre grand-mère et il me l'a dit hier. Je suppose qu'il n'a pas encore trouvé le temps d'en avertir tout le monde.

– Mon Dieu, dit Andy à voix basse. Je savais qu'il venait en ville pour se faire soigner, mais je n'avais pas conscience que c'était aussi grave. Parce que c'est un sacré dur à cuire. Quelqu'un comme lui, on l'imagine mourir debout. Il n'acceptera jamais d'être impotent.

– Ouais, c'est bien comme ça que je vois les choses.

– Pourquoi est-il venu vous voir, Jack ?

– Il a reçu des menaces, répondis-je. Pour être tout à fait exact, ces menaces étaient dirigées contre vous. Pourquoi ils s'en prennent à Stanley, ça, mystère. On dirait qu'ils attaquent par le flanc, ou par l'arrière.

– La cause de ces menaces ?

– Le type ne l'a pas indiquée, c'est bien le problème.

– Qui était ce type ? »

Je haussai les épaules.

« Un abruti quelconque, d'après votre grand-père. Stanley ne m'a pas donné beaucoup d'éléments pour avancer, mais il semblerait qu'il devait vous avertir d'un danger.

– Au vu de ce qui constitue l'essentiel de ma clientèle, ça pourrait être n'importe quoi », remarqua Andy.

Il décrocha le téléphone et appuya avec énergie sur l'un des boutons de l'interphone.

« Hé, dit-il, tu as une minute ? »

Il marqua une pause puis hocha la tête.

« Amène-le », fit-il à son correspondant avant de raccrocher. « On va vérifier ça. »

On frappa doucement à la porte et deux personnes entrèrent dans le bureau d'Andy, un homme et une femme.

Je me levai pour leur serrer la main tandis qu'il faisait les présentations.

La femme était Catherine Dwyer, son associée. Kitty était de taille moyenne, avec d'épais cheveux bruns coupés court et le teint lumineux des Irlandaises, un teint de porcelaine de Spode. Elle était très élégante dans son ensemble pantalon en soie, mais elle aurait fait tourner les têtes même si elle avait porté un jean et un sweat informe. Je me sentais gauche et idiot tout à coup, comme si c'était notre premier rendez-vous.

Le type, c'était Max Quinn, un grand costaud avec des cheveux blancs passés à la tondeuse sur les côtés. Il avait l'air d'un ancien flic, ce qu'effectivement il se révéla être, un détective privé qui enquêtait sur le terrain pour le compte de Ravenant et Dwyer.

« Jack Thibault, dit-il avec un large sourire. J'ai entendu parler de vous. Vous êtes le frère du joueur de hockey.

– À ce qu'il paraît, confirmai-je.

– Quel est le problème ? » demanda-t-il.

Andy leur donna un bref aperçu de la situation, pas un mot sur le cancer, juste le fait qu'apparemment quelqu'un se servait de son grand-père pour l'atteindre, lui.

Tous deux comprirent sans avoir besoin de détails supplémentaires.

« Dans les affaires en cours, qu'est-ce que tu vois ? » demanda Kitty en se tournant vers Max Quinn.

Il fit une grimace.

« Il y a ce fouineur, Donnie Argent, lui répondit-il. Il est en cheville avec les loubards de Revere, du moins c'est ce qu'il aimerait nous faire croire.

– Un réseau de désossement de voitures volées, m'expliqua Kitty. Qui d'autre ?

– Les dealers de Charlestown, dit Max.

– C'est moi qui m'en occupe, me précisa Andy. Des mômes qui mettent le doigt dans le mauvais engrenage. Ils ont trop la trouille pour aller dénoncer leur fournisseur et conclure un marché avec l'accusation.

– Faut les comprendre, dit Quinn. Ça doit être Chip McGill.

– Ce serait une piste ? » lui demanda Kitty.

Il haussa les épaules.

« Tu sais comment ils fonctionnent, ils sont comme ces connards de Siciliens, l'*omerta*, ou, en tout cas, avant que les affranchis commencent à se faire tomber tout seuls, ils fonçaient chez les flics dégoiser les uns sur les autres.

– Tout le monde la boucle, me dit Kitty. Même ces gamins ne sont pas assez idiots pour balancer leurs contacts.

– Qui est ce Chip McGill ? demandai-je.

– Un dealer, me répondit Quinn. Amphétamines, essentiellement. Rohypnol, PCP, hallucinogènes divers. Il adore s'éclater. Il se déplace entouré d'une horde de pseudo Hell's Angels, qui se donnent le nom de Disciples.

– Je croyais qu'ils venaient de Springfield », remarquai-je.

Quinn me regarda autrement.

« Bien vu, dit-il.

– Vous croyez qu'ils essayent d'ouvrir un nouveau marché ? » lui demandai-je.

Il hocha la tête.

« McGill est un gars du coin, il a grandi du côté de Monument Square. Il fait du trafic depuis la création de l'univers. Il réduit ses frais généraux s'il se fournit en PCP directement à la source. C'est une relation symbiotique. »

Symbiotique n'était pas le genre de mots à deux balles que je m'attendais à entendre dans la bouche de Max Quinn. Cela dut se lire sur mon visage.

Il eut un grand sourire.

« Voilà ce qui arrive quand on fréquente tous ces étudiants », dit-il.

McGill et ses motards me paraissaient prometteurs et je le lui dis.

« Je vois un inconvénient dans tout cela », intervint Kitty Dwyer.

Quinn et moi la regardâmes.

« Si cela n'a rien à voir avec McGill et que Jack commence à aller fouiner de son côté, ce sera pour lui un signal d'alarme. Nous pourrions le regretter.

– McGill n'a aucune raison de penser que nos clients sont sur le point de témoigner contre lui, intervint Andy, et nous n'avons aucune envie de lui en fournir une, mais, là, c'est l'avocat qui parle.

– Ça rend notre situation un peu délicate », observa Quinn.

Ça n'avait pas vraiment l'air de l'ennuyer tant que ça. Je me dis que sa façon de faire allait consister à emmerder McGill et à attendre les conséquences.

Kitty pensait comme moi, apparemment.

« Tu sais, Max, une attaque frontale pourrait être contre-productive.

– C'est le chemin le plus court d'un point à un autre, dit-il. Tu as ton grand-père polonais d'un côté, et tu as Chip McGill de l'autre. J'aimerais autant qu'on enlève Chip McGill du décor.

– Moi aussi, déclara Andy. Je sais que nous avons des obligations par rapport à ces ados, Kitty, ce sont nos clients, mais si Chip McGill essaye de bousculer Papy Stan, je suis d'avis qu'il faut aller en discuter avec lui.

– Qu'on en *discute* ? »

Ça ne semblait pas franchement enchanter Quinn.

« Qu'on tâte un peu le terrain, je veux dire, expliqua Andy. S'il a des raisons valables de s'inquiéter, nous apaiserons ses craintes. »

Cela tenait vraiment trop de l'euphémisme à mon goût. Andy paraissait donner le feu vert à Quinn pour qu'il aille mettre la pression sur McGill.

« Ton grand-père est allé trouver Jack, ne l'oublie pas, objecta Kitty. Ce n'est pas toi qu'il est venu voir. Il ne veut peut-être pas qu'on s'en mêle. »

Quinn lui lança un regard endormi.

« Et vous ? demanda Andy en me regardant. Qu'en dites-vous, Jack ? Vous voulez faire cavalier seul ?

– Donnez-moi un jour, on verra, répondis-je.

– Max ? s'enquit Andy.

– Pas de problème, fit Quinn.

– Faites attention », me dit Kitty Dwyer.

Voulait-elle me prévenir contre Max ou contre McGill ? Je me posai la question.

« Vous nous tiendrez au courant ? demanda Andy.

– Bien sûr », répondis-je.

Kitty me raccompagna, laissant Quinn et Andy ensemble. Elle voulait peut-être me voir seul une minute, et elle paraissait hésiter à me dire quelque chose. Nous étions sur le palier, en haut de l'escalier quand elle se décida.

« Ça pourrait être une histoire privée, dit-elle.

– Vous voulez dire que ça n'aurait rien à voir avec aucune des affaires dont s'occupe le cabinet ? » demandai-je.

Elle hocha la tête.

« Andy a des petits secrets ?

– Ce n'est pas à moi qu'il faut le demander », dit-elle, ce qui ne faisait que me suggérer le contraire.

« Si vous pensez à quelque chose, puis-je vous demander de m'appeler ?

– Je pensais vous appeler de toute manière », dit-elle en souriant.

Je n'étais pas très sûr de ce qu'il fallait en penser, mais je sentis sans aucun doute possible son regard posé sur moi tandis que je descendais vers la rue.

*

Je m'étais garé près d'India Wharf et je regagnais ma voiture en longeant les quais lorsque je passai devant un café avec terrasse et décidai de m'y arrêter. J'entrai et commandai un crème que j'emmenai sur la terrasse où je pouvais le savourer tout en regardant le port.

C'était l'été indien, fin octobre, où les soirées sont fraîches mais où les journées peuvent être plus que douces. Le ciel était pratiquement sans nuages et le soleil se reflétait sur l'eau huileuse. Des goélands argentés descendaient en piqué sur les déchets flottant en surface et se les disputaient quand ils attrapaient quelque chose. Un porte-conteneur qui descendait le chenal faisait route vers la baie. Il allait peut-être suivre la côte vers le nord pour rejoindre l'Acadie ou tourner vers le sud pour emprunter le canal de Cape Cod et rallier New York ou l'estuaire de la baie de Chesapeake.

Il y a un côté romantique dans les navires, dans l'embarquement pour des voyages en mer et l'adieu à la terre ferme. La mer est un lieu différent, avec des règles différentes, où les espoirs et les vanités ont peu de place. Le genre de problèmes que je rencontrais dans ma profession se résumait généralement à des motivations vaines et viles. Envie. Luxure. Cupidité. Elles apparaissaient sûrement comme des forces naturelles fondamentales aux yeux de ceux qu'elles dominaient, mais si on les comparait à la puissance aveugle de l'Atlantique Nord, elles ne représentaient rien.

C'était bien utile de considérer les choses avec une approche plus saine. Je pensais à Stanley dans le ventre d'un bombardier, où la vie se mesurait en instants, aux tirs antiaériens et aux avions de chasse allemands, aux chances de survie. Je finis mon café, quittai l'odeur marine du port, de l'eau mouvante qui clapotait contre les pilotis, et entrai dans le café pour passer un coup de fil avec le téléphone à pièces.

J'appelai un flic que je connaissais en ville. Frank Dugan me devait un service et j'eus la chance de le trouver dans son bureau. Il y avait une affaire non classée, me dit-il, impliquant les Disciples et remontant à quelques années.

« Ils font bien sentir leur présence de Springfield à Hartford, et jusque dans le Berkshire, m'expliqua Dugan. Il y a un moment, la Brigade des stupéfiants et la police fédérale ont mené une opération contre eux, ils ont détruit une partie de leur réseau, cassé quelques fabriques, mais la bande s'en est remise. C'est bien le problème, avec les amphètes. Il ne faut pas grand-chose pour monter un labo une fois qu'on a trouvé le moyen de masquer les odeurs.

– Et la recette ? »

Ce n'était pas bien difficile de se procurer les ingrédients, m'expliqua-t-il.

« Des produits pharmaceutiques de base, éphédrine, phénylacétique, acide hydrochlorique. Faut faire gaffe avec ça, c'est dangereux de fabriquer des amphètes. On travaille avec des substances volatiles, on peut se faire sauter. Et puis il y a les vapeurs. Ça peut trahir, l'odeur de l'acétone et de l'ammoniaque, comme le vernis à ongles ou l'urine de chat. En plus on a les résidus toxiques, quatre à cinq livres de déchets pour une livre de produit. Il y a deux solutions. Soit on repère une zone industrielle qui rejette beaucoup de saletés et de cochonneries, soit on va dans la cambrousse où les voisins vont pas se plaindre.

– En résumé, c'est dégueulasse, ça pue et c'est un mélange explosif, dis-je. Au fond, c'est parfait pour une équipe de paumés marginaux comme ces motards en rupture de loi. »

J'entendis la respiration sifflante de Dugan.

« Loin de moi l'idée de vous contrarier, Jack, mais les Disciples, c'est un gang franchement méchant. Qu'est-ce qui vous amène à vous intéresser à eux ?

– Un type du nom de Chip McGill, à Charlestown. Il paraît qu'ils sont sa nouvelle source de marchandise. »

Cette fois, le silence dura encore plus longtemps. J'attendis patiemment.

« Vous avez le don de choisir les bons numéros, dit-il enfin. Vous allez au-devant de graves ennuis, si vous vous aventurez par là.

– Vous pourriez me donner encore quelques détails ?

– D'accord. Chip McGill, c'est le genre à brûler la chandelle par les deux bouts. Il est incontrôlable et tôt ou tard les milices de Bunker Hill vont le descendre. Je suis même étonné qu'on ne l'ait pas encore retrouvé dans le coffre d'une voiture garée sur le parking longue durée à Logan. »

Le parking longue durée à l'aéroport international était une méthode appréciée pour mettre un cadavre en attente. Le bénéfice était double. D'abord, le lieu du meurtre n'était plus exploitable le temps que les enquêteurs y arrivent, mais il y avait un autre avantage. Un corps qu'on abandonne sans précaution se gonfle de fluides et finit par éclater et se putréfier. Personne ne tient à ce que la famille le voie dans un tel état. Par conséquent, c'était une manière de mise en garde.

« Bref, votre petit copain, là, ce McGill, c'est un pourri, croyez-moi sur parole, poursuivit Dugan. Il a un casier qui remonte au centre de redressement, il a fait de la prison parce qu'il dealait, il a été arrêté pour agression, association de malfaiteurs, meurtre. Qu'il ait été condamné ou non, on est dans la grande criminalité, là. Il est dans le collimateur de la police depuis un bon moment. Ceux de la grande criminalité feraient n'importe quoi pour le coincer.

– Je ne suis pas sûr que ce soit mon but, Frank, dis-je. Seulement je ne tiens pas à mettre accidentellement les pieds dans un nid de serpents.

– C'est pourtant ce qui va se passer si vous tenez à approcher ce type-là.

– Pour autant que je sache, McGill est en arrière-plan, il fait partie du décor.

– J'ai l'impression que vous me racontez des blagues, mais au fond ce n'est pas à moi de voir. Je vous conseillerais de laisser tomber.

– Je n'ai pas l'intention d'aller lui abîmer le portrait. Tout ce que je veux, c'est échanger quelques mots gentiment avec lui.

– Chip McGill est cinglé et il se bourre d'amphétamines par-dessus le marché, m'avertit Dugan. Au moindre prétexte, il vous efface du paysage.

– Eh bien, ce n'est pas très encourageant.

– Ce n'est pas fait pour. J'insiste, tout ce que vous avez à faire, c'est attendre environ six mois et il ne posera plus de problème.

– Ouais, j'avais compris dès le début. Quelqu'un qui lui en veut va sûrement l'envoyer sous terre. L'ennui c'est que je n'ai pas six mois à attendre.

– C'est à vous de voir, déclara Dugan.

– Et en termes d'habitudes et d'habitat ?

– Il tient salon dans un bouge qui s'appelle le Miroir Bleu, près des docks de la Marine. Vous connaissez ? »

Hélas, oui.

« Presque tous les après-midi entre quatre et six, précisa Dugan. C'est moins cher.

– Il faut s'aventurer dans des territoires sauvages.

– C'est ce que je me tue à vous faire comprendre », fit Dugan d'un ton enjoué avant de raccrocher.

*

Boston est une ville connue pour ses quartiers difficiles, avec un fort esprit de clan, Southie, Charlestown, le North End, Fields Corner et Savin Hill à Dorchester, et les bars de quartier qui accueillent les habitués du coin ressemblent souvent à des clubs aux ethnies différenciées, chaleureux et sympathiques pour les initiés, mais méfiants envers les intrus.

Le Miroir Bleu se trouvait dans Charlestown, juste derrière l'entrée principale des docks de la Marine où est ancré le USS *Constitution.*

Ce chantier naval est sur le déclin depuis les années soixante-dix, ses activités ont été fermées à la suite des réductions dans le budget de la défense, les nouvelles quilles ayant été créées à Bath Iron Works, dans le Maine, dans le Norfolk au sud et sur la côte ouest à Puget Sound. Les promoteurs le guignent depuis des années et c'est maintenant un site national historique, mais en tant qu'installation de chantier naval et comme port d'escale pour la marine au long cours, il est hors circuit. Même à l'époque où c'était une installation militaire en pleine activité, le Miroir Bleu était territoire interdit pour les militaires de carrière.

Il y avait des endroits plus redoutables, j'en suis sûr, mais il fallait sans doute aller jusqu'à Belfast ou à Kingston, en Jamaïque, pour les trouver. Quoi qu'il en soit, à quatre heures et demie de l'après-midi, ça semblait assez tranquille. Une bonne vingtaine de véhicules étaient garés dehors, des fourgonnettes, des petits camions, des muscle cars, ainsi que des motos, des Harley Panhead surbaissées arborant des guidons *apehanger* et des cache-soupapes chromés. J'entrai.

Il me fallut une minute pour m'habituer à la pénombre. C'était une salle tout en longueur, basse de plafond, avec une ouverture en forme de serrure, au fond, où se trouvait une petite piste de danse en parquet et où un groupe ajustait le son, testait le niveau du volume. Le bar lui-même longeait le mur près de l'entrée, courant sur huit ou neuf mètres, et deux types travaillaient derrière le comptoir. Le seul éclairage venait de deux minuscules spots en bout de bar, leur faisceau étroit mettant en relief les bouteilles rangées sur les étagères et donnant l'impression que l'alcool était éclairé de l'intérieur, comme des charbons ardents. La lumière venant de derrière eux, les barmen se découpaient en silhouette et leurs visages étaient insondables. Tout cela produisait un effet un peu sinistre, mais je me dis que c'était peut-être volontaire, après tout, que cela leur donnait un avantage sur une foule difficile, quand l'horloge indiquait l'heure des dernières tournées.

Ils avaient de la Sam Adams à la pression. J'en commandai un demi. En regardant le comptoir, je vis qu'il semblait y avoir des pièces de monnaie éparpillées partout, mais quand j'essayai d'en déplacer une du bout du doigt, je m'aperçus que ces pièces étaient noyées dans le polyuréthane qui recouvrait le bar. Je me fis l'effet d'un imbécile de m'être laissé prendre et cela m'excluait du rang des habitués alors que je voulais donner l'impression de faire partie des meubles. Je couvai ma bière et regardai autour de moi.

Étant donné qu'il était un peu tôt pour considérer la journée de travail comme terminée, le Miroir avait pas mal de clients et la plupart d'entre eux étaient des hommes. Il n'y en avait pas beaucoup qui étaient habillés comme des types qui sortaient du boulot, en plus. Personne n'était en bleu avec un étui pour ranger un marteau, ou au moins maculé de peinture. Tout le monde semblait porter des vêtements de sport agressifs, des pantalons moulants ou à pinces selon la tranche d'âge.

Je pris ma bière et me dirigeai tranquillement vers le fond où se trouvait le groupe de musiciens. Poussée dans un coin, il y avait une table de billard, 25 cents la partie. Le type, penché au-dessus, qui se préparait pour le coup d'ouverture, affichait son appartenance, avec un blouson de motard en cuir orné d'un dessin compliqué dans le dos qui rappelait un vieil album du Grateful Dead. Il effectua son coup mais n'expédia aucune boule dans une poche et, lorsqu'il se releva, je parvins mieux à distinguer l'insigne du gang. Cela ressemblait à une reproduction de *la Cène* de Léonard de Vinci, mais c'était Satan qui présidait. Hitler, Idi Amin et l'Ayatollah faisaient partie des convives. Dessous, en lettres gothiques, figurait la légende : LES DISCIPLES. Je retournai au bar, commandai une autre bière et demandai ma monnaie en pièces de 25 cents.

La fille avec qui le motard jouait au billard paraissait mineure, à peine seize ans, pas plus de quarante-cinq kilos toute mouillée, un petit haut en tie-dye et un jeans qu'elle n'arrêtait pas de remonter parce qu'elle n'avait pas de hanches pour le tenir en place. Mais elle avait des tatouages sur les omoplates et des piercings en quantité suffisante pour déclencher un détecteur de métal : des boucles d'oreille, un clou dans la lèvre inférieure et un au coin extérieur de chaque œil, tout au bord, là où ils ne pouvaient pas érafler la sclérotique quand elle regardait de côté. Elle rentra cinq boules pleines sans forcer puis dut passer la main sur un tir en angle pour rentrer la sept.

Je m'approchai et posai ma pièce pour participer à la partie suivante.

Aucun d'eux ne parut faire attention à moi. Le motard étudiait la disposition des boules sur la table. Il jouait les cerclées et il en avait deux quasi assurées, placées tout près du trou, des coups faciles mais qui empêchaient son adversaire de réussir à empocher les siennes. Il prit une option plus difficile, prenant appui sur la bande opposée et envoyant la boule filer dans la poche. La fille frappa sur le sol avec sa queue pour saluer cette réussite. Il n'arrêta pas de se mouvoir autour de la table, fit rentrer ses six autres boules mais il manqua la huit, l'attaquant trop fort si bien qu'elle ressortit de la poche latérale. La fille mit le reste des pleines dans les poches et fit tomber la huit dans un angle. Elle me lança un bref regard.

Ce fut probablement à ce moment-là que je commis ma première erreur. Je les avais pris pour un couple, même si le motard avait une bonne vingtaine d'années de plus qu'elle. Il avait des cheveux roux retenus en une maigre queue de cheval visiblement striée de gris. Et il avait une sorte de moustache à la Zapata qui descendait bas de chaque côté de sa bouche. Près du menton, les poils étaient blancs. L'erreur, c'était que j'avais passé plus de temps à l'étudier lui qu'à me préoccuper d'elle. Elle était jeune, mais si maigre qu'elle soit, j'aurais quand même dû regarder dans l'échancrure de son vêtement lorsque, une fois que j'eus inséré ma pièce, que les boules furent arrivées sur la table et que je les eus enfermées dans le triangle, elle se pencha pour le premier coup. N'importe qui l'aurait fait.

Comme un imbécile, j'avais trop vite choisi ma cible. La fille monopolisait la table, alors je me reculai un peu, juste hors du faisceau de lumière qui illuminait les boules sur la feutrine verte, faisant éclater les couleurs. Elle rentra six boules avant que je puisse tenter ma chance, et quand elle me céda la place j'étais bloqué derrière l'une de ses boules, au numéro élevé. Je tentai un coup en utilisant une bande, le réussis par miracle, puis en ratai un beaucoup plus facile sur la quatre placée près d'une poche latérale. Je m'écartai à nouveau de la table, en haussant les épaules avec philosophie, et allai me placer à côté du motard aux cheveux roux.

« Va falloir que je hausse mon niveau de jeu, hein ?

– Ça plaisante pas, avec elle », dit-il.

Elle rentra la huit dans une poche d'angle après avoir joué la bande latérale, et il s'approcha de la table pour replacer les boules dans le triangle. Je déposai une autre pièce pour jouer le gagnant.

Seulement, eux, ils ne se concentraient pas tant que ça sur la partie. La fille jouait posément, mais pas comme s'il y avait un enjeu. Il n'y allait pas de sa fierté. Elle se contentait de prendre chaque coup comme il venait et paraissait davantage jouer contre elle-même que contre le motard. Lui, de son côté, ça ne le dérangeait pas qu'elle ait une meilleure vision du jeu, un meilleur contrôle de la boule de choc avec un mouvement corporel qui aurait incité Minnesota Fats et Fast Eddie Felton à l'observer de plus près. Il n'était pas indifférent, il ne la laissait pas gagner pour lui faire plaisir, mais ce n'était pas une chose qui le déstabilisait.

Je le regardais se pencher pour tenter un coup lorsque j'aperçus le tatouage de détenu qu'il avait sur la peau entre le pouce et l'index : 1 %. Il me fallut une minute pour comprendre. Un pour cent.

À l'époque où Marlon Brando avait tourné *L'Équipée sauvage* et où les gangs de motards surprenaient encore, un type avait fait remarquer que les motos étaient conduites par des pères de famille et qu'il n'y avait qu'un pour cent des motards qui donnait aux motos leur mauvaise réputation. De nos jours, tous ceux qui ont fréquenté des motards savent qu'ils peuvent très bien être pères de famille, pour commencer, mais ce n'est pas le propos.

Les motos n'ont jamais pu faire oublier cette image de hors-la-loi, et bien sûr cela fait partie de leur attrait, surtout quand on peut conduire une grosse Harley au lieu d'une pétrolette, mais le Rouquin en rajoutait. Les insignes, l'attitude. C'était peut-être un authentique motard, mais il n'y avait peut-être qu'une façade sans rien derrière. J'avais la vague impression qu'il jouait un personnage, qu'il essayait de voir si ça lui allait bien, mais il en faisait un peu trop.

Lorsqu'il rata un coup et revint vers l'endroit où je me tenais, laissant la table à la fille, je fis une remarque maladroite sur la dope. Je n'essayais pas d'être subtil, notez bien, ce n'était pas dur de voir ce pour quoi j'étais venu.

« C'est de la coke, que t'es venu chercher ? » me demanda-t-il.

À l'entendre, l'idée d'une pareille transaction l'ennuyait plutôt qu'autre chose.

« Un bon paquet, pas juste deux ou trois lignes », confirmai-je.

Il hocha la tête sans se donner la peine de me regarder, fixant toujours la fille qui jouait au billard.

« Je crois que tu fais erreur sur la personne », fit-il sans un regard dans ma direction.

Je haussai les épaules.

« Je me suis dit que je pouvais éviter les intermédiaires. McGill coupe sa marchandise parce qu'il essaye de rattraper en volume ce qu'il lui faut pour sa consommation personnelle. J'ai des acheteurs motivés, mais ils n'aiment pas qu'on triche avec eux, alors il serait peut-être temps que vous vous trouviez un autre distributeur.

– Change de discours, mon pote, laissa-t-il tomber d'un ton nerveux.

– Il va tous vous couler si vous le reprenez pas en main. »

Il me regarda enfin, perdant patience.

« J'essaye de faire une partie, là, tu vois. Tu viens te frotter trop près, ça commence à me démanger.

– Vous croyez pas que Chip McGill est complètement cinglé ? lui demandai-je. Comment expliquer qu'il essaye d'intimider Andy Ravenant, sinon ? Il me semble qu'il fait ce qu'il faut pour attirer l'attention des importuns. »

J'avais réussi à l'intéresser, le Rouquin, mais je ne pensais pas avoir trouvé son point faible. Il semblait plus curieux et intrigué, genre, où j'étais aller pêcher ça, et où ça allait me mener.

« On m'a dit que Ravenant défend deux ados du quartier qu'on a piqués avec de la drogue, mais il ne réussira pas à les faire libérer s'ils n'acceptent pas de balancer Chip, lui racontai-je. Vous croyez que c'est vrai, ça ?

– Dis donc, mon gars, pour l'amour du petit Jésus, à quoi tu joues, là ?

– Je fréquente des tas de gens bizarres, lui dis-je. J'établis des liens. C'est mon fonds de commerce, relier des trucs entre eux. Je suis ce qu'on appelle un faiseur de pluie, je charge les nuages.

– T'es un parasite, ouais, dit le Rouquin.

– Comme vous voulez, concédai-je, en attendant, je suis là. »

Il posa sa queue de billard contre le mur.

« On va aller la goûter un peu dehors, dit-il, on sera plus tranquilles pour parler. »

Il poussa la porte anti-feu qui se trouvait derrière lui et je le suivis. Nous nous retrouvâmes dehors près des poubelles derrière le bâtiment. Sa moto était là, sur sa béquille. Il ouvrit les sacoches et fouilla à l'intérieur. Il faisait encore clair, le ciel gris perle annonçait le crépuscule, les ombres s'allongeaient sur le sol du parking. La fille franchit la porte à son tour.

« Salut, mignonne, fit le Rouquin.

– Salut toi-même, répondit-elle. Je commence à redescendre.

– J'ai ce qu'il te faut », fit-il en se redressant avec un petit sac en plastique à la main.

Et c'est là que je commis ma deuxième erreur, si ça sert à quelque chose de les compter : je le regardais lui, au lieu de surveiller ce qui se passait dans mon dos, la prenant pour une camée qui voulait sniffer une dose gratos. Elle me balança derrière le genou un coup de pied tellement fort que je louchai de douleur en m'écroulant par terre et ils me foncèrent tous les deux dessus vite fait bien fait. Elle s'empara du Smith calibre 40 que j'avais glissé dans mon dos sous la ceinture et en plaqua brutalement le canon sur ma nuque, en enclenchant le chien. Le cliquetis bien huilé me fit penser au bruit d'une brindille qu'on casse. Le Rouquin me pinça le nez entre ses doigts repliés pour m'obliger à reculer la tête, ce qui enfonça l'arme dans ma colonne vertébrale. Je fus pris de vertige, j'eus envie de vomir. La fille ricana.

« Même le moins doué des flics, il se fait pas repérer comme ça », commenta le Rouquin en se penchant pour coller sa figure tout près de la mienne. « Dans la catégorie des crétins, c'est toi le champion, mon pote. »

Là, il avait pas tort. Crétin, c'est mon deuxième prénom.

« Je me demande bien pour qui tu bosses. Et finalement, je me dis que tu travailles à ton compte. Alors qu'est-ce que c'est que ces conneries que tu viens me raconter sur Chip McGill et cet avocat ? À mon avis, tu viens foutre la merde pour quelqu'un, alors, qui est-ce qui t'envoie ? »

Mon cerveau ne fonctionnait pas assez vite pour inventer une réponse plausible. Il paraît qu'en principe, la perspective d'une pendaison imminente développe les facultés mentales, mais une psychopathe accro aux amphètes me plaquait une arme de poing contre la nuque et remplissait ma tête d'un vacarme assourdissant.

J'avais la gorge sèche et respirais avec difficulté.

« Allez, mignonne, tu ferais mieux de me filer ce truc, fit le Rouquin, t'es capable de me le dézinguer avant même que j'aie eu l'occasion de lui délier la langue. »

Il avait peut-être glissé le pouce entre le chien et le corps de l'arme en la lui prenant des mains, mais je ne respirais pas mieux pour autant. Elle aurait pu me tuer accidentellement, ou juste pour voir de quel côté mon cerveau allait voler sur le bitume. Le Rouquin pouvait décider de me refroidir exprès, si je ne parvenais pas à l'en dissuader.

« Ça te dirait de me tranquilliser l'esprit, mon gars ? » me demanda-t-il.

Il m'avait lâché le nez et le Smith ne s'enfonçait plus dans mon cou, mais j'étais terrifié à l'idée de ne rien pouvoir lui dire, et tout aussi angoissé à l'idée de lui dire une idiotie.

« Je ne t'entends pas », susurra-t-il en se penchant de nouveau tout près comme un confesseur.

« Et ça, tu l'entends ? » s'enquit une autre voix.

Le bruit qui suivit ne laissait aucun doute, c'était la glissière d'un fusil à pompe.

Le Rouquin se figea.

« On va faire les choses dans les règles », annonça le nouveau venu.

J'avais déjà entendu cette voix-là, mais impossible de me souvenir à qui elle appartenait.

« Éloigne le flingue de ton corps et remets la sécurité. »

Le Rouquin désarma le Smith.

« Très bien. Maintenant pose-le et recule. Toi aussi, ma petite. Ça ne me gênerait pas du tout de t'envoyer une balle dans chaque genou. »

Je les sentis s'écarter. Je regardai derrière moi.

« Les affaires n'ont pas l'air d'aller très fort, Jack », me dit Max Quinn avec un grand sourire.

Il tenait un Mossberg à pompe au « présentez armes », il était détendu et s'amusait visiblement.

« Vous pouvez marcher ? »

Je ramassai mon arme et me mis doucement debout. Il fallait que je m'appuie sur ma jambe gauche pour qu'elle supporte tout mon poids.

« Bon, et ces deux-là ? » fit Max.

J'avais mon idée là-dessus mais ce que j'avais envie de faire avait des chances de m'envoyer tirer huit ou dix ans à la prison de Cedar Junction.

« Non ? » demanda Max en haussant les épaules. « Dans ce cas, nous allons prendre congé de vous, messieurs-dames, dit-il au Rouquin et à la fille. Je trouverais ça drôlement astucieux de votre part de rester allongés par terre jusqu'à ce qu'on soit partis. »

La fille ne m'avait même pas accordé un regard pendant tout ce temps-là, mais le Rouquin me fixait en plissant les yeux d'un air mauvais.

« Et *tout de suite* », commanda Max.

Ils se baissèrent et prirent la position demandée.

Je regagnai ma voiture en boitant et Max me suivit en marchant à reculons, le fusil le long de la jambe pour une plus grande discrétion.

Les lumières s'allumaient pour éclairer le parking.

Il se pencha vers ma vitre lorsque je fus installé au volant.

« Ce n'est sûrement pas le meilleur endroit pour causer, me dit-il.

– Je vous appellerai, fis-je. Merci.

– Pas de problème », répondit-il.

Je le regardai traverser la rue en direction de son véhicule et ranger le fusil dans le coffre. Il avait dû me surveiller depuis le moment où j'étais entré dans le bar. Je n'allais pas faire le difficile, mais tout cela était vraiment trop beau.

Max me fit un signe de la main quand je démarrai et monta dans sa voiture. Je rentrai chez moi pour envelopper mon genou endolori dans de la glace et broyer du noir en repensant à l'abruti que j'avais été.

*

« Donc tu penses que les motards constituent une fausse piste ? me demanda Tony le lendemain matin.

– Je ne sais pas, lui répondis-je. Je pense que Quinn m'a envoyé dans une embuscade, oui, mais ça ne veut pas dire qu'ils sont blancs comme neige.

– Quinn veut juste se donner le beau rôle ?

– En me tirant d'un mauvais pas ? C'est une manière de voir les choses. Ou alors il m'utilise peut-être pour faire diversion, pour mettre les autres sur une fausse route.

– Andy Ravenant ?

– Ouais, il y a un truc fumeux. Mais je ne vois pas le lien que ça a avec le problème de Stanley. »

Nous étions en route pour l'hôpital d'Ayer afin de lui rendre visite. Il avait fait un malaise la veille pendant que j'étais occupé à me faire ridiculiser comme un débutant. Il n'était pas chez lui quand ça lui était arrivé, il jouait les chiffonniers-ferrailleurs dans la région des vergers de pommiers, et les médecins-ambulanciers l'avaient conduit au service de soins intensifs le plus proche. Quand son état serait stationnaire, il serait probablement transféré en ville, à l'hôpital Peter Bent Brigham s'il n'allait toujours pas bien.

« T'as d'autres marrons dans le feu ? »

Je secouai la tête.

« J'espérais que Stanley pourrait me dire autre chose pour que je puisse avancer, dis-je. Le seul problème, c'est que je n'ai rien à lui donner en échange. »

L'hôpital était assez récent, construit au début des années soixante-dix, à mon avis. Il était sur une colline, au nord de la ville, à l'écart de tout voisinage, et à travers les arbres il offrait une vue sur un petit étang. Un grand nombre de villages, au-delà de la 495 qui forme une boucle autour de la grande banlieue, sont devenus des villes-dortoirs que remplissent les industries de haute technologie qui longent la Route 128, mais Ayer constitue une anomalie. Située aux abords de l'entrée principale de Fort Devens, c'est une ville qui, depuis au moins soixante ans, vit de la présence de l'armée. Maintenant il était question de fermer cette unité. Il y avait encore un escadron d'hélicoptères basé sur place, et des services de logistique et de maintenance, mais il n'y avait plus la population captive des familles de militaires et le marché de la location était en chute libre. Ce qui n'était pas une mauvaise chose vu la façon dont les propriétaires du coin avaient arnaqué les GIs en leur imposant des loyers exagérés. Et les revendeurs de voitures d'occasion de Shirley Road n'avaient plus ces proies faciles sous la main. Mais le revers de la médaille, c'était que les taxes versées par la base s'étaient considérablement réduites, et entretenir correctement un hôpital était soudain devenu un exercice critique.

Tony ne raffolait pas de l'atmosphère des hôpitaux, de toute façon. Il avait passé trop de temps sans pouvoir rien faire allongé sur son lit après s'être fait rétamer sur la glace, mais il était quand même partant pour aller voir Stanley. Je sortis son fauteuil roulant posé sur la banquette arrière, l'ouvris, et aidai mon frère à s'extraire du siège pour s'installer dans le fauteuil. Je m'y prenais mal, mais Tony avait depuis longtemps dépassé l'époque où il se sentait gêné.

« Comment va ta jambe ? » me demanda-t-il.

J'avais un superbandage autour du genou, mais le tendon était encore sérieusement enflé et j'avais l'impression d'avoir un citron coincé derrière l'articulation. Je ne pouvais pas la plier et je ne pouvais pas du tout faire porter mon poids dessus. Ce qui ne m'empêchait pas de me sentir idiot, puisque c'était de ma faute.

« Tu n'aurais jamais dû tourner le dos à une femme, me dit Tony.

– Tu ne vas pas commencer.

– Ce n'est pas ce que je voulais dire, expliqua-t-il. Il ne s'agit pas de sexe, de féminin ou de masculin, ni du fait qu'elle puisse être elle-même une victime. Je voulais seulement dire qu'il ne faut jamais se fier à quiconque. »

Ce qu'il y a, avec les frères, c'est qu'on s'imagine qu'on est toujours en rivalité d'une manière ou d'une autre, mais ils arrivent invariablement à déjouer votre vigilance.

Nous passâmes les portes automatiques pour pénétrer dans le hall.

Stanley était au bout du couloir, dans une chambre particulière. Notre entrée fit sursauter Maria. Je me rendis compte qu'elle s'était assoupie, assise près du lit, et il lui fallut un moment avant de reprendre ses esprits.

Tony laissa libre cours à son charme. Il avait le don pour ça, n'avait pas besoin de faire d'effort, c'était naturel. Il fit rouler son fauteuil jusqu'à Maria, pas au point de l'envahir mais de façon à être présent. Je n'entendis pas ce qu'il lui dit, mais elle sourit courageusement et lui prit la main.

Stanley paraissait tout juste émerger, flottant dans un océan d'anti-douleur et parvenant à peine à tenir la tête hors de l'eau. J'eus l'impression qu'il commençait à sombrer. Il fit un effort pour concentrer son attention.

« Bonjour », lui dis-je en me penchant tout près pour qu'il me reconnaisse.

« Jack », fit-il d'une voix rauque à peine audible. « Qui c'est, qui t'accompagne ?

– Mon frère Tony. »

Il hocha la tête, sourit, battit des paupières et ferma les yeux.

« Ça m'a toujours fait plaisir que vous veniez, tous les deux, murmura-t-il. J'aimais bien avoir des gamins dans l'atelier. Ça me rappelait Stosh. C'est ce qui m'a maintenu en vie pendant la guerre, de savoir que j'avais un garçon qui m'attendait à la maison. »

Sa concentration le lâchait, les médicaments qui coulaient de la perfusion embrumant ses pensées. Il avait largué les amarres et dérivait vers le large.

« Le Miroir Bleu », marmonna-t-il d'une voix pâteuse.

Je crus avoir mal compris.

« Quoi ? » demandai-je, trop brusquement.

Tony avait entendu. Il pivota soudain.

Stanley était perdu dans une rêverie.

« C'est comme ça qu'on disait, pour parler de l'Adriatique », dit-il si bas que je dus me pencher au-dessus du lit.

« Le miroir bleu. Quand on allait bombarder la Roumanie. Avant qu'arrive le moment de s'inquiéter des avions de chasse. C'était beau, mais la surface était dure comme du fer quand un avion tombait. J'écrivais des lettres à mon fils dans ma tête, mais je les oubliais toujours le temps qu'on soit rentré. »

Je lançai un regard vers Tony.

« Je les oubliais toujours », murmura Stanley qui s'enfonça dans les oreillers, épuisé.

Je me redressai.

Tony attira mon attention et, un peu tard, j'allai présenter mes hommages à Maria. Je suis toujours mal à l'aise dans les situations où je dois faire comme si tout allait bien. Je suis saisi de claustrophobie et je cherche une issue pour m'enfuir. Tony nous sortit de là sans encombre, couvrant notre retraite.

À l'instant où nous passions la porte, Stanley reprit ses esprits, juste assez pour prononcer deux mots.

« Les abeilles », dit-il avant de replonger.

« Les abeilles ? » demandai-je à Tony.

Je le reconduisais chez lui et il était perdu dans ses pensées. Je me disais qu'il réfléchissait sombrement au caractère dérisoire de toute entreprise humaine et à Stanley en particulier, mais j'avais manqué une allusion alors que Tony l'avait saisie.

« Il y avait un type qui s'appelait Creek Fortier, tu te souviens ? » me demanda-il.

Alors *ça*, ça remontait à loin.

« Un grand costaud avec une barbe, style ours mal léché mais très timide au fond ? »

Tony hocha la tête.

« Il avait une Vincent 1000 CC, précisa-t-il.

– Exact, dis-je comme les détails commençaient à me revenir. Il passait au garage de Stanley de temps en temps, voir s'il ne pouvait pas récupérer des pièces. Je me souviens de sa moto, une Shadow ou une Lightning qu'il avait retapée. Pourquoi, qu'est-ce qui te fait penser à lui ?

– Il a fait le Vietnam avec Stosh, le fils de Stanley. »

Je ne voyais pas où Tony voulait en venir, mais j'étais prêt à le suivre.

« Fortier est revenu, mais pas Stan junior, dis-je. À quoi tu penses ?

– Je me demande si Creek Fortier n'a pas été une sorte de fils de substitution, dit Tony. Une manière pour Stanley de se raccrocher à Stosh.

– Un peu tiré par les cheveux, non ?

– Ben ouais, répondit Tony, mais je savais qu'il y avait quelque chose qui me trottait dans la tête et je n'arrivais pas à trouver ce que c'était. Le gamin, Andy, il devait avoir quatre ou cinq ans grand maximum, alors toi et moi, on était bien trop grands pour lui prêter la moindre attention, d'accord ? Il était dans nos pattes, on devait sûrement l'éviter comme la peste. »

Je m'étais dit la même chose en voyant Andy dans son bureau. Quand on est en troisième ou quatrième année de primaire, on ne veut pas d'un « bébé » qui s'accroche à ses basques.

« Mais moi, ce dont je me souviens, c'est ça, continua Tony. Creek Fortier avait toujours le temps de s'occuper d'Andy chaque fois qu'il passait par le garage de Stanley. On aurait dit qu'il était plus à l'aise avec un petit gosse qu'il ne l'était avec des adultes.

– Tu vois quelque chose de malsain, là ?

– Non, ce n'est pas à ça que je pense. Il y avait quelque chose de *simple*, chez lui, au vieux sens du terme, comme s'il était un peu retardé, mentalement.

– Un symptôme du stress post-traumatique ? » suggérai-je.

Tony acquiesça de la tête.

« Ouais, les bombes, le contrecoup des combats, tout ce que tu voudras. Stanley était toujours très protecteur, faisait attention à lui, le traitait avec douceur.

– Il pansait ses blessures, dis-je.

– Plus que ça, insista Tony. Je veux dire, il ne s'agit pas seulement d'être un bon chrétien. Nous savons l'un comme l'autre que Stanley est un type bien. Je pense qu'il s'est instauré ange gardien de Creek, il intercédait pour lui, payait ses dettes. En gros, il le déchargeait de tout, pour ainsi dire.

– Stanley a perdu un fils et Creek Fortier a fait office de remplaçant.

– Je n'y avais pas repensé depuis des années, dit Tony. Fortier avait une baraque en pleine cambrousse, pas loin de Pepperell ou de Townsend, près de la frontière avec le New Hampshire. Il réparait des motos, il faisait pousser ses légumes. Stanley disait que c'était un pionnier, qu'il n'était pas né au bon siècle.

– Tu as meilleure mémoire que moi, lui dis-je.

– C'est ce que Stanley a dit qui m'y a fait repenser.

– Quoi ?

– Creek Fortier élevait des abeilles. »

*

J'appelai le bureau de Ravenant pour lui poser quelques questions, mais Andy n'était pas là et Max Quinn ne s'était pas présenté de la journée. Je voulais parler à Max, au moins pour le remercier, mais je voulais d'abord savoir où je mettais les pieds parce que son attitude n'était pas très claire. Puis la standardiste me mit en attente et, quand quelqu'un prit le téléphone, ce fut Kitty Dwyer que j'eus au bout du fil.

« Comment ça s'est passé ? » me demanda-t-elle.

Je n'étais pas très sûr d'avoir envie de parler avec Kitty, pas plus qu'avec Max, mais on ne peut pas tout programmer à l'avance.

« Eh bien, il y a du bon et du mauvais », lui répondis-je en m'adaptant à la situation. « Je me suis un peu fait coincer les doigts dans une porte mais j'ai dû aller fouiller où il fallait. Je ne peux encore rien affirmer. Max m'a tiré d'un mauvais pas, en tout cas.

– *Max ?* Comment ça ?

– Ce sont des choses qui arrivent, lui dis-je. Il fallait être là.

– Vous voulez dire que vous ne souhaitez pas discuter de cela au téléphone ?

– Pour être franc, je veux dire que je ne suis pas prêt à me confier à vous, répondis-je.

– On prend un verre quand je sors du bureau ? »

J'hésitai puis décidai de me lancer.

« Entendu, fis-je.

– Le soleil est déjà passé sous la vergue du grand mât », remarqua Kitty.

C'était vrai. Je n'étais revenu en ville que vers trois heures de l'après-midi.

« Je crois que je comprends ce que vous voulez dire.

– Il est temps de fermer la boutique », dit-elle.

Nous nous retrouvâmes dans un bar du quartier des affaires, suffisamment rempli de silhouettes en costume marquant une halte avant de rentrer au bercail pour que notre présence n'attire pas l'attention, et dont le niveau sonore atteignait juste ce qui convenait pour empêcher des oreilles indiscrètes d'écouter une conversation privée. C'était un bon choix. Trop de gens pensent qu'une rencontre doit se dérouler dans un lieu désert ; bien au contraire. Kitty savait que la foule offre une meilleure protection et que le bruit ambiant brouille tout enregistrement clandestin.

« Alors ? » demanda-t-elle comme nous déposions nos verres sur une table dans un coin.

Je haussai les épaules.

« Disons que vous m'avez appâté et que j'ai mordu à l'hameçon, répondis-je. Je ne sais pas dans quelles proportions le cabinet Ravenant & Dwyer est impliqué, mais suffisamment pour que vous vous fassiez du souci. »

Elle n'argumenta pas.

« Je ne tiens pas à être rayée du barreau, me dit-elle, mais je ne veux pas mettre Andy en difficulté.

– Le choix se réduit à cela ?

– La plupart de nos choix sont guidés par nos propres intérêts.

– Cela peut se discuter, dis-je. Et Max ?

– Eh bien ?

– Comment l'avez-vous recruté, pour commencer ?

– Il nous a été recommandé par les pros. Il avait de bons contacts.

– De l'intérieur, c'est ça ?

– Il a beaucoup de références positives à son actif.

– Les flics et les privés ne s'entendent pas si bien que ça, en général, remarquai-je. D'un autre côté, parmi les privés, il y a beaucoup d'anciens flics.

– C'est une grande famille.

– A-t-il quitté la police parce que des soupçons planaient sur lui ?

– Que voulez-vous dire ?

– Vous le savez très bien, ce que je veux dire, Kitty. A-t-il pris une retraite anticipée ? Faisait-il l'objet d'une enquête de la police des polices ? A-t-il pris quelques libertés ? Autre chose ? »

Elle leva les yeux au ciel.

« Max est un cas à part, dit-elle. Il a eu beaucoup de missions d'infiltration, de démantèlement de réseaux de drogue, corruption, pots-de-vin, tout ce que vous voudrez. Il s'est fait des ennemis. Par ailleurs il a réussi de belles arrestations, débouchant sur des condamnations. Andy était un avocat commis d'office, souvenez-vous, mais il avait beaucoup de respect pour Max. »

Je comprenais ce qu'elle voulait dire. Un avocat commis d'office savait détecter d'instinct un flic pourri.

« Andy connaissait Max depuis longtemps ?

– Bien sûr. »

J'essayais de trouver une adéquation, mais je me perdais dans mes calculs.

« Qu'est-ce qui vous chagrine exactement, Jack ? me demanda Kitty.

– C'est Max qui m'a orienté vers les motards, et ensuite il s'est trouvé là pour sauver ma peau quand je me suis fichu dans le pétrin. »

Elle n'avait pas besoin de demander dans quel genre de pétrin je m'étais fourré.

« Où est le problème ? Il se sert de vous pour faire écran ? Nous défendons deux gamins accusés de trafiquer. Si on peut démontrer qu'il y a eu manœuvres d'intimidation, pressions exercées sur des témoins et tout le tralala, on arrivera peut-être à leur obtenir une peine moins lourde. Max Quinn fait son boulot, c'est tout.

– Qui essayez-vous de convaincre ? lui demandai-je. Vous n'en êtes pas à la récapitulation devant un jury. »

Elle n'avait pas touché à sa consommation. Elle jouait avec le pied de son verre.

« Je ne comprends pas très bien non plus, reconnut-elle.

– Alors, à quoi il joue ?

– Ah, bon sang, Jack, arrêtez de m'énerver, lança-t-elle dans un accès de fureur. Vous savez très bien ce qu'il fabrique et il se fout pas mal de savoir si ça doit tous nous faire tomber. »

J'étais stupéfait d'une telle véhémence et m'aperçus qu'elle avait des larmes au coin des yeux. Et je ne pensais pas qu'elle me faisait un numéro, sûrement pas.

Elle déglutit, ravalant son chagrin.

« Max se sert de *vous* ? À votre avis, quel effet cela me fait-il, à *moi* ? » m'interrogea-t-elle.

Probablement celui d'être une merde, pensai-je.

« C'est perturbant, dis-je.

– Vous n'êtes pas d'un grand secours », dit Kitty en se frottant les yeux avec colère sur sa manche.

Jusqu'à cet instant, cela n'avait pas été dans mes intentions.

« Les choses ne vont pas dans le sens que j'avais espéré, murmura-t-elle.

– Moi non plus.

– Eh bien, voilà qui me soulage un peu. »

Je ne sus comment interpréter cette remarque.

« Vous voulez que je sois absolument explicite, n'est-ce pas ? D'accord. Vous pensez que Max utilise ses fonctions auprès de Ravenant & Dwyer pour servir ses propres desseins. C'est également mon avis. Il réunit des renseignements déposés au cabinet, concernant *nos* clients, pour obtenir des preuves contre Chip McGill au bénéfice de la police de l'État. Ça ne tiendra jamais la route devant le tribunal, si ça arrive jusque-là, parce que l'origine de ces preuves serait douteuse, ce qui les rendrait irrecevables, mais il peut les coincer, tous, McGill et les motards, et la police de l'État peut dire au juge que nous avons une source confidentielle, quelqu'un du milieu, et le juge ne trouvera rien à redire.

– Mais Max en sait long sur eux ?
– Pas assez, de toute évidence. C'est là que vous intervenez.
– Mandaté par le cabinet Ravenant & Dwyer.
– Ce qui pourrait nous faire gicler tous les deux, Andy et moi. »
J'avais compris. Comment plaider l'inadvertance ? Il serait question soit de malhonnêteté soit d'incompétence.
Kitty soupira.
« Une situation où on ne peut que perdre, dit-elle.
– On dirait. Max a mis tous les atouts de son côté. Mais quand bien même tout cela serait vrai, quelle prise a-t-il sur Andy ? Ou suggéreriez-vous qu'Andy puisse être de mèche depuis le début, qu'il soit complice ?
– Non, ça je ne le crois pas.
– Vous ne le croyez pas ou vous n'arrivez pas à le croire ? »
Elle réfléchit un moment.
« Non, ce ne sont pas des vœux pieux, dit-elle enfin, je ne le crois pas parce que ce n'est pas dans le caractère d'Andy. Cela va à l'encontre de ce à quoi il croit. La pratique du droit relève du système contradictoire, pourtant avec l'espoir que, dans l'ensemble, on atteigne un équilibre.
– D'accord. »
Je n'avais pas dû lui sembler très convaincu.
« Jack, expliqua-t-elle, Andy Ravenant est un type intègre. Pas un boy-scout, mais quelqu'un qui a un grand respect de la loi, pour imparfaite qu'elle soit. Et dans notre profession c'est autant une faiblesse qu'une force. L'important, c'est qu'il n'aurait pas recours à des moyens illégaux même s'ils devaient servir une fin souhaitable.
– D'accord, répétai-je, en souriant cette fois. Il faut que nous soyons bien sûrs de parler de la même

chose, là. Nous pensons l'un et l'autre que Max voit en McGill une cible utile, car en aidant la criminelle à le mettre hors circuit, il se retrouverait dans les petits papiers du procureur général et de la grande famille de la police. Le fait que vous, vous défendiez deux gamins qu'on pourrait persuader de dénoncer McGill, ça donne à Max une approche plausible, et le fait que le grand-père d'Andy soit concerné accentue les possibilités de pression, même si vous ne pensez pas qu'Andy acceptera.

– Je *sais* qu'il ne se laissera pas faire », affirma Kitty.

Je ne partageais pas tout à fait son assurance mais ne fis pas de commentaire.

« Andy est-il mandaté pour représenter son grand-père ? lui demandai-je.

– Je ne pourrais pas vous répondre, même si je le savais. Pourquoi ?

– Stanley est dans un service de soins intensifs. Il est peut-être en train de passer l'arme à gauche.

– Oh mon Dieu ! dit-elle, sous le choc. C'est pour ça qu'Andy n'est pas au bureau. Il aurait dû m'en parler. »

La raison de son silence m'apparut immédiatement et Kitty comprit presque aussitôt.

« Il ne voulait pas que Max soit au courant », dit-elle en levant les yeux vers moi.

J'étais déjà debout, sortant mon portefeuille. Je posai un billet de dix dollars sur la table et mis mon verre dessus.

Lorsque je me dirigeai vers la porte, elle m'emboîta le pas.

« Qu'est-ce qu'il y a ? m'interrogea-t-elle en me rattrapant sur le trottoir.

– Je ne crois pas qu'Andy soit à l'hôpital auprès de Stanley. Vous avez un portable ? »

Elle le sortit de son sac pendant que nous nous dirigions vers ma voiture. J'ouvris la portière du passager et Kitty monta, puis elle se pencha pour déverrouiller la porte du conducteur tandis que je contournais mon véhicule en boitant.

« Je ne connais pas le numéro, dis-je en m'installant au volant. L'hôpital se trouve à Ayer. Essayez de voir si on peut vous passer le service des admissions. »

Kitty appelait déjà les renseignements.

Je me glissai parmi les voitures et mis le cap sur la voie express. Le moment était mal choisi, nous allions tomber en pleine heure de pointe sur tous les accès à Mystic Bridge, mais je me dis que O'Brien puis McGrath constituaient le meilleur itinéraire pour rejoindre la Route 2. C'était la route que j'avais empruntée le matin même avec Tony.

« Vous voulez savoir si Andy est là-bas ? me demanda-t-elle.

– On peut toujours se renseigner, fis-je en traversant un carrefour, mais je veux surtout qu'ils me disent où les secours d'urgence ont récupéré Stanley. Si vous pouvez leur demander d'expliquer comment s'y rendre, c'est encore mieux. »

La Central Artery était complètement bloquée. J'avançai centimètre par centimètre jusqu'à ce que je puisse prendre la sortie de Storrow Drive.

« L'unique personne venue voir Stanley, c'est sa femme », me dit Kitty en couvrant brièvement le téléphone avec sa main.

Je l'entendis raconter à l'infirmière de service qu'elle était experte en assurances et qu'elle vérifiait le temps écoulé et la distance parcourue concernant cet appel d'urgence.

« Très bien », dit-elle en écoutant et en écrivant tout sur un bloc-notes.

Elle raccrocha en remerciant.

« Pepperell », annonça Kitty. C'était là qu'ils étaient allés chercher Stanley. « C'était les pompiers volontaires, ils ont des ambulances. J'ai déjà leur numéro, vous voulez que je les appelle ? »

J'aurais dû me douter que Stanley ne faisait pas une simple balade. Il allait rendre visite à l'apiculteur.

« Appelez d'abord mon frère », lui dis-je.

Je lui donnai le numéro de Tony.

Elle commença à lui expliquer qui elle était quand il répondit. Je l'interrompis avec impatience :

« Demandez-lui comment on se démerde pour trouver Creek Fortier. Dites-lui que je me suis planté et qu'on est à la bourre.

– Il vous a entendu », me dit Kitty tout en écoutant Tony.

Puis elle rit.

« Vous avez tout à fait raison », dit-elle au téléphone.

Nous avions dépassé le tréteau du pont de chemin de fer de Magazine Street, et nous nous approchions de Soldiers Field Road et de Eliot Bridge. Je n'arrêtai pas de changer de file, slalomant dès que c'était possible, laissant derrière moi des banlieusards exaspérés qui me faisaient des gestes obscènes.

« Il va nous préparer ça », dit Kitty en s'adressant à moi d'une voix exagérément calme, comme si elle parlait à un chaton qui s'était aventuré sur une corniche. « Tony voudrait savoir dans combien de temps vous pensez que nous serons là-bas, si nous survivons à cette équipée ?

– Trois quarts d'heure, une heure, si nous avons de la chance. »

Je levai un peu le pied de l'accélérateur.

« Dites-lui plutôt une heure et demie. »

C'était une forme d'excuse que je présentai à Kitty pour m'être montré aussi fruste.

« D'accord, fit-elle en refermant le portable. Il vous dit de rester cool, Jack.

– J'y travaille », répondis-je, mais j'étais noué par le malaise et par l'intuition qu'il fallait faire vite.

*

Mon frère faisait régulièrement appel à une société de Lexington pour ses déplacements. Ils avaient des camionnettes accessibles aux handicapés ainsi qu'une flotte de taxis qui couvraient un réseau de banlieue s'étendant au-delà de la Route 128 et qui complétaient les services des bus scolaires, prenant des passagers là où il n'y avait pas d'arrêt prévu. Si on habitait trop loin des sentiers battus, ou si on avait un enfant avec des besoins particuliers que les transports courants ne pouvaient prendre en charge, les taxis de Tony vous véhiculaient et les frais tarifés au kilomètre étaient payés par l'État. Leurs opérateurs connaissaient toutes les routes secondaires du comté du Middlesex, y compris celles de ce coin démuni qui n'était pas desservi par la 495. Tony nous communiquait l'itinéraire.

« Stanley dépanne Creek Fortier depuis le Vietnam, expliquai-je à Kitty. Il lui a prêté de l'argent en sachant très bien qu'il ne le rembourserait jamais, il lui a donné des outils, il l'a maintenu à flot. Je n'insinue pas que Fortier profite de lui, mais Stanley est une proie facile parce que Creek constituait un lien avec son fils décédé, quelque chose que Stanley ne pouvait se résoudre à lâcher. À mon avis, Stanley a cosigné un emprunt pour acheter la maison qu'occupe Creek, et quand il n'a pas pu honorer les remboursements, Stanley a pris le titre de propriété à son nom ou quelque chose comme ça. Creek est un peu attardé, il paraît. Ou du moins plutôt mal adapté, ce que Stanley ne considérerait jamais comme un inconvénient. Et il n'aurait jamais voulu que Creek perde cette maison. Il avait dû le dire à

Andy pour être sûr que le terrain soit bien transféré au nom de Creek, mais il ne lui a pas tout révélé, à Andy, à savoir qu'il n'a plus que quelques mois à vivre. Andy a eu envie d'en savoir plus. »

Je lui lançai un regard.

« Je suppose que c'est une déformation professionnelle. En plus, on n'a pas envie de voir son grand-père s'engager dans des transactions risquées alors qu'il prend de l'âge. C'est pour ça que Chip McGill est venu intimider Stanley. Il a cru qu'Andy essayait de le faire gicler, parce que, comme tout paranoïaque, il a cru à une conspiration.

– Alors que c'est tout simplement un problème de communication, suggéra Kitty.

– Alors que tout simplement Stanley essaye de protéger ce type.

– Des rigueurs de l'âge moderne.

– Ouais, moi je dirais que Creek Fortier s'est fait avoir dans les grandes largeurs par l'âge moderne, répondis-je. Je pense qu'il faut chercher du côté des motards. Du moment qu'on lui fiche la paix et qu'on le laisse construire ses motos et élever ses abeilles, il n'en a rien à faire, du vingt et unième siècle. Stanley l'avait mis à l'abri du monde extérieur, mais une fois qu'il aurait disparu, Creek se serait retrouvé tout seul. S'il n'y a pas pensé lui-même, on a pu le lui glisser à l'oreille.

– Chip McGill », dit-elle, plus rapide que moi.

J'appuyai sur l'accélérateur pour dépasser un petit camion chargé de pierres sèches. Kitty enfonça les pieds dans le plancher lorsque je réintégrai brusquement notre file.

« Creek faisait partie du goupe de motards, lui dis-je. Je ne veux pas dire par là qu'il était membre actif d'un club de hors-la-loi, mais ces abrutis, ils se connaissent tous. Le bouche à oreille fonctionne. Alors un Disciple se pointe, histoire de parler motos, et c'est supersympa. Le type entrevoit un filon : un ermite marginal fana de motos, qui vit loin du monde, pas un voisin en vue. Un genre de révolté contre l'ère industrielle, même, sauf dès qu'il s'agit de régler des moteurs de bécanes.

– C'est-à-dire que c'est son unique rapport à la collectivité ?

– Exactement. Et les Disciples le persuadent qu'il a intérêt à se diversifier, à élargir ses horizons.

– Ce qui veut dire ?

– À vivre mieux grâce à la chimie. »

Son portable sonna. C'était Tony. J'avais ralenti en entrant dans Groton. Kitty, le téléphone à l'oreille, me montra une petite route qui partait vers le nord, le long de la Nashua, un affluent de la Merrimack. L'étroit ruban de bitume épousait le profil des flancs de collines qui constituaient la ligne de partage des eaux avant de traverser la rivière sur un pont couvert et de plonger vers le pied du village.

Pepperell est l'un de ces nombreux hameaux que le temps a oubliés quand les usines ont fermé. C'était comme si les eaux d'une terrible inondation étaient venues clapoter au seuil de ses maisons avant de se retirer en le laissant complètement aride. C'était une ville de sécheresse, effectivement : pas moyen d'acheter la moindre goutte d'alcool.

« Compris », dit Kitty au téléphone en me lançant un regard. « Nous traversons la ville, dépassons l'école élémentaire et, arrivés à une fourche, là où il y a l'Église congrégationaliste, il faut prendre à droite », annonça-t-elle.

Je suivis ses instructions.

« Bald Hill Road, dit-elle. C'est ça. »

Elle se tourna vers moi.

« La connexion commence à être hachée, dit-elle. Nous ne sommes plus couverts par les émetteurs. »

Les balises de portables se chevauchent, mais nous étions dans une zone sans réception.

« Je ne vous entends plus bien, dit Kitty à Tony. Comment ? »

Elle écouta, le fit répéter une troisième fois, puis coupa la communication.

« Nous devons chercher une petite rue qui part vers la gauche, me dit-elle. Une route qui n'est pas goudronnée, mais nivelée. Il devrait y avoir des écuries et un manège au bout de huit cents mètres environ. Après il faut continuer pendant quinze cents mètres jusqu'à une clôture, un chemin de terre et une sorte de cabane. Je n'ai pas très bien entendu à partir de là, mais j'ai fait de mon mieux. »

Nous tournâmes là où nous pensions que nous devions le faire, et au bout de huit cents mètres, nous dépassâmes les écuries. Il n'y avait personne. Au bout de deux kilomètres au compteur, nous vîmes un petit appentis adossé à une clôture. À l'intérieur de cet appentis se trouvait une étagère avec des pots de miel à vendre et une boîte de café où on laissait l'argent, suivant un principe de confiance. Le terrain était densément boisé, donc on ne pouvait pas apercevoir la maison depuis cette route. Je roulai doucement et m'arrêtai au bout d'une centaine de mètres.

« Vous pensez continuer à pied ? me demanda Kitty.

– C'est l'idée, oui, répondis-je.

– Et c'est maintenant que vous me dites d'attendre ici, c'est ça ? Avec un portable qui ne marche pas et pas la moindre idée de ce qui se passe. »

J'avais déjà compris que je n'aurais pas dû l'emmener, mais elle avait raison.

« Vous n'avez pas peur des armes ? lui demandai-je.

– Pas plus qu'une autre. »

Je sortis le Smith, vérifiai le chargeur et le glissai dans ma ceinture de pantalon, dans le dos. Sous le siège, je pris le pistolet 9 mm en le dégageant de son attache. J'actionnai la glissière, mis la sécurité, le tendis à Kitty.

« Visez, enlevez la sécurité et appuyez sur la détente », dis-je en lui montrant comment faire. « Ne tirez que s'ils sont près, que si vous pouvez les toucher en pleine poitrine, que s'il n'y a aucun risque de les manquer. »

Elle hocha la tête et prit l'arme.

« Combat 9 mm, double action, double chargeur pre-Brady [1], treize cartouches. J'ai un permis de port d'arme cachée, Jack. Désolée, j'ai oublié mon pistolet dans mon autre pantalon. »

J'allais lui faire remarquer qu'elle ne portait pas de pantalon mais un tailleur avec une jupe qui laissait voir ses jambes, mais je me dis que je m'étais déjà suffisamment discrédité. Elle glissa le 9 mm dans la ceinture de sa jupe, sous sa veste, dans son dos, tout comme j'avais fait.

« À quoi peut-on s'attendre ? me demanda-t-elle.

– Peut-être simplement à un ancien du Vietnam émotionnellement perturbé, répondis-je. Peut-être à votre associé, venu le prévenir... » Je levai la main quand Kitty ouvrit la bouche pour protester. « Ou venu lui expliquer la situation. Mais nous pourrions aussi être sur le point de plonger en eau profonde et de nous retrouver au milieu des tueurs. Vous êtes prête à affronter ça ?

– Non.

– Moi non plus, dis-je après un soupir.

– Autant y aller tout de suite, alors. Attendre ne nous rendra pas les choses plus faciles. »

1. James S. Brady, ancien porte-parole de la Maison Blanche, paralysé depuis qu'une balle destinée à Ronald Reagan l'a atteint à la tête en 1981. Après une longue lutte, il a fait voter en 1994 une loi concernant le contrôle des ventes d'armes à feu.

Nous descendîmes de voiture dans les dernières lueurs de la fin d'après-midi. Le bourdonnement des insectes montait de l'herbe et un chant d'oiseau se fit entendre non loin de nous. Nous regagnâmes le début du chemin qui menait chez Creek Fortier et commençâmes à le remonter. Les érables avaient changé de couleur, leurs feuilles étaient rouges ou bronze, les peupliers jaune citron, les bouleaux d'un or poussiéreux. Le silence régnait sous les arbres. Les feuilles dégageaient une odeur sèche et épicée.

Le chemin s'ouvrait sur une prairie et nous nous arrêtâmes à l'orée du bois. Il y avait une petite ferme en bardeaux et un atelier en dur sur l'arrière. Et derrière ces bâtiments s'étendait un verger de pommiers, à l'abandon mais avec des ruches éparpillées entre les arbres, des caisses carrées posées sur des socles ; c'était un verger pour les abeilles, pas pour les pommes. Des fruits jonchaient le sol, où ils fermentaient.

« Est-ce que les abeilles hibernent ? demanda Kitty.

– Je crois qu'elles ont un long sommeil hivernal, à moins qu'elles ne meurent. Peut-être qu'il faut les rentrer, comme les plants de tomate ou les géraniums.

– Vous êtes un vrai jardinier », dit-elle en souriant.

Je considérais l'espace à découvert que nous devions franchir. Nous allions être exposés au regard de quiconque se trouvait dans la maison, si on nous guettait. Il y avait deux grosses motos sur l'arrière près de l'atelier, et trois voitures : une GTO, une vraie antiquité ; une vieille Ford de 53 ; une Audi toute neuve.

« C'est sa voiture, l'Audi, souffla Kitty.

– Celle d'Andy ? »

Elle acquiesça de la tête.

Je relâchai mon souffle en essayant de réfléchir.

« Des suggestions ? interrogea Kitty.

– Des tonnes, fis-je.

– Qu'est-ce qui m'empêche d'aller là-bas, tout simplement ?

– Et qu'est-ce que vous allez leur raconter ? »

Elle haussa les épaules.

« Je suis juste une idiote de cadre travaillant dans une entreprise de Boston, dit-elle. Je suis venue admirer les feuilles et leurs belles couleurs.

– Andy ne risque pas de vous trahir, si vous leur tombez dessus comme ça sans prévenir ?

– Andy est avocat, un bon avocat, répondit-elle. Il sait improviser. »

Je n'avais rien de mieux à proposer.

« Vous contournez les lieux par le flanc », fit Kitty avant de se lancer.

Par le flanc ? me dis-je. On aurait dit un sergent de section. Je la laissai avancer à découvert où on pouvait la repérer et je commençai à contourner la prairie en restant à couvert sous les arbres.

Parvenue à mi-chemin de la maison, Kitty s'arrêta une seconde, se baissa pour remettre son talon ou ôter un caillou de sa chaussure. Elle ne regarda pas dans ma direction.

Je me figeai sur place en me demandant si elle essayait de m'envoyer un signal, mais je ne remarquai rien de changé. Tout était parfaitement silencieux, à l'exception de quelques cigales de fin d'été qui craquetaient dans les herbes hautes, dans la chaleur et la torpeur de l'air.

Kitty poursuivit son chemin, s'approchant de la maison apparemment sans appréhension, comme quelqu'un qui serait tombé en panne d'essence et voudrait téléphoner.

J'avais arrêté mon trajet en arc de cercle et je la regardais.

Elle gravit les marches qui menaient à la véranda et regarda par les fenêtres, puis elle se dirigea vers l'arrière, vers l'atelier.

J'attendis de voir s'il se passait quelque chose, mais rien ne se produisit.

Kitty revint sur le devant de la maison et fit le geste de hausser les épaules, les mains tournées vers le ciel. Je traversai la prairie en boitillant et en ménageant ma jambe endolorie.

« Y a person qui répond », fit-elle.

Le soleil venait de disparaître derrière la cime des arbres et la lumière avait pris des reflets métalliques, vifs et cuivrés. Une légère brise soulevait les feuilles des érables. Il y avait l'odeur de l'eau, qui provenait d'une rivière ou d'une source proche, et autre chose encore, qui n'était pas une odeur âcre, mais désagréable, comme de l'ammoniaque.

« Qu'est-ce que c'est que ça ? demanda Kitty en humant le vent. On dirait du dissolvant de vernis à ongles.

– C'est de l'acétone », répondis-je.

Ce n'était pas très fort, cependant. D'après ce que m'avait raconté Frank Dugan sur la préparation de la meth, je m'étais attendu à une odeur bien plus intense.

« Donc, ils sont ici », conclut-elle.

Pensait-elle toujours qu'Andy était un spectateur innocent ?

Je ne formulai pas ma question.

Nous avançâmes dans le verger, avec précaution.

« Les abeilles défendent-elles leur territoire ? me demanda Kitty.

– Je ne sais pas, répondis-je. C'est un insecte social, attaché à sa ruche. Elles tuent les intrus, mais les apiculteurs travaillent tout le temps parmi elles et ne se font pas piquer. »

J'aurais aimé être sûr de ce que je racontais. Les abeilles étaient partout sous les pommiers mais elles semblaient fonctionner au ralenti, elles rentraient parce que la nuit tombait. On pouvait les éloigner d'un geste, doucement, et elles poursuivaient leur chemin. Nous n'étions guère plus que des objets sur leur route, et elles nous contournaient. Il n'y avait pas d'agressivité dans leur comportement.

« Jack », fit Kitty en s'arrêtant net.

À l'écart du chemin, à quelques arbres de nous, une nuée d'abeilles tournaient de manière désordonnée, sans objectif apparent, s'élevant comme un nuage puis redescendant, tels des papillons de nuit. C'était insolite.

Je me courbai pour passer sous les branches et m'approcher. Les abeilles étaient nerveuses et leurs réactions imprévisibles. Je ne tenais pas à les énerver davantage.

Il était allongé par terre de tout son long, les yeux rivés sur le ciel. Je ne l'avais pas vu depuis plus de vingt ans mais je reconnus Creek Fortier. Les abeilles se posaient sur lui dans un rythme incessant, le tirant presque par les cheveux, les vêtements. Je n'avais jamais rien vu de semblable. Je n'affirmerais pas qu'elles avaient l'intelligence ou la fidélité d'un chien, mais le fait était là. Elles semblaient essayer de le convaincre de se relever. Comme il avait l'arrière du crâne pulvérisé, je me dis qu'il n'allait pas être à la hauteur de la situation.

Je revins sur mes pas.

« Nous avons de gros ennuis, murmurai-je à Kitty.

– Qui est-ce ? demanda-t-elle.

– Ce n'est pas Andy, c'est Creek. »

Elle parut soulagée.

« Nous ferions mieux de retourner à la voiture et d'aller chercher des renforts en ville, déclarai-je.

– Pas si Andy est là, répliqua-t-elle.

– Cette affaire nous dépasse.

– Vous peut-être », fit-elle en s'éloignant.

Après le verger, le terrain descendait en pente douce vers un ruisseau, bordé de peupliers et de bouleaux. Nous avançâmes jusqu'à un bouquet d'arbres sur notre gauche puis il nous fallut descendre la pente pour atteindre l'eau. De là, nous progressâmes en aval, restant le plus possible à couvert, et trouvâmes ce que nous cherchions.

« Comme pour l'alcool de contrebande », me souffla Kitty.

C'était une petite cabane construite sur un ponton au-dessus du ruisseau, avec un circuit de tubes en extérieur qui montaient vers une hotte placée sur le toit et un enchevêtrement de tuyaux de cuivre qui plongeaient sous la surface. C'était une distillerie, en effet, pour condenser et filtrer les déchets, et en atténuer l'odeur. L'œuvre de Creek, me dis-je.

« Un génie, dans son genre », observa Kitty.

Je hochai la tête.

« Mais pourquoi l'ont-ils tué ? demandai-je.

– Ils ferment boutique. »

Ce qui était logique si l'opération était compromise, mais comment pouvaient-ils en être sûrs ?

Nous poursuivîmes notre approche peu à peu, deux-trois pas, accroupis, deux-trois pas, accroupis, en essayant de faire le moins de bruit possible. Le clapotis du courant, dans le lit de la rivière, était suffisamment fort pour qu'on ne nous entende pas. Lorsque nous fûmes près de la petite construction, nous allâmes nous tapir contre la paroi de contreplaqué sans fenêtre. Personne n'avait donné l'alarme.

Ceux qui étaient à l'intérieur ne guettaient pas les intrus. Ils étaient trop occupés à autre chose. Il y eut un murmure de voix indistinctes suivi d'un gémissement involontaire et une respiration hachée, haletante. Cela ressemblait fort à un interrogatoire, un interrogatoire douloureux.

Kitty et moi eûmes probablement la même pensée au même moment : Andy subissait des tortures.

Toujours baissés, nous dépassâmes le coin de la cabane pour aller prendre position de part et d'autre de la porte en planche, revolver à la main, armé, cran de sécurité ôté, les doigts reposant sur le pontet. Un nouveau gémissement de douleur résonna.

Je fis un signe de tête à Kitty, reculai et ouvris la porte d'un coup de pied. Nous fûmes à l'intérieur avant que quiconque n'ait eu le temps de réagir.

Tout s'arrêta pendant environ trois longues secondes, nous étions tous sous le coup de la surprise.

Trois types, dont un était attaché à une chaise. Le type qui était attaché portait des traces de coups et des ecchymoses, mais ce n'était pas Andy. C'était le motard roux rencontré à Charlestown. Andy se tenait derrière lui, des tenailles ensanglantées à la main. Le troisième était devant la chaise, à moitié accroupi, et il nous regardait par-dessus son épaule. Je compris que c'était Chip McGill.

Il arrive que les événements se déroulent au ralenti, comme s'ils avaient lieu sous l'eau, mais là, les choses furent soudaines et brusques. McGill se releva brusquement, un automatique en acier dans la main droite. C'était un acte incroyablement stupide de sa part et il commit la même erreur que moi derrière le Miroir Bleu, il ne regarda pas la fille. Kitty lui logea deux balles dans la poitrine avec le 9 mm, lui laissant deux trous qu'on aurait pu cacher avec une seule pièce de vingt-cinq cents. Il était mort avant de s'écrouler au sol.

Andy fit un bond en arrière et Kitty pointa son arme sur lui. Je crus une seconde qu'elle allait l'abattre, lui aussi.

« Oh, mon Dieu, Kitty, regarde ce qu'il m'a obligé à faire », glapit Andy en laissant tomber les tenailles.

Kitty n'était pas dupe.

« La ferme, fit-elle d'une voix lasse. Ne me donne pas de raison supplémentaire de te détester. »

Mais au moins elle abaissa son arme.

Le Rouquin avait les poignets attachés derrière le dos avec du fil de fer et je dus me servir des tenailles pour le délivrer. J'essayais de ne pas penser aux autres usages qu'ils en avaient fait.

« Lutte anti-drogue », dit-il d'une voix brisée tout en se frottant les mains pour rétablir la circulation. « En mission d'infiltration pour la police de l'État. »

Eh bien, au moins, il avait retiré mon revolver des mains de l'accro aux amphètes avant qu'elle ait pu me tuer avec. Je ne l'avais pas oublié.

Nous reprîmes le chemin de la maison. Le Rouquin avait besoin de mon aide, ce qui ne me parut guère étonnant. Il était en piteux état. Kitty semblait hébétée, elle aussi, ce qui ne me parut guère étonnant non plus. C'était une réaction différée après avoir abattu McGill. On ne s'en remet pas si facilement.

Nous n'avions pas encore atteint le verger quand Andy se mit en tête de s'échapper. Tout d'un coup il démarra à fond de train, levant les jambes dans les herbes hautes, attaquant la pente. Aucun de nous n'avait l'énergie de le poursuivre et ça ne servait à rien de lui tirer dessus. Jusqu'où pouvait-il aller, de toute façon ? Il croyait peut-être pouvoir courir plus vite que son déshonneur, que sa vie en ruines.

« Andy », lui cria Kitty, épuisée.

Mais il ne se retourna pas. Il fonçait à corps perdu dans le verger, fouettant l'air de ses bras pour éloigner les abeilles qu'il venait d'énerver.

« Oh mon Dieu », murmura Kitty.

Je ne compris pas très bien ce qui se passait. Je vis Andy trébucher, se relever, trébucher de nouveau et rester à terre.

Kitty s'était immobilisée, pétrifiée sur place.

Andy parvint à se remettre debout, et ses cris de colère se transformèrent en gémissements de terreur. Autour de lui, l'air était noir d'insectes, les abeilles s'étaient posées sur lui comme un tapis, si nombreuses qu'elles masquaient sa silhouette. Il tomba une dernière fois et ne se releva pas.

Le fracas des abeilles s'estompa dans le crépuscule grandissant et le bruissement d'une légère brise effleura les érables.

Nous contournâmes le verger en décrivant un large cercle, en silence. Si, parmi nous, certains agitaient des pensées, nul n'en fit état.

*

Stanley mourut deux jours plus tard. Il était tombé dans le coma et n'avait pas repris conscience. C'était peut-être mieux ainsi, puisque cela lui évitait d'apprendre la vérité sur son petit-fils.

Andy avait très vite prélevé sa part du trafic de McGill quand Creek Fortier était venu lui demander conseil, n'osant pas aborder ce sujet avec Stanley. J'avais deviné juste au moins là-dessus. Stanley détenait l'acte de propriété du terrain de Creek, avec l'intention de demander à Andy de l'administrer par fidéicommis. Là où je m'étais trompé, c'était sur la raison pour laquelle Chip McGill s'en était pris à Stanley. C'était une question d'assurance, tout simplement, au cas où Andy n'aurait pas le cran d'aller jusqu'au bout. McGill réfléchissait comme une brute, ce qu'il était. Ce que tout le monde ne comprit que par la suite, c'était qu'Andy avait déjà décidé de se débarrasser de McGill. Si les Disciples trouvaient que McGill était un poids mort, ils l'effaceraient pour assurer leur protection. Andy avait juste besoin d'une histoire crédible, quelque chose qui serait bien accepté par l'opinion, et il l'avait trouvée grâce à l'affaire sur laquelle il travaillait, les petits jeunes qui avaient acheté de la came à McGill. Si le bruit circulait qu'ils allaient passer un marché avec l'accusation en le balançant, c'était un homme mort. Malgré la réputation qu'il avait, on ne lui ferait pas de cadeau.

Pourquoi Andy avait-il mal tourné ? Peut-être qu'on avait fini par lui offrir le prix qu'il fallait, mais cela n'expliquait pas vraiment tout. Kitty Dwyer avait cru en lui jusqu'au moment où elle l'avait vu avec les tenailles à la main.

Et voilà où mes réflexions m'ont mené. Andy avait fini par en avoir assez de faire ce que les autres attendaient de lui. Il avait franchi la ligne parce que la ligne était là. On dit, dans le métier, que le dealer vous fait toujours cadeau de la première ligne.

*

Et puis il y avait Max Quinn.

Je savais que Kitty avait mis un terme à son contrat avec Ravenant & Dwyer, et une coïncidence malheureuse voulut que je le rencontre deux jours plus tard, alors qu'il emportait ses dossiers après avoir vidé son bureau. J'étais venu chercher Kitty pour aller déjeuner.

Max posa le carton qu'il portait sur le capot d'un break garé dans la zone de livraison et me dévisagea avec un regard venimeux.

« Tu m'as bien cassé, mon pote », dit-il avec un sourire.

C'était un sourire faux.

« Ce n'était pas mon intention.

– Eh bien, Dieu nous préserve des bonnes intentions », dit Max.

Il s'appuya contre le véhicule et posa les coudes sur le carton.

« Il vous arrive de prendre le temps de réfléchir et de vous dire que je tenais ces vermines dans le creux de ma main, que j'étais prêt à refermer le poing ? J'aurais pu avoir tous ces salauds sans exception et vous, qu'est-ce que vous avez à présenter en fin de compte ? Chip McGill à la morgue et un avocat mort. »

Il haussa les épaules.

« C'est sûr qu'un avocat mort, c'est pas le pire. C'est un lot, faut prendre le tout. »

Il me refit son sourire de crocodile.

« Je ne discute pas, lui dis-je. Mais nos intérêts étaient différents. Vous travailliez sur cette affaire à des fins personnelles. Mon client voulait déboucher sur autre chose. »

Il eut un petit rire narquois.

« Votre *client* ? Seigneur, j'y crois pas. Votre client est *mort*, bon Dieu de merde. Il avait déjà un pied dans la tombe quand il vous a engagé. Vous auriez dû faire preuve de courtoisie professionnelle à mon égard, pour commencer. Sans parler du fait que je vous ai évité une belle raclée.

– Je ne l'oublie pas, dis-je.

– Moi non plus.

– Vous aviez des comptes à régler et vous cherchiez à gagner des pions pour pouvoir rentrer dans la partie.

– C'est ça, que vous croyez ? fit-il en secouant la tête. Espèce de pauvre con.

– Ça suffit comme ça.

– J'ai des comptes à régler, ça oui, dit-il d'une voix rauque. Vous voulez savoir de quoi il s'agit ? Ma fille Olivia est morte à cause des amphétamines. Overdose. Et ces motards sont dans la rue où ils fourguent en toute liberté de la méthamphétamine coupée avec de la mort-aux-rats. Y a intérêt que j'ai des comptes à régler.

– Vous étiez en mission pour la police et l'agence de lutte anti-drogue », dis-je en voyant enfin plus loin que le bout de mon nez.

« C'est pas un examen de rattrapage, là. »

Je n'avais rien à répondre à cela. J'essayai quand même.

« Je suis désolé pour votre fille.

– Désolé, ça suffit pas, mon pote. »

Il me planta là.

Je me souvins de ce qu'avait dit Stanley sur le survol de l'Adriatique pendant les raids de bombardements. C'était tellement beau, comme un miroir bleu, mais dur comme du béton si on tombait dessus. C'était une métaphore très juste.

Les ennemis sont comme ça.

Max pouvait sortir son sourire de crocodile et faire semblant d'avoir échangé des propos civils avec moi, du genre le passé, c'est le passé, mais il allait chercher l'occasion de me faire mordre la poussière, et pire ce serait, mieux ce serait. C'était une réalité brutale, comme l'océan d'un bleu éclatant quand on le survolait, aussi impitoyable que la pierre. J'avais blessé Max et le fait que ce soit dû à une erreur ne comptait pas. Il ne me laisserait pas l'occasion d'en commettre une autre.

Titre original : *The Blue Mirror*

Traduit par Danièle et Pierre Bondil

Joe Gores

ÉNIGMATIQUE

Paru dans *The Mysterious Press Anniversary Anthology*

« Phalanges » Colucci ne devait nullement son surnom au fait qu'elles traînaient par terre quand il marchait. Loin de là. Oh, ses joues étaient suffisamment bleues, son nez romain, ses yeux mauvais et ses lèvres avaient un rictus à la Al Capone. Mais il n'était pas bâti en force : c'était un poids léger. De sorte qu'en se muant peu à peu en classique soldat de la Mafia, puis en prenant du galon au point de porter chaussures de chez Ferragamo et complets de chez Armani – invariablement sur des chemises hawaïennes aux couleurs criardes de perroquet –, Phalanges avait cherché un moyen de compenser ce handicap physique. D'où cette habitude qu'il avait prise, dans sa jeunesse, de se trimbaler avec une forme d'égalisateur : un coup de poing américain en laiton.

Cette époque était depuis longtemps révolue. Phalanges était désormais un croque-mitaine. Il n'exigeait jamais d'un pauvre diable le pognon qu'il devait à un usurier du coin. Il ne brisait pas de rotules ni ne tranchait de pouces. Ce n'était pas un exécuteur. Il *donnait* un avertissement. Un seul.

Ceux qui ignoraient cet ultimatum, il les tuait.

Ce mercredi-là, il avait pris l'avion en première classe de Detroit à San Francisco. Un vol particulièrement barbant, parce qu'il devrait se contenter aujourd'hui d'un simple avertissement. Il traversa le terminal encombré, bruyant et affairé de l'aéroport et descendit deux escalators. Le premier le conduisit au-delà de la zone de récupération des bagages, où il n'avait rien à récupérer. Il n'emportait jamais, lors des nombreux vols commerciaux exigés par sa profession, d'armes plus mortelles que son haleine fétide. Il avait déjà plongé à trois reprises au cours de ses trente-neuf années d'existence. S'il tombait une quatrième fois, il ne s'en relèverait pas. Il n'en était donc pas question.

L'escalator suivant le conduisit à un long et lent tapis roulant. Dans le parking souterrain, un gamin d'une vingtaine d'années, aux yeux brillants, posa le pied en même temps que lui sur le trottoir pour piétons à rayures obliques.

« Bon voyage ? » Phalanges se contenta d'un grognement. Le gamin lui remit le trousseau de clés d'une Lexus.

« La rouge », précisa-t-il en tournant les talons pour bientôt se perdre entre les rangées de voitures.

La Lexus était coincée entre une SUV aussi morne que massive et une espèce d'Oldsmobile décapotable jaune canari. Phalanges enfila ses gants de chirurgien en caoutchouc, ouvrit la portière et monta dans la voiture. Un étui à violon noir était posé sur le siège côté passager. Il débloqua les fermetures, souleva le couvercle, se fendit d'un petit sourire et le referma hermétiquement. Il se redressa dans le siège baquet, se harnacha de la ceinture de sécurité puis suivit les panneaux SORTIE jusqu'à l'embouchure du labyrinthe. Les gaz d'échappement accumulés dans le parking souterrain commençaient déjà à lui picoter le nez. Beaucoup trop de tarés. Tuez-les tous !

« J'ai besoin d'un Milky Way glacé », annonça Larry Ballard.

C'était un grand blond athlétique âgé d'une trentaine d'années, au bronzage de surfer, au nez en bec d'aigle et aux yeux bleus très froids, seuls traits qui sauvaient son visage d'une authentique beauté virile. C'était également un récupérateur employé chez Daniel Kearny Associates, 340, 11e Rue, à San Francisco.

« Personne n'a besoin d'un Milky Way glacé », fit remarquer Bart Heslip.

Lui aussi affichait une condition remarquable : la trentaine, noir comme un pruneau et la tête rasée, ainsi qu'il est actuellement de mise chez les mâles afro-américains. Après avoir gagné trente-neuf de ses quarante combats professionnels, il avait raccroché les gants pour devenir, lui aussi, récupérateur chez DKA.

« J'ai vraiment travaillé dur, expliqua Ballard. Mon taux de glucose est vachement tombé.

– On ne peut décemment pas t'autoriser à nous faire une hypoglycémie avant d'avoir emporté cette ceinture noire, répondit Heslip. Va donc pour Ray Chong... Mais *après* que tu m'auras reconduit à ma bagnole, à Pacific Heights. »

Au-dessus de la porte de l'étroite devanture de la boutique de sandwichs de la 11e Rue, entre une échoppe de rechapage de pneus et un magasin de pièces détachées de voitures tenus par deux Persans enturbannés, on lisait l'enseigne : ÉPICERIE PÉKINOISE – TRAITEUR CHINOIS, en caractères tant latins que chinois.

Son propriétaire, Ray Chong Fat [1], était tout sauf ça. Ray était maigre et voûté, le menton fuyant, la lèvre supérieure proéminente et le cheveu noir

1. *Fat* signifie *gras*.

filasse. Il portait comme à son habitude une chemise blanche suprêmement amidonnée, dont les manches étaient retroussées par deux fois sur ses poignets squelettiques et le col deux fois trop grand pour son cou étique de poulet.

Ray était veuf. Un veuf nanti de – vous pouvez compter – *sept* filles. Et pas le moindre foutu fils. Une fille à la fac, deux au lycée, deux au collège, une en primaire et une sur le point d'entrer au jardin d'enfants. Sept filles occasionnaient beaucoup de frais, donc beaucoup de boulot pour Ray.

Mais c'était un homme heureux, qui sifflait dans sa barbe un petit air muet tout en garnissant ses étagères de diverses boîtes de fruits exotiques : ramboutan et ananas en conserve, longanes, jaques au sirop et, bien entendu, litchis chinois.

Le reste de l'étroite échoppe était rempli à craquer d'ignames et de choux chinois, de mandarines, de mangues, de papayes et de caramboles, de calamars séchés et salés, de canards et de poissons congelés, de sucres d'orge et d'esquimaux glacés, de thé vert, de nouilles *chow mein,* de nouilles au riz séchées, de friandises à base de riz sucré, embaumant tout le magasin des parfums mélangés d'épices exotiques. Les étagères de l'arrière-boutique étaient bourrées de cassettes vidéo de location, toutes chinoises et la plupart tournées à Hong Kong. Histoires d'amour et arts martiaux avaient la faveur du public.

La petite cloche de la porte d'entrée tintinnabula. Le duo poivre et sel familier du bas de la rue entra.

« Eh, j'ai devinette ! s'exclama Ray de sa voix chantante et haut perchée. Pourquoi Chinois si intelligents ?

– J'en sais rien, Ray, répondit Ballard. Pourquoi ?

– Pas blondes. »

Ray partit d'une rafale de hi-hi-hi-hi suraigus. Heslip secoua sa boule à zéro.

« C'est ce que je t'ai toujours dit, Larry. Énigmatiques. »

Deux blagues et une devinette plus tard, ils reprenaient la porte. Un petit bonhomme chargé d'un étui à violon sortit d'une Lexus rouge lorsqu'ils émergèrent dans la rue. Ballard le désigna de son Milky Way glacé.

« Pas franchement ma conception du troisième violon de l'orchestre symphonique.

– Peut-être que cet étui ne contient pas un violon », gloussa Bart.

La clochette tinta. Un petit homme basané, au nez aussi imposant que le bec d'un perroquet, remonta la travée en direction de Ray. Il portait un costume coûteux et un étui à violon. Le visage de Ray se plissa, affichant un sourire de bienvenue plein de dents proéminentes.

« Oui monsieur, oui monsieur. Puis-je aider monsieur ?

– Ouais, tu peux m'aider, pauv' brèle. »

Le regard de Ray Chong Fat se fit terne et hébété.

« Pas comprendle », fit-il.

Phalanges posa son étui à violon sur le comptoir.

« Tu sais ce qu'on raconte ? Paraîtrait qu'un Chinetoque tiendrait dans cette ville un tripot non syndiqué pour très, très gros flambeurs, avec une grosse partie une ou deux fois par mois, pendant le week-end ?

– Pas comprendle.

– Paraîtrait même que cet enfoiré de niaquoué en aurait prévu une pour ce week-end. Et on raconte aussi que ça plairait pas des masses à un certain gentleman de South Bay. Tu vois le topo ?

– Pas comprendle. »

Une goutte de sueur dévala le nez de Ray Chong Fat.

« Ouais. Toi parfaitement comprendle, salope ! » cracha Phalanges.

Il referma l'étui, le boucla, et fit frétiller son index sous le nez de Ray.

« Recommence plus. »

« J'ai besoin d'une bière », déclara Bart Heslip.

Il était 21 h 30 et Ballard et lui, travaillant en tandem, avaient déjà effectué deux récupes chacun.

« Personne n'a besoin d'une bière, fit remarquer Larry Ballard.

– Ce boulot donne la pépie.

– D'accord. Ray est encore ouvert pour une bonne demi-heure. »

Mais le panneau FERMÉ était accroché à la porte de l'épicerie de Ray, alors que l'arrière-boutique était encore éclairée. Ils frappèrent au carreau, cognèrent à la porte. Dans ce quartier, DKA elle-même avait fait installer des systèmes d'alarme aux portes et d'épais grillages métalliques aux fenêtres du rez-de-chaussée. Ray n'avait ni l'un ni l'autre.

« Ça fait combien d'années qu'on vient et qu'il ne ferme pas avant dix heures ? demanda Ballard.

– Ce n'était peut-être vraiment pas un violon », souffla Bart.

La porte de Ray ne résista pas longtemps à leurs crochets. Ils se trouvaient déjà au milieu de la travée lorsque la porte de l'arrière-boutique s'ouvrit et que Ray en émergea. Même dans cette pénombre, il donnait l'impression d'avoir les traits tirés et le visage ravagé.

« Foutez le camp ! C'est fermé !

– Dès que tu nous auras dit ce qui cloche. »

Ils écoutèrent son compte rendu dans la salle vidéo, devant une tasse de thé vert et de délicats gâteaux aux amandes. Le petit bonhomme, ses menaces, et son étui à violon qui contenait tout sauf un violon.

« Simple, fit Bart. Annule la partie.

– Il y a deux ans, fille numéro trois tomber malade, non ? Vous vous souvenez ?

– On s'en souvient. »

DKA s'était cotisée et lui avait remis une cagnotte en liquide.

« Aller emprunter argent à Association chinoise de bienfaisance. (Il écarta largement les bras.) Beaucoup argent. Gros intérêts.

– Pas si bienfaisante que ça ? » suggéra Bart.

Ray opina du chef avec morosité. Ils mangèrent des gâteaux aux amandes.

« Homme venir, dire que moi dois tenir tripot le week-end pour rembourser emprunt. Si refuser, faire des choses à mes filles, il dit.

– Il leur fallait une façade, expliqua Larry. Au moins le prêt...

– Jamais rembourser prêt. Seulement intérêts.

– Tu connais le type à l'étui à violon ? » demanda Bart.

Ray secoua vigoureusement la tête.

« Tu sais qui l'a envoyé ?

– Personne de South Bay. (Ray entreprit de se tordre les mains, en manifestant toute la dramaturgie d'une authentique émotion.) Quoi faire, moi ?

– Tu assures la partie et tu sauves tes filles, affirma Ballard.

– Alors, homme au violon revenir pour tuer moi. »

Les deux récupérateurs se regardèrent.

« Non », déclara tout net Heslip.

« Qu'y a-t-il de commun entre le sexe et l'assurance vie ? demanda Rosenkrantz.

– Plus t'es vieux, plus ça coûte bonbon, répondit Guildenstern.

– Leurs blagues sont pires que celles de Ray », déclara Bart Heslip.

Il était six heures du matin, mardi. Larry et lui se trouvaient avec deux balèzes de la brigade des Homicides du SFPD dans la salle de conférences de DKA, à l'étage, où ils jouissaient d'une totale intimité, dans la mesure où nul ne pouvait gravir l'escalier sans en faire craquer les marches. Les flics avaient insisté sur la discrétion, car leur seule présence en ces lieux était contraire au règlement.

Rosenkrantz était aussi chauve que Kojak et les cheveux de Guildenstern ressemblaient à un postiche, mais n'en étaient pas un. On racontait dans le service que leurs épouses elles-mêmes les appelaient par leur surnom.

Lorsqu'ils faisaient le numéro du bon et du méchant flics, Guildenstern jouait toujours le rôle du méchant. Il avait le regard qu'il fallait.

« Vous pinaillez depuis dix minutes, les gars, dit-il, mais vous ne nous avez encore rien dit qu'on pourrait avoir honte d'annoncer à nos mères.

– La seule chose qui pourrait embarrasser vos mères, c'est d'*être* vos mères », fit observer Heslip.

Guildenstern regarda Rosenkrantz.

« Il essaie d'être profond, là ?

– Tout juste puant, fit Rosenkrantz.

– Tout juste prudent, rétorqua Ballard. Si vous essayez d'empêcher la partie, la famille de notre gars va morfler.

– Et s'il la tient, il se fait descendre. Jusque-là, on avait pigé. » Rosenkrantz commençait à s'énerver. « Le maire et le district attorney n'arrêtent pas de dire qu'il n'y a pas de Mafia à San Francisco. Des gangs asiatiques qui luttent pour le pouvoir, sans doute. Des gangs de Chicanos qui s'entre-tuent pour un territoire, d'accord. Des gangs de Blacks qui se battent pour le fric de la came et du rap, ça se pourrait bien. Mais...

– Mais pas d'agissements mafieux, le coupa Guildenstern. Ces temps derniers, les seuls types du cru branchés avec la Mafia ne rincent que des experts-comptables. Lorsqu'ils ont besoin de prendre des mesures drastiques, ils passent un coup de fil et on leur envoie quelqu'un par avion, de Chicago, de Detroit ou même de Cleveland. »

Rosenkrantz reprit la balle au bond :

« Le nervi récupère son matos à l'aéroport, à l'arrivée, fait ce qu'il a à faire et s'en déleste à l'aéroport en repartant. On possède des listes entières de noms et de réputations, mais on n'a rien de probant sur personne.

– Vous voulez dire que le type au violon ne serait pas du cru ?

– Parlez-nous un peu de lui », suggéra Rosenkrantz.

Ils s'exécutèrent. Les deux flics échangèrent un regard.

« Phalanges Colucci, de Detroit, fit Guildenstern.

– Une vraie vipère, ajouta Rosenkrantz.

– Vous pouvez appeler le croque-mort pour votre pote, renchérit le premier.

– Qui l'a engagé ? »

Les deux flics se levèrent pesamment :

« South Bay ? Laissez-nous nous en inquiéter, répondirent-ils à l'unisson.

– Qui dirige l'Association chinoise de bienfaisance ?

– Laissez-nous nous charger de ça aussi.

– Vous nous tiendrez au courant si Colucci quitte de nouveau son bled ?

– Quelle est la question fondamentale à poser à une femme lorsqu'on est partisan du sexe sans risque ? s'enquit Rosenkrantz.

– “ À quelle heure ton mari rentre-t-il à la maison ? ” », répondit Guildenstern.

Larry et Bart descendirent l'escalier de secours, jusqu'au grand bureau du fond que Giselle Marc, la chef de service, partageait avec l'ordinateur central et les deux gamines qui, après les heures de cours, envoyaient papier bleu et demandes de remboursement. Giselle était une grande blonde élancée d'une trentaine d'années, dont la cervelle était encore mieux balancée que ses longues jambes sculpturales. Si tôt dans la journée, elle était encore seule.

« Alors ? s'enquit Ballard.

– Le moindre mot, répondit Giselle en affichant un sourire quasi sardonique. (Elle leur tendit le magnétophone qu'elle avait branché à l'interphone que Heslip, sur sa suggestion, avait laissé ouvert dans la salle de conférences.) C'est par un oui ou par un non que ces mecs ont répondu, à propos de Colucci ?

– Un oui », répondit Ballard. Non, pouvait pas y avoir de bogue.

« Si vous croyez pouvoir me tenir en dehors de tout ça, vous êtes timbrés.

– Ça ne nous a même pas traversé l'esprit », gazouilla Ballard.

Ils écoutaient la bande depuis environ dix minutes lorsqu'ils entendirent derrière eux la voix d'O'B. :

« Aheum. »

Patrick Michael O'Bannon, trente et quelques années, des yeux bleus innocents dans un visage tanné de buveur éclaboussé de taches de rousseur, était aussi perfide qu'un serpent à deux têtes. C'était également le meilleur récupérateur du secteur, Kearny excepté. Il tira une chaise et s'assit.

« Bon, il y a bien deux, trois lacunes dans votre plan... »

Nul n'aurait songé à mettre Dan Kearny, leur patron, au courant de leurs intentions. Il se serait contenté de dire non, aurait repris l'opération à son compte et l'aurait menée en solo. Il faisait le coup à chaque fois.

L'Association chinoise de Bienfaisance se trouvait au faîte d'une volée de marches grinçantes, partant d'un vieux temple bouddhiste de l'Old Chinatown Lane, un court tronçon de venelle située juste sous Stockton Street. Rien dans tout ça qui pût tenter l'éventuel touriste ni, bien entendu, le moindre Caucasien qui essayât d'y pénétrer. La porte n'affichait qu'un jeu de caractères chinois signifiant : Notre Seigneur sait quoi.

Pourtant, ce mardi-là à midi, deux Blancs d'allure massive entreprirent de monter ces marches puis d'entrer dans la salle de réception. Celle-ci était tendue de tapisseries de soie chatoyante et des statuettes d'ivoire délicatement sculptées reposaient sur des tables basses ornées d'incrustations. Des effluves d'encens flottaient dans l'air. De nombreuses photos des dirigeants de l'association serrant la main à des politicards locaux ou nationaux étaient accrochées aux murs.

Les doigts d'une jeune, intrépide et jolie Chinoise voletaient au-dessus du clavier d'un très moderne ordinateur. Elle releva les yeux à leur entrée et se débrouilla pour leur sourire.

« Puis-je vous être utile ? »

Voyant qu'ils l'ignoraient pour se diriger vers la porte du fond, elle plongea la main sous la console et appuya sur le bouton d'une sonnette. Ils entraient déjà dans la pièce suivante, où un gentleman chinois aux cheveux blancs était assis derrière un bureau, disposé de telle façon que nulle fenêtre ne le surplombât. Un gorille musculeux se leva de son fauteuil, à côté du bureau, en même temps qu'il esquissait un geste vers son aisselle.

Guildenstern plaqua la paume sur le visage du gorille et lui imprima une violente poussée, avec une vigueur stupéfiante et pour le moins inattendue. L'autre bascula en arrière par-dessus son fauteuil. Rosenkrantz brandit son insigne ostensiblement, pour la gouverne du vieux monsieur.

« Rosenkrantz et Guildenstern, service des Homicides du SFPD. »

Le vieil homme émit sèchement quelques mots en mandarin. Le gorille redressa son siège, s'y rassit et cessa d'exister pour eux.

« Monsieur Li ? s'enquit Rosenkrantz.

– Je suis Fong Li », reconnut gravement l'homme aux cheveux blancs. Son anglais, s'il présentait un léger accent, était délié. Il avait le visage long et ridé, le nez fin et aristocratique, et des yeux noirs mais bienfaisants, comme son association. N'importe où, n'importe quand et dans n'importe quelle culture, on eût reconnu en lui un patriarche.

Rosenkrantz s'assit sur un coin du bureau :

« Ray Chong Fat.

– Eh bien ? » répondit Fong Li, sur le même ton que Ray Chong avait dit « Pas comprendle. »

« Un type est venu le menacer de mort, s'il s'entêtait à tenir votre partie de cartes asiatique ce week-end.

– Je suis navré, mais je ne dispose d'aucune information à cet effet pour l'honorable gentleman », déclara Fong Li.

Guildenstern revint d'une table installée devant la fenêtre, une délicate porcelaine chinoise à la main.

« C'est un de ces vases Ming ? »

Fong Li se figea brusquement.

« Je peux mener une enquête et essayer de savoir si la partie dont parlent ces illustres messieurs ne pourrait pas être annulée.

– Nous ne souhaitons pas qu'elle le soit », dit Rosenkrantz.

La surprise s'afficha fugacement sur les traits augustes du Chinois :

« Je reste persuadé que M. Chong Fat n'a nullement besoin de tenir...

– Nous voulons précisément que Ray héberge cette partie ce week-end. »

Le visage de Fong Li s'éclaira, reflétant une subite compréhension :

« Eh bien, répéta-t-il sur un ton très différent.

– Mais il ne devra plus jamais tenir ce tripot après ce week-end, ajouta Rosenkrantz. Et il ne vous doit pas le moindre argent. Le compte est soldé, l'ardoise effacée. S'il leur arrivait quoi que ce soit, à ses filles ou à lui, quoi que ce soit... »

Fong Li se fendit d'une gracieuse courbette :

« L'insignifiant vermisseau que je suis se garderait bien d'offenser des personnes aussi brillantes que vous, mais...

– J'ai dit que nous faisions partie de la brigade des Homicides. Nous nous foutons pas mal du jeu. »

Fong Li s'épanouit de nouveau, ravi. Guildenstern reposa soigneusement le vase Ming sur la table.

« Belle camelote », déclara-t-il, en mettant l'accent sur « camelote ».

Tony « Deux Tonnes » Marino tenait son surnom du boxeur poids lourd Tony « Deux Tonnes » Galento, qui, une fois, s'était fait lessiver par Joe Louis. Il ne pesait pas exactement deux tonnes, mais n'en était pas moins bâti comme une pastèque. Lorsque le téléphone sonna dans son bureau de Detroit le lundi après-midi suivant, il le décrocha sans hésiter. On scannait la pièce deux fois par jour, pour repérer les éventuels micros espions.

« Ouais. Marino.

– Tony Leone, de San Francisco. Ce *scemo* de Chinetoque a tenu sa partie de cartes samedi dernier. Phalanges va devoir y retourner. (Leone émit soudain un gloussement grasseyant.) Chop suey au sang mercredi soir, d'accord ? »

Ils se saluèrent laconiquement et raccrochèrent. Tony était un tantinet ulcéré. Leone n'avait vraiment aucune classe. On ne dit pas des choses pareilles. On fait certaines choses, *bing bang boum*, puis c'est terminé. Rien de personnel. On n'en parle jamais, ni avant ni après.

Il composa un numéro. Tombant sur un répondeur, il laissa ce message : « Phalanges ? Ta livraison sur la côte Ouest est prévue pour mercredi. »

Tous deux enfermés avec un technicien dans le fourgon garé dans une rue latérale de la ville de Milpitas, dans South Bay, tout près du terrain de golf de Summitpoint, Guildenstern demanda brusquement à Rosenkrantz :

« Quelle MST sévit principalement dans le milieu des yuppies ?

– La migraine.

– On va certainement en coller une bonne à notre ami Leone.

– J'ai particulièrement aimé le coup du “ chop suey au sang ”.

– Crime en bande organisée ? suggéra Guildenstern.

– Au minimum », convint Rosenkrantz.

C'était de nouveau mercredi, et Phalanges se tapait derechef le vol Detroit-San Francisco. Il se sentait bien. Pas de coup d'épée dans l'eau aujourd'hui. Rien que du concret. À SFO, il traversa le terminal encombré, bruyant et affairé, et descendit les deux escalators jusqu'au tapis roulant. Alors qu'il entreprenait de remonter le trottoir à rayures obliques vers le vaste parking résonnant d'échos, une grande blonde élégante aux cuisses à couper le souffle lui emboîta le pas.

« Bon vol ? » lui demanda-t-elle.

La voix douce. Une caresse.

« Je m'appelle Phalanges Baisse-ton-slip », déclara Phalanges en lui décochant son plus beau sourire de gagnant. Elle lui tendit un trousseau de clés.

« L'Allante gold », annonça-t-elle, et elle disparut entre les rangées de voitures avant qu'il n'eût eu le temps de gamberger à une autre vanne.

Il soupira, enfila ses gants de caoutchouc, ouvrit l'Allante et monta dans la voiture. Il savait pertinemment qu'il n'aurait jamais les moyens de s'offrir une fille de cette classe. L'étui à violon noir était posé sur le siège du passager. Il le déboucla et souleva le couvercle. Ouais.

Mais, alors qu'il se redressait dans le siège baquet, on frappa au carreau. La blonde. Un cellulaire était plaqué à son oreille et elle lui faisait signe de baisser la vitre.

« Ouvre le coffre. » Tout en parlant, elle passa le bras par la vitre ouverte pour s'emparer de l'étui. « Vite, ça urge. »

Elle balança l'étui dans le coffre, claqua le couvercle et revint se faufiler sur le siège à côté de lui.

« Alerte à la bombe. On fouille tous les véhicules occupés par un homme seul. C'est notre seule chance de sortir de ce parking avec la ferblanterie avant qu'ils le bouclent. *Remue-toi le cul !* » poursuivit-elle en voyant qu'il ne réagissait pas.

Phalanges n'avait aucune expérience de ce genre de femmes. Il démarra et suivit les flèches jusqu'à la sortie, quasiment en pilote automatique. Juste avant la rampe menant aux guichets, un rouquin d'une cinquantaine d'années, aux yeux durs, se planta devant la voiture en brandissant, d'une main constellée de taches de rousseur, un insigne dans un étui en cuir. Il contourna l'Allante et se dirigea vers Phalanges.

« FBI. On va devoir inspecter votre coffre.

– Vous avez un mandat? demanda la blonde d'une voix soudain stridente. C'est du harcèlement policier. Mon mari vient me chercher après sept heures de vol, et je ne vous permettrai certainement pas de prendre votre pied en fouillant mes dessous de vos pattes dégueulasses, soi-disant pour chercher de la drogue !

– Il ne s'agit... »

Le rouquin s'interrompit à mi-phrase, poussa un soupir et recula.

« Et on se demande pourquoi, après », marmonna-t-il. Il leur fit signe d'avancer d'un geste las. « Passez, vous deux. »

Une fois sur la bretelle d'accès à l'autoroute, elle ordonna à Phalanges de se garer devant la station-service Standard Oil, et sortit de la voiture.

« Ouvre le coffre. Je vais te chercher l'étui. » Elle lui débita un numéro de téléphone. « Tâche de t'en souvenir. »

Elle récupéra l'étui, claqua le couvercle du coffre, rangea l'étui dans la voiture et se pencha finalement à la vitre ouverte.

« Si ça chauffe toujours autant à l'aéroport quand tu auras terminé, appelle-moi pour me mettre au parfum », déclara-t-elle.

Ce genre de choses, Phalanges pouvait comprendre. Il veillerait soigneusement à ce que ça chauffe autant à l'aéroport à son retour.

« Dans ce cas, peut-être qu'on pourrait, toi et moi...

– Bien sûr. Tout ce qui te chante, Phalanges. Leone m'a dit d'être aux petits soins avec toi. » Elle lui décocha un clin d'œil égrillard, voire carrément cochon. « Tu vas habiter chez moi. »

Un putain de rêve qui se réalisait ! Ouais ! Fais-toi le Chinetoque, appelle la blonde, puis fais-toi la blonde. Une nuit entière. Le paradis sur un plateau d'argent. Ou dans des draps de soie, plutôt !

Phalanges tourna la poignée à pêne dormant de la porte d'entrée et inversa l'écriteau OUVERT, qui indiquait à présent FERMÉ. Ce n'est qu'en remontant la travée qu'il constata que le cadavre était en compagnie de deux clients. C'était toujours en ces termes qu'il pensait à eux sur le terrain des opérations : les cadavres.

Un des clients était un grand blond avec un bec d'aigle, et l'autre un bamboula au crâne rasé, plus petit et plus large. Une onde d'excitation d'ordre quasi sexuel le parcourut. Sa première triplette ! Ce soir, il offrirait à cette salope de blonde une chevauchée dont elle se souviendrait.

Seigneur Dieu ! Les trois hommes dégustaient un cornet de glace ! De foutues lopettes, si ça se trouve. Il posa l'étui à violon sur le comptoir.

« Je t'avais prévenu que je reviendrais, déclara-t-il au Chinetoque d'une voix rogue. (Il ouvrit l'étui, plongea la main dedans.) Dans l'arrière-boutique. Tous les trois.

– Sinon ? s'enquit le négro.

– Sinon ça », répondit Phalanges en sortant de l'étui à violon... un violon. Il le fixa stupidement.

Le Chinetoque lui cloqua un cornet de glace dans l'œil. Il poussa un glapissement et se mit à griffer le magma poisseux et glacé, tandis que le Blanc lui balançait un grand coup de pompe dans les valseuses. La douleur se répercuta dans tout son être. Alors qu'il se recroquevillait sur lui-même, la bouche béante, tordue par un rictus de souffrance, le Black le cueillit d'un coup droit terrifiant, qui lui fit cracher trois dents.

Phalanges Colucci reprit conscience derrière le volant de l'Allante gold, dans une zone de stationnement interdit du terminal national de l'aéroport de San Francisco. Sa bouche ravagée pissait le sang et son entrejambe n'était que douleur sans mélange. L'étui à violon était posé à côté de lui sur le siège du passager.

C'était cette foutue salope de blonde qui avait opéré la substitution, bien sûr. Elle avait planqué un second étui à violon dans le coffre et, après avoir bluffé l'agent du FBI... Une seconde ! Pas un agent du FBI ! Un complice. Un pilier l'avait dissimulé aux yeux des guichetiers du parking. Pas d'alerte à la bombe non plus. Que dalle ! Mais *pourquoi ?*

Trop tard pour se poser la question. Mieux valait filer d'ici rapidos. Il réussit tant bien que mal à reprendre ses esprits, suffisamment pour tendre la main vers les clefs de contact.

Il n'y avait pas de clefs de contact.

Les deux portières avant s'ouvrirent en même temps. Deux types énormes, un chauve et un gars nanti d'une touffe de cheveux couleur sable, le dévisageaient.

« Phalanges Colucci, vous êtes en état d'arrestation pour tentative de meurtre, déclara le chauve, en même temps qu'il ouvrait l'étui à violon.

– Avec un putain de violon ? ironisa Phalanges.

– Non, avec ça », rétorqua le chauve avec un sourire épanoui. Sa main ressortit de l'étui, tenant un pistolet-mitrailleur camus, doté d'un silencieux aussi long que lui. On dirait bien un Ingram M11, alimenté avec du .380 ACP. Il paraît que c'est ton arme de prédilection, Phalanges, justement parce qu'elle entre dans un étui à violon. Canon rubané, écran d'acquisition, déflecteur...

– Et double spirale pour accélérer les gaz, afin que l'arme ne fasse absolument aucun bruit », termina le chevelu en passant les menottes à un Phalanges hébété.

Le chauve colla son nez au canon.

« Et il a tiré récemment. Le rapport que j'ai reçu déclare qu'il a fait pas mal de dégâts dans la boutique du Chinois.

– Tu sais quoi, Phalanges ? déclara le chauve en secouant tristement la tête. T'es vraiment une tête de linotte. »

Tous les cinq célébraient l'événement à la Maison de la Côtelette, sur Van Ness Avenue. C'était l'occasion ou jamais de s'empiffrer de pavés de bœuf saignants de quatre centimètres d'épaisseur, et au diable les régimes, le cholestérol et les robes taille 36 !

Ballard leva son verre.

« À Ray. Pour avoir mitraillé sa propre épicerie.

– Quel panard ! Et dire que c'est couvert par l'assurance, soupira Bart.

– Tu fais un sacré fédé », venait de dire Giselle à O'B.

O'B. tira sur son œil droit.

« Et toi, tu fais une fameuse arnaqueuse. Tu lui as tout balancé à la gueule en même temps, sans jamais lui laisser le temps de réfléchir... »

Tous burent. O'B., qui se trouvait face à la porte, fit un grand signe de la main. Rosenkrantz et Guildenstern se faufilaient vers eux entre les tables. Ils arrivèrent à leur hauteur et considérèrent toute la compagnie avec bienveillance. Rosenkrantz ouvrit le feu :

« Vous connaissez celle de la blonde qui doit passer une radio ?

– Elle va chez un spécialiste du son et de la hi-fi, poursuivit son coéquipier.

– Peut-on connaître la version des droits du suspect selon la brigade des Homicides du SFPD ? demanda Giselle, la seule blonde présente.

– “ Vous avez le droit de rester mort ”, déclara Larry Ballard.

– Asseyez-vous, messieurs », proposa Bart Heslip.

Guildenstern secoua la tête et gloussa.

« On en a pour toute la nuit. Phalanges est bouclé dans une cage au centre-ville et s'égosille comme un perroquet. Il essaie de passer un marché : il nous balance tout ce qu'il sait sur tous les mafiosi qu'il connaît...

– Programme de protection de témoins ?

– Pour un multirécidiviste ? Tombé quatre fois ? Aucune chance. De toute façon, il ne nous serait d'aucune utilité. Les feds serrent Tony Deux Tonnes à Detroit en ce moment même... Crime fédéral... Il a sévi dans plusieurs États. Il pourra toujours acheter les flics du coin, mais pas les feds. Il va tomber.

– Leone ? s'enquit Bart.

– On a enregistré son “ chop suey au sang ”. Il va se taper cinq ans à San Quentin, et sortira peut-être dans deux... Mais d'ici là, quelqu'un se sera goinfré sa part du gâteau dans la South Bay.

– M. Li ? demanda timidement Ray Chong Fat.

– Comment appelle-t-on un type qui est moitié chinois et moitié apache ? demanda Guildenstern.

– Ugh-Li[1] », répondit Rosenkrantz. Il tapota l'épaule de Ray. « Il semblerait qu'il ait commis une grave erreur comptable. Tu ne lui dois plus un radis et tu n'es plus tenu non plus d'héberger ces parties de cartes. »

Ray le fixa. Ce regard en disait long. Puis il dit :

« Chinois cuisiner dans ranch pour touristes. Employé entrer chaque jour dans cuisine et demander : “ Quoi de bon pour dîner ? ” Le Chinois

1. Jeu de mot intraduisible, et pour cause, sur *ugly* (laid) et Ugh Li.

répondre : “ Lifli ”. Bientôt, le vacher entrer dans cuisine et demander toujours : “ Lifli ? Tu fais encore du lifli au dîner ? ” Tous les jours. Alors le garçon chinois achète livre, étudie anglais. La fois d’après, quand vacher entrer et demander : “ Lifli ? Lifli ? ”, le Chinois répondre : “ Nous disposons de vastes stocks de riz frit, eh, pine d’huîtle ! ” »

Rosenkrantz regarda les autres, le visage épanoui.

« Qu’est-ce que vous croyez qu’il entend par là ? demanda-t-il.

– Assieds-toi assez longtemps sur la rive du fleuve, dit Ballard, et tu verras passer le cadavre de ton ennemi.

– Hein ? » fit Guildenstern.

Titre original : *Inscrutable*

Traduit par Frank Reichert

James Grady

LE CHAMPIONNAT DE NULLE PART

Paru dans *Murder on the Ropes*

Gene Mallette et le gamin nommé Sandy travaillaient en équipe de deux sur un forage de prospection, cinquante-cinq après-midi avant l'*Independence Day*. Les moteurs de la foreuse et du groupe électrogène martelaient l'air de mai dans la prairie. Quelque chose fit rire et sourire Sandy. Mais soudain, une chaîne de forage céda ; elle s'enroula rapidement autour de son cou, comme une cravate argentée, et le projeta vers le sommet du derrick de vingt mètres. Son corps se balança là-haut pendant que des tuyaux s'entrechoquaient avec fracas et qu'un foreur hurlait ; et à cet instant, Gene ne pensait qu'à une chose : au visage d'adolescent de Sandy, noir de pétrole, à l'exception de ses yeux rieurs et du scintillement de ses dents blanches.

La chaîne se déroula en vrille et le corps de Sandy s'écrasa sur le plancher du derrick.

Gene et un autre gars se rendirent en ville à l'arrière d'un camion à plateau avec le corps de Sandy étendu à leurs pieds. Il y avait eu de la neige de printemps quinze jours plus tôt et le camion ne soulevait pas beaucoup de poussière sur la route non goudronnée. Gene entendit le contremaître, dans la cabine du *pick-up*, dire que la sécheresse était peut-être terminée. Ils virent un cerf décharné en train de paître devant les murs d'une maison abandonnée. Ils virent les Sweet Grass Hills nimbées de brume bleutée se dresser dans la prairie jaune entre eux et le Canada. Ces trois rochers escarpés et volcaniques auraient été des montagnes n'importe où, sauf ici dans le Montana. Le contremaître s'arrêta devant les pompes funèbres de Selby. Alors qu'ils descendaient Sandy du camion, Gene entendit le croque-mort faire tinter les dollars d'argent dans sa main pour ces yeux rieurs.

« J'ai terminé », déclara Gene et il se rendit à la pension.

Il fit mettre une douche et un bain sur sa note. Il s'assit à la grande table avec d'autres pensionnaires et mangea un ragoût qu'il ne savoura pas. Il sortit sur le trottoir pour s'asseoir sur un banc, regarder les gens et les voitures passer devant les *speakeasies* de Front Street, et il s'obligea à ne penser à rien, à rien du tout.

J'ai au moins ça, se dit-il.

Juste avant le coucher du soleil, un rancher nommé Jensen sortit en titubant d'un *speakeasy* baptisé Bucket of Blood, le Seau de sang, se dirigea vers un cheval rouan attaché à un des poteaux électriques récents, dégaina un revolver argenté et tua le cheval d'une balle entre les deux yeux. L'animal s'effondra, si brutalement qu'il brisa sa sous-ventrière. Jensen le truffa de plomb, emplissant la ville du rugissement de son arme. Il avait déjà vidé tout son barillet et il s'apprêtait à recharger quand la Ford noire avec une grande étoile blanche sur les deux portières avant se gara derrière le cheval mort. Texas John Otis déplia sa carcasse de grizzly pour descendre de voiture, son insigne de shérif fixé au revers gauche de son uniforme noir, et dans sa main droite, la crosse d'un Mauser à canon long ayant appartenu à un sniper allemand aujourd'hui défunt.

Le shérif Otis arracha le revolver argenté de la main de Jensen et abattit le Mauser sur le crâne du rancher.

« Espèce de pauvre con ! rugit le shérif. Tu as flingué ton putain de canasson ! »

Mais Jensen était étendu, inconscient, en travers de l'animal ensanglanté.

Gene tourna la tête et il la vit avancer vers lui.

Il l'avait déjà vue, en 1906, quand elle avait neuf ans et lui quatorze. Son père, un Blanc, l'avait arrachée à la Réserve Blackfeet avec son petit frère, pour qu'elle fasse ses études à Shelby au lieu d'être envoyée dans un pensionnat indien. Gene l'avait vue quotidiennement quand il était en dernière année au lycée. Ayant sauté une classe, c'était une bizuth timide qui portait ses cheveux noirs comme un voile. Gene savait qu'elle ne lui parlerait pas. Par la suite, il n'avait pas pu lui parler quand elle était encore au lycée et lui un adulte diplômé faisant un travail d'homme, construisant des voies ferrées pour conduire les colons dans l'Ouest et renvoyer le butin de la terre vers l'Est. Gene l'avait vue presque chaque semaine, souvent en train d'essayer de dompter son frère sauvage. Il l'avait vue à la gare le jour où il avait embarqué avec les marines pour la Grande Guerre contre le Kaiser. Ce jour-là (qu'il soit damné s'il ne faisait pas, avant de mourir, ce qui devait être fait), il était allé la voir et il lui avait dit : « Au revoir ». Elle avait tressailli, avant de transpercer la tristesse avec son sourire. Quand il rentra d'Europe sans cicatrices visibles, il l'avait vue au cimetière de Shelby, en train de mettre des fleurs sur les tombes du colon qu'elle avait épousé et qui avait l'âge d'être son père, et de la petite fille qu'elle avait permis à ce rêveur d'engendrer, morts de la grippe. Après cette foutue Californie, alors que les parents de Gene et leur ranch étaient morts, il l'avait vue s'installer en ville quand les grands vents de 1920 dévorèrent la propriété qu'elle avait essayé d'entretenir tout en exerçant son métier d'institutrice, que son mari avait été assez blanc pour la laisser l'exercer et la ville assez chrétienne pour la laisser le conserver durant l'année de son veuvage. Gene l'avait observée alors qu'elle était serveuse au Palace Hotel où elle vivait dans l'arrière-salle, parfois avec son frère quand il était en ville pour essayer de trouver des dollars destinés à la poudre d'ivoire qu'il s'injectait dans le bras. Et Gene avait vu son sourire triste deux mois plus tôt, quand il l'avait invitée à sortir avec lui. Elle avait murmuré : « J'ai rien qui soit digne d'intérêt. » Il avait vu qu'elle ne le croyait pas quand il jura qu'elle se trompait, il l'avait vue s'éloigner pour ne pas laisser voir des larmes qu'elle ne pouvait pas retenir.

Mais ce soir-là, il sut qu'elle marchait vers lui.

Elle masqua la boule rouge du soleil couchant en approchant. Ils étaient réunis dans un lac écarlate. Gene avait du mal à respirer et cet instant liquide transforma sa démarche en une lente nage vers lui ; ses cheveux ondulaient sur ses épaules, sa robe flottait autour de ses mollets. Il se souvenait que cette robe était bleue comme un ciel matinal. Elle ne portait aucun maquillage sur sa peau couleur café au lait. L'odeur du lilas mauve l'accompagnait. En plongeant dans ces yeux bleu nuit, Gene avait l'impression d'être comme Sandy qui tournoyait et se libérait de la chaîne qui le retenait suspendu très haut au-dessus du sol.

Il dit : « Bonjour, Billie » et elle dit : « Bonjour, Gene ».

Peut-être essayèrent-ils d'en dire plus, mais ils ne le pouvaient pas, jusqu'à ce qu'elle dise : « J'ai besoin de ton aide. Il faut que je te présente des hommes. Ils m'envoient te chercher. Ils veulent que tu fasses un truc. Ça pourrait me sauver, mais pour toi, ce ne sera que des ennuis, quelles que soient leurs promesses. Mais il fallait que je vienne. Il fallait que je le fasse. Je suis désolée. »

Soudain, ce fut la nuit. Des lumières s'allumèrent dans toute la ville. La lueur du lampadaire au coin de la rue jaunissait la peau de Billie.

« C'est loin ? demanda Gene.

– J'ai leur voiture. »

La Ford était immatriculée dans le comté de Butte, à trois cents kilomètres au sud, le seul endroit plus rude que Shelby dans tout l'État. Butte était une ville industrielle de soixante mille habitants, des mineurs coriaces qui creusaient la colline la plus riche au monde pour des requins irlandais qui dirigeaient la région avec des agents de chez Pinkerton, de la dynamite et des serviettes remplies d'argent liquide qui servaient à combattre les militants syndicaux, le Ku Klux Klan qui détestait les catholiques, et les réformateurs venus de l'Est. Les meilleurs jours, Shelby n'accueillait que mille deux cents personnes dans sa vallée, des *honyockers* [1] ruinés qui avaient cru les mensonges publiés dans les journaux de l'Iowa au sujet de l'installation des colons, des ranchers comme Jensen et des cow-boys qui coupaient toutes les clôtures de fil barbelé sur lesquelles ils tombaient, des bergers basques incapables de converser avec des créatures à deux pattes, des Blackfeet et des Gros Ventre, et même des Cheyennes descendus de leurs réserves de broussailles pour traquer l'espoir ou l'honneur, ou un dernier sacré bon moment, des ouvriers du chemin de fer, des commerçants et des patrons de

1. À l'origine, ce terme semble avoir été utilisé dans le Montana, dans les années 1890, par les éleveurs de bétail pour désigner les nouveaux colons qui venaient s'installer comme cultivateurs.

saloons, des contrebandiers, des prostituées et des ploucs comme l'était devenu Gene, qui essayaient de tirer profit de la découverte du Grand Gisement pétrolier de North Country de 1921, qui avait rempli tous les couloirs d'hôtel de lits de camp à dix cents la nuit.

Gene aimait la manière de conduire de Billie : sans fioritures, changeant de vitesse quand il le fallait, sans avoir peur de laisser gémir le moteur et de le pousser, au lieu de paniquer et de passer la vitesse supérieure, au risque de caler. Elle prit la direction de l'est, en quittant la ville, en passant devant la rotonde des locomotives et les meuglements des enclos des abattoirs, de l'autre côté du bord de la vallée. Les lampadaires de la ville disparaissaient en un clin d'œil dans le rétroviseur de la Ford. Quelqu'un avait balancé une décharge d'un million d'étoiles blanches dans la nuit au-dessus de leurs têtes. Le ciel scintillait d'aurores boréales vertes et roses et les cônes jaunes des phares de la voiture n'éclairaient qu'un étroit ruban de route lubrifiée.

« Cette route va jusqu'à Chicago, dit Gene.

– On ne peut pas, répondit Billie. Je ne peux pas. »

Elle s'enfonça dans la nuit.

« Pourquoi moi ? demanda-t-il.

– À cause de ce que tu es. De ce que tu peux faire. La Californie.

– Parce que je viendrais si tu me le demandais.

– Je ne sais pas quoi dire à ce sujet.

– On n'a jamais su.

– Non. » Elle bifurqua en direction d'une ferme. « Jamais. Ni toi, ni moi. » Elle arrêta la voiture dans l'obscurité, à côté d'une Cadillac que Gene crut reconnaître.

« Je peux te ramener immédiatement si tu veux, dit-elle.

– Tu resteras avec moi ? »

Il la vit secouer la tête.

« Allons-y, alors, dit Gene en descendant de voiture. Ils attendent. »

Le frère de Billie ouvrit la porte de la ferme. Il portait une chemise blanche élimée, ouverte au col, un pantalon large et des chaussures noires de gratte-papier, aussi ternes que ses yeux aux paupières tombantes. Sa main droite serra celle de Gene ; elle avait assez de force pour distribuer les cartes au Palace Hotel, mais pas beaucoup plus ; cette poignée de main faible murmurait que c'était un homme sur qui on ne pouvait pas compter.

« Zhene Mallette ! dit-il d'une voix pâteuse. Quoi de neuf, qu'est-ce tu racontes, content de te voir !

– Comment ça va, Harry ? » demanda Gene. Il connaissait la réponse, mais la question sincère s'adressait à la sœur.

Les doigts de Gene repoussèrent en douceur Harry dans le séjour, où les deux hommes importants attendaient, et malgré ses prières muettes, il sentit Billie entrer derrière lui et fermer la porte.

La Cadillac garée devant la ferme appartenait au banquier de Shelby, le type grassouillet debout devant la table sur laquelle étaient disposés une bouteille de whisky d'avant la Prohibition et des verres. La plaque en cuivre posée sur son bureau à la banque indiquait PETER TAYLOR – VICE-PRÉSIDENT. Il avait peu de cheveux sur son crâne noueux et, aux yeux de Gene, il ressemblait à un crapaud grimaçant qui ne disait jamais non à une mouche de plus.

« Bonsoir, monsieur Mallette, dit Taylor. Merci d'être venu.

– C'est pas pour vous.

– Oui, on sait », dit l'autre homme, celui que Gene n'avait jamais vu.

Du moins, il n'avait jamais vu ce spécimen particulier d'homme en costume de ville et aux cheveux noirs qui n'avait pas pris la peine de se lever du canapé, ni de prendre dans sa main le .45 posé sur ses genoux, ni de cacher son arme. Gene avait déjà vu ces yeux et cette expression, une fois dans les tranchées, une autre fois dans une *cantina* de Tijuana, une troisième fois au bord d'un ring enfumé à Fresno, et la dernière fois, la pire, avec des chaînes au pied et traversant le camp de travail forcé en direction de l'échafaud à San Quentin. Non pas que ce type soit un dur, même si Gene savait qu'il était capable d'encaisser les coups, mais chaque fois que vous l'expédiez au tapis, il devait certainement se relever tant bien que mal pour vous déchirer le cœur en deux et se repaître du bruit de la chair lacérée.

« Asseyez-vous, je vous en prie, dit le banquier. Et appelez-moi Peter.

– J'avais pas l'intention de vous appeler, d'une manière ou d'une autre.

– La vie nous réserve parfois des surprises. Je vous en prie, asseyez-vous. Là-bas, à côté de la femme.

– Et moi, où je m'assois ? » demanda le frère, mais ses paroles s'envolèrent dans la nuit. *Aucune importance.*

Gene s'assit en douceur sur la chaise pliante la plus proche du canapé, en faisant comme si ses jambes n'étaient pas des ressorts tendus. Le banquier Taylor s'installa dans un fauteuil et versa du whisky dans les verres. Harry Larson marcha en se pavanant vers la chaise pliante à côté de Gene et se baissa en prenant de grands airs, mais il avait mal jaugé son équilibre et il faillit s'écrouler par terre. Le temps qu'il se reprenne, sa sœur s'était placée derrière lui, une main sur son épaule. L'homme assis sur le canapé ne bougea pas.

« Belle nuit pour une promenade en voiture. » Gene lança ses paroles au banquier en gardant l'œil rivé sur le type du canapé. « Mais ce whisky est illégal. Il me semble qu'un homme dans votre position devrait être plus prudent.

– Les lois comme la Prohibition sont faites pour ceux qui craignent la nature de l'homme. »

Taylor tendit un verre de whisky à Gene. Comme celui-ci ne le prenait pas, Taylor posa le verre sur une caisse de bouteilles de lait près des jambes de Gene.

« C'est plus sage de ne pas boire, vu l'occasion qui s'offre à vous. Quant à savoir ce qui est légal ou pas, un gars comme vous qui a connu les travaux forcés ne peut pas se permettre de donner des leçons.

– Votre ami, là-bas sur le canapé, pourrait mieux vous parler de la prison que moi.

– J'y suis jamais allé, dit l'homme sur le canapé. Les témoins viennent jamais aux procès. »

Le banquier Taylor tendit un verre de whisky à l'homme aux cheveux noirs.

« Gene, vous découvrirez que Norman qui est ici... pardonnez-moi, je vous présente Norman Doyle... M. Doyle est un homme chanceux. »

Doyle prit le verre de whisky dans la main gauche : la crosse du .45 faisait face à sa main droite.

« Vous, Harry, vous n'avez pas besoin de verre, hein ? Vous, vous avez pris soin de vous dès que votre sœur est partie en ville. Votre vice est encore légal, mais les politiciens vont s'en occuper également. Quant à vous, Wilemena... ou devrais-je vous appeler madame veuve Harris ? Vous savez, Gene, ça fait longtemps qu'elle vit sans homme. Une jument débourrée sans selle pour calmer ses démangeaisons. Je crois qu'il vaut mieux ne pas lui donner de verre. C'est une femme, et de plus, le whisky et les Injuns font mauvais ménage, même si c'est des sang-mêlé.

– Venez-en au fait, dit Gene d'un ton sec.
– Comment vous vous débrouillez sur le marché ?
– Hein ?
– À la bourse, dit le banquier. De nos jours, tout le monde joue en bourse. Ça grimpe, ça grimpe, ça grimpe. Tout le monde va devenir millionnaire. Alors, comment ça marche pour vous à la bourse ?
– Vous savez bien que c'est pas pour moi ça.
– Vous voulez dire que vous ne pouvez pas. Parce que vous n'avez pas d'argent. Alors, comment vous allez faire pour devenir riche ? On est en Amérique. Tout le monde veut devenir riche. Vous ne pouvez pas vous offrir une belle voiture ou la femme que vous voulez si vous n'avez pas des dollars d'argent à faire tinter. Obtiendrez-vous ce que vous voulez, ce dont vous avez besoin, en extrayant le pétrole de quelqu'un d'autre de cette terre paumée ?
– Je me débrouille.
– Mais ça s'arrête là. Vous vous débrouillez. Jusqu'à ce qu'un jour le vent se lève et vous balaye comme si vous n'aviez jamais existé. Oublié. Mais ce soir, vous êtes un homme chanceux. Si vous avez assez de cran pour être ce que vous êtes et pour faire ce que vous pouvez faire mieux que n'importe quel homme dans cet État.
– Je vous écoute. »
Le banquier dit :
« Vous êtes boxeur.
– Tout le monde le sait, Gene ! laissa échapper Harry Larson. On l'a tous entendu dire. Tu es le meilleur ! »
Billie pinça l'épaule de son frère et il se tut.
« J'ai laissé tomber, dit Gene. Je remonterai plus jamais sur un ring.
– Pour l'instant, dit Doyle.
– Les règles de la Californie ne comptent pas ici, dit le banquier. Ce qu'a dit ce juge...

– Il ne s'agit pas de ça.

– Peut-être que tu n'as plus assez de cran, dit Doyle.

– C'est pas le cran, c'est l'envie.

– Tuer un homme, ça ne devrait pas être un problème pour un soldat qui a fait la guerre, dit l'homme au .45.

– Je ne l'ai pas tué. On s'est battus. Je l'ai frappé. Il est tombé. Il ne s'est pas relevé. Il est mort.

– Oh, fit Doyle avec un sourire. Donc, c'était pas *toi*. Que s'est-il passé, alors ? Un ange est descendu sur le ring pour s'emparer de son âme.

– Je ne sais pas. Les anges ne me confient pas leurs secrets. Si le juge a rendu un verdict de mort accidentelle par imprudence, c'était uniquement pour empêcher les gens du coin de me lyncher. En m'interdisant de boxer dans l'État et en m'envoyant dans un camp de travaux forcés pendant 90 jours, il m'a permis de quitter la ville. Quand je suis sorti, plus personne n'y pensait. Sauf moi. Je suis rentré à la maison. Alors, en quoi ça vous intéresse que je sois boxeur ?

– C'est cette foutue ville que ça intéresse, répondit le banquier. Un championnat du monde des poids lourds va se dérouler ici. Jack Dempsey contre Tommy Gibbons.

– C'est juste une blague qui circule, dit Gene.

– Oui, ça a commencé comme ça. Une blague. Un télégramme envoyé par un notable, un coup de pub gratuit destiné à offrir un peu de gloire à Shelby. Comme s'il y avait des choses gratuites.

– Qui se soucie de la gloire ?

– Soyez moderne, Gene. La modestie, c'est terminé. C'est inutile. Tout comme la réalité. Le plus important, c'est l'image. Ce qui est vrai pour un homme est vrai également pour une ville. C'est un endroit paumé dans la cambrousse, et alors ? Si elle peut devenir célèbre, comme une vedette, la fortune et la belle vie éternelle suivront à coup sûr.

– C'est des conneries, tout ça.

– Peut-être, mais c'est ainsi que ça marche désormais. Le télégramme bidon devait nous valoir quelques articles dans les journaux de la côte Est, un bon coup de pub. Mais le manager de Dempsey, Jack Kearns, nous a pris au mot, il a accepté que son poulain se batte pour le titre à Shelby. Personne ici ne veut avoir l'air de se dégonfler. Résultat, cette “ blague ” a fini par se développer toute seule, elle grossit de jour en jour. Dempsey s'est vu promettre cent mille dollars. Et maintenant, des comptables misent sur une recette d'un million à un million quatre.

– Quel rapport avec moi ? » D'un mouvement de tête, Gene engloba Billie. « Avec nous ?

– On va braquer l'argent du combat.

– *Hein ?*

– Je ne crois pas à ce battage autour du million de dollars, dit le banquier. Mais imaginez que ce soit la moitié et imaginez que notre plan nous permette de rafler la moitié de cette moitié. Deux cent cinquante mille dollars partagés entre nous cinq, ça ne nous rendra pas célèbres, mais de nos jours, on peut quand même se payer de belles années avec cette somme.

– Vous êtes cinglé !

– Non, je suis l'homme bien placé. Si les gens d'ici savaient combien de ficelles j'ai tirées durant ces dernières années, ils me lyncheraient. Je me suis publiquement opposé à ce combat de boxe, mais un murmure par-ci, une question formulée de telle manière par-là, et soudain, les gens ont une idée qu'ils croient être la leur. C'est comme ça que j'ai tout mis en place, et c'est comme ça qu'on va tout rafler.

– Pour que ça fonctionne, dit le crapaud, il faut qu'on soit tous à l'intérieur. C'est moi qui suis à l'origine de cette idée pour perfectionner notre magnifique match Dempsey-Gibbons : il nous faut un combat d'ouverture. Le championnat des poids lourds de Shelby. Comme ça, on sera tous à l'intérieur. Et c'est comme ça qu'on emportera le morceau.

– Vous voulez que je sois votre homme pour ce combat de lever de rideau. Votre boxeur.

– On s'en fout que vous gagniez, dit le banquier à l'intérieur de cette ferme éclairée par une lanterne. On s'en fout que vous perdiez. Tout ce qui nous intéresse, c'est que vous combattiez, jusqu'au bout, et que vous descendiez du ring vivant, en assez bon état pour faire le boulot.

– Descendre du ring vivant, ça me semble être une bonne idée, dit Gene.

– Nous sommes des gens qui avons de bonnes idées, dit le banquier. La question, c'est de savoir si vous avez assez de cran et d'intelligence pour être comme nous. Vous pouvez refuser et repartir immédiatement. Et si vous êtes assez idiot pour parler de ça à qui que ce soit, les gens vous traiteront de fou et de menteur. C'est nous qu'ils croiront, pas vous.

– Ce monde cruel est un enfer pour les menteurs. »

L'homme aux cheveux noirs se renversa dans le canapé en montrant bien qu'il gardait les yeux fixés sur Gene et sur le pistolet automatique posé sur ses genoux.

« Et pour les fous ? demanda Gene.

– Ça dépend. »

Norman Doyle ne souriait pas.

« Et si on est obligé de me porter hors du ring ? »

Doyle dit alors :

« C'est même pas la peine de te réveiller. »

Le camé assis à côté de Gene ne regardait personne.

« Alors, qu'est-ce que vous décidez ? demanda le banquier. C'est oui ou c'est non ?

– Ça ne marchera pas. » Gene secoua la tête. « Même pas la peine de vous demander si le braquage peut réussir ; le crime c'est pas mon truc.

– Dans ce cas, vous pouvez dire au revoir et vous en aller, dit le crapaud. Votre Billie va vous ramener dans cette charmante pension. Dites-lui au revoir à elle aussi. Elle va quitter la ville.

» Voyez-vous, ajouta le crapaud, on a eu des frais. Faire venir Doyle de Butte. Garantir les dettes contractées par Harry dans tout l'État. C'est lui qui nous a parlé de votre penchant pour sa sœur. C'est une sacrée femme. Et elle travaille bien. Mais maîtresse d'école et serveuse, ça ne suffira pas à éponger les dettes de Harry. Avec les gens à qui Harry doit de l'argent, la saisie est un risque permanent. Alors, si notre plan " ne marche pas ", Doyle la conduira à Butte pour qu'elle puisse travailler et payer l'élément vital de son frère en gagnant quelques dollars à la fois dans un établissement dont le propriétaire est un... »

Gene se leva d'un bond ; la chaise pliante tournoya derrière lui avant même qu'il s'en aperçoive, mais pas avant que le .45 ne se retrouve dans la main de Doyle.

« Vous avez tout manigancé ! lança-t-il au banquier.

– Disons que nous avons rassemblé les éléments en vue de la réussite d'une entreprise commerciale, dit Taylor. À vous de choisir maintenant. Que voulez-vous faire de cette entreprise ? »

Le trou noir du .45 observait le cœur de Gene. Le banquier observait son regard. Harry Larson était affalé en avant, le visage dans les mains.

Sa sœur se tenait derrière lui. Gene vit une traînée humide laisser une cicatrice sur la joue douce qu'il n'avait jamais touchée.

Il était largement entré dans le XXIe siècle quand il demanda :

« Qui dois-je combattre ?

– Ça n'a pas d'importance, dit Doyle.

– Non, sans doute, dit Gene. J'ai combien de temps pour me préparer ?

– Sept semaines et des poussières. Le combat a lieu le 4 juillet.

– C'est pas assez.

– Arrangez-vous, répondit Taylor. Des sponsors locaux inspirés ont " trouvé " Doyle pour vous manager. Le maire va vous envoyer une proposition. Acceptez-la. Et soignez votre moustache : sur les photos, on veut que les gens la voient et s'en souviennent, dans votre intérêt. Demain, Billie vous conduira au vieux ranch Woon. C'est là-bas que vous vivrez tous les quatre pendant que vous vous entraînez.

– L'un de vous pourrait sans doute s'enfuir pendant quelque temps, dit Doyle. Je vous rattraperais, mais vous en aurez profité un peu. Mais tous les trois... un jeu d'enfant pour vous récupérer.

– Je devrai courir suffisamment avant le combat, dit Gene.

– Parfait », dit Taylor. Il leva son verre de whisky. « Bonne chance... champion. »

Elle le ramena en ville. Ils ne se parlèrent pas. L'enveloppe contenant la proposition du maire se trouvait dans sa boîte aux lettres. Gene griffonna OK sur la feuille, signa son nom, et donna au réceptionniste pied-bot deux pièces pour qu'il livre le document. Gene régla sa note et s'allongea sur son dernier lit honnête. Des trains traversaient bruyamment la ville sur la voie ferrée située à cinquante mètres de l'endroit où il était couché, mais il les laissa partir sans lui vers des forêts propres et des villes de bord de mer.

Billie passa le chercher après le petit déjeuner. La route serpentait à travers la prairie, ravagée par l'érosion, qui s'étendait sur plus de cent kilomètres à l'ouest de la chaîne en dents de scie, déchiquetée et bleue, des Montagnes Rocheuses. Cette nationale, sous la cuvette bleue du ciel, conduisait au Mexique. Billie bifurqua à gauche sur cette route lubrifiée, laissant derrière eux les Rocheuses, pour suivre un chemin de gravier sinueux. Les terres arables devinrent vallonnées, avec des trouées pour la rivière baptisée Marias, du nom d'une femme de la vie de Meriwether Lewis. Gene se dit que Lewis avait eu rudement de la chance de pouvoir faire ça pour elle.

La maison et l'écurie décrépites des Woon se détachaient sur le fond de l'horizon au bout de la route.

« Il y a deux chambres en haut, une en bas et une pièce dans l'écurie, dit Doyle en descendant de la véranda devant laquelle Gene et Billie se garèrent.

– J'ai pris celle du bas pour entendre grincer les portes à moustiquaire. Tu coucheras en haut, pauv' mec ; la femme aussi. Le camé est dans l'écurie. »

Doyle les conduisit dans l'écurie où l'air étouffant était chargé de l'odeur du foin et du fumier. Des mouches bourdonnaient. Dans une stalle, un cheval noir hennissait. Un gros sac de sable était suspendu à une poutre dans le coin opposé et une autre avait servi à accrocher un punching-ball. Des haltères attendaient sur une table à côté d'une paire de gants de boxe, de rouleaux de sparadrap et de cinq paires de chaussures en toile.

« Taylor a choisi ta pointure au pif, dit Doyle. On t'apportera d'autres trucs si tu veux.

– J'ai mes chaussures et mes gants pour le combat. » Gene prit une paire de tennis. « Celles-ci feront l'affaire en attendant. »

À trois mètres de là, Doyle demanda :

« Et maintenant ?

– Vous avez un couteau ? »

La main droite de Doyle jaillit comme un fouet pour faire sortir de sa manche un couteau à cran d'arrêt. Un éclair passa entre lui et Gene et, avec un bruit sourd, le couteau se planta dans la cloison d'une stalle.

« Tiens, sers-toi. »

Faudra que je me méfie de ça aussi. Gene ôta le couteau du bois et découpa les jambes de son pantalon pour s'en faire un short. Il lança le couteau dans la poussière, devant les chaussures cirées de Doyle. Ensuite, il ôta sa chemise et troqua ses chaussures de chantier contre les tennis neuves. Et il dit :

« L'heure est venue de s'entraîner. »

Son travail sur les derricks lui avait donné de la puissance et de l'endurance. C'était capital, mais il avait besoin également de force explosive. Pendant une heure, il s'entraîna avec des haltères, tout en expliquant à Harry comment fabriquer un banc pour travailler les développés couchés. Il prit une haltère de cinq kilos dans chaque main pour boxer à vide. Quand il eut les bras en feu, il enfila ses gants d'entraînement et s'attaqua d'abord au sac de sable, puis au punching-ball. Ses bras étaient si lourds que même s'il avait conservé son timing d'autrefois, la démonstration de vingt minutes qu'il offrit aux regards attentifs de Doyle, Billie et Harry, aurait été pitoyable.

« J'ai l'impression que tu t'entraînes à l'envers, commenta Doyle. Le talent, ça devrait passer avant.

– C'est quand on est au plus mal qu'on voit si on a du talent. » La sueur couvrait le torse nu de Gene.

« Ensuite, on sait combien de chemin il reste à parcourir.

– Je me dis que tu auras du pot si tu arrives déjà à sortir de cette écurie.

– Je serai peut-être pas le seul.

– Au moins, tu parles comme un battant, cracha Doyle. Femme : j'ai faim. Va préparer le déjeuner.

– Préparez-le vous-même, dit Gene. J'ai besoin d'un observateur pour faire un jogging, mais je n'apprécie pas votre compagnie. Et je pense pas qu'Harry puisse supporter la chaleur.

– Ton boulot, c'est pas de penser, pauv' mec.

– Très bien. Vous expliquerez à Taylor que vous avez décidé de foutre en l'air mon entraînement.

– J'expliquerai rien à personne. »

Doyle avait ôté sa veste et sa chemise blanche, laissant voir les auréoles d'humidité autour des sangles de cuir du holster de son .45.

Mais tu n'oseras pas pousser le bouchon trop loin, songea Gene. *Pas tout de suite.*

Doyle déclara :

« Je vais dans la maison. »

Pendant qu'il s'éloignait, Gene expliqua à Billie ce qu'il voulait.

Elle brida le cheval noir. Elle ne chercha même pas une selle. Elle grimpa sur le dos de l'animal, sa jupe tournoya et remonta au-dessus de ses genoux. Ses pieds étaient nus, comme ses cuisses qui serraient les flancs du cheval. Harry posa des pots en verre contenant de l'eau de chaque côté du cou du cheval agité de tremblements. Billie lui donna un petit coup de talon dans les flancs et Harry la conduisit hors de l'écurie ; ses hanches rondes se répartissaient de manière égale sur l'épine dorsale de l'animal et se balançaient au rythme de chaque pas. Quand elle déboucha en plein soleil, elle se retourna et adressa un signe de tête à Gene.

Il se mit à courir.

Hors de l'écurie, à travers la cour, sur la route de graviers. La poussière emplissait sa bouche haletante. Les cailloux lui poignardaient la plante des pieds. Il suivit une piste pour les chariots qui longeait les crêtes du lit de la rivière. Au bout de cinq cents mètres, la maison disparut derrière les bosses et les déclivités du terrain. Il relâcha ses épaules puissantes. Il entendait le *clop clop* du cheval derrière lui, les pots remplis d'eau qui s'entrechoquaient. Après un peu moins d'un kilomètre, il vomit et tituba ; il serait tombé si, par miracle, Billie n'avait pas été sur le sol près de lui pour le retenir tandis qu'il respirait bruyamment et haletait et que le monde tournoyait en vives explosions de lumière.

Elle l'aspergea d'eau, l'obligea à se rincer la bouche et à boire.

« Tu pourras y arriver ?

– Il le faut bien, qu'on y arrive, non ? »

Billie posa sa main sur son torse en sueur. Les violents battements de son cœur la firent tressaillir.

« Merci.

– Je dois réussir à courir quinze kilomètres par jour avant la fin de la semaine prochaine. »

Elle remonta sur le cheval. Il avança encore en trébuchant pendant trois minutes, avant de faire demi-tour et d'obliger son esprit à le ramener à la ferme en courant. Il ne voulait pas que Doyle voie qu'il avait besoin d'aide pour rentrer. Billie le força à manger quatre œufs brouillés au déjeuner. Elle le lava au jet derrière la maison. Elle l'allongea sur le lit au premier étage pendant qu'elle lui défaisait sa valise contenant ses vêtements, le sac en toile avec ses chaussures de boxe encore souples, son short en satin bleu et les gants noirs tachés de sang. Avant le dîner, elle lui tint les chevilles pendant qu'il faisait des relevés de buste jusqu'à ce que ses abdominaux soient pris de crampes à quatre-vingt-dix-sept; il échappa à l'étau des mains de Billie en se tordant sur le sol en terre de l'écurie. Il combattit contre le sac de sable et contre le punching-ball et il perdit à chaque fois. Elle le regarda pendant les cinq minutes où il resta suspendu des deux mains à un tuyau pour s'étirer et gagner un poil d'allonge. Elle ne pouvait pas savoir qu'il avait essayé de finir par une série de tractions, sans y parvenir. Elle le lava au jet encore une fois. Il n'aurait su dire ce qu'il y avait au dîner, mais il avala tout, y compris le lait bon pour les os, à l'heure du coucher seulement, car ça risquait de lui couper le souffle. Au premier étage, vêtu de son caleçon uniquement, il resta allongé, impuissant, pendant qu'elle lui épongeait le visage avec la solution saline qu'il avait demandé à Doyle d'aller lui chercher en ville. Quelques gouttes coulèrent dans son œil, mais Billie était rapide : elle plaqua sa main sur la bouche de Gene et son cri fut étouffé entre les murs de la chambre. Elle plongea les mains de Gene dans les bols de solution saline : le travail sur les derricks avait déjà durci sa peau, mais toutes les astuces étaient bonnes. La saumure réveilla les dizaines de coupures sur ses mains. Il était trop fatigué pour ressentir la douleur.

« Est-ce qu'il ferait ça ? demanda-t-il. Ton frère... Il te... Il les laisserait t'obliger à...

– Harry ne le supporterait pas, mais il ne se supporte pas déjà lui-même. Il se droguerait et il croirait que c'est un coup du sort contre lequel il ne pouvait et ne peut rien faire, quelque chose qui disparaîtra si on se contente de tenir le coup.

– Et toi ? »

Elle détourna le regard.

« Ma mère est morte. Mon bébé est mort. Mon frère est tout ce que je peux encore perdre.

– Il y a toi.

– Tu es le seul qui se soucie de ça. » Elle secoua la tête. « D'ailleurs, ils ne se contenteraient pas de tuer Harry ; ils savent bien qu'il s'en ficherait. Ils me tueraient moi aussi, pour faire une démonstration devant le monde entier. Au moins, si on est encore en vie tous les deux... il nous reste ça. »

Elle se retourna vers lui.

« Tu sais que... tout ce que tu veux de moi, tu peux l'avoir.

– Je ne veux pas que quelqu'un te fasse du mal. Je ne veux pas que tu sois obligée de pleurer. »

Billie quitta la chambre. Il resta étendu sur le lit, les mains dans les bols de saumure. *Si la maison prend feu, c'est ici que je mourrai.* La porte de la chambre s'ouvrit et elle entra avec des couvertures roulées et un oreiller. Elle se fit un lit par terre, sortit les mains de Gene du bol, étendit une couverture sur lui, mais il était déjà parti dans un sommeil au-delà du repos.

Le lendemain, ce fut encore pire. Et le surlendemain aussi. Une douleur qui résonnait dans les os. Les muscles en caoutchouc, les poumons en feu. La moitié du temps, il n'était plus totalement lucide pendant qu'il soulevait des poids ; il essayait de ne pas trébucher, et il trébuchait sans cesse, en sautant à la corde. Première chose qu'il faisait le matin : il se suspendait au tuyau, il se tordait dans tous les sens avant que Billie bride le cheval, remplisse d'eau les pots en verre et suive sa course chancelante à travers la prairie. Sac de sable, punching-ball, encore la corde à sauter, shadowboxing, puis encore un footing avant le dîner. Éponges d'eau saline et trempage des mains. Et toujours sous le regard de Doyle qui rôdait dans les parages et qui mangeait en face de Billie et lui et aussi de Harry le frangin quand il n'était pas défoncé, Harry qui essayait toujours de faire des plaisanteries, qui parlait du sacré combat que ce serait, et des joggings de Gene qui leur construisait des rues pavées d'or, une route vers le paradis.

Le cinquième soir à la ferme, Taylor vint les voir en douce.

« Ils ont trouvé ton adversaire, dit le banquier grassouillet. Eric Harmon. Il a dix kilos de muscle et cinq centimètres de plus que toi et il est sorti du lycée depuis deux ans seulement. Il a remporté les Golden Gloves à Great Fall, et la gloire brille dans son regard.

– Je la lui laisse, dit Gene.

– Très bien. Du moment qu'à la fin, tu ne le laisses pas t'achever pour partir avec. »

Taylor leur donna une radio et leur ficha la paix ensuite.

Le lendemain, l'entraînement fut un enfer. Et le surlendemain aussi. Le soir, pendant qu'il faisait tremper ses mains, Billie lui lisait Sinclair Lewis, tandis qu'en bas, là où Doyle fumait et surveillait la porte, la radio diffusait de la musique. Gene savait lire, mais la voix de Billie était magique. Il lui posait des questions. Il savait qu'elle lui répondait en disant la vérité, peut-être pour la première fois de sa vie sans réserve. Comment son père avait acheté sa mère. Comment elle-même ne s'était jamais sentie à sa place, ni Blanche, ni Indienne. Ce n'était pas un homme avec du pouvoir, ni une femme qu'on respecte. Elle éprouvait un sentiment de liberté seulement quand elle se perdait dans un livre, ou dans un film au cinéma ou dans une chanson à la radio. Ou parfois sur un cheval quand elle galopait dans une prairie déserte. Les seuls moments où elle avait eu l'impression d'exister, c'était lorsqu'elle enseignait et que le visage d'un enfant s'illuminait quand il comprenait, qu'il s'agisse du théorème de Pythagore ou de la splendeur de Rome. Elle lui raconta qu'elle avait eu pitié de l'homme paternel qui l'avait suppliée de l'épouser, et comment elle avait misé sur le fait qu'il saurait au moins la protéger. Il lui avait fait un bébé, Laura, qui lui remuait le cœur. Elle lui raconta comment la fille et le mari étaient morts en toussant sous ses yeux.

Gene répondit à ses questions également. Il lui raconta comment après le sang de Belleau Wood, il avait été envoyé en Angleterre, où un sergent lui avait donné le choix entre la boxe ou le front. Le ring lui paraissait plus sain. Apprendre à glisser, esquiver et feinter ; enchaînements, contres et timing.

« Et j'ai découvert que, si j'étais capable de faire un tas de choses, je n'étais vraiment bon, réellement bon, ce qui s'appelle un véritable don, que pour une seule chose : boxer.

– Savoir cela et l'avoir, ça rend heureux.

– C'est ce qu'on pourrait croire, hein ? »

Elle ne dit rien. Elle souffla la lampe de chevet et s'allongea par terre.

Le lendemain matin, il courut avec les pensées claires ; il entendait le cheval qui trottinait pour le suivre. Il courut trois collines plus loin que d'habitude et revint sans s'arrêter. Il ne prit qu'un pot d'eau. Il utilisa des poids plus lourds, il effectua plus de relevés de buste, il fit chanter et tournoyer la corde à sauter. Il enfila les gants d'entraînement. Le sac de sable était suspendu dans l'écurie inondée de soleil. Gene s'en approcha en glissant comme si ses pieds ne collaient pas au sol. Il sentait le rythme d'une brise. Il feinta une fois, deux fois...

Il frappa le sac de sable d'un direct du droit qui décolla la poussière de la poutre, avec un grand claquement sec qui fit sursauter le cheval dans sa stalle.

Gene se tourna vers Billie avec un large sourire. Il vit qu'elle avait envie de le lui rendre, et c'était déjà quelque chose, c'était presque assez. Le sac de sable cria de douleur pendant une demi-heure sous ses coups. Il frappa ensuite le punching-ball comme une mitraillette. Doyle sortit de la maison ; le regard mauvais avait disparu de son visage. Harry faisait le tour de l'écurie en se pavanant, comme un poulet qui gazouille : *Qu'est-ce que j'avais dit ! Qu'est-ce que j'avais dit !*

Et Gene respirait comme un boxeur.

Ce soir-là, Billie souffla la lampe sur la table de chevet, mais au lieu de se coucher sur le plancher, elle resta debout à regarder Gene, alors que la lumière de la lune se déversait par la fenêtre ouverte. Le vent agitait ses cheveux et sa longue chemise de nuit blanche.

« Tu m'as menti, dit-elle.

– Jamais je ne ferais une chose pareille.

– Tu as dit que tu étais doué pour une seule chose, la boxe. Mais tu es le meilleur qu'on puisse trouver au monde. Tu risques tout pour me sauver. Personne ne pourrait faire ça mieux que toi, et une chose est sûre : personne ne voudrait le faire. »

Le lit flottait devant la lumière de ses yeux dans cette pièce sombre.

« Tu crois qu'on va s'en sortir vivants ? murmura-t-elle.

– Sinon on mourra en essayant. »

Elle ne rit pas.

« Dans un cas comme dans l'autre, juste une fois, juste pour une seule chose, je veux pouvoir choisir.

– C'est aussi ce que je désire pour toi. »

Elle souleva sa chemise de nuit par-dessus sa tête, comme un nuage blanc qui s'en va pour laisser sa peau nue miroiter dans l'éclat argenté et lunaire. Le lit grinça lorsqu'elle s'y agenouilla, lorsqu'elle s'allongea à côté de lui. Jamais il n'avait eu aussi peur de faire ce qu'il ne fallait pas. Elle prit sa main droite et la plaqua sur son sein ; elle la remplit avec sa chair ronde, chaude qui se raidissait, et il sentit son cœur battre aussi fort que le sien quand elle dit :

« Tout ce que je peux, je te le donne.

– Mais en as-tu envie ? » murmura-t-il.

Le souffle de Billie s'accéléra, il devint plus court, comme si elle courait. Ses longues jambes frottèrent contre celles de Gene. Il se recula ; il écarta son visage du sien ; ses lèvres étaient entrouvertes, mais incapables de l'atteindre, et il la tint ainsi éloignée jusqu'à ce qu'il l'entende murmurer *Oui ! Oui !* murmura-t-elle. *Oui !* lui dit-elle. *Oui !* Et tandis qu'elle faisait remonter sa jambe nue sur ses cuisses, il s'abandonna à leur baiser.

Au matin, Gene découvrit la limite. Cette frontière fine comme une lame de couteau où la force et la faim se rencontrent. Cet endroit de fureur où vous plongez dans vos yeux et où votre colonne vertébrale se blinde. Vous ne marchez plus, vous ne courez plus : vous êtes un vent tendu, avec des jambes comme des nuages d'orage et des bras comme des éclairs. Le sourire sur votre crâne est celui de la mort et l'envie de sentir le goût café-métal-sel du sang dans votre bouche se fiche de savoir à qui il appartient. Gene dévora quinze kilomètres avec l'odeur de Billie sur lui ; les hanches de Billie rebondissaient sur le cheval noir. Il fit une séance de shadow-boxing dans l'écurie en ayant parfois l'impression qu'elle était partout autour de lui, et parfois très loin. Poings nus, il massacra le sac de sable avec son enchaînement de trois coups préféré ; il tournoya sans perdre le rythme pour faire chanter le punching-ball, puis il se retourna vivement pour attraper un taon en l'air avec son direct du droit. Il était totalement plongé dans l'instant présent de cette écurie poussiéreuse et étouffante qui empestait le foin, en même temps qu'il était tout entier sur chacun des rings de toile de l'éternité. La douleur ne comptait plus. C'était un boxeur.

« Fais-toi propre, dit Doyle. On va tous en ville pour montrer à ces rustres qu'on existe. »

Doyle prit le volant et ordonna à Gene de s'asseoir à l'avant avec lui. Harry était à côté de Billie sur la banquette arrière, tendu comme un tambour. Elle portait la robe bleue.

La ville de Shelby était déjà pleine avant l'annonce du combat. Maintenant, Gene avait l'impression de se retrouver dans une ruche gonflée d'air chaud produit par les battements d'un million d'ailes. La ville possédait six salles de bal pour accueillir les ouvriers qui avaient débarqué en masse afin de construire l'arène en bois octogonale de 40 000 places qui se dressait comme un squelette à la périphérie. Dans la prairie, de l'autre côté de la voie ferrée par rapport au lieu du combat, s'étendait un campement de tipis indiens. Les voitures obstruaient la rue principale. Les gens ouvraient de grands yeux et montraient du doigt. Des hommes décidèrent de leur propre chef de leur faire une place devant le cinéma, en arrêtant la circulation et en faisant signe à Doyle de se garer dans cet emplacement. Quand ils descendirent de voiture, des mains surgirent de partout pour serrer celle de Gene, pour le toucher, dans le dos, sur les épaules. La foule regardait d'un air ébahi les Larson qui avançaient dans le sillage du boxeur et son entraîneur ; les gens savaient que ces simples métis d'ici étaient plus ou moins sacrés eux aussi maintenant. Les fans souriaient avec une avidité sinistre. La fille blonde d'un exploitant pétrolier, dont les yeux n'avaient jamais remarqué Gene, cherchait à attirer le gladiateur avec son regard saphir.

Harry se précipita devant.

« Laissez-nous passer ! Laissez passer Gene ! »

Ils entrèrent chez le coiffeur. Un client enveloppé d'un linceul blanc, les cheveux à moitié coupés, bondit de son fauteuil et Doyle donna un coup de coude à Gene pour qu'il accède à la requête du coiffeur qui le suppliait de monter sur ce trône.

« C'est gratuit pour vous deux, les gars, dit-il. C'est la maison qui régale !

– " Vous deux " ? » dit Gene.

Le rideau du fond s'écarta pour laisser apparaître un colosse dont les muscles gonflaient ses manches de chemise. Eric Harmon dit :

« Moi et toi. »

Le bon côté de Gene, l'ancien côté, le vrai, avait envie de dire : *Tu étais ici le premier, Eric. Prends le fauteuil.* Mais le boxeur qu'il était devenu sourit et se renversa dans le siège pour s'offrir à la tondeuse du coiffeur.

« Ce ne sera pas long, dit Gene. Tu pourras prendre ma place ensuite.

– Comme si je le savais pas », répondit Eric.

Seul le *clip clip* des ciseaux se faisait entendre dans le salon du coiffeur, tandis qu'Eric se tenait adossé au mur. Assis dans un fauteuil, Doyle indiqua, d'un mouvement de tête, à Billie et à Harry de s'asseoir aussi. Deux autres clients faisaient semblant de lire des magazines. Dans la rue, de l'autre côté de la vitrine, personne ne bougeait dans la foule au coude à coude ; tout le monde avait la tête tournée d'une manière ou d'une autre pour apercevoir la vitre du coin de l'œil.

« Ça vous va ? » demanda le coiffeur après avoir fait tourner Gene sur son fauteuil pour qu'il puisse se voir dans la glace.

« Ça m'a l'air très bien, dit Gene. Je suis superbeau, non ? »

Il se disait : *Je t'en supplie, Billie, sache que je ne le pense pas !*

« Je n'ai jamais pensé à toi comme à un beau gosse, répondit Eric.

– Moi, je n'ai jamais pensé à toi du tout. »

Gene se leva et lança 25 cents au coiffeur en lui disant :

« Vous travaillez si bien que je vais rester pour vous regarder faire. »

Eric secoua la tête et s'assit dans le fauteuil. Le drap blanc claqua autour de lui. Gene remarqua que les mains du coiffeur tremblaient.

« Attention, Pete. N'allez pas entailler notre ami ; qu'il ne soit pas tout rouge trop vite.

– Je m'en fous qu'il utilise son rasoir, dit Eric. Je saigne pas facilement.

– C'est ce qu'on verra. » Gene tourna la tête vers l'autre bout du salon. « Ça vous embête si je mets la radio ? »

Le coiffeur ne brisa pas sa concentration pendant qu'il coupait les cheveux du jeune gars, et Gene alla allumer la radio qui diffusait du jazz hot new-yorkais. Il monta le son.

« Faut que j'aille me laver les mains, dit Gene. Mais pas autant que certains. »

Il franchit le rideau qui cachait le lavabo et les toilettes. Le bruit du jazz à la radio enveloppait le salon de l'autre côté du rideau. Personne ne pouvait entendre ce qui se passait dans les toilettes. Gene fit couler l'eau et ne tourna pas la tête en entendant le rideau s'ouvrir en grand, puis se refermer.

« Tu crois qu'on leur a fait un numéro suffisant, Eric ? »

Gene prit une serviette sur le porte-serviettes et se retourna en se séchant les mains. Le jeune boxeur le regardait sans bouger. Au moins cinq centimètres. Au moins dix kilos.

« Pour moi, c'est pas un numéro, répondit Eric. On s'est jamais rencontrés, pas vraiment, mais je sais qui tu es, je t'ai vu ici et là. Je t'ai toujours admiré d'une certaine façon. Alors, je veux que tu saches que j'ai rien contre toi.

– Au moins, tu es intelligent.

– Le truc, c'est de gagner. De savoir qui est un champion. Et ce sera moi. Je te combattrai à la loyale, mais je te battrai.

– Eric, ne te tue pas au...

– La Californie, c'est de l'histoire ancienne. Pas pour tous ces gens dans la rue, mais pour les gars comme nous qui doivent monter sur le ring, c'était quasiment dans une autre vie. Je me fiche de ce que tu as fait, sauf que je suis désolé pour toi et pour le gars qu'est tombé.

– Je l'ai envoyé au tapis.

– Avec moi, ça suffira pas. C'est la seule occasion de prouver que je suis quelqu'un.

– Non.

– Bien sûr que si. Regarde-toi. »

À ce moment-là, le jeune gars lui tendit la main. Quand Gene la lui serra, Eric n'essaya pas de lui briser les doigts et à cet instant, Gene en éprouva de l'affection pour lui.

« Bats-toi comme il faut, dit Eric. Je veux me dire que j'ai remporté un combat dur. »

Gene ne savait pas quoi répondre. Laisse-le partir avec le silence. Gene lui donna le temps de sortir de chez le coiffeur avant de tirer le rideau. Le shérif John Otis était là.

« On dirait que j'avais pas besoin de rappliquer dare-dare, finalement. » Les yeux de Texas John se détachèrent de Gene pour englober Billie, Harry qui tremblait et Doyle. « J'vois pas de...

– Ça aurait pu, dit le coiffeur. Pourquoi...

– La loi, c'est pas “ ça aurait pu ”. C'est c'que je vois avec ces deux bons yeux. » Ces deux yeux s'attardèrent sur Doyle. « Mais c'est pas parce que je repère un salopard que j'vais lui filer ce qu'il mérite. Mais s'il fait un faux pas, alors là, j'baisse le rideau.

– C'est comme si vous étiez dans un film, hein ? dit Doyle. Au lieu d'être ici, dans le monde réel. »

Le shérif s'esclaffa, et sa veste d'uniforme s'ouvrit *accidentellement* au moment où il balançait les bras. Gene vit le Colt Peacemaker rangé dans son étui sur la hanche de Texas John, comme du temps où il était Ranger. Il vit la crosse en bois du Mauser qui pendait sous le bras droit d'Otis, et il savait qu'un automatique capable de tirer à mille mètres était accroché près du cœur du shérif.

« C'est pas le monde réel ici. C'est Shelby.

– Imaginez un peu, dit Doyle.

– Pas la peine, répondit Texas John. J'suis ici. On a des téléphones et tout ça. Et quand j'ai appelé au sujet d'un frimeur aux cheveux bouclés, avec une plaque d'immatriculation de Butte, qui prétend être manager de boxe, les gars de là-bas se sont demandé comment vous vous étiez retrouvé dans un truc honnête.

– La chance, je suppose.

– La chance est une chose fragile. Faut la surveiller de près.

– Comptez sur moi. »

Le shérif s'adressa à Gene :

« Tu fréquentes du beau monde, mon gars. »

Ses bottes de cow-boy noires ébranlèrent le salon de coiffure lorsqu'il sortit d'un pas décidé dans Main Street.

« On retourne au ranch », dit Doyle.

Tout à fait d'accord, se dit Gene. Chaque jour, son entraînement le transformait un peu plus en tigre d'acier. Chaque nuit, il se couchait à côté de Billie. Il avait besoin de moins de sommeil et plus d'elle. Elle lui donnait tout ce qu'elle pouvait trouver. Elle lui posait des questions, elle écoutait ses réponses.

« Qu'est-ce qui a été le plus dur à apprendre dans la boxe ? demanda Billie.

– S'obliger à pénétrer dans la garde de l'adversaire, où tu peux frapper et risquer d'être blessé. Franchir le cap de la terreur. Tu as la bouche sèche, ton estomac se soulève, tu regardes de l'autre côté du ring et tu vois ce regard d'acier qui te revient, et tu espères qu'il ne voit pas ton estomac qui palpite, puis tu vois le sien, il fait des bonds comme un fou lui aussi et, oh, nom de Dieu, la cloche va sonner d'une seconde à l'autre. »

Il lui expliqua combien c'était facile d'oublier sa garde. Que son enchaînement préféré était un gauche-gauche-droite instantané, et quand on balance un direct du gauche, il faut penser à ramener son poing au niveau des yeux, vite. Comment, après la seconde gauche, il fallait déplacer le pied gauche de dix centimètres sur la gauche, en dansant pour redresser les épaules et conférer au direct du droit le claquement qui donnait la puissance. L'uppercut, c'était facile, on tournait les pieds en dedans et on dévissait son coup. Il lui avait fallu des mois pour apprendre ; il s'était entraîné un million de fois avec chaque poing jusqu'à ce qu'il puisse maintenir son coude levé et le lâcher d'un coup, de manière compacte ; une boucle de cinquante centimètres pas plus ; soixante centimètres, c'est un coup tendu, une farce, rien du tout, et ensuite, vous ne devez compter que sur la chance pour esquiver le boulet de canon du gars d'en face.

« Mais outre le fait que tu es doué pour ça, qu'est-ce qui te plaît dans la boxe ? »

Il lui fallut toute la journée du lendemain pour trouver la réponse. Cette nuit-là, ils restèrent emboîtés dans l'obscurité ; le visage de Gene était caressé par le parfum des cheveux de Billie, dont l'épine dorsale nue était plaquée contre la masse de la poitrine de Gene ; ils étaient seuls tous les deux sur le drap blanc de leur lit illuminé par les étoiles.

« Sur le ring, murmura-t-il, tout ce qui arrive est réel. Vrai. Même les esquives, les feintes et les ruses. Tu utilises chaque partie de toi-même et tu en découvres d'autres que tu ignorais. Aucune chaîne ne va jaillir du ciel pour te pendre et te lâcher ensuite, avant que tu comprennes ce qui t'arrive. Tu n'auras pas besoin de tuer ton cheval à coups de pistolet. Tu sais exactement qui tu es. Où tu es. C'est un combat. Tu es un boxeur. »

Elle ne répondit pas.

Puis elle dit :

« Avec toi, comme ça, c'est là où j'en ai approché le plus. »

Elle lui dit :

« Tu dis que la seule chose spéciale que tu saches faire, c'est boxer. Moi, la seule chose spéciale que je sache faire, c'est me faire aimer de toi. »

Billie se roula en boule, loin de lui et contre lui en même temps ; sa tête s'éloigna de ses baisers sur l'oreille, alors que ses hanches rondes appuyaient contre son bas-ventre, se plaquaient contre lui, se frottaient, et Gene s'abandonna à elle.

Neuf nuits avant le combat, Doyle ouvrit leur porte en grand et resta planté dans l'encadrement, à contre-jour, tandis que Billie tirait brusquement le drap sur sa nudité et que Gene posait discrètement un pied nu sur le plancher.

« Réveille-toi et habille-toi, pauv' mec. J'ai besoin d'un chauffeur.

– C'est pas mon boulot.

– Le camé a la tremblote, alors c'est toi ou la fille. Si c'est elle, le retour jusqu'à toi sera beaucoup plus long. Remarque, ça me gêne pas. »

Gene estima qu'il était environ minuit quand il quitta la ferme avec Doyle.

« On dit qu'une femme, ça affaiblit un boxeur, dit Doyle. Ça lui coupe les jambes. Et le souffle.

– Le seul moyen de le savoir, c'est de me trouver un sparring partner. Vous voulez pas vous porter volontaire ?

– Ça te plairait, hein, *punchy* ?

– Je fais le boulot qu'on m'a demandé, c'est tout.

– Non. Ce soir, tu fais le chauffeur. Comme je te l'ai demandé. »

Doyle lui fit prendre une route secondaire conduisant à Shelby. De la musique s'échappait des boîtes de nuit de Front Street. Doyle le fit stationner dans une ruelle en pente, un peu plus haut que la porte de derrière, mal éclairée, de la banque de Taylor.

« Éteins les phares et coupe le moteur, mais garde la main sur le démarreur.

– On a rendez-vous avec le grand homme ?

– On pourrait dire ça si t'étais pas censé la fermer. »

Doyle se pencha pour masquer l'allumette qu'il gratta et qui lui permit de regarder sa montre : une heure moins dix. Il souffla la flamme bleue. La fumée soufrée fit tourner l'obscurité à l'aigre. Il descendit de voiture et dégagea les pans de sa veste.

« Quand tu me vois arriver en courant, tu démarres. En gardant les phares éteints. »

Doyle marcha à pas feutrés jusqu'à un abri où la pénombre le cachait de la ruelle en contrebas et il resta immobile comme un roc.

Gene savait calculer le temps par groupes de trois minutes. Au milieu du sixième round, il aperçut, en bas de la pente, entre deux immeubles de Main Street la silhouette massive d'un homme qui marchait vers la ruelle. L'homme apparut : le shérif Otis.

À cette distance, la voiture dans laquelle se trouvait Gene était une forme innocente, un de ces nouveaux véhicules qui affluaient en ville pour les puits de forage ou la voie de garage qu'ils construisaient pour les trains charters venant de l'Est. Même si l'ex-Texas Ranger repérait la voiture, le moteur était éteint et les portières fermées. L'obscurité enveloppait Doyle. Le shérif Otis longea le mur de pierres plates d'un immeuble et pénétra dans le cône de lumière qui tombait sur la porte arrière de la banque. Otis referma sa main, celle qui lui servait à tirer, sur la poignée de la porte pour vérifier qu'elle était bien fermée.

Gene entendit à peine Doyle murmurer :

« Dégaine ! »

Il vit la main de l'homme dans l'ombre sortir de sous sa veste et se tendre vers Otis.

Il vit l'éclair du pistolet et il entendit le rugissement, tandis qu'une gerbe écarlate peignait le mur en ciment de la banque, sous la poignée, et qu'Otis était projeté en l'air avant de s'écrouler dans la ruelle.

Doyle sauta dans la voiture et ils repartirent vers le sud à toute allure.

« J'ai eu ce salopard exactement comme je voulais ! beugla Doyle.

– C'était un coup en traître !

– Ça dépend de quel côté de la détente on se trouve. De plus, j'aurais pu lui tirer une bastos dans son cœur mauvais, mais au lieu de ça, il pourra jouer les héros en boitant.

– Pourquoi tant de bonté ?

– Le meurtre d'un représentant de la loi, ça fait monter la pression de tous les côtés. Un invalide, c'est drôle.

– En espérant qu'il se videra pas de son sang. »

Ils sautèrent sur une bosse.

« C'est les risques du métier », dit Doyle.

Trois soirs plus tard, six jours avant le combat, Taylor vint les voir et il dit à Doyle :

« Excellent travail. Les édiles ont refilé l'étoile à un gars du coin. Otis est coincé dans sa baraque, assis sur sa véranda avec son flingue sur les genoux, la jambe dans le plâtre, et il regarde passer les trains en jurant comme un enfant de salaud. Curieusement, tout le monde parle de deux types avec des accents du Texas qui ont débarqué en ville et qui sont introuvables. C'est presque comme s'ils n'avaient jamais existé, mais ça doit être eux pourtant. Le passé d'un homme revient le hanter. Ça arrive tout le temps.

– Est-ce qu'il remarchera ? demanda Gene.

– On s'en fout, dit Doyle. Ce chien de garde ne sera plus là pour imaginer ce qu'il peut pas voir, il ne pourra pas courir après les voleurs.

– Toi, tu devras courir, dit le crapaud à Gene. Dans la confusion, nos flics locaux ne feront pas le rapprochement, mais assez vite, ils s'adresseront au vrai justicier. Il devinera ton rôle, surtout qu'il a déjà repéré Doyle. Mais le tir de Doyle t'a fait gagner au moins une demi-journée.

– Après le braquage, c'est le premier endroit où ils regarderont. Doyle planquera une carte du Mexique brûlée dans les cendres de la poubelle. Vous irez vers l'Est, dans cette ferme où on s'est rencontrés. On partagera le fric. Vous cacherez ma part dans le coffre sous le plancher du salon. Harry, tu laisseras le pognon que tu dois. Doyle prélèvera quelques billets supplémentaires pour les frais. Il y aura des ciseaux, de la teinture pour les cheveux. Un rasoir pour ta moustache, Gene. Si tu es amoché après le combat, il y aura une écharpe pour ton bras et le certificat d'un médecin concernant un accident à la ferme. Il faut mentir seulement quand c'est nécessaire. Une coupe de cheveux soignée, un henné et Billie aura l'air respectable. Dans la remise, il y aura une voiture de rechange. Avec des plaques d'Alberta. Harry connaît la route des contrebandiers pour aller au Canada. Tous les quatre, vous atteindrez la gare de ce trou paumé d'Aden avant les journaux du soir. Doyle aura des billets de train pour Vancouver au nom de M. et Mme Louis Dumas. Doyle pense qu'il aimera New York : là-bas, n'importe qui peut être n'importe qui. Harry, tu pourras aider Doyle à rouler jusqu'au succès, ou bien il te déposera en chemin, à toi de choisir.

– Et vous ? demanda Gene.

– Je resterai ici pour continuer à semer la confusion dans les esprits de nos amis et voisins. Dans un an, je quitterai à contrecœur ce paradis pour un meilleur boulot. Six mois plus tard, je disparaîtrai en homme libre.

– Qu'est-ce qui nous empêche de garder tout le fric ? demanda Gene. Vous n'irez pas trouver la police.

– Tu es trop intelligent pour prendre le risque d'échapper à mes hommes de confiance en plus de la justice. » Taylor sourit. « De plus, les Larson et toi, vous êtes fondamentalement des gens honnêtes. Un banquier apprend à sentir ce genre de choses très vite. »

En cette nuit sans lune, alors que Billie flottait sur le torse de Gene, elle murmura :

« Est-ce que Doyle pourrait doubler notre banquier ?

– Non. Pas tant que tout fonctionne. Ils sont trop malins l'un et l'autre.

– Et nous ? murmura Billie.

– Oui... » Une respiration fit se soulever et retomber sa poitrine. « Quelle que soit la façon dont on regarde les choses : et nous ? »

Le premier jour de juillet, le thermomètre annonça qu'il faisait 35 degrés à l'ombre. Doyle était parti, Harry était défoncé. Après le jogging et la musculation du matin, Billie étendit Gene sur leur lit, elle le massa et se coucha à côté de lui comme chaque matin. Ils s'assoupirent. Quelque chose réveilla Gene avant la sonnerie du réveil. La fenêtre étincelait comme de l'or blanc en fusion. Il se protégea les yeux avec sa main et marcha à pas feutrés jusqu'à la limite des rideaux qui tremblaient.

Dehors. Près de l'écurie. Doyle fermait le coffre de sa Ford et entrait dans l'écurie avec une pelle qui ne s'y trouvait peut-être pas ce matin.

Cette nuit-là, Gene dit à Billie :

« Demain, j'ai besoin que tu ailles en ville. Avec Doyle. Si Harry vous accompagne, c'est encore mieux, mais il faut que tu éloignes Doyle d'ici pour au moins une demi-journée. Dis-lui que c'est pour faire des provisions ou je ne sais quoi, mais il faut que tu me libères de lui. »

Elle hocha la tête dans l'obscurité et Gene les détesta tous les deux à cause de la peur rampante.

Le lendemain, le deuxième jour de juillet, deux jours avant le combat, il regarda Billie quitter la ferme en direction de Shelby. Avec Doyle. Uniquement Doyle.

Gene courut jusqu'à l'écurie et découvrit Harry affalé sur un tabouret. Harry était assis dans ce four à fumier, les boutons des manches de sa chemise serraient ses poignets ; les mouches se promenaient en toute liberté sur ce visage où les yeux peinaient à rester ouverts au-dessus de la mâchoire tombante qui dessinait un sourire. Gene demanda :

« Quel genre d'homme es-tu ?

– Une épave, répondit Harry.

– Es-tu encore capable de mentir et de le faire assez bien pour sauver ta sœur ? »

Harry regarda fixement les fantômes qui étaient là pour témoigner. Il passa sa langue sur ses lèvres et dit à Gene :

« Je suis le genre de type qui dit *n'importe quoi*, et qui croit ensuite que c'est vrai. Croire à un mensonge, ça aide à le faire gober. Alors, tu es en train de me dire que pour une fois dans ma conne de vie, je dois juste être moi-même ? Même moi, je peux pas me planter. »

Je ne peux pas monter à cru comme Billie, songea Gene en sellant le cheval noir, pendant qu'il faisait la leçon au frère :

« Si Doyle revient avant moi, dis-lui que j'ai pris le cheval pour me défouler. Fais-lui gober ça. Si je reviens le premier, il faudra remettre le cheval dans sa stalle comme s'il n'en était jamais sorti. »

Gene partit au galop sans se retourner vers l'homme avachi à l'entrée de la grange.

D'après ses estimations, après avoir parlé du théorème de Pythagore avec Billie, il y avait un peu plus de vingt-deux kilomètres de l'écurie du ranch situé au sud de Shelby, à la ferme, située à l'est de la ville. Mais ça, c'était juste dans un sens, et en traversant des prairies vallonnées et des terres arables clôturées où quelqu'un risquait de le voir.

Quelqu'un, mais pas Doyle. Il serait occupé. En ville. Avec Billie.

Gene frappait les flancs du cheval avec ses bottes. *Pas pour rien. Pas tout ça pour rien.*

Les bosses indigo brumeuses des trois Sweet Grass Hills chevauchaient un horizon de ciel bleu. Les champs de blé que Gene et le cheval traversaient à toute allure passaient du vert au doré, les 35 degrés faisaient cuire une récolte précoce. Le cheval empestait la sueur mouillée. *L'odorat de Doyle est-il capable de sentir cette odeur sur un homme ? Quand il reviendra. Avec Billie.* Un faucon qui tournoyait dans le ciel regarda Gene couper la première des nombreuses barrières de fil barbelé. *Je suis exactement comme un vieux de la vieille maintenant,* pensa-t-il en franchissant la clôture saccagée. *Que ressentaient-ils ? Des champs entiers d'herbe à bison haute jusqu'au ventre d'un cheval, à la place de ces broussailles et de ce blé planté pour les gamins affamés de Boston. Que ressentait le peuple de Billie qui chevauchait cette immensité infinie avec cent millions de bisons ?* Gene éperonna son cheval.

Il aperçut la ferme. Personne ne l'avait vu, mais lui avait vu un chariot qui transportait une famille Hutterite, avec les étranges pantalons noirs de leur religion, leurs chemises à carreaux faites maison et leurs visages ordinaires. Ils n'avaient pas prêté attention à ce cavalier frénétique qui les avait doublés au galop en coupant des clôtures sans même attendre qu'ils aient disparu. En dehors de leur colonie ils ne parleraient à personne de ce qu'ils avaient vu ; rien de ce qui se passait hors de leur communauté religieuse n'avait d'importance.

Gene était assis sur la selle du cheval haletant. Il observa la ferme pendant dix minutes. Rien ne bougeait. Il fit avancer le cheval au trot.

« Hé ho ! » lança-t-il.

Pas de réponse. Il arrêta le cheval devant une fenêtre du garage. Et il jeta un coup d'œil à l'intérieur : la lumière poussiéreuse du soleil lui montra un coupé immatriculé à Alberta. Avec seulement deux sièges.

Il lui fallut faire le tour de la ferme pour repérer ce qu'il n'avait pas vu au ranch des Woon. Derrière une cabane, il y avait un trou unique, creusé à la pelle, de deux mètres de long sur un peu plus d'un mètre de profondeur, avec le monticule de terre qui attendait à côté de cette gueule béante.

On peut dire que je suis chanceux, songea Gene. *Rares sont ceux qui peuvent voir ça.*

Doyle, sale paresseux. Un mètre, ce n'est même pas assez profond pour un coyote.

Sans descendre de selle, il ouvrit la porte de la cabane d'un coup de coude et découvrit trois sacs de chaux vive.

Gene referma la porte, tira sur les rênes d'un petit coup sec et éperonna le cheval écumant pour rentrer au ranch.

Dans une ravine, à un peu plus d'un kilomètre de l'écurie des Woon, le cheval chancela sous lui. Gene jeta un regard en direction de la nationale, par-dessus l'arête : deux voitures quittèrent la grand-route pour prendre la direction du ranch.

« Avance ! » s'écria-t-il en frappant avec les talons de ses bottes.

Le cheval noir épuisé repartit en trébuchant dans la ravine rocailleuse qui faisait le tour du ranch. Si Gene restait plié en deux et s'il maintenait la tête de l'animal baissée, peut-être que personne à bord des voitures ne l'apercevrait. Il risqua un coup d'œil par-dessus les buissons d'armoise de la crête.

La Ford de Doyle et la Cadillac de Taylor le crapaud se rapprochaient du ranch.

Harry jaillit hors de l'écurie et courut en trébuchant sur le chemin des voitures qui furent obligées de s'arrêter ; elles ne pouvaient accéder au ranch alors qu'il agitait les bras et délirait comme un homme empoisonné par des monstres.

« *Hya !* »

Gene lança le cheval au galop dans la ravine, il contourna le ranch par-derrière, émergea de son abri et s'engouffra dans l'écurie, tandis que les gémissements des moteurs se rapprochaient. Gene fit entrer le cheval noir couvert d'écume blanche dans la stalle ouverte, ôta la selle et faillit arracher les dents de l'animal essoufflé en ôtant la bride, qu'il laissa tomber sur le sol, au moment où les moteurs des voitures s'arrêtaient. Gene courut vers la masse de lumière du soleil qui emplissait la porte de l'écurie...

Dehors. Il fonça vers les deux voitures qui déversaient Doyle et Taylor, et Harry l'auto-stoppeur. Et Billie. Gene s'écria :

« Où tu étais passée ?

– En ville », répondit Billie. Son visage lui disait la vérité. « Rien qu'en ville. »

Gene se retourna vivement vers Taylor :

« Qu'est-ce que vous foutez ici ?

– Les gens de la municipalité m'envoient pour te mettre au courant de leurs plans. » Le crapaud sourit. « Et ensuite, je te dirai les nôtres. Toute cette sueur : tu t'es bien entraîné. Parfait. Repose-toi maintenant. Il fait chaud ici. Allons à l'intérieur.

– Dans l'écurie ? demanda Gene d'un ton sec.

– Je ne suis pas un animal », répondit Taylor et il entraîna tout le monde dans la maison.

Assis dans le salon des Woon, Gene dit à Taylor :

« Apparemment, le combat n'aura pas lieu. La radio a annoncé que les trains charters venant de l'Est ont tous été annulés. Pas d'argent, pas de combat, rien à voler. Le patron de Dempsey, Jack Kearns, dit... »

Le crapaud traversa la pièce d'un bond pour hurler au boxeur assis :

« Le combat aura lieu ! Ne dis pas ça ! Le combat aura lieu et nous... nous...

– Vous êtes à cran, dit Gene. Aussi remonté qu'un vrai supporter.

– Occupe-toi de toi ! » Les mains de Taylor tremblaient. « Tu dois boxer quinze rounds et rester opérationnel ! Ne t'occupe pas de Kearns ! Le combat aura lieu ! Ils se réunissent dans une banque en ce moment même pour rassembler des fonds ! Des gens vont venir avec l'argent qu'ils doivent pour les billets ! Et les trains charters ! Ils vont rappliquer dare-dare de St. Paul et Chicago et cinquante dollars la place de ring ! Ils vont tous apporter cet argent pour qu'on puisse le prendre ! Personne ne nous l'enlèvera ! »

Gene haussa les épaules.

« C'est vous le patron. »

Il vit que Doyle regardait fixement le crapaud tremblant.

« Oui, dit Taylor. Exact. Et voici comment ça va se passer. Sous ce stade en bois, il y a quatre vestiaires rudimentaires, un pour chaque boxeur. Et une salle pour rassembler tout l'argent qui entre par la porte. Au sixième round du grand combat, les comptables estiment que 90 % de l'argent des entrées sera là. Pour le porter à la banque, ils enverront un détachement durant le septième round. Kearns demandera à Dempsey de faire durer le combat jusque-là pour que les gens en aient pour leur argent. Tout le monde sait que Dempsey peut envoyer Gibbons au tapis et ils seront tous collés au ring durant les premiers rounds pour assister au K.O. rapide. Les gardes seront postés devant les portes qui conduisent aux vestiaires et à la salle du fric. Mais à l'intérieur, il n'y aura que les boxeurs, leurs entraîneurs, deux ou trois comptables... et tout cet argent liquide.

... Tu dois tenir les quinze rounds avec Eric afin d'avoir une excuse pour être encore à l'intérieur quand commencera le combat de Dempsey. Change-toi vite. Les cagoules et les gants entreront en même temps que toi. Dès que la foule se met à hurler au moment où la cloche sonne le début du premier round, tous les trois vous courez jusqu'à la salle d'encaissement, vous entrez de force, vous ligotez les employés, vous piquez le fric et vous ressortez en fourrant tout dans vos sacs de matériel. Billie vous récupère devant, pendant le cinquième round, quand le détachement sera encore à la banque. Vous aurez fichu le camp avant que quiconque s'aperçoive qu'il y a un problème.

– Pas de meurtre, dit Gene.

– Je suis pas un gibier de potence, dit Doyle. On a des menottes et du ruban adhésif pour les employés. Ils ne devraient pas être plus de deux. Je tiendrai le flingue, toi tu les ligoteras. Pendant que Harry raflera le pognon.

– La suite du plan, tu la connais, dit Taylor.

– Oui, dit Gene. Je la connais.

– Alors, lui demanda le banquier en se levant pour prendre congé, tu es en forme pour le combat ?

– Super.

– La gloire, dit Doyle. Formidable. »

Cette nuit-là, Gene et Billie firent l'amour pour la dernière fois avant le combat.

« On doit duper tout le monde, murmura Gene. Y compris Harry, tout en l'informant autant qu'on le peut. On doit faire le hold-up. Ne laisser mourir personne. Prendre la voiture. Puis neutraliser Doyle et le convaincre. On foncera jusque chez Texas John et on lui balancera tout ; on lui expliquera que c'était la seule façon de faire. Si on lui refile le fric plus le type qui l'a volé et qui lui a tiré dessus, on a une chance. Peut-être que Doyle dénoncera Taylor également, pour négocier sa peine. Les types à qui Harry doit de l'argent ne s'en prendront pas à vous deux ; ils ne courront pas le risque d'être épinglés comme complices, vous n'en valez pas la peine. Moi, je ferai de la prison s'il le faut. Quoi qu'il arrive, tu seras libre.

– Libérée de tout ça, tu veux dire ?

– De tout ce que tu veux.

– C'est un plan horrible.

– Oui, dit-il. Je sais. »

Le ciel s'écarta et laissa le soleil à son zénith s'abattre sur le ring de boxe en ce 4 juillet 1923, jour de Fête nationale : un carré de toile entouré de cordes noires disposé au cœur d'une arène en bois octogonale et pentue, dans une prairie jaunâtre et poussiéreuse. Gene avait enfilé ses gants noirs tachés de sang, son short en satin bleu et ses chaussures qui étaient comme une seconde peau. Pendant un long moment, il n'y eut que lui sur terre dans le vent sec, flottant au ralenti, sautillant sur la pointe des pieds et décochant des directs dans l'air épais comme de la mélasse invisible. Il vivait dans le ventre d'une blancheur aveuglante. Il entendait sa respiration haletante, les coups de canon de son cœur. Puis le rugissement de la pesanteur le propulsa en arrière vers un carré de gloire à Shelby, dans le Montana, vers Doyle et Harry portant des chemises blanches et des nœuds papillons noirs, en train de suer à leur poste dans le coin du ring, et Gene comprit que tout s'était terriblement mal passé.

« Il n'y a personne ! cria-t-il à Doyle. Regardez les gradins ! Trois rangées de spectateurs ! Trois cents personnes au maximum ! Les sièges vides dans les gradins montent jusqu'au ciel ! »

Taylor le crapaud tressautait en dehors du ring, sous leur coin, un chapeau de paille ridicule posé de travers au-dessus de son visage cramoisi ; il agitait les deux mains dans le vide et il sifflait :

« Ils vont arriver ! Les trains charters ! Ne les crois pas quand ils disent qu'ils ne sont pas partis ! On a mis fin aux rumeurs comme quoi il n'y avait pas de combat ! On a réussi ! Alors, ils sont obligés de venir ! Il faut qu'ils viennent ! Plus la foule à l'extérieur ! Des milliers de personnes ! Tu n'es que le hors-d'œuvre ! Tu es là pour tuer le temps ! Les gens vont arriver ! Ils vont apporter l'argent ! C'est obligé ! C'est le championnat du monde des poids lourds ! »

Pas pour Gene.

Ni pour Eric Harmon, plus jeune, plus grand, plus musclé, qui venait d'apparaître brusquement dans le coin opposé. Sa peau luisait comme s'il s'était enduit d'huile, mais Gene savait que c'était de la sueur : Eric ne tricherait pas. Les yeux d'Eric étaient comme des balles. Au moment où leurs gants retombaient après la poignée de main solennelle, Gene sentit qu'Eric laissait tomber la bienveillance qu'il avait dorlotée toute sa vie.

Puis le gong sonna.

Une furie tourbillonnante traversa le ring pour se jeter sur Gene ; les gants s'accrochaient, frappaient et feintaient à toute vitesse, si vite, des arbres qui s'abattaient sur les bras dressés de Gene qui fit marche arrière en voyant des éclairs de ciel et de chair foncer vers lui. Eric expédia un crochet du droit que Gene bloqua avec son épaule. Il tournoya...

Il s'écroula sur la toile et se releva d'un bond avant que l'arbitre ait le temps de compter deux. Le gong sonna.

« Il te massacre ! » hurla Doyle dans le coin en épongeant le visage de Gene.

« Il essaye.

– Le combat doit durer ! » Doyle le foudroya du regard. « À toi de décider comment tu veux mourir. »

Ding !

Gene prit le ring avec détermination. Eric libéra une pluie de coups. Gene esquiva une attaque et décocha son direct qui remonta le long du bras du jeune boxeur pour atteindre son visage. Mais Gene retint les deux derniers coups de son enchaînement. Eric s'en fichait. Deuxième round, troisième, quatrième, cinquième. Eric marquait chaque seconde qui passait par un coup de poing, une feinte, une attaque.

Au sixième round, Eric fit saigner la bouche de Gene. Pas beaucoup. Juste un filet d'humidité salée à l'intérieur de la joue. Le gong retentit. Gene retourna dans son coin. Si Doyle ou Harry lui dirent quelque chose, il ne les entendit pas. Il déglutit. Quand le gong sonna, c'est un autre animal qui s'avança en se pavanant à la rencontre d'Eric.

Tous les combats possèdent un rythme, un jazz fait des deux combattants et du combat lui-même, une musique qui brille au-delà de la somme de ses parties et constitue un set doté de son propre temps, de son propre lieu et de sa propre fureur. Souvent, des éléments individuels d'un combat dominent tellement que cette musique est étouffée ou invisible à l'œil et à l'âme nus. Mais même dans ces moments-là, le jazz est présent. Le véritable boxeur le sent dans ses os, c'est un sentiment qu'il ne peut pas créer seul, mais dans lequel il peut se glisser, qu'il peut traverser et devenir. Et commander.

Au septième round, le jazz vint, et le jazz c'était Gene. Les coups de poing d'Eric faisaient mal, ils causaient des dégâts, mais ils n'avaient aucune importance. Les directs de Gene s'écrasaient sur le type plus costaud au bon moment, en rythme. Gene passa un accord avec le jazz pour qu'il joue assez longtemps pour faire durer le set, alors que les gants de Gene frappaient avec un bruit sec la chair du jeune type. Ici, les côtes. Là, un crochet au visage. Gauche-gauche-direct du droit *bam !* Encore et encore. Septième round. Huitième. Neuvième. Dixième. Eric se battait avec tout ce qu'il avait, et même plus : Eric était un combattant qui combattait. Gene était un boxeur. La force contre la finesse. La puissance contre la science. Le labeur contre l'art. Eric avait le cœur rempli de prières, mais le chœur des anges, c'était du jazz.

Onzième round. Le sang coulait des oreilles et du nez d'Eric. Il repoussa l'arbitre. *Viens !* Ses gants faisaient signe à Gene. *Viens !* Douzième round. Treizième. Gene l'entraîna dans une danse au corps à corps.

« Tu peux gagner ! murmura Gene. Je me coucherai au quinzième ! M'oblige pas à faire ça ! »

Eric le repoussa et décocha un grand coup dans le vide. Il cracha son protège-gencives. À travers ses dents cassées, il hurla :

« Va 'e 'aire fout' ! »

Le coup à l'estomac d'Eric aurait pu atteindre sa cible au premier round, mais maintenant, Gene recula en douceur et le laissa passer. Sans réfléchir, son contre du droit percuta la mâchoire de son adversaire. Eric s'écroula si violemment sur le tapis que Gene rebondit. *Reste couché !* lui cria-t-il mentalement. Eric se releva en titubant après que l'arbitre eut compté sept.

Quatorzième round. Planté au centre du ring comme un sac de sable, Eric absorbait les uns après les autres les coups de Gene, qui pendant une minute de fureur aveugle fut incapable de s'arrêter. Puis il recula, et se rapprocha seulement lorsqu'il lui sembla que l'arbitre allait arrêter le combat.

Quinzième round. Dernière reprise. Des ficelles descendant du ciel soulevèrent Eric de son tabouret dans le coin et le conduisirent comme une marionnette vers Gene. Le sang et la sueur coulaient sur ses bras et gouttaient sur la toile. Sa garde ne dépassait pas sa ceinture. Gene lui tapota deux fois le visage. Eric recula en titubant...

Un rugissement provenant des semelles de ses chaussures transperça tout l'État. Eric chargea ; ses bras exécutaient des moulinets lents comme un bébé, ses yeux étaient aveuglés par le sang qui coulait de son front maculé et il hurlait :

« Où t'es ? Où t'es ! Allez, bats-toi ! Bats-toi ! »

Personne ne devrait perdre comme ça. Gene adopta une garde parfaite. Aussi doucement que possible, il décocha un crochet du droit dans la joue de l'homme qui titubait et il l'expédia au tapis.

L'arbitre resta à sa place, sans prendre la peine de compter jusqu'à dix. Le gong sonna.

Gene comprit que l'arbitre avait levé la main. Il comprit que Harry lui donnait de l'eau et l'essuyait. Il comprit que le maire avait bondi sur le ring pour lui mettre autour du cou une médaille en cuivre peinte en doré. Des hommes transportèrent Eric hors du ring. Gene vit bouger sa poitrine et il comprit que les mains du garçon s'accrochaient encore à la vie à l'intérieur des gants de boxe ensanglantés. Et alors que Gene passait en titubant entre les cordes qu'écartait Doyle, en voyant une arène débordante de sièges vides, il comprit que son véritable combat commençait maintenant.

L'élan le propulsa vers le couloir du stade. Au moment où ils passaient devant les gradins, Gene vit un homme tendre un bocal de conserve aux deux seules personnes assises dans sa rangée. Gene savait que le bocal ne contenait pas la citronnade de la buvette. En descendant la rampe du couloir, Gene et son équipe croisèrent une escouade d'entraîneurs et de soigneurs qui accompagnaient Jack Dempsey aux cheveux noirs comme la nuit.

Dempsey frappa Gene avec ses yeux comme du verglas et il vit tout : la pellicule de sueur, le scintillement du cuivre autour de son cou, le sang qui maculait sa poitrine. *Je suis plus grand que lui,* se dit Gene alors que les deux hommes se rapprochaient. Cet éclat d'arrogance murmura à l'oreille de Dempsey. Son regard décocha un direct à l'âme de Gene et celui-ci comprit : je n'ai jamais vécu une aussi bonne journée, je n'en vivrai jamais plus.

La foule dérisoire rugit en voyant le vrai champion émerger dans la lumière du soleil.

Le gardien solitaire posté devant la porte donnant accès à la zone des vestiaires et aux autres pièces dit à l'entourage de Gene :

« Aucun train charter n'est venu ! Et toutes les autres personnes attendent dehors !

– Pas de changement ! » cracha Doyle tandis qu'ils se précipitaient vers cette espèce de sauna aux murs en planches de pin que les promoteurs appelaient pompeusement un vestiaire.

Ils entrèrent, fermèrent la porte. Harry lança un seau d'eau sur Gene et l'essuya avec une serviette. Sans cesser de marmonner :

« Grand boxeur, tu es un grand boxeur, supercombat. »

Doyle sortit d'un grand sac de toile des taies d'oreiller découpées pour servir de cagoules, son holster avec son .45 et une veste de costume. Il lança des revolvers à Harry et à Gene.

« T'en fais pas, champion ! Ils sont pas chargés ! »

Gene dit :

« Si les trains ne sont pas venus...

– On prendra ce qu'il y a ! dit Doyle. T'as intérêt à prier pour qu'il y ait assez ! »

Gene n'avait plus qu'à boutonner sa chemise quand un *crack !* assourdissant parcourut toute l'arène en bois. Autour d'eux, la pièce se déforma et hurla. De dehors leur parvint un gigantesque rugissement. Trois braqueurs potentiels s'engouffrèrent dans le sous-sol du stade. Le hall sombre était vide. Ils se précipitèrent jusqu'à la porte du couloir. Pas de gardien. Ils remontèrent la rampe en courant et émergèrent dans une explosion de soleil. Dempsey et Gibbons dansaient sur le ring pour le premier round, mais l'immense rugissement d'un millier de voix, comme un troupeau au galop, attira leur attention.

Ils arrivèrent par toutes les entrées. Des hommes en costumes et chapeaux de paille, avec des chaussures de chantier et des jeans. Des femmes en jupes longues et écharpes jaunes. Parapluies et flasques de poche. Les vêtements déchirés par le fil de fer barbelé et les tourniquets qu'ils avaient renversés pour s'engouffrer à l'intérieur, gratuitement. Au diable le fric qu'ils n'auraient jamais : personne ne pourrait les empêcher de voir leur championnat.

« Regardez ! »

Harry montra du doigt un couloir à une centaine de mètres de là. Un homme semblable à un crapaud, le chapeau de paille de travers, faisait des bonds face à une phalange en furie, les mains tendues devant lui pour les repousser et il hurlait si fort que Gene et les autres l'entendaient :

« Reculez ! Vous n'avez pas payé ! Il faut payer ! Tout le monde doit payer ! »

Les rires l'engloutirent alors qu'il disparaissait parmi les rangs des hommes aux visages hagards et des femmes ricanantes. Gene perdit Taylor de vue lorsque la foule se mit à tourbillonner. Le banquier réapparut soudain, plaqué contre une barrière ; des épaules et des coudes le frappaient dans le dos. La face du crapaud était une lune violette avec des cratères en guise d'yeux et le hurlement de sa bouche. Les mains de Taylor agrippaient sa poitrine comme s'il avait reçu un coup, il se griffait la gorge comme s'il luttait contre un étrangleur. Un admirateur versa dans la gueule renversée du banquier un liquide ambré contenu dans une flasque. Taylor s'étrangla et émit des gargouillis. Il s'écroula sur la barrière pendant que la foule s'engouffrait dans le stade. Des fêtards le soulevèrent et le traînèrent avec eux jusqu'à ce qu'il s'écroule en tas, tel un crapaud sans chapeau sur un banc, empestant le whisky de contrebande comme s'il était ivre mort, mais Gene savait que le crapaud était juste mort, et qu'il croupirait au soleil jusqu'à ce que l'équipe de nettoyage et les élégies du journal parlent d'une innocente victime de la fièvre du championnat.

« C'est fini. » Harry contemplait le chaos en tremblant. « C'est de la folie...

– Venez ! » hurla Doyle, alors que la foule de douze mille resquilleurs affluait et que le gong sonnait la fin du premier round entre Dempsey et Gibbons. « On a un boulot à faire !

– Ça sert à rien », murmura Harry tandis que Doyle les faisait redescendre d'un pas décidé dans les profondeurs du stade, en passant devant la porte du couloir non gardée. « Rien ne sert à rien si on n'est pas un combattant.

– La ferme ! » cracha Doyle alors qu'ils revenaient en courant vers le vestiaire de Gene.

Harry saisit Doyle d'une main tremblante.

« Ça sert à rien, tout est fichu et on sait bien ce que vous allez faire ! »

La ferme, Harry ! ordonna mentalement Gene.

Harry décida de se battre pour la première fois de sa vie. Il sauta sur Doyle.

« Tue-le, Gene ! N'attends pas ! »

Doyle projeta Harry contre Gene. Gene repoussa Harry vers Doyle, au moment où la main droite de celui-ci tournoyait. Une fraction de seconde avant que la foule au-dehors accompagne d'un rugissement le début du deuxième round, Gene entendit un *clic* et il vit jaillir un éclair dans l'obscurité de la grotte en bois. Une brume écarlate se répandit entre Harry et Doyle. Harry pivota sur lui-même pour montrer à Gene son nouveau col rouge mouillé. La force d'inertie du coup de couteau à cran d'arrêt fit faire un tour complet à Harry qui se retrouva face à Doyle. Celui-ci poussa sur le côté l'homme agonisant. Harry s'écroula entre des poutres pour reposer en paix sous le stade jusqu'à ce que l'équipe de démolition le découvre quinze jours plus tard, bien après que les insectes et les animaux en auraient fini avec sa chair. La justice attribua ses ossements à un travailleur qui avait disparu après que la police avait chassé du chantier deux syndicalistes ; c'était un de ces tragiques accidents industriels qui surviennent fréquemment.

Doyle voulut poignarder le boxeur, mais Gene avait toujours le jazz en lui. D'une claque de la main gauche, il fit tomber le couteau et écrasa son poing droit sur la mâchoire du tueur. Quinze rounds plus tôt, ce direct aurait pu mettre Doyle hors jeu définitivement ; là, il s'écroula, mais respirait encore.

Achève-le... Non ! Gene traîna l'homme gémissant jusqu'à son vestiaire ; il le jeta à l'intérieur et claqua la porte : pas de serrure. Il coinça le couteau dans l'encadrement et brisa la lame.

Doyle ne resterait pas évanoui longtemps. La porte coincée ne le retiendrait pas longtemps. *Réfléchis ! Il ne nous laissera pas filer, nous sommes des témoins, et il n'a pas besoin d'autre prétexte à part la fureur.*

Mais d'abord, il ira chercher l'argent. Il essaiera de satisfaire son avidité d'abord, avant la vengeance.

Gene courut jusqu'à la salle de comptabilité. *Il faut arriver avant lui ! Dis-leur que Doyle est devenu fou ! Il a tué Harry ! Il voulait les braquer !* Avec un employé, peut-être deux, avec des armes et des munitions ils pourraient peut-être tendre une embuscade à Doyle et les employés seraient témoins du récit de Gene, témoins qu'il était un héros, que Billie et lui étaient innocents, en sécurité, lib...

La porte de la salle était entrouverte.

La foule rugit lorsque Gibbons rouvrit une vieille blessure au-dessus de l'œil de Dempsey durant le quatrième round.

Un type de petite taille, vêtu d'un beau costume, se trouvait dans la salle de comptabilité. Derrière la longue table, quatre chaises vides. Des carnets et des tiroirs-caisses étaient éparpillés. Mais pas de dollars en argent. Pas de piles de billets verts. Le petit homme regardait fixement le grand gaillard sur le seuil, et le revolver qui pendait au bout de son bras.

« Si vous venez pour l'argent, vous arrivez trop tard, dit le petit homme. Quelqu'un a été plus rapide que vous pour prendre le peu qu'il y avait. Il les a obligés à tout lui donner. Ensuite, quand l'émeute a éclaté, les employés ont compris que c'était fini et ils sont tous partis voir le grand combat.

– Vous êtes le manager de Dempsey. Jack Kearns.

– J'avoue. Et vous, avec cette arme dans la main, vous êtes un type qui cherche les ennuis.

– Elle n'est pas chargée.

– Un homme avec une arme pas chargée est un homme qui va avoir des ennuis. » Kearns plissa les yeux. « Je vous ai vu combattre, Mallette. Vous avez retenu vos coups. Vous avez l'allonge, la vitesse, la force, la technique. Mais laissez tomber. Vous ne serez jamais un vrai champion. Il n'y a pas de tueur en vous.

– Vous seriez surpris.

– Ça m'étonnerait. Que vous ont-ils promis si vous gagniez ?

– Ce n'est pas une question d'argent.

– Pour vous, sans doute que non. Mais combien pour devenir le champion de cette ville ?

– Mille.

– Ils vous ont eu au rabais. De toute façon, vous ne les toucherez jamais. Cette folle journée les a roulés eux aussi. Ils seront tous ruinés. » Kearns tendit une liasse de billets à Gene. « Tout vainqueur mérite une bourse. Voici cinq cents dollars, et que ça reste entre nous deux. Estimez-vous heureux et fichez le camp d'ici avant que votre manager foireux rapplique pour réclamer sa part. »

Gene ne savait pas quoi faire. Il mit l'argent dans sa poche. Kearns lui prit le revolver. Il éjecta le barillet et gloussa en voyant les orifices vides.

« Vous êtes trop honnête, ça vous perdra. »

Il sortit de sa poche arrière un automatique calibre .25 plat qu'il fit disparaître dans la main de Gene.

« Un type honnête a besoin d'un flingue qui fonctionne. Celui-ci est prêt à tirer, mais pour faire des dégâts, il faut que la personne soit tout près. »

Kearns se dirigea vers la porte. À l'extérieur, la foule rugit quand Gibbons réussit à placer un enchaînement qui aiguillonna le champion et se mit à danser tout autour du ring pour échapper à un Dempsey furieux.

« Monsieur Kearns ! dit Gene. Qui a volé l'argent du combat ?

– Là, mon gars, vous m'en demandez trop. »

Sur ce, il s'en alla. Dehors, la foule rugit. Gene quitta rapidement la salle. Il vit trembler la porte de son vestiaire. Une lame de couteau cassée tomba de l'interstice entre le chambranle et la porte.

Gene se mit à courir. Il sortit de l'arène rugissante. Une lumière jaune et nue faisait cuire l'air lubrifié. Il se fraya un passage à travers une rue sale encombrée d'étrangers devenus fous. Deux gamins firent sauter une ribambelle de pétards. Un homme et une femme assis sur la charrette renversée d'un vendeur ambulant de saucisses se gavaient de viande en tube qu'ils ramassaient par terre. Un rouquin en smoking rebondit contre Gene et s'éloigna en titubant ; ses yeux tournoyaient dans sa tête. Un cow-boy tira un coup de feu en l'air et nul ne tressaillit.

Où es-tu, Billie? Il faut qu'elle soit là! Faites qu'elle soit là!

Des pétards. Un cheval hennit et une grosse femme s'esclaffa. Le cow-boy tira un coup de feu.

Un klaxon de voiture, était-ce un...

« Gene ! Par ici ! »

Billie lui faisait signe sur le marchepied de la Ford. Gene se fraya un chemin jusqu'à la voiture qui devait leur servir à fuir et qui était coincée contre le trottoir par un camion abandonné. Des véhicules en stationnement bloquaient toutes les rues.

Elle agrippa Gene pour s'assurer qu'il était vivant et bien réel.

« Où est Doyle ? Où est... ?

– Ça a mal tourné. Le braquage n'a pas eu lieu. Doyle a tué Harry. Il... »

Une vitre de la voiture explosa.

Doyle : près du stade. Il était juché sur une charrette à bras renversée et chancelante ; d'une main tremblante, il visait avec son arme pour tirer à nouveau par-dessus la marée de têtes qui s'en foutaient.

Gene saisit la main de Billie, il s'accrocha à ce qui était sa vie, et plongea au milieu de la foule déchaînée et grouillante.

« Une seule chance ! » hurla-t-il en la tirant derrière elle.

Tous les os de son corps pleuraient. Ses jambes tremblaient. La citronnade qu'il arracha à un enfant au passage ne parvint pas à calmer le feu dans sa gorge.

« On n'a qu'une seule chance ! Il faut aller voir Texas John ! On n'est pas des truands ! On est des cibles et il est le seul à pouvoir nous sauver !

– Il habite de l'autre côté de la ville à trois kilomètres ! »

Mais elle courut avec lui.

Le temps qu'ils atteignent Main Street, Billie portait Gene plus qu'elle ne courait avec lui. En se retournant, ils ne virent que la marée humaine dans leur sillage.

« Il est toujours là, haleta Gene. Il est toujours là, quelque part. Il n'abandonnera pas. On ne peut pas s'arrêter. »

À l'extrémité est de Main Street, la foule devenait un mur de chair compact, un public pour les pompiers volontaires qui luttaient contre la boule de feu qui avait été autrefois un atelier de tailleur.

« La voie ferrée ! dit Billie, le souffle coupé. Il n'y a personne ! On ira plus vite en la suivant !

– Mais elle ne conduit pas directement chez John ! Il y a une distance de trois terrains de foot peut-être...

– C'est le seul espoir », lui dit-elle alors qu'ils couraient en titubant vers la voie ferrée.

Des centaines de wagons de marchandises en stationnement étaient posés sur les rails, détournés pour laisser passer les trains charters qui n'étaient pas venus. Un *clang* métallique ébranla le mur de wagons à côté d'eux lorsque la locomotive, à mille mètres de là, reçut le feu vert. Les roues en acier entamèrent une lente révolution en grinçant.

Gene plaça dans les mains de Billie l'arme de Kearns, celle qu'il fallait utiliser de près. Il fourra l'argent de Kearns dans la poche de sa robe.

« Monte dans le train ! Je ne peux pas aller plus loin. Je ne peux plus courir.

– Si, tu peux ! » Billie l'agrippa par sa chemise. « Regarde ! On voit la maison de Texas John d'ici ! En haut de la colline !

– Je pourrai pas grimper jusque là-haut avant que Doyle nous rattrape. Tu sais bien qu'il est tout près, comme un chien de l'enfer qui renifle notre piste. Il s'arrêtera seulement quand il sera abreuvé de sang. Quand il m'aura eu. Mais toi... saute dans ce train, il y a un wagon découvert qui approche. Cache-toi. Il va perdre du temps en s'occupant de moi. Quand il me verra, il s'arrêtera. Assez pour te permettre de fuir. D'être libre.

– Tu peux fuir, toi aussi !

– Non. Je ne peux faire que ce qui me rend spécial. Tu l'as dit toi-même. Je te sauve. Toi, la seule chose spéciale que tu puisses faire, c'est de te faire aimer de moi. Alors, laisse-moi être spécial et t'aimer et laisse-moi te faire monter dans le train. Sois spéciale et fais-le. Ne nous laisse pas mourir tous les deux comme si on n'était rien.

– Trop tard », dit-elle en regardant derrière Gene et en resserrant la main sur la crosse du pistolet.

Doyle se trouvait une centaine de mètres en arrière sur la voie ferrée.

Billie leva son arme...

Gene emprisonna sa main dans la sienne.

« Ça marchera seulement s'il est assez près. »

Le canon de l'arme automatique retomba le long des côtes de Gene. Billie cacha l'arme dans son dos.

« Laisse-le venir tout près, dit Gene. Ça lui plaira. Fais-le. Pour toi. Pas pour moi. Il ne me donnera plus l'occasion de m'approcher de lui. Mais je ne vais pas rester sans réagir ».

Il s'écarta de la main de Billie qui voulait le retenir. Il fit deux pas en avant, alors que Doyle marchait vers lui d'un pas nonchalant. Doyle s'arrêta quand il fut à peu près à la même distance qu'un tir en traître devant la porte d'une banque. Mais ce n'était pas la nuit, il pouvait viser en pleine lumière, même si le ciel avait soudain viré au gris à cause des nuages chargés de pluie, pendant que Dempsey donnait tout ce qu'il avait contre Gibbons mais dut malgré tout se contenter d'un final au corps à corps, une victoire aux points à la place d'un K.O.

Le train de marchandises gémit et avança de quelques centimètres.

Gene Mallette leva ses poings et prit une pose de boxeur.

Il entendit Doyle rire et il vit sa main écarter sa veste et se détendre droit devant.

Une rose écarlate jaillit de l'oreille gauche de Doyle et éclaboussa de rouge un wagon qui passait. Il s'effondra sur les pierres du ballast alors que le *clac !* d'un Mauser ayant appartenu à un sniper allemand, provenant d'une véranda sur une colline à mille mètres de là, chuchotait quelque chose à Gene par-dessus le grondement du train.

Il n'y eut pas de deuxième tir de la part de l'homme qui portait autrefois un insigne et qui savait ce que voyaient ses yeux. Gene regardait fixement la maison sur la colline : quoi qu'il se soit passé là-haut, c'était terminé. Billie et lui s'approchèrent du mort. Un million d'anges versèrent des larmes sur eux tandis qu'elle aidait Gene à balancer Doyle et les armes par les portes ouvertes des wagons qui roulaient au ralenti. Gene faillit tomber sous les roues d'acier, mais elle le retint. Le train s'éloigna bruyamment vers les montagnes et l'océan au-delà. Gene arracha la médaille qui pendait autour de son cou et la lança sur le dernier wagon surgi de nulle part.

Titre original : *The Championship of Nowhere*

Traduit par Jean Esch

Clark Howard

COBALT BLUES

Paru dans *Ellery Queen's Mystery Magazine*

Lewis descendit du bus à Harrison Street, releva le col de sa vieille vareuse des surplus de la Navy, et se mit à marcher, tête baissée contre le vent froid de mars, en direction du Cook County Medical Center au bout de la rue. Chicago, songeait-il, c'est vraiment un endroit dégueulasse où passer les dernières semaines, les derniers mois de sa vie. Il aurait dû aller s'installer depuis longtemps déjà en Arizona ou en Floride, comme la plupart de ses vieux copains d'enfance. Au moins, il aurait pu, en attendant la mort, se vautrer au soleil.

Arrivé au vaste complexe médical, il se rendit au service Radiologie et pénétra dans le hall. Un instant, il s'immobilisa pour rabattre son col, reprendre son souffle et sortir un kleenex de sa poche pour essuyer ses yeux larmoyants. En repartant vers les ascenseurs, il jeta un coup d'œil à l'horloge du foyer et constata qu'il était 8 h 52. Comme d'habitude, il se livra mentalement à un pari, comme il le faisait tous les jeudis matin. Serait-il le premier à arriver et à signer sur la liste ? Le second ? Ou le troisième ? Ils étaient trois à avoir un rendez-vous à neuf heures : lui-même, un Blanc, petit et maigrichon du nom de Potts et un Noir renfrogné nommé Hoxie. Le manipulateur radio faisait venir trois patients à la fois parce que le traitement comportait trois phases, et il pouvait soumettre chacun d'entre eux à une phase du traitement à mesure que la matinée progressait.

Comme Lewis était un joueur obsessionnel, son esprit, sans directive consciente de sa part, prenait invariablement des paris pour ou contre dans tout ce qu'il entreprenait. Ainsi, quand il entra dans une des cabines et tendit le bras devant deux garçons de salle latino-américains pour appuyer sur le bouton du cinquième étage, il essaya de décider ce qu'il en serait aujourd'hui. Serait-il le premier, le deuxième, ou le troisième ? Il s'était fixé comme règle de prendre une décision avant que la porte de l'ascenseur ne s'ouvre au cinquième. C'était la seule façon de ne pas tricher. Sinon, il risquait d'apercevoir l'un des deux autres dans le hall du cinquième. Auquel cas, il n'y avait plus de pari possible. Tout comme s'il rencontrait l'un d'eux en bas dans le foyer. Pas de pari non plus.

L'ascenseur s'arrêta au troisième et les garçons de salle sortirent. La porte se referma et la cabine s'ébranla de nouveau. Puisqu'il était seul maintenant, Lewis déclara à haute voix :

« Bon, alors, un, deux ou trois ? Qu'est-ce que ça sera ? »

C'était important pour lui. Dans son esprit, cela pouvait lui indiquer si sa journée allait être positive ou négative. Pour un joueur confirmé, chaque jour était un commencement, un nouveau départ, une autre chance de décrocher le gros lot. Hier ne comptait pas. Un joueur qui songeait à ce qu'il avait perdu la veille était un imbécile. De même celui qui prévoyait sur quoi il allait parier le lendemain. Hier était terminé, demain n'était pas là. Seul existait aujourd'hui.

L'ascenseur s'immobilisa au cinquième. Une fraction de seconde avant que la porte ne s'ouvre, Lewis prit sa décision. Le deuxième. Il serait le deuxième aujourd'hui.

Au cinquième, il s'engagea dans un long couloir jusqu'à une porte au-dessus de laquelle on lisait : RADIOLOGIE-CONSULTATION EXTERNE. Prenant une profonde inspiration, comme s'il avait risqué une fortune sur cet instant, Lewis ouvrit la porte et entra dans la salle d'attente. Au premier coup d'œil, il vit que Potts, le petit Blanc maigrichon, était déjà là, avachi sur une chaise dans un coin, feuilletant l'un des vieux magazines éparpillés par dizaines dans la pièce. Hoxie, le Noir renfrogné, était assis dans le coin d'en face, regardant droit devant lui, immobile, comme en transe.

Lewis jura sous cape. Il avait perdu. Dépité, il alla signer à l'accueil et trouva pour s'asseoir une place très éloignée des deux autres. Contrôlant son mécontentement devant ce coup du sort, il ôta sa lourde vareuse, sortit un bulletin de paris de sa poche et commença à réévaluer ceux qu'il avait établis plus tôt dans la matinée pour la course du jour à Calexico Downs.

Une heure avant d'avoir pris le bus pour l'hôpital ce matin-là, Lewis était allé cogner avec impatience à la porte d'un local en sous-sol près de Northwest Side, un quartier où il avait grandi, autrefois peuplé principalement d'Irlandais et d'Italiens, maintenant surtout de Noirs, de Latinos et d'Asiatiques. Il dut frapper trois fois, le vent froid lui fouettant les chevilles, avant que son ami Ralph ne vienne lui ouvrir.

« Bon Dieu, t'es devenu sourd ? se plaignit Lewis, grincheux. Je me les gèle ici.

– Tu as de la chance que je te laisse même entrer », répliqua Ralph, placide. Il ferma la porte derrière Lewis et la boucla à triple tour. « Ici, c'est pas le casino de Las Vegas, tu sais. C'est un business. On a des heures régulières. Surtout le jeudi et le vendredi, les jours des comptes. »

Les deux hommes avancèrent dans ce qui avait été autrefois un appartement en sous-sol mais avait été reconverti en officine de bookmaker, où on pouvait parier non seulement sur les listes quotidiennes des partants sur les champs de courses saisonniers dans tout le pays, mais encore sur les matchs de base-ball, football, basket et hockey, ainsi que sur les principaux combats de boxe.

L'affaire appartenait à « Cicero » Charley Waxman, dont le surnom venait du faubourg de Chicago où Al Capone avait autrefois établi son quartier général. Waxman possédait aussi deux douzaines de boîtes similaires, toutes illégales mais beaucoup plus populaires que les bureaux de paris situés aux abords des champs de courses et possédés par l'État, parce que les premières acceptaient des paris dans tous les sports, et les seconds seulement sur les courses de chevaux.

L'officine où pariait Lewis était dirigée par son ami Ralph, un gars de la bande avec laquelle il avait grandi, et le seul, à part Lewis, à se montrer encore dans le secteur. Ralph avait débuté comme garçon de courses pour Cicero Charley alors qu'il était encore à l'école primaire et au fil des années il avait gravi les échelons pour devenir cadre moyen dans une officine de bookmaker. Bien que ses revenus nets fussent liés aux gains de la boîte, il ne cessait d'asticoter Lewis sur ses problèmes de joueur.

« Bon Dieu, tu pourrais pas rester tranquille pendant quelques jours, Lew ? ronchonnait-il maintenant. Va donc t'acheter un pardessus correct au lieu de parier tous les jours. »

Lewis le gratifia d'un regard sardonique et ne prit même pas la peine de réagir à une suggestion aussi absurde. Le jour où Lewis ne parierait pas, ce serait le jour où les chevaux de courses, les boxeurs, les joueurs de football, de base-ball et de hockey seraient tous morts. À un comptoir près des guichets de paris, Lewis étala un bulletin des courses et commença à remplir un formulaire.

« Alors, comment ça marche, le traitement pour ta vésicule biliaire ? finit par demander Ralph, en voyant que Lewis ignorait ses bons conseils.

– C'est pas rapide, répondit Lewis. Les calculs diminuent, mais lentement. »

Lewis n'avait révélé à personne son véritable problème. L'idée qu'on pût le prendre en pitié lui donnait la nausée. Ralph croyait qu'il se rendait à l'hôpital tous les jeudis matin pour un traitement quelconque qui dissolvait les calculs biliaires. C'était la raison pour laquelle il laissait Lewis venir tôt le jeudi pour ses paris. Le bureau n'ouvrait normalement qu'à dix heures.

Se faisant face de chaque côté du comptoir, les deux hommes avaient une conscience aiguë, sans qu'elle soit gênante, de leurs profondes différences. Tous deux étaient du même âge, soixante-six ans. Ralph avait maintenant une femme et deux filles adolescentes destinées à poursuivre leurs études, une maison coloniale de deux étages dans un quartier chic, deux berlines et un camping-car. Lewis vivait seul dans un petit logement minable situé dans un vieil immeuble du quartier où il avait grandi. Il n'avait aucune famille, aucun boulot régulier et portait des vêtements d'occasion trouvés à la boutique de fripes de St Malachy.

Au long des années, Ralph avait tenté de persuader Lewis d'améliorer sa situation. Un mois plus tôt, il avait suggéré à Cicero Charley Waxman d'accorder à Lewis un emploi de gardien pour toutes les boîtes de paris qu'il possédait. « Tu serais vraiment peinard, Lew », avait promis Ralph à son ami. « Tu engages une douzaine de mères inscrites à l'aide sociale pour faire le boulot, tu comprends, et tu les paies en liquide pour qu'elles n'aient rien à déclarer au fisc. Tout ce que t'as à faire, c'est de les surperviser. Je connais des gars qui se couperaient un doigt de pied pour une combine comme celle-là. »

Mais pas Lewis. Il renâclait devant un emploi régulier comme un môme de deux ans résistant à toute discipline. Quand il devait travailler, – insistons sur *devait*, pour pallier une période de pertes aux courses, – il prenait un boulot provisoire de plongeur dans un restaurant, ou d'auxiliaire d'un camionneur, ou il faisait du porte à porte pour distribuer des prospectus, n'importe quoi, pourvu que ce ne soit pas permanent. Lewis ne voulait rien de permanent dans la vie. Surtout maintenant.

« Je t'ai dit que Debbie était enfin débarassée de ses appareils dentaires ? » demanda Ralph, tandis que Lewis continuait à remplir son bulletin de paris.

De son portefeuille, Ralph extirpa une photo de son aînée. Lewis la regarda et vit une fille qui ressemblait trop à son père pour être jamais jolie, mais qui avait en effet, grâce à des milliers de dollars de soins orthodontiques, un sourire presque parfait.

« C'est une beauté, mentit Lewis. Tu as de la chance, Ralph. »

En lui-même, il frissonnait à la seule idée d'une telle responsabilité.

Ils se tenaient toujours là quand on frappa de nouveau à la porte et Ralph alla ouvrir. Il laissa entrer deux hommes, tous deux corpulents, portant chapeaux et pardessus, avec chacun deux grandes valises. En passant devant Ralph, l'un d'entre eux demanda :

« La salle des comptes est ouverte ?

– Oui, allez-y, dit Ralph. Je vous rejoins dans une minute. »

Revenant vers le comptoir, Ralph prit le bulletin, fit l'addition, le valida dans un distributeur de timbres automatique et secoua la tête, avec une tristesse résignée, tandis que Lewis comptait soixante-cinq dollars avant de les lui donner.

Pendant que Lewis prenait ses paris, une idée familière fit surface dans son esprit : *Aujourd'hui peut-être va commencer une période de chance qui me donnera assez d'argent pour que je puisse foutre le camp d'ici, loin de ce Chicago froid et crasseux, pour aller vivre au chaud et au soleil jusqu'à la fin de mes jours.*

Ce qui en restait.

Le jeudi suivant, il sortit de l'ascenseur et se dirigea vers la salle d'attente de la radiologie, pariant de nouveau avec lui-même qu'il serait le deuxième des trois patients à arriver. Parvenu à la porte, alors qu'il s'apprêtait à l'ouvrir, il entendit une voix assourdie à l'intérieur. Il ne pensait pas que c'était l'un des deux autres, car ils ne parlaient jamais. Il ouvrit la porte, entra et aperçut aussitôt Potts, le Blanc maigrichon, assis dans un coin, et qui apparemment parlait tout seul d'une voix étouffée. Quand il leva la tête et vit Lewis, il s'interrompit immédiatement. *Un dingue*, pensa Lewis en signant le registre. À ce moment, Hoxie, le Noir, entra, l'air furibond comme d'habitude, ne parla ni à l'un ni à l'autre, et alla s'asseoir le plus loin possible.

Au moment même où Hoxie s'asseyait, la porte de la salle d'attente s'ouvrit et deux hommes armés en uniforme firent entrer un homme plus jeune, les poignets menottés à une chaîne entourant sa taille, vêtu d'une combinaison orange sur le dos de laquelle était inscrit en grandes lettres noires ISP. Illinois State Prison. Le manipulateur radio vint les accueillir dans la salle d'attente et les escorta directement jusqu'à la salle de soins.

Lewis, Potts et Hoxie échangèrent des regards intrigués, mais aucun d'entre eux ne fit de commentaires.

Un peu plus tard, le jeune homme fut ramené et traversa de nouveau la pièce et, cette fois, les trois patients habituels s'y attendaient et l'observèrent plus attentivement. Assez ordinaire d'apparence, il avait comme seul trait distinctif une masse de cheveux noirs et bouclés qu'il allait perdre rapidement, Lewis et les autres le savaient, si sa radiothérapie visait une zone au-dessus du cou. Potts, lorsque Lewis l'avait vu pour la première fois, avait de beaux cheveux blonds lissés en arrière. Comme il subissait une radiothérapie pour une tumeur au cerveau, il était maintenant chauve comme un œuf. Lewis, qui avait un cancer du pancréas, et Hoxie, un cancer de l'œsophage, étaient tous deux traités en dessous de la tête et avaient du coup gardé leurs cheveux. Comme pour compenser la perte des cheveux, néanmoins, Potts ne subissait pas d'autres effets secondaires débilitants; il souffrait de pertes du goût temporaires, mais c'était un faible inconvénient comparé aux terribles nausées, aux vomissements et à la fatigue qui affligeaient Lewis et Hoxie.

Quand le diagnostic de sa maladie lui avait été communiqué, Lewis s'était rendu à la section médicale de la principale bibliothèque municipale et s'était documenté sur son cancer. Il était arrivé à la conclusion qu'il avait une chance sur cinq de vivre encore cinq ans. Lorsqu'il avait appris par la suite lors de conversations avec les manipulateurs radio de quels types de cancer Potts et Hoxie étaient atteints, il était, par pure curiosité, retourné à la bibliothèque pour se documenter sur leur maladie. À Potts, il attribua huit chances contre une de vivre encore cinq ans, à Hoxie neuf contre cinq.

Rôdant quelque part au fond de son esprit, Lewis avait la vision d'une nombreuse équipe nationale composée de cancéreux entre quarante et soixante ans. Si chacun d'entre eux avançait cent dollars, le dernier patient encore en vie deviendrait vraiment riche. Il doutait néanmoins que l'American Medical Association approuvât un tel projet. Les médecins voulaient bien parier sur la vie et la mort, mais jamais de l'argent.

Le jeudi suivant, Lewis fut le premier à arriver, et le premier à passer pour le traitement après que le jeune détenu eut été soigné et emmené. Comme il se mettait torse nu et que le manipulateur ajustait la bombe au cobalt, Lewis, subrepticement, jeta un coup d'œil sur son bureau. Comme il s'y attendait, il y avait dessus un nouveau dossier en plus du sien et de ceux des deux autres patients. Il réussit à lire rapidement que le jeune détenu s'appelait Alan Lampley, âgé de vingt-huit ans, résidant à la maison d'arrêt de Joliet au sud de Chicago. Diagnostic : Leucémie lymphatique. Lewis n'était pas familiarisé avec ce type de cancer, il ne pouvait donc se livrer à aucune supputation.

« Prêt, Lewis ? » demanda le manipulateur, sortant de la petite salle de contrôle où il était protégé des rayons.

« Absolument », répliqua Lewis.

Lewis s'étendit sur la table en cuir. Il fixa le plafond pendant que le manipulateur commençait à tracer un dessin sur le haut de son torse avec une teinture orange soluble à l'eau. Cette opération terminée, il posa avec soin des coussinets en cuir remplis de plomb tout autour du dessin pour éviter l'irradiation des parties du corps saines. Les radiations elles-mêmes émanaient de la bombe au cobalt que le manipulateur avait mise en place selon les instructions du radiothérapeute concernant le diamètre et le filtrage du rayon de cobalt et la distance à laquelle Lewis était étendu. Ce rayon était généré par des tubes de cobalt radioactif scellés dans un cylindre d'acier inoxydable monté derrière des tôles protectrices d'acier et porté par un bras mécanique jusqu'à une ouverture à travers laquelle il serait braqué sur Lewis.

Lewis continuait à être sidéré qu'un rayon aussi puissant puisse pénétrer son corps sans qu'il éprouvât la moindre douleur, chaleur ou sensation ; et pourtant ce même rayon allait... pouvait... *risquait...* d'éradiquer une tumeur maligne qui essayait de le détruire. Le médecin, bien entendu, lui avait expliqué le processus. Le rayon n'affectait pas les tissus ordinaires ; il passait simplement à travers. La radiation affectait seulement ce qui pouvait l'absorber : les cellules, le cartilage, les os, – et les tumeurs.

Lorsque le manipulateur eut fini de préparer Lewis, il se réfugia dans la salle de contrôle et activa aussitôt l'applicateur de cobalt-6O. Lewis ferma les yeux. Mais au lieu de somnoler, comme il le faisait en général, il se surprit à se demander ce qu'Alan Lampley avait bien pu faire pour être envoyé en prison.

Le jour du traitement, la semaine suivante, après qu'Alan Lampley, encadré de ses gardes, eut traversé la salle d'attente, Lewis s'adressa aux deux autres pour leur annoncer :

« Je sais ce qu'il a fait. »

Potts et Hoxie, saisis par le son de sa voix, tournèrent brusquement la tête pour le dévisager.

« Il a tué un gars, ajouta Lewis.

– Comment tu sais ça, mec ? » s'enquit Hoxie, méfiant.

Ce fut au tour de Lewis et de Potts de dévisager Hoxie. Ni l'un ni l'autre ne l'avait jamais entendu parler. Sa voix allait de pair avec son comportement : agressive, elle claquait comme un fouet.

« J'ai cherché à la bibliothèque, répondit Lewis.

– La bibliothèque ? » répéta Potts, incrédule.

Il avait une voix lente, traînante et paresseuse, du Sud. Lewis et Hoxie échangèrent un regard supris. Tous deux avaient eu la même réaction : *un péquenaud.* Il y avait eu récemment un afflux de gens du Sud montés au Nord en quête d'un travail en usine, bien payé. Le même phénomène se produisait à chaque mauvaise récolte.

« Ouais, la bibliothèque, confirma Lewis. J'ai vu son nom sur son dossier dans la salle de soins. Alan Lampley. Alors j'ai cherché son procès dans les vieux journaux. Je l'ai trouvé dans deux articles remontant à quatre ans. Il a tué un trafiquant de drogue. »

Hoxie eut un petit ricanement méprisant.

« Un pauvre petit camé blanc qu'a pété les plombs, hein ?

– C'était pas lui, le camé, dit Lewis. C'était sa sœur. Le dealer qui l'avait accrochée au crack l'avait mise sur le trottoir et elle tapinait pour lui pour se payer sa dose. Ce môme, Alan, est venu voir sa sœur. Ils étaient tous les deux d'une petite ville quelque part dans l'Indiana. Quand il les a trouvés dans l'appartement où elle vivait avec le gars, la sœur s'est sentie si humiliée qu'elle s'est précipitée dans la chambre, a piqué le pétard du dealer dans un tiroir et s'est fait sauter la cervelle, là sur place devant les deux. Le dealer a paniqué et essayé de foutre le camp, mais Alan a ramassé le pétard, lui a couru après et l'a descendu de quatre balles au moment où il montait dans sa voiture.

– Bien fait pour lui, bon sang ! commenta Potts de sa voix traînante.

– Je suppose, intervint Hoxie en les gratifiant d'un regard furibond, que le dealer était un Noir.

– Le journal le disait pas, répondit Lewis, mais qu'est-ce que ça change ?

– Je vais vous dire ce que ça change, reprit Hoxie en pointant vers les deux hommes un doigt accusateur. S'il avait tué un mec *blanc*, il serait pas ici à suivre un traitement ; il attendrait au quartier des condamnés à mort de recevoir sa piqûre. »

Potts eut un petit grognement méprisant, en fixant le sol et en secouant sa tête chauve. Lewis haussa les épaules.

« Peut-être, mais pas forcément. De toute façon, ça revient au même. Le môme a écopé de quatorze ans pour meurtre sans préméditation.. Pour lui, ça équivaut à la peine de mort.

– Ah ouais ? fit Hoxie d'une voix presque grondante. Et pourquoi ça ?

– Il est atteint au niveau des ganglions lymphatiques, expliqua Lewis. J'ai vu sur sa feuille de soins qu'il avait droit à des mégavolts qui pénètrent à sept centimètres et demi sous la peau. Ça veut dire que c'est déjà trop avancé pour qu'on l'arrête. J'ai lu tous ces trucs sur le cancer à la bibliothèque. Je parie à deux contre un qu'il en a pas pour six mois. »

Hoxie fit mine de répliquer, se ravisa et détourna les yeux. Sa rigidité, son hostilité parurent s'adoucir légèrement et il eut quelques rapides battements de paupières. Potts redressa le buste au lieu de rester tassé sur sa chaise. Lewis se mordillait l'intérieur de la joue. Le peu de temps qui restait à vivre à Alan Lampley lui assignait un destin parallèle au leur.

Tous trois gardèrent le silence jusqu'à ce que le traitement du jeune prisonnier fût terminé et que les gardes l'eussent emmené. Lorsqu'il repassa devant eux, Lewis et les autres l'examinèrent avec un intérêt tout nouveau ; il était maintenant une personne, il avait une histoire, ainsi qu'une redoutable maladie.

Lorsque Potts se leva pour aller subir son propre traitement, il s'immobilisa soudain à la porte et demanda :

« Dites donc, les gars, après votre séance, au bout de combien de temps vous êtes malades ? »

Lewis haussa les épaules.

« À peu près trois heures.

– Quatre pour moi, dit Hoxie. Pourquoi ?

– Moi, j'ai pas vraiment mal au cœur, vous savez, mais je commence à perdre le goût au bout de deux ou trois heures. Alors ce que je fais, je descends Harrison Street sur trois cents mètres à peu près, en direction du lac, et passé le coin dans Ashland Avenue, il y a un petit bar qui s'appelle le Billy Daly. J'aime bien la bière, vous voyez, bien fraîche, à la pression. Et il me reste très peu de temps avant que je perde le goût. Alors je me disais, si vous avez envie en vous baguenaudant de venir là-bas quand vous aurez terminé ici, je vous paierai un pichet de bière. Qu'est-ce que vous en dites ? »

Lewis et Hoxie échangèrent un regard. Lewis sentit que c'était à lui de parler le premier. L'expression de Hoxie était redevenue hostile.

« Moi je veux bien », dit Lewis. Lui et Potts se tournèrent vers Hoxie qui les gratifia de nouveau d'un regard furibond. « Allez, mec, reprit Lewis, conciliant. On est tous pareils à l'intérieur, – surtout maintenant. »

Hoxie inclina brièvement la tête.

« Je viendrai. »

Le Billy Daly était un de ces bistrots de quartier de Chicago ouvert dès huit heures du matin, afin d'accueillir les clients à qui un ou deux verres étaient indispensables pour calmer leur tremblote matinale avant de se rendre au boulot. Ceux qui travaillaient dans le coin revenaient à l'heure du déjeuner pour calmer leur tremblote de l'après-midi.

Quand Lewis arriva, Potts était installé à une petite table au fond, et avait déjà presque liquidé son premier pichet de bière à la pression. Le temps que Hoxie arrive, Potts avait déjà pas mal entamé son deuxième pichet et Lewis s'occupait sérieusement de son premier. Lorsque le barman posa un verre et un pichet devant Hoxie, celui-ci voulut sortir son portefeuille, mais Potts leva la main.

« Hé, non, dit-il, j'ai déjà réglé un pichet pour chacun de vous, les gars. Après ça, à vous de jouer. »

Comme les hommes qui boivent ensemble pour la première fois le font invariablement, ils en vinrent à parler d'eux-mêmes. Potts, qui était le plus imbibé, s'y mit le premier.

« Je suis d'une petite ville du Tennessee et je suis venu à Chicago pour trouver du travail. J'avais un bon boulot là-bas dans une fabrique de papier, mais des promoteurs japonais ont acheté toute la propriété et fermé l'usine. Ils allaient soi-disant créer une sorte de complexe industriel ; ils disaient qu'il y aurait des emplois pour tout le monde. Ça remonte à deux ans ; ils ont toujours rien créé pour le moment. J'ai été au chômage pendant six mois, et puis j'ai trouvé des petits boulots par-ci par-là pendant encore six mois. Mais avec une femme et trois gosses à nourrir, ça devenait de plus en plus juste, alors pour finir je suis monté dans le car et j'ai rappliqué ici. Me suis trouvé un boulot assez correct dans une usine chez Motorola. Me suis installé dans une piaule minable pour pouvoir envoyer un peu d'argent toutes les semaines à ma famille. Je prenais le car deux fois par mois pour aller passer un week-end avec eux. Tout allait plutôt bien, puis je me suis mis à avoir ce qu'ils appellent des crises convulsives localisées, avec mes bras et mes jambes qui se mettaient à trembler comme si je mourais de froid. Le médecin de l'usine m'a fait passer une IRM et ils ont découvert un gliome du tronc cérébral. On m'a mis aux drogues anticonvulsivantes et on a commencé les rayons. Je touche une pension d'invalidité, mais pas assez pour envoyer de l'argent chez moi. Alors pour que ma femme et mes gosses aient droit à l'aide sociale, ma femme et moi on s'est mis d'accord pour dire que j'avais abandonné ma famille. Ils se débrouillent pas trop mal maintenant, mais je peux pas aller chez moi au cas où quelqu'un me verrait là-bas. Et voilà où j'en suis : pas de boulot, pas de famille, pas de cheveux, et pas d'avenir pour ainsi dire. » Il eut un sourire en biais. « Comme disait l'autre... la vie, c'est une vraie saloperie, et après on meurt !

– C'est bien vrai, ça, mon gars, acquiesça Hoxie avec enthousiasme. Il y a un an, tout baignait, vous savez. Moi et ma vieille, on venait de divorcer après trente-deux ans de mariage. On en était arrivé au point où on pouvait même pas se trouver dans la même pièce. Je vais vous dire, elle était devenue une vraie mégère. Jamais contente. Rien pouvait lui faire plaisir. Elle trouvait moyen de se plaindre de trucs avant même qu'ils soient arrivés. Par exemple, elle disait : " Je sais ce que tu vas faire mercredi prochain. Tu vas sortir avec tous tes bons à rien de copains. " Elle se plaignait pour mercredi prochain, qu'était même pas encore arrivé !

» De toute façon, un beau jour, j'en ai eu marre ; je me suis taillé et on a divorcé. J'ai pris ma retraite anticipée à la poste et c'est à ce moment-là que j'ai *vraiment* commencé à vivre. Je me suis trouvé un joli appart, offert une nouvelle télé, une nouvelle bagnole et, surtout, j'ai commencé à fréquenter cette petite minette qui en était à sa deuxième année de fac. Elle avait un de ces trucs genre fixation au père, vous voyez ; il lui fallait dans sa vie un homme plus âgé. Tout le monde disait, bien sûr, que je traversais la crise de la quarantaine ; la vérité, c'est que je m'en payais une tranche. La seule chose, c'est que je me suis mis à avoir tout le temps mal à la gorge et ma voix s'enrouait. » Hoxie eut un large sourire. « Ma petite minette, elle disait que c'était sexy. Au bout d'un certain temps, ça n'avait plus rien de sexy. Quand je suis allé consulter le médecin, j'ai compris pourquoi. »

Hoxie se pencha en arrière sur sa chaise et poussa un profond soupir.

« Maintenant, la petite minette est partie, l'appartement aussi, la nouvelle bagnole pareil, ma fille et son mari ont hérité de la télé et de la chaîne hi-fi, et j'ai une chambre dans leur sous-sol où je serai le bienvenu tant qu'ils seront bénéficiaires de mon assurance vie. » Il leva son verre en geste de salut. « Comme tu disais, la vie, c'est une vraie saloperie. »

Hoxie se tut alors ; lui et Potts regardèrent Lewis avec l'air de dire : *Et toi, mec, c'est quoi, ton histoire ?* Il fallut à Lewis un certain temps, mais il finit par comprendre. Tout ce qu'il put dire en réalité, c'était que le seul effet qu'avait eu le cancer sur sa façon de vivre, c'était qu'il devait aller placer ses paris plus tôt le jeudi matin, et qu'il s'était mis à broyer du noir à l'idée de mourir dans un climat froid.

« C'est tout ? demanda Hoxie, incrédule. Merde alors, en somme, tu pourrais très bien ne pas même avoir de cancer !

– Ça, c'est sûr, acquiesça Potts. J'ai connu des gens grippés avec des vies bien plus chamboulées que la tienne.

– Eh ben, excusez-moi, bon Dieu, répliqua Lewis, irrité. Désolé de n'avoir rien de pire à vous raconter. J'espère que j'ai pas gâché votre journée ! »

Potts et Hoxie échangèrent un regard, puis tous deux éclatèrent de rire.

« Vous savez ce que ça me rappelle ? demanda Hoxie. Le jour où j'ai annoncé à ma fille et à mon gendre le diagnostic. Vous savez ce que mon abruti de gendre m'a dit ? Il a dit que c'était bien dommage que je puisse pas avoir une maladie *respectable,* comme une drépanocytose. Il a dit que le cancer, c'était une maladie de Blanc !

– Vous trouvez ça moche, dit Potts, alors écoutez ça. J'étais en pleine déprime, il y a un mois environ, alors je suis allé trouver ce prêtre baptiste, pensant qu'il pourrait peut-être me consoler un peu, me remonter le moral, vous voyez. Devinez ce que m'a dit cet idiot. Il m'a dit de remercier Dieu d'avoir un cancer au lieu d'une maladie *impure* comme le sida. Il a dit que le sida, c'était comme ça que Dieu punissait les homosexuels, mais que le cancer était pour *les gens bien.* Et il parlait *sérieusement*, en plus ! »

Lewis se détendit alors et joignit son rire à celui des autres, bien qu'il ne fût pas le genre à rire en temps normal. Il essayait de ne jamais montrer la moindre émotion ; il estimait que l'émotion n'était pas de mise pour un joueur. Mais avec ces deux hommes, manifester une émotion ne paraissait nullement incongru. Malgré les différences flagrantes entre eux trois, outre le fait qu'il leur avait fallu plus de deux mois pour simplement se saluer dans la salle d'attente, Lewis commençait maintenant à se sentir à son aise avec eux et il estimait que chacun des deux autres se sentait également à l'aise avec lui et avec l'autre. Il semblait tout à coup qu'ils étaient amis depuis longtemps déjà.

Une fois leurs rires calmés, et avant qu'ils pussent commander d'autres pichets de bière, Lewis commença à avoir mal au cœur et déclara qu'il valait mieux qu'il s'en aille. Il lui fallait regagner son appartement avant d'être terrassé par de terribles nausées. Hoxie déclara qu'il allait prendre congé également, car ses propres nausées étaient imminentes. Potts décida de partir en même temps qu'eux, en disant :

« Ça ne rime à rien de boire si on ne sent pas le goût. »

Il suggéra alors que tous trois se retrouvent de nouveau samedi après-midi pour boire quelques pichets et regarder le match des Bears sur le grand écran télé du bar. Lewis et Hoxie, à leur surprise mutuelle, approuvèrent sans hésiter ce projet.

Dans le bus en rentrant chez lui, avec les chiffres, les cotes et les calculs qui commençaient à tourbillonner dans son esprit échauffé par la bière, Lewis réussit bizarrement à bloquer le processus et se mit de nouveau à penser à Alan Lampley. Lewis avait pensé que c'était moche de devoir passer les derniers mois de sa vie dans le froid et la crasse de Chicago, mais qu'est-ce que ça devait être de les passer enfermé dans une cellule ?

Les trois hommes commencèrent à se retrouver au bar plusieurs fois par semaine ; le mercredi soir avant leur traitement ; le mardi après-midi suivant le traitement ; et le lundi soir pour regarder un match des Bulls avant la saison. Ils se mirent à parler d'Alan Lampley. À bâtons rompus, pour commencer, avec une certaine mélancolie.

« Dommage que le môme puisse pas venir boire une bière avec nous, déclara Potts à un moment.

– Ouais, fit Lewis. Mince, paniers percés comme on est, on offrirait même une tournée aux gardes. »

Une autre fois, Hoxie, à l'improviste, déclara :

« C'est vache quand même, un môme si jeune qui doit se taper à la fois un cancer *et* la prison.

– Ouais, c'est pas comme s'il avait tué un bon citoyen. Tout ce qu'il a fait, c'est buter un dealer de drogue.

– C'est pas normal, dit Hoxie.

– Et ils appellent ça la justice ? dit Potts.

– Faut pas confondre la justice et la loi, commenta sagement Lewis. C'est deux choses différentes. »

Le jeudi, maintenant, quand les gardes amenaient Alan, tous trois commencèrent à le saluer d'un léger signe de tête, d'un clin d'œil. Potts se leva même un jour pour aller lui parler, mais un des gardes s'interposa et dit à Alan :

« Continuez à avancer, Lampley. »

L'autre garde s'adressa à Potts :

« Désolé, le prisonnier n'est autorisé à parler qu'au personnel médical. »

Mais ils savaient qu'Alan avait reconnu leurs manifestations d'amitié, de sympathie, et même de commisération, car il commença aussi à leur rendre leurs saluts, et même à leur sourire un peu. Les petits signaux qu'ils lui envoyaient semblaient dire : *Tu n'es pas tout seul.*

Au bar, les trois nouveaux amis, après un pichet ou deux, commençaient à rêvasser sur les moyens d'aider Alan.

« Si je devais gagner à la loterie, dit Potts, vous savez ce que je ferais avec une partie de l'argent ? J'engagerais le meilleur avocat pénaliste de la ville pour qu'il essaye d'obtenir une liberté conditionnelle ou je ne sais quoi pour ce gosse, comme ça il pourrait mourir dans un endroit vraiment agréable.

– Ouais, comme nous, commenta Lewis, sarcastique.

– Si moi je gagnais à la loterie, répliqua Hoxie, j'irais pas m'emmerder avec un avocat. J'engagerais trois ou quatre vrais durs à cuire, des malfrats, pour qu'ils neutralisent les gardes et libèrent le môme. Et je lui filerais assez de pognon pour qu'il se barre en Amérique du Sud ou je ne sais où.

– Alors ça, c'est une bonne idée ! approuva Lewis.

– Le seul ennui, c'est qu'aucun de nous va gagner à la loterie, constata Potts, morose.

– À ce que je vois dans tout ce que je lis, commença Hoxie, il y a toujours des groupes, des organisations ou des machins comme ça qui essayent d'arracher un pauvre connard minable du quartier des condamnés à mort sous prétexte qu'il a un un QI trop bas ou que sa maman lui a foutu trop de volées quand il était petit ou Dieu sait quoi. Mais personne a l'air de vouloir aider ce môme. En tout cas, personne qu'on connaisse.

– Les gens aident pas les autres, parce que en général, ils risquent de perdre quelque chose, dit Lewis. Les seules fois où les gens prennent vraiment des risques pour aider quelqu'un, c'est quand ils ont rien à perdre.

– Tu veux dire des gens comme nous ? » demanda Potts.

Ni Lewis ni Hoxie ne répondirent.

La question fut de nouveau abordée à leur rencontre suivante, lorsque Potts déclara :

« Je voudrais bien qu'on trouve un moyen d'aider ce gosse. »

Sans vraiment en avoir pris conscience, c'était l'occasion qu'attendait Lewis.

« Il y en a un, dit-il simplement.

– Qu'est-ce que tu veux dire ? demanda Hoxie. Comment ?

– En sautant sur les deux gardes. Facile. Ils se méfieraient pas de trois gars malades comme nous. On pourrait les neutraliser sans problème, délivrer le môme, et se servir de ses entraves pour enchaîner les gardes et le technicien de la radiologie dans la salle du scanner. Avant que qui que ce soit puisse savoir ce qui se passe, on serait sortis de l'hôpital et déjà loin.

– Oui, mais pour aller où ? demanda Potts. L'hôpital sait qui on est, où on habite. Bon sang, on serait rattrapés avant le déjeuner !

– Pas si on a un plan d'évasion. »

Hoxie fronça les sourcils, mais eut l'air intéressé.

« Quel genre de plan ?

– Je suis pas sûr, reconnut Lewis. Mais faudrait un plan qui nous permettrait à tous de foutre le camp du pays. D'aller dans un endroit d'où on pourrait pas nous extrader. Et où on pourrait quand même continuer notre traitement... Comme l'Argentine.

– Lewis, mon vieux copain, tu rêves, dit Potts. Pour un plan d'évasion comme celui-là, il faudrait beaucoup, beaucoup de pognon.

– Eh bien, répliqua tranquillement Lewis, il se trouve que je sais où on peut mettre la main sur beaucoup de pognon. »

Il leur parla des quatre valises bourrées de liquide qu'il avait vues dans le bureau de paris de son ami Ralph tous les jeudis matin. Hoxie haussa les sourcils.

« Dis donc, mec, tu parles de braquer une des boîtes de Cicero Charley Waxman ? Si c'est le cas, c'est pas vraiment malin !

– Qui c'est, Cicero Charley Waxman ? demanda Potts.

– C'est le big boss qui contrôle tout le racket des jeux du Quartier Nord, lui expliqua Hoxie. Si on le vole, on aura tous ses malfrats sur le dos comme les puces sur le dos d'un clébard. »

Potts haussa ses maigres épaules.

« Et alors ? Écoutez, si on arrivait à faire filer le môme, on aurait tous les flics de Chicago, plus la police d'État de l'Illinois à nos trousses. Quelques truands en prime, ça changerait pas grand-chose.

– Il a raison, dit Lewis. Si notre plan d'évasion réussit, on échappe à tout le monde. Sinon, qu'est-ce que ça change s'ils nous coincent ? On va en taule ou on est tués. De toute façon, on est en train de mourir. » Lewis se pencha en avant, les coudes sur la table, et baissa la voix. « Écoutez, je vais être réglo avec vous, les gars. Je veux ces quatre valises de pognon autant pour moi que pour le gosse. Je sais pas si je vais ou non venir à bout de ce cancer, tout comme vous autres vous en savez rien pour le vôtre. Mais si c'est lui qui gagne, j'aimerais passer mes derniers jours dans un endroit chaud et propre. Peut-être un petit village au bord d'une plage, pas trop loin d'une ville avec un hôpital moderne où je peux suivre mon traitement...

– Entre nous, je suis dans le même état d'esprit, reconnut Hoxie. Je voudrais bien trouver un moyen de foutre le camp de chez ma fille. J'ai pas envie de crever dans un sous-sol. Ce petit village au bord d'une plage, c'est vraiment une chouette idée. »

Lewis et Hoxie consultèrent Potts du regard. L'homme du Sud acquiesça lentement d'un signe de tête.

« J'ai une bonne raison, moi aussi, je crois bien. J'aimerais avoir ma femme et mes gosses à mes côtés quand je partirai. Quelqu'un à qui dire adieu à part des étrangers. » Il rougit légèrement. « Sans vous vexer.

– En somme, on se comprend parfaitement », dit Lewis.

Ils se carrèrent sur leur chaise et levèrent leur verre de bière en un toast silencieux.

Ils se retrouvèrent dans le petit appartement misérable de Lewis le soir suivant et, devant des pizzas et des bières, commencèrent à échafauder un plan.

« Pour commencer demain matin, dit Lewis, on va à la préfecture et on demande des passeports.

Ensuite, faut trouver un moyen de mettre la main sur un flingue...

– Je peux m'en occuper, dit Hoxie. Mon gendre a un revolver bon marché calibre trente-deux qu'il garde dans un tiroir à côté de son lit. C'est un petit flingue, mais il l'a fait chromer et il a l'air plus gros.

– Un seul pétard, c'est tout ? demanda Potts.

– Ouais, les deux autres gars peuvent garder la main dans la poche comme s'ils étaient armés eux aussi, dit Lewis. De toute façon, on raflera les flingues des types qui transportent l'argent. Ils seront forcément armés.

– D'accord. Quoi d'autre ? demanda Hoxie.

– Les billets d'avion, dit Lewis. J'ai vérifé ce matin aux compagnies aériennes. Il y a un vol Air Argentine d'ici à Buenos Aires tous les soirs à neuf heures. Un aller simple, ça coûte onze cent quatre-vingts dollars, en première classe.

– *Première classe !* s'exclama Potts.

– Absolument, dit Lewis. On aura le fric. Tu t'imagines pas qu'on va voyager en classe économique, quand même ?

– Et où est-ce qu'on va trouver l'argent pour prendre des billets de première classe ?

– On n'a pas besoin d'argent. La compagnie aérienne les garde pour nous à l'aéroport jusqu'à deux heures avant le départ. On paye au dernier moment. Mais il nous faut quand même un peu d'argent d'avance pour d'autres frais.

– Par exemple ? demanda Hoxie.

– Il faut qu'on loue une voiture. Il faut qu'on loue une chambre dans un motel près de l'aéroport. Et il faut acheter quelques fringues pour le gosse ; on peut pas le laisser circuler dans sa combinaison orange. Vous avez une carte de crédit, l'un ou l'autre ?

– Pas moi, répondit Hoxie, morose. Ma fille a résilié la mienne. Elle me donne de l'argent de poche maintenant, comme si j'étais un môme.

– J'ai une carte Visa, dit Potts. Je m'en sers pas beaucoup ; juste pour l'épicerie et des trucs comme ça quand je suis à court de liquide.

– C'est quoi, la limite de crédit ?

– Cinq cents.

– Ça devrait suffire. On louera la voiture à l'aéroport la veille au soir et on l'abandonnera quand on ira prendre l'avion.

– On emmène le gosse ? » demanda Potts.

Lewis secoua la tête.

« On peut pas. Il aura pas de passeport. On lui donnera un quart de l'argent et ensuite, il se débrouillera tout seul. » Hoxie et Potts échangèrent un coup d'œil attristé. Lewis haussa les épaules. « C'est tout ce qu'on peut faire pour lui. »

Pendant un long moment, tous trois demeurèrent silencieux ; à échanger des regards, à baisser les yeux vers les restes de pizza, à boire des gorgées de bière devenue tiède, à pianoter silencieusement du bout des doigts sur la table. Un bref moment d'incertitude, un intervalle pesant durant lequel n'importe lequel d'entre eux aurait pu hésiter vaguement, avoir même l'air réticent, et peut-être alors tout ce projet insensé se serait-il effondré en mille morceaux dans leur esprit, évaporé comme l'envie chez un étudiant de voler le sujet de l'épreuve de maths la veille de l'examen.

« Bon alors ? fit Potts de sa voix traînante. On fait ça quand ?

– Jeudi en huit, répondit Lewis. Tout devrait être prêt au bout d'une semaine à partir de jeudi. Et alors on fonce. »

Une semaine à partir de jeudi s'était écoulée, et quand Ralph, l'ami de Lewis, ouvrit la porte de son officine tôt le matin pour permettre à Lewis de placer ses paris, il fut surpris de voir Lewis en compagnie de deux hommes qu'il n'avait jamais vus.

« Mais bon Dieu... fit-il en laissant la porte entrebâillée seulement.

– C'est deux gars avec qui je vais à l'hôpital, expliqua Lewis. Laisse-les juste entrer et se mettre au chaud pendant qu'ils m'attendent, d'accord ?

– Merde, Lewis, je ne devrais même pas te laisser entrer avant l'ouverture de la boîte, protesta Ralph. Et maintenant t'en profites pour t'amener avec deux gars que je connais même pas.

– Ils sont réglos, lui affirma Lewis en poussant doucement la porte de l'épaule et en faisant signe à Potts et à Hoxie de le suivre. Ils vont m'attendre près de la porte, tu sauras même pas qu'ils sont là, Ralph.... Allez, laisse-moi noter mes paris... »

À contrecœur, Ralph repoussa la porte et la ferma à clef derrière eux. Contournant le comptoir, il examina Lewis avec curiosité. Son comportement était différent. Brusquement, Ralph comprit ce qui l'avait intrigué.

« Où est ton bulletin ? » demanda-t-il. C'était la première fois en vingt ans qu'il voyait Lewis sans bulletin à la main ou dépassant de sa poche.

« Je, euh... je crois que je l'ai oublié », dit Lewis. Il essayait d'avoir l'air décontracté, mais il sut immédiatement que son stratagème était éventé ; la nervosité qu'il percevait dans sa propre voix en général optimiste le trahissait.

Ralph jeta un bref regard à Potts et à Hoxie qui étaient juste devant la porte, l'air attentif. Ses yeux s'étrécirent, soupçonneux.

« Bon, Lewis, qu'est-ce qui se passe ? » demanda-t-il d'un ton sec.

Lewis soutint son regard mais ne répondit pas. Ralph se passa la langue sur les lèvres. Il déglutit, baissa la main en direction du compoir. Il y avait dessous un téléphone rouge dont la ligne directe était branchée vingt-quatre heures sur vingt-quatre chez Cicero Charley Waxman. Le décrocher sans même dire quoi que ce soit suffisait pour que quatre truands du quartier fassent irruption pour voir ce qui se passait.

Avant que Ralph ait pu décrocher, néanmoins, Lewis lui empoigna le bras par-dessus le comptoir.

« Garde les deux mains sur le comptoir, Ralph », dit-il d'une voix contenue.

Hoxie s'approcha et sortit le revolver chromé de son gendre.

« Fais ce que le mec te dit », ordonna-t-il.

Ralph regardait Lewis, au comble de l'incrédulité.

« Tu as perdu la tête, Lewis ? »

Avant que quiconque ait pu dire quoi que ce soit, on frappa de nouveau à la porte. Lewis attira vivement Ralph derrière le comptoir. Il adressa un bref signe de tête à Hoxie qui alla précipitamment se poster près de la porte pour être derrière quand elle s'ouvrirait. Potts alla le rejoindre.

« Ouvre la porte, Ralph, ordonna Lewis en le poussant en avant.

– Tu es dingue, marmonna Ralph.

– Va ouvrir. »

Ralph obtempéra et aussitôt deux hommes trapus, portant chacun deux valises, franchirent le seuil. Avant qu'ils aient pu prendre conscience de ce qui se passait, Potts claqua la porte derrière eux et la ferma à clef, et Hoxie s'avança pour leur faire face, revolver au poing.

« Posez les valises et restez tranquilles », dit Lewis d'un ton sec, toute nervosité chassée de sa voix par l'adrénaline.

Les convoyeurs se figèrent pendant que Potts les soulageait l'un et l'autre de leur pistolet et fouillait dans les poches de leur veste jusqu'à ce qu'il ait trouvé les clefs des valises.

« Parfait, entrez dans ce placard, ordonna Lewis. Toi aussi, Ralph. »

Il s'agissait d'un petit placard derrière le comptoir, la porte en général ouverte, avec des étagères où étaient rangés des piles de tickets de PMU, des boîtes de stylos à bille, des rouleaux de rubans de calculatrice, des cartons de gobelets à café jetables et autres provisions. Il ne restait guère de place où les trois hommes pouvaient se caser. Comme Ralph suivait les deux convoyeurs dans le placard, il secoua la tête avec tristesse en regardant Lewis.

« Tu vas t'attirer bien des ennuis, Lewis, pour quelques milliers de dollars.

– *Quelques* milliers, hein ? ricana Lewis.

– C'est bien ce que j'ai dit, gros malin. *Quelques* seulement. Tu t'imaginais quoi, que toi et tes copains vous alliez devenir riches aujourd'hui ?

– Quatre valises bourrées d'argent, lui fit remarquer Lewis. La recette d'une semaine de toutes les boîtes de Cicero Charley.

– C'est pas l'argent des boîtes, commenta sobrement Ralph. C'est celui des paris réinvestis des matches de football de tous les bureaux de tabac, bazars et bars du quartier. Quatre-vingt-quinze pour cent sont des paris minimum. Tu te retrouves en possession de quatre valises bourrées principalement de billets d'un dollar, Lewis. Peut-être vingt, ou vingt-cinq mille, à tout casser. » Ralph braqua un doigt sur lui. « Mais des problèmes avec Cicero Charley, tu vas en avoir pour un million de dollars ! »

L'air hébété, Lewis poussa son ami dans le placard et referma la porte. En se retournant, il dut affronter l'expression consternée de Potts et d'Hoxie. Il se dirigea vers Potts et lui prit les clefs des valises des mains.

« Occupe-toi de la porte », dit-il à Hoxie.

Le Noir fourra le revolver dans la poche de sa veste, tira un marteau de dessous sa ceinture et sortit d'une autre poche une poignée de clous de charpentier de dix centimètres de long. Tandis qu'il entreprenait de clouer la porte du placard, Lewis s'agenouilla pour ouvrir une des valises. Elle était remplie de liasses de billets maintenues par des élastiques. Il en vérifia une demi-douzaine, et constata que Ralph avait dit vrai ; à part quelques billets de cinq ou dix dollars mêlés aux autres, la majorité des coupures était d'un dollar.

« On s'est vraiment mis dans la merde, commenta Hoxie, interrompant ses coups de marteau.

– Qu'est-ce qu'on va foutre, bon Dieu ? demanda Potts d'une voix étranglée, planté là, l'air ridicule avec un gros automatique dans chaque main.

– Pour le moment, on va suivre le plan prévu et se tailler d'ici », dit Lewis. Il pointa le menton en direction d'Hoxie. « Finis de clouer la porte. » Et à Potts : « Va chercher la voiture. »

Lui-même arracha les fils du téléphone, y compris le téléphone rouge.

Quelques instants plus tard, Potts arriva au volant d'une Buick de location et ouvrit le coffre. Lewis et Hoxie y portèrent les valises, l'une après l'autre. Puis ils se tassèrent tous les trois à l'avant et Potts démarra.

« On a deux décisions à prendre, commença Lewis, tendu. Un : est-ce qu'on suit le plan et on va libérer le gosse, ou bien est-ce qu'on se taille tous les trois tout de suite ? Deux : si on le libère justement, est-ce qu'on lui file une partie du pognon avant de le laisser dans la nature ?

– Foutre le camp maintenant nous donnera pas tellement d'avance, fit remarquer Potts. On a mis tout ça en branle parce que ce gosse nous faisait pitié. Si on s'en tient pas à cette partie-là, on se fera l'effet d'une bande d'idiots. Je crois qu'on devrait le libérer.

– Moi aussi, acquiesça Hoxie. Mais je pense pas qu'on devrait partager le pognon avec lui. On en aura bien plus besoin que lui. Je veux dire, c'est pas à ses trousses que Cicero va se lancer. Y a qu'à lui filer les frusques qu'on a achetées pour lui et quelques centaines de dollars. Qu'on lui donne sa chance. »

Lewis réfléchit un moment à la question, puis approuva.

« Ça m'a l'air correct. En route pour l'hôpital. »

Ils se garèrent dans le parking visiteurs du Cook County Hospital et gagnèrent discrètement le service Radiologie. Arrivés à l'étage de la Consultation Externe, ils entrèrent dans le hall et signèrent le registre comme d'habitude, puis allèrent occuper des sièges séparés, comme ils le faisaient toujours, dans la salle d'attente. Se fondant sur son expérience passée, Lewis avait déjà calculé qu'il y avait quatre chances sur cinq qu'ils n'aient pas à attendre plus de vingt minutes. Il avait raison; ils n'en attendirent que onze.

Quand les deux gardiens de prison entrèrent, encadrant Alan, ils se dirigèrent directement vers la porte de la salle de soins. Comme ils étaient sur le point de la franchir, Lewis fit un signe à Potts et le Sudiste dégingandé se leva d'un bond et dégaina un des pistolets qu'ils avaient pris aux convoyeurs.

« Tirez pas ou je bouge ! » ordonna-t-il. Les gardiens, Alan Lampley, Lewis et Hoxie, sidérés, le dévisagèrent. Potts déglutit. « Je veux dire... B-b-bougez pas ou je tire !

– Du calme, m'sieur, dit un des gardes. Personne bouge. »

Hoxie se glissa vivement derrière les gardes et les désarma.

« On va bientôt pouvoir ouvrir une boutique d'armurier », marmonna-t-il.

À ce moment précis, la porte de la salle de soins s'ouvrit et le manipulateur radio apparut. Potts fit pivoter son arme dans sa direction.

« Pas une main ! Les gestes en l'air ! Merde, je veux dire pas un geste, les mains en l'air. »

Le technicien se figea sur place. Alan Lampley jetait autour de lui des regards incrédules.

« Qu'est-ce qui se passe ? demanda-t-il.

– Tu le sauras dans une minute, lui dit Lewis. Allez, tout le monde dans la salle de soins. Grouillez-vous ! »

Dans la salle de soins, Lewis fouilla les gardes, trouva les clefs, et il délivra Alan Lampley de ses menottes et de la chaîne à sa taille.

« Enlève ta combinaison », dit-il. Au technicien, il déclara : « Ôtez votre blouse blanche et votre pantalon. Dépêchez-vous ! »

En moins de cinq minutes, les deux gardes et le manipulateur étaient en caleçon, menottés et enchaînés à l'appareil de cobaltothérapie vissé dans le sol de la salle de soins.

« Vous vous en tirerez pas comme ça, l'avertit un des gardes.

– Deux chances sur cinq que vous ayez raison », acquiesça Lewis. Il se tourna vers sa cohorte et leur prisonnier libéré. « OK. Allons-y. Directement par l'escalier de secours au bout du couloir. »

Six minutes plus tard, ils étaient dans la Buick de location et sortaient du parking.

De la banquette arrière où il était assis avec Hoxie, Alan Lampley déclara :

« Vous êtes dingues, les gars. Vous venez de vous mettre dans un sacré pétrin !

– On pensait que tu considérerais ça comme une service rendu, commenta Lewis, sarcastique. Pour que tu n'aies pas à passer tes six derniers mois en prison.

– Il me reste pas six mois, dit Alan. Ils pensent trois au plus.

– Eh bien, trois alors, fit Potts en jetant un coup d'œil derrière lui depuis la banquette avant. Tu préfères pas être dehors plutôt que dedans ?

– Si, bien sûr, reconnut Alan. Mais pas au prix des emmerdes que vous allez avoir maintenant. Je veux dire, pourquoi vous avez fait ça ? Vous me connaissez même pas, vous savez rien de moi.

– Si, fiston, on sait, dit Hoxie. On sait pourquoi tu es en taule ; on est au courant pour ta sœur, le dealer et tout...

– De toute façon, intervint Lewis, on fait ça aussi pour nous. On a fait un hold-up ce matin parce qu'on voulait avoir assez de pognon pour pouvoir tous mener un train de vie un peu plus agréable pour le temps qui nous reste. Le hic, c'est qu'on n'a pas raflé autant qu'on espérait. Mais on peut quand même te filer un peu de fric pour que tu puisses quitter la ville, aller peut-être à Las Vegas ou à L.A. Un endroit au moins où tu puisses mourir en homme libre.

– Au Canada, dit Alan. Je veux aller au Canada. »

Lewis fit la grimace.

« Quelle idée, bon Dieu ! Il fait froid là-bas. Tu veux pas aller dans un endroit chaud ?

– J'ai un oncle au Canada, expliqua Alan. Il a filé là-bas il y a trois ans pour échapper à la mobilisation pendant la guerre du Vietnam. Il a créé un petit élevage de blaireaux près de Moose Jaw, dans le Saskatchewan. Il récolte leurs poils, comme on tond les moutons pour leur laine. Les poils servent à fabriquer des blaireaux de luxe. Si je pouvais arriver jusqu'au ranch de mon oncle, je sais qu'il me laisserait habiter chez lui et s'occuperait de moi durant le temps qui me reste.

– Ça peut pas marcher, dit Lewis en secouant la tête. Tu pourrais pas te pointer là-bas sans aucun papier d'identité ; pas de permis de conduire, pas de passeport, rien. Tu pourrais même pas passer la frontière.

– Je passerai, vous en faites pas, affirma Alan. Je suis souvent allé là-bas pour des parties de pêche avec mon oncle. Il y a des endroits dans le Grasslands National Park à la frontière du Montana où on peut passer à travers bois et entrer au Canada comme si on traversait la rue. Prenez-moi un billet sur un car Greyhound jusqu'à Shelby, Montana. À partir de là, je me débrouille. »

Lewis et Potts échangèrent un regard et Hoxie, dans le rétroviseur, leur manifesta son approbation d'un signe de tête.

« Marché conclu, petit », déclara Lewis.

Dans la chambre de motel qu'ils louèrent, à environ deux kilomètres de l'aéroport O'Hare, Alan prit une douche et endossa les vêtements neufs qu'ils avaient achetés pour lui pendant que Lewis et les autres ouvraient les quatre valises volées, renversaient sur un lit tout l'argent qu'elles contenaient et commençaient à compter les billets.

« Jette toutes les coupures d'un dollar sur l'autre lit, dit Lewis. Je vais faire des liasses de cent dollars avec des élastiques. Vous autres, vous triez les plus gros.

– Ça sera pas bien difficile », plaisanta Potts.

Pendant qu'ils comptaient, Alan finit de se préparer et entra dans la chambre. Il semblait démoralisé.

« Je peux pas faire ça, les gars, dit-il. Je peux pas vous laisser continuer. C'est pas juste. Moi, je vais m'en tirer, et vous autres, vous allez être coincés et expédiés en prison. Ensuite, dans trois mois et quelque, je serai mort, et c'est vous qu'on amènera depuis Joliet pour votre radiothérapie – et c'est vous qui allez *mourir* en prison. » Il secoua la tête, l'air résolu. « Écoutez, si j'allais me livrer, ils seraient peut-être plus coulants avec vous. Vous auriez peut-être un sursis avec liberté conditionnelle. »

Les trois hommes qui l'avaient libéré se regardèrent, chacun d'entre eux, ému à sa façon par l'anxiété d'Alan.

« Écoute, Alan, commença Lewis, c'est vraiment chouette de ta part de t'inquiéter pour nous, mais à vrai dire, c'est pas seulement toi, nous et les flics que cette affaire concerne. Tu vois tout ce fric-là ? On l'a volé à Cicero Charles Waxman, un gangster, et Cicero Charley n'accorde pas de sursis. S'il nous met la main dessus, on est morts. Et il nous coincera tout aussi facilement à l'intérieur d'une prison qu'à l'extérieur.

– Peut-être même plus facilement », corrigea Hoxie.

Potts s'approcha d'Alan et lui mit un bras sur les épaules.

« Ce qu'il veut dire, mon pote, c'est qu'on est embringués dans cette histoire jusqu'au cou. Y a pas d'issue pour nous maintenant. On est obligés d'aller jusqu'au bout. Si ça se trouve, la seule chose qu'on retirera de tout ça, c'est de t'avoir aidé à filer. Si tu nous enlèves ça, il se pourrait bien qu'on se soit donné tout ce mal pour rien. Tu veux pas nous faire un coup pareil, hein ?

– Non, dit Alan en secouant la tête. Je veux pas.

– Alors tu ferais mieux de filer vers ton petit ranch de blaireaux, lui déclara Hoxie d'un ton conciliant. Comme ça au moins, ça nous aura rapporté quelque chose.

– D'accord », dit Alan en baissant les yeux. Il semblait sur le point de fondre en larmes.

Lewis amena Alan près d'une des valises ouvertes, bourrée maintenant de liasses de billets soigneusement rangées.

« Il y a là trois mille dollars en coupures d'un dollar, plus quinze cents en coupures de cinq et de dix, et ici, (il tendit une liasse séparée à Alan) encore cinq cents en coupures variées à mettre dans ta poche. Potts va te conduire au terminal Greyhound près de l'aéroport. Il entrera t'acheter un billet pour le premier car en partance. Vaut mieux que ce soit lui qui s'en charge, parce qu'il n'y aura encore aucune photo de nous placardée. Après tu prends le billet et tu montes dans le car. De là où il te déposera, tu pourras partir vers le Canada. Huit contre cinq que tu vas réussir. »

Alan serra la main de Lewis et celle d'Hoxie, puis s'en alla avec Potts.

Lewis et Hoxie recommencèrent à compter les billets.

Quand Potts revint, Lewis et Hoxie étaient en train de regarder la télé.

« On a eu droit aux nouvelles du soir, lui annonça Lewis.

– On a même la vedette, ajouta Hoxie. Le scoop du jour.

– Ils ont passé une photo du gosse, mais aucune de nous pour le moment. On a les flics de la ville au train, la police fédérale et le FBI. Ils ont mis les fédés dans le coup, parce qu'ils disent qu'on va sûrement quitter l'État, un truc appelé “ fuite inter-États ”. Et le gosse, comment ça s'est passé ?

– Très bien, répondit Potts. Je l'ai mis dans un car pour Omaha, Nebraska. Il dit que de là il peut atteindre le Montana sans problème, puis gagner le Canada à travers bois. » Potts regarda un des lits, où s'entassaient des liasses de billets. « Tout est compté, alors ?

– On a tout compté, confirma Lewis. Mon copain Ralph s'était pas trompé de beaucoup. Au total, ça fait vingt-trois mille six cent douze dollars. Moins les cinq mille qu'on a donnés au gosse, il nous reste dix-huit mille six cent douze. Ce qui fait six mille deux cent quatre dollars par tête de pipe.

– C'est pas le Pérou, marmonna Hoxie, compte tenu qu'on a tous les flics *plus* Cicero Charley aux trousses.

– Ouais, six mille deux, ça va pas nous mener bien loin, dit Potts.

– On peut quand même arriver jusqu'à Buenos Aires, fit remarquer Lewis. Au moins, on aurait quitté le pays et il nous resterait chacun cinq mille pour se débrouiller là-bas.

– Je suis pas dans le coup, dit Potts. Faut que je pense à ma femme et à mes trois gosses. Si je me suis lancé dans cette histoire, c'est uniquement parce que j'espérais avoir assez d'argent pour pouvoir les faire venir et qu'ils soient avec moi quand je mourrais. Puisque ça a pas marché, je vais juste leur envoyer ma part et je vais zoner par ici en ville jusqu'à ce qu'ils me coincent.

– Merde, tu peux leur envoyer aussi ma part, dit Hoxie. J'irai zoner avec toi. Plutôt la cloche que le sous-sol de ma fille.

– Il existe une autre solution », dit tranquillement Lewis. Assis là, les sourcils froncés, il avait l'air d'un croisement entre James Cagney et une chouette. « Mais je sais pas si vous seriez d'accord, les gars.

– Eh ben, raconte. Je veux dire, on t'a jamais laissé tomber jusqu'à présent, pas vrai ? répliqua Potts sèchement.

– Ouais, dis-nous, déclara Hoxie. Merde, sans toi, on serait pas là où on en est aujourd'hui.

– J'ai pensé à quelque chose pendant qu'on comptait tout ce fric, expliqua Lewis. Un truc que m'a dit mon ami Ralph un jeudi matin quand il m'a laissé entrer tôt dans sa boîte pour placer mes paris.

Il a dit que j'avais même de la chance qu'il me laisse entrer, surtout un jeudi. Parce que jeudi et vendredi, c'était les jours où on faisait les comptes. Le jeudi et *le vendredi.* Si la petite monnaie provenant des paris réinvestis arrive le jeudi, ça veut dire que le vrai pognon des paris sur les champs de courses et les matchs doit être livré le vendredi. J'ai mal choisi le jour pour nous. La grosse galette devrait être livrée ce matin. »

Hoxie le gratifia d'un regard soupçonneux.

« Lewis, est-ce que j'ai bien compris ce que tu disais ?

– Au prochain coup, ma parole, dit Potts, tu vas vouloir attaquer une banque.

– J'y ai pensé, reconnut Lewis, mais avec toutes les mesures de sécurité, les alarmes et tout, je me suis dit qu'on se ferait pincer à neuf contre cinq.

– Et tu t'imagines qu'on se fera pas pincer si on dévalise demain la boîte qu'on a dévalisée ce matin ? demanda Hoxie, incrédule.

– C'est exactement ce que je pense, dit Lewis. En ce moment même, Cicero Charley estime qu'il a de la chance qu'on l'ait braqué un jeudi. Ralph lui a déjà expliqué qu'il me laissait entrer le jeudi seulement. Cicero n'a aucune idée que je sais que vendredi est aussi le jour des comptes. En plus, il sait maintenant par les nouvelles qu'on a également libéré le gosse et qu'on a les flics au train. En ce moment même, il s'imagine qu'on est en cavale. L'idée ne l'effleure même pas qu'on va remettre ça demain.

– Ton copain, Ralph, il va sûrement pas t'ouvrir de nouveau, fit remarquer Potts.

– Il aura pas besoin. Écoutez, on a des flingues. On attaque les convoyeurs sur le trottoir, dès qu'ils sortent de leur voiture. En deux minutes c'est liquidé, on remonte dans notre propre bagnole et on file. On tailladera leurs pneus pour qu'ils puissent pas nous suivre. »

Potts se pencha en avant, une expression d'intense intérêt peinte sur son maigre visage.

« C'est quoi, nos chances de réussir, Lewis, d'après toi ?

– Huit contre un, affirma Lewis avec assurance.

– Hmmm, fit Hoxie, tant que ça ?

– Absolument. »

Il ne leur fallut qu'un instant pour prendre une décision.

« J'en suis, dit Potts.

– Moi aussi », ajouta Hoxie.

Lewis sourit.

Potts commanda par téléphone de la bière et des pizzas, et après la livraison, les trois morts en sursis commencèrent à échafauder le plan de leur deuxième braquage.

Titre original : *The Cobalt Blues*

Traduit par Janine Hérisson

Stuart M. Kaminsky

QUAND LE HASARD S'EN MÊLE

Paru dans *The Mysterious Press Anniversary Anthology*

« T'es sûr ? »

Beemer répondit : « Sûr. Il y a un an, jour pour jour. C'était dans cette bijouterie. Je l'ai écrit dans mon journal. »

Pryor. Petit, mince, nerveux. Un Dustin Hoffman qui tournait aux amphétamines sécrétées par son propre organisme. Le visage aplati, marqué par trop de combats perdus sur le ring, pendant trop d'années. Il était idiot. De naissance. Les coups à la tête n'avaient pas amélioré son QI. Mais Pryor faisait ce qu'on lui disait, et Beemer aimait dire à Pryor ce qu'il devait faire. Parler à Pryor, c'était comme penser à haute voix.

« Il y a un an. C'est dans ton journal », répéta Pryor, en regardant la bijouterie par la vitre de la voiture.

« C'est dans mon journal », dit Beemer, en tapotant la poche droite de son blouson.

« Et ici... euh, où on est ?

– À Northbrook. Dans la banlieue de Chicago », répondit Beemer patiemment.

Pryor hocha la tête, comme s'il comprenait. En fait non, mais si Beemer le disait, ça devait être vrai. Il regarda Beemer qui, assis au volant, fixait la porte de la bijouterie. Beemer avait les épaules larges et était bien bâti, après trois ans passés à faire des haltères au pénitencier de Stateville ; il avait continué une fois dehors. Il approchait de la cinquantaine, les yeux bleus, les cheveux noirs grisonnants coupés court, au rasoir. Il avait l'air d'un deuxième ligne de football américain, un deuxième ligne trapu. Beemer n'avait jamais joué au football. Une fois, il avait braqué deux types des Cincinnati Bengals devant un bar. Ses contacts avec ce sport s'étaient arrêtés là. Il ne suivait pas les matchs à la télé. En prison, il portait des lunettes, il lisait. Des classiques, pendant un an. Dickens. Hemingway. Steinbeck. Shakespeare. Freud. Shaw (Irwin, et George Bernard). Puis, un an jour pour jour après avoir commencé à lire, Beemer s'était arrêté. Il gardait la notion du temps.

À présent, Beemer aimait bouger. Tout le temps. S'acheter des vêtements, bien manger, dormir dans des hôtels classe quand il pouvait. Beemer mettait de l'argent de côté pour le jour où il aurait envie de prendre sa retraite. Un jour qu'il n'imaginait pas.

« Redis-moi pourquoi on les braque pile un an après », dit Pryor.

Beemer consulta sa montre. Le crépuscule tombait. C'était presque l'heure de la fermeture. Les propriétaires gérants étaient toujours les derniers à fermer dans le centre commercial, avec le restaurant chinois. D'un côté de la bijouterie Gortman se trouvaient les bureaux d'un assureur. State Farm. Frederick White, assureur. Il avait fermé, était rentré chez lui. De l'autre côté, la boutique de cadeaux Himmell. Des trucs en vitrine – des oiseaux et des chevaux en verre – qui finiraient cassés, déclassés, alors que Beemer aimait la classe, la vraie, comme les verres de vin vraiment fins. S'il se rangeait, il en achèterait quelques-uns, boirait un coup tous les soirs, en promenant ses doigts sur le rebord pour faire sonner le cristal. Il ne savait pas comment on s'y prenait. Il apprendrait.

« Quoi ?

– Pourquoi on est revenus ? demanda Pryor.

– Pour l'anniversaire. C'était notre premier gros coup. Ça porte bonheur. Enfin, peut-être. Une intuition, c'est tout.

– Y en a eu pour combien, la dernière fois ? »

Le petit centre commercial en bordure de voie rapide était à présent presque désert. Quatre voitures, peut-être, sans compter les huit garées à l'autre bout, près du restaurant chinois. La cuisine chinoise, Beemer s'en moquait un peu, mais il aimait les buffets et la cuisine thaï. Ça lui disait bien. Ce soir, ils iraient manger thaï. Demain, ils apporteraient les montres, les bagues et les bracelets à Walter, sur Polk Street. Walter examinerait tout ça, ferait une offre, que Beemer accepterait. La cuisine thaï. Bon plan.

« La dernière fois, il y en avait pour six mille, dit Beemer. Pour cinq minutes de travail. Six mille dollars. Plus de mille dollars à la minute.

– Plus de mille dollars à la minute, répéta Pryor.

– Ça se fête. On fête l'endroit qui nous a porté chance au début.

– Y a plus de lumière dans le fond, dit Pryor, qui regardait la bijouterie.

– On y va », lança Beemer en descendant rapidement de voiture.

Ils allèrent droit à la porte. Beemer avait un Glock. Son trésor. Il en avait entendu parler en lisant une histoire d'espions dans un magazine. Il lui en avait fallu un. Pryor, lui, avait un flingue merdique de petite frappe, la crosse tenue par de l'adhésif. Un revolver. Six ou huit coups. Vraiment merdique, mais ça faisait mal quand ça entrait et parfois, ça ne ressortait jamais. Les gens ne faisaient pas la différence. Avec un flingue braqué sur eux, ils ne faisaient pas la différence entre une arme de précision et de la camelote. Parce qu'ils savaient que ça leur brûlerait la cervelle.

Beemer jeta un regard à Pryor, en s'efforçant de marcher à son rythme. Pour ce coup, Pryor s'était mis sur son trente et un. Au motel, il avait fouillé dans son sac et demandé à Beemer ce qu'il devait mettre. Il demandait toujours à Beemer. Il lui demandait s'il fallait se brosser les dents. Enfin, peut-être pas, mais il lui demandait presque tout. La distance jusqu'à la lune. Si l'aspartame donnait vraiment le cancer. Beemer avait toujours une réponse, rapide, toute prête. Vraie ou fausse. Mais il avait une réponse.

Pryor portait un pantalon bleu et un polo Tommy Hilfiger bleu à manches courtes. Il s'était peigné et avait ciré ses chaussures. Il était prêt. Laid et prêt.

Au moment où le couple de bijoutiers éteignait la lumière, Beemer ouvrit la porte et sortit son arme. Pryor en fit autant. Ils ne s'étaient pas camouflé le visage. Les portraits-robots, ça servait à que dalle. Les lunettes de ski, ça grattait. Parfois, Beemer mettait des lunettes noires. Enfin, quand il travaillait de jour. Parfois, il se mettait du sparadrap sur la joue, pour que les gens s'en souviennent. De ça, ou de la fausse verrue qu'il avait raflée à la Boutique magique de Gibson, à Fayetteville, Caroline du Nord. Un coup minable. Fini, les boutiques de magie. Il avait ramassé un plein sac de farces et attrapes. De la fausse merde de chien. De la fausse morve à coller sous le nez. Il avait tout jeté, sauf la verrue. Ce soir, il ne la portait pas.

« Ne bougez plus », dit-il.

Le couple ne bougea pas. L'homme avait dix ans de moins que Beemer. Taille moyenne. Depuis l'an dernier, il s'était laissé pousser la barbe. Ça le vieillissait. Il portait un blouson. Bleu. Celui de Beemer était noir. Ses couleurs préférées étaient le blanc et le noir. C'est comme ça qu'il aimait les choses. La femme était blonde, la trentaine, plutôt jolie, trop maigre au goût de Beemer. Pryor se souvenait des femmes. Il ne les touchait jamais, mais il s'en souvenait et en parlait le soir, dans les hôtels ou les motels. Braquer les jolies femmes, ça le faisait planer. Ça, et les bons hot-dogs casher. À Chicago, on en trouvait toujours des bons, si on savait où aller. Beemer savait tout ça. Au retour, ils s'arrêteraient sur Dempster. Il connaissait un restaurant. Ça ferait plaisir à Pryor. Ils s'assiéraient, prendraient un gros hot-dog casher ou deux, avec des tas de frites, de ketchup, d'oignons et de piments. Il écouterait Pryor parler des femmes.

Elle avait l'air changé. Elle portait une robe verte. Elle était enceinte. C'était ça.

« Non, dit-elle.

– Si, répondit Beemer. Vous savez quoi faire. Pas de bruit. Pas de sonneries. Pas de cris. Pas d'idioties. Fille ou garçon ? »

Pryor ouvrait rapidement les présentoirs en verre, remplissant bruyamment le sac Barnes & Noble qu'il avait sorti de sa poche arrière. Il y avait un portrait de Sigmund Freud sur le sac. Sigmund Freud regardait Beemer. Beemer se demandait ce que Sigmund Freud pouvait bien penser.

« Fille ou garçon ? répéta Beemer. Vous le savez ?

– C'est une fille, répondit l'homme.

– Vous avez choisi un prénom ?

– Melissa », répondit la femme.

Beemer fit la grimace.

« Trop... je ne sais pas... trop comme tout le monde. Il faut quelque chose de simple. Joan. Molly. Agnes. Quand c'est simple, ça fait la différence. Dépêche-toi », lança-t-il à Pryor.

« Ouais, ouais, je me dépêche », répondit Pryor en accélérant, remplissant le sac. Freud avait pris des joues et perdu de son sérieux.

« On y réfléchira », dit l'homme.

Beemer ne le crut pas.

« Pourquoi nous ? » demanda la femme. En colère. Au bord des larmes. « Pourquoi vous vous en prenez toujours à nous ?

– C'est seulement la deuxième fois, dit Beemer, pour l'anniversaire. Un an aujourd'hui. Vous avez oublié ?

– Je m'en souviens », répondit l'homme. Il s'approcha de sa femme, la prit dans ses bras.

« On ne reviendra pas », dit Beemer, tandis que Pryor se dirigeait vers un autre présentoir, traversant le magasin moquetté.

« Aucune importance, dit l'homme. Après ça, plus personne ne voudra nous assurer.

– Désolé, dit Beemer. Comment marchent les affaires ?

– Au ralenti, » répondit l'homme. La femme enceinte fermait les yeux.

Pryor se pencha sur le présentoir.

Beemer jeta un œil autour de lui.

« C'est vous qui faites ces trucs ? demanda-t-il. La dernière fois, il y avait des trucs en or, des petits animaux, en forme d'oiseaux, de poissons, d'ours. Des petits.

– C'est moi qui les ai faits, dit l'homme.

– Il y a des petits animaux en or ? demanda Beemer à Pryor.

– Je sais pas, dit Pryor. Moi, je ramasse. Attends. Ouais, j'en vois. »

Beemer consulta sa montre. Il se souvint d'où il l'avait eue. Ici même. Un an avant. Il la montra à l'homme et à la femme.

« Vous la reconnaissez ? » demanda-t-il.

L'homme fit signe que oui.

« Elle est pile à l'heure, dit Beemer. Vraiment classe.

– Vous avez bon goût, dit l'homme.

– Merci », répondit Beemer, sans relever le sarcasme. L'homme en avait bien le droit. Il se faisait braquer. Il allait devoir fermer boutique. Une liquidation non commerciale. L'homme n'était pas vieux. Il pourrait tout recommencer, travailler pour quelqu'un d'autre. Il faisait de jolis petits animaux en or. Il allait être père. La montre de Beemer lui apprit qu'ils étaient là depuis quatre minutes.

« On y va, cria-t-il à Pryor.

– Encore une minute. Euh, deux minutes. Je regarde dans le fond ? »

Beemer hésita.

« Il y a quelque chose, dans le fond ? » demanda-t-il à l'homme.

L'autre ne répondit pas.

« Laisse tomber, dit Beemer à Pryor. Ça suffit comme ça. »

Derrière le présentoir, Pryor se releva, le sac Barnes & Noble gonflé. Plus que la dernière fois. Puis Pryor trébucha. Ça arrive. Pryor trébucha. Le sac tomba par terre. L'or et l'heure partirent dans tous les sens, en une pluie, une neige d'or et d'argent, de platine et d'anneaux. Au moment où Pryor tomba, le coup partit.

La balle frappa l'homme dans le dos. La femme hurla. L'homme tomba à genoux, les dents serrées. De belles dents blanches. Beemer se demanda si c'étaient des vraies, d'aussi belles dents blanches. La femme se jeta sur l'homme, essayant de le relever.

Pryor les regarda, regarda Beemer, et se mit à ramasser le butin en vitesse. Une minute. Ce n'était pas Freud. Beemer essaya de se souvenir qui c'était. Ce n'était pas Freud. George Bernard Shaw. C'était

George Bernard Shaw, le front plissé, qui regardait Beemer d'un air mécontent.

« C'est un accident », dit Beemer à la femme. Elle enlaçait son mari, qui se mordait la lèvre inférieure de toutes ses forces. Jusqu'au sang. Beemer ne voulait pas savoir à quoi ressemblait son dos, ni quel trajet la balle avait suivi à l'intérieur de son corps. « Appelez une ambulance. C'est le 911. On n'a jamais tué personne avant. C'est un accident. »

Cela faisait maintenant plus de cinq minutes. Pryor, haletant, s'efforçait de tout remettre dans le sac, à quatre pattes comme un chien fou.

« Range ton flingue, dit Beemer. Vas-y avec les deux mains. Dépêche-toi. Il leur faut un médecin. »

Pryor fit signe qu'il comprenait, rangea l'arme dans sa poche, et reprit sa cueillette scintillante. L'homme était allongé sur le dos. La femme leva les yeux vers Beemer, en pleurs. Beemer ne voulait pas qu'elle perde son enfant.

« Vous avez une assurance ? » demanda-t-il.

Elle le regarda, abasourdie.

« Une assurance vie », expliqua Beemer.

« J'ai fini », dit Pryor en souriant. Il avait de petites dents jaunes.

La femme ne répondit pas à la question. Pryor fonça vers la porte, sans se retourner pour voir ce qu'il avait fait.

« Le 911 », répéta Beemer en sortant de la bijouterie à reculons.

Pryor jeta un œil à gauche et à droite, puis se dirigea vers la voiture. Beemer allait sortir. Il fit demi-tour et retourna à l'intérieur.

« Désolé, dit-il. C'était un accident.

– Sortez ! hurla la femme. Dehors ! Dehors ! Dehors ! »

Elle allait se lever. Elle était peut-être assez folle pour s'en prendre à lui. Il lui faudrait peut-être l'abattre. Il ne se pensait pas capable d'abattre une femme enceinte.

« Joan, dit-il en ressortant. Joan, c'est bien. Pensez-y, réfléchissez-y.

– Sortez ! » hurla la femme.

Beemer sortit. Pryor était déjà dans la voiture. Beemer se mit à courir. Des gens sortaient du restaurant chinois. Deux types avec des casquettes de base-ball. À cette distance, un peu moins de quarante mètres, ils ressemblaient à des routiers. Il n'y avait aucun camion sur le parking. Ils regardaient fixement Beemer. Celui-ci s'aperçut qu'il tenait son arme à la main. Beemer entendit la femme hurler. Les routiers l'entendaient probablement aussi. Il courut à la voiture et se mit au volant. Pryor ne conduisait pas, n'avait jamais appris, jamais essayé.

Beemer sortit du parking à toute allure. Il leur fallait une autre voiture.

Pas de problème. La nuit, dans un quartier tranquille. Voler quelque chose de pas trop neuf. Puis l'abandonner. Pas d'empreintes. Ensuite, acheter une Honda ou une Geo d'occasion, pas trop vieille. En toute légalité, au nom de Beemer.

« Y en a plein, dit Pryor gaiement.

– Tu as flingué le type, dit Beemer, qui se dirigeait vers la voie rapide en respectant la limite de vitesse. Il va peut-être mourir.

– Quoi ? demanda Pryor.

– Tu l'as flingué », répéta Beemer, en dépassant un type dans une BMW bleue. Le type fumait une cigarette. Beemer ne fumait pas. Il avait forcé Pryor à arrêter au moment où ils s'étaient rencontrés. Derrière les barreaux. À Stateville, Beemer était en cellule avec deux types qui fumaient. La fumée se mettait partout. Sur les vêtements de Beemer, sur les pages de ses livres.

Les gens se tuaient. L'alcool, la drogue, le tabac, la merde qu'ils bouffaient, cette merde qui disait au cœur qu'elle avait conquis son territoire et que sans opération chirurgicale, le sang ne passerait plus.

« Les gens craignent », dit Beemer.

Pryor tripotait le sac. Il fit signe qu'il était d'accord. Il souriait.

« Et s'il meurt ? demanda Beemer.

– Qui ?

– Le type que tu as flingué, dit Beemer. Flingué avec plein de trous, et par quelqu'un qu'elle connaît. »

La voie rapide, droit devant. Beemer voyait le gros feu vert.

« Je la connais pas, dit Pryor. Je l'ai jamais vue.

– Il y a un an, dit Beemer.

– Et alors ? On reviendra pas. Le type meurt. Tout le monde meurt. C'est toi qui l'as dit, répondit Pryor, fier de lui, George Bernard Shaw sur son giron. On s'arrête manger un hot-dog ? Là où t'as dit ? Un bon hot-dog casher, avec plein de sauce.

– J'ai pas envie de hot-dog », dit Beemer.

Il prit la voie rapide, direction sud, vers Chicago. Des embouteillages. C'était l'heure de pointe. La queue commençait là, et continuait à l'infini. Vitesse : dix, peut-être quinze kilomètres heure. Beemer alluma la radio et regarda dans le rétroviseur. Une file de voitures derrière lui. Un grand hall d'exposition, tous modèles. Phares allumés, tortues traînardes. Pas une bonne idée, la voie rapide. Trop tard maintenant. La radio. Les nouvelles, de la musique, d'autres voix que la sienne, des voix qui voulaient dire quelque chose. Un talk-show avec un animateur grossier, ça serait parfait.

« Y en a plus que la dernière fois, dit Pryor gaiement.

– Ouais, dit Beemer.

– Des hot-dogs, ça serait une bonne idée, dit Pryor. Faut fêter ça.

– Fêter quoi ?

– L'anniversaire. On a eu un cadeau. »

Pryor brandit le sac, qui avait l'air lourd. Beemer poussa un grognement. Et puis merde. Il fallait bien manger.

« Va pour les hot-dogs, dit Beemer.

– Super ! »

Les voitures se traînaient. La voiture de devant portait un autocollant sur son pare-chocs : C'EST PAS MA FAUTE, MOI J'AI VOTÉ LIBERTAIRE.

Qu'est-ce que c'était que ce truc ? Libertaire ? Beemer fit le souhait que les voitures avancent. Il n'était pas magicien. À la radio, une voix parlait de la Syrie. La Syrie, un pays qui n'existait pas pour Beemer. La Syrie, le Liban, Israël, la Bosnie. Et le reste. Tout ça n'existait pas vraiment. Rien n'existait. Aucun endroit n'existait tant qu'on ne pouvait pas le toucher, le regarder, le braquer, un Glock à la main.

Tock tock tock tock tock....

Beemer entendit le bruit par-dessus celui des moteurs et des coups de klaxon donnés par des gens qui se pressaient d'aller quelque part où ils étaient pressés d'aller. Il leva les yeux. Un hélicoptère. Une radio ou une télévision, pour les infos trafic ? Non. Trop bas. Des flics. Les routiers du restaurant chinois ? Le ventre encore plein de wonton, ils avaient passé un appel sur leur radio, d'une cabine téléphonique, d'un portable, ou avaient tiré une fusée.

Les flics cherchaient une voiture particulière. Il devait y en avoir des centaines, des milliers dans le coin. L'aiguille dans la botte de foin. Beemer regarda dans le rétroviseur. Pas de lumières clignotantes. Il regarda le bas-côté sur la droite. La bretelle d'accès. Le toit des voitures. Aucune lumière ne clignotait. Aucun uniforme. Aucun aboiement.

Rien que le *tock tock tock tock*... Et puis la lumière. Un cercle de lumière d'une blancheur parfaite, sur les voitures de devant. De gauche à droite, de droite à gauche. Pryor n'avait rien capté. Il était perdu dans ses Rolex et ses rêves de frites.

La lumière s'était-elle attardée sur eux ? Un effet de son imagination ? Peut-être. Un signalement des routiers, rotant leur soupe aux pousses de bambou ? Un signalement de la dame attendant un bébé qu'elle allait appeler Melissa, alors que Joan aurait été mieux ? Joan, c'était le prénom de la mère de Beemer. Il ne l'avait pas suggéré à la légère.

Donc, ils avaient son signalement. Trapu, la cinquantaine, cheveux gris coupés court, portant un blouson de couleur noire. Avec un type maigre, portant un sac de toile rempli de butin, comme un paquet-cadeau, l'air d'avoir braqué le père Noël.

Les voitures avançaient, ni vite ni bien, mais elles avançaient, centimètre par centimètre. On entendait de la musique d'une autre époque. Tony Bennett ? Mais non. C'était Johnny Mathis. Il chantait *Chances Are*. Ç'aurait dû être Tommy Edwards.

« Allez, allez, murmura Beemer à la voiture de devant.

– Hein ? demanda Pryor.

– Il y a un flic dans l'hélicoptère au-dessus de nous », dit Beemer en se penchant en avant, comme sur les montagnes russes, quand on arrive péniblement au sommet, avant de piquer droit dans le désespoir des ténèbres. « Il nous cherche. »

Pryor le regarda puis baissa sa vitre pour passer la tête au-dehors, avant que Beemer ait le temps de l'arrêter.

« Arrête tes conneries ! » cria Beemer, en tirant le sac d'os secs à l'intérieur.

« Je l'ai vu, dit Pryor.

– Et lui, il t'a vu ?

– Personne m'a fait signe, répondit Pryor. Tiens, il s'en va. »

Juste au-dessus de leurs têtes, l'hélicoptère les dépassa dans un vrombissement. Prendre la prochaine sortie ? Rester dans l'embouteillage ? Les voitures se mirent à avancer. Pas vraiment vite, d'accord, mais elles avançaient. À trente à l'heure, peut-être. Vingt-huit, en fait, mais pas loin. Beemer décida de tenir le coup. Il éteignit la radio.

Ils atteignirent Dempster trente-cinq minutes plus tard et se dirigèrent vers l'est, vers le lac Michigan. Pas d'hélicoptère. Il était encore tôt. Trop tôt pour changer facilement de voiture, mais il le fallait quand même. À cause des hélicoptères. Beemer regarda à gauche et à droite, avant de laisser son instinct le guider dans une rue, en face d'un parc. Des petits lotissements à deux étages. Beaucoup de circulation. Il se dirigea vers l'une des résidences. Des voitures garées des deux côtés, parfois dans le mauvais sens.

« Qu'est-ce qu'on fait ? demanda Pryor.

– Toi, tu ne fais rien, corrigea Beemer. Moi, je cherche une voiture. Je suis un voleur de voitures. Un braqueur. Je ne tue pas les gens. Je leur montre mon arme. Ils me montrent du respect. Toi, tu leur montres ce flingue merdique, tu te vautres tout seul, et tu descends un type dans le dos.

– C'était un accident, dit Pryor.

– Mon cul », dit Beemer. Puis : « Celle-là, là. »

C'était une Nissan grise, presque neuve, garée sous un gros arbre dont les branches dépassaient sur la rue. Aucune circulation. Une impasse.

« Essuie la voiture », ordonna Beemer en s'arrêtant. Il sortit.

Pryor se mit à essuyer la voiture, pour les empreintes. D'abord à l'intérieur. Puis à l'extérieur. Le temps qu'il ait fini, Beemer avait fait démarrer la

Nissan. Pryor monta sur le siège du passager, le sac sur les genoux ; il partait en vacances. Il ne lui manquait qu'une plage et une serviette.

Quinze minutes plus tard, ils étaient au restaurant de hot-dogs. Ils entrèrent, se guidant à l'odeur. Il y avait la queue. Des petits pains moelleux, recouverts de graines de sésame. Des saucisses casher. Avec de grosses rondelles de cornichon. Des frites marron, salées. Ils firent la queue. Devant eux, deux femmes parlaient. Une mère et sa fille. Toutes deux en short, avec du ventre. Pryor jeta un œil vers la porte. Il pouvait voir la Nissan. Le sac était dans le coffre, gardé par George Bernard Shaw.

La femme et sa fille parlaient de Paris. Les champignons de ? Paris, Texas ? Paris en Europe ? Quelqu'un qu'elles connaissaient ? Des voix agréables. Beemer essaya de se souvenir de la dernière fois qu'il avait été avec une femme. Pas si vieux que ça. Deux mois ? Amarillo ? Las Vegas ? Moline, Illinois ?

C'était leur tour. Le gamin en tablier blanc derrière le comptoir s'essuya les mains et leur demanda « Qu'est-ce que je peux faire pour vous ? »

Tu peux ressusciter les morts, pensa Beemer. *Tu peux nous rendre invisibles. Tu peux nous téléporter à Corpus Christi chez ma tante Elaine.*

« Vous pouvez nous donner deux hot-dogs avec tout l'accompagnement, dit Beemer.

– Deux pour moi, dit Pryor. Avec des frites.

– Deux pour chacun alors, avec beaucoup de moutarde, des oignons grillés, des tomates. Et du Coca. Light pour moi. Normal pour lui. »

La mère et sa fille, assises sur des tabourets, continuaient à parler de Paris en mangeant.

« On peut téléphoner ? demanda Beemer en payant la commande.

– Dans le fond », répondit le gamin en prenant l'argent.

« Je vais appeler Walter. Trouve-nous une table d'où on pourra surveiller la voiture. »

Pryor fit signe qu'il avait compris et se mit dans la queue pour prendre les plats. Beemer se dirigea vers le fond du restaurant pour passer son coup de fil. Le téléphone se trouvait à côté des toilettes. Il y alla d'abord, puis se regarda dans la glace. Il n'avait pas bonne mine. Vraiment pas.

Il remplit d'eau le lavabo, d'eau froide, et y plongea la tête. Peut-être que le lavabo était sale ? C'était le cadet de ses soucis. Il sortit la tête, regarda à nouveau son reflet dégoulinant. Le monde n'avait pas changé. Il se sécha le visage et les mains, décrocha le téléphone. Il avait une carte AT&T. Il appela Walter. La conversation fut la suivante :

« Walter ? J'ai de la marchandise.

– Une bijouterie ?

– Quelle différence ?

– Une grosse. Les flics réagissent vite. Y a un type à l'hôpital, il va peut-être mourir. Un pilier de l'église locale, quelque chose dans ce genre. Un saint, quoi. La télé parle que de ça, et y a le signalement de deux guignols qui me disent quelque chose...

– De la marchandise, ça reste de la marchandise, dit Beemer.

– Avec cette marchandise, on peut se retrouver complice d'un meurtre. Garde-la, ta marchandise. Emporte-la où tu veux. Et tire-toi avant qu'il soit trop tard, mon cher. Tu me suis ?

– Walter, sois raisonnable.

– “ Raisonnable ”, c'est mon deuxième prénom. Ça devrait être “ prudent ” mais c'est “ raisonnable ”. Je raccroche. Je ne vous connais pas. Vous avez fait un faux numéro. »

Il raccrocha. Beemer regarda le téléphone et réfléchit. St. Louis. Il connaissait un type à St. Louis,

Tanner. Non, à East St. Louis. Un Noir, qui leur paierait la marchandise un bon prix. Ils quitteraient le motel et iraient à St. Louis. Pas assez d'argent pour se payer une nouvelle voiture, à moins de vendre le butin ou d'aller à la banque. Il leur faudrait rouler en Nissan, discret, tranquille. Toute la nuit. Et aller voir Tanner dès le lever du jour, au moment où les rayons du soleil passaient sous l'Arche.

Beemer prit le couloir étroit. Encore plus étroit à cause des cartons. Il se retrouva à côté du comptoir. La mère et la fille continuaient à manger, à parler et à boire. Comme des tas de gens, debout au comptoir, ou perchés sur de hauts tabourets pivotants à l'assise rouge. Une odeur fabuleuse. Tout allait bien se passer. Pryor avait trouvé une table près de la fenêtre, d'où il pouvait surveiller la voiture. Il avait terminé l'un des hot-dogs et s'attaquait au suivant. Beemer se glissa à côté de lui.

« On va à St. Louis, dit-il derrière un mur d'autres conversations.

– OK », répondit Pryor, de la moutarde sur le nez. Aucune question. Juste « OK ».

Et puis ça arriva. Ça arrive toujours, ce genre de merde. Une voiture de flics, noire et blanche, se gara dans le parking devant le restaurant. C'était un petit parking. Les flics avançaient lentement. Qu'est-ce qu'ils cherchaient ? Un endroit où se garer, un hamburger, un hot-dog ? Ou bien une Nissan volée ?

Ils s'arrêtèrent à côté de la Nissan.

« Non », gémit Pryor.

Beemer attrapa le petit type par le bras. Les flics se tournèrent vers la vitrine du restaurant. Beemer regarda le mur, mangea son hot-dog, lentement, le cœur battant la chamade. Peut-être qu'il allait mourir d'un infarctus là, tout de suite. Pourquoi pas ?

Son père était mort dans le métro de Washington D.C., exactement comme ça.

Pryor regardait ouvertement les flics. Ils se dirigeaient vers eux.

« Ne les regarde pas, chuchota Beemer. Regarde-moi. Parle. Dis quelque chose. Souris. Je te répondrai. Dis quelque chose, n'importe quoi.

– Ils viennent pour nous ? demanda Pryor, en mangeant son hot-dog.

– Tu as de la moutarde sur le nez. Tu veux te faire arrêter avec de la moutarde sur le nez ? Tu veux avoir l'air ridicule à la télé, ce soir ? »

Beemer prit une serviette en papier et essuya le nez de Pryor au moment où les flics entraient, en scrutant la salle.

« Mets la main dans ta poche, dit Beemer, et sors ton flingue. Je vais faire pareil. Braque-le sur les flics. Ne tire pas. Ne dis rien. S'ils sortent leurs armes, pose la tienne, c'est tout. Ça sera terminé, et on pourra prier pour que le gars que t'as flingué ne soit pas mort.

– Je ne prie pas », dit Pryor, au moment où les flics, tous deux jeunes et en uniforme, remontaient la file de clients jusqu'au milieu de la salle, la main sur la crosse de leur revolver.

Beemer se retourna, imité par Pryor. Armes sorties, braquées. Butch Cassidy et le Kid. Comme dans un film de John Woo.

« Bougez plus », cria Beemer.

Ça y est, je me suis pissé dessus. Une demi-heure pour aller au motel. Ou peut-être vingt ans, ou perpétuité.

Les flics s'immobilisèrent, la main toujours sur leur arme. Un silence de mort tomba. Quelqu'un hurla. La mère ou la fille. Elles avaient arrêté de parler de Paris.

« On y va », dit Beemer.

Pryor attrapa la dernière moitié de son hot-dog, et son petit sac de frites grasses.

« C'est un Glock ? demanda le gamin derrière le comptoir.

– C'en est un, dit Beemer.

– Super flingue », dit le gamin.

Les flics restaient silencieux. Beemer n'ajouta rien. Ils sortirent et traversèrent le parking, en surveillant les flics qui les surveillaient. Les flics n'allaient pas tirer. Il y avait trop de monde.

« Monte », dit Beemer.

Pryor monta en voiture. Beemer passa une main derrière lui pour ouvrir la portière côté conducteur. Difficile de garder son arme droite tout en ouvrant la portière. Il y arriva, monta, démarra, et regarda dans le rétroviseur. Les flics sortaient, arme au poing. Il vit un rail de protection devant lui, bas, à cinq centimètres du sol, peint en rouge. Beemer accéléra pour passer dessus. Après tout, c'était pas sa bagnole. Il se dit qu'il avait juste la place de passer entre un minivan blanc et une vieille décapotable de marque douteuse.

Les flics criaient quelque chose. Beemer n'écoutait pas. Il s'était pissé dessus et s'attendait à mourir d'un infarctus. Il tendit l'oreille, à l'affût d'un symptôme révélateur. Le châssis de la Nissan accrocha le rail rouge, frotta, puis passa dessus dans un rugissement. Beemer jeta un coup d'œil du côté de Pryor, qui avait ouvert sa vitre et se penchait au-dehors, son flingue merdique à la main. Pryor tira au moment où Beemer passait entre le minivan et la décapotable, en éraflant au passage la peinture de la Nissan des deux côtés.

Pryor tira au moment où Beemer s'engageait dans la rue. Beemer entendit la vitrine du restaurant partir en éclats. Dans un avenir proche, ils n'y seraient plus les bienvenus. Au moment où Beemer tournait à droite, un autre coup de feu retentit. La balle traversa la tête de Pryor. Mort, il pendait par la portière. Beemer écrasa l'accélérateur. Il entendait le crâne de Pryor rebondir sur la carrosserie.

Les flics se dirigeaient vers leur voiture, appelaient à la radio, et le crâne de Pryor rebondissait comme une bête sauvage sur la carrosserie. Beemer vira sèchement à droite, dans une rue mal éclairée. Il se gara sur le trottoir et ouvrit la portière de Pryor. Son cadavre s'affala en travers. Beemer attrapa le mort par ses vêtements, le tira pour le dégager, puis poussa le cadavre hors de la voiture. Il referma la portière. Allongé par terre, Pryor le regardait de ses trois yeux, dont un tout neuf.

Beemer se remit en route. Il y avait des phares derrière lui à présent, à une rue de là. Des sirènes. Il tourna à gauche, hésita. Aucune idée de l'endroit où il était. Personne à qui parler. *La radio et moi, c'est tout.*

Dieu sait combien de minutes plus tard, il arriva dans une rue nommée Oakton et se dirigea vers l'est, vers Sheridan Road, Lake Shore Drive, vers le lac Michigan.

Des gens le dépassaient en voiture. Il dépassait des gens à pied. Des gens le regardaient. Le sang sur la portière. C'était ça. Pryor le dénonçait. Pas le temps de s'arrêter pour nettoyer. Pas dans la rue. Il s'engagea dans Sheridan Road, chercha un endroit où tourner, le trouva. Une petite voie sans issue. Un panneau, noir sur blanc : BAIGNADE INTERDITE. Un parc.

Il se gara entre deux voitures qu'il ne regarda pas, actionna la commande d'ouverture du coffre et sortit. Dans le coffre, il n'y avait que le sac de bijoux. Il les déversa en vrac, récupéra le sac de toile vide, ferma le coffre, et se dirigea vers l'eau.

Des familles pique-niquaient tardivement. Des couples se promenaient. Beemer trouva une fontaine. Il mouilla George Bernard Shaw et le ramena dégoulinant à la Nissan. Il s'attaqua au sang sur la portière. Il laissait des traînées. Il continua son travail, frottant avec l'autre côté du sac. Il partit chercher de l'eau, tordit le sac pour en faire sortir l'eau ensanglantée. Se remit au travail. Allez hue ! Chercher de l'eau. Nettoyer. Plus que trois voyages. Fini.

George Bernard Shaw était en colère, le visage rouge sous les lumières du parking.

Beemer ouvrit le coffre et y jeta le sac. Il se retourna, vit la voiture de flics qui arrivait vers lui. Une seule sortie dans ce parking. Une seule. La même. Il attrapa six ou sept montres, quelques petits animaux en or et les fourra dans ses poches. Il pénétra dans le parc, quitta le sentier, se dirigea vers les rochers. Son dernier combat ? Solide comme un Glock ? Impossible. Impossible que ça se termine comme ça. Coincé entre l'arbre et les cognes. Ah, ah, ah. Impossible de rire. Il pressa le pas, se retourna pour voir la voiture de flics s'arrêter dans le parking.

Beemer vit les rochers. Des gamins dessus. De gros rochers. Derrière eux, la nuit et le lac, comme un océan de ténèbres, la fin du monde. Le néant. Il descendit la pente, s'approcha des rochers.

Trois garçons, lycéens ou étudiants, le regardaient descendre vers l'eau.

Arrêtez de me regarder, souhaita-t-il. *Retournez à vos branlettes, à vos mensonges, à votre bêtise. Arrêtez de me regarder, c'est tout.* Beemer s'accroupit derrière un rocher. L'eau lui léchait les orteils.

Il n'avait aucun plan. De l'eau et des rochers. Les poches pleines de pas grand-chose. Ramper dans les rochers. Sortir. Trouver une voiture. Retourner au motel. Aller à St. Louis. Tanner lui donnerait trois ou quatre cents, peut-être plus, pour ce qu'il avait. Recommencer, trouver un nouveau Pryor en priorité pour remplacer le précédent, un Pryor sans flingue. Beemer savait qu'il ne pourrait pas rester seul.

« Vous avez vu un homme par là ? » Il entendit la voix par-dessus le bruit des vagues.

« Là-bas », fit une voix un peu plus jeune.

Beemer ne savait pas nager. Se rendre ou continuer. Il continua. Puis il vit le rayon d'une lampe torche, au-dessus de lui. Et un autre, venant de là où il était arrivé.

« Arrêtez-vous. Tournez-vous et revenez vers nous, dit une voix.

– Il est armé, dit une autre voix.

– Sortez votre arme et tenez-la par le canon. Vite. »

Beemer réfléchit. Il sortit le Glock. Un superflingue. Il le sortit lentement, leva les yeux, et décida qu'après tout, qu'est-ce qu'il en avait à foutre. Il saisit l'arme par la poignée, se cramponnant au rocher d'une main. Il visa la torche au-dessus de lui.

Avant d'avoir pu tirer, il entendit un coup de feu, sentit la douleur, retomba en arrière. Sa tête heurta un rocher. Le rocher lui fit plus mal que la balle qui lui déchirait le ventre. Mais l'eau, l'eau froide, était pire que tout.

« Tu peux l'attraper, Dave ? lança quelqu'un.

– J'essaye. »

Beemer flottait sur le dos, ballotté par les flots sombres. *Je flotte*, pensa-t-il en regardant la lumière de la torche. *Je flotte, j'arrive à un petit bateau à voile, je monte, je m'enfuis*.

Les vagues l'entraînèrent plus loin. La douleur se refroidissait.

« J'arrive pas à l'attraper.

– Merde, le courant l'emporte. On va appeler du renfort. »

Des bruits de pas. Beemer leva les yeux. Derrière les lumières braquées sur ses yeux, il voyait une file de gens qui le regardaient s'éloigner de plus en plus au gré des flots, passant de la rive aux ténèbres. Il se demanda s'il allait leur faire signe. Il chercha la lune et les étoiles du regard. Elles n'étaient pas là.

Peut-être que ça n'avait pas été une si bonne idée que ça, cet anniversaire.

Il ferma les yeux, se dit qu'il n'avait jamais tiré avec son Glock, qu'il n'avait jamais tiré avec aucune arme. Il le regretterait, si les flics ne le sauvaient pas. S'ils le sauvaient aussi. C'était un sacré bon flingue.

Beemer s'endormit. Ou alors il mourut.

Titre original : *Sometimes Something Goes Wrong*

Traduit par Emmanuel Pailler

Joe R. Lansdale

LES VOLEURS DE MULE

Paru dans
The Mysterious Press Anniversary Anthology

Par une de ces journées venteuses de San Jacinto, où les nuages noirs s'effilochaient comme des araignées piétinées dans le ciel gris perle, Elliot et James entreprirent de voler la mule.

La semaine d'avant, James avait remarqué la bête alors qu'il faisait des repérages dans le coin pour trouver une maison à cambrioler. L'idée du cambriolage était tombée à l'eau parce qu'il y avait trop de gros clébards dans les jardins, et trop de vieillards qui se dérouillaient le dentier sur leurs chaises longues parmi les arroseurs automatiques et les décorations de jardin en béton. À coup sûr ils avaient tous des flingues.

Mais en quittant le quartier, James avait aperçu la mule, sur un terrain d'environ cinq hectares avec un petit étang et beaucoup d'arbres. C'était une bête de taille moyenne, de couleur marron, avec une touche de blanc autour des naseaux, et des oreilles qui balayaient la campagne comme un radar.

La propriété était entièrement clôturée de barbelé, mais la barrière ne poserait pas grand problème. Un simple grillage agrafé à des piquets, et rattaché à un poteau d'angle en créosote par un bout de fil de fer. Il y avait bien une chaîne et un cadenas, mais c'était un détail. Un coup de cisailles et on entrait.

La route qui longeait le terrain était assez passante, et tandis qu'il ralentissait pour observer le grillage de la barrière, trois voitures l'avaient croisé en sens inverse.

James avait découvert que s'il quittait la route gravillonnée et tournait à droite dans un étroit chemin de terre, il pouvait se garer sur le côté, traverser à pied une autre parcelle boisée non clôturée et s'introduire dans l'enclos par l'arrière en enjambant le barbelé. Mieux encore, la clôture ne valait pas grand-chose à cet endroit, elle était assez basse, simplement deux fils de fer, une démarcation de propriété plus qu'une frontière. Si la mule restait là, c'était surtout par son bon vouloir.

James avait posé le pied sur la modeste barrière et l'avait abaissée presque au niveau du sol. N'ayant plus qu'à l'enjamber, il avait été tenté de s'emparer de la mule sur-le-champ, parce qu'il l'avait aperçue par une fente entre les arbres, en train de brouter l'herbe. C'était une vieille mule et seules ses oreilles, qui se balançaient d'avant en arrière, semblaient avoir détecté sa présence, même si elles avaient oublié de le signaler à la cervelle, à moins que celle-ci n'ait reçu le signal mais s'en fiche.

James avait considéré la chose. Beaucoup de petits récoltants étaient contents d'avoir une mule pour labourer leur champ, ou en voulaient une juste pour faire bien. Il y avait donc un marché. Quant au boulot, il s'agirait seulement de tenir la clôture baissée pour que la mule puisse l'enjamber, puis de conduire la bête au camion. De l'argent facile.

Le problème, c'est que James n'avait pas de camion. Il n'avait que sa Volvo, dont l'avant avait besoin d'être réparé. Elle avait été pliée en accordéon et vaguement redressée, mais pas assez. Elle faisait un bruit de crécelle et menaçait parfois de virer à droite sans qu'on ait besoin de tourner le volant.

Et cette putain de bagnole lui faisait honte. Son chapeau touchait le toit, et chaque fois qu'il allait au Cattleman's Café, à la foire aux bestiaux, il se sentait crétin en descendant parmi tous ces pick-up boueux, dont certains faisaient la taille d'un blindé.

Avant il possédait un gros pick-up Dodge, un Ram, mais il l'avait perdu aux cartes et le vainqueur, un habitué des tripots, avait proposé un échange dans un élan de générosité. Il avait récupéré le Dodge, et James la putain de Volvo, avec sa toile de toit qui fuyait, son plancher pourri par endroits, et son volant légèrement tordu là où un accident, probablement le même qui avait embouti l'avant, avait dû projeter un gars qui n'avait pas attaché sa ceinture. Sur le haut du volant, la gaine en caoutchouc gardait l'empreinte de deux dents, un autre souvenir du malheureux incident. Pire encore, cette fichue Volvo avait été repeinte en jaune, et y avait pas de quoi être fier du résultat. Un jaune merdeux, du genre vieux-caca-de-bébé-séché-sur-un-montant-de-lit.

Autant dire qu'il n'était pas question de faire monter la mule à l'avant avec lui. Par contre, son pote Elliot avait un pick-up et une remorque à chevaux.

À une époque Elliot prétendait s'y connaître en canassons, sauf qu'il n'en avait jamais eu qu'un seul, une bête pie qu'il avait laissée mourir par négligence ; de toute façon Elliot avait payé trop cher cet animal bien mal en point. À part les bêtes volées qui lui passaient entre les mains, James n'avait jamais vu aucun autre cheval chez Elliot, et aucun autre bourrin capable de se tenir penché à 45° contre un mur comme celui du film *Cat Ballou*.

Un matin, l'animal était resté de biais, raide comme la quéquette d'un gamin de seize ans, mais sans pouls. Mort sans doute depuis plusieurs jours, il avait la peau visqueuse comme de la glu et collée au mur par endroits. James et Elliot avaient dû s'y mettre avec des bouts de bois et beaucoup d'énergie pour décoller le cheval du stuc et le pousser vers le sol. Ensuite, ils l'avaient attaché à une chaîne par les pattes arrière et l'avaient traîné jusqu'au centre de la propriété.

Elliot avait hérité ses terres de son grand-père Clemmons, qui le détestait. Le vieux Clemmons lui avait laissé quinze hectares, mais on racontait qu'il avait d'abord salé le terrain et chié dans le puits. Pas étonnant qu'il n'y pousse pas grand-chose à part des mauvaises herbes. Quant à l'eau du puits, Elliot ne lui trouvait pas mauvais goût.

À part le sel et peut-être la merde, Elliot prétendait avoir aussi reçu la malédiction du grand-père, qui lui avait souhaité tous les fardeaux de l'existence, aucune de ses joies et une mort précoce. « Il m'avait pas franchement à la bonne », aimait dire Elliot quand il picolait sec.

Ils avaient aspergé d'essence le défunt cheval et y avaient mis le feu. Ça puait quelque chose d'infect, et comme ils étaient trop occupés avec leur bouteille de Wild Turkey pendant que ça brûlait, les flammes avaient grossi et atteint l'arrière du pick-up d'Elliot, calcinant le tapis de sol en caoutchouc. James était persuadé qu'ils l'avaient éteint juste à temps à grands coups de blouson ; une seconde de plus et le réservoir s'enflammait et explosait, les balançant par-dessus les arbres avec la peau et les os du canasson cramé.

Une semaine après avoir découvert la mule, James se rendit chez Elliot. Celui-ci faisait pousser quelques fruits et légumes de potager, grouillant d'insectes pour la plupart, qu'il revendait sur un étal au bord de la route.

James le trouva qui essayait de refiler un demi-boisseau de tomates à une grande blonde pas trop moche. Elle portait un short et avait des jambes très poilues. Des poils ras et hérissés comme ceux d'un cochon. James s'imagina en train de la plonger dans une barrique d'eau chaude pour lui retirer ces poils au couteau. De l'eau pas aussi chaude que pour ébouillanter un cochon, pour sûr, sans quoi elle ne présenterait plus grand intérêt quand il en aurait terminé. Le but était de l'épiler, pas de lui faire mal.

Avec son Stetson marron taché de sueur vissé sur l'arrière du crâne, Elliot faisait de son mieux pour baratiner la dame, vu qu'elle venait de dénicher des tomates mangées par les insectes en fouillant dans un cageot.

« Elles sont toutes piquées, dit-elle.

– Les insectes s'attaquent aux plus belles pièces, objecta Elliot. C'est comme ça qu'il faut les choisir. Rien à voir avec les saloperies qu'on vous refile au supermarché.

– Mais les leurs sont pas pleines de bestioles.

– Ouais, mais elles ont pas le même goût que les miennes. Vous avez qu'à retirer la partie tachée, et vous verrez que le goût de ces tomates a rien à voir.

– Vous racontez des conneries, lui lança-t-elle.

– Ça, dit Elliot, chacun est libre de penser ce qu'il veut.

– Et moi je pense que vous cachez celles qui sont piquées sous quelques belles tomates. Voilà ce que je pense, et vous pouvez vous les garder ! »

Elle monta dans une Chevrolet rouge toute neuve et démarra.

« Ravi de voir que tu sais toujours y faire ! plaisanta James.

– Attends, mes tomates partent plutôt vite ce matin. Comme c'est surtout des femmes qui achètent, je m'en sors pas mal. En fait, c'est mon premier échec. Mon charme n'a pas agi sur elle. Elle doit être lesbienne. »

James l'aurait bien rembarré, mais il avait besoin de se mettre Elliot dans la poche.

« Peut-être que t'as pas besoin de pognon si ça marche fort ici, mais je nous ai dégotté un petit boulot.

– T'as fait des repérages ? demanda Elliot.

– J'ai rien trouvé qui vaille le coup. En plus, là où j'ai prospecté c'était bourré de vieux.

– Les vieux, j'y touche pas. Ils sont toujours chez eux. Avec leurs flingues et leurs chiens.

– C'est ça, et des nains de jardin, et des arroseurs avec des animaux en bois.

– Avec la queue qui tourne et projette de l'eau ?

– Ouep.

– Moi je trouve ça plutôt marrant. Tu sais, si on piquait cette camelote, ça se vendrait comme des petits pains.

– Ouais, bon. J'ai trouvé mieux.

– Dis toujours.

– Du bétail. »

Elliot fit quelques mimiques avec sa bouche. James sentit que l'idée lui plaisait ; son pote aimait se prendre pour un cow-boy des temps modernes.

« Combien de têtes ?

– Une.

– Une seule ? Putain, tu parles d'un vol de bétail !

– C'est une mule. On devrait pouvoir en obtenir dans les mille dollars. Elles sont de plus en plus rares, et c'est assez à la mode en ce moment. On la fauche et on se partage le fric. »

Elliot soupesa la chose un instant. Il se prenait aussi pour un voleur expérimenté et réputé.

« Tu sais, je connais un type qui pourrait acheter une mule. Donne-moi une seconde, je vais lui passer un coup de fil.

– Tu penses au même type que moi, hein ?

– Ouais », répondit Elliot.

Il alla passer le coup de fil dans la chambre et revint dans le salon avec de bonnes nouvelles.

« George la veut tout de suite. Il nous en propose huit cents dollars.

– J'avais dit mille...

– Il propose huit cents, et il va la revendre à mille ou plus. Il dit qu'il ne peut pas monter jusqu'à mille. Soi-disant qu'il a déjà deux autres achats aujourd'hui. L'affaire est bonne à prendre. »

James y réfléchit.

« Bon, ça ira. On va avoir besoin de ton pick-up et ta remorque.

– J'avais compris.

– T'aurais pas du cirage marron ?

– Du cirage marron ?

– C'est ça », dit James.

Le pick-up, un énorme Dodge quatre places, avait un plateau si grand qu'on aurait pu le remplir d'eau, y fixer un plongeoir et appeler ça une piscine. L'engin fonçait sur ses énormes roues avec un bourdonnement de machine à coudre. Derrière, la remorque bringuebalait bruyamment de droite et de gauche, comme si elle était sur le point de dépasser le pick-up à tout moment. Elliot et James avaient baissé leurs vitres, la brise d'avril faisait claquer le bord de leur chapeau et en accentuait le creux central.

Le temps qu'ils arrivent à l'endroit où se trouvait la mule, les nuages avaient commencé à entrecroiser leurs pattes d'araignées écrasées pour ne plus former qu'une seule et grossière créature qui pissait des jets de pluie sur le pare-brise.

Ils ralentirent en passant devant la barrière, puis tournèrent à droite. N'apercevant personne ni aucune voiture, Elliot se gara sur le bord de la route et sortit rapidement, James le suivant avec une corde. Ils traversèrent le bois, enjambèrent la clôture de barbelé et trouvèrent la mule qui broutait. Ils s'en approchèrent et Elliot l'amadoua avec un épi de maïs de son jardin. L'animal le renifla et y mordit. James en profita pour lui passer la corde autour du cou, et former une boucle qui enserra le museau. Ce faisant, il effleura les oreilles de la mule qui décocha une ruade, fit volte-face et rua de nouveau. James mit plusieurs minutes à la calmer.

« Des fois elles sont sensibles des oreilles, dit Elliot. Surtout, lui retouche pas !

– Message reçu. »

Ils conduisirent la mule jusqu'à la clôture. Elliot l'abaissa presque au niveau du sol avec sa botte, et James et la mule l'enjambèrent. Après ça, il ne restait plus qu'à l'amener jusqu'à la remorque et à l'y faire monter. L'animal fit ce qu'on attendait de lui sans la moindre hésitation.

Il y eut quelques angoisses au moment de faire demi-tour avec le pick-up et la remorque, mais Elliot s'en sortit et ils furent bientôt en route vers leur rendez-vous avec huit cents dollars.

Ils devaient retrouver leur acheteur, un certain George Taylor, pas loin de Tyler, à une centaine de kilomètres du lieu où ils avaient fauché la mule. Ils s'y rendaient souvent pour écouler leurs butins ; George était spécialisé dans le bétail, et tout ce qui s'achetait rapidement et se revendait encore plus vite.

La remorque était en partie ouverte sur l'extérieur et James eut soudain peur de croiser le propriétaire de la mule, mais il se dit que celui-ci ne risquait pas de la reconnaître. Ils filaient à toute berzingue et la remorque cahotait moins grâce au poids de la vieille bête, même si ça faisait toujours autant de boucan qu'un train qui déraille.

Alors qu'il leur restait encore une quarantaine de kilomètres, James demanda à Elliot de s'arrêter. Il prit le cirage, se dirigea vers la remorque et, tandis qu'Elliot donnait un épi de maïs à la mule, il glissa la main entre les barreaux et maquilla en marron la partie blanche autour du museau. Malgré les quelques gouttes de pluie, sa retouche ne coula pas.

Comme ça, il espérait que Taylor ne s'apercevrait pas que la mule avait un certain âge et n'en profiterait pas pour marchander. Celui-ci leur avait certes fait une offre, mais pour avoir déjà traité avec le bonhomme, James savait que Taylor n'avait pas toujours l'intention de payer le montant annoncé, et autant dire qu'on arrivait rarement à faire monter les prix. Tout l'art était d'éviter la baisse. George se doutait bien qu'une fois la mule volée ils voudraient s'en débarrasser au plus vite, et sa stratégie serait de lui trouver des défauts pour payer moins.

La mule joliment peinturlurée, ils remontèrent dans le pick-up et repartirent.

Elliot dit :

« T'en as dans la cervelle, James.

– Hé oui ! Faut se lever de vachement bonne heure pour m'avoir. Même s'il pleut fort, ça ne partira pas. C'est du cirage qui tient. »

Quand ils furent arrivés chez Taylor, James jeta un coup d'œil par la lunette arrière du pick-up et vit la mule qui le fixait, tête baissée, à travers un rideau de pluie. Tout à coup, il se sentit moins malin. En séchant, le cirage marron avait pris une teinte plus foncée que le reste de la peau, comme si la mule avait plongé le museau dans un seau de peinture pour attraper une carotte au fond.

James préféra ne pas en souffler mot à Elliot, qui trouverait que tout compte fait on n'avait pas besoin de se lever si tôt que ça pour être plus malin que lui.

L'endroit où vivait Taylor tenait à la fois du ranch et de la décharge. On y trouvait toutes sortes de voitures, certaines simplement endommagées et d'autres pulvérisées par la presse que Taylor adorait conduire, coiffé de sa casquette publicitaire, la visière retroussée et la bouche grande ouverte comme s'il attendait d'être nourri à la cuillère par sa nounou.

Mais ce jour-là l'engin était au repos à côté du grand mobil-home que Taylor habitait avec son bouledogue Bullet et sa femme Kay, qui devait frôler la tonne et portait toujours la même robe hawaïenne, une espèce de chapiteau décoré à la peinture à doigts par des enfants. James avait l'impression qu'elle n'en possédait qu'une seule. Mais après tout, peut-être en avait-elle plein sa commode, toutes pareilles, soigneusement pliées, avec un trou au centre pour les enfiler en un clin d'œil.

Quelques vaches clopinaient au fond de la propriété, tout juste bonnes à vendre pour le cuir et les sabots. Le break dont Taylor se servait pour transporter toutes sortes de marchandises volées était garé à côté du mobil-home, ainsi qu'une énorme Cadillac rouge dont un homme était en train de refermer le coffre.

Au moment où le pick-up franchit la grille à bétail et pénétra dans la propriété, l'individu releva la tête. Il portait une casquette de base-ball bleue et un tee-shirt bleu qui laissait entrevoir son embonpoint. Agitant sa bedaine flasque, il s'écarta vivement de la voiture, monta les marches du mobil-home et disparut à l'intérieur.

« C'est qui ce type ? demanda Elliot.
– J'en sais rien, dit James. Je le connais pas. »
Ils se garèrent à côté de la Cadillac, descendirent, se dirigèrent vers le mobil-home et frappèrent à la porte. Après un long silence, l'individu à la casquette de base-ball vint leur ouvrir.
« Ouais ?
– On est ici pour voir Taylor, dit Elliot.
– Il est pas là pour l'instant.
– C'était prévu qu'on passe, dit James.
– Ah ouais ?
– On a une mule à lui vendre, reprit James.
– Ah bon ?
– Mme Taylor est là ? demanda James.
– Non. Elle non plus. Y a personne.
– Où est Bullet ? demanda Elliot.
– C'est pas lui qui va vous acheter la mule, que je sache !
– Bullet ? s'étonna Elliot.
– Tu viens pas de demander où il est ?
– Ouais, si... mais pas pour qu'il m'achète que dalle. »
Une voix s'exprima à l'intérieur du mobil-home.
« Entrez, les gars. C'est bon, Butch, laisse-les passer. Ces messieurs ont des affaires à traiter avec George. Comme nous. »
Butch s'écarta. James et Elliot rentrèrent à l'intérieur.
« Alors, il est là ? demanda James.
– Non, pas pour l'instant. Mais on l'attend d'ici peu. »
Butch recula et s'adossa contre l'évier où s'empilait la vaisselle sale. Une drôle d'odeur flottait dans l'air. L'homme qui leur avait dit d'entrer était assis sur la banquette. Corpulent, il portait un pantalon noir et des chaussures noires qui bâillaient. Son ample chemise hawaïenne, noire elle aussi, était

bordée d'une rangée de danseuses de *hula* rouges, jaunes et bleues. Ses cheveux noirs graisseux étaient ramenés en arrière en un petit catogan. Un chapeau blanc à petit bord et au sommet quasiment plat était posé devant lui sur une table basse, ainsi qu'une canette de bière et quatre lignes d'une substance blanche avec un billet d'un dollar enroulé à côté. L'homme croisait les jambes et tripotait l'extrémité d'une de ses chaussures. Il les regardait en souriant derrière son fin duvet de barbe.

« Vous vendez quoi, les gars ?

– Une mule, répondit James.

– Sans déconner ?

– Tout à fait, dit Elliot. George rentre quand ?

– Pas trop longtemps après le retour du Messie. Mais ça m'étonnerait qu'il accompagne Dieu. »

Elliot dévisagea James. Ce dernier haussa les épaules et au même moment il aperçut Bullet, derrière Elliot, étendu dans une mare de sang près de la porte de la chambre. Il s'efforça de ne pas fixer le chien trop longuement et dit :

« Écoutez, les gars... Je crois qu'Elliot et moi on repassera plus tard, quand George sera là. »

Le gros type souleva sa chemise hawaïenne et lui montra son ventre poilu, contre lequel reposait un petit pistolet automatique noir et plat. Il le dégagea doucement, le posa sur son genou et les regarda.

« Non. Il ne va pas rentrer, et pas question que vous alliez où que ce soit, les gars.

– Oh, merde... lâcha Elliot qui pigeait enfin. George est pas un pote à nous. Vous savez, on est juste passés faire des affaires... maintenant, s'il n'est pas là, on va vous laisser tranquilles, les gars. On s'en va et on garde ça pour nous. »

À cet instant, un troisième individu sortit de la pièce du fond. Il était nu et tenait un couteau de chasse à la main. Très musclé, il avait le nez plat et les cheveux coupés court. Il était couvert de sang des cuisses jusqu'au cou. On entendit gémir dans la pièce du fond.

L'homme nu les dévisagea, puis se tourna vers le type du canapé.

« Des potes à Taylor, expliqua ce dernier.

– Mais non, protesta James. On le connaît à peine. On est juste passés pour lui vendre une mule.

– Une mule ? » fit le type à poil.

Il n'avait pas l'air du tout embarrassé. Son pénis ensanglanté était collé contre sa cuisse droite comme une espèce de poisson-ventouse. D'un geste du menton il indiqua la porte ouverte derrière lui et s'adressa au type du canapé.

« J'en ai mon compte, Viceroy. On a l'impression de dégraisser une putain de baleine !

– Va te doucher, lui dit Viceroy en souriant. Et n'oublie pas de te laver là où t'as pas l'habitude de te toucher.

– Y a nulle part où Tim se touche pas, gloussa Butch.

– Toi, mon gars, rétorqua Tim, vas-y et mets-toi au boulot. Après on verra si tu fais le mariole. La vieille a la tête dure. »

Il passa devant Butch et planta le couteau dans le comptoir, ce qui fit trembler la vaisselle. Viceroy regarda Butch droit dans les yeux.

« À ton tour.

– Et toi ? dit Butch.

– Moi je passe mon tour. Vas-y, j'te dis. »

Butch posa sa casquette sur le comptoir, à côté d'une assiette graisseuse, puis retira sa chemise, son pantalon, son slip, ses chaussures et ses chaussettes. Il s'empara du couteau et se dirigea vers la chambre.

« Et ces deux-là ? demanda-t-il.

– Oh, on va discuter tous les trois. Les potes de Taylor sont mes potes.

– En fait, on ne le connaît pas vraiment, répéta Elliot. On est juste passés lui vendre une mule.

– Asseyez-vous là-bas, ordonna Viceroy. Contre le mur, loin de la porte. »

Il se gratta la joue avec le canon du revolver.

L'instant d'après, des cris leur parvinrent de la pièce du fond, puis Butch beugla quelque chose, et après un court silence les cris reprirent.

« Butch sait pas y faire comme Tim, dit Viceroy. Tim, il vous dépèce quelqu'un et le type se barre sans s'apercevoir qu'il n'a plus de peau sur le dos, le cul et les jambes ! Butch, c'est un vrai boucher. »

Il se pencha en avant, prit le billet d'un dollar et sniffa deux lignes de poudre blanche.

« Putain, ça fait du bien...

– C'est quoi ? » demanda Elliot.

Viceroy éclata de rire.

« Toi, t'es un vrai péquenaud, hein ? Tu me crois si je te dis que c'est du bicarbonate ?

– Vraiment ? » fit Elliot.

Viceroy s'esclaffa.

« Non, pas vraiment ! »

Dans la chambre, on entendit Butch qui rigolait à son tour.

« C'est trop ! pouffa-t-il.

– C'est de la cocaïne, expliqua James à Elliot. J'en ai vu dans un film.

– Mon Dieu ! s'exclama Elliot.

– Eh bien, les gars, dit Viceroy, vous faites bien des manières pour des voleurs. »

Tim revint de la salle de bains, toujours nu, en train de se triturer les couilles avec une serviette.

« Mets-toi quelque chose, lui dit Viceroy. On n'a pas envie de voir ça. »

L'air vexé, Tim se rhabilla et remit soigneusement sa casquette.

Viceroy sniffa les deux autres lignes de coke.

« Putain, c'est de la bonne came ! Ça vous fiche un sacré coup de fouet !

– Laisse-moi sniffer un coup, dit Tim.

– Pas maintenant.

– Et pourquoi t'as le droit, toi ?

– Parce que c'est moi le plus gros mâle de la réserve, mon garçon. Et n'hésite pas à le vérifier, si ça te démange. »

Tim ne broncha pas. Il alla au frigo, prit une bière, la décapsula et but une première gorgée.

« M'est avis qu'elle sait rien, dit-il. Avec ce qu'on lui a fait subir, elle aurait pas tenu pour quelques milliers de dollars. Même pas pour un million.

– Je pense que tu as raison, acquiesça Viceroy. Mais c'est que j'aime pas abandonner à mi-parcours. Faut toujours aller au bout, même quand ça va rien donner. Pas vrai, les gars ? »

James et Elliot restèrent silencieux. Viceroy rigola et attrapa la bière posée sur la table basse. Il but un coup.

« Eh oui, se dit-il à lui-même. Faut pas faire les choses comme une couille molle. Faut se donner à fond. Quelle heure est-il ? »

Tim plongea la main dans sa poche et en sortit une montre. James reconnut celle de George Taylor.

« Quatre heures.

– Bon », dit Viceroy.

L'air satisfait, il sirota sa bière.

Au bout d'un certain temps, Butch sortit de la chambre, l'air épuisé et dégoulinant de sang.

« On en tirera que dalle. Elle est morte. Elle en pouvait plus. Si elle avait su quelque chose, elle aurait craché le morceau.

– Faut croire que Taylor lui a rien dit, suggéra Tim. Elle devait rien savoir.

– George avait plus de cran que j'imaginais, dit Viceroy. Mourir comme ça, souffrir le martyre sans craquer. Ça m'a surpris de sa part. »

Tim hocha la tête.

« Quand t'as flingué son bouledogue, je crois que ça l'a achevé. Après, le cœur y était plus. On pouvait lui faire ce qu'on voulait, il s'en fichait.

– Le fric doit bien être caché quelque part, marmonna Viceroy.

– Peut-être qu'il avait rien, dit Butch en se dirigeant vers la salle de bains.

– Je crois que si, insista Viceroy. Je ne pense pas qu'il était assez courageux pour essayer de me berner. Il devait bien avoir le fric pour la came, mais on a dévoilé notre jeu trop tôt. On aurait dû attendre qu'il mette l'argent sur la table avant de faire ce qu'on avait à faire. Ç'aurait été nettement plus simple pour tout le monde, surtout pour eux.

– Ils seraient morts quand même, dit Tim qui termina sa bière et écrasa la canette. Mais juste morts. Sans souffrir vachement avant. Elle a pas eu une mort facile, la grosse, et en plus elle savait rien. Et Taylor qu'on a charcuté, puis dans la voiture, quand on menaçait de le défoncer avec la presse, et qu'il voulait toujours pas parler. Comme j'ai déjà dit, je crois que ça l'a achevé quand on a zigouillé son bouledogue. La grosse il s'en fichait, mais son clébard il avait l'air d'en être dingue. Il a préféré se faire écrabouiller. Malgré tout, il n'y a peut-être pas de pognon. J'me dis qu'ils avaient prévu le même coup que nous. Une entourloupe.

– Ouais, dit Viceroy, mais nous on a apporté la came. »

Tim prit l'air narquois.

« Mais t'avais pas franchement l'intention de leur refiler, hein ? »

Viceroy rigola et posa un regard de plomb sur les deux voleurs de mule.

« Eh bien, les garçons, dites-moi ce que je dois faire d'une paire de cornichons de votre espèce.

– Vous avez qu'à nous laisser partir, dit James. Après tout, cette histoire nous regarde pas, et on préfère ne rien savoir. C'est pas comme si Taylor était de la famille.

– C'est vrai, renchérit Elliot. Il se privait pas pour nous gruger sur des petits coups. »

Viceroy garda le silence et se tourna vers Tim.

« T'en dis quoi ? »

Tim pinça les lèvres et fixa son regard au loin, comme pour y chercher une solution.

« Ces deux garçons me sont sympathiques. Sans doute qu'on peut les laisser filer. Ils n'ont qu'à nous donner leur parole, nous montrer une pièce d'identité, comme ça on pourra les retrouver s'ils vendent la mèche. De nos jours, il suffit d'un rien pour retrouver n'importe qui.

– Avec ce putain d'internet », maugréa Viceroy.

Butch sortit à poil de la salle de bains, se séchant les cheveux avec une serviette.

« Et toi, tu penses qu'on peut les laisser filer ? » lui demanda Viceroy.

Butch dévisagea Viceroy et Tim, puis fixa James et Elliot.

« Tout à fait.

– Rhabille-toi, lui dit Viceroy, et puis on les laissera filer.

– On gardera ça pour nous, assura Elliot.

– Bien entendu, dit Viceroy. Vous m'avez l'air de garçons qui savent se taire. Pas vrai, Tim ?

– Ouais, acquiesça celui-ci.

– Absolument, renchérit Butch qui noua ses lacets.

– Alors on a plus qu'à y aller... » dit James.

Il se releva, et Elliot en fit de même.

« Pas si vite, dit Viceroy. Comme ça, vous avez apporté une mule ? »

James opina du chef.

« Ça vaut quoi ? demanda Viceroy.

– Deux mille dollars, si on s'adresse à la bonne personne.

– Et sinon ?

– Mille. Mille deux cents.

– Et vous, vous deviez toucher combien ?

– Huit cents dollars.

– Vous savez, on pourrait faire affaire. »

James resta silencieux. Il jeta un coup d'œil vers la porte de la chambre où les deux types s'étaient occupés de Mme Taylor. Il aperçut le bouledogue, étendu sur le linoléum dans une flaque de sang séché. Du sang frais s'écoulait de la chambre, contournait la première tache durcie, jusque dans le salon du mobil-home, s'arrêtant contre la moquette du coin canapé, qui s'en imbibait lentement.

James comprit que ces types n'avaient pas l'intention de les laisser filer où que ce soit.

« Je pense qu'on va prendre la mule, dit Viceroy. Mais je suis pas trop sûr qu'on vous en donne huit cents dollars.

– On vous en fait cadeau, dit Elliot. Vous pouvez la garder, et aussi la remorque. Laissez-nous simplement partir.

– C'est une offre très généreuse, dit Viceroy. Sympas, hein les gars ?

– Vachement sympas, fit Tim.

– Absolument, dit Butch. Ils auraient pu traîner des pieds et chercher à négocier. Difficile d'être plus sympa que ça.

– Et nous offrir la remorque en prime, dit Tim. C'est vraiment chic de leur part. »

James agrippa la poignée de la porte d'entrée, la tourna et dit :

« On va vous montrer la mule.

– Attendez une minute... dit Viceroy.

– Allons-y... » insista James.

Butch traversa rapidement la pièce et l'attrapa par l'épaule.

« Bouge pas. »

La porte était maintenant grande ouverte. Il pleuvait fort. On apercevait la mule, tête basse, dans la remorque.

« Pas besoin d'aller se mouiller », dit Viceroy.

James avait posé un pied sur la première marche.

« Vous avez bien le droit de voir la marchandise.

– Ça fera l'affaire, dit Viceroy. C'est pas comme si on l'achetait. »

Butch serra plus fort l'épaule de James. Elliot, qui voyait comment cela allait se terminer et se sentait mieux de mourir au grand air, pas à quelques mètres du cadavre d'un bouledogue, avec une grosse vieille dépecée dans la pièce d'à côté, poussa le malfrat et suivit James dans la cour.

« Merde ! » lâcha Viceroy.

Butch lui adressa un coup d'œil et tapota l'arme dans la poche de son pantalon.

« J'y vais ? demanda-t-il.

– Après tout, dit Viceroy, allons voir cette mule. »

Il mit son drôle de chapeau et tout le monde sortit. Avec son espèce d'enjoliveur sur la tête, Viceroy avait l'air de s'être évadé d'un asile. La pluie dégoulinait dessus, formant un rideau liquide autour de sa tête.

Plantés à côté du mobil-home, ils observèrent la mule.

« Quelqu'un lui a peint le nez, fit remarquer Tim. À moins qu'elle l'ait trempé dans de la merde. »

James et Elliot restèrent silencieux.

Observant la remorque, James remarqua qu'elle avait le châssis assez surélevé. Il se tourna vers Elliot et lui adressa un léger signe de tête. Celui-ci jeta un coup d'œil discret et comprit où il voulait en venir. Ils pouvaient tenter de rouler sous la remorque pour décamper de l'autre côté. Pas franchement génial... Tim et Butch avaient l'air capables de courir vite, en tout cas assez pour les avoir en ligne de mire.

« Quelle connerie ! marmonna Butch qui, lui, se prenait toute la pluie sur la tête. Y a pas idée de rester plantés ici pour regarder cette putain de mule ! Dire qu'on pourrait être au sec, et ces deux... »

Un coup de klaxon retentit. Un pick-up Ford noir, équipé d'une caravane sur le plateau, s'était engagé dans l'allée.

Le véhicule s'arrêta et son conducteur en descendit – un homme en forme de poire, au teint guimauve, vêtu d'un pantalon couleur écorce de noyer. Il affichait un sourire à se décrocher la mâchoire et tenait un coq coincé sous le bras.

« Salut les gars ! dit-il. Où est George ?

– Il se sent pas très bien », dit Viceroy.

Le nouveau venu remarqua le revolver qu'il tenait à la main.

« Vous vous amusez à tirer sur des boîtes de conserve, les amis ?

– C'est un peu ça, répondit Viceroy.

– Vous pourriez dire à George de sortir ?

– Il ne sortira pas », dit Butch.

Le type au coq perdit son sourire.

« Comment ça ? Il sait que je dois passer.

– Il se sent un peu malade, dit Viceroy.

– Et si on allait tous à l'intérieur ? On se croirait au fond d'un lac !

– Non. Il préfère qu'on entre pas. Il a un truc contagieux.

– Quoi donc ?

– Mettons que c'est une espèce d'empoisonnement au plomb.

– En tout cas, il veut m'acheter ces volatiles. J'en ai plein la caravane. Des coqs de compétition. Y en a pas de meilleurs au combat. Celui-ci, il est à part. C'est un coq étalon. Il ne fait plus de combats. Son dernier, il l'a gagné. Il a pris un mauvais coup, s'est retrouvé avec du sang dans les bronches, mais j'ai mis sa tête dans ma bouche et j'ai tout aspiré, et il l'a emporté. Il est reparti de plus belle et a gagné. J'ai décidé de le garder comme reproducteur.

– Il est trempé, dit Butch.

– Eh oui, dit le vendeur de coqs.

– Il est temps d'arrêter ce merdier... » intervint Tim.

James tendit la main, tira une tige métallique et le battant de la remorque s'ouvrit.

« On va vous la montrer de près, dit-il.

– Pas maintenant », s'impatienta Viceroy.

Mais James était déjà dans la remorque. Il détacha la corde accrochée à la rambarde, la noua autour du cou de la mule, puis lui passa une boucle autour de la tête et commença à la faire sortir.

« J'vous dis qu'c'est bon, s'énerva Viceroy. On en a rien à foutre de voir cette putain de mule !

– C'est une brave bête, dit James une fois que la mule fut complètement dehors. Un peu délicate des oreilles... »

Il la fit légèrement tourner, puis lui empoigna les oreilles et la mule rua.

Une superbe ruade. Les deux pattes arrière fusèrent et la mule resta appuyée sur celles de devant, comme une gymnaste n'arrivant pas tout à fait à réussir son saut périlleux. Les sabots ferrés frappèrent Viceroy en pleine figure, avec le bruit d'une grosse bouse de vache atterrissant sur une pierre plate, son cou se plia en formant un angle trop écarté, il partit à la renverse et tomba.

James décampa, et Elliot en fit autant, bousculant et renversant Tim au passage. James se jeta à terre, roula sous la remorque et déguerpit de l'autre côté, suivi par Elliot.

Voyant Butch qui visait Elliot à la tête, l'éleveur de coqs s'écria :

« Hé ! Mais qu'est-ce que... »

Butch se retourna et lui tira une balle pile au milieu du front. L'homme s'écroula, son coq bondit en poussant un cri, et Butch descendit aussi le volatile, juste histoire de.

Tim se releva en jurant.

« Putain, j'ai de la boue partout !

– On s'en fout ! grogna Butch. Ils sont en train de filer. »

La mule avait détalé elle aussi, traversant la cour comme une flèche pour se faufiler entre la presse et un entassement de voitures déchiquetées. Ils l'aperçurent une dernière fois, du moins ses oreilles qui pointaient au-dessus du tas de ferraille.

Tim se précipita de l'autre côté de la remorque et aperçut James et Elliot qui se dirigeaient vers quelques arbres au loin. Un simple bosquet qui longeait par là-bas le ruisseau sur ses deux berges. Tim tira, mais avec le terrain légèrement en pente, la pluie et le vent, il les rata. La balle leur passa à côté et alla frapper un arbre.

Tim revint de l'autre côté de la remorque et vit Butch se pencher au-dessus de Viceroy, lui prendre son revolver et le glisser dans sa ceinture.

« C'est grave ? demanda Tim.

– Il est mort. Il s'est pété le cou. Ça te va, dans le genre grave ?

– On va se choper les bouseux ?

– Ils sont pas plus bouseux que toi et moi ! C'est des crapules de blancs-becs comme on en trouve partout, pauvre idiot !

– Ouais, ben on est pas à Dallas... On les course ?

– À quoi bon ? On va embarquer la téloche et se tirer.

– J'ai aussi vu une chaîne hi-fi. Du bon matos.

– T'as qu'à la prendre aussi. À mon avis, y a pas de fric. Sans doute qu'il espérait amadouer Viceroy pour lui soutirer un peu de came. En s'arrangeant pour payer plus tard.

– Putain, c'est mal connaître Viceroy !

– Comme tu dis. Mais tu sais quoi ? Il va pas me manquer. »

Quelques instants plus tard, la télé et la chaîne étaient embarquées dans la Cadillac. Pour s'amuser, ils placèrent l'éleveur de coqs dans son pick-up à côté de Viceroy, puis ils écrasèrent le véhicule avec la presse. Les cris des coqs ne durèrent pas longtemps et les pneus firent un bruit de tir de mortier en éclatant.

Une fois Viceroy, les volatiles et l'éleveur écrabouillés, ils abandonnèrent ce qui restait du pick-up sur un tas de ferraille, montèrent dans la Cadillac et s'en allèrent, Butch au volant.

Au moment où ils franchirent la grille à bétail, Tim dit :

« Tu sais, on aurait pu vendre la volaille.

– Mon vieux m'a toujours dit de rien faucher qui doit se nourrir. Je m'en suis fait une règle. Les coqs, on s'en tape ! Et la mule aussi ! »

Tim y réfléchit et se dit que tout compte fait c'était un sage conseil ; mieux valait ne pas trafiquer du bétail.

« D'accord », fit-il.

James et Elliot se faufilaient le long du ruisseau. Le niveau de l'eau montait régulièrement et la pluie sur le feuillage faisait comme un bruit de chaîne. Le sol plat était gorgé d'eau. Ils continuèrent d'avancer et entendirent bientôt un grondement. Se retournant, ils aperçurent un mur d'eau qui fondait sur eux. Avec toute cette pluie, le lac situé un peu moins de deux kilomètres en amont avait débordé, provoquant la crue du ruisseau.

« Merde ! » s'écria James.

L'eau s'abattit violemment sur eux et les renversa, emportant leurs chapeaux. Quand ils parvinrent à se relever, ils avaient de l'eau jusqu'aux genoux. Le courant était si fort qu'ils n'arrivaient pas à tenir debout. Bientôt, ils furent emportés, heurtant à tout bout de champ des bûches et des branches.

Ils finirent par s'agripper à un petit arbre déraciné. Les flots les entraînaient loin du bosquet, vers une plaine qui avait servi de pâturage à une époque.

Ils avaient parcouru une bonne distance quand ils aperçurent la mule. Elle avait le cou et le dos hors de l'eau et tenait sa tête d'un port royal, l'air de se divertir.

Leur arbre dériva vers la mule et au passage James réussit à l'attraper par le cou pour se hisser sur elle. À son tour, Elliot lui empoigna la queue et parvint à grimper sur son dos.

De plus en plus agitée, la mule nageait frénétiquement. Le ruisseau en crue se mit soudain à dévaler une pente, et James comprit qu'ils se trouvaient à l'endroit où la route coupait à travers ce qui avait été une colline assez haute. L'eau recouvrait entièrement la route, mais c'était bien l'endroit en question, et tout bascula quand le ruisseau jaillit par-dessus.

Ils tombèrent, engloutis dans un déluge bouillonnant, et furent ballottés pendant un bon bout de temps, comme pris dans le tourbillon d'une machine à laver. Quand ils refirent surface, ils aperçurent la mule les quatre fers en l'air. Son museau peinturluré émergeait par moments, mais elle ne respirait pas et ne se redressa pas.

James et Elliot s'agrippèrent à ses pattes et à son gros ventre, et dérivèrent de la sorte sur plus d'un kilomètre.

« Pour moi, le bétail c'est terminé, dit James.
– J'te le fais pas dire », renchérit Elliot.

Soudain, attirée par les sabots ferrés de la mule qui pointaient hors de l'eau, la foudre les carbonisa en un éclair crépitant, et il ne resta plus que trois amas de viande grillée, l'un avec son museau marron toujours visible et quatre pattes fumantes et flétries, les deux autres habillés, grésillant au contact de l'eau, charriés par le ruisseau en crue.

Titre original : *The Mule Rustlers*

Traduit par Frédéric Grellier

Michael Malone

LE TIREUR FOU

Paru dans *A Confederacy of Crime*

Revêtue du peignoir de son défunt mari, une tasse à café jaune ornée d'un *smiley* à la main, Lucy Rhoads était assise et contemplait deux photographies. Elle venait de faire une découverte surprenante au sujet de son époux récemment décédé. Prewitt Rhoads – un adepte de la bonne humeur conjugale, dont le cerveau était une cartographie de joyeux clichés en dehors desquels ses pensées ne s'égaraient jamais, et dont elle n'avait jamais remis en cause la monogamie pas plus que l'optimisme à toute épreuve – son époux Prewitt Rhoads (mort trois semaines plus tôt d'une soudaine crise cardiaque) avait pendant des années mené une double vie érotique avec une veuve résidant deux rues plus loin dans la charmante commune de Painton, Alabama, où il avait tenu à ce qu'ils s'installent pour des raisons que Lucy comprenait seulement maintenant. C'était pourtant ce même homme qui lui rapportait à la maison des ballons gonflés à l'hélium proclamant « Je t'aime », des nounours en peluche blancs « spécial Saint-Valentin » affirmant la même chose et une interminable série de ces tasses à café *smiley*, le tout provenant de la boutique de cadeaux, cartes de vœux et accessoires de fête qu'il possédait dans le centre commercial Annie Sullivan et qu'il avait baptisée le Palais du Rire. Ce même homme qui rejetait systématiquement les moindres critiques qu'elle pouvait émettre sur la condition humaine et qui lui répétait sans cesse : « Lucy, tu voudrais pas arrêter de soulever tous les cailloux juste pour regarder les bestioles qui grouillent en dessous ? »

Et voilà que cette fois Lucy avait trébuché sur une grosse pierre et découvert dans la boue ainsi exposée son Prewitt Rhoads à elle, qui se trémoussait en cercles lascifs avec leur veuve de voisine Amorette Strumlander, médiocre partenaire de bridge de Lucy au Gardenia Club depuis plus de quinze ans ; Amorette Strumlander, qui avait flirté avec Prewitt des décennies plus tôt au lycée de Painton, et qui de toute sa vie n'avait jamais vécu ailleurs qu'à Painton, Alabama, où elle avait peut-être attendu patiemment son tour pendant des années, telle la veuve noire qu'elle s'était révélée être, jusqu'à ce que Prewitt lui revienne. Bien entendu, au cours de ses timides incursions dans le monde au-delà de Painton, Alabama, l'ancien amoureux d'Amorette s'était dégoté une femme à Charlotte (Lucy) et deux enfants à Atlanta, avant de revenir dans sa ville natale pour y ouvrir le Palais du Rire. Mais est-ce qu'Amorette allait se gêner pour si peu ? Apparemment pas.

Lucy se servit du café noir dans la tasse grimaçante. D'une minute à l'autre, Amorette en personne allait faire entendre son coup de klaxon reconnaissable, *tût tût tût* – pause – *tût tût*, afin d'emmener Lucy au théâtre voisin de Tuscumbia où elles devaient voir *Miracle en Alabama*. Lucy était disponible car la mairie de Painton où elle travaillait comme employée municipale lui avait imposé un congé forcé le temps de se remettre de son deuil. Amorette avait insisté au téléphone en disant que *Miracle en Alabama* était exactement ce qu'il fallait à la pauvre Mme Rhoads pour se remonter le moral après le brusque décès de son mari d'une crise cardiaque inopinée. « J'ai toujours cru que ce serait moi », disait Amorette, qui se vantait de son souffle au cœur depuis qu'il l'avait obligée à interrompre ses études à l'université pour femmes Agnes Scott à l'âge de vingt ans et empêchée par la suite de trouver du travail ou même de s'occuper de la maison. Apparemment, constatait Lucy, sa liaison prolongée avec Prewitt ne lui avait pas fatigué le cœur le moins du monde.

Lucy n'avait aucune envie de voir *Miracle en Alabama*; elle avait déjà vu la pièce plus d'une fois car elle était programmée chaque été à Tuscumbia, où avait grandi Helen Keller, la célèbre aveugle, sourde et muette. La ville voisine de Painton ne possédait quant à elle dans sa longue histoire chaude et languissante aucune sommité dont s'enorgueillir, et pas davantage d'épisode particulièrement excitant; même les Yankees n'étaient jamais arrivés jusqu'au hameau pour l'incendier, bien qu'un contingent de femmes confédérées (dont une ancêtre d'Amorette) les y attendît fusil au poing si jamais ils s'y étaient aventurés. Petite commune typique du Sud profond, Painton avait d'abord éliminé tous ses Indiens, importé des esclaves, bâti sa richesse sur le coton, puis, après la guerre de Sécession, s'était endormie pour un siècle, à part quelques petits soubresauts irascibles çà et là, le temps de brûler une croix ou (dans l'autre camp) d'envoyer un étudiant défiler aux côtés de Martin Luther King, ou encore de faire croisade contre tout ce qui de près ou de loin risquait de porter atteinte au mode de vie américain.

Dans toute son histoire, Painton ne pouvait prétendre qu'à trois modestes célébrités : l'arrière-

arrière-grand-mère d'Amorette Strumlander, qui avait promis de faire feu sur les Yankees s'ils se montraient ; elle avait été demoiselle d'honneur au mariage de Jefferson Davis et avait assisté à sa cérémonie d'intronisation comme président de la Confédération sudiste à Montgomery. Cinquante ans plus tard, il y avait eu un missionnaire baptiste tué au Congo soit par un hippopotame, soit par une hépatite ; aucun membre de sa famille n'avait jamais réussi à déchiffrer l'écriture de sa femme sur la lettre qu'elle avait envoyée d'Afrique. Et enfin, trente ans plus tôt, au cours d'une finale du Rose Bowl remportée par l'Alabama, un *linebacker* avait joué tout un quart-temps avec une clavicule cassée.

Mais bien sûr aucune de ces gloires locales n'arrivait à la cheville d'Helen Keller, comme même Amorette était bien forcée de l'admettre, toute fière qu'elle fût de son lien ancestral avec Jefferson Davis. D'ailleurs personne autant qu'elle n'aimait l'histoire d'Helen Keller telle qu'elle était racontée dans *Miracle en Alabama*. « On ne se lasse jamais des bonnes choses, Lucy, surtout dans les moments difficiles », avait minaudé Mme Strumlander au téléphone quand elle avait cassé les pieds à Lucy pour la convaincre de venir au théâtre. « *Miracle en Alabama* montre comment on peut surmonter les jours les plus sombres même quand on est aveugle, sourde et muette, la pauvre chérie. »

Et bien qu'au moment précis où sa voisine avait téléphoné avec sa petite voix mielleuse Lucy Rhoads serrât dans sa main la clé de la boîte à secrets où son mari avait caché toutes les lettres d'amour adultères de la duplice Amorette, elle s'était contentée de répondre : « D'accord, Amorette, tu n'as qu'à passer, parce que là je suis vraiment en train de vivre un jour très sombre. »

Pourtant Lucy n'était pas en train de se préparer. Elle buvait du café, drapée dans le peignoir de son défunt mari, en contemplant les photos qu'elle venait de trouver dans la boîte. Elle écoutait la radio lui déconseiller de se promener dans les rues de Painton ce jour-là, parce qu'il y avait un risque que les rues ne soient pas sûres. En règle générale, la ville de Painton n'aimait pas beaucoup avouer des problèmes ; le slogan sur la pancarte à l'entrée de la ville proclamait en lettres rouges, blanches et bleues : « Personne n'a de peine à Painton, la ville la plus joyeuse de l'Alabama. » Il y avait toujours une voiture de police avec un radar cachée derrière cette pancarte, histoire d'attraper les innocents étrangers qui faisaient du cinquante et un à l'heure et de leur flanquer d'énormes contraventions. Le shérif adjoint Hews Puddleston avait dû entendre des milliers de conducteurs malchanceux lui faire la blague : « Je croyais que personne n'avait jamais de peine à Painton. »

Cette pancarte agaçait Lucy, tout comme la formulation de cet avertissement radiophonique ; elle trouvait qu'une ville si proche de la maison natale d'Helen Keller était plutôt mal placée pour suggérer que la vie était « joyeuse » ou que les rues pouvaient être sûres. Le journaliste continua son reportage en expliquant de façon assez mélodramatique qu'il y avait un psychopathe en liberté. Un jeune homme avait perdu la boule au centre commercial Annie Sullivan juste à la sortie de Painton et avait tenté de tuer sa femme. À présent, en direct à la radio, il était en train de faire exploser à coups de revolver les vitrines d'un fleuriste du centre commercial, tandis que le reporter se tenait dans le hall juste devant, caché derrière un étalage de cristal et de nains en étain. Personne n'osait s'interposer car le type avait sur lui un pistolet automatique neuf millimètres et avait prévenu à la cantonade que ça ne lui poserait aucun problème de s'en servir. Le journaliste lui avait crié à son tour « Pas de problème ! » avant de demander à la police de se dépêcher. Il se trouvait là par hasard parce que c'était le jour des Supersoldes d'été de l'Association des commerçants de Painton au profit des Painton Panthers, l'équipe de football américain du lycée local, demi-finaliste du championnat de l'État en 1992, et qu'on l'avait envoyé sur place en reportage. Mais un psychopathe qui essayait de tuer sa femme était bien entendu un sujet plus intéressant et le reporter était bien entendu très excité.

Lucy alluma son scanner permettant d'écouter les fréquences de la police, tout en cherchant un vieux paquet de cigarettes comme Prewitt avait pris l'habitude d'en cacher un peu partout, pour qu'elle ne se rende pas compte qu'il avait recommencé à fumer malgré son fort taux de cholestérol. Il n'avait jamais réussi à bien les dissimuler, en tout cas pas aussi bien que ses escapades sexuelles, de sorte qu'elle tombait régulièrement sur des paquets froissés dont il avait lui-même perdu la trace. Lucy n'avait jamais fumé quant à elle, et les perpétuelles conversations des membres du Gardenia Club sur quand, comment et pourquoi ils avaient arrêté l'ennuyaient au plus haut point. Ce jour-là pourtant, Lucy décida de se mettre à fumer. Pourquoi pas ? Pourquoi jouer le jeu, vu ce que ça rapportait ? Elle craqua une allumette et inhala profondément la fumée, ce qui lui provoqua une violente quinte de toux et des frissons nerveux dans tout le corps. Elle aimait bien cette sensation ; ça collait avec son humeur.

Sur le scanner de la police elle entendit le permanencier dépêcher d'urgence des véhicules au centre commercial. Ce psychopathe la fascinait, et elle retourna vers son poste de radio, où le reporter expliquait à présent la situation. Apparemment, le jeune homme s'était rendu au centre commercial dans le but de tuer sa femme parce qu'elle l'avait quitté pour un autre. Selon les doléances qu'il avait confiées au journaliste, sa femme continuait d'utiliser ses cartes de crédit et était justement en pleine séance de shopping frénétique quand il l'avait retrouvée dans la galerie Hank Williams, où ils s'étaient disputés à propos du projet qu'elle avait de partir avec cet autre homme en lui laissant les factures sur les bras. Elle s'était alors enfuie pour rejoindre le rival, qui tenait un magasin de fleurs à l'extrémité est de la galerie. C'est là que le psychopathe l'avait à nouveau rattrapée, cette fois avec le revolver qu'il était retourné chercher en courant dans sa camionnette. Il leur avait tiré dessus à tous les deux, mais en essayant d'éviter les autres clients il n'avait réussi qu'à atteindre le fleuriste à la jambe et à pulvériser un des sacs de courses de sa femme. Un éclat de plâtre provenant d'un cygne noir avec un dragonnier planté dans le dos avait arraché un lambeau de chair au menton de sa femme. Il avait laissé les autres clients sortir de la boutique mais gardait les deux amants en otages.

Lucy pouvait même entendre à la radio les sirènes des voitures de police arrivant sur les lieux. Mais le temps que les policiers déboulent dans le hall avec tout leur nouvel équipement, le fleuriste sortait déjà de sa boutique à cloche-pied en tenant à deux mains sa jambe ensanglantée et en hurlant que le mari s'était enfui par la porte de service. Les policiers se mirent à lui courir après tandis que le reporter commentait l'action en direct comme s'il s'agissait d'une pièce radiophonique. Au moment où l'on transportait le fleuriste dans l'ambulance, celui-ci raconta au journaliste que le psychopathe avait « complètement saccagé » son magasin, « et en beauté ». Il avait l'air étonnamment excité par tout ça. Le reporter interrogea également la femme alors qu'on l'évacuait en pleine crise de nerfs et avec un pansement sur le menton. Elle déclara que son mari avait perdu la tête et qu'il n'aurait qu'à s'en prendre à lui-même si les policiers l'abattaient. Puis elle fut emmenée à l'hôpital en compagnie du fleuriste.

Lucy se força à avaler un sandwich au thon, bien qu'elle semblât ne plus jamais éprouver aucune sensation de faim. Quand elle eut terminé, le psychopathe était toujours en liberté et toujours en possession du pistolet neuf millimètres qu'il avait acheté quelques mois plus tôt dans ce même centre commercial. Lucy accueillit la nouvelle de l'échec de sa capture avec une étrange satisfaction. Elle s'imaginait courir dans les rues de Painton aux côtés de ce mari trahi, percevant le même bourdonnement dans leurs deux cœurs. La radio précisait que des voisins s'occupaient des enfants du couple, Greer, Gerry et Griffin, des triplés âgés de quatre ans à qui l'on n'avait pas encore annoncé que leur père s'était transformé en dangereux psychopathe au centre commercial Annie Sullivan. Les voisins du couple sur Fairy Dell Drive étaient choqués ; un homme tellement gentil, disaient-ils, un bon père et chef de famille. « Jamais de la vie j'aurais cru que Jimmy aurait pu faire un truc pareil, et vous pouvez demander à n'importe qui à Painton, on vous dira la même chose », protestait sa sœur, qui avait sauté dans sa voiture pour venir jusqu'au centre commercial supplier son frère de sortir du magasin de fleurs, mais qui était arrivée trop tard.

Le reporter fut obligé de rendre l'antenne momentanément pour un programme de musique d'ambiance, « Les chansons de votre vie », qui diffusa un morceau interprété par Les Brown and His

Band of Renown, *Life Is Just a Bowl of Cherries*[1]. Lucy éteignit la radio. Elle ne trouvait pas que la vie était comme une coupe de cerises, pas plus maintenant qu'avant. À ses yeux, la vie s'apparentait plutôt à une course pieds nus sur un tapis de verre brisé. Elle le ressentait profondément, bien qu'elle eût mené quant à elle une existence si dénuée d'horreur qu'elle aurait pu être tentée de penser que la vie était bien cette grande coupe de fruits sucrés que son mari Prewitt s'était toujours obstiné à décrire. La réaction étonnée des voisins et de la famille du tireur fou l'agaçait. Pourquoi donc n'avaient-ils rien soupçonné ? Mais en même temps, pourquoi n'avait-elle jamais soupçonné la trahison de Prewitt et Amorette ? Au moins le psychopathe s'était-il rendu compte de ce qui se passait autour de lui : que sa femme était en train d'accumuler des achats sur sa carte de crédit tout en prévoyant de s'enfuir avec le fleuriste. Lucy, elle, avait été idiote au point que, des années plus tôt, quand elle avait voulu quitter Prewitt et redémarrer une nouvelle vie, il avait réussi à la faire changer d'avis à force de lui asséner ses sermons sur l'engagement, les valeurs familiales et le bonheur des enfants, alors qu'au même moment il couchait en cachette avec Amorette Strumlander !

Lucy se mit à cogner la tasse contre le rebord du plan de travail de la cuisine jusqu'à la briser et se retrouver avec le doigt crispé autour de son anse jaune comme si elle avait réussi à décrocher l'anneau sur un manège de chevaux de bois. Et voilà, c'était la dernière. Elle avait cassé toutes les autres le matin même, et pourtant elle avait toujours

1. Le titre de cette chanson se traduit mot à mot par « la vie est juste une coupe de cerises ». En anglais, l'expression signifie que la vie est belle, un peu l'équivalent français de « la vie est un long fleuve tranquille ».

envie de crier. Brusquement elle se rendit compte que rien ne l'en empêchait. Elle n'avait plus à se soucier de ne pas déranger sa « petite famille ».

Vingt et un jours s'étaient désormais écoulés depuis la mort du perfide Prewitt. Le dimanche précédent, le fils et la fille Rhoads avaient fini par regagner leurs vies respectives à Atlanta, après avoir accouru à la maison pour enterrer leur père et consoler leur mère. Ces deux jeunes personnes, que Prewitt avait baptisées Ronny en l'honneur de Ronald Reagan et Julie en l'honneur de Julie Andrews, tenaient de leur père et pensaient eux aussi que la vie était une grande coupe de cerises, ou en tout cas une coupe de margarita. Ils s'étaient montrés affables lors des funérailles, faisant la conversation aux amis de la famille telle Amorette Strumlander, en leur parlant de leur nouveau boulot et de leur nouveau lotissement. Ils aimaient beaucoup Amorette (et si Lucy ne se rappelait pas distinctement leur avoir donné naissance, elle aurait pu jurer qu'Amorette était leur mère, car, comme elle, ils étaient tous deux sournoisement insipides). Ronny et Julie étaient contents de leur vie, qu'ils avaient bâtie sur le modèle dicté par les magazines à la mode. Ces magazines n'expliquaient pas en revanche comment se comporter à l'enterrement de son père, c'était peut-être la raison pour laquelle Ronny et Julie avaient fait preuve pendant l'office puis la réception qui suivit de la même tolérance sardonique et joyeuse envers la vieille génération que celle qu'ils avaient toujours affichée lors des autres réunions de famille. Amorette confia par la suite à Lucy qu'elle avait trouvé que « les enfants tenaient merveilleusement le coup ».

Lucy n'était pas surprise de leur manque d'instinct naturel pour la douleur. Leur père aurait agi exactement pareil à ses propres obsèques s'il n'avait pas précisément été celui qu'on enterrait. « Les gosses et moi, on aime la lumière du jour », répondait Prewitt à sa femme chaque fois qu'elle évoquait n'importe laquelle des petites imperfections de la vie, comme les guerres, les tremblements de terre, les massacres ou ce genre de choses. « Tu es plongée dans la nuit, Lucy. C'est ça ton problème. » C'était vrai. Peut-être qu'elle aurait mieux fait de grandir dans le Nord, où le ciel s'assombrit plus tôt, où le sol gèle et le paysage vire au noir et au gris, où il n'y a pas autant de soleil, de chaleur, de lumière et de jour que dans le Sud. Parce que la vie, d'après Lucy, n'était pas une affaire de jour. La vie était plongée dans la nuit ; le jour, c'était juste l'entracte, l'attente entre chaque acte du véritable spectacle. Quand elle écoutait les appels de police sur le scanner, tous ces rapports sur les violences conjugales, les carnages sur la route, les incendies, les empoisonnements, les électrocutions, les étouffements, les forcenés en liberté dans les parages du centre commercial Annie Sullivan lui paraissaient toujours extrêmement fidèles à ce qu'était la vie en vérité. Elle songea soudain qu'il y avait sans doute eu une annonce de police pour Prewitt après qu'elle avait téléphoné aux urgences. Elle l'avait trouvé allongé par terre dans la cuisine devant le frigo ouvert, un saladier d'ailes de poulet grillées cassé à côté de lui. L'annonce avait dû dire quelque chose comme : « Victime probable d'un infarctus, homme, type européen, quarante-huit ans. »

Prewitt était mort sans même vraiment se rendre compte de ce qu'il était en train de faire, tout comme ses enfants étaient repartis dans leur chère lumière du jour en emportant tout ce qu'ils avaient voulu parmi les affaires de Prewitt (Ronny avait pris ses clubs de golf et ses polos en cachemire jaune et rose ; Julie avait pris sa Toyota) sans vraiment se rendre compte que leur père les avait quittés pour de bon. Si Prewitt avait su qu'il allait mourir quelques heures plus tard, sans doute aurait-il détruit les preuves de sa liaison adultère avec Amorette Strumlander, puisque l'engagement et les vœux du mariage étaient si importants pour lui. Mais apparemment Prewitt s'était entêté à croire jusqu'au bout que la vie était une grande coupe d'impérissables cerises en plastique. Apparemment il n'avait pas vu la mort venir, son spectre lui bondir au visage, tout sourire, et il était donc mort en pleine stupéfaction, les yeux grands ouverts, déconcerté, comme demandant à Lucy : « Mais qu'est-ce qui m'arrive ? »

Amorette Strumlander avait été tout aussi prise de court en apprenant le lendemain matin le brusque décès de Prewitt de la bouche de la présidente du Gardenia Club, Gloria Peters. Elle avait accouru dans le jardin en criant à Lucy : « C'est Gloria Peters qui me l'a dit chez la manucure ! », comme si le fait d'avoir appris la mauvaise nouvelle de cette façon la rendait pire encore. Bien entendu, Lucy ignorait alors que Prewitt et Amorette étaient amants depuis des années ; ce qui, il fallait bien l'admettre, avait dû en effet rendre la nouvelle plus pénible pour Amorette. Ça n'avait sans doute pas été facile pour elle d'apprendre la mort de son amant par l'intermédiaire de Gloria Peters, qui n'avait jamais invité Amorette à ses dîners, où apparemment une vraie domestique en uniforme servait aux convives les recettes présentées par Martha Stewart à la télévision. Ce matin-là, à vrai dire, quand juste après la mort de Prewitt Amorette s'était précipitée vers elle en courant, Lucy s'était même excusée de ne pas avoir prévenu sa voisine plus tôt. Et Amorette s'était agrippée à elle en sanglotant : « Maintenant nous sommes veuves toutes les deux ! ». Lucy pensait bien entendu qu'Amorette faisait allusion à son propre mari défunt, Charlie Strumlander, mais peut-être parlait-elle en fait de son amant, Prewitt.

Tût tût tût – pause – *tût tût. Tût tût tût* – pause – *tût tût.*

Chose étonnante, il était deux heures de l'après-midi et Lucy se tenait toujours au beau milieu de la cuisine, l'anse jaune de sa tasse à café encore suspendue à son doigt. Elle enfouit précipitamment dans la poche de son peignoir les photographies qu'elle venait de trouver tandis qu'Amorette traversait la maison en claquant des talons et en lançant des coucous à la cantonade sans attendre qu'on lui dise d'entrer. Elle n'attendait jamais que Lucy vienne lui ouvrir.

« Lucy ? Lucy, oh mais, oh mon Dieu, tu n'es pas encore prête. Que fais-tu en peignoir à cette heure-ci ? Tu ne m'as pas entendue klaxonner ? » Mme Strumlander était une petite femme menue, virevoltante tel un oiseau affamé alors qu'elle contournait la table dans un manteau d'été assorti à ses chaussures et à son sac. Elle se tapota la poitrine comme elle faisait toujours pour rappeler aux gens qu'elle souffrait d'un souffle au cœur. « J'ai eu une frayeur bleue avec ce psychopathe en liberté ! Tu n'as pas entendu la radio ? »

Lucy répondit que si, elle avait entendu, et qu'elle était désolée pour ce jeune homme.

« Désolée pour lui ! Alors ça, t'as vraiment de ces idées, toi ! Allez, va t'habiller avant qu'on soit en retard pour la pièce. Je suis sûre que quand tu verras cette pauvre petite fille aveugle, sourde et muette courir partout sur la scène en épelant le mot " eau ", ça t'aidera à remettre tes propres problèmes en perspective, comme ça me le fait toujours à moi.

– Tu crois ? » demanda Lucy d'un ton morne avant de retourner dans la chambre qu'elle avait partagée avec Prewitt. Amorette la suivit et alla même jusqu'à sortir des robes de la penderie de Lucy pour lui suggérer celle qu'elle devrait mettre.

« Lucy, prévint Amorette en jetant une robe sur le lit, ce n'est pas parce qu'un psychopathe a perdu la boule au centre Annie Sullivan qu'il faut y voir la preuve que le monde entier va de travers, parce que crois-moi, la plupart des gens mènent une vie normale. Si tu continues à te laisser engloutir par ce genre d'idées noires sans le pauvre Prewitt pour te maintenir la tête à la surface, tu risques de couler très profond, je ne sais même pas où est la limite. À part ça, que penses-tu de cette ravissante robe en soie moutarde, avec la veste beige ? »

Lucy glissa une main dans la poche du peignoir de son défunt mari. Elle effleura les photos et serra dans les plis dodus de sa paume la clé de la boîte à secrets. Cette clé ouvrait un coffre métallique vert qu'elle avait trouvé dans une petite pièce carrée au sous-sol, une pièce lambrissée de panneaux de pin et meublée d'un canapé à imprimé écossais, que Prewitt considérait comme son espace privé et appelait son « bureau ». Il y descendait joyeusement le soir afin de réparer des lampes en écoutant des enregistrements de big bands sur disques vinyles qu'il achetait dans des vide-greniers, ou alors pour faire ses devoirs pour son cours par correspondance d'investissement boursier sur internet. Et, apparemment, il y descendait aussi pour écrire des lettres d'amour à Amorette Strumlander. Lucy n'avait jamais violé l'intimité de cet espace privé. Au fil des années, alors qu'elle regardait la nuit par la fenêtre, assise devant son café noir dans la cuisine non éclairée, il lui était arrivé d'imaginer que Prewitt s'affairait au sous-sol dans le plus grand secret, penché sur un microscope à la recherche des origines de la vie, ou bien en train de composer un opéra, ou de fomenter des crimes ingénieux. Mais elle ne fut pas surprise pour autant quand, le lendemain du départ de ses enfants pour Atlanta, elle avait ouvert la porte du « bureau » pour n'y découvrir aucun tube à essai mystérieux, aucune partition tachée d'encre, aucun pain de dynamite destiné à faire sauter la réserve fédérale de Fort Knox.

Elle n'avait trouvé là que des trains électriques et des lettres d'amour. Apparemment, Prewitt avait consacré toutes ces nuits à construire un monde en plastique idéal pour la douzaine de trains électriques qui le parcouraient. Ce monde reposait sur un vaste plateau carré de deux mètres cinquante de côté. Toutes les maisons, les magasins et les arbres miniatures étaient disposés sur de la terre en plastique et du gazon synthétique. Devant l'une des petites maisons, une petite famille – le papa, la maman, le garçon et la fille – se tenait au bord de la voie pour regarder passer les trains. La petite dame avait les cheveux blonds et un manteau rose, exactement comme Amorette Strumlander.

Lucy avait découvert les lettres d'amour dans une boîte en métal verte à l'intérieur d'un tiroir secret construit sous le plateau, pile au niveau de la gare des trains. C'étaient des dizaines de lettres écrites sur du papier rayé, du papier à lettres à fleurs roses, au dos d'enveloppes, des missives remises en mains propres à Prewitt par Amorette, et même quelques brouillons de ses lettres à lui. Elles parlaient toutes de l'amour que Prewitt et Amorette vivaient ensemble. Il n'y avait cependant rien pour suggérer à Lucy que la passion avait emporté les deux amants au-delà des limites de leurs personnalités ordinaires, rien qui évoquât *Anna Karénine* ou *Le Patient anglais*. Pas de tourments, pas de gestes suicidaires. Les lettres ressemblaient aux cartes de la Saint-Valentin que Prewitt vendait en ville dans sa boutique de cadeaux, cartes de vœux et accessoires de fête. Des cœurs en dentelle, de gros bébés enlacés, de grosses colombes roucoulantes. Amorette avait écrit : « Très cher amour. Dis à Lucy que tu dois rester au magasin pour faire l'inventaire tout le samedi matin. Charlie part au golf à dix heures. Bisous dans le cou. » Prewitt avait écrit : « Chérie, tu étais tellement [jolie, barré] belle hier et tu es tellement gentille avec moi, je ne pourrais pas vivre sans mon soleil à moi. »

Sous les lettres, tout au fond de la boîte, Lucy avait trouvé les deux photos Polaroïd qu'elle tripotait maintenant dans la poche du peignoir. L'une montrait Amorette vêtue d'un short de pyjama, sur le lit de Lucy, frottant un chaton contre sa joue (Lucy avait reconnu Sugar, le petit chat tigré que Prewitt avait ramené à la maison pour Julie et qui, devenu un énorme matou obèse et flatulent, s'était fait écraser par une voiture cinq ans plus tôt). Sur l'autre cliché, on voyait Amorette assise sur la malle à trousseau de sa chambre, torse nu, tenant ses deux seins blancs dans chaque main dans une pose volontairement aguicheuse. Après avoir regardé les photos et lu les lettres, Lucy les avait replacées dans la boîte puis avait mis en marche les trains électriques de Prewitt en augmentant la vitesse petit à petit jusqu'à ce qu'ils finissent par dérailler, défoncer les villages et les fermes en plastique autour d'eux avant de s'écraser au sol dans un fracas des plus satisfaisants.

À présent, dans la salle de bains, tout en écoutant Amorette lui parler depuis cette chambre qu'elle ne connaissait visiblement que trop bien et où elle continuait à fouiller dans le placard, Lucy fit passer la clé et les photos de la poche du peignoir à son sac à main. En retournant dans la chambre, elle demanda à Amorette : « Est-ce que Prewitt te manque ? »

Mme Strumlander était à genoux devant la penderie pour chercher des chaussures qui aillent avec la robe qu'elle avait choisie à Lucy. « Prewitt nous manque à tous, répondit-elle. Mais laisse le temps faire son effet, Lucy. À cause de mon souffle au cœur j'ai toujours dû vivre ma vie au jour le jour comme il est écrit dans la sainte Bible, et c'est bien tout ce qu'on peut faire de toute façon. Espérons seulement que ce cinglé continue à tirer sur des gens qu'il connaît et ne se mette pas à prendre pour cible des inconnus ! » Elle rit à sa propre petite blague et sortit du placard à quatre pattes avec une paire d'escarpins beiges à la main. « Parce qu'il y a des malades qui tirent n'importe où et quand ça leur chante, et je détesterais que ça nous arrive aujourd'hui en plein milieu de *Miracle en Alabama*. Tiens, enfile cette robe. »

Lucy enfila la robe. « Tu es déjà descendue dans le bureau de Prewitt, Amorette ?

– Hun hun. » La petite femme secoua la tête d'un air ambigu tout en arrangeant sa chevelure blonde soigneusement coiffée.

« Tu veux que je te le montre ? » proposa Lucy.

Amorette lui jeta un regard interloqué. « On n'a pas le temps d'aller voir le bureau de Prewitt maintenant, chérie. On est déjà assez en retard comme ça. Non, pas cette veste, ça ne va pas du tout. Des fois, Lucy... Celle-là. Oh, tu es tellement ravissante quand tu t'en donnes la peine. »

Lucy suivit la maîtresse de son défunt mari jusqu'à sa voiture. Amorette lui enjoignit de monter : « Allez, grimpe. Et si tu vois le tireur fou, plonge sous ton siège ! » Elle partit d'un rire joyeux.

Alors qu'elles roulaient vers l'autoroute qui menait à Tuscumbia, traversant les rues fleuries et si peu sûres de Painton, Lucy se renversa en arrière sur le siège en velours vert de la Toyota de sa voisine (Amorette et Prewitt avaient-ils obtenu une remise spéciale pour en avoir acheté deux en même temps ?) et ferma les yeux. Amorette n'en finissait pas d'expliquer comment quelqu'un dépourvu de tout handicap s'était garé sur l'emplacement réservé aux handicapés devant le Winn-Dixie, et que cet épisode, au même titre que celui du tireur fou, montrait bien qu'il n'y avait plus tellement de différence entre le Nord et le Sud par les temps qui couraient. Amorette avait pris l'habitude de s'enfermer chez elle à double tour et pourrait bien finir par tomber raide morte elle aussi un de ces jours à force de sursauter en entendant des bruits bizarres dans la maison à la nuit tombée et en croyant chaque fois à des cambrioleurs ou des violeurs. Ce fut alors que Lucy demanda : « Amorette, depuis quand vous couchiez ensemble, Prewitt et toi ? »

La voiture bondit en avant puis commença à ralentir de plus en plus, presque jusqu'à s'immobiliser. Les joues d'Amorette se colorèrent d'une teinte rosée assortie à la couleur de son manteau, mais son nez devint blanc comme un cachet d'aspirine. « Qui t'a dit ça ? finit-elle par murmurer, une main sur le cœur. C'est Gloria Peters ? »

Lucy eut un haussement d'épaules. « Qu'est-ce que ça peut faire ?

– C'est elle, je le sais ! C'est Gloria Peters. Elle me déteste. »

Lucy sortit de son sac une des cigarettes cachées abandonnées par Prewitt et l'alluma. « Oh, mais calme-toi, répliqua-t-elle. Personne ne m'a rien dit. J'ai trouvé des trucs.

– Quels trucs ? Lucy, de quoi tu parles ? Tu dois te tromper, c'est... »

Recrachant la fumée, Lucy plongea une main dans son sac. Elle brandit sous le nez de la conductrice le Polaroïd où on la voyait en plus jeune, les yeux rougis par le flash, tenant ses seins nus à deux mains.

Cette fois la voiture grimpa sur le trottoir, buta contre une boîte à lettres et s'arrêta net.

Les deux veuves restèrent assises à leur place, dans une avenue résidentielle où les lauriers-roses fleurissaient les allées et les chèvrefeuilles embaumaient l'air de leurs effluves sucrés. Il n'y avait personne en vue, à l'exception d'une adolescente renfrognée en maillot de bain qui faisait des allers retours en roller en jetant des coups d'œil appuyés par le pare-brise de la voiture chaque fois qu'elle passait devant.

Lucy fumait toujours. « J'ai retrouvé toutes vos lettres d'amour dans le bureau de Prewitt, dit-elle. Vous n'aviez pas peur que ça finisse par arriver un jour ou l'autre ? »

Après une série de petits haut-le-cœur forcés, Amorette parvint à se tirer des larmes. Elle enfouit son visage contre le volant, pleurnichant et parlant à la fois. « Oh, Lucy, c'est la pire chose qui pouvait arriver. Prewitt était un homme merveilleux, tu sais, ne va pas t'imaginer le contraire. On n'a jamais voulu te faire souffrir. Il savait que j'avais besoin d'un peu d'attention, parce que Charlie était tellement accaparé par le cabinet qu'il en oubliait comment je m'appelais, et encore plus d'avoir de la compassion pour mon souffle au cœur quand je ne pouvais pas faire les choses qu'il me demandait.

– Amorette, je n'ai pas envie d'entendre ça », répliqua Lucy. Mais Amorette poursuivit quand même. « On était tellement malheureux, Prewitt et moi. On avait juste besoin de rigoler un peu. Et ensuite ça s'est passé sans même qu'on s'en rende compte. Je te jure, crois-moi, on ne voulait vraiment pas te faire souffrir. »

Lucy réfléchit un moment en aspirant une bouffée de cigarette. « Je veux juste savoir depuis quand ça dure.

– Mais quoi ? Quoi ? sanglota sa voisine.

– Depuis quand tu baises avec mon mari. Cinq ans, dix ans, jusqu'au jour de sa mort ?

– Oh, Lucy, non ! » Entre deux sanglots, Amorette était secouée de hoquets qui produisaient le son *eeuck*. « Non ! *Eeuck. Eeuck.* On n'a jamais... après la mort de Charlie. Je ne trouvais pas ça réglo. *Eeuck. Eeuck.*

– Charlie est mort il y a un an. Ça fait quinze ans qu'on habite à Painton. » Lucy écrasa son mégot de cigarette dans le cendrier encore vierge. Une image lui traversa l'esprit : le psychopathe en train de faire exploser les vitrines du centre commercial. « Alors, bordel de merde, je ne vois pas très bien ce que le mot " réglo " veut dire pour toi, Amorette. » Et elle s'alluma une autre cigarette.

Amorette se contracta, choquée, respirant avec peine. « Ne me parle pas comme ça, Lucy Rhoads ! Je refuse d'écouter ce genre de langage dans ma voiture. » Fermement rétablie sur le terrain de la morale, elle agita frénétiquement la main en l'air pour dissiper la fumée. « Et éteins-moi cette cigarette. Tu ne fumes pas. »

Lucy la dévisagea avec insistance. « Bien sûr que je fume. Tu vois bien. Je fume, et toi tu couchais avec mon mari. Prewitt et toi faisiez un beau couple de menteurs à la con. »

Amorette baissa sa vitre pour essayer de respirer une bouffée d'air frais. « Très bien, si tu as décidé de nous juger... »

Lucy laissa échapper un ricanement qui lui écorcha la gorge. « Bien sûr que je vais vous juger.

– Dans ce cas, la vérité, c'est que... » À présent, Amorette la regardait en dodelinant du chef comme un chien en peluche avec la tête montée sur un ressort. « La vérité, Lucy, c'est que ta négativité et ta façon toujours aussi déprimante de voir le monde finissaient par peser à Prewitt, parfois. Parfois Prewitt avait simplement besoin de quelqu'un avec qui regarder la vie du bon côté. »

Lucy ricana de plus belle. « Une épaule sur laquelle se marrer.

– Je crois que tu le fais exprès d'être méchante, gémit Amorette. Le docteur dit qu'il ne faut pas que je sois contrariée comme ça. »

Lucy plongea son regard dans les grands yeux marron et ronds comme des bonbons de son ex-partenaire de bridge. Cette femme pouvait-elle réellement être aussi obtuse ? Avait-elle le cerveau aussi creux que la petite maman en plastique qui faisait coucou aux trains électriques sur le plateau de Prewitt ? Était-elle imbécile au point qu'il faille lui pardonner n'importe lequel de ses actes ? Et que n'importe quel acte de Lucy serait, lui, impardonnable ? Mais en continuant à observer Amorette Strumlander, Lucy discerna tout au fond des pupilles de sa voisine un minuscule éclat d'autosatisfaction, une lueur aussitôt dissimulée derrière un clignement de paupière humide. Une arrogance aussi terne et aveugle que l'histoire de Painton, Alabama.

Lucy éprouva soudain le brusque désir de faire quelque chose et, comme cette sensation déferlait en elle, elle s'imagina le tireur fou du centre commercial débouler dans cette rue résidentielle et lui lancer son arme par la vitre de la voiture. Elle eut l'impression que la crosse l'atteignait en plein ventre dans une atroce douleur. Elle avait envie de ramasser le revolver et de tirer en plein dans l'arrogance d'Amorette. Mais elle n'avait pas de revolver. Et en plus, à quoi tout cela avait-il servi au forcené, qui à l'heure qu'il était s'était sans doute fait arrêter par la police ? Les mots sortirent de la bouche de Lucy avant qu'elle pût les retenir : « Amorette, dit-elle, tu savais que Prewitt couchait avec Gloria Peters en même temps qu'il couchait avec toi, et qu'il a même continué avec elle quand vous avez arrêté ?

– Quoi ?

– Tu savais qu'il y avait des photos de Gloria Peters, de Gloria Peters nue, cachées dans la boîte à secrets de Prewitt avec les tiennes ? »

Mme Strumlander vira au vert, au vert pomme pour être précis, exactement comme Prewitt avait viré au bleu sur le brancard de l'ambulance après son infarctus. Amorette s'était aussi arrêtée de respirer ; lorsqu'elle reprit, elle se mit à émettre un horrible souffle rauque. « Oh, mon Dieu, arrête, dis-moi la vérité », ahana-t-elle.

Lucy secoua la tête d'un air triste. « Je dis la vérité. Tu n'étais pas au courant, pour Gloria ? Tu vois, il nous a eues toutes les deux. Et il y avait aussi des photos pas belles à voir dans celles que j'ai retrouvées dans son bureau, des trucs qu'il avait achetés, où on voyait des femmes nues se faire faire des choses épouvantables. Prewitt avait tout un tas de magazines et de vidéos en bas dans son bureau. Je crois que je ne préfère même pas te dire ce qu'il y avait sur ces vidéos. » (Il n'y avait pas d'autres photos, bien entendu, pas plus qu'il n'y avait eu de liaison avec Gloria Peters. Le Polaroïd des seins d'Amorette tenus en coupe entre ses paumes était sans aucun doute l'image la plus décadente que Prewitt eût pu concevoir. Toute la palette de ses sentiments aurait pu être tirée des ballons à l'hélium ou des cartes de vœux qu'il vendait dans sa boutique.)

« Je t'en supplie, dis-moi que tu mens pour Gloria ! » implora Amorette, verte comme une pelouse.

Mais Lucy ouvrit sa portière et descendit de voiture. « Prewitt disait justement que mon problème, c'était que je ne pouvais pas *m'empêcher* de dire la vérité. Et c'est la stricte vérité : j'ai vu des photos de Gloria nue qui posait exactement comme toi en riant parce qu'elle prenait ta pose pour te copier. C'est ce qu'elle racontait dans une de ses lettres, qu'il lui avait montré la photo et qu'elle t'imitait.

– Lucy, arrête. Je me sens mal. Ça ne va pas. Passe-moi mon sac sur la banquette arrière. »

Lucy ignora sa demande. « En fait, j'ai lu des tas de lettres de Gloria à Prewitt où elle se moquait de toi, Amorette. Tu sais comme elle peut être cinglante. Ils ont bien rigolé dans ton dos, tous les deux. »

Ne pouvant plus respirer, Amorette se ratatina sur le siège de sa voiture et, dans un murmure, supplia Lucy d'appeler son médecin parce qu'elle sentait que quelque chose de terrifiant était en train d'arriver.

« Oh, tu n'as qu'à prendre les choses au jour le jour, lui conseilla Lucy. Et voir la vie du bon côté.

– Lucy, Lucy, ne me laisse pas ! »

Mais Lucy claqua sa portière et se mit à marcher rapidement le long de la haie de lauriers-roses. Elle arrachait au passage des poignées de pétales qu'elle répandait sur le trottoir devant ses pas. L'adolescente en roller la frôla de près, yeux et bouche écarquillés alors que ses roulettes la propulsaient à quelques centimètres du visage empourpré de Lucy. Elle dépassa la voiture à vive allure sans remarquer qu'Amorette Strumlander avait basculé sur le siège avant.

Lucy continua à marcher tout droit, rue après rue, jusqu'à ce que les lauriers-roses s'interrompent, remplacés par des pelouses qui s'étalaient jusqu'au perron de maisons en briques à colonnettes blanches. Un talon de ses escarpins beiges se décolla et elle enleva ses deux chaussures. Puis elle se débarrassa de sa veste. Elle sentait la présence du psychopathe juste à côté d'elle tandis qu'elle tirait sur le tissu de sa robe jusqu'à en faire sauter tous les boutons. Elle jeta la robe sur le trottoir. En la voyant faire, un homme passa sa tondeuse à gazon sur ses plates-bandes de soucis, éparpillant partout des morceaux d'orange et de rouge. Lucy défit son soutien-gorge et le lui balança sur sa pelouse vert émeraude fraîchement tondue. Sans le regarder, elle le voyait du coin de l'œil. Un gamin au volant d'une camionnette de pizzas fit une brusque embardée vers elle en lui lançant un cri de guerre par la vitre. Lucy ne prit même pas la peine de tourner la tête mais retira ses collants et les expédia dans sa direction.

En culotte, son sac à main en bandoulière, elle continua à marcher jusqu'à ce que le soleil en ait fini avec son numéro de jour et que la nuit soit de retour. Elle marcha longtemps, jusqu'aux abords de la ville natale d'Helen Keller.

Quand la voiture de police se rangea à sa hauteur, elle reconnut la voix familière du permanencier sur la radio, puis elle fut aveuglée par le faisceau d'une torche électrique tandis que le shérif adjoint Hews Puddleston lui couvrait les épaules avec sa veste. Il connaissait Lucy Rhoads de la mairie de Painton, où elle travaillait comme employée municipale. « Hé, là, dit-il. Vous pouvez pas vous balader comme ça en public, madame Rhoads. » Il l'observa attentivement. « Ça va pas ?

– Pas vraiment, reconnut Lucy.

– Vous avez bu quelque chose ? Ou un médicament, peut-être ?

– Non, monsieur Puddleston, je suis désolée, c'est juste que ça m'a tellement chamboulée, pour Prewitt... C'est juste, c'est juste que...

– Chhh, ça va aller », lui promit-il.

De retour à Painton, au poste de police, ils étaient en train de menotter un jeune homme chauve à un siège en plastique orange. Lucy se débarrassa de son escorte et s'approcha de lui. « Vous êtes le type du centre commercial ? lui demanda-t-elle.

– Quoi ? répondit le jeune homme aux menottes.

– Vous êtes le type qui a tiré sur sa femme ? Parce que je comprends ce que vous ressentez. »

Les mains menottées, l'homme donna un petit coup de coude aux deux flics à côté de lui. « C'est une folle ? s'enquit-il.

– Elle est juste un peu secouée. Elle a perdu son mari », expliqua le policier à la réception.

L'avocat de Prewitt réussit à faire sortir Lucy dans l'heure. Une heure plus tard, Amorette Strumlander mourait à l'hôpital des suites de la maladie de cœur dont Gloria Peters avait toujours prétendu avec sarcasme que c'était l'astuce qu'Amorette s'était inventée pour échapper aux corvées ménagères.

Trois mois après, Lucy passait en jugement pour trouble à l'ordre public alors qu'elle s'était promenée nue dans les rues de Painton, la ville la plus joyeuse d'Amérique. C'était dans une salle d'audience en face de celle où se déroulait le procès du tireur fou, de sorte qu'elle put enfin voir à quoi ressemblait cet homme. Il était plus jeune encore qu'elle ne l'avait imaginé, assez quelconque, avec des yeux tristes, étonnés. Elle lui sourit et il lui sourit en retour, l'espace d'une seconde, puis il tourna la tête vers sa femme, qui entre-temps avait entamé une procédure de divorce. Sa femme portait encore une cicatrice au menton, là où l'éclat du cygne en plâtre l'avait atteinte dans la boutique du fleuriste. Assis à côté d'elle, le fleuriste lui tenait la main.

Affirmant malgré les protestations de son avocat qu'il avait voulu tuer sa femme et son amant mais qu'il avait « simplement raté [son] coup », le forcené plaida coupable. Lucy aussi. Elle reconnut avoir essayé de troubler l'ordre public autant que possible. Mais contrairement à l'homme, elle écopa seulement d'une condamnation avec sursis, après quoi toute l'affaire fut effacée de son dossier. L'avocat de Prewitt plaida avec conviction auprès du juge (qui connaissait aussi Lucy) que le chagrin dû à la perte de son mari, accentué par le choc de l'accident de voiture qui devait coûter la vie à sa meilleure amie, avait conduit la pauvre Mme Rhoads à errer dans les rues dans un « état d'irrationalité temporaire ». Il suggéra que sa tête avait peut-être même heurté le tableau de bord et qu'elle pouvait très bien ne pas avoir été consciente de ses actes lorsqu'elle s'était « dévêtue en public ». Après tout, Lucy Rhoads était une citoyenne modèle, une employée municipale et une femme d'honneur, et si elle avait momentanément perdu les pédales et s'était dénudée en plein milieu d'un beau quartier, c'était sous l'effet d'un choc physique et émotionnel. L'avocat de Prewitt assura qu'on ne l'y reprendrait pas. Et en effet, on ne l'y reprit jamais. Quelques mois plus tard, Lucy alla visiter le psychopathe en prison. Elle lui avait apporté un énorme carton de cadeaux rescapés de la mise en liquidation du Palais du Rire. Ils discutèrent un moment, mais la conversation n'était pas évidente malgré le fait que Lucy trouvait non seulement qu'ils avaient beaucoup en commun, mais aussi qu'elle aurait pu lui en apprendre un rayon sur la manière de se faire acquitter d'un meurtre.

Titre original : *Maniac Loose*

Traduit par Julie Sibony

Fred Melton

COMPTER, TOUJOURS COMPTER

Paru dans *Talking River Review*

Je jette une première pelletée de terre friable dans la tombe. Il paraît que c'est un honneur d'être le premier, comme au base-ball de lancer la première balle de la nouvelle saison.

La neige tourbillonne et file en serpentins dans le rectangle obscur, comme aspirée dans le vide béant de la terre. Personne ne pipe. John Bouchard, le banquier à l'âme ruinée, Lucille Emerson, la voisine veuve avec sept cent cinquante hectares de terre à blé qui dort, Orville Mansfield avec sa moumoute bon marché, et les deux ou trois autres sont plantés là, mains croisées devant eux, tête baissée. Je suis le seul parent présent.

Je compte les pelletées : vingt-huit, vingt-neuf, trente. Impossible de m'arrêter. La pelle continue à creuser et moi je continue à compter. J'ai juré de ne pas pleurer. Un homme, arrivé à vingt-quatre ans, devrait avoir appris à ne pas pleurer.

Deux trois tapes sur l'épaule, plusieurs « Vraiment désolé, Amp » murmurés, et je pose la pelle de côté. Maintenant j'ai perdu le compte. Malgré le froid, la sueur me pique les yeux. Quand je m'assois, la chaise pliante grince sous mon poids. Je remonte le col en laine de mon manteau, fourre mes mains qui picotent entre mes cuisses, et plonge le regard droit dans la fosse. La neige silencieuse tourbillonne pareille à des confettis d'un blanc pur.

Il est mort tout seul.

De son vivant, mon oncle Keven se tenait droit comme un *i*, lui qui ne mesurait même pas 1,70 m. Son visage rond et plat supportait à peine le fouillis de cheveux se battant sur sa tête. Il le justifiait en parlant « d'épis qui ont mal tourné, à peu près aussi faciles à peigner qu'une collection de tire-bouchons ». Ses yeux bleu-gris scrutaient les gens, à la façon dont un fermier jauge les distances. Son torse épais était monté sur des jambes courtaudes et arquées. Il était fort – plus fort qu'aucun homme de ma connaissance. Il se déplaçait comme s'il était constamment sous l'eau. Avec lenteur. Et réflexion.

Il ne vivait que pour le base-ball, mais la Seconde Guerre mondiale avait anéanti ses chances en l'arrachant à une imminente carrière de semi-pro dans la toute nouvelle équipe de Seattle, les Rainiers.

« Bon sang, disait-il, j'étais tellement petit que j'aurais pu recevoir derrière la plaque en restant debout. »

Mais à son retour des Philippines, il avait perdu tout ce que la jeunesse lui avait jamais prêté.

« On peut tout perdre, murmurait-il, mais il reste toujours la famille. »

J'ai grandi dans une ferme de la troisième génération, deux mille cinq cents hectares de blé dans l'est de l'État de Washington, à la sortie d'Endicott. La ville se glorifiait de compter plus de sept cents habitants installés sur des collines donnant au nord sur la Palouse, et semblant attendre un avenir qui ne viendrait jamais de ce côté-là.

Ma mère avec ses bonnes manières et mon bourreau de travail de père nous élevèrent, moi et ma sœur Sarah, dans la morale typique des producteurs de blé : ne se fier à personne en dehors de la famille ; ne jamais compter sur le climat pour faire autre chose que vous flanquer le moral à plat. Mon père mangeait et buvait à s'en s'étouffer cette terre de la Palouse. Son chez-lui c'était se tenir dans un océan de blé vert, épais et ondulant, qui lui montait aux genoux. Un blé de rêve. Oncle Keven et moi partagions les mêmes rêves. Les Brooklyn Dodgers.

Oncle Keven vivait à cinq kilomètres, à vol d'oiseau, à l'ouest de chez nous, dans une ferme que lui avait transmise mon grand-père. Pour la plupart, les gens trouvaient oncle Keven un peu radin côté conversation. Pas moi. Nous avions parlé base-ball depuis la première balle que j'avais pu rattraper.

« Ce sera ton passeport pour quitter Endicott, Amp, me jurait-il.

– Peut-être bien, mais mon vieux le déchirera avant même que j'arrive à mettre la main dessus. »

Son passeport, Sarah le brandissait avec style et élégance. Ondoyants cheveux blonds et battements de cils. Socquettes. Douces paroles et sourires charmants. La Reine du Rodéo du lycée d'Endicott, élue en terminale la « Meilleure à marier de la classe 55 ». Elle adorait ce titre, les parents aussi. Et moi j'adorais ma sœur, avec l'idée que les cinq années qui nous séparaient lui donnaient la sagesse des rois. Mais les personnes royales souffrent aussi.

L'été où Sarah finit sa seconde année de fac, un rugissant bus Greyhound nous amena Jake Fiess.

Oncle Keven et moi étions dehors à nous occuper des chevaux, le soir où Jake Fiess descendit sans se presser l'allée gravillonnée. Les chevaux agitèrent les oreilles au bruit des cailloux crissant sous ses pas. Il avait l'air d'un épouvantail ambulant. Et il lui manquait un œil.

« J'cherche du boulot, annonça-t-il.

– Chez nous, on fait d'abord les présentations. Moi, c'est Keven Armstrong.

– Jake. »

Il posa un pied sur la clôture.

« Z'avez un nom de famille ?

– Fiess. »

Des veines violettes s'étalaient sur ses avant-bras nerveux. Un paquet de Camel était coincé tout en haut de son biceps gauche, sous son T-shirt déchiré. Quand il déglutissait, sa pomme d'Adam tressautait comme un bouchon le long de son cou élancé, et une moustache informe ne réussissait pas à cacher plusieurs dents manquantes. En parlant, Jake inclinait la tête sur le côté, comme s'il avait entendu quelque chose par-dessus son épaule droite.

« Et lui c'est Amp. Mon neveu. »

Jake me dévisagea en vitesse avant de reporter son attention sur oncle Keven.

« Y a du boulot ?

– Ça se peut. »

Oncle Keven se pencha sur le côté et jeta un coup d'œil derrière l'épaule de Jake.

« Z'avez que ça ? Un sac à dos ?

– Ça se peut.

– Y a une couchette là-bas dans la grange. »

Plus tard, ce soir-là, assis à la table de cuisine d'oncle Keven, un verre de thé glacé luisant à la main, je versai dedans une autre bonne cuillère à soupe de sucre et regardai les grains dériver dans le liquide ambré.

« Tu vas pourrir tes dents toutes neuves, Amp. »

J'élevai le verre devant mon visage et mesurai mentalement le monticule sucré au fond.

« J'en aurai d'autres.

– Pas à onze ans, non.

– Si. »

Oncle Keven rit.

« Passe-moi donc un autre cintre.

– Pourquoi tu aimes tellement repasser, oncle Keven ? Même tes vieilles salopettes ?

– Je pense, pendant ce temps-là.

– À quoi ? »

Je continuai de saupoudrer de sucre les glaçons en train de fondre et levai les yeux vers lui.

« Aux gens, le plus souvent. »

Le fer noir siffla, puis glissa sur toute la longueur de la planche à repasser à la façon d'un remorqueur miniature. Oncle Keven suivait du bout des doigts les bords droits de la toile de jean.

« Je pense aux gens, la plupart du temps. À leur vie. À leurs faux plis. Et comme je voudrais qu'on puisse les repasser.

– Ça m'arrive de repasser, oncle Kev. Mais moi, c'est en plein sur les plis que je passe. Après, c'est pire.

– Sans blague. » Il pouffa de rire. « Au moins, ça prouve que tu t'es donné du mal. C'est ça que j'aime dans le repassage – on est récompensé d'avoir essayé. » Il pesa si fort sur le fer que les pieds métalliques de la planche à repasser couinèrent. Puis il souleva le fer, se retourna vers moi en souriant, et lança : « D'ailleurs, tu sais, les faux plis c'est pas si moche que ça, finalement. »

Je l'observai quelques minutes encore.

« Tu aimes les filles, oncle Kev ?

– Ouais.

– Pourquoi t'en as pas épousé une ?

– J'y comptais bien. » Il plia la salopette contre sa taille, en s'assurant que les jambes étaient bien à la même hauteur, puis s'assit avec le vêtement sur ses genoux et tripota les boutons en cuivre. « Mais quand je suis parti à la guerre, elle a fait d'autres projets. J'ai reçu la lettre un mois avant d'être renvoyé au pays. » Ses doigts s'arrêtèrent de remuer. « Je pensais que partir à la guerre ça serait... » Il soupira. « ... ce qu'il y a de pire. » Il se releva, posa la salopette avec soin contre la pile de chaussettes en laine pliées, et attrapa sa chemise en coton. « Parfois, poursuivit-il presque dans un souffle, rentrer au pays c'est pire que tout ce qui peut nous arriver. »

Je le regardai triturer le col boutonné pendant ce qui me parut de longues minutes. Oncle Keven finit par se retourner. « Mais, peut-être que... » Il me fit un clin d'œil. « ... repasser c'est pire.

– Tu crois que Jake, là, il a déjà été marié ?

– Sais pas. »

Je m'avançai vers l'évier et fis couler l'eau chaude. Je raclai le monticule de sucre avec ma cuillère, en léchai le bout et rinçai le verre.

« Il fiche la trouille. Avec son œil, là. »

Le fer d'oncle Keven siffla de nouveau.

« Y a personne qu'est parfait, Amp.

– Ça t'arrive d'avoir la trouille, oncle Keven ? »

Oncle Keven me sourit.

« Compte, Amp. Compte n'importe quoi quand t'as peur. Tu te souviens ?

– Comme t'as dit que tu faisais pendant la guerre, hein ? »

Le sourire d'oncle Keven s'évanouit.

« Si t'as pas mieux, compte le nombre de fois où tu respires. » Le fer s'immobilisa. « Au moins, comme ça, tu sauras que tu es toujours vivant.

– J'suppose qu'il voit avec ? C't'œil-là.

– Sais pas.

– Je vais me coucher.

– À demain aux aurores. »

Au moment de tourner le coin, je m'arrêtai et demandai :

« Je peux dormir dans ta chambre, cette nuit ? Rien que cette nuit ? »

Oncle Keven sourit.

« Allez, va. »

Pendant ces deux premières semaines, je ne vis pas beaucoup Jake. Je restais collé à oncle Keven comme un poulain contre le flanc de sa mère. Presque tous les matins, alors que le soleil n'était toujours pas levé, oncle Keven me laissait préparer le café pendant qu'il faisait frire du bacon croustillant. Je le suppliais de me confectionner ses galettes maison – en échange, je lui promettais de faire la vaisselle.

« Tu la feras de toute façon, répondait-il en hochant la tête. C'est ce que nous avons conclu pour que tu passes l'été ici. Tu te souviens ? Mais d'abord, file faire démarrer le vieux camion. » Je me précipitais dehors, en l'entendant hurler : « Bouger c'est se muscler. »

Je restais assis dans le Ford à plateau dont le moteur tournait au ralenti, à m'imaginer que j'étais l'unique propriétaire de la ferme d'oncle Keven. Les rayons du soleil doraient les trois silos à grains posés sur la colline, juste au-dessus de la grange. Ils se dressaient comme de monstrueux paladins métalliques en faction devant la maison. Une fois plein, chacun d'eux, haut de plusieurs étages, contenait plus de 35 000 quintaux de blé. Au fond reposaient des vrilles horizontales, attendant, l'automne venu, d'envoyer en spirale des tonnes de blé dans les camions. Oncle Keven me racontait que son voisin au sud, Forrest T. Manly, avait autrefois un lointain cousin qui, par accident, était tombé dans un silo à demi plein puis était resté enseveli sous le blé pendant deux ans avant que quiconque soupçonne ce qui avait bien pu lui arriver.

« Si la vrille n'avait pas craché cette botte aplatie, jamais on l'aurait retrouvé », m'avait raconté oncle Keven.

Il appelait ses trois silos « La Sainte Famille ». Disait que c'était le Père, le Fils et la Vierge Marie qui veillaient sur lui. Sur nous. Des années plus tard, il m'avait recommandé : « Ne vide jamais la Vierge Marie. Elle nous préserve de la prison. »

Une fois la dernière tasse à café ébréchée posée à l'envers sur l'égouttoir à vaisselle, nous roulions pendant des kilomètres sur les routes poussiéreuses longeant les champs. Oncle Keven s'arrêtait souvent pour me montrer les cariacous. Ils tournaient toujours leur tête orgueilleuse vers nous, en agitant les oreilles, la queue dressée, et nous lançaient un dernier regard avant de repartir au trot vers l'horizon. Tout en cahotant dans le Ford, nous écoutions la voix éraillée du type de la radio lisant le dernier bulletin météo. Le plus souvent oncle Keven me laissait monter à l'arrière, pourvu que je promette deux choses : m'accrocher comme si ma vie en dépendait et ne jamais le raconter à ma mère. Je fermais les yeux et emplissais mes narines de l'air suave de l'été quand nous arrivions au sommet de la dernière colline, avant la maison. Voilà comment je voulais vivre ma vie éternellement, avec mon oncle Keven.

Une fin d'après-midi rafraîchie par une petite averse estivale, alors que le blé humide sentait la corde mouillée et que ce parfum flottait à la manière d'une brume invisible, Jake me trouva en train de nourrir les poules, là-bas dans les corrals. Assis sur la dernière barre, perché au-dessus des têtes emplumées et agitées, je lançais les graines comme du riz à un mariage, puis regardais les becs pointus tressauter et picorer, les petits yeux ronds lancer des regards furtifs. J'avais mes deux préférés pour qui je gardais du pain, laissant les poulets plus maigrelets gratter furieusement la terre meuble pour trouver leur pitance.

« “ Amp ”, c'est quoi comme nom, ça, bon sang ?

– Hein ? » Je manquai laisser tomber le pain. Jake s'avança et se planta à côté de moi, sa tête à hauteur de ma taille. « Euh... c'est mes initiales.

– Mmm. Y z'ont des noms ces petits coqs-là ?
– Hein ?
– Des noms. Les poulets, y z'aiment ça, les noms.
– Hon hon. Pas ceux-là. Ils sont bien trop bêtes.
– Te goures pas. » Jake tendit la main vers la barre supérieure et se hissa à côté de moi. « *Ils* savent comment tourne le monde. Surtout les coqs.
– Les petits, là ? »

Je lançai une boulette de pain à l'un d'eux. Plusieurs autres poulets foncèrent dessus mais le coq nain chargea et ils s'éparpillèrent comme des billes lâchées sur un dallage. Jake éclata de rire.

« Tu vois ? C'est de ça que je parle. » Jake me donna un coup de coude. « Regarde les autres. Comme ils tremblent devant ce coq nain. Tu sais pourquoi ? » Jake attendit une réponse, mais je ne lui en fournis pas. « Pasqu'y *se croit* costaud, voilà tout. Regarde-le, le poitrail gonflé comme une grenouille-taureau par les nuits de chaleur. »

J'avais bien un nom pour le volatile que Jake admirait. Mais je n'en soufflai mot.

« Les gens, y sont pareils. » Jake cracha entre ses genoux, un méchant crachat, pas le genre que les types balancent en plissant les lèvres quand ils passent tout l'après-midi à bavarder. « Mon paternel, c'était un coq comme ça. Le roi de la basse-cour. »

Je changeai de position, m'écartai de Jake de deux ou trois centimètres, sous prétexte de me gratter les côtes. Jake continua de fixer les poulets.

« Dans *c'te* grange y a pas de place pour un autre coq, qu'y m'a balancé ce vieux salaud. » Jake cracha de nouveau. « C'est le dernier truc qu'y m'a dit pendant que je faisais mon sac.

– C'était il y a combien de temps ? demandai-je, tout en recommençant à lancer des graines dans le corral.

– Trop longtemps pour que je m'en souvienne, bonhomme. »

Jake se tut. Ses mains s'aggripèrent à la barre tandis qu'il se penchait en avant pour regarder les poulets se bousculer.

« Tu vois çui-là comme il est rapide ? » Il pointa son menton anguleux vers celui qu'oncle Keven et moi avions secrètement nommé Jake Jr. « Faut être rapide dans ce monde, bonhomme. Comme ce coq nain. Rouler des mécaniques. Regarder les gens bien en face. Bouger. Toujours bouger. » Jake cracha vers les poulets. « Y peuvent pas t'avoir tant que tu bouges. » Il hocha la tête.

Les poulets continuèrent à se chamailler. Mais Jake Jr., lui, se tenait immobile, nous présentant son profil. Son bec jaune était entrouvert et son œil noir et vitreux clignait calmement. Le regarder me fit penser à Jake – comme si tous les deux n'avaient qu'un œil valide.

« Tu vois ses ergots ? » demanda Jake.

Je regardai les talons écailleux du coq.

« Ouais.

– C'est des égalisateurs. T'sais ce que c'est, un égalisateur, bonhomme ?

– Non.

– Un truc qui rétablit l'équilibre. » Il se laissa aller en arrière et plongea la main dans la poche de son pantalon. Il en sortit un truc qui ressemblait à une poignée noire et brillante avec un bouton d'argent en relief près du bout. Je dus froncer les sourcils parce que Jake gloussa et ajouta : « T'en as jamais vu un, pas vrai ? »

Je me contentai de secouer la tête.

« Tiens. Regarde donc de plus près. »

Sa main s'éleva jusqu'à mon visage et son pouce glissa vers le bouton.

SHLAC !

Je fis un bond en arrière alors qu'un éclair argenté jaillissait du côté du manche. C'était comme de claquer des doigts – le pouce qui s'arrête avant le son – tellement ça va vite. Il me fallut une seconde avant de comprendre ce que je venais de voir.

« Wouah !

– Wouah, tu l'as dit. Avec ça, assura Jake en laissant échapper un petit rire, je peux être le coq de n'importe quelle saloperie de grange, si ça me chante. »

Mes yeux ne quittaient pas la lame étincelante. Mes doigts nerveux s'avançaient vers le couteau.

« Y songe même pas, bonhomme, lança Jake. J'te trancherais le gosier avant même qu'tu puisses crier " Papa ! ". »

Il replia le couteau et le glissa dans la poche de son pantalon. Puis cracha encore, cette fois-ci avec moins de méchanceté.

« Qui c'est qui braille comme ça la nuit ?

– Hein ? » Je pensais toujours au cran d'arrêt, ce qu'il faudrait pour m'en procurer un. « Oh, répondis-je en levant les yeux vers la maison et en changeant de position. C'est oncle Keven... il y a des nuits où il fait de sacrés cauchemars. Il dit que c'est la guerre.

– Hmmm. Les Japs, je parie qu'il les porte pas dans son cœur.

– Il... il ne m'en parle pas. Paraît qu'il peut pas.

– Bon, alors de quoi que vous parlez toute la sainte journée ? Je vous ai vus, là, sur la galerie. Lui, il taille des copeaux dans du bois. Et toi, tu souris comme un môme le matin de Noël.

– De base-ball. Oncle Keven était fort. » Je sentais l'excitation me gagner. Ça me prenait toujours quand je parlais de base-ball. « *Vraiment* fort.

– Y savait manier la batte, hein ?

– Pas qu'un peu. Et rattraper, aussi.

– Merde alors », fit Jake en sautant au pied de la barrière. Les poulets s'égaillèrent en battant des ailes et en gloussant. Jake se retourna, s'appuya contre la barrière, les bras croisés, et regarda la maison fixement. Il prépara un violent crachat, de ceux qui gonflaient ses joues et sortaient en grondant. Il l'expectora puis lui lança un coup de pied. « Le base-ball, jeta-t-il en s'éloignant, c'est pour les chochottes. »

Juin nous dépassa à fond de train comme si nous faisions du sur-place. Pendant les journées chaudes, j'arpentais les champs pour arracher le seigle et éviter la déduction au moment de la récolte. Les autres jours, je devais nettoyer les camions, vérifier l'huile, les radiateurs, et les préparer pour le début de la moisson, à la mi-juillet. Quand oncle Keven ne regardait pas, je grimpais sur la moissonneuse-batteuse rouge International Harvester, saisissais l'énorme volant noir et faisais semblant de conduire. Je le suppliais presque tous les matins de me laisser mettre en marche le John Deere vert, rien que pour l'entendre tourner. Je pensais que l'odeur d'essence serait pour toujours mon eau de Cologne.

Jake aidait oncle Keven à remplacer des sections de la scie sur la moissonneuse. Ensuite ils passeraient à la herse rotative, toujours en prévision, même si certaines années oncle Keven ne hersait pas les champs parce que la terre se changeait déjà en talc brun. Moissonner les deux mille hectares d'oncle Keven prendrait la dernière quinzaine de juillet et presque tout le mois d'août. Jake passait son temps à se plaindre de la chaleur et de la sécheresse de la Palouse. J'essayais autant que possible de ne pas croiser son chemin. J'attendais même avec impatience les plus chaudes journées de la fin août, quand oncle Keven m'enverrait dans les champs en jachère arracher les chardons et les amarantes, sans rien d'autre qu'une binette et une gourde. Jake prétendait toujours qu'il avait beaucoup mieux à faire, ailleurs.

Mon père s'occupait de sa propre équipe, de ses deux mille cinq cents hectares de blé de rêve ondulant. Maman ne le voyait pas d'avant le point du jour jusqu'à la nuit tombée, alors elle passait nous rendre visite tous les deux jours, à l'heure du déjeuner. Elle sortait de la Pontiac les bras chargés de poulet frit croustillant, de purée de pommes de terre froide avec un gros morceau de beurre fiché au beau milieu, et de salade de chou mayonnaise. Son frère et elle parlaient essentiellement du temps – et de moi.

« Tant que le gosse mange, disait-elle en hochant la tête dans ma direction.

– Il mange, Katie, répondait oncle Keven. Regarde-le donc.

– Tout de même, Keven, j'aimerais bien que tu te fasses mettre le téléphone, disait-elle en démarrant.

– J'en ai pas besoin, Katie. J'ai Amp. »

Sarah, je la vis à peine cet été-là. Elle passait de temps à autre – surtout le soir en se rendant en ville – avec la voiture de maman.

« Plus que deux ans, oncle Keven, lui rappelait-elle. Plus que deux ans et je filerai d'ici. »

Ce vendredi-là, celui dont presque tout Endicott se souviendrait comme du vendredi le plus chaud dont on se souviendrait jamais, Sarah prit l'allée gravillonnée et trouva oncle Keven qui écoutait la radio sur la galerie de devant. Penché en avant, il taillait des copeaux de temps et de pin, et hochait la tête à l'annonce du dernier *home run* des Yankees. Je passais au trot sur sa jument rouanne entre la maison et les corrals quand Jake, sur son trente et un, sortit de la grange. Le jour de paie lui donnait une prestance qu'il n'avait pas en réalité. Un petit coq pomponné.

Sarah s'arrêta pour laisser passer Jake devant la voiture. Il s'avança du côté du conducteur, ouvrit la portière et lui tendit la main. Sarah ne sortit pas. Je m'approchai au trot.

« Salut, grande sœur, dis-je. Qu'esse tu fais ?

– On dirait qu'a va en ville, répondit Jake. Jolie jupe et beaux souliers. »

Il hocha la tête comme pour en convenir avec lui-même. Je me laissai glisser à bas de la jument.

« Précisément, Jake, et merci bien. » Sarah leva le bras et rajusta le nœud jaune vif derrière son crâne. « Je suis passée voir si vous n'aviez besoin de rien.

– Précisément, dit Jake.

– Je voulais parler d'oncle Keven et Amp.

– Ben, c'*est* vendredi soir. Et c'*est* une sacrée trotte pour aller en ville à pied à mon âge.

– Je crois que ça va, grande sœur. Oncle Keven et moi on n'a besoin de rien. »

Je passai derrière Jake et jetai un coup d'œil dans l'auto. Sarah était superbe. Cheveux ramenés en arrière en queue-de-cheval. Corsage beige repassé et chaussures basses bicolores. Jupe plissée blanche. Même du rouge à lèvres vermillon. On aurait dit Grace Kelly dans la voiture de ma mère.

« Allez, princesse. Descendez de votre carrosse. »

Avec un ample geste du bras, Jake fit la révérence et tourna son œil valide vers ma sœur.

« Non merci, Jake. » Les mains de Sarah s'agrippèrent au volant. Elle tourna à peine la tête vers nous. « D'ailleurs il faut vraiment que j'y aille. On m'attend.

– Bon, alors allons-y », lança Jake en se précipitant de l'autre côté de la voiture.

Je jetai un coup d'œil vers la galerie. Oncle Keven avait disparu. À la radio, l'annonceur sportif hurlait à tue-tête. Je me tournai de nouveau vers ma sœur.

« Je crois que ça va, tu sais. » Je haussai les épaules, me penchai en avant, regardai au-delà de ma sœur et vis Jake avancer la main vers la poignée de la portière. Avant que Sarah ait pu dire un mot, Jake avait ouvert la porte. « Oncle Keven a confiance en lui, ajoutai-je.

– Un peu mon neveu, lança Jake, en prononçant le premier mot au moment où il s'asseyait. Il m'a engagé, pas vrai ? » Il claqua la portière. « D'ailleurs, Sarah, la ville est à dix minutes d'ici en voiture. Tu peux certainement prendre *tout* ça sur ton précieux temps. »

*

Deux mois plus tard, je trouvai Jake assis sur le pare-chocs du Ford, il se coupait les ongles avec son couteau – son égalisateur.

« Hé », marmonnai-je. Jake ne leva pas la tête. « Vous pouvez m'emmener chez mes parents, avec mes affaires, tout à l'heure ? »

Les mots répétés à l'avance se répandirent hors de ma bouche.

« Pourquoi que tu demandes pas à ton mignon petit oncle de t'emmener demain matin ? »

Il mordilla son index gauche, puis cracha par terre.

« C'est qu'il est parti. Oncle Keven est parti à Spokane avec mes parents. Vous vous souvenez ?

– Et toi ? »

La tête de Jake pivota vers moi. Je plongeai mon regard dans cet œil gris et nébuleux, celui qui ne cillait presque pas.

« C'est que Sarah voulait que j'aille à la maison lui tenir compagnie. Elle a la trouille. Vous savez comment sont les filles. »

Je regardai Jake grignoter son annulaire.

« Je la croyais partie en ville pour deux trois jours. Il paraît qu'elle est *pas dans son assiette.* »

Jake lança ces derniers mots sur le ton de l'accusation. Un mauvais sourire apparut au coin de sa bouche au moment où il relevait le menton pour me foudroyer du regard.

Comment, pensai-je, *peut-il dire une chose pareille après ce qu'il a fait à ma sœur* ? J'avais l'impression d'avoir les yeux en feu. Je détournai la tête.

Je raclai des pieds et fourrai les mains dans mes poches.

« Ben, c'est pour ça qu'elle est restée à la maison et qu'oncle Keven et les autres sont partis chez tante Roberta, mentis-je, pour voir si Sarah pourrait rester un petit peu chez elle. »

J'avais la bouche aussi sèche que de la sciure.

« Tu sais, bonhomme, je t'ai jamais autant entendu parler en une semaine. Y a un truc qui se passe ici que tu veux me raconter ? » Il replia l'égalisateur et se leva. « D'ailleurs, tu sais conduire. Pourquoi que t'y vas pas tout seul, là-bas, grand couillon ? »

Je me sentis piégé. Coincé. Mon estomac se noua.

« J'ai dit, gronda Jake, pourquoi...

– Ben, parce que... parce que...

– Oh, la barbe. Ça va, bonhomme. Allons-y tout de suite.

– Tout de suite ? Vous êtes sûr ?

– La ferme, bonhomme. » La bouche de Jake se tordit mi-sourire, mi-grimace. « T'as pas peur de monter avec moi, dis ?

– Non, m'sieur, c'est juste que... »

Un double nœud à l'estomac. *Oncle Keven serait-il prêt* ?

« Quoi ? C'est juste que quoi, bonhomme ? »

Jake se pencha en avant et posa ses deux mains sur ses genoux.

« Ben, rien.

– Ouais, c'est ça, rien. » Il se redressa et gonfla le torse. « D'ailleurs, ajouta-t-il, ta sœur, j'aime bien aller la voir. » Il me fit un clin d'œil de son œil valide. « Maintenant file chercher tes affaires. »

Dans un crissement, le Ford remonta l'allée vers les trois silos, La Sainte Famille. Quand Jake passa devant, j'adressai une prière à la Vierge Marie.

Jake tourna sur la grande route n° 16 et le bitume se mit à serpenter le long d'autres silos à grains alignés sur les dix kilomètres de route zigzagante menant chez nous. J'adorais les compter chaque fois que nous empruntions la grande route entre chez nous et la ferme d'oncle Keven. Il y en avait seize en tout, comme le numéro de la grande route.

J'eus le temps de compter les cinq premiers avant que Jake m'adresse la parole.

« Pourquoi que t'es tout bizarre comme ça, bonhomme ? Tu commences par jacasser comme une pisseuse. Et maintenant t'es muet comme une carpe. » Jake était obligé de tourner la tête entièrement pour me voir de son œil valide. « Tu crois que j'aime les petits garçons, hein ? C'est ça qui te tracasse ? » Il tourna de nouveau la tête vers la grande route. « Mais bordel, bonhomme, moi j'aime les filles. J'suis pas comme ton oncle, là, *oncle Keven.* » Jake prononça le nom de mon oncle dans une roucoulade, puis rejeta la tête en arrière et embrassa l'air devant lui. « Non, m'sieur, j'ai rien à voir avec *cette* petite tapette. »

Je continuai à compter les silos, avec l'espoir qu'en me concentrant dessus je garderai la tête claire, les idées nettes.

Un peu plus loin sur la grande route, Jake se laissa aller contre la portière, en penchant un tout petit peu la tête sur le côté, comme un type qui écoute sa petite amie chuchoter des secrets par-dessus son épaule. Sa cigarette collée à sa lèvre inférieure, il passa son bras droit langoureusement sur le volant.

« Tournez ici », lâchai-je au seizième silo.

Mes mains jaillirent et montèrent se plaquer sur ma bouche comme si j'avais roté à table.

La main droite de Jake s'abattit sur ma cuisse.

« Tu crois pas que je le sais, bonhomme ? Je sais où elle crèche, ta sœur », dit-il dans un rire au moment où les pneus du Ford quittaient la chaussée et s'engageaient sur la route gravillonnée.

Nous arrivâmes en haut de la dernière colline et descendîmes l'allée qui menait devant la maison de mes parents. Jake coupa le moteur avant que le camion soit arrêté.

Bill et Will, nos deux Labradors, ne foncèrent pas pour accueillir le camion comme à leur habitude. Je les entendis aboyer dans l'écurie, à droite de la maison.

« Pourquoi qu'y sont enfermés, les clebs ? » s'enquit Jake.

Je gardais les yeux fixés sur la maison, à me demander si oncle Keven avait entendu le camion.

La main de Jake s'abattit sur mon épaule.

« Hé, grogna-t-il, je t'ai posé une question. »

Je sortis mes mains de sous mes fesses – j'étais resté assis dessus pour essayer de les réchauffer.

« Euh... euh... des fois Sarah les enferme. Je ne sais pas pourquoi. »

Je continuai à scruter les fenêtres de la maison, en quête d'un signe révélant la présence d'oncle Keven.

« Attends un peu, bonhomme. » Jake saisit la manche de ma chemise au moment où je me laissais aller contre ma portière pour l'ouvrir. « Je sais ce qu'on va faire. »

Je me figeai sur place. Je sentais mon menton qui se mettait à trembler.

« J'ai une proposition, bonhomme. » Il avait lâché la manche de ma chemise. J'entendis son briquet Zippo s'ouvrir avec un déclic. Je détachai mes yeux du plancher du camion et regardai Jake tirer sur une nouvelle cigarette, la tête légèrement penchée vers la droite, son œil gris fixant le vide. Ses lèvres pincèrent la cigarette et la flamme vacilla. Le Zippo se referma avec un bruit métallique et les mains brunes de Jake quittèrent son visage. « Pourquoi que tu files pas là-bas à l'écurie, seller un de ces vieux bourrins que ton paternel appelle un cheval pour aller faire une balade avec les chiens ? » Il tira une autre bouffée de sa cigarette. « Une belle... grande... balade. Comme ça, il souffla un nuage de fumée vers le plafond du camion, je pourrai donner un coup de main à ta sœur dans la maison. »

J'avais les jambes comme des glaçons. Je me disais qu'elles allaient se casser si j'essayai de tenir dessus.

« Mais purée, bonhomme. Tu trembles comme un clebs en train de chier un noyau de pêche. » Il ricana, me tapa encore sur le bras et ajouta : « T'as pas peur du noir, au moins ? Et maintenant, file, bonhomme. » Il pivota et me foudroya de son œil valide. « J'te dis que t'as pas envie d'être là pendant que je rends visite à ta sœur. »

Des larmes me montèrent aux yeux. Tout se brouilla – le tableau de bord, le pare-brise, la maison. Je clignai désespérément des paupières mais sans proférer un son. Je me refusais à proférer un son.

Je bondis par la portière ouverte et filai ventre à terre vers l'écurie. Je serrai les poings et me les enfonçai dans les joues. Je n'arrivais pas à penser. Je n'arrivais pas à respirer. Mon esprit tourbillonnait, tournoyait et s'enroulait sur lui-même. *T'avise pas de pleurer*, pensai-je. *T'avise pas de pleurer.* Je me hissai debout tant bien que mal et me faufilai le long de l'écurie, jusqu'au coin. Je laissai aller ma tête contre la paroi, pris une profonde inspiration, puis tendis le cou et vis Jake s'arrêter sur la galerie de devant. Il avança la main vers la poignée de la porte. Will et Bill grognaient comme des enragés.

Jake tourna le bouton, en appelant « S-a-r-a-h ». Il ouvrit la porte d'un coup de pied. Les chiens se turent. Je retins ma respiration. À l'instant même où Jake passait la porte, le coup partit.

La batte de base-ball frappa à mi-cuisse. J'entendis le fémur craquer. Jake glapit. Il se courba en avant, ses mains s'accrochant frénétiquement à sa jambe tordue. La batte s'abattit de nouveau. Sur son dos, cette fois-ci.

« Il a un couteau, oncle Keven ! hurlai-je, en me précipitant vers la maison. Un couteau ! »

Le temps que je saute sur la galerie, Jake était étalé à plat ventre sur le seuil. Oncle Keven ne le quittait pas des yeux. Du bout de sa botte, il souleva l'épaule droite de Jake et le fit rouler sur le dos, comme quand on retourne une plaque de tôle rouillée. Les mains de Jake s'élevèrent et voletèrent devant son visage. Elles allaient et venaient avec l'air de vouloir chasser d'invisibles démons.

Oncle Keven se tenait au-dessus de la tête de Jake. Les yeux rivés sur la jambe cassée, tordue, il regardait les mains trembler, puis il fronça les sourcils.

« Retiens-les au sol, Amp, lança-t-il, toujours sans me regarder. Il faut que tu lui retiennes les mains au sol.

– Il a... il a un...

– Je ne veux pas qu'elles me touchent le visage. »

Les mots glacés tombèrent de la bouche de mon oncle, semblant ne pas lui appartenir.

Je baissai les yeux vers Jake. Sa tête était renversée en arrière comme s'il essayait de regarder dans la maison, au-delà d'oncle Keven, mais il avait les paupières serrées. Sa bouche s'ouvrait et se fermait, pareille à celle d'un poisson qui suffoque hors de l'eau et aspire de l'air. Mais sa bouche ne faisait aucun bruit. Sa rude pomme d'Adam tressautait sous sa peau tendue.

Oncle Keven vint se mettre à côté de Jake. Il posa la batte de base-ball contre la porte, s'agenouilla le long des mains tremblantes puis saisit le poignet gauche et le plaqua violemment à terre. La main droite de Jake continuait à voleter, paraissant ignorer ce que faisait l'autre.

« Il ne faut pas une goutte de sang.

– Qu... quoi ?

– Tiens. Viens par ici. »

Je posai le talon de ma botte sur le poignet gauche de Jake. J'avais les jambes en coton. Je tendis les bras et m'accrochai des deux mains au montant de la porte.

« Et maintenant, celle-là. »

Oncle Keven posa mon autre pied.

J'obéis, coinçant le poignet droit de Jake sous mon autre botte. Jake se mit à gémir. Je regardais droit devant moi, vers le fond de l'entrée, la cuisine. Mes yeux scrutaient ma propre maison comme si je ne l'avais encore jamais vue. Mon regard était rivé sur la cheminée. Les fleurs en plastique qui décoraient la tablette. Les bougies blanches pointant comme des doigts gelés. Je n'arrêtais pas de les compter, et puis je recommençais. Je voyais les photos de Sarah dans leurs cadres. Les miennes. Celles de ma mère. D'oncle Keven dans son uniforme des marines.

« Il ne faut pas, chuchota Keven, une goutte de sang. »

J'étais incapable de parler. J'étais planté sur le pas de la porte dans la position d'un cowboy insolent, les jambes bien écartées, dominant deux hommes adultes. Mes pieds étaient en feu. Mon oncle se déplaçait sans bruit, comme s'il était sous l'eau.

Je jetai un coup d'œil à l'instant même où oncle Keven posait la batte sur la gorge de Jake. Il porta son poids sur ses genoux et glissa une main à chaque extrémité de la batte. On aurait dit un mitron courbé sur un énorme et difforme rouleau à pâtisserie, prêt à abaisser sa pâte.

Je fermai les yeux, renversai la tête en arrière et serrai le montant de la porte de toutes mes forces, essayant de m'accrocher à un monde qui ne pouvait pas s'arrêter de tourner. Je continuai à compter.

Pas un son ne sortait de la bouche de Jake.

Les secondes s'enroulèrent, devenant des années, pendant que mon oncle Keven appuyait. Il finit par s'arrêter. Mais le craquement, le grincement, ne s'est jamais arrêté.

La neige de la Palouse recouvre en biais la grande route n° 16, projetant des ombres sur une après-midi de janvier déjà grise. Sur mon pare-brise, les balais des essuie-glaces givrent et crissent sur le verre. Je quitte la grande route, remonte l'allée gravillonnée et m'arrête en haut de la colline. La voilà. La Sainte Famille dressée, un, deux, trois. Têtes pointues. Larges panses argentées.

J'ai froid. Plus froid que dans mon souvenir il ne m'est jamais arrivé d'avoir froid.

La maison d'oncle Keven est creuse. Vide. Les petits coqs ne sont plus là depuis longtemps.

Je reste assis dans la voiture, moteur tournant au ralenti. Les essuie-glaces sont au repos. Je compte les années passées depuis que j'ai vu Jake descendre cette route. Treize. *Encore à compter*, me dis-je, *après toutes ces années.* Mes poings se serrent.

Sarah et mes parents ne sont jamais venus dans cette maison posée de l'autre côté de la colline, à côté de la Sainte Famille. Aucun des trois n'a pu pardonner à oncle Keven d'avoir disparu de la galerie, cet après-midi-là. Sarah détournait la tête à la vue de son oncle, mon oncle. Elle ne prononçait jamais son nom. « Tu retournes *le* voir ? » me demandait-elle. « Je *l'*ai vu, aujourd'hui. » Mais jamais elle ne *l'*entendit s'informer auprès de ses professeurs si elle se débrouillait bien en classe, si elle avait de bonnes notes, si elle avait besoin de quoi que ce soit. Jamais elle ne *le* vit, à son mariage, s'esquiver après qu'elle eut dit « oui » à un gros fils d'éleveur de porcs qui marmonna le même mot, mais sans y croire. Moi, je *le* vis.

Après cet été-là, oncle Keven et moi ne parlâmes plus très souvent de mon « passeport » pour quitter Endicott – le base-ball. Je perdis jusqu'à la moindre parcelle de l'intérêt que j'y avais jamais porté. J'aidais oncle Keven à semer son blé d'hiver tous les automnes, mais plus jamais je ne passais la nuit chez lui. Cette année-là, maman déménagea ma chambre au rez-de-chaussée, en se plaignant : « Tu gémis trop la nuit. »

Oncle Keven ne souffla jamais mot de ce qui s'était passé cet après-midi-là, après que les doigts de Jake eurent cessé de remuer sous les talons de mes bottes.

« Retourne voir Sarah, Amp », fut tout ce qu'il dit.

Ensuite, sa voix ne me parut plus jamais la même.

Mon vœu d'enfant fut exaucé. Oncle Keven me légua sa ferme.

Je n'ai jamais vidé la Vierge Marie... et ne le ferai jamais.

Titre original : *Counting*

Traduit par Isabelle Reinharez

Annette Meyers

TU NE ME CONNAIS PAS

Paru dans *Flesh and Blood*

« Tu les entends aller et venir ? » Elle plaque l'oreille contre le battant.

Il n'entend rien et, debout dans le noir devant la porte de la chambre de ses parents, il pète de trouille. Et s'ils sortaient et les surprenaient tous les deux à les espionner ? En plus, ils ne le connaissent pas, ils ne savent même pas qu'il est dans leurs murs. Il panique comme chaque fois qu'il a la trouille. C'est plus fort que lui.

« T'as peur. De quoi t'as peur, merde ? C'est mes parents, pas les tiens.

– Faut que j'y aille », dit-il. Il transpire à grosses gouttes, ses lunettes glissent le long de son nez. Il faut qu'il aille pisser.

Elle, ça la déçoit.

« T'as intérêt à faire mieux que ça si tu veux qu'on soit copains. » Elle l'emmène à l'autre bout de l'appartement. Un truc immense, cet appart, il occupe tout un étage, desservi spécialement par l'ascenseur. Elle a sa salle de bains particulière.

Il n'arrive pas à pisser devant elle qui, du seuil, le regarde tout en continuant à parler d'*eux*. Son seul sujet de conversation. Elle les hait. « Ils sont toujours à me faire chier. » Elle prend une voix geignarde. « Pourquoi tu t'habilles comme ça, Lila ? On dirait un garçon. Tu es si jolie, Lila. » Elle change de voix. « Ça te plaît, ma façon de m'habiller, Anthony ? » Soulevant son sweat-shirt surdimensionné, elle lui fait admirer des petits seins en forme d'abricot. « Tu trouves que j'ai l'air d'un garçon, Anthony ? Qu'est-ce que t'en penses ? Tu trouves que je suis jolie ? » Elle reste plantée là, elle attend.

« Ouais », dit-il d'une voix qui lui semble à peine audible. L'urine jaillit à plein jet. « Tu es belle. » Il a l'impression d'avoir les pieds collés au sol. Son biper se met à sonner.

Elle baisse son sweat.

« N'en parlons plus. Appelle ta maman. »

Elle lui fout la trouille mais tout lui fout la trouille. Il ne veut pas qu'elle arrête de parler. Il n'a jamais rencontré personne comme elle auparavant. Elle est tellement libre. Elle fait ce qu'elle veut, va où elle veut, dit ce qu'elle veut. Il ne comprend pas pourquoi elle se plaint tout le temps.

« ... j'arrive pas à imaginer qu'ils puissent avoir une conversation, dit Lila. Ils parlent jamais de rien de réel, à part moi. Et même ça, ç'a l'air irréel. »

D'une main tremblante, il rezippe sa braguette. Il est plus de minuit, et il a oublié de prendre son dernier comprimé. C'est sûr, sa mère ne va pas tarder à le sonner. Pourquoi n'est-il pas rentré ? Y a cours demain, non ? Justement, voilà que son biper remet ça. Zut, ça va réveiller les parents de Lila.

Mais elle rit, elle s'allonge sur son lit ; les bras sous la nuque, elle le fixe. L'appart qu'il occupe avec sa mère tiendrait tout entier dans sa chambre. Le lit a un de ces machins, un baldaquin. Une idée idiote de son imbécile de mère. Il se sent bête.

Elle se lève d'un bond. « Et si on allait se chercher de la bière et glander ? »

L'appartement a une porte de service et un escalier de service. C'est par là qu'ils sortent. Elle le remorque vers l'entrée latérale du hall, ils sont déjà passés par là pour entrer. Le portier est un grand con avec une absence de menton et une moustache en filet d'anchois. Benny. Elle l'appelle Benny. Quand Benny leur ouvre la porte, il gratifie Anthony d'un clin d'œil entendu.

« Vas-y, Anthony, qu'est-ce que t'attends ? » Elle le pousse. Il est sur le trottoir, il jette un regard derrière lui. Elle passe un truc à ce con de portier.

Ça le fout en boule, qu'est-ce qu'elle magouille avec ce gland ? Anthony la veut pour lui tout seul. « Y a quelque chose entre vous ? » Son biper crépite. Sa mère lui a filé le biper pour pouvoir le suivre à la trace. Lila, elle, personne la suit à la trace. Jamais elle accepterait qu'on lui fasse ce coup-là.

Lila rigole, elle se paie sa fiole. « Qu'est-ce que t'attends pour appeler ta maman, baby ? »

Putain, elle a le chic pour le foutre en rogne. Il l'empoigne par le bras, elle se dégage, lui balance un coup d'œil genre t'es-qu'une-petite-merde. « Tu me touches plus jamais comme ça », dit-elle en lui retournant un revers de main. Avec sa bague, elle lui écorche la joue. Elle s'éloigne dans la rue, direction la seule épicerie ouverte.

*

Deux semaines seulement s'étaient écoulées depuis leur première rencontre. Il avait commencé à zoner dans le parc en rentrant de l'école où des gamins de son âge glandaient en compagnie de hippies et de motards, buvant de la bière et fumant de l'herbe. Parfois, il faisait du roller. Il n'était pas très bavard, et les autres n'avaient pas tardé à le charrier parce qu'il ne fumait ni ne buvait.

Il était sous médicaments, il prenait deux médicaments différents, et il n'était pas censé fumer, pas même picoler, mais Anthony avait gardé ça pour lui. Il ne fréquentait pas les écoles publiques parce qu'il était sujet à des attaques de panique. Il s'en sortait mieux à Harrison, où les effectifs étaient moins importants, et où on ne lui répétait pas sans arrêt qu'il fallait faire des progrès.

Il s'était pointé dans le parc en rollers ce jour-là et s'était baladé le long des pistes cyclables. Arrivé au kiosque, il n'avait pas vu la bande habituelle, juste les deux SDF qui ramassaient les canettes de bière vides. Ils l'avaient regardé, ils avaient désigné du doigt la vallée près du lac. En approchant, il avait entendu les sifflets et les cris. Il y avait une bagarre entre deux jeunes qu'il connaissait. Ils se donnaient à fond, les mecs, se mettant des pains, se filant des coups de latte, roulant dans l'herbe.

« Tue-le, découpe-le en rondelles ! »

Anthony regarda d'où venait le cri et il vit une fille en pantalon baggy et T-shirt sur le chemin qui remontait la colline. Elle porta une canette à ses lèvres, la vida et la balança sur les combattants. La canette rebondit sur la tête de celui qui était debout penché au-dessus de son adversaire.

Le mec debout brailla : « Va chier, pétasse », et l'autre en profita pour lui balancer un coup en vache dans les balloches.

La fille éclata de rire et fila sur ses rollers.

« C'est qui, cette nana ? » demanda Anthony à Robert Paredes, l'un des spectateurs.

« Lila. Elle est complètement allumée. Mais question gniaque, chapeau. Je l'ai vue amocher une autre gonzesse, j'te dis pas comment. »

Anthony la suivit mais sans trop s'approcher quand même. Au bout d'un moment, elle se mit à jeter des coups d'œil par-dessus son épaule. Elle était givrée, pas de doute. Elle frôlait les passants, et le temps qu'ils réagissent et se mettent à lui gueuler dessus, elle filait. Une fois elle flanqua un coup de pied dans la roue d'une moto qui passait. Déstabilisé, l'engin éjecta son conducteur qui se retrouva projeté sur la route devant un taxi. Le taxi eut juste le temps de piler.

Anthony l'entendit rire, mais ne put la voir. Il poursuivit sa course le long du sentier, mais elle l'avait semé. Il était fatigué. Il s'assit sur un banc près d'un sac à dos qui était resté en rade. Il jeta un œil autour de lui, tâta le sac, rebalaya du regard les environs. Il se releva, tendit la main vers le sac.

« Où tu crois que tu vas avec mon sac à dos, espèce de gland ? » Elle était devant lui, une bière à la main. Elle but une longue gorgée, lui arracha le sac, le dézippa, et lui offrit une bière. Il la regarda, la décapsula et but. Un vent de folie s'empara de lui.

Après ça, ils devinrent copains. Ils faisaient du roller dans le parc, elle criant : « Barre-toi, pauvre noix » et « Retourne à l'asile, espèce de débile ». Il jubilait à voir la tête des gens quand elle faisait ça. Elle était drôlement forte.

Ils se retrouvaient sur les marches près du lac avec d'autres ados, des vieux cons de babas à barbe et cheveux longs, et des motards, et tout ce monde-là fumait de l'herbe et buvait de la bière. Les mecs connaissaient Lila et ils le considéraient d'un autre œil parce qu'il était avec elle.

« Passez-moi une mousse, dit-elle. J'ai de l'herbe. » Elle sortit de son sac à dos deux Baggies et les agita sous le nez des mecs. Deux plastiques pleins de joints.

« On est à court de carburant, dit l'un des hippies. On pourrait pas se faire un petit pétard ? »

Elle lança un Baggie en l'air et ils se précipitèrent, se bousculant pour l'attraper.

Son biper grésilla.

Elle rangea l'autre Baggie dans son sac.

« Tu fais dealer ou quoi ? »

Il lui dit la vérité. « C'est ma mère. »

« Maman veut que son petit chéri rentre à la maison, hurla Lila. Ouais, ouais, ouais. »

Il eut l'impression que son visage le brûlait.

Elle éclata de rire. « Comment tu t'es fait ça ? »

Il jeta un coup d'œil aux cicatrices de ses poignets, la regarda.

« Viens, on va aller chercher de la bière », dit-elle.

Il sortit du parc avec elle pour se rendre dans une épicerie où il la regarda prendre deux packs de six et poser l'argent sur le comptoir. Elle avait une liasse de billets de vingt à même son sac.

« Vous avez bu ? fit le commerçant.

– C'est à moi que vous parlez ? » dit-elle.

Une fois dans la rue, elle dit à Anthony : « Ben, ouais, je picole, et alors ? » Ils retournèrent au lac et s'assirent pour fumer et boire – jusqu'à quelle heure il n'aurait su le dire mais il faisait vraiment nuit et les flics n'arrêtaient pas de passer, brandissant leurs torches et leur disant de circuler.

Sa mère lui tomba dessus lorsqu'il rentra. « Qu'est-ce qui te prend ? T'as laissé passer l'heure de ton médicament. Où t'étais fourré ? Pourquoi t'as pas décroché ton biper ? »

Il aurait bien voulu lui faire une réponse à la Lila, lui balancer une bonne vanne bien sentie, seulement impossible de trouver les mots, alors il garda le silence. Mais il connaissait Lila maintenant, et il ferait ce qu'il avait envie de faire tout comme elle, sa mère aurait beau dire, ça n'y changerait rien.

*

Maintenant il regarde Lila s'éloigner, faire comme s'il n'était qu'un moins que rien, et il ne sait pas si elle le pense vraiment ou si elle fait semblant.

Il se passe la main sur la joue à l'endroit où sa bague l'a écorché, c'est humide. Il retire ses lunettes, se frotte les yeux.

« Qu'est-ce que t'attends, merde ? » Il l'entend crier du bout de la rue.

Il remet ses lunettes. C'est à peine s'il la voit à la lueur du réverbère. Les gens se retournent pour la regarder. Comme si c'était une célébrité. Elle ne ressemble à personne. Rien à voir avec les gens qu'il a croisés jusqu'ici. Il la rattrape et attend tandis qu'elle achète deux packs de six. Elle lui en tend un, et ils prennent la direction du parc.

Le ciel est chargé de gros nuages sombres, masses moutonnantes qui cachent la lune. Il y a de l'humidité dans l'air, pourtant il n'a pas plu dans le parc, et l'air est lourd au-dessus de leurs têtes. Il fait noir, l'heure de la fermeture est passée, les flics font leurs rondes. Lila, qui a une meilleure vue que lui, siffle quand elle les repère.

Les habitués de la nuit sont installés sur les marches du kiosque, à parler et à boire. Il les connaît presque tous de vue maintenant. Il y en a de tous âges. Surtout des mecs. Certains ont un boulot mais ils aiment glander et boire et se droguer. Anthony en a vu qui prenaient des drogues dures et qui tombaient dans les pommes. Les ivrognes finissaient toujours par dégueuler près du lac.

Un vieux Noir ronfle couché en travers des marches, leur barrant le passage. Il refoule du goulot. « Barre-toi, négro », hurle Lila. Elle lui flanque des coups de latte. Il grogne, dégringole au bas des marches. Il reste allongé au pied de l'escalier, se relève et s'éloigne en titubant.

Anthony et Lila s'asseyent en haut des marches, elle commence à faire circuler les bières. Son biper grésille. Il lui claque le beignet.

« Prends de l'herbe », dit-elle à Anthony qui attrape des joints dans son sac et les lui tend.

Un quinqua baraqué se lève quelques marches plus bas. Il lève sa canette de bière en direction de Lila.

« Hé ! » Lila le regarde comme si elle le connaissait.

Il lui relance un coup d'œil, monte les marches pour les rejoindre. Il a une chemise à manches relevées qui lui bat les flancs. Il porte une veste sur le bras.

« Salut ! » dit-il et il s'assied de l'autre côté de Lila.

« Tu te souviens de moi ? dit-elle. Lila, j'étais en centre de rééducation.

– Ouais, dit-il. Lila. En rééducation. » Il a une voix traînante et il n'arrête pas de hocher la tête.

C'est comme s'ils faisaient partie d'un club qui refuse d'accueillir Anthony. Anthony s'approche d'elle. Lila lui décoche un regard fumasse, pour qui il se prend cet Anthony, merde, et Anthony s'éloigne imperceptiblement.

« Danny Boy, dit-elle.

– Ouais », fait l'alcoolo. C'est tout juste s'il tombe pas dans les vapes.

Peu de temps après, une voiture de police déboule, son projecteur balayant les environs. Un haut-parleur prend vie, un flic leur ordonne de se disperser, de sortir du parc, qui est fermé pour la nuit.

Danny Boy tressaille, se lève. Il gratifie Lila d'un sourire bavoteux et s'éloigne le long d'une des pistes cyclables.

Anthony ne rentre pas directement à la maison. Il emboîte le pas à Lila. Si elle s'en aperçoit, elle fait celle qui ne voit rien. Elle a rabattu la capuche de son sweat sur sa tête. Il la suit jusqu'à son immeuble, jusqu'à l'entrée de service devant laquelle est planté le pauvre con à moustache. Ils ne voient pas Anthony.

« Purée, fait le connard, z'êtes pas dans la merde. Il a appelé le 911 et les flics viennent de débarquer.

– Putain de chiotte », dit-elle, et elle entre, et Anthony la perd de vue.

*

Tard dans l'après-midi du lendemain, après avoir fait les courses pour sa grand-mère et lui avoir monté ses paquets au quatrième, Anthony file en rollers jusqu'à l'immeuble de Lila. Il l'attend tout en fumant un joint, prenant soin de ne pas se faire voir du portier.

Des tas de gens passent devant lui, qui se dirigent vers le parc de l'autre côté de la rue, des employés du parc, des randonneurs, et des *riders* [1]. C'est le printemps, tout le monde est dehors. Sur le trottoir d'en face les buissons portent tous des fleurs jaunes.

Un taxi s'arrête, le portier se précipite pour ouvrir la portière. Lila descend d'un bond et se dirige vers Anthony. Le portier aide à sortir une femme filiforme en tailleur et talons hauts. La mère de Lila. Impossible de savoir si elles se ressemblent : Lila est petite et elle porte des vêtements amples.

« Lila, dit la longue dame, où vas-tu ?

– Pas tes oignons. » Et plus bas, Lila ajoute : « Espèce de garce.

– Qu'est-ce qui te ferait plaisir pour le dîner ? » poursuit la longue dame faisant comme si sa fille ne l'avait pas rembarrée.

« Fous-moi la paix ! crie Lila. Tu vois pas que je parle à mon ami ?

– Demande à ton ami s'il veut rester dîner, dit sa mère.

– Tu rigoles ? Il aimerait mieux crever, hurle Lila. Pas vrai, Anthony ? »

1. Adeptes du rollers.

Sa mère baisse la tête comme si elle était gênée et entre dans l'immeuble.

Anthony se voit mal parlant comme ça à sa mère.

Lila le fait goder, il a l'impression qu'il est à deux doigts de la sauter. Il se touche la queue, elle est dure. Pas désagréable, comme sensation. Il a arrêté de prendre ses comprimés. Il a entendu quelqu'un à la clinique dire que ça vous empêchait de bander. Il veut être avec elle tout le temps.

Petits seins en forme d'abricot. Petits tétons, sa langue frétille, sa queue aussi.

« Viens », fait Lila, l'empoignant par le bras. « Faut que j'aille chercher mes rollers. »

Elle l'entraîne dans l'immeuble, dépasse le portier et un autre mec en uniforme.

« Pas de rollers à l'intérieur », fait le portier à Anthony.

Anthony s'immobilise.

« T'inquiète », dit Lila. Elle donne une poussée à Anthony et il file comme une flèche sur le sol de marbre, manquant de justesse percuter sa mère et une femme à chapeau qui attend l'ascenseur. Il se cogne contre un banc.

La femme à chapeau pousse un petit cri. Elle fixe Lila avec des yeux ronds.

« Tu veux ma photo ? » dit Lila.

« Les ados sont vraiment intenables », dit la femme.

Lila s'approche et lui aboie au nez.

La femme recule, rate l'ascenseur quand les portes s'ouvrent.

« Comment s'appelle ton ami, Lila ?

– Puff Daddy.

– Je croyais que c'était Anthony.

– Anthony Puff Daddy. » Lila éclate de rire, file un coup de coude à Anthony qui s'esclaffe aussi.

À la lumière du jour, l'appartement a des allures de musée.

« Vous voulez un Coca ? demande sa mère.

– Puff Daddy et moi, on va patiner », dit Lila. Elle sort ses rollers de son sac à dos et les enfile.

« Sois gentille, Lila, tâche de ne pas trop semer la panique dans l'immeuble.

– Pourquoi est-ce que je ferais ça ? dit Lila.

– Rentre tôt », ajoute sa mère. Et tandis qu'elle poursuit : « Ton père n'aime pas te savoir tard dehors », Lila, la singeant, reprend silencieusement sa dernière phrase tout en l'accompagnant de grimaces.

Anthony en est baba. Elle est tellement libre. Si seulement il pouvait être comme elle.

Lorsqu'ils se retrouvent dans sa chambre, elle enlève son sweat et en prend un propre dans un tiroir. Ses petits abricots sont tout durs. Elle s'interrompt.

« Tu mates ?

– Non. » Il a envie de rentrer sous terre.

« Ben quoi, ils sont pas mignons ?

– Ben... si. » Il est en transpiration.

Elle enfile le sweat.

« Approche. »

Il s'avance, essayant de dissimuler la bosse qui gonfle son pantalon.

« Plus près. » Il est contre elle. Sa queue frémit. Elle soulève son immense sweat et le lui passe par-dessus la tête, lui fourrant ses tétons dans la figure. Il lui attrape le cul à pleines mains. Il est dans le noir, la sueur de Lila sur sa langue a un goût de sel. Elle a plaqué son genou contre son sexe. « Suce-les », dit-elle.

Il éjacule, il débande.

« Espèce d'andouille ! » Elle le repousse.

*

Ils traversent le parc en rollers tout en buvant de la bière, et Lila dit : « Ils sont sans arrêt sur mon dos, rentre tôt, fais pas ceci, fais pas cela. » Elle s'arrête et hurle à tout vent : « On est des fouteurs de merde ! » Une Noire entre deux âges qui pousse un enfant blanc dans une poussette la fixe, ébahie, et Lila crie : « Qu'est-ce que t'as à nous zyeuter comme ça, bamboula ? »

La femme se laisse tomber sur un banc. L'enfant se met à couiner.

Lila s'élance. Anthony la suit. « Mon père a fait venir les flics pour me donner une leçon, une fois, dit Lila. Paraît que je lui avais manqué de respect.

– Il a appelé les flics ? Anthony est choqué. Et ils sont venus ?

– Je lui ai mis un pain, à ce con. C'est là qu'on m'a expédiée en centre de rééducation. Pour le bien que ça m'a fait... »

Il fait nuit le temps qu'ils s'arrêtent au kiosque. La bande habituelle est là. Deux des mecs boxent, ils font comme s'ils étaient bourrés, ils se déplacent au ralenti, ils ne tapent pas fort.

« T'as de l'herbe, Lila ? crie l'un des vieux hippies.

– Ouais, dit-elle. T'as de la bière ?

– Pas des masses. »

Le biper d'Anthony crépite. Il n'en tient pas compte.

« Fais circuler. » Lila tend à Anthony le plastique qu'elle a sorti de son sac à dos. Le sac est plein de billets de dix et de vingt.

« Tiens, ma grande. » Danny Boy s'assied près de Lila et lui passe un bras autour des épaules, il lui offre ce qui reste de sa Colt .45.

Elle renverse la tête en arrière, mais il ne reste pratiquement plus rien. Elle rend la canette vide à Danny Boy et sort deux billets de vingt.

« Anthony, va nous chercher de la bière.

– J’ai pas mes papiers.

– Quelle nouille », dit-elle très fort à Danny Boy.

Anthony se sent devenir brûlant, il a comme un étourdissement, c’est sûr, il va tourner de l’œil.

Tout le monde le fixe.

« Tiens. » Elle lui fourre les billets dans la main. « Fais ce que je te dis. Tu sais où c’est. Donne-lui le fric. Dis-lui que c’est pour moi. »

Danny Boy se marre et lève sa canette vide en direction d’Anthony. « T’auras pas de mal à nous retrouver, on bouge pas d’ici. » Anthony a envie de lui prendre sa canette et de la lui coller dans la figure.

Son biper sonne au moment où il quitte le parc, et de nouveau chez l’épicier.

Le commerçant lui adresse un clin d’œil. « Elle a fait de vous son esclave à ce que je vois. »

Anthony plaque les billets de vingt sur le comptoir. Le type lui tend deux packs de six. « Faites gaffe. Elle est complètement allumée. »

Lila n’est pas là quand il revient, et cette fois il fait nuit noire. Il se dit qu’il va devenir fou. Il va de l’un à l’autre. « Où elle est passée ? Où est-ce qu’elle est allée ? »

« Barre-toi, petit con », dit l’un des hippies en le repoussant. « Elle nous a tous sautés, les uns après les autres, on y est tous passés. »

Son biper grésille. Ils se mettent tous à rigoler.

« Va voir du côté du lac, dit l’un des motards. Je l’ai vue se diriger par là avec Danny Boy. Mais laisse-nous la bière. »

Anthony descend l’escalier, glisse le long de la pente herbeuse qui mène au lac. Il y a de la lumière autour du lac mais la clarté est faible et il ne voit rien. C’est comme si elle avait disparu. Et avec ce vieil alcoolo en plus. Il avance sans regarder où il met les pieds et il percute un tronc d’arbre, il dégringole, atterrit sur le dos, sonné.

« Alors, cette bière ? » Lila est au-dessus de lui, agitant son jeans à bout de bras. Elle porte son énorme sweat, et rien d'autre. Elle se déhanche et la lumière de la lune fait briller ses yeux.

« Je l'ai laissée là-bas. »

Elle lui lâche son jeans sur la figure, pose un pied nu sur sa poitrine et le lui passe lentement sur le torse. Puis elle s'assied sur lui à califourchon. Il essaie de la toucher, son cul est dur et mou à la fois. Comme lui, bien qu'il n'ait pas pris son médicament de toute la semaine.

« Bon ben, ça sera tout pour aujourd'hui, j'imagine. »

Elle le serre entre ses cuisses, elle le chevauche tel un cavalier sa monture, et lui, il fait le cheval. Elle a le con trempé à travers sa chemise.

« Désolé », dit-il.

Elle se relève.

« On va louer des cassettes. On tapera dans la gnôle de mon père. » Elle reprend son jeans, s'assied sur lui comme sur un banc, sort ses rollers de son sac à dos, les lui tend. « Vas-y. »

Elle a des pieds doux comme ceux d'un bébé, de petits orteils. Il lui prend les orteils, les met dans sa bouche et les suce.

« Je savais bien que t'étais un pervers », dit-elle en se dégageant. Elle met ses rollers, s'élance, chancelant un peu sur ses cannes, l'appelle : « Alors tu viens ou quoi ? »

Chez Blockbuster elle choisit deux films de kung-fu et ils pénètrent dans son immeuble par l'entrée latérale, là où le connard monte la garde. « Prenez l'escalier », dit-il.

Anthony retire ses rollers. Lila s'emmêle les pinceaux, elle n'arrive pas à retirer les siens et ça la fout en rogne. « T'as un couteau ? Coupe. » Elle le griffe. « T'entends ? Je te dis de couper. »

Il sort son couteau, il sort la lame. Elle le lui arrache des mains et taille dans le cuir.

« Tu vas les niquer, dit-il.

– Qu'est-ce que ça peut foutre ? » Se débarrassant de ses rollers tailladés, elle les jette dans la poubelle qui est près de l'escalier de service et lui rend son couteau.

Ils grimpent les douze étages, devant la porte de service elle lui demande d'ôter ses baskets. « Sinon ils vont remettre ça avec leurs " fais pas ceci ", " fais pas cela ", j'ai l'impression d'être prisonnière. » Elle entre avec ses clés. Ils se retrouvent dans une cuisine. La plus impeccable qu'Anthony ait jamais vue. Tellement nickel que personne ne doit y manger.

Elle est nerveuse, elle jette les cassettes sur son lit, se met à fouiller dans ses tiroirs, dans le bas de son placard. « T'aurais pas du LSD ? »

Anthony fait non de la tête. Il la regarde s'agiter comme une malade. Elle quitte la pièce, il attend. Il commence à se sentir nerveux, lui aussi. Elle revient avec une bouteille d'un alcool foncé, boit un bon coup, lui tend la gnôle. Il en prend une gorgée, s'étrangle, tousse, lui rend la bouteille. Dégueulasse. Lui, tout ce qu'il connaît, comme boisson alcoolisée, c'est la bière.

« Faut que je prenne de l'acide, dit-elle. Viens, on se tire. »

Ils retournent dans le parc près du kiosque, c'est la pleine lune, ça brille, ça en jette. Il y a la foule des gens de la nuit dont beaucoup ont des boulots réglo pendant la journée et assez de thune pour l'herbe, l'alcool et le reste. Il les reconnaît désormais, et eux le connaissent, à cause de Lila. Il a un sentiment de puissance parce qu'elle l'a choisi. Ils l'acceptent maintenant.

Quelqu'un leur passe un joint, ils boivent de la Zima et prennent du LSD, il se renverse sur les marches et regarde la lune, qui se dilate et se contracte et se transforme en un visage rigolard d'où coule un filet de morve.

« Où t'étais passée, Lulu ? » Danny Boy s'assied près de Lila et lui glisse un bras possessif autour de la taille. « Qu'est-ce que tu dirais d'un peu d'acide ? » Il fait des bruits de claquement avec ses lèvres. Il est tellement déchiré qu'il arrive pas à garder la tête droite, et il empeste le vomi.

Anthony sent Lila qui se raidit près de lui. Elle regarde Danny Boy d'un sale œil.

« On va jusqu'au lac », dit-elle.

Anthony la suit mais il sent à peine ses pieds. Elle, elle n'est pas plus brillante, elle tangue et titube.

Danny Boy se lève comme si elle l'avait invité lui aussi.

Il n'y a encore personne au lac, mais ça ne saurait tarder parce que les keufs vont rappliquer avec leurs projecteurs et chasser du kiosque tous ceux qui s'y trouvent. La surface du lac est un grand miroir sombre. Anthony se tient sur le bord et fixe l'eau tantôt rouge puis jaune puis violette tant et si bien qu'il perd l'équilibre.

« Fais gaffe, petit. » Danny Boy attrape Anthony par sa chemise. Il en tient une sévère, il s'appuie contre Anthony, il bave, et Anthony le repousse. Il y a un bruit de déchirure.

« Tu l'as déchirée », dit Anthony en regardant sa chemise. Dans sa tête, ça explose. Sa mère va le tuer. Il flanque des coups de poing à Danny Boy mais ce dernier est déjà à genoux.

« Plante-le, hurle Lila. Où est ton couteau ?

Anthony sort son couteau, éjecte la lame. Danny Boy le regarde, clignant des yeux sous la lumière de la lune. Il essaie de se mettre debout, mais retombe.

« Qu'est-ce que t'attends ? » s'écrie Lila.

Anthony a le bras le long du corps. Il tient son couteau par en dessous. La lame s'enfonce dans le bide de Danny Boy quand ce dernier se relève. Danny Boy attrape le couteau, se bat avec Anthony, c'est comme s'il voulait le garder dans le bide alors qu'Anthony essaie de le sortir. Le sang gicle, on dirait qu'il pleut, Danny Boy hurle comme un animal de la jungle. Ça fait comme une musique magique. Et quand Anthony ressort le couteau, il le lui replonge aussi sec dans le corps, encore et encore, en rythme. Putain, le pied...

« Oui, chante Lila. Oui. Oui. Oui. »

Anthony frissonne, il est secoué de spasmes, un vrai handicapé moteur. Il a du foutre plein son froc.

Danny Boy part à la renverse et s'immobilise. Anthony tend le couteau vers la lune. La lame est lisse et rouge.

« T'arrête pas là, Anthony, dit Lila. Si on le balance dans le lac, il flottera, et ils le retrouveront. Faut le découper en morceaux, lui arracher les boyaux, comme ça il coulera. J'ai lu ça quelque part. »

Anthony est tout désorienté. Qu'est-ce qu'elle raconte ? Son biper sonne.

« Tiens. » Elle lui arrache le couteau des mains. « Laisse-moi faire. » Elle fouille les poches de Danny Boy, retire son portefeuille et ses papiers. Elle vide le portefeuille, le jette avec les papiers dans une poubelle, et y lance une allumette qu'elle a craquée. Des flammes jaillissent de la poubelle.

Les boyaux de Danny Boy lui pendent du corps, tout visqueux.

« Grouille », dit-elle. Ils balancent tout dans le lac mais cette saloperie, ça vous glisse des doigts, ils en ont peut-être laissé tomber un morceau en route. Ils prennent Danny Boy chacun par un bras et le traînent dans le lac.

« Tout le monde quitte le parc », hurle un haut-parleur.

« Foutons le camp », dit Lila, joignant le geste à la parole.

Les sentiers sont noirs, tout est calme, on n'entend que les hurlements de Danny Boy, qui résonnent dans les oreilles d'Anthony. Il rattrape Lila et ils sortent du parc ensemble, se dirigeant vers l'entrée de service de son immeuble, où ce connard de portier monte la garde.

« Sacré nom de nom ! » Il les dévisage à la lumière sourde. « Vous vous êtes battus ?

– On s'est fait agresser par un dingue, dit Lila. On va se nettoyer dans la buanderie.

– C'est pas mes oignons », fait le portier qui pivote et les abandonne.

Anthony et Lila vont dans la buanderie et lavent le sang et les souillures dont ils sont pleins. « Donne-moi le couteau, dit-elle. Je m'en charge. »

Il lui donne le couteau. Ils mettent leurs vêtements trempés au sèche-linge, glissent des pièces dans la fente, et pendant que ça sèche, ils s'entortillent dans des serviettes propres que Lila a sorties d'un autre sèche-linge. Lila ne tient pas en place, elle fait les cent pas dans la pièce. Il finit par se fatiguer de la suivre, s'assied par terre et pique un roupillon.

« Réveille-toi. » Elle lui tape dessus comme une malade. Ils se rhabillent et montent à l'appartement en passant par-derrière, et elle lui dit : « Va prendre une douche. »

L'eau chaude lui fait du bien. Le temps de remettre ses fringues, et il rentre chez lui. Il a du mal à tenir sa tête droite.

Lila écarte le rideau de la douche et le rejoint, elle prend le savon et se savonne les mains. Elle lui attrape la queue avec ses mains savonneuses.

« Si jamais tu viens trop vite, pauvre taré, je te tue, et je plaisante pas.

– T'inquiète. »

Elle lui saute dessus comme un singe, sa main gauche autour de son cou, de la main droite elle l'installe en elle. Il l'empoigne par les fesses tandis qu'elle lui passe les deux bras autour du cou et se met à aller et venir. Il va tourner de l'œil, c'est sûr.

Elle lui enfonce les ongles dans le dos.

« Reste pas planté comme une bûche, pauvre con. »

Il perd pied et tombe à la renverse, l'entraînant dans sa chute, elle se retrouve à cheval sur lui.

Les hurlements de Lila sont étouffés par l'eau de la douche. « Tu crois qu'on a fabriqué un gniard ? » Elle rit, règle le robinet sur FROID et d'un bond sort du bac.

Anthony, qui a arrêté l'eau, reste allongé, incapable de bouger. Il l'entend parler. À qui parle-t-elle ? Il sort de la douche et s'enveloppe dans une de ses serviettes. Elle est au téléphone.

« ... ça vous regarde pas, dit-elle. On s'est fait attaquer par des SDF, je me suis sauvée, ils ont chopé mon ami. » Elle raccroche quand elle voit Anthony.

« Pourquoi t'as fait ça ? demande Anthony.

– On aurait dû lui couper les mains, dit-elle. Je vais me laver les cheveux. »

Anthony s'allonge sur son lit et s'endort. Les coups contre la porte le réveillent. Un type crie : « Lila ! Sors de là. »

Il la voit debout près du lit. Elle est en pyjama.

« Qu'est-ce que tu veux ? Je dors », dit-elle, les cheveux dans la figure.

« Sors immédiatement. La police veut te parler.

– Bouge pas », chuchote-t-elle à Anthony. Elle quitte la pièce mais la porte reste entrouverte.

Anthony enfile ses vêtements et ses Nike. Il voudrait bien partir mais il est pris au piège. Il balaye la pièce des yeux. Aucune trace de sang. Il va dans la salle de bains. Pas de sang non plus. Peut-être qu'il peut passer par-derrière. Ce serait étonnant qu'ils parlent dans la cuisine. Il entrebâille un peu plus la porte, c'est alors qu'on l'attrape par le bras et qu'on le fait sortir.

« Regarde ce qu'on a là, Pierce. Viens donc nous parler, petit. »

Le type n'a pas d'uniforme, mais Anthony n'en doute pas un instant : c'est un flic. Le flic l'entraîne dans une grande pièce où, sur un canapé, sont assis les parents de Lila en peignoir de bain, l'air à la fois furieux et terrifiés. Lila est sur une chaise près de la cheminée et un autre flic, en civil lui aussi, est appuyé contre la cheminée. Lila lance un regard mauvais à Anthony, à croire qu'elle a envie de le tuer. Anthony tremble comme une feuille.

Ils le font asseoir sur une chaise près de Lila, sortent des calepins et des stylos.

« Voyons, on en était où ? » fait le flic qui se nomme Pierce. « Ah, ouais. Vous avez appelé le 911 sans donner votre nom pour dire qu'un de vos amis avait été agressé dans le parc. »

Lila ne pipe pas.

« Cet ami, c'est lui ? » dit Pierce, regardant Anthony.

Elle jette un nouveau regard à Anthony.

« Ça fait à peine deux semaines que je le connais. »

Anthony a absolument besoin de pisser. Il n'arrive pas à se concentrer. Qu'est-ce qu'elle a fait du couteau ?

« D'après le portier, vous êtes rentrés par l'entrée de service il y a deux heures environ, couverts de sang. »

La mère de Lila laisse échapper un hoquet, se plaque une main sur la bouche. Son père, un petit bonhomme à cheveux clairsemés, lui passe un bras autour de la taille. Ils ont l'air au bord de la nausée. Lila rayonne de cette drôle de lumière qu'Anthony a vue autour de la Vierge Marie à Sainte-Anne.

« Jolie bague », dit Pierce.

Lila regarde sa bague.

Pierce lui prend la main. « Comment se fait-il qu'il y ait du sang dessus ? »

Anthony n'arrive pas à le croire, pourtant elle se met à pleurer. Ses parents se précipitent. Elle pousse des cris suraigus et se jette par terre.

« On buvait, il est devenu jaloux, il a frappé. » Lila désigne Anthony du doigt. « J'ai essayé de lui faire du bouche-à-bouche mais c'était trop tard.

– Tais-toi, Lila, dit son père. Ça pourrait se retourner contre toi. »

Anthony est pétrifié. Elle a bien dit que c'était lui qui avait frappé ?

Lila pivote vers son père, le gifle.

« M'approche pas, pauvre taré. Tu te figures que je sais pas qu'ils notent tout ce que je dis ? J'en ai rien à battre.

– Je connais ma fille. Jamais elle ne... »

Lila hurle : « Tu ne me connais pas. »

« Soulevez votre pied, Anthony », dit Hernandez. Anthony obtempère. Hernandez adresse un signe de tête à Pierce. « Y a du sang sous sa semelle.

– Venez, les enfants, on va faire un tour, dit Pierce.

– Je ne crois pas... » Le père de Lila s'interrompt.

« Vous pouvez nous accompagner, monsieur, dit Pierce. On va jeter un coup d'œil à l'endroit où ils se sont fait agresser et voir ce qui est arrivé à leur ami.

– Vous avez un sac à dos, quelque chose ? » demande Hernandez à Anthony. Anthony fait oui de la tête. « Venez, on va le chercher. » Il enfile des gants de latex.

La chambre de Lila n'a pas l'air d'avoir changé à ceci près que le lit est en désordre vu qu'il y a dormi, et qu'il y a des serviettes humides par terre. Son sac à dos est près du lit. Il le ramasse. Hernandez le lui retire des mains. « Laissez-moi vous aider », dit-il. Il l'ouvre. « Chouettes, ces rollers. » Puis : « C'est votre couteau ? »

Anthony fixe le couteau avec des yeux ronds.

« Debout contre le mur, Anthony, dit Hernandez. Bras et jambes écartés. » Hernandez lui tapote l'épaule. « C'est bien, mon garçon. » Ils retournent dans le séjour, Hernandez tenant le sac à dos. Il adresse un signe de tête à Pierce.

« En route, jeunes gens, dit Pierce.

– Vous ne pouvez pas l'emmener, s'écrie la mère de Lila. Le parc n'est pas sûr la nuit.

– On n'en a pas pour longtemps, dit Hernandez. On va juste faire un petit tour. Et avec nous, elle ne craint rien. » Hernandez prend Anthony par le bras. Pierce se charge de Lila.

Dans l'ascenseur, Pierce dit à Lila de se tenir tranquille et il la fouille.

« Je ne me sentais pas de vous fouiller devant vos parents, dit-il. Mais faut bien que ça se fasse.

– Pourquoi est-ce que vous me fouillez ? C'est plutôt lui qu'il faut fouiller », dit Lila.

Ils sortent de l'immeuble par la sortie principale. Il doit être trois, quatre heures du matin parce que dans la rue c'est le grand calme. Dans le parc, avec la lune, Anthony a l'impression d'être dans un film. Les parents de Lila sont restés à l'appartement. Anthony a entendu son père qui téléphonait quand ils partaient.

Lila ouvre la marche, tel un chien qui suit une piste, elle les emmène jusqu'au lac. La lune brille tellement qu'on se croirait en plein jour. Mais ce sont peut-être les projecteurs et les voitures des flics qui font cet effet-là. Anthony voit un ruban jaune au bord du lac, autour d'une masse sombre allongée moitié dans l'eau et moitié hors de l'eau. Et les ombres des gens de la nuit derrière le ruban, avec les flics qui hurlent dans leurs haut-parleurs, demandant à tout le monde de sortir du parc.

Lila crie et pleure.

« J'avais peur de lui. J'ai cru qu'il allait me tuer, moi aussi. » Elle jette un coup d'œil à Danny Boy étendu par terre, elle pleure, elle s'étrangle. « J'ai essayé de t'aider. »

Hernandez pose la main sur l'épaule d'Anthony.

« Vous avez le droit de garder le silence... »

Titre original : *You Dont' Know Me*

Traduit par Dominique Wattviller

Joyce Carol Oates

LE PREMIER AMOUR

Paru dans *Play boy*

C'était un homme d'une extrême discrétion dont le destin fut de devenir, au fil des années, une sorte de personnage public et de modèle pour autrui. Rien ne stupéfiait R_ davantage, et rien ne l'inquiétait davantage ! Il était encore relativement jeune lorsqu'il avait acquis une certaine renommée en qualité d'auteur de romans populaires, bien que d'une grande teneur littéraire ; son domaine était le roman de mystère psychologique, un genre dans lequel il excellait, peut-être parce qu'il en respectait les traditions et apportait un soin infini à sa composition. C'étaient des romans concis, dont l'intrigue était minimaliste mais la psychologie extrêmement complexe, écrits, comme R_ le précisait dans ses entretiens, phrase après phrase, et ils devaient donc être lus phrase après phrase, avec attention, comme l'on exécute les pas d'une danse difficile. R_ était lui-même à la fois chorégraphe et danseur. Et parfois, même après des dizaines d'années d'efforts, il s'égarait et désespérait. Car il y avait une sorte d'horreur à vouer ainsi son existence à la contemplation du mystère ; une impuissance morbide, viscérale, qui devait être transmuée en maîtrise et véritablement en grand art. Ainsi R_ ne renonçait-il jamais devant le moindre défi, quelle qu'en soit la difficulté. « Renoncer, c'est s'avouer sa propre mortalité et l'inéluctabilité de sa propre mort. »

R_ était de ces personnages admirés qui conservent leur mystère même aux yeux de leurs vieux amis. Par degrés, imperceptiblement lui sembla-t-il, il devint un homme mûr, respecté, peut-être parce que son apparence inspirait confiance. Il avait des cheveux fins, blond-roux, qui flottaient autour de son crâne, un front haut et des yeux bleus d'une franchise étonnante ; il mesurait plus d'un mètre quatre-vingts et était mince comme une lame, avec de longs membres souples et une énergie juvénile. Il semblait ne pas vieillir, ne pas même mûrir, mais conserver une jeunesse nordique rêveuse avec une sorte d'éclat froid et insensible dans les yeux, comme s'il contemplait en son for intérieur une toundra d'une blancheur monotone et terrifiante et le ciel arctique infiniment vierge et vide. L'un des plus grands mystères relatifs à R_ était son mariage, car aucun d'entre nous n'avait jamais entrevu la femme à laquelle il était marié depuis quarante ans, et bien évidemment aucun d'entre nous ne lui avait jamais été présenté ; on imaginait que son prénom commençait par un B puisque chacun des onze romans de R_ était dédié, avec simplicité et laconisme, à une certaine B, et on croyait savoir que R_ avait épousé très jeune celle qui était son premier amour au temps où il fréquentait le lycée d'une petite ville du nord du Michigan, qu'elle n'était pas cultivée, ne s'intéressait même pas à sa carrière, et qu'ils n'avaient pas d'enfants.

Dans l'un des entretiens qu'il accordait à contrecœur, R_ avait admis de façon quelque peu énigmatique que non, sa femme et lui n'avaient aucun enfant. « Cet engagement-là, je m'y suis refusé. »

Comme nous étions fiers de R_, l'un des maîtres honorés dans son domaine ! Lorsqu'il s'adressait à vous, qu'il vous souriait et vous serrait la main, comme une grande poupée animée, vous vous sentiez privilégié, bien que légèrement troublé par la lueur lointaine, arctique, de ces yeux si bleus.

R_ se voyait souvent proposer d'occuper des fonctions officielles au sein des associations professionnelles dont il était membre, mais il déclinait toujours ces offres, par modestie ou manque de confiance en soi : « R_ n'est pas l'homme qu'il vous faut, croyez-moi ! » Cependant, à l'âge de soixante ans, il finit par s'incliner et fut élu à une large majorité président de l'*American Mystery Writers*, ce qui sembla tout à la fois l'émouvoir profondément et l'emplir d'appréhension. À de nombreuses reprises, il appela des membres du conseil de direction pour leur demander si R_ était réellement l'homme qu'il leur fallait ; à de nombreuses reprises, nous lui assurâmes que oui, il l'était sans aucune doute.

À l'occasion de sa prise de fonction, R_ nous avait promis de nous divertir avec une nouvelle inédite écrite en l'honneur de cette soirée, et non un interminable et assommant discours parsemé de plaisanteries vaseuses, comme certains de ses prédécesseurs. Bien sûr, cette remarque avait immédiatement suscité des rires. Car notre président sortant, un vieil ami de R_ et de la plupart des membres du public, était un homme apprécié mais volubile, qui n'était pas réputé pour sa brièveté.

Presque timidement, cependant, R_ prit place sur l'estrade, devant un public d'environ cinq cents auteurs de romans de mystère et leurs invités, très droit et séduisant à sa manière détachée, pâle et nordique, l'allure distinguée dans un élégant smoking, une chemise de soie blanche et d'étincelants boutons de manchette en or. Sa chevelure était plus argentée que nous n'en avions gardé le souvenir, mais elle flottait de façon aérienne autour de son crâne ; son front semblait plus haut, couronné d'une arête osseuse saillant à la racine de ses cheveux. Même du fond de la salle, on distinguait ses remarquables yeux bleus. D'une voix magnifiquement modulée, presque musicale, R_ nous remercia de lui avoir fait l'honneur de le nommer président, remercia son prédécesseur et souligna avec regret que des événements imprévus avaient empêché son épouse d'assister à la soirée. « Comme vous le savez, mes chers amis, je n'ai pas fait campagne afin d'être élu président. C'est un honneur que l'on m'a offert sur un plateau d'argent, selon l'expression consacrée. Mais j'ai bel et bien le sentiment d'être l'un des vôtres et j'espère être digne de votre confiance. J'espère que la nouvelle que j'ai écrite à votre intention vous plaira ! » Sa voix tremblait presque lorsqu'il prononça ces mots et il dut s'interrompre un instant avant de commencer à lire, d'une voix théâtrale, parcourant des yeux ce qui semblait être un manuscrit d'une quinzaine de pages.

Le mystère du premier amour

C'était un homme d'une extrême discrétion dont le destin fut de devenir, au fil des années, une sorte de personnage public et de modèle pour autrui. Rien ne stupéfiait R_ davantage, et rien ne l'inquiétait davantage ! Il était encore relativement jeune lorsqu'il avait acquis une certaine renommée en qualité d'auteur de romans populaires, bien que d'une grande teneur littéraire ; son domaine était le roman de mystère psychologique, un genre dans lequel il excellait, peut-être parce qu'il respectait les traditions du genre et apportait un soin infini à sa composition. C'étaient des romans concis, dont l'intrigue était minimaliste mais la psychologie extrêmement complexe, écrits, comme R_ le précisait dans ses entretiens, phrase après phrase, et ils devaient donc être lus phrase après phrase, avec attention, comme l'on exécute les pas d'une danse difficile. R_ était lui-même à la fois chorégraphe et danseur. Et parfois, même après des dizaines d'années d'efforts, il s'égarait et désespérait. Car il y avait une sorte d'horreur à vouer ainsi son existence à la contemplation du mystère ; une impuissance morbide, viscérale, qui devait être transmuée en maîtrise et véritablement en grand art. Ainsi R_ ne renonçait-il jamais devant le moindre défi, quelle qu'en soit la difficulté. « Renoncer, c'est s'avouer sa propre moralité et l'inéluctabilité de sa propre mort. »

Devant ce qui était apparemment une erreur, R_ s'interrompit, décontenancé, scrutant son manuscrit comme si ce dernier l'avait trompé ou trahi ; mais quelques instants plus tard, il reprit contenance et poursuivit :

« Renoncer, c'est s'avouer sa propre mortalité et l'inéluctabilité de sa propre mort. »

Il y a quarante-cinq ans de cela ! Je n'étais pas encore R_, mais un adolescent de quinze ans prénommé Roland que personne n'appelait Rollie, efflanqué, empoté, embarrassé de lui-même, avec une moyenne générale de A et le front et le dos constellés de boutons pareils à de petits grains brûlants de piment rouge, perdu dans des rêves érotiques fiévreux dont l'héroïne était une superbe blonde de terminale, la coqueluche du lycée, Barbara, que tout le monde à Indian River High School surnommait Babs. À présent que je ne suis plus cet adolescent, je peux le considérer sans la répugnance qu'il s'inspirait alors à lui-même. Je peux éprouver une certaine pitié pour lui, et de la compassion, sinon de la tendresse. Ou un sentiment de pardon.

Mon premier amour était mon aînée de deux ans et, je dois l'avouer avec embarras, n'avait nullement conscience d'être mon premier amour. Elle avait un petit ami de son âge, ainsi que de nombreux autres amis par ailleurs, et ne se doutait pas que je l'observais secrètement, et avec un tel désir. Ce prénom, Babs – quelconque, et pourtant si américain et d'une telle fraîcheur – me fait presque défaillir, aujourd'hui encore, d'espoir et de désir.

Au lycée, j'en vins à redouter les miroirs comme je redoutais les regards me jaugeant sans détour des autres élèves, car ils me renvoyaient à une vérité trop douloureuse pour être affrontée. Comme beaucoup d'adolescents intellectuellement doués, j'étais précoce dans le domaine des études et en retard dans le domaine social. Dans mes rêves, j'étais libéré de ce corps gauche et je glissais souvent à vive allure le long du sol, ou bien je fonçais, rapide comme l'éclair; j'avais le sentiment de n'être qu'un cerveau, un esprit en perpétuel mouvement; c'était mon corps que je fuyais, mon appétit sexuel obsessionnel et fruste. Dans la vie de tous les jours, j'étais à la fois timide et hautain; j'adoptais une attitude guindée, conscient d'être le fils d'un médecin au sein de la classe essentiellement ouvrière d'Indian River, et ceci alors même que je voyais avec une lucidité douloureuse les autres élèves n'être courtois envers moi que lorsque c'était nécessaire, un sourire déférent, dégagé, aux lèvres, alors même que leurs regards m'ignoraient. *Oui, tu es Roland, le fils du médecin, tu vis dans l'une des grandes demeures de brique de Church Street et ton père conduit une Lincoln neuve noire et brillante, mais on ne t'aime pas pour autant.* Déjà, à l'école primaire, j'avais appris la différence cruciale entre être envié et être apprécié. Lorsqu'il y avait des rires, Roland, le fils du médecin, en était exclu. Bien sûr j'avais un ou deux amis, et même des amis plutôt proches, des adolescents semblables à moi, intelligents et solitaires, enclins à *l'ironie*, bien que nous soyons trop jeunes pour saisir le sens de ce mot : le point de conjonction entre le désespoir et la colère. Et je nourrissais des rêves secrets qui, au début de ma première année au lycée, se focalisèrent avec une brusquerie alarmante et de façon terriblement obsessionnelle sur la belle et blonde Babs, une adolescente dont le père, charpentier et maçon jouissant d'une bonne réputation dans la région, avait travaillé pour le mien.

Pourquoi ce fait m'emplissait-il de honte en la présence de Babs, alors qu'elle-même n'en tenait nullement compte, je ne peux l'expliquer.

L'adolescence ! Le bonheur pour certains, un poison pour d'autres. C'est à l'adolescence que se forge le cœur de l'assassin. Qu'il est donc dégrisant pour R_ – vêtu d'un smoking de location aux boutons de manchettes étincelantes – de songer qu'il y a quarante-cinq ans il aurait volontiers échangé une existence privilégiée de fils aimé et intelligent d'un médecin de petite ville, destiné à obtenir son diplôme avec mention très bien à l'université du Michigan, contre celle du petit ami de Babs Hendrick, Hal McCreagh, séduisant joueur de football dont les notes plafonnaient à C et qui serait employé toute sa vie dans un dépôt de bois d'Indian River. *Si je pouvais être toi. Et ne plus être moi.* La plupart du temps, je parvenais à ne pas songer du tout à Hal McCreagh mais uniquement à Babs Hendrick, qu'en fait je voyais rarement. Quand j'arrivais à l'entrevoir, en passant, au lycée, je me focalisais sur elle à un point tel qu'elle me semblait exister isolément de ce qui l'entourait, tel un spécimen de quelque créature magnifique – papillon, oiseau, poisson tropical – à l'abri derrière une vitrine. Je voyais ses lèvres remuer, mais je n'entendais pas un son. Même lorsque Babs m'adressait un sourire et soufflait gaiement *salut!* comme le faisaient les élèves populaires d'Indian River High qui avaient à cœur, par charité chrétienne peut-être, de n'ignorer personne, je l'entendais à peine. Pris d'une vertigineuse panique, je parvenais tout juste à répondre après coup en balbutiant, fermant à demi les paupières de peur de la dévisager trop ouvertement, son petit corps harmonieux de danseuse, ses lèvres fardées de rose qui luisaient d'un éclat radieux et ses yeux souriant, écarquillés – car dans ma paranoïa j'étais convaincu que les autres pouvaient déceler mon désir, mon appétit charnel brut, vain et méprisable. Je m'imaginais entendre – et souvent, dans mes rêves fiévreux, j'entendais bel et bien – des voix s'élever, teintées de dérision : « Roland? *Lui*? » Puis les rires adolescents cruels qui, des dizaines d'années plus tard, retentissent toujours dans les rêves de R_.

De tout cela, je ne peux vraiment blâmer cette jeune fille. Elle ignorait tout du pouvoir qu'elle exerçait sur moi.

L'ignorait-elle vraiment?

Babs était en terminale, je n'étais qu'en première année et je n'existais pas à ses yeux; pour me trouver à proximité d'une fille comme elle, je dus m'inscrire au club d'art dramatique dont elle était l'un des membres les plus en vue, l'étoile du lycée, jouant invariablement dans les pièces mises en scène par notre professeur de littérature, M. Seales. Sur scène, Babs était une présence pleine de vie, de fougue et de beauté, l'une de ces créatures scintillantes que les autres contemplent avec une admiration éperdue, bien que pour être honnête – et je souhaite être honnête dans ce récit – Babs Hendrick n'eût probablement qu'un talent modéré. Mais selon les critères d'Indian River, Michigan, c'était une étoile. Au sein du club d'art dramatique, je me portais avec empressement volontaire pour les tâches dont personne ne souhaitait se charger, comme les décors et l'éclairage ; j'aidais M. Seales à planifier les répétitions. À la grande surprise de mes amis, qui n'avaient aucune idée de la passion que m'inspirait Babs, je passais de plus en plus de temps en compagnie de la clique du club d'art dramatique, satisfait de mon rôle relativement invisible, laissant volontiers à d'autres les feux de la rampe.

Dans ce contexte où il représentait une sorte de mascotte, *Roland* devint *Rollie*. Quel ravissement.

Car Babs elle-même faisait appel à moi : « Rollie ? Tu serais un amour – avec quelle aisance, quelle cruauté inconsciente, elle me susurrait ces mots ! – si tu courais me chercher un soda ! Tiens, voilà de la monnaie. » Et Rollie, quittant l'enceinte du lycée, se précipitait jusqu'à une épicerie située à deux rues de là pour rapporter un soda à Babs Hendrick, ravi de la tâche qui lui incombait. Plus d'une fois il m'arriva de courir chercher quelque chose pour Babs et de me voir, lorsque je regagnai la salle de répétition, haletant comme un brave chien, charger d'une nouvelle course par un autre comédien ; et Rollie s'élançait une deuxième fois, n'osant protester de crainte d'éveiller les soupçons.

Il me semblait presque entendre la voix musicale de Babs s'élever derrière moi : « Ce Rollie ! Quel amour. »

Entre Clifford Seales et certaines de ses étudiantes, tout particulièrement la blonde, l'effervescente Babs, l'atmosphère était électrique durant les réunions du club d'art dramatique et les répétitions ; un flot continuel de taquineries enlevées et piquantes qui faisaient pouffer les adolescentes aux joues rosies, tandis que M. Seales – bien qu'il soit marié depuis longtemps et père d'enfants adultes – souriait largement et tirait d'un doigt sur le col de sa chemise. Peut-être n'y avait-il rien de véritablement érotique dans ce badinage, juste de l'espièglerie, mais il flottait indubitablement autour de nous des ondes de séduction, car la plupart des membres du club d'art dramatique n'étaient pas des étudiants ordinaires mais avaient été distingués entre tous. Et M. Seales, la cinquantaine, la taille épaisse, l'air porcin, dont le visage paraissait toujours marbré, le nez chaussé de lunettes à double foyer cerclées de métal qui étincelaient lorsqu'il était au sommet de son éloquence et de sa verve, n'était pas un professeur de lycée ordinaire. Il cultivait une moustache rousse pareille à une brosse et portait les cheveux longs, tombant plus bas que son col. Lorsqu'il était âgé d'une vingtaine d'années, il avait été comédien amateur au sein des Milwaukee Players et il avait impressionné des générations d'étudiants d'Indian River en laissant entendre qu'il avait failli décrocher, ou avait peut-être décroché, une audition à la Twentieth Century Fox dans sa jeunesse. Babs taquinait affectueusement M. Seales à propos de sa folle époque hollywoodienne, au temps où il était la doublure de Clark Gable. Car Mr Seales ressemblait effectivement, sous certains angles et dans un éclairage flatteur, à un Clark Gable plus corpulent.

Après le drame et le scandale qui entoura celui-ci, des rumeurs coururent dans Indian River selon lesquelles M. Seales était un pervers qui contraignait ses jeunes comédiens à jouer des scènes d'amour torrides en sa présence afin de les préparer à les interpréter ensemble sur scène. Un pervers qui répétait des scènes d'amour torrides avec ses étudiantes lors de répétitions privées. Qui avait « frôlé », « touché », « câliné » Babs Hendrick devant témoins, la faisant violemment rougir. Qui dissimulait dans son attaché-case une flasque en argent remplie de gin et avait, grâce à cette flasque, secrètement corsé les cafés et les sodas qu'il offrait à ses étudiants sans méfiance afin de les rendre plus malléables entre ses mains perverses. Au cours des sept mois que j'avais passés au sein du club d'art dramatique, je n'avais rien vu de semblable, ainsi que j'en témoignerais auprès de la police d'Indian River pour la défense de M. Seales, ce qui emplirait mon père de fureur. Pourtant, n'est-ce pas étrange : jamais je n'ai vu M. Seales verser quoi que ce soit dans un verre, pas même le mien, mais curieusement j'eus moi-même l'idée de le faire, mû par le désespoir que m'inspirait mon obsession pour Babs et (comment puis-je l'expliquer sans paraître chercher à me disculper ?) par la conviction que j'étais suprêmement inoffensif. *Car jamais Roland ne se serait cru capable de faire ce dont il rêvait : jamais lui, qui se voyait sous les traits d'une victime, n'aurait imaginé être si puissant, et mortifère.*

Ce fut non du gin emplissant une flasque en argent, mais une forte dose de barbituriques provenant de l'armoire à pharmacie débordant de médicaments de ma mère. Ils lui avaient été prescrits longtemps auparavant ; je fis le pari que ma mère distraite, nerveuse, ne s'en s'apercevrait jamais.

Je n'avais pas l'intention de faire le moindre mal à mon premier amour. Car je l'adorais à un tel point que je ne pouvais même pas imaginer de la toucher ! Dans mes rêves malsains, fiévreux, je la « voyais », elle ou un personnage féminin qui lui ressemblait ; sous des épaisseurs de couvertures, comme si j'espérais me cacher des yeux soupçonneux de mon père qui semblaient traverser les murs de ma chambre, je gémissais d'angoisse et de honte, esclave de sa beauté féminine. *C'était moi la victime, et non cette jeune fille.* Je voulais me libérer de mon obsession morbide, et je devins désespéré, prêt à tout. Car mon père (lisant dans mes pensées ? Identifiant des symptômes de ma personne, de mon comportement ?) ne m'avait-il pas mis en garde avec beaucoup d'embarras contre les dangers que représentaient certaines « habitudes malsaines », certains « actes physiques compulsifs et dégradants » ? Ne s'était-il pas détourné avec dégoût, voyant un aveu de culpabilité dans mon regard effrayé et ma peau boutonneuse et enflammée ? Et pourtant, je ne pouvais implorer sa clémence en affirmant que *C'était moi la victime* !

Dans l'univers du lycée, Babs Hendrick existait dans un monde à part, inaccessible à quelqu'un comme moi ; je pouvais la frôler dans un couloir ou en descendant un escalier, je pouvais m'asseoir sur le plancher du foyer des artistes à une vingtaine de centimètres de ses pieds, cette distance représentait un abîme. Elle était invulnérable, insensible à tout ce que Roland ou Rollie aurait pu dire ou faire. Dans de tels moments je me savais invisible et, bien que dépourvu de toute gloire, je me sentais en un sens infiniment chanceux. Car, à l'inverse d'autres jeunes gens plus âgés et attirants, je n'avais pas la moindre chance qu'elle s'éprenne de moi ni même qu'elle me remarque, de sorte que je ne risquais pas grand-chose, à l'image d'un chien peureux mais fidèle. Même lorsque quelqu'un appelait « Rollie ! » et m'envoyait faire une course, je me sentais invisible et infiniment chanceux. Durant les répétitions sur la vaste scène nue et souvent balayée de courants d'air, j'aimais que Babs m'envoie chercher son pull ou le veston de son petit ami ; j'aimais que, même dans ce lieu dénué de toute splendeur, Babs exsude sa beauté innocente et glorieuse que – j'en vins à le penser – personne n'appréciait sauf moi. Dans ces moments-là, je pouvais m'accroupir et contempler ouvertement le visage pur en forme de cœur de Babs Hendrick, son petit corps harmonieux et fringant, car c'était une « comédienne ». En fait, et cette ironie savoureuse n'échappait pas à Roland, Babs et les autres étoiles d'Indian River dépendaient de gens comme lui, d'une audience prête à admirer leurs exhibitions ou ce qu'on appelait leur « talent ». Et ainsi je consacrai de plus en plus de temps au club d'art dramatique et à un M. Seales passablement prétentieux et pompeux, voyant là un moyen d'être apprécié et d'inspirer confiance. Comme Roland était discret, et fiable en toutes circonstances ! Personne d'autre ne l'était au sein du club d'art dramatique, et cela incluait M. Seales lui-même. J'étais toujours disponible si, par exemple, Babs avait besoin qu'un camarade patient l'aide à répéter son texte dans le foyer des acteurs ou une salle de classe vide. *« Bon sang, Rollie, qu'est-ce que je ferais sans toi ! Tu es tellement plus gentil que mon petit frère, et sacrément plus malin »*. M. Seales lui avait attribué, à tort peut-être, le personnage de Laura, pâle, infirme et poétique, dans *La Ménagerie de verre* ; un rôle en or pour une actrice débutante, mais auquel ne convenait pas sa beauté saine et radieuse ni son extraversion enfantine. L'aisance superficielle avec laquelle elle mémorisait son texte ne lui était pas d'un grand secours pour la langue poétique de la pièce de Tennessee Williams et elle se heurtait sans cesse à l'émotion implicite qui sourdait du texte. M. Seales lui-même commençait à perdre patience devant ses crises de larmes et ses accès de mauvaise humeur, et il s'adressa plusieurs fois à elle sèchement devant les autres. Ces derniers devaient bientôt être désignés sous le terme de « témoins », même moi, qui n'eus d'autre choix que de répéter à la police tout ce que j'avais de fait entendu.

L'une des courses dont on me chargeait fréquemment consistait à aller acheter des bouteilles en plastique d'un litre d'un certain Cola light, explosivement gazeux et artificiellement édulcoré, à l'épicerie voisine – une concoction chimique au goût abominable dont mon père affirmait qu'elle avait causé des « tumeurs cancéreuses » chez des rats de laboratoire ; bien qu'éprouvant une joie extrême chaque fois que je pouvais contrarier les désirs de ce dernier, je la trouvais répugnante, imbuvable. Pourtant, Babs en raffolait, en avait toujours une bouteille dans son casier et s'en trouvait souvent à court. Le fait que le soda soit conditionné en bouteilles d'un litre et non en canette, et que ce soit souvent moi qui l'ouvre et le verse dans des gobelets en plastique

que je distribuais à la ronde, me donna l'idée – une idée innocente, me sembla-t-il, comme un interlude musical fantaisiste dans un film de Walt Disney – de mélanger quelque chose au liquide pétillant, une potion pour dormir pourrait-on dire en termes romantiques, grâce à laquelle Babs Hendrick se sentirait soudain fatiguée et s'endormirait juste quelques précieuses minutes ; moi seul pourrais l'observer tandis qu'elle s'assoupissait, moi seul pourrais veiller sur elle et la protéger : s'il en était besoin, je pourrais la réveiller et la raccompagner chez elle.

Babs Hendrick, raccompagnée chez elle par le fils du médecin.

Ce fantasme puisait sa source dans l'un de mes fiévreux rêves érotiques. Je détestais ces rêves, les jugeant malsains et impurs, tout en ayant d'eux un besoin viscéral ; je voulais m'en débarrasser à jamais, tout en les chérissant comme les rares créations authentiques de mon existence solitaire. De ce paradoxe naquit, tels les champignons vénéneux qui germent au plus noir de la nuit, mon désir compulsif d'écrire, et d'écrire sur des thèmes que le monde définit comme morbides. De cette tragédie lointaine naquit l'obsession que je voue au mystère, selon moi la plus primaire et la plus profonde de toutes les visions artistiques. De l'obsession que m'inspirait mon amour de jeunesse est née la brillante et lucrative carrière de R_, élu président de l'*American Mystery Writers* ! Bien que R_ n'ait plus quinze ans, il n'est guère éloigné du jeune Roland qui planifia, manigança, répéta en secret son geste d'une immense audace. Dans sa naïveté obnubilée par le sexe, il semblait s'imaginer qu'il pourrait parvenir à ses fins sans exercer le plus petit effet sur la réalité, et sans la moindre conséquence ni pour lui ni pour sa victime.

Bien sûr, le jeune Roland de quinze ans ne considérait pas Babs Hendrick comme une victime. Elle détenait un tel pouvoir !

Ainsi donc, comme dans un rêve, un soir vert-de-gris morose du mois de mars, dans cette saison indécise suspendue entre la fin de l'hiver et le début du printemps, lorsque les températures semblent figées à zéro, il arriva que les répétitions de *La Ménagerie de verre* s'interrompent vers 17 heures et que M. Seales renvoie chacun chez soi à l'exception de Babs, avec qui il s'entretint en privé. Vingt minutes plus tard, elle sortit de la salle de classe, essuyant ses beaux yeux baissés. M'apercevant à l'affût non loin – mais Babs n'aurait pas imaginé que son ami Rollie soit capable d'être à l'affût –, elle me demanda si je pouvais l'aider à répéter ses répliques. Pas plus d'une demi-heure, insista-t-elle.

Timidement, Rollie murmura : « Bien sûr. »

Babs me précéda jusqu'au foyer des artistes. Comme à son habitude, elle récita ses répliques debout, déambulant nerveusement dans la pièce, s'efforçant d'accorder ses gestes à la langue vertigineusement poétique et répétitive de Tennessee Williams. À peine me jetait-elle un regard lorsque je lisais mes répliques ou que je lui soufflais son texte, comme si elle avait été seule ; j'étais la mère de Laura, le frère de Laura, le visiteur grossier de Laura, et pourtant c'était uniquement son reflet qu'elle contemplait dans le long miroir horizontal de la pièce. Même dans cette salle éclairée au néon, sentant le renfermé, au mobilier miteux et au lino usé, comme Babs était belle ! Bien plus belle que la pauvre Laura au destin tragique. *Je l'aimais et je la détestais. Au nom de toutes les Laura, et de tous les Roland du monde.*

L'autre jour, dans la banlieue cossue et boisée située à cinquante minutes de Grand Central Station où, par une curieuse ironie du sort, j'habite Basking Ridge Drive, non loin de l'intersection de Church Street, j'allais comme chaque jour acheter mes journaux à pied pour faire un peu d'exercice, lorsque je l'ai vue. J'ai vu Babs Hendrick ; une ravissante adolescente aux cheveux blonds ondulés coupés à hauteur des épaules, au front recouvert d'une frange, qui se promenait en compagnie de camarades de lycée. Je me suis arrêté net. Mon cœur résonnait à grands coups sourds, comme une cloche. J'ai failli lancer : « Babs ? C'est toi ? » Mais bien sûr, étant R_, et dépourvu de toute naïveté désormais, j'ai attendu jusqu'à être certain que l'adolescente n'était bien évidemment pas mon amour perdu, et qu'elle ne lui ressemblait pas véritablement. Je me suis détourné pour dissimuler ma peine. Je me suis éloigné d'une démarche boitillante, profondément ébranlé. Toute cette journée-là je me suis consolé en écrivant ce texte, car je ne nourris plus de fantasmes sordides et délicieux la nuit, sous d'épaisses couvertures ; les seules inventions qui m'habitent aujourd'hui sont les intrigues délibérément calculées, méticuleusement orchestrées, de mon activité d'écrivain.

Je le répète : je n'avais pas l'intention de faire le moindre mal à mon premier amour.

Dans mon anxiété, je dus mélanger trop de barbituriques au soda. J'avais dérobé de nombreuses capsules dans l'armoire à pharmacie de ma mère, je les avais percées et j'avais soigneusement versé la poudre blanche au creux d'un mouchoir en papier ; ce mouchoir en papier, enveloppé de cellophane, se trouvait au fond de ma poche depuis des mois, semblait-il, mais cela ne pouvait faire plus de deux ou trois semaines. Je savais que l'occasion se présenterait si je faisais preuve de patience. Et en cette soirée de mars où Babs et moi étions seuls dans le foyer des acteurs, sans personne alentour, sans qu'on soupçonne notre présence, et où elle m'envoya chercher sa bouteille de soda entamée dans son casier tandis qu'elle allait aux toilettes des coulisses, je sus qu'il devait en être ainsi. Je n'avais presque pas le choix. Je transvasai la poudre blanche dans la boisson chimique, sombre et violente, rebouchai la bouteille, la retournai, la secouai doucement. Babs ne remarqua pas le goût des barbituriques car elle but le soda à grandes gorgées distraites en essayant de mémoriser ses répliques et elle s'était levée d'un bond, agitée, impatiente, ayant décidé que la clef de l'héroïne de Williams était la colère, dissimulée sous des strates de verbiage puéril dont le dramaturge lui-même n'avait pas eu conscience. « Je parie que les handicapés sont toujours en colère. À leur place, tu parles comme je le serais. »

Assis sur un vieux canapé en velours usé, attendant anxieusement que la potion agisse, Roland souffla que oui, Babs avait sans doute raison.

Elle continua à réciter son texte, l'oubliant et ayant besoin que je le lui souffle, s'en souvenant, récitant, gesticulant, rendant son visage « expressif » ; plus elle interprétait Laura et plus Laura lui échappait, tel un fantôme narquois. Dix minutes s'écoulèrent avec une insoutenable lenteur ; je sentais des gouttes de sueur perler sur mon visage brûlant, ruisseler le long de mes flancs maigres ; quinze minutes s'écoulèrent, et peu à peu Babs sembla sombrer dans la léthargie, murmura qu'elle ne savait pas ce qui lui arrivait, elle se sentait si fatiguée, elle n'arrivait pas à garder les yeux ouverts. Elle renversa la bouteille de soda ; ce qui restait du liquide se répandit sur la moquette déjà tachée. Alors, brusquement, elle se laissa tomber à l'autre bout du canapé, et quelques secondes plus tard elle était endormie.

Pendant un moment je restai assis sans bouger, sans même la regarder directement tout d'abord. La magie avait opéré ! C'était incroyable, et pourtant c'était arrivé ; Roland n'avait pas pu exercer le moindre véritable pouvoir sur une fille comme Babs Hendrick, et pourtant, c'était bel et bien arrivé. Oui, je me sentais triomphant. Follement heureux ! Oui, j'étais terrifié. Car ce que j'avais orchestré, la plus sordide des machinations, ne pouvait plus être effacé désormais.

Ce ne fut pas le jeune Roland maigrichon et cérébral, cet adolescent timide, mais quelqu'un d'autre, calculateur et presque calme, qui se leva enfin du canapé et se pencha sur la jeune fille endormie, tremblant d'excitation. Babs, qui était ravissante lorsqu'elle était éveillée et en mouvement, l'était plus encore dans le sommeil ; la peau cireuse, vulnérable, elle semblait plus jeune que ses dix-sept ans. Son visage était pâle et détendu, ses lèvres entrouvertes, comme un bébé endormi, ses bras étaient relâchés, ses jambes écartées comme celles d'une poupée de chiffon. Elle portait un pull angora jaune pâle aux manches courtes et bouffantes, et une jupe plissée gris foncé. C'était avant l'ère du jean universel. Je chuchotai : « Babs ? Babs ? » et rien n'indiqua qu'elle m'entendait. Elle respirait à longues goulées profondes, irrégulières et tremblantes, et ses paupières frémissaient. Ma principale crainte était qu'elle ne s'éveille soudain, ne me voie penché sur elle, ne devine ce que j'avais fait et ne se mette à hurler, et qu'adviendrait-il alors de Roland, le fils du médecin ? J'osai toucher son bras, et la secouai doucement. « Babs ? Ça ne va pas ? » Jusqu'ici, rien de ce qui se passait n'était précisément de nature à éveiller les soupçons. *Vraiment ?* Il arrivait fréquemment que des jeunes s'endorment au lycée, la tête nichée au creux des bras à la bibliothèque, et en salle de permanence ; durant les cours ennuyeux, presque tout le monde s'assoupissait à un moment ou un autre. De jeunes comédiens enclins à dramatiser leur épuisement et leur surmenage s'octroyaient des siestes dans le foyer des acteurs, et à en croire les rumeurs, des couples « couchaient » sur l'infâme canapé en velours lorsqu'ils étaient assurés de jouir de quelques brèves minutes d'intimité. Babs, à l'image de ses amies populaires, veillait tard le soir, bavardant et riant au téléphone, comme je l'avais deviné en surprenant leurs conversations ; elle s'inquiétait au sujet de la pièce et manquait de sommeil, aussi n'était-il pas inimaginable que, alors qu'elle répétait son texte avec moi, elle se soit brusquement sentie épuisée et se soit endormie. *Rien de tout cela n'était de nature à éveiller les soupçons. Pas encore !*

Mais le comportement de Roland ne commençait-il pas à être étrange ? Car l'adolescent se dirigeait furtivement vers la porte dépourvue de verrou et traînait jusqu'à elle un lourd fauteuil en cuir pour empêcher qu'on l'ouvre à la volée. (Il restait probablement quelques enseignants et quelques élèves dans les bâtiments, bien qu'il soit plus de 18 heures.) Il éteignit toutes les lampes de la pièce aux murs aveugles, à l'exception d'une seule, un néon à la lueur tremblotante qui semblait sur le point de griller. D'une voix basse, prudente, il s'adressa à l'adolescente endormie : « Babs ? Babs ? C'est moi. Rollie. » Durant de longues secondes de fascination, il demeura penché sur elle, la contemplant. La jeune fille insaisissable de ses fantasmes fiévreux ! Son premier amour que son père avait tenté de lui interdire ! Impur. Compulsif. Dégradant. Avec tendresse, Roland effleura de nouveau l'adolescente, caressa son épaule comme un amant dans un film, puis son bras dans la manche d'angora duveteux, ses doigts inertes, glacés. À présent il respirait rapidement et il était poisseux de sueur. Et s'il se penchait davantage, s'il l'embrassait ? Mais comment embrassait-on une fille comme Babs Hendrick ? Juste sur le front ? Allait-elle s'éveiller soudain, se mettre à hurler ? « C'est moi, Rollie. Je t'aime. » Soudain il se demanda, avec un brusque élan de jalousie, si Hal McCreagh avait déjà vu Babs ainsi. Si profondément endormie ! Si belle ! Il se demanda ce que Hal faisait à Babs lorsqu'ils étaient seuls dans sa voiture. L'embrassait-il ? Avec la langue ? La touchait-il, la caressait-il ? La cajolait-il ? Imaginer tout cela emplissait Roland d'excitation, et de fureur.

Mais Hal n'était pas là en cet instant. Hal ignorait tout de cet interlude, de cette « répétition ». Hal n'existait plus. Seul existait Roland, le fils brillant et adoré du médecin.

Il frissonnait intensément à présent. Des tremblements le secouaient. Une violente et douloureuse pulsation dans son entrejambe, qu'il essayait d'ignorer, et les battements rapides de son cœur. Cela ne pouvait pas être réellement en train de se produire... Comment cela pouvait-il être réellement en train de se produire ? Il posa ses lèvres sur le front étrangement froid et humide de l'adolescente. C'était son premier véritable baiser. La tête blonde et soyeuse de Babs avait basculé contre l'accoudoir maculé de taches du canapé et ses lèvres s'étaient entrouvertes. Ses paupières étaient étrangement bleutées, papillonnant comme si elle avait désespérément voulu les soulever mais n'y parvenait pas. « Babs ? N'aie pas peur. » Il l'embrassa sur la joue, se pencha pour l'embrasser sur la bouche, qui était béante, flasque, vulnérable, un filet de salive coulant sur son menton. Le goût de sa bouche l'excita violemment. De sa langue, il lécha sa salive. *Comme s'il goûtait du sang. Roland, le vampire.* Ce premier baiser ! Son cerveau sembla s'obscurcir. Il fut saisi d'un désir irrépressible d'agripper la jeune fille, avec brutalité. De lui montrer qui était le maître. Mais il se refréna, car Roland n'était pas ce genre d'individu ; c'était un gentil garçon et il ne ferait jamais de mal à quiconque. *Vraiment ?* Babs Hendrick était, il le savait, une bonne catholique, tout comme lui-même était un bon catholique. Que pouvait-il leur arriver de mal, en réalité ? S'il n'avait aucune mauvaise intention, rien de mauvais ne se produirait. Il serait protégé. Elle serait protégée. Il avait remarqué que la respiration de l'adolescente était devenue étrange, laborieuse, rauque, comme celle d'un homme luttant pour chercher son souffle, et pourtant, curieusement, il n'intégra pas la signification possible d'un tel symptôme, bien qu'il soit – mais il ne l'était pas en cet instant – Roland, le fils du médecin. Il tremblait d'excitation. Ses mains qui lui semblaient légèrement déformées, comme s'il les voyait au travers d'une loupe, se tendirent pour lisser la chevelure blonde et soyeuse, la recueillir entre ses doigts. Il effleura la nuque de la jeune fille, caressa lentement son épaule, son sein gauche, le frôlant avec délicatesse du bout des doigts, cette laine angora duveteuse jaune pâle qui était si belle ; il cueillit au creux de sa main – mais était-ce réellement *sa main* ? – le petit sein bien dessiné, doucement puis avec davantage d'assurance il caressa, malaxa légèrement.« Babs ! Je t'ai-me. » Elle gémit dans son sommeil lourd et apathique, un gémissement de nature sexuelle, sembla-t-il à Roland, qui geignait lui-même d'excitation. Mais elle ne s'éveilla pas. Le pouvoir qu'il exerçait sur elle, sa revanche, était qu'elle ne pouvait s'éveiller ; elle était à sa merci, et il ferait preuve de clémence. Elle était totalement vulnérable et sans défense, et il ne profiterait pas d'elle comme l'aurait fait à sa place l'un des adolescents frustes d'Indian River High School. *Vraiment pas* ? Il n'avait jamais souillé son premier amour, même dans le plus sordide de ses rêves, du moins pour autant qu'il s'autorise à s'en souvenir. D'une voix brisée, rauque, à demi implorante, il murmura : « Babs ? N'aie pas peur. Je ne te ferais jamais de mal, *je t'aime.* » Et les ténèbres s'abattirent sur lui, l'envahissant une seconde fois, annihilant son esprit ; plus tard il ne se souviendrait pas de tout ce qui s'était passé dans cette pièce faiblement éclairée, sur le vieux canapé en velours, ou ce qui fut amené à se passer, perçu comme au travers d'une lentille déformante qui tout à la fois agrandissait et réduisait sa vision.

Quand Roland fut de nouveau capable de voir clairement, et de réfléchir, il s'aperçut avec horreur qu'il était presque six heures et demie. Et l'adolescente endormie gisait toujours sur le canapé en velours, emplissant à présent toute la pièce confinée du bruit de sa respiration. Sa tête reposait inconfortablement sur l'accoudoir maculé de taches, ses bras et ses jambes étaient mous, aussi flasques que ceux d'une poupée de chiffon. Si ce n'est qu'à présent ses yeux au regard aveugle s'étaient entrouverts, dévoilant un croissant blanc. D'une voix anxieuse, il souffla : « Babs ? Réveille-toi ! » Il sentit la panique l'envahir. Il entendait des voix retentir dans le couloir longeant les coulisses, des voix masculines, peut-être des joueurs de basket-ball qui revenaient de l'entraînement ; Hal McCreagh se trouvait parmi eux, du moins c'était possible, car il faisait partie de l'équipe ; et que ferait Roland, que lui ferait-on, si on le découvrait ainsi, caché dans cette pièce, l'air coupable, Babs Hendrick gisant bras et jambes épars sur le canapé, vulnérable dans son sommeil, les cheveux dépeignés, les vêtements en désordre ? En hâte, de ses doigts tremblants, Roland réajusta le pull d'angora duveteux et la jupe plissée. Il gémissait, implorant l'adolescente de se réveiller, de se réveiller par pitié, et pourtant, telle la Belle au Bois Dormant dans le film de Disney, elle ne se réveillait pas ; elle était victime d'un sortilège ; elle ne se réveillerait pas pour *lui.*

Pour la première fois, le garçon tremblant songea qu'il avait peut-être administré à son premier amour une trop forte dose de barbituriques. *Et si elle ne se réveillait jamais* ? Mais qu'était-ce qu'une dose *trop forte*, il n'en avait pas la moindre idée. Un demi-flacon de capsules de six milligrammes ? Cette poudre blanche crayeuse et inodore ?

Un sentiment de panique l'envahit. Non, il se refusait à envisager *cela.*

Sur une étagère, parmi des scénarios écornés, il trouva une légère couverture en laine élimée dont il recouvrit doucement Babs. Il la remonta jusqu'à son menton humide et disposa ses cheveux blonds et ondulés en éventail autour de sa tête. Elle allait dormir jusqu'à ce que l'effet des barbituriques se dissipe, puis elle se réveillerait. Si Roland – « Rollie » – avait beaucoup de chance, elle ne se souviendrait pas de lui ; et s'il n'en avait pas, il se refusait à l'envisager. Et il ne l'envisagea pas. Puis, furtivement, il s'enfuit, sans être vu. Il laissa brûler l'unique néon à la lueur tremblotante. Il se glissa hors du foyer des artistes, se faufilant dans les coulisses obscures puis un couloir reculé, évitant le chemin le plus direct, le plus logique, qui l'aurait amené à emprunter un couloir contigu à celui menant au vestiaire des garçons ; et ainsi, hors d'haleine, il fuit les lieux du crime que, en son âme et conscience, il ne considéra jamais véritablement comme un crime (vraiment ?), même dans sa soixante et unième année, lorsque R_ eut depuis longtemps remplacé tout à la fois Roland et « Rollie ». Contemplant alors, à travers la lentille déformante du temps, le fils du médecin, pâle, calme en apparence, réfugié dans la maison de brique de Church Street, réfugié dans sa chambre, plongé dans ses devoirs de géométrie à 20 heures 20 ce soir-là, l'heure approximative où le cœur de Babs Hendrick cessa de battre.

La Ménagerie de Verre ne fut pas jouée ce printemps-là à Indian River High.

Clifford Seales fut suspendu sans solde du lycée et son contrat résilié peu après, durant l'enquête des forces de police d'Indian River sur le décès par absorption de barbituriques de son étudiante de dix-sept ans, Babs Hendrick. Bien qu'il n'ait pu être rassemblé suffisamment de preuves contre lui pour justifier une arrestation en bonne et due forme, Seales demeura le principal suspect de l'affaire ; sa culpabilité ne faisait aucun doute dans les esprits. Quarante-cinq ans plus tard, à Indian River, si vous évoquez la mort de Babs Hendrick, on vous dira avec un dégoût mêlé de colère que son professeur d'anglais, un pervers alcoolique qui avait abusé d'autres élèves au cours des années, a drogué l'adolescente à l'aide de barbituriques pour la soumettre à des actes sexuels révoltants, provoquant ainsi sa mort. On vous dira que Seales est parvenu à échapper à la prison, bien que sa vie ait été détruite, bien sûr, et qu'il soit mort d'une crise cardiaque quelques années plus tard, divorcé et déchu.

Mesdames et messieurs, vous vous demandez : la police d'Indian River n'avait-elle donc pas d'autres suspects ? Vraisemblablement, si. Concrètement, non. Aujourd'hui encore, les services de police des petites villes n'ont pas suffisamment de moyens pour entreprendre des enquêtes criminelles en l'absence de témoins ou d'informateurs se manifestant spontanément. Les recherches d'empreintes effectuées dans le foyer permirent de recueillir une moisson de traces de doigts mais toutes, même celles de Seales, pouvaient se justifier en ces lieux. Des traces d'ADN (salive, sperme) auraient permis de confondre le coupable, mais l'ADN était inconnu à cette époque. Et l'adolescent, le fils timide et binoclard du médecin, Roland, ne fut qu'un des nombreux lycéens – dont le petit ami de la jeune morte – que la police interrogea ; il n'éveilla aucun soupçon, s'adressa de manière franche et convaincante aux policiers, allant dans sa naïveté jusqu'à défendre le fameux Seales, et ne se comporta jamais d'une façon qui aurait pu éveiller le moindre doute. Comme si son cœur avait cessé de battre. Pas d'émotion, rien qu'une stupeur émerveillée. À l'idée que moi, Roland, j'ai fait une telle chose. Que moi, une victime, j'ai exercé un tel pouvoir !

Si ma mère s'est jamais aperçue qu'un flacon de somnifères avait disparu de son armoire à pharmacie, elle n'a jamais fait allusion à sa découverte ni à ce que que cela pouvait signifier.

Selon la rumeur – mais jamais cela ne fut imprimé dans un journal, ni commenté à la radio ou la télé, – des « choses malsaines, répugnantes » avaient été infligées au corps sans défense de Babs Hendrick avant sa mort ; seul un « pervers » aurait pu commettre de tels actes sur une victime comateuse. Mais le meurtrier ne fut jamais arrêté, et il n'y eut par conséquent aucun procès. Et aucune révélation publique.

Quelles « choses malsaines, répugnantes », ont été infligées à mon premier amour, je l'ignore. Quelqu'un a dû se glisser dans le foyer entre le moment où Roland s'est enfui et celui où Babs est morte, plus tard dans la soirée.

L'horreur morbide du mystère qui demeure irrésolu.

Vous vous demandez : le meurtrier n'a donc jamais avoué ?

Au premier degré, la réponse est que non, le meurtrier n'a jamais avoué. Car il était convaincu (convaincu, vraiment ?) de n'être pas véritablement un meurtrier ; c'était un brave garçon, un bon chrétien. Et il était – et il est – un lâche, méprisable. À un niveau plus complexe, la réponse est que oui, le meurtrier a avoué, et avoué à de nombreuses reprises au cours de sa longue et « brillante » carrière. Chacune des œuvres de fiction qu'il a écrites était un aveu, et une jubilation. Car, s'étant rendu coupable d'un mystère durant son adolescence, il avait compris qu'il avait fait ses preuves et n'aurait jamais besoin d'en commettre un autre ; il resterait à tout jamais un élégiaque du mystère, honoré pour son style. Mesdames et messieurs, je vous remercie de ce nouvel honneur.

Dans le silence soudain, R_ rassembla avec quelque gêne les feuillets de son manuscrit pour indiquer que « *Le mystère du premier amour* » était terminé, tandis que nous qui formions le public, ses amis et admirateurs, restions pétrifiés, paralysés par un sentiment de stupeur et d'indécision. Certes, le récit de R_ était fascinant et sa lecture nous avait envoûtés ; cependant, était-il possible d'applaudir ?

Titre original : *The High School Sweetheart*

Traduit par Dominique Mainard

Robert B. Parker

HARLEM NOCTURNE

Paru dans *Murderers' Row*

M. Rickey portait un nœud papillon à pois bleus et un costume de tweed gris qui ne lui allait pas très bien. Il prit son temps pour allumer son cigare, puis me regarda par-dessus ses lunettes rondes à monture noire.

« Je fais venir Jackie Robinson, de l'équipe de Montréal, déclara-t-il.

– Pas trop tôt, répliquai-je, lui arrachant un sourire.

– J'aimerais que vous assuriez sa protection.

– OK.

– Ah bon ? C'est tout ?

– Vous allez me payer, je suppose.

– Vous ne voulez pas savoir pourquoi je vous demande de le protéger ?

– J'ai mon idée sur la question. Vous tenez à le protéger de ceux qui pourraient vouloir le descendre parce qu'il est noir. Et de lui-même. »

Il hocha la tête et fit lentement tourner son cigare dans sa bouche sans l'ôter de ses lèvres.

« Excellent. Je ne pensais pas que vous auriez pigé, pour le “ de lui-même ” ».

J'affectai un air modeste.

« Jackie a du caractère, expliqua Rickey. Un sacré caractère, je dirais. Si l'expérience donne les résultats escomptés, il sera obligé de se maîtriser. De rester calme. D'apprendre à tendre l'autre joue.

– Donc, je vais devoir y veiller.

– C'est ça. Et veiller aussi à ce que personne ne lui fasse de mal.

– Je suis également censé tendre l'autre joue ?

– Vous êtes censé prendre toutes les mesures nécessaires pour nous aider, Jackie, moi et les Brooklyn Dodgers, à traverser la tempête imminente.

– Je ferai ce que je peux.

– D'après mes sources, vous pouvez beaucoup. C'est pour ça que vous êtes là aujourd'hui. Vous ne le quitterez pas d'une semelle. Si on vous pose la question, vous êtes juste l'assistant du manager. S'il doit dormir dans un hôtel réservé aux Noirs, vous devrez y dormir aussi.

– J'ai survécu à Guadalcanal.

– Oui, je suis au courant. Qu'est-ce que vous pensez de la présence d'un Noir dans une des deux grandes ligues ?

– Ça me paraît une bonne idée.

– Bien. Maintenant, vous allez rencontrer Jackie. »

Il pressa un bouton sur l'interphone devant lui, dit quelques mots, et un instant plus tard, une secrétaire ouvrit la porte du bureau ; Jackie Robinson entra, vêtu d'un costume gris et d'une cravate de laine sombre. Grand, costaud, il se déplaçait comme s'il était monté sur ressorts. Et il n'avait rien d'un métis. Non, il était noir. Et ne cherchait manifestement pas à s'en excuser. Rickey fit les présentations.

« En tout cas, z'avez ce qu'il faut pour être garde du corps, observa Robinson.

– Vous aussi.

– Sauf que moi, j'ai pas à garder votre corps.

– Le mien ne rapporte pas dans les dix mille par an.

– Juste une chose, dit Robinson en se tournant vers Rickey. J'ai pas besoin de nounou. Vous vous débrouillez pour qu'on me tire pas dessus, d'accord. Je sais aussi que j'ai pas le droit de me battre et que vous devrez vous en charger à ma place. Mais je vais où je veux et je fais ce que je veux. Et je vous demande pas la permission.

– Du moment que vous m'autorisez à me faire tuer pour vous... »

Une lueur brilla dans les yeux de Robinson.

« Vous aimez jouer au plus fin, hein ?

– Je suis un type fin. »

Robinson se fendit d'un sourire.

« Alors, pourquoi vous acceptez ce boulot ?

– Comme vous. Pour le blé. »

De nouveau, il me fixa d'un regard dur.

« Bon. On verra. »

Rickey était resté silencieux pendant que Robinson et moi nous évaluions mutuellement. Enfin, il reprit la parole :

« Ne vous relâchez jamais. (Il regardait Robinson, mais son discours s'adressait aussi à moi, je le savais.) Vous êtes sous surveillance. Vous n'avez pas le droit de boire. Vous n'avez pas le droit d'étaler vos liaisons au grand jour. Vous n'avez même pas le droit d'exprimer des opinions. Vous vous contentez de vous défoncer sur le terrain, de respecter les règles et de la fermer. Ça vous paraît faisable ?

– Avec un peu de chance, répondit Robinson.

– La chance, c'est le fruit de l'effort », affirma Rickey.

Il parlait bien pour un gars qui, au base-ball, n'avait jamais dépassé une moyenne de 23,9 pour cent durant sa carrière.

*

Il ne fallut pas longtemps pour déterminer la façon dont les choses allaient se dérouler.

Peewee Reese était pour, Dixie Walker était contre. Tous les autres joueurs se situaient quelque part entre ces deux extrêmes.

À St Louis, un coureur expédia à Robinson un coup de crampons au niveau de la première base. À Chicago, on lui envoya la balle dans la figure au moment où il glissait vers la deuxième. À St Louis encore, quelqu'un jeta un chat noir sur le terrain. À Cincinnati, alors qu'il avait la batte en main, il dut se jeter à terre trois fois pour éviter la balle. Dans chaque ville, on entendait le mot « nègre » jaillir de l'abri de touche de l'équipe adverse. Mais ce n'était pas mon problème. Non, c'était celui de Robinson. Moi, je n'y pouvais rien. Alors, je me bornais à demeurer assis dans un coin.

Mon boulot, je le faisais en dehors du terrain.

Il y avait les lettres de haine. Je n'y pouvais rien non plus. Le club nous transmettait les menaces de mort, mais elles étaient tellement nombreuses que ça ne servait pas à grand-chose. La seule solution, pour Robinson et moi, c'était de rester vigilants. Je commençais à regarder tous les autres comme s'ils étaient dangereux.

Un soir, après deux matchs dans la même journée contre les Giants, je conduisis Robinson en ville. Lorsqu'une Ford grise deux portes s'arrêta à côté de nous au feu, j'observai le conducteur. Le feu passa au vert et la voiture s'éloigna.

« Je commence à me méfier de tout le monde », avouai-je.

Robinson me jeta un coup d'œil assorti de son habituel sourire. Un sourire qui semblait dire : « Bienvenue au club, vieux. »

Mais il se contenta de répondre :

« Mmm. »

Nous nous arrêtâmes dîner dans un bouiboui de Lennox Avenue. À notre entrée, tous les regards convergèrent vers nous. À cause de Robinson, supposai-je au début. Mais je me rendis vite compte que les clients ne l'avaient même pas vu. J'étais le seul Blanc de toute la gargote.

« On va s'asseoir au fond, conseillai-je à Robinson.

– Je vois pas comment faire autrement, avec un type comme vous. »

Alors que nous traversions la salle, les gens reconnurent Robinson. Un premier client se mit à applaudir, puis tous se levèrent, applaudirent de plus belle et multiplièrent les sifflements admiratifs et les exclamations enthousiastes jusqu'à ce que nous soyons attablés.

« Je crois pas que c'était pour moi, dis-je.

– Je crois pas non plus. »

Robinson commanda un Coca.

« Vous ne buvez jamais d'alcool ? demandai-je.

– Pas en public.

– Parfait. »

J'examinai les lieux. Même pour un dur de ma trempe, c'était embarrassant de se retrouver ainsi dans une salle pleine de Noirs. La présence de Robinson me soulageait.

Nous optâmes tous les deux pour un steak.

« Pas de poulet frit, Jackie ?

– Ni de pastèque. »

Brusquement, les conversations cessèrent. Le silence fut si soudain que je me voûtai d'instinct pour pouvoir atteindre l'arme sur ma hanche. Six Blancs venaient d'arriver, en costume, pardessus et feutre. Ils ne semblaient pas le moins du monde embarrassés par la présence d'une clientèle de couleur. Au contraire, ils bombaient le torse. L'un d'eux le bombait comme un chef – un petit gros dont le pardessus ouvert révélait un costume sombre et une cravate de soie bleue ornée d'un flamant rose peint à la main.

« Frank Digiacomo, m'informa Robinson. Le proprio. »

Sans même enlever chapeaux et pardessus, les six hommes prirent place à une grande table ronde près de l'entrée.

« J'ai entendu dire qu'il régnait sur cette partie de Harlem », murmurai-je.

Robinson haussa les épaules.

« Quand Bumpy Johnson était là, les Italiens ne venaient jamais, ajoutai-je.

– C'est bien pour les gens de couleur d'être propriétaires de leur boutique. »

Un balèze assis près de Digiacomo se leva, puis s'approcha de notre table. Robinson et moi devions avoisiner les cent kilos chacun, mais ce type-là ne jouait pas dans la même catégorie. Grand, bâti comme une armoire à glace, il compensait la quasi-inexistence de son cou par un menton imposant. Son visage rasé de près semblait mouillé. Il portait une chemise blanche amidonnée sous son pardessus ouvert et empestait la cocotte.

« M. Digiacomo veut vous offrir le champagne », annonça-t-il à Robinson.

Avant de répondre, celui-ci prit le temps d'enfourner une bouchée de steak, de la mâcher avec application et d'avaler.

« Dites à M. Digiacomo, non merci. »

Le balèze le dévisagea quelques instants.

« On ne dit pas non à M. Digiacomo, négro. »

Robinson garda le silence, mais son regard était éloquent.

« Peut-être pourrions-nous offrir le champagne à M. Digiacomo ? suggérai-je.

– M. Digiacomo n'a pas besoin qu'on lui offre le champagne.

– Match nul, donc, répliquai-je. Merci quand même. »

Le balèze me regarda un long moment. Mais comme je ne me ratatinais pas sur place ni ne partais en fumée, il finit par retourner vers son patron, le torse en avant. Il se pencha pour lui parler, la main gauche posée sur le dossier de sa chaise. Puis il hocha la tête, pivota et revint vers nous, le torse toujours en avant.

« Debout, ordonna-t-il à Robinson.

– Je suis en train de dîner. »

Quand le balèze le prit par le bras, Robinson bondit de sa chaise comme s'il en avait été éjecté et lui expédia un bon direct du droit. C'était un costaud en excellente condition physique et il savait frapper. Ç'aurait dû suffire à envoyer le balèze au tapis. Mais non. Il recula de quelques pas, rétablit son équilibre et secoua la tête comme pour chasser les mouches autour de lui. À la table de Digiacomo, tous s'étaient retournés. Le seul bruit dans la salle était celui de la vaisselle entrechoquée en cuisine. Le silence était tel que j'entendis les chaises grincer quand leurs occupants changèrent de position pour regarder. Je me levai.

« Rasseyez-vous ! criai-je à Robinson.

– Pas ici, marmonna Robinson. Je veux bien supporter ça ailleurs, mais pas ici. »

Le balèze reprenait ses esprits. Il jeta un coup d'œil à son patron.

« Vas-y, Sonny, l'encouragea Digiacomo. Donne une bonne leçon à ce nègre. »

Le dénommé Sonny s'élança vers Robinson. Je m'interposai. Le balèze faillit me renverser et aurait sans doute aussi renversé Robinson si je ne lui avais pas décoché un sacré direct du gauche – peut-être pas plus puissant que celui de Robinson, mais renforcé par le coup de poing américain que je portais.

Le choc le stoppa dans son élan, sans pour autant l'abattre. Je lui expédiai mon genou dans le bas-ventre et le frappai une nouvelle fois de la main gauche. Avec un grognement sourd, il tomba au ralenti. D'abord à genoux, et enfin, lentement, à plat ventre.

On se serait maintenant crus dans une tombe. Même les bruits en cuisine s'étaient tus. Seul l'écho d'une respiration laborieuse me parvenait. Une respiration familière. La mienne.

Les quatre hommes à la table de Digiacomo s'étaient redressés. Tous avaient dégainé et tous nous visaient. Seul Digiacomo était resté assis. Il avait l'air vaguement amusé.

« Ne les descendez pas ici, dit-il. Emmenez-les. »

J'avais sur moi un Colt.45 emprunté aux marines. Mais il était toujours sur ma hanche. J'aurais dû le sortir dès le début.

L'un des hommes, un grand maigre aux épaules saillantes, ordonna « Dehors ! » en brandissant le .38 glissé jusque-là dans sa ceinture. C'était lui le flingueur du groupe. Ça se voyait à la façon dont il tenait l'arme, comme s'il s'agissait d'un objet précieux.

« Non, décréta Robinson.

– Et vous ? » me demanda le flingueur.

Je fis non de la tête. Il consulta du regard son patron.

« OK, descendez-les ici, déclara Digiacomo. Et assurez-vous que les nègres nettoient les saletés après. »

Le flingueur sourit. Il était sûrement doué. Il aimait son boulot, c'était évident.

« Je commence par lequel ? » nous lança-t-il.

À la table voisine, un petit Noir à la fine moustache, vêtu d'un costume céruléen, énonça :

« Non. »

Le flingueur lui jeta un coup d'œil.
« Ça te dit aussi, mon gars ? »
À la table en face de nous, une grosse femme en robe jaune trop serrée déclara à son tour :
« Non. »
Elle se leva.
Le regard du flingueur se porta sur elle. Le petit Noir moustachu se mit debout, imité presque aussitôt par ses compagnons de table. La femme à la robe trop serrée vint se placer devant Robinson et moi. Entre nous et le flingueur. Les autres dîneurs à sa table la rejoignirent. Puis tous les clients se levèrent pour s'approcher de nous, nous entourer, former un rempart noir impénétrable entre nous et le flingueur. Je sortis mon arme. Robinson, fermement campé sur ses pieds, demeura immobile. Du bar à l'autre bout de la salle s'éleva le bruit d'un fusil à pompe que l'on arme. Ce bruit-là, comme celui des tanks, ne ressemble à aucun autre. À travers les corps devant moi, je vis le barman au visage rond appuyer ses coudes sur le comptoir pour mieux épauler un fusil dont une bonne partie de la crosse avait été sciée.
Le flingueur se tourna de nouveau vers Digiacomo. Leurs visages étaient comme autant d'îlots clairs dans un océan de faces noires. Pour la première fois, Digiacomo se leva. Il n'avait plus du tout l'air amusé. Il nous chercha à travers la foule, Robinson et moi, et parut nous étudier un moment. Puis, de la tête, il indiqua le balèze qui avait réussi à s'asseoir au milieu d'une forêt de jambes sombres. Deux des hommes de Digiacomo se frayèrent un passage parmi les clients pour aller l'aider à se relever. Quand ils regardèrent une nouvelle fois leur patron, celui-ci reporta son attention sur nous quelques instants. Enfin, il se détourna sans un mot et quitta l'établissement. Le flingueur rangea son arme

avec tristesse, se détourna aussi et lui emboîta le pas. Les autres, dont les deux qui soutenaient le balèze, suivirent le mouvement.

Il régnait dans la salle un silence et une immobilité dignes d'un dimanche en Antarctique. Enfin, Robinson répéta :

« Pas ici. »

Tout le monde l'entendit et tout le monde manifesta bruyamment sa joie.

« Une chance qu'on soit tombés sur des fans de base-ball », glissai-je à Robinson.

Il posa sur moi un regard absent, comme s'il était ailleurs. Puis, peu à peu, il revint à la réalité. Un sourire naquit sur ses lèvres.

« Une sacrée chance, c'est sûr », conclut-il.

Titre original : *Harlem Nocturne*

Traduit par Isabelle Maillet

F.X. Toole

POLLUTIONS NOCTURNES

Paru dans *Murder on the Ropes*

« Il était encore vivant quand on l'a découpé en morceaux », dit Junior.

On était au gymnase, voyez, et je répondais à quelques questions. Ce vieux Junior est flic, son grasseyement texan était aussi épais que le mien. Bien entendu il était en train de chiquer, et il cracha un long jet de salive brune dans la bouteille de Coca qu'il tenait dans la main dont il ne se servait pas pour dégainer. Ses yeux bleus étaient plus pâles qu'une chemise de travail délavée.

« Chapeau, dit-il, on lui a ouvert un côté de la bouche jusqu'à l'oreille. »

Voyez, au Texas, quand la police trouve un cadavre, leur première question n'est pas qui l'a descendu, mais qu'est-ce qu'il a fait pour mériter de se faire descendre.

Bill Clancy avait rendu son insigne longtemps avant que Kenny Coyle ne se pointe chez nous, mais il avait travaillé pour la police de San Antonia après avoir raccroché les gants. Il avait gratté pas mal de pognon en douce – dans les quartiers basanés si vous voyez ce que je veux dire... Il avait déjà cessé d'être mon poulain au vieux gymnase *El Gallo* ou au Fighting Cock Gym du côté de Blanco Road, en poids lourd. On a travaillé ensemble pendant six ans environ, on avait commencé quand il était encore amateur. Bill Clancy avait un vrai cœur d'Irlandais. Un mètre quatre-vingt-dix et cent kilos, il était taillé sur mesure, l'essentiel de la charpente dans la partie supérieure du corps. Il avait un beau style très pur, et il était rapide comme un coureur de cent mètres. Mais après son premier K.O. ? Sa mâchoire ne tenait plus le coup. Il cognait sec et ne laissait pas passer une occase, mais même dans un combat truqué avec un tocard, quand il se faisait cueillir, il s'étalait comme un château de cartes.

Il avait beaucoup gagné chez les amateurs, Billy, mais au bout de douze combats pro, il avait un palmarès de huit victoires et quatre défaites, s'était fait casser le nez une fois – huit victoires par K.O., mais les quatre défaites étaient aussi par K.O., alors il a raccroché les gants. Ensuite, nos chemins se sont séparés pendant un bout de temps. Et après, Billy Clancy a ouvert le pub Chez Clancy avec le pognon mis à gauche pendant qu'il était flic. C'est là qu'il touché le gros lot. Il y avait une soirée irlandaise avec de la musique de culs-terreux, du chou et du corned-beef, de l'ale Caffery à la pression et de la Harp Lager de Dundalk. Et il y avait une nuit Mex avec des *mariachis*, la clientèle dansait les *corridos*, l'orchestre mettait les *rancheras* en transes, et ils jouaient de la polka *norteña* qui donne envie de rire et de pleurer en même temps. Pour la soirée crevettes, buffet à volonté, Billy faisait venir par camion de Matamoros, à la frontière, des crevettes toutes fraîches pêchées dans le golfe du Mexique, douces et pulpeuses comme des fruits frais. Il y avait la soirée des ploucs, et celle des montagnards, et le week-end on pouvait écouter ce qui se faisait de mieux en jazz et en blues. B.B. King a joué pendant une semaine entière, une fois. Ça s'est révélé une affaire juteuse pour Billy, alors il a ouvert encore une ou deux taules, jusqu'à ce qu'il en ait six en ville. Bientôt Billy Clancy est devenu quelqu'un, pas seulement à San Antonia mais jusqu'à Dallas et Houston. Il payait ses impôts, ne faisait pas d'entorse à la loi, traitait tout le monde avec courtoisie, quelle que soit la poussière accumulée sur les bottes, si délavée que soit la robe, et même si le costume était orange, mauve et vert.

À ce moment-là il avait déjà une maison à Monte Vista, le vieux quartier historique de San Antonia. Sa femme possédait une affaire de décoration, et elle avait fait de cette vieille baraque une demeure si étincelante qu'on se serait cru ramené un siècle en arrière. Ses gamins étaient tous dans des écoles privées, tous préparaient leur entrée à l'université du Texas à Austin, même si le plus jeune, un peu obtus, se destinait lui à l'université A&M du Texas.

Alors un beau jour Billy m'a passé un coup de fil pour m'inviter à un barbecue au bord de la rivière, il savait que j'étais incapable de résister à un travers de porc grillé. Au bout d'un moment il a dit :

« Red, je voudrais me remettre dans la partie. »

Ça lui manquait, voyez, l'odeur du cuir et de la sueur, les éclats de rire – l'action lui manquait, c'était surtout ça et il se remit dans la partie de la seule manière possible : en étant manager. Il était doué pour ça, d'ailleurs. Il avait déjà dépassé les quarante ans, et moi-même je ne rajeunissais pas – on commence à vieillir quand on s'assied sur le trône en retenant ses balloches pour qu'elles ne se mouillent pas. Mais avec ma retraite mensuelle, et ce que je gagnais grâce aux boxeurs de Billy, j'ai fini par me débrouiller assez bien. Je me suis même payé des bottes en peau d'autruche et un Stetson El Patron 30X, *yip* !

Ce qu'il voulait surtout, Billy, c'était un poids lourd. Pour la plupart des managers c'est une question de fric, parce que les lourds c'est ça qui rapporte des tas d'oseille. Il avait rien contre d'ailleurs, Billy, mais au fond, c'était plutôt pour rattraper un peu de ce qu'il avait perdu. Évidemment, dénicher le bon poids lourd, c'est pas de la tarte, un peu comme chercher une pucelle au bal des débutantes.

Rendez-vous compte, rien qu'avec un palmarès de vingt, vingt-cinq victoires honorables derrière lui, un lourd, surtout s'il a une bonne frappe, un lourd peut combattre pour un titre qui vaut des millions. Il y a des exceptions, mais les plus petits gabarits, ils combattent pour la plupart jusqu'à la retraite sans même décrocher une bourse de deux cent mille dollars. En partie parce qu'il y en a treize à la douzaine. En partie à cause de leur format. C'est les poids lourds que le public adore voir aller au tapis.

De nos jours, la plupart des gros gabarits se lancent dans d'autres sports où l'on n'est pas obligé de prendre autant de coups. Aujourd'hui dans la boxe on ne vous en veut plus d'être noir, mais un poids lourd blanc ça fait tourner beaucoup plus de biffetons dans la pompe à blé, et je voyais bien que Billy ne prendrait pas le deuil si je lui trouvais un Blanc – Italien ou Irlandais de préférence. Mais travailler avec les lourds c'est éprouvant pour le cœur et pour la colonne vertébrale, et je n'étais pas si sûr d'avoir envie d'en trouver un, sachant que c'était moi qui me taperais le boulot.

Faire l'entraîneur voyez, c'est usant. Pas seulement pour les boxeurs, physiquement et mentalement, mais aussi pour l'entraîneur. Les boxeurs peuvent rendre dingue des fois, au beau milieu d'un combat qu'ils *sont en train de remporter*, quand ils se mettent à oublier tout ce qu'on leur a appris. Quand tout à coup, ils n'arrivent plus à suivre les instructions depuis leur coin. Le boxeur a déjà perdu quelques kilos à transpirer sur le ring, son corps accuse le coup, et la jungle en lui qui lui gueule de récupérer ce qu'il vient de répandre round après round. Les entraîneurs finissent par savoir comment ça se passe, il faut soutenir son poulain quand il est tout seul au milieu du ring. Il reprendra courage parce qu'il saura qu'avec l'entraîneur à ses côtés il lui reste une chance de saisir la victoire par les doudounes. Évidemment, ça signifie se casser le cul, Red Ryder.

Tous les hommes de coin savent qu'à ce jeu on a plus de chances de perdre que de gagner, que la boxe, pour la plupart, ça sera plus souvent des haricots trop cuits et des tortillas brûlées que du caviar à la louche. Mais c'est la victoire qui vous fait reluire, alors on se dit toujours qu'une défaite c'est juste un contretemps.

Travailler avec les gros gabarits, c'est pas de la tarte. Comment persuader un poids lourd débordant de virilité de se servir de son cerveau à la place de son chibre de trente kilos ? Comment enseigner à un type large comme une entrée de garage, que ce n'est pas le boxeur le plus costaud qui gagne, mais celui qui frappe le premier au bon endroit avec la force suffisante ? Comment lui faire comprendre que le problème, c'est pas cogner dur mais cogner *juste ?* Comment lui expliquer qu'on n'a pas besoin d'en vouloir à quelqu'un pour le mettre K.O., tout comme on n'est pas obligé d'être en état de démence aiguë pour abattre quelqu'un avec une arme à feu ? Les poids lourds ont une force effrayante concentrée dans la partie supérieure du corps dont ils se sont toujours servis dans les bagarres à l'école et dans la rue, alors ils ne travaillent qu'avec ça. Ce qui signifie qu'ils envoient les coups rien qu'à la force du bras, et pour sécher un adversaire de la même carrure, c'est un peu juste. C'était pourtant la méthode de George Foreman, mais il avait une force colossale et manquait rarement sa cible, alors il s'en sortait la plupart du temps en expédiant ses châtaignes en dépit du bon sens. Enfin, sauf au Zaïre avec monsieur Ali, où ça lui a pas porté chance.

Alors le gros morceau avec les poids lourds, c'est de les obliger à travailler le jeu de jambes. Il faut leur apprendre que l'impact du coup c'est ce qui vient en dernier. Il faut d'abord qu'il se produise mille choses. Ça commence avec un apprentissage de l'équilibre au sol. Comment lui faire comprendre qu'il doit travailler dur mais pas trop, pour ne pas se blesser ? Comment faire ça sans menacer ce qu'il sait déjà, les bases sur lesquelles il compte ? Comment faire ça sans ébranler ce qu'il considère comme son style sur le ring ? Et, plus important encore, comment faire ça en s'arrangeant pour qu'il ne retombe pas dans ses vieilles ornières dès qu'il sera sous pression ?

Après quelques victoires obtenues par K.O. dans les premières reprises, certains poids lourds en arrivent à vouloir contrôler l'entraînement, rechignent à apprendre ce qu'il faut pour monter d'un cran dans la hiérarchie. Dès qu'ils encaissent quelques bourses et se mettent à se balader dans une voiture neuve, beaucoup d'entre eux deviennent paresseux et vas-y pour la chasse aux jupons, qui pullulent partout où on signale une certaine quantité de billets de cent dollars. Certains se cament, mais ils réussissent à donner le change et quand on s'en aperçoit, c'est trop tard. Il faut alors tirer autant de blé que faire se peut du toxico qui vous est échu. La plupart du temps on aime son boxeur comme un fils, mais si c'est un camé on s'en contrefout.

Pourquoi est-ce que c'est pas moi qui commande ? hurlent les yeux du poids lourd. Ses narines se gonflent, ses chaussettes sont pleines de sueur, son cœur cogne dans sa poitrine comme s'il allait jaillir de la cage thoracique. C'est parce qu'il ne comprend pas qu'il ne peut pas être à la fois le jockey et le canasson. *Comment quelqu'un d'aussi grand et fort et beau et puissant et malin que moi, pourrait-il se tromper ?* insiste-t-il. Et dans sa barbe il ajoute : *Et qui est assez balèze pour venir me dire que j'ai tort ?*

Quand ça arrive, c'est que les fantaisies de votre poulain le renvoient dans la rue, et il faut le laisser partir.

Le public voit rarement comment ça se passe dans les gymnases de boxe et se pose des questions sur ces grosses brutes qui suent et qui grognent en se tapant dessus. Eh bien monsieur, ces grosses brutes, quand on pense à l'oseille qu'elles peuvent rapporter, ne sont pas si abruties que ça. La plupart des colosses qui pratiquent des sports d'équipe se figurent qu'on prend moins de coups et qu'il y a plus à gagner que dans la boxe, même s'ils doivent jouer cent cinquante matchs par an, et passer sur le billard pour se faire rafistoler le dos et les jambes. Certains poids lourds débutants s'imaginent que dès qu'ils mettent les pieds au gymnase, ils devraient ramasser autant de fric que les joueurs de base-ball de première division. Certains considèrent qu'avant même d'avoir encaissé le premier gnon, ils devraient toucher autant que les dernières recrues de la NBA. Ce qu'ils doivent apprendre, c'est qu'il faut avoir la faim au ventre avant d'être un champion, être passé par toutes les étapes, avoir survécu au travail et aux souffrances que la boxe va vous faire endurer. Les bons poids lourds sont aussi rares que le coton noir.

Il y a moins de poids lourds blancs que de noirs, et les Blancs peuvent se révéler encore plus bêtes que les Noirs dès qu'il s'agit d'argent vite gagné. Certains Blancs prétendent que leur couleur de peau fait d'eux le Grand Espoir blanc, et qu'on devrait leur donner des combats faciles, jusques et y compris le match pour le titre. Quand ils font partie de cette catégorie – et il y a des Noirs pareils aux Blancs – ils apprennent vite qu'ils n'ont ni l'estomac, ni le cerveau pour remporter la victoire sous les feux de la rampe.

Bien que les poids lourds puissent se ressembler, ils sont aussi différents les uns des autres que les zèbres d'un même troupeau en termes de mental, de désir de gagner, de solidité de la mâchoire, de courage et de *huevos* – qui veut dire œufs, mais aussi balloches, en mexicain. La mise en forme des poids lourds est un problème, mais les garder affûtés c'est un problème encore plus maousse, parce qu'ils ont tous un appétit gargantuesque et un estomac abyssal. Alors on travaille pour qu'ils restent dans une forme décente – mais pas dans l'éprouvante forme *optimale* qu'on atteint à la veille d'un combat. Forcer un boxeur à rester dans sa forme optimale plus de quelques jours c'est un coup à lui faire perdre la boussole, les nerfs à vif, et la faim lui déchirant le ventre. Et puis il y a l'attente torturante avant le premier coup de gong. Le travail qui consiste à transformer un tas de chair et d'os en une machine de guerre prête à aller au-devant du danger au lieu de s'en éloigner à toutes jambes, voyez, c'est aussi délicat que les entrelacs de dentelles noires sur les mantilles des Espagnoles. Combattre ça va, cowboy, c'est l'entraînement qui est difficile.

Une fois qu'un entraîneur prend un poids lourd sous son aile, la galère commence. D'abord, il faut suivre un poids lourd comme son ombre – sur le ring, dans la salle, près du sac de frappe. Il faut le guider à chaque étape comme une mère poule, et ne pas le lâcher pour être sûr qu'il fait son boulot. Au bout d'un moment tous les boxeurs deviennent paresseux, mais les poids lourds sont encore pires que les autres. Il faut qu'ils déplacent tous ces kilos, alors qu'après tout ce ne sont que des hommes, ils cherchent à être peinards. En principe, s'il y a du pognon en jeu, ça suffit, l'appât du gain les poussera à bosser. Mais il faut toujours s'entraîner beaucoup plus qu'on ne combat, la fièvre et la foi nécessaires à un champion risquent de s'évanouir en vitesse à moins que le poulain ne soit un mordu de la boxe. Évidemment aucun boxeur n'est parfait à cent pour cent. En plus, il y a le facteur fesse à considérer. C'est là que la leçon donnée par l'entraîneur avec la patte d'ours prend toute son importance. Ça améliore la frappe du poulain, mais ça permet aussi de le fatiguer pour qu'il aille se coucher le soir au lieu de chercher à tirer sa crampe.

Au sac, le boxeur peut faire semblant si on reste pas près de lui, mais un entraîneur avec les pattes d'ours, qui exige enchaînements sur enchaînements, ça l'électrise. Pour l'entraîneur, évidemment enfiler les pattes d'ours ça veut dire effacer les coups lancés par un bestiau d'un mètre quatre-vingt-quinze, et chacun de ces coups est assez puissant pour assommer un bœuf. Et l'entraîneur subit cette épreuve round après round, jour après jour, le choc résonne en lui comme des coups de batte sur la balle à une séance d'échauffement d'une équipe pro au baseball. Je n'arrive plus à le faire comme avant, je ne mets les pattes d'ours que quand on travaille les déplacements et les combinaisons, ou alors juste avant un combat. Mais même les coups d'un poids coq peuvent faire jaillir les yeux des orbites.

La récompense de tous ces efforts est plus suave que la crème chantilly sur une tarte aux fraises. Quand le boxeur commence à se percevoir comme s'il était spectateur du combat au lieu d'être enfermé en lui-même. Quand, tout à coup, il prend conscience que son jeu de jambes peut lui permettre de contrôler l'autre mec en short en face de lui. Quand un boxeur se met à sourire comme un môme parce qu'il a compris que tous ses mouvements sont à la fois offensifs et défensifs, et qu'il a brusquement le savoir-faire pour battre son adversaire avec sa tête, qu'il n'est plus simplement un taureau cherchant à ensanglanter les autres au point d'eau. Et c'est là, Seigneur, qu'on a peut-être enfin mis la main sur quelqu'un susceptible de changer la sueur et les larmes en gloire et en espèces sonnantes.

Préparer son poulain pour un combat, c'est le pire moment pour l'entraîneur. Après avoir donné la leçon à la patte d'ours on a les doigts recroquevillés dans les paumes pendant au moins une heure, et quand on rentre chez soi en bagnole on a les mains refermées sur le volant comme des pinces de crabe. Les muscles du dos poussent les épaules sur les oreilles. D'ailleurs, on a l'impression de s'être déchiré les ligaments reliés aux pectoraux. Les articulations du coude sont ébranlées, et à l'entrejambe on frôle la pubalgie. En ce qui me concerne, comme ma cage thoracique et ma poitrine sont maintenues d'une pièce par de la corde à piano, quand je sors du gymnase, l'impact des coups résonne dans tout mon corps. Quand j'arrive à la maison je ne pense plus qu'à téter une canette de bière Lone Star. La seule autre chose présente à mon esprit, c'est de me glisser sous la couette.

En fait, voyez, la question ici, c'est de s'enrôler pour finir invalide, parce que quand on y pense, les entraîneurs prennent plus de coups que les boxeurs, et pour quasiment rien, en comparaison. Alors qu'est-ce qu'il lui reste à l'entraîneur ? Eh bien mon vieux, après avoir sué sang et eau pour transformer une boule d'angoisse et de doute en un combattant, on vit avec la menace d'avoir travaillé des années avec un poids lourd pour se le faire piquer par quelqu'un qui lui agitera du pognon sous le nez. Mais comme je l'ai déjà dit, de nos jours, un bon poids lourd n'a plus besoin que de quelques combats pour pouvoir prétendre au titre. S'il le remporte, il boira dans de la vaisselle en or massif. Une fois champion, il défendra son titre au moins une fois. Mais l'affaire devient vraiment *mucho* profitable quand il le défend plusieurs fois. Alors, quand le boxeur touche dix millions de dollars, l'entraîneur prend dix pour cent – un million de dollars. De quoi oublier les mains qui font mal et le dos en compote.

Bien sûr, y a aussi les mauvais côtés du boulot. Quand le cœur se brise parce qu'on voit son poulain prendre des coups qui vont lui faire perdre la mémoire pour toujours. Et l'estomac se noue le jour où on voit les yeux du gamin devenir vitreux en cherchant un mot qui ne lui viendra plus jamais à la bouche. On se sent vraiment pourri, mais on aime son boxeur d'avoir le courage de risquer sa vie sur un coup de dés. Et par-dessus tout, aussi pourri qu'on se sente, on sait que le gamin n'a jamais rien eu d'autre que sa vie à jouer et qu'on est le seul qui ait fait assez attention à lui pour lui donner la seule chance qu'il ait eue.

Et pourtant le véritable attrait du métier, quand on aime la boxe de toutes les forces d'un vieux cœur rapiécé, c'est d'entrer dans le grand jeu – un jeu où les mises sont si élevées qu'une fois qu'on les a posées sur la table, elles vous mènent droit au mont Everest des rings, la quadrature du cercle, ce sommet où se rejoignent le feu et la glace, où seuls évoluent les plus grands, les meilleurs, *yip !*

Les entraîneurs savent que leurs chances d'y parvenir se jouent à un contre dix. Alors pourquoi est-ce que j'y ai passé des années, pourquoi est-ce que je prends des coups qui me secouent jusqu'à la moelle ? Pourquoi est-ce que moi aussi je fais couler le sang ? Pourquoi est-ce que je fais des voyages à Leipzig ou à Joannesburg, alors que je mets quinze jours à m'en remettre à chaque fois ? B.B. King a chanté la réponse à ma place, en soulignant ses paroles avec cette vieille guitare démesurée qu'il trimballe avec lui : *I got a bad case of love*[1].

Bref, je rabattais ce que je trouvais vers l'écurie de Billy, surtout des Mex, des petits gars qui pesaient dans les cinquante-cinq kilos tout mouillés, vu qu'on habitait à San Antonia. Mais de temps en temps on décrochait des Noirs, des welters ou des poids moyens. Billy traitait tous ses boxeurs comme si c'était des champions, même si c'était des gamins partagés entre crainte et espoir qui faisaient les combats de levers de rideaux en priant d'être épargnés par la foudre. S'ils se révélaient prometteurs, Billy les sponsorisait pour de bon, leur donnait dix dollars par semaine minimum sans rien exiger en échange, une chambre gratuite dans une maison décente, et ils pouvaient manger dans ses pubs, ce qu'ils voulaient du moment qu'ils restaient au poids. Quand ils ne valaient rien, Billy leur donnait du travail, comme ça si le môme n'arrivait pas à faire son trou dans la boxe, au moins, il avait du boulot. Les gens adoraient Bill Clancy.

Ils commençaient plongeurs, voyez, mais Billy leur faisait prendre du galon, ensuite, il en faisait des garçons de café et des barmen. Il avait des gérants mex qui avaient commencé par vider les cendriers. Il était parrain d'au moins deux douzaines de bébés mex et il n'oubliait jamais ni un anniversaire, ni un cadeau de Noël. Ses employés l'invitaient à leurs mariages, des fois au fond du Mexique, et bon Dieu, il y allait. Les yeux s'écarquillaient

1. « Je suis salement mordu. »

quand ce grand *gringo* débarquait dans un *pueblo* poussiéreux à bord d'une des Lincoln Town Car qu'il commandait customisées à sa convenance. Billy se mêlait à eux d'entrée, *yip !* Au point de baragouiner leur langue assez bien pour raconter des blagues et les faire rire.

Billy Clancy faisait la fête avec eux, mais ne cherchait pas à gagner les faveurs des filles, alors qu'il aurait pu avoir n'importe laquelle, il aurait pu toutes les avoir. Les prêtres l'aimaient bien eux aussi, ils voulaient toujours discuter base-ball avec lui. Il ne se défilait jamais quand ils venaient le voir pour lui parler d'une grand-mère à qui il fallait des obsèques décentes au lieu d'être lâchée dans le trou au fond d'un sac à patates.

Un jour, j'ai demandé à Billy pourquoi il n'avait jamais essayé de s'envoyer une des pouliches aux yeux d'Indienne, là-bas, au Mexique. Par respect m'a-t-il répondu, pour les vieillards, et plus encore pour les jeunes gens, il vaut mieux ne pas blesser la fierté d'un homme.

– Quand on t'invite à une fête, disait Billy, il faut se conduire comme si tu souhaitais être invité à la suivante.

Ça c'était Bill Clancy tout craché : on ne chie pas dans la mangeoire.

Mon contrat avec Billy c'était de travailler au gymnase avec ses boxeurs pour dix pour cent des bourses. Pas de combats, pas de pognon. Il venait dans les périodes précédant les combats, sinon, il pouvait s'écouler des jours sans qu'on le voie. Il passait de temps en temps, pas pour surveiller mon boulot, mais pour que ses boxeurs sachent qu'ils comptaient pour lui. La plupart du temps il était plus onctueux qu'une sauce grand veneur, mais je savais toujours quand quelque chose le turlupinait.

Bien sûr il n'en disait presque rien. Billy éprouvait peu le besoin de s'épancher, ou bien il trouvait plus juste de s'en dispenser.

Je sais qu'un jour le gérant de toutes les taules de Billy à San Antonia est parti avec la caisse. Billy est allé à son bureau personnel le lundi matin, s'attendant à trouver les bons de dépôt des bénéfices d'un gros week-end. Eh bien monsieur, pas d'argent, plus de clés, plus de gérant, lequel avait braqué une arme à feu sur la tempe de la petite Mex du bureau pour qu'elle ouvre le coffre. Le gérant indélicat avait tapé sur la petite, l'avait ligotée à une chaise avec du chatterton si bien qu'elle s'était pissé dessus et qu'elle était dans un état proche de l'hystérie.

Billy avait demandé à ses employés de passer quelques coups de fil et, le croiriez-vous, le gamin qui avait filouté Billy avait mis le cap sur sa ville natale sur l'île de Isla Mujeres au fond du Mexique, où il pensait être en sécurité. Billy avait attendu une semaine et pris l'avion pour Merida dans le Yucatan. Il avait loué une voiture puissante et avait roulé jusqu'à la petite ville paumée de Puerto Juarez, à portée de voix de ce qu'ils appelaient l'île des femmes, située de l'autre côté d'un minuscule bras de mer.

Il avait traîné un jour ou deux à Puerto Juarez pour se mettre dans l'ambiance, et pour que la police puisse l'examiner de plus près. Puis il avait garé sa bagnole devant leur poste de fortune couleur pêche, dont la moitié du toit en feuilles de palme pendait lamentablement. Il avait pris son temps pour s'extraire de sa voiture de location, et était entré lentement à l'intérieur. Il dépassait tout le monde d'une bonne tête. Il s'était mis à parler en espagnol et avait exposé l'affaire au capitaine des *federales* dans les termes suivants. Tout ce qu'il voulait c'était récupérer ses clés, *et* les couilles de son ancien gérant. Le capitaine pouvait garder ce qu'il restait de l'argent volé.

Tard cette nuit là, le capitaine avait apporté quarante-six clés sur trois porte-clés au motel déglingué où logeait Billy. Il avait exhibé des polaroïds du cadavre du manager qu'on avait lâché dans les eaux de la mer chaude qui entourait l'île, et il apportait les *huevos* du manager – enveloppées dans une tortilla de maïs. Billy Clancy les avait jetées aux chiens sauvages derrière la palissade au fond du motel.

Billy avait visité les ruines mayas dans la région, laissant aux habitants le temps d'appeler San Antonia pour leur signifier la nouvelle. Billy était revenu, et personne n'avait rien dit. Il n'avait plus jamais eu de problèmes avec ses employés, maintenant qu'il était clair que ce qui était à lui n'était à personne d'autre.

La seule autre histoire du même genre dont j'ai eu connaissance à propos de Billy, c'était avec un de ses ex-boxeurs, un poids moyen médiocre, qu'il avait fini par embaucher comme cuisinier dans un de ses établissements. Gentil garçon, travailleur, les cheveux courts, tout ce qu'il fallait. Mais ensuite, les barmen ont découvert qu'il piquait leurs pourboires. Ils l'avaient coincé dans la réserve. Ils l'avaient pris par les pieds et secoué comme il faut, ils étaient prêts à lui briser les mains, mais il s'était mis à hurler qu'on s'en prenait à lui parce qu'il était noir. Billy avait entendu les cris du premier étage et était descendu empêcher les barmen de mettre leur projet à exécution, leur distribuant quelques billets de cent dollars au passage. Il avait écouté ce que le môme avait à dire, et comme il n'avait aucune preuve de sa culpabilité, il l'avait affecté à une autre taule. Le môme était bon cuisinier, il était prêt à faire des heures supplémentaires chaque fois que le chef le lui demandait. Mais ensuite, des bruits suivant lesquels le gamin revendait des drogues en se servant de la cuisine comme lieu de rendez-vous et de stockage se mirent à courir. Cette fois, pour Billy, le doute n'était plus permis, et il demanda à l'un de ses amis flics d'en acheter en douce au gamin.

Billy, voyez, cherchait toujours à régler ses affaires lui-même, sauf quand c'était une histoire comme celle du Mexique. Billy disait que lorsqu'il s'occupait lui-même d'une affaire, personne ne pouvait donner une version différente de la sienne. Alors il avait attendu un soir tard devant chez la mère du môme, après lui avoir crevé les pneus. Quand le môme était sorti il avait pété les plombs en voyant ses pneus, ses bras s'étaient démultipliés comme les pinces d'une araignée de mer.

Billy s'était approché en s'appuyant sur une batte de base-ball et il avait dit : « Mon garçon, je suis venu t'acheter un peu de la défonce que tu vends. »

« Mon garçon » avait rendu le môme fou furieux à cause des sous-entendus raciaux, mais il était trop avisé pour s'en prendre à Billy. Alors il avait essayé de s'enfuir. Finalement, on l'avait retrouvé mort, les jambes cassées, les couilles dans la bouche. La police ne vint jamais frapper à la porte de Billy, mais plus personne ne se risqua à vendre des drogues dans ses établissements.

Quelques années après, Dee-Cee Swans m'est tombé dessus un beau jour pour me parler du poids lourd avec lequel il avait travaillé au Brown Bomber Gym à Houston. J'ai commencé par lui répondre qu'il n'était pas question que j'aille à Houston – même si c'était pour contempler le Bombardier noir en personne[1]. Mais Dee-Cee a dit que je n'aurais pas besoin de me donner cette peine.

Henrilee « Dark Chocolate » Swans venait de Louisiane, la généalogie de sa famille remontait à l'époque de la traite des esclaves par les Espagnols, et leur nom était à l'origine Cisteros. Sa famille s'était installée à Houston pendant la Seconde Guerre mondiale pour grimper dans l'échelle sociale. C'est là qu'Henrilee avait commencé à se castagner, dans les rues du quartier déshérité de Fifth Ward. Dee-Cee disait que la vie était si âpre dans Fifth Ward, que lorsqu'un poivrot passait l'arme à gauche, son chien le bouffait. Dee-Cee était un assez bon poids léger quand il boxait, mais bien sûr depuis il a pris du poids. Dans le milieu de la boxe tout le monde avait pris l'habitude de l'appeler Dee-Cee au lieu de Dark Chocolate, pour raccourcir. Dee-Cee disait qu'on pouvait l'appeler comme on voulait du moment qu'on n'oubliait pas de l'appeler pour le dîner.

Il portait une casquette parce qu'il était chauve en dehors de la mince frange de cheveux blancs qui entourait ses oreilles et sa nuque. Il portait des lunettes dont un verre était fêlé. Son dos le faisait souffrir et il boitait un peu, alors il marchait avec une canne de bois poli qu'il avait fabriquée lui-même à partir d'une branche de mesquite. Elle était aussi épaisse que le poignet et tenait plus du gourdin que d'autre chose. Ce vieux Dee-Cee était encore assez adroit. Lorsqu'il fallait sévir, on aurait dit que les années qui le séparaient de la grande époque où il était encore Dark Chocolate s'envolaient comme par miracle. Il disait qu'on ne lui avait jamais cherché noise dans l'autobus, quel que soit l'endroit où il circulait en ville, pas avec ce bout de bois entre les

1. Brown Bomber, ou le Bombardier noir était le surnom de Joe Louis, célèbre champion poids lourds des années 40.

jambes. Dee-Cee avait des yeux de la nuance bleu-vert qu'on remarque parfois chez les gens de couleur, et quand il vous les braquait en pleine face, on n'échappait pas à son regard.

On s'est associés un peu par hasard, comme toujours dans la boxe. Bien sûr on se connaissait depuis des lustres. On aimait tous les deux le même genre de combattants, les boxeurs réglo qui n'avaient pas peur d'aller tirer les marrons du feu, du coup on avait toujours des tas de sujets de conversation, du genre déplacements, esquives et contres. Il savait comme moi que les pieds d'un boxeur lui tiennent lieu de cerveau – ce sont eux qui lui disent quand et comment frapper. Comme il y avait plus de boxeurs de couleur à Dallas et à Houston, c'est surtout là que travaillait Dee-Cee. Mais il bricolait aussi à San Antonia. Il était réapparu avec un poids lourd blanc de taille respectable, un Irlandais de L.A. qui s'était surnommé lui-même « K.O. » Kenny Coyle. Bien sûr dans cette affaire, ce qui ne devait rien au hasard, c'est que Dee-Cee connaissait mes liens avec Billy Clancy.

Dee-Cee s'était mis à s'occuper de Coyle, l'avait entraîné un temps à Houston après avoir été commis d'office à la dernière seconde comme soigneur dans le coin du boxeur pour deux combats dans un casino d'Alabama. Vu l'adversaire qu'on avait opposé au gamin, il était censé perdre. Il avait pas combattu depuis un moment, voyez. Mais il avait gagné les deux matchs par K.O. dans les premières reprises, et son palmarès était à présent de dix-sept victoires pour une défaite, quinze K.O. à son actif. Coyle frappait des deux mains, il faisait un mètre quatre-vingt-quinze, pesait cent dix kilos, et chaussait un 48 fillette. Sa seule défaite était sur blessure, une mauvaise coupure à la paupière gauche, récoltée quelques années auparavant à Vancouver au Canada.

Le môme avait aussi beaucoup travaillé comme sparring-partner pour des poids lourds de haute volée, passant parfois des semaines dans les camps d'entraînement. Beaucoup d'expérience au plus haut niveau, mais aussi beaucoup de coups encaissés, même quand on est solide, et parfois on voyait qu'il était sonné, qu'un mot de plus venait de disparaître de son vocabulaire. En dehors de cette mauvaise cicatrice sur l'œil et de son nez un peu aplati, il n'avait pas l'air trop esquinté, alors on se disait qu'il était peut-être futé. Il était en forme, aussi. Du coup, on l'aimait bien tout de suite.

Dee-Cee était un malin. Il mettait toujours sa main devant sa bouche avant de parler, il disait qu'il ne voulait pas que des espions puissent lire sur ses lèvres, il disait que certains avaient même des télescopes. Tout le monde savait que c'était un mauvais fer, à ses heures, Dee-Cee, mais ça ne signifiait pas qu'il ne sache pas faire la différence entre le bien et le mal. Avant qu'il ne se mette à avoir besoin d'une canne, on était tous les deux partis en vadrouille une fois, à picoler dans les rues de Houston après un combat qui avait eu lieu dans l'après-midi. Déjà à moitié cuits, on s'était arrêtés dans une gargote à poissons du quartier noir pour bouffer du poisson-chat. C'était bondé. Le gros lard qui servait de tenancier avait une de ces dents en or qu'affectionnent les Musulmans – une sorte d'étui amovible avec la forme découpée d'une étoile qui fait ressortir l'émail blanc de la dent sous le métal, vous voyez le genre ? Rien d'étonnant à ça, il a jeté un regard sur ma couleur de peau et il a dit qu'on ne servait pas à manger chez lui. Dee-Cee est entré en effervescence – il s'est mis à parler nègre au taulier, à lui parler du pays, à lui dire qu'Allah allait expédier son cul noir au fond des fonds, accompagné de sa grande gueule nauséabonde. Le vieux Musul a enlevé sa dent à la vitesse de l'éclair quand Dee-Cee s'est mis à tambouriner sur sa poche de chemise et à dire qu'il allait lui arracher cette dent ou la casser.

Après ça on est passé dans un magasin d'alcool, on a acheté du bœuf séché en chemin et on a fini sur un terrain de base-ball à boire du rye en tombant chaque fois qu'on essayait de lancer une balle ou de taper dedans. Les gens se sont mis à rigoler comme si Dee-Cee était Richard Pryor en personne. Celui qui riait le plus fort c'était l'arnaqueur qui avait monté une partie de bonneteau près des gradins, un petit gars rondouillard avec des cheveux crépus. Il travaillait sur une caisse de laitue, et dépouillait les gens de leur menue monnaie. Personne n'avait réussi à piger comment il s'y prenait, mais Dee-Cee avait vu clair dans son jeu depuis le début. Il l'avait observé en douce près de la palissade pendant que le tricheur piquait leur ferraille aux gamins dépenaillés qui gagnaient quelques cents à courir après les balles qui s'égaraient hors du terrain.

Dee-Cee a commencé son numéro de péquenaud de Louisiane, a misé un dollar et a désigné une carte après que l'arnaqueur du bonneteau les eut déplacées plusieurs fois. Dee-Cee avait évidemment choisi la mauvaise, impossible de choisir la bonne, alors il a continué et il a perdu vingt, trente dollars. Ensuite il a parié cinquante dollars, comme s'il essayait de se refaire. Le meneur de jeu a continué ses tours de passe-passe, et Dee-Cee a choisi la carte du milieu – sauf que cette fois, Dee-Cee a posé deux doigts dessus et ordonné au meneur de jeu de retourner les deux autres. Dee-Cee a dit qu'il retournerait sa carte en *dernier*, qu'il voulait voir *toutes* les cartes. Vous voyez, tout était prévu pour qu'on ne puisse pas gagner. Le meneur de jeu savait qu'il était pris en flagrant délit de triche et il a essayé de filer à l'anglaise. Dee-Cee lui assené quelques coups sur les tibias avec le tuyau de plomb qu'il trimballait avec lui à l'époque, et le meneur de jeu l'a bientôt – rien d'étonnant, pas vrai ? – supplié de prendre *tout* son pognon. Dee-Cee ne s'est pas fait prier très longtemps. Après il a gardé son fric, c'est normal, mais il a donné le reste aux gamins qui traînaient sur le terrain – et c'est à ce moment-là que les gosses ont tous décidé d'aller faire la foire pour le restant de la soirée.

Alors un jour, Dee-Cee m'a pris à part, la main devant la bouche, et m'a demandé si je ne voulais pas travailler avec lui et Coyle. Il m'a dit que Coyle avait peut-être un combat prévu dans un casino du Mississippi, et je me suis dit qu'il voulait que je lui serve d'homme de coin pour m'occuper des coupures, et il restait l'entraîneur et le soigneur principal. J'ai dit pourquoi pas, un peu d'oseille pour améliorer ma retraite, pas vrai ?

Mais Dee-Cee a répondu : « Non, Red, je ne te veux pas seulement comme homme de coin, je veux que tu m'aides à entraîner Coyle à plein temps. »

Là, je me suis dit : *Un poids lourd ça rapporte, surtout un Blanc, un grand balèze d'Irlandais pur jus !*

Dee-Cee a dit qu'il avait besoin de moi comme soigneur-chef parce qu'il n'arrivait plus à arquer comme avant pour monter les marches jusqu'au ring et passer sous les cordes rapidement. Bien sûr si je bossais sur le ring, ça faisait de moi le soigneur-chef *et* l'homme de coin qui s'occupe des coupures. Bon Dieu, je l'avais déjà fait.

Dee-Cee a dit qu'il m'avait choisi moi, parce qu'il n'avait pas confiance dans ce qu'il appelait les nègres et les basanés du gymnase. Il a dit qu'il ne pensait pas non plus beaucoup de bien des faces de craie recuites. Ça, voyez, c'était la façon dont il *parlait* des gens, pas la façon dont il se *conduisait* avec eux. Dee-Cee était toujours respectueux de tous.

Il a dit : « Tu vois, on sait toi et moi que le cerveau d'un boxeur, c'est son jeu de jambes. Mon Blanc n'est pas très doué dans ce domaine-là, et toi par contre, t'es très bon pour ça. On partage la bourse de l'entraîneur, dix pour cent à parts égales. »

Cinq pour cent d'un poids lourd, ça peut chiffrer.

Dee-Cee a dit : « Ouais, et puis tu peux nous amener Billy Clancy dans l'affaire. »

Je l'ai déjà dit, Dee-Cee, c'est un rusé. Alors je me suis demandé : est-ce que j'ai assez envie de me lancer là-dedans pour rouler une pelle à une araignée ? Pour les fans, voyez, c'est du sport, pros ou amateurs. Mais les pros, c'est un métier avec beaucoup d'argent qui circule. C'est peut-être même plus un métier que du sport. Comme tout le monde, le métier et ses bénéfices me plaisent, mais les poids lourds peuvent vous planter comme personne. Alors je me demandais : est-ce que je veux prendre le risque de basculer dans le trou noir qu'un poids lourd peut creuser pour son entraîneur ? Et puis, est-ce que je veux risquer ma réputation auprès de Billy Clancy sur « K.O. » Kenny Coyle ? Alors j'ai dit à Dee-Cee que j'attendrais un peu avant d'y mêler Billy.

Dee-Cee a dit : « Non, non, tu as raison, bon Dieu oui ! »

Moi aussi, voyez, je peux être roublard.

*

Le truc, avec Coyle, c'est qu'il était excentrique. Il s'était engagé dans la marine très jeune, et il avait commencé sa carrière dans les compétitions militaires. Il avait gagné tous les titres de la Flotte et d'autres, la plupart des titres amateurs civils, et on parlait de lui pour l'équipe olympique. Mais il fallait attendre encore trois ans pour les Jeux, et il voulait gagner du fric. Impossible d'en ramasser beaucoup dans la marine et impossible de s'entraîner à plein temps, alors un jour Coyle était allé voir le capitaine. Et voilà qu'il lui déclare qu'il était pédé comme un phoque. De nos jours, voyez, on n'est pas censé vous poser ce genre de questions et on n'est pas censé y répondre, mais Coyle était en train de leur raconter qu'il aurait voulu être une femme et danser dans des ballets. Le capitaine en a avalé sa chique, il était prêt à balancer Coyle aux fers dans la cale, mais celui-ci a menacé de sucer à fond tous les gardiens, et de prendre contact avec le président en personne pour se plaindre de harcèlement sexuel. En un clin d'œil, le capitaine a fait de Coyle un ancien militaire de la jaquette. Coyle racontait cette histoire en l'accompagnant des hennissements qui lui servaient de rire, demandant si franchement, il était pas aussi malin qu'il était costaud ? Tous les gars lui disaient que si, mais ils savaient tous que Coyle n'était pas aussi futé qu'il le croyait – surtout quand il se vantait d'avoir roulé des avocats marrons qui avaient pris contact avec lui quand il était encore amateur. Ils s'étaient mis à lui glisser de l'oseille, et lui avaient fait accepter de signer un contrat avec eux quand il passerait pro. Il avait tout de suite percuté que personne n'était censé papillonner autour des amateurs, et leur avait fait cracher plus de vingt mille fafiots avant de faire son numéro de tapette auprès de la Marine nationale. Lorsqu'ils étaient venus le trouver avec un contrat de pro, il leur avait dit de se le coller quelque part, aucun contrat, écrit ou verbal avec un amateur n'ayant la moindre validité officielle, et qu'il avait des projets plus sérieux. Il tenait cette bande d'avocats véreux par la base du yin-yang, et ces escrocs le savaient.

Dommage que je n'aie pas entendu parler de cette histoire avant qu'on soit embringué avec lui jusqu'aux oreilles. Quand c'est arrivé, je savais déjà que Kenny la ramenait beaucoup, et que c'était un menteur de la même cuvée que mon cousin Royal. À quatre heures, mon cousin Royal disait qu'il était quatre heures et demie. C'était plus fort que lui.

En tant que boxeur, le problème de Coyle c'était qu'on ne l'avait pas entraîné comme il faut, mais il était assez malin pour s'en rendre compte. Ses précédents entraîneurs se reposaient sur son allonge et sa force de frappe, sur ses qualités d'encaisseur. Le hic, avec ce genre de tactique, c'est qu'on finit par combattre avec sa calebasse. Alors avec lui, je travaillais sur les angles d'attaque, la distance, comment approcher l'adversaire et se mettre hors de sa portée avec le minimum d'efforts. Les grands balèzes comme lui doivent être attentifs à ne pas gaspiller d'énergie. Mais avec Coyle, j'ai commencé avec la *pouliche.* Vous voyez, ce que j'appelle la pouliche, c'est le direct du gauche en piston. Parce que c'est un coup à faire jaillir les foules de leur siège pour ovationner le boxeur qui le place joliment. *Bing! Bing*! Rien de tel que la pouliche. Et Coyle s'y est mis plein pot, il en avait marre de prendre des coups. Quand on se sert de la pouliche on s'ouvre des angles, c'est automatique. Quand on a un angle, on a une ouverture. *Bang!* Toutes les occasions viennent d'un bon usage de la pouliche. Je lui ai appris à se déplacer talons décollés et il a bientôt lancé son gauche à partir de l'orteil droit, lâchant le coup comme un ours polaire se jette sur un bébé phoque. *Whoom!*

Quand la pouliche fonctionne bien, voyez, l'adversaire se met à cligner des yeux, il se déplace sur les talons, on peut sonner un type avec elle, même l'envoyer au tapis définitivement, si on est capable d'enchaîner gauche droite gauche comme il faut. Que Coyle se mette à pratiquer la pouliche comme il l'avait fait, c'est ça qui m'a poussé à prendre cette affaire au sérieux, surtout quand j'ai vu qu'il travaillait dur jour après jour. Tous les jours à l'heure, pas le moindre écart. Dans nos rêves nocturnes, Dee-Cee et moi on s'est mis à compter les biffetons, mais on est tombé d'accord pour décliner le combat en dix rounds dans le Mississippi jusqu'à ce que je lui aie rectifié son jeu de jambes.

Se déplacer sur le ring avec Coyle, comme avec les autres poids lourds, c'est facile pour moi. La plupart s'emmêlent les pinceaux à cause de leur poids quand ils n'ont pas été bien entraînés, et je sais comment les coincer dans les cordes ou dans un coin du ring. Je ne me raconte pas d'histoires, je sais qu'ils pourraient m'allonger rien qu'avec la pouliche si on se battait vraiment, mais on ne se *bat* pas. On pratique ce qui fait du combat la *boxe*.

Billy Clancy a entendu parler de Coyle et m'a convoqué, il voulait savoir pourquoi je faisais de cette histoire de poids lourd blanc un secret. Je lui ai dit que ce n'était pas un secret, mais qu'il était encore trop tôt.

« Qui nourrit ce garçon ?

– Moi et Dee-Cee. »

Billy a sorti quelques billets de cent d'une liasse. Plus tard j'ai partagé les six cents dollars avec Dee-Cee.

Billy a dit :

« Dis-lui de manger dans une de mes taules autant qu'il veut. Mais pas d'alcool et pas de bamboche chez moi. Quand est-ce que ce Coyle sera prêt ?

– Donne-moi six semaines. S'il tient le coup avec ce que je vais lui faire faire, on verra.

– Il va combattre ?
– Il a intérêt. »

Une fois que je lui ai appris à avoir un jeu de jambes correct, Coyle s'est mis à la ramener comme s'il était déjà champion. Quand j'en ai parlé à Billy, il a organisé un match en huit reprises dans une réserve indienne du Mississippi. On avait voulu un huit rounds pour qu'il ne soit pas trop sous pression, vu qu'il combattait sous l'égide d'un nouvel entraîneur, moi. On a accepté une bourse de sept mille cinq cents dollars – on a accepté le combat juste pour que Coyle soit à l'affiche. Quand je l'ai dit à Coyle, il m'a répondu vas-y, il n'a même pas demandé qui était l'adversaire. Coyle n'avait pas un radis, voyez, il vivait avec Dee-Cee dans le quartier noir, il espérait faire bonne impression sur Billy Clancy parce que Dee-Cee lui avait glissé que ce dernier était plein aux as.

Eh bien, monsieur, Coyle a pris un coup de tête dans le même œil qui avait été blessé à Vancouver, au milieu du cinquième round contre Marcellus Ellis. C'était un Noir de deux mètres, qui pesait cent vingt kilos, mais il n'arrivait à rien avec Coyle à cause de la pouliche. Alors Ellis pensait s'en sortir en donnant des coups de tête. L'arbitre n'avait rien vu et il ne nous a pas crus quand on lui a dit que le coup de boule était intentionnel, alors il n'a pas enlevé de point à Ellis pour coup irrégulier. La coupure était si mauvaise, que je n'ai même pas essayé l'adrénaline, je suis passé direct au Thrombin, un coagulant bovin. Le Thrombin a arrêté l'hémorragie plus vite qu'une dose de morphine ne stoppe une diarrhée, mais la coupure entaillait la paupière et le combat aurait dû être arrêté. On était dans le Mississippi et le casino désirait que les joueurs soient contents, alors l'arbitre s'est contenté de nous avertir qu'il arrêterait le combat à la prochaine reprise si la coupure s'aggravait.

Dee-Cee est devenu gris cendre. Il a dit qu'il était prêt à aller abattre sa canne sur la tête crépue d'Ellis.

J'ai dit à Coyle la seule chose que je pouvais lui dire :

« Ils vont arrêter le combat, et on va perdre. Alors il faut que tu pourchasses Ellis avec la pouliche, et puis tu lâches ta droite et tu te fais *respecter !* »

Coyle s'est contenté d'un signe affirmatif. Il est retourné au combat sérieux comme un pape. Six gauches en piston ont tellement entamé Ellis qu'il ne pensait plus qu'à se garer le plus loin possible de la pouliche. C'est là que Coyle a trouvé un angle et *bang !* Il a lâché sur Ellis une droite aussi puissante que celle du Seigneur. Bon sang, Ellis est resté K.O. pendant cinq minutes. Il est tombé comme un arbre, a rebondi sur la tête, et une de ses jambes a été prise de convulsions. On a sauté en l'air et on s'est embrassé. Bon Dieu, cette droite c'était la foudre. Mais ce qui m'a vraiment conquis à ce moment-là, ce n'était pas la droite massue de Coyle, c'était la façon dont il avait appliqué la *pouliche*, et dont il m'avait *écouté* dans le coin.

Billy voulait lui faire signer un contrat immédiatement, mais je lui ai dit d'attendre, bien que je sache que ça démangeait Coyle de le faire entrer dans le jeu. D'autre part il fallait attendre un bon mois pour savoir si l'œil était bien guéri. Cela prit plus longtemps encore que nous ne l'avions pensé, alors Billy a commencé à lui payer une allocation hebdomadaire de trois cents dollars. Au casino, cette droite magistrale jaillie de la garde d'un boxeur blanc avait tellement émoustillé les gens que Billy a réussi à obtenir une bourse de vingt-cinq mille dollars pour le prochain match de Coyle, dès que le médecin aurait donné le feu vert en ce qui concernait son œil.

Et Coyle est revenu s'entraîner au gymnase quand le docteur a donné son accord. Mais il avait une drôle de mine, alors je lui ai dit de rester chez lui et de se reposer. Mais non, rien à faire, Coyle venait quand même et disait qu'il voulait retourner au casino. Comment faire entendre raison à des hormones mâles pur jus quand elles ont un palmarès de dix-huit victoires et une défaite, avec seize de ces victoires par K.O. ? Mais un matin pendant le footing avec lui, moi et Dee-Cee on a eu une surprise. Coyle s'est mis à se tenir la poitrine et il a dû s'arrêter de courir. Moi et Dee-Cee on l'a soutenu jusqu'à la voiture, chacun un bras. On a foncé aux urgences. Ils lui ont fait des examens dans tous les sens, ils l'ont branché sur toutes leurs machines, ils ont analysé son sang pour vérifier ses enzymes. Ils ont fini par dire que c'était pas une crise cardiaque, mais un virus qui traînait et mettait les gens à plat. Coyle voulait savoir quand il pourrait combattre dans le Mississippi, et je lui ai dit d'oublier ça jusqu'à ce qu'il soit de nouveau sur pied. En sortant, le docteur m'a pris à part pour me dire qu'il n'était pas certain de la maladie de Coyle.

J'ai dit : « Qu'est-ce que ça veut dire ? »

Le toubib a répondu : « Je ne suis pas sûr du diagnostic. Je me suis dit que vous voudriez être au courant. »

Après quelques jours de repos, Coyle est revenu s'entraîner au gymnase, mais il a encore fallu qu'il arrête le footing, pris de faiblesse. Il avait un air de chien battu, alors j'ai pensé qu'il avait quelque chose qui ne tournait pas rond. Il a dit :

« Tu l'as dit toi-même, je ne peux pas combattre si je ne cours pas. »

J'ai répondu :

« Tu ne peux pas boxer si tu n'as pas de carburant dans ton réservoir, c'est ce que ça veut dire. Mais pour l'instant, ton réservoir a une fuite.

– J'ai besoin de fric, Red. »

C'était un boxeur qui en voulait ; celui dont on rêve tous. Et le jour suivant il était là, même quand il toussait à s'étrangler. On n'avait jamais vu un gars travailler aussi dur. Mais il pouvait à peine cogner, et il était incapable de courir. Il voulait tout de même s'entraîner, il disait qu'il ne voulait pas qu'on pense qu'il n'avait rien dans le ventre.

J'ai dit :

« Écoute gamin, c'est ton cerveau qui me préoccupe, pas ce que tu as dans le ventre. Il te reste un peu d'argent du dernier match. Repose-toi. »

Il a répondu :

« J'ai tout envoyé à mon frangin pour qu'il se fasse opérer. C'est un infirme. Je n'ai gardé que mille dollars. »

Plus tard, j'ai appris qu'il avait tout gaspillé au billard et avec des gonzesses, et que l'infirme n'existait que dans son imagination. Mais à ce moment-là j'étais si certain que Coyle était du bois dont on fait les champions que j'ai pris le taureau par les cornes et j'ai dit à Billy qu'il était temps de faire quelque chose. Billy voyait bien l'état de faiblesse de Coyle, mais je lui ai dit que c'était un virus. Billy a signé un contrat de quatre ans avec Coyle. Par-dessus le marché il a fourni gratuitement un studio près de la piscine à son boxeur, dans un de ses motels. Il a dit qu'il donnerait deux mille cinq cents dollars mensuels à Coyle, et qu'il l'avait inclus dans le contrat, pas question de remboursement avant que Coyle ne commence à gagner trente mille par an. Il a dit qu'il donnerait soixante mille à Coyle en dessous-de-table comme prime de bienvenue dès que Coyle serait assez bien portant pour revenir au gymnase. Coyle voulait cent mille, mais il a transigé à soixante.

Billy a dit :
« Tout en liquide, Kenny. Tu ne paies pas un sou d'impôts là-dessus.
– Je vous décrocherai le titre, monsieur Clancy.
– Appelle-moi Billy. »
J'ai jeté un coup d'œil à Dee-Cee, je savais qu'il avait le gland en train de reluire, aussi étincelant que le mien. Et bon Dieu, Coyle est revenu au gymnase dans les trois jours et s'est mis à travailler dur. Billy tenait toujours parole, et j'étais là quand il a remis des liasses de billets de cent à Coyle. En grosse quantité, l'argent sent mauvais.

Rien d'étonnant à ça, ce con a perdu la boule et il a tout claqué dans une caisse d'enfer, un 4x4 BMW à plus de cinquante mille. Coyle se vantait des options grand sport, de la sono à tout casser, et de la puissance sous le capot. Qu'est-ce que ça peut foutre, si on n'a pas les moyens de se payer des pneus et une batterie ? Acheter ces engins c'est pas compliqué, mais pour les entretenir, c'est là que ça coûte bonbon.
En plus, c'est à ce moment-là que Coyle s'est mis à flageoler des guitares. Les femmes, vous voyez, il leur suffisait de jeter un coup d'œil à Coyle pour se dire qu'elles avaient décroché le gros lot, à cause de sa bagnole et des billets de cent qu'il claquait dans les boîtes.
Dee-Cee a dit :
« Combien de fois t'as tiré ta crampe cette semaine ? »
Coyle a répondu :
« Ça ne regarde que moi. »
Dee-Cee a dit :
« Alors tu tires tous les soirs. »
Coyle a répondu :
« Non, c'est pas vrai. »

Dee-Cee a dit :
« J'en suis sûr. Si c'était une fois ou deux par semaine, tu l'aurais dit. »
Coyle m'a regardé comme s'il n'avait jamais entendu une chose pareille.
J'ai dit :
« Il t'explique que quand tes jambes commencent à flageoler c'est que tu baises trop. Et que si tes jambes te soutiennent plus, tu commences à te demander pourquoi c'est si dur de rester debout. C'est quand ton esprit est occupé à te maintenir sur pied que tu n'es plus concentré sur le combat. Fiston, il faut que tes jambes soient solides pour que ton esprit soit vif comme l'éclair, sinon tu finis par être un adversaire de deuxième zone qui parle du nez, et les bonnes âmes se mettent à nous blâmer, nous les entraîneurs, parce que t'es sonné. Mais c'est bidon, c'est toi et ta queue qui t'auront mis dans la panade.
– Je suis boxeur. Je vis comme un boxeur. »
Dee-Cee a dit :
« Au train où t'es parti, ça va pas durer longtemps. »
J'ai dit :
« Dee-Cee n'a pas tort, Kenny. »
Dee-Cee a dit :
« Mon garçon tu peux tringler jusqu'à ce que ton cul noircisse, mais ça ne fera pas de toi un champion. »
Coyle a reniflé en répondant :
« Je serai le champion des pouffiasses. »
Dee-Cee a dit :
« Tu sors, tu sautes mille pouffiasses, et tu crois que tu es quelqu'un, c'est ça ? Bon Dieu c'est pas toi qui baises les mille pouffiasses, c'est elles qui t'entubent, et tu peux dire adieu au titre, imbécile. »
Coyle a dit :
« Les boxeurs ont besoin de se soulager. »

Dee-Cee a dit :

« Qu'est-ce que tu *racontes ?* Les pollutions nocturnes, c'est à ça que ça sert ! Et ça te soulage naturellement, nom de Dieu ! »

J'ai dit :

« Écoute on essaie de te mettre dans la course pour que t'arrives en tête et toi tu fonces dans la rambarde !

– Ouais, a dit Dee-Cee, travailler avec toi c'est comme vouloir retenir de l'eau dans ses doigts. »

Coyle a paru méditer la question, il a hoché la tête, mais le jour suivant il avait les genoux en gilets de flanelle comme la veille.

À bien y réfléchir, Coyle ne valait pas la corde pour le pendre. Billy a découvert que Coyle s'était tapé trois filles dans les toilettes des hommes d'une de ses taules – qu'ils avaient fumé de l'herbe accroupis autour du trône, *yip !* Billy n'a pas laissé tomber Coyle. Mais au lieu de le voir comme un chevalier à l'armure étincelante, l'Espoir blanc qu'on attendait comme le messie, il s'est mis à le voir comme Dee-Cee et moi – un fruit qui commençait à se gâter. Alors que faire ? On coupe la partie blette et on garde le reste ? Ou alors on balance tout aux ordures ? Billy décida de sauver ce qu'il pouvait, aussi longtemps qu'il le pourrait.

Billy a carrément dit à Coyle d'aller faire la bamboche ailleurs que chez lui, il l'avait prévenu dès le début. Connaissant Billy, il avait encore bien des choses à dire, mais il s'en est abstenu. Évidemment ce grand costaud de Coyle ne l'a pas très bien pris, et il voulait discuter. Alors Billy lui a dit qu'il ne fallait pas prendre sa gentillesse pour de la faiblesse. Coyle a compris le message et il est revenu au gymnase s'entraîner dur. Il lui fallait les deux mille cinq cents par mois. On se disait qu'il allait arrêter ses conneries, au moins en public. Mais pour l'herbe, comment est-ce qu'on pouvait contrôler ? Et peut-être qu'il prenait autre chose, encore, allez savoir. C'est à cette période que ma situation s'est mise à m'évoquer celle d'un chat coincé dans un tiroir à chaussettes.

J'ai dit à Coyle que le genre de tours qu'il était en train de jouer à Billy, c'était certainement pas professionnel.

Coyle a répondu :

« Il gagne du pognon sur mon dos. »

J'ai corrigé :

« Non, pas encore. »

C'est là que ça s'est mis à vraiment tourner en eau de boudin.

La première embrouille qui nous est tombée dessus, c'est avec la fille du flic qui disait que Coyle lui avait mis un polichinelle dans le tiroir – elle a dit que Coyle lui avait refilé du GHB, cette saloperie qui traîne partout et qui met les filles dans une telle vape qu'on dirait des cadavres. La fille du flic a dit que la dernière chose dont elle se souvienne, c'était d'être dans la piscine de Coyle qui lui léchait la pomme. Ensuite elle s'était retrouvée à poil par terre avec Coyle en train de l'enfiler. Elle disait qu'elle s'était arrachée à ses ardeurs et avait foutu le camp.

Coyle prétendait qu'il se l'était déjà envoyée deux fois, et qu'elle en voulait encore.

Voyez, ce n'était qu'au moment où elle s'était retrouvée enceinte qu'elle avait prévenu son père, sergent dans la police de San Antonia. Elle était fille unique, et papa avait les yeux bleus fureteurs et les pommettes larges qui sont le legs des Polacks à notre cher Texas. Ce gars bien de chez nous s'est mis à tout dévaster comme un taureau de rodéo, et ses voisins ont envisagé de passer un coup de fil à Tom Bodette et de s'installer au motel 6 [1].

Une fois que papa a eu vidé une demi-bouteille de Jim Beam, il a chargé son vieux six coups .44, il a mis son chapeau et ses bottes, et il est allé voir Coyle pour le descendre.

Coyle a dit à papa qu'il aimait la greluche plus que sa vie et qu'il voulait l'épouser.

Le flic était un de ces intégristes qui pensent qu'un mariage vaut mieux que des funérailles, alors il a laissé la vie sauve à Coyle.

Tout a été organisé à la hâte pour que la fille puisse se marier en blanc, et que sa grossesse passe inaperçue sous la robe. Mais là, Coyle a freiné des quatre fers et il a dit qu'il fallait attendre que l'enfant naisse et faire une prise de sang pour s'assurer qu'il était le père. Le flic a recommencé à voir rouge et à tout casser, il voulait pourchasser Coyle pour lui faire la peau, mais quelque chose d'autre est arrivé qui l'a empêché de poursuivre sa traque. La fille avait fait des siennes. Elle a tué le bébé, et failli se tuer elle-même. La famille était tellement dans le malheur que le père s'est mis à biberonner à plein temps. La fille a été envoyée vivre avec une tante à Nacogdoches. Le flic a dû choisir, suivre une thérapie pour contrôler sa colère ou se faire virer de la police. Bien sûr, Coyle se tapait sur les cuisses, pendant ce temps-là.

La deuxième histoire concernait le sparring et pour Dee-Cee et moi, c'était bien pire. Tout à coup, le sparring de Coyle est devenu lamentable. Tout le monde arrivait à lui mettre des châtaignes – des poids moyens embauchés pour lui faire travailler sa

1. Tom Bodette est un explorateur de l'Alaska devenu personnalité radiophonique célèbre pour ses annonces publicitaires faisant la réclame d'une chaîne de motels.

vitesse, des footballeurs encore au lycée qui étaient venus au gymnase sur un coup de tête, n'importe qui, bon Dieu. Il se déplaçait sur les talons au lieu d'être sur la pointe des pieds, et il n'arrivait même plus à sauter à la corde sans rentrer dans le mur. Un mi-lourd amateur l'a envoyé au tapis assez durement pour que ses yeux se révulsent, et Dee-Cee a interrompu l'entraînement. La plupart du temps un boxeur va vouloir continuer à toute force par fierté, mais pas Coyle. Il était content de se tirer de là. Billy a eu vent de cette histoire et a décroché un combat pour Coyle à toute vitesse avec un tocard, pour soixante-quinze mille dollars. Dix rounds avec un cadavre pour voir de quoi il retournait au juste.

Son adversaire faisait un mètre quatre-vingts, et cent trente kilos, un gros plouc noir de Lake Charles en Louisiane, qui pouvait à peine écrire son propre nom. Mais dans la première reprise, les yeux fermés, il a frappé Coyle d'un cross du droit assez haut sur la cafetière et l'a étalé. Moi et Dee-Cee on comprenait pas pourquoi Coyle avait pas vu venir un moulinet aussi large et aussi haut. Coyle a bondi sur pied, et il faut dire à son crédit qu'il s'est mis au boulot. *Bang!* Trois pouliches vers les yeux, une droite au menton, un crochet gauche au corps, tous les coups rapides et nets. Le plouc noir s'est effondré comme une baleine échouée sur la côte et les Blancs se sont mis à danser sur leurs sièges et à chanter l'hymne national. C'était pitoyable, mais Coyle s'est mis à rouler sa caisse comme s'il venait de casser la gueule à Jack Johnson. Moi et Dee-Cee on fulminait, et nos chibres avaient pas mal perdu de leur éclat. Après le combat, le vestiaire était silencieux comme une veillée funèbre.

Coyle a pris des jours de vacances, pas qu'il ait spécialement besoin de repos. Il est revenu au gymnase quelques jours, et puis il est plus revenu.

Et quand il venait, c'était pour bavasser, il foutait rien. Il sentait l'herbe, et il avait les cheveux gras. Tous nos boxeurs se sont mis à être de plus en plus cossards. On transpirait de moins en moins dans la salle. D'autres fois Coyle se pointait pour travailler, mais les pouffiasses l'avaient tellement ramolli qu'on aurait préféré qu'il reste chez lui. Le gymnase commençait à prendre des allures de quartier général des prostitués mâles et de salons mondains des chômeurs. Comme Coyle passait son temps allongé, les autres boxeurs de Billy l'ont imité. Certains ont refusé des combats qu'ils étaient sûrs de gagner. On ne veut pas qu'un boxeur combatte quand il n'est pas prêt, mais quand on les paie pour être en forme, ils sont pas censés ressembler à des boules de suif ou à des oies qu'on gave pour Noël, il faut qu'ils aient la condition.

J'essayais de dire à Coyle qu'il était temps de redevenir sérieux mais il me répondait :

« Je suis relax.

– Relax, ouais. Comme une paire de nénés sur un ours polaire. »

Ça a duré à peu près trois mois, mais je n'étais pas assez fort pour arriver à lui faire entendre raison. D'ailleurs aucun entraîneur digne de ce nom ne l'aurait souhaité. Les boxeurs viennent d'eux-mêmes, ou bien pas du tout. Billy voulait une solution mais je n'en trouvais pas. Comment est-ce qu'on fait quand un boxeur de combats en dix rounds qui a soif de pognon refuse des combats parce qu'il a mal à une phalange, qu'il s'est foulé le pouce ou qu'il a mal au coude ? Bien sûr, ce vieux Coyle n'a pas pour autant réclamé une baisse de salaire.

Un jour, il était assis dans son survêtement de velours à regarder un magazine cochon. Il a demandé qu'on allume la lumière. Je lui ai dit qu'elle était déjà allumée. Il a répété qu'il fallait l'allumer et je lui ai fait la même réponse. Coyle a alors élevé la voix sur moi pour la première et la dernière fois.

« Allume cette putain de lampe !

– Mon garçon, ai-je dit, et puis je l'ai répété, très doucement. Mon garçon, cette putain de lampe est allumée. »

Il a levé les yeux.

« Ah ouais, merci Red. »

C'est là que je me suis dit que Coyle était complètement à côté de la plaque.

Billy a reçu un coup de fil de Vegas pour organiser un match à deux cent mille dollars, avec un Africain venu de France. Il y avait beaucoup de pognon allemand derrière ce boxeur, et c'était un sacré coriace, mais il ne frappait pas comme Kenny Coyle. Ce dernier a dit tout de suite qu'il prenait le combat à deux cent mille sans hésiter.

Il fallait bien qu'il y ait un peu de plaisir dans toutes ces souffrances. On cassait la gueule de l'Afro-Français, on gagnait les deux combats suivants, et on commençait à parler de matchs à trois ou peut-être même cinq cent mille dollars. Même s'il perdait, Billy récupérait largement sa mise, et moi et Dee-Cee on s'en sortait bien aussi. Si on gagnait comme il faut, il serait question d'un combat pour le titre, parce que le bruit qu'il y avait un Blanc balèze susceptible d'arracher la boxe des mains des basanés commencerait à circuler. La seule couleur qui nous tienne à cœur, moi et Dee-Cee, c'est celle des billets de vingt, de cinquante et de cent, qui vous rendent fier de faire la queue à la banque au lieu d'attendre la tête basse. Je l'ai déjà dit, les amateurs et les pros c'est pas la même chose, et Billy était en train de se demander comment il allait retirer ses billes de l'affaire Coyle sans y perdre de plumes, pendant qu'il était encore temps. Moi et Dee-Cee, on y était favorables, surtout moi, parce que ça me dégagerait de toute responsabilité.

Mais ni l'un ni l'autre n'avait la moindre idée sur ce qui se passait, alors on a demandé à Billy de faire venir des sparring-partners durs au mal pour tester ce que Coyle avait dans le coffre. Toujours la même chose, Coyle prenait des coups. Mais quand il cognait, *alors là, pardon !* Ils allaient au tapis ! Un certain nombre d'entre eux ont pris la tangente quand Coyle s'est mis à lâcher ce que l'écrivain James Ellroy appelle des « missiles au corps », un pilonnage qui enfonçait les basses côtes, et écrasait le foie. Mais c'était comme si Coyle tapait à l'aveuglette. En principe, les sparring-partners on s'en balance. Ils sont payés pour effacer les châtaignes. Le problème, c'était que Coyle encaissait et qu'*il allait au tapis aussi*. Un direct, et il se mettait à tricoter des genoux. On se disait qu'il fumait de l'herbe, ou peut-être pire – qu'il avait passé la nuit dans les toilettes avec des putes.

Dee-Cee disait :

« Personne ne peut dire que je ne lui ai pas parlé des pollutions nocturnes, eh bien non, il veut rien entendre. »

Pourtant, Coyle avait du souffle et il avait l'air fort. Dee-Cee et moi on n'avait jamais vu ça : un boxeur de premier plan, devenu tocard du jour au lendemain alors qu'il faisait son footing tous les matins ? Bon Dieu, on a découvert qu'il fumait même pas d'herbe, qu'il se contentait d'une bière pour se détendre et s'endormir après l'entraînement.

En voyant tout notre boulot avec lui partir en sucette, je me suis dit que ce gars-là, c'était Cendrillon à l'heure où sonnent les douze coups de minuit. Dee-Cee et moi, on le savait tous les deux mais on comprenait pas pourquoi. Et puis Dee-Cee est venu me voir, la main devant la bouche.

Il a dit :

« Coyle ne voit plus rien de son œil blessé. »

J'ai répondu :

« Quoi ? Ça ne tient pas debout, les médecins de la commission l'ont examiné.

– Il est aveugle de ce côté-là, Red, je t'assure. J'agite une serviette blanche devant cet œil depuis deux jours et sa paupière ne bouge pas. »

Entre les rounds de sparring, le jour suivant, pendant que je lui passais de la vaseline sur le visage et que je lui donnais de l'eau, Dee-Cee a agité le bout de la serviette près du bon œil de Coyle et automatiquement : battement de paupière. Au round suivant Dee-Cee s'est placé de l'autre côté et il a recommencé. Mais la paupière de Coyle n'a pas bougé parce qu'il ne voyait pas la serviette. C'est là que j'ai compris pourquoi il prenait tant de coups, et la raison pour laquelle il se déplaçait sur les talons : il distinguait mal le tapis de ring. Et c'était aussi pour ça qu'il encaissait de plein fouet comme si c'était le premier gnon qu'on lui expédiait par la voie des airs. Ça lui tombait dessus par surprise, il ne les voyait pas venir. Et c'est là que j'ai enfin su pourquoi il refusait des combats – il savait qu'il les perdrait parce qu'il ne voyait rien. Il avait accepté le match à deux cent mille, mais il l'avait fait pour le pognon. J'avais envie de le dégommer, il se goinfrait le fric de Billy sans dire qu'il avait perdu un œil et qu'il ne valait plus un clou.

La règle, c'est que si on ne voit rien on ne peut pas combattre. J'ai dit à Dee-Cee qu'il fallait avertir Billy. Pour moi Billy c'est la famille, si j'annonçais pas la couleur, voyez, c'était comme le poignarder dans le dos.

Dee-Cee a dit qu'il fallait attendre, que c'était la faute des médecins de la commission, pas la nôtre, c'était à eux de trinquer. Il a dit que Vegas ne s'en apercevrait peut-être pas, et qu'il y avait une chance pour que le combat abîme tellement Coyle qu'il soit obligé de se retirer de toute façon. Billy récupérerait quand même l'essentiel de son pognon, a ajouté Dee-Cee, il n'aurait aucune raison de nous en vouloir. Ça se tenait.

Mais ce qui a vraiment foutu en l'air toute notre combine c'est que la commission de boxe de Vegas a faxé ses formulaires pour un dépistage du sida, qu'ils ont dit qu'ils voulaient un examen neurologique complet remis à jour, et ils ont aussi envoyé des formulaires pour des examens de l'œil qui devraient être effectués par un ophtalmologiste, pas par un généraliste muni d'un tableau optique. Que je sois pendu si ça n'a pas rendu Coyle tout joyeux. Il s'est mis à frémir d'impatience dès qu'il a entendu parler du test chez l'ophtalmo. Sachant ce qu'on savait Dee-Cee et moi, on se demandait : comment ça se fait qu'il veuille passer cet examen de l'œil ?

Lorsque le test optique nous est revenu, ça n'a pas raté, il déclarait Coyle quasiment borgne de l'œil blessé au Canada. L'examen neurologique montrait que Coyle avait des problèmes d'équilibre parce qu'il avait pris trop de coups dans les camps d'entraînement, quand il était sparring-partner, ce qui expliquait pourquoi il ne pouvait pas sauter à la corde, et pourquoi la moindre châtaigne l'ébranlait. L'examen optique nous prouvait ce que nous savions déjà, la raison pour laquelle il recevait des coups qui n'auraient jamais dû l'effleurer. Tout ça revenait à dire que le combat à deux cent mille tombait à l'eau, et que Kenny n'obtiendrait plus aucun match lucratif. Ça revenait également à dire que

Billy s'était fait entuber de soixante mille à la signature du contrat, et par ma faute. Sans parler des bourses que Coyle aurait pu remporter s'il avait été en forme.

Il s'est révélé par la suite que c'était à cause de sa blessure pendant le combat à Vancouver que l'œil de Coyle s'était mis à décliner. La raison pour laquelle cette histoire était restée confidentielle, c'était que Coyle n'avait pas dit au médecin canadien qu'il était boxeur, et que tout ça s'était déroulé sous le régime de soins médicaux gratuits qu'ils ont dans le Grand Nord. L'ophtalmologiste avait dit à l'époque à Coyle que l'opération avait réussi à soixante-dix pour cent, mais il lui avait conseillé d'être prudent, parce qu'un nouveau traumatisme à cet œil pouvait l'abîmer définitivement. La bonne idée, c'était peut-être de laisser tomber la boxe pendant un an ou deux comme le font les boxeurs quand ils perdent, mais les gens qui l'entouraient n'avaient pas de cervelle. Et Coyle avait passé tous les examens en Alabama et dans le Mississippi en refilant des billets de cent aux toubibs marrons des casinos pour qu'ils oublient de vérifier si tout était en ordre du côté des yeux. Quand il m'en a parlé, plus tard, il s'est mis à rire avec le même reniflement que lorsqu'il racontait la façon dont il avait roulé la Marine nationale.

C'est là que j'ai compris le plan qu'il avait en tête. Juste après le match contre Marcellus Ellis, voyez, il s'était rendu compte qu'il s'était encore fait amocher l'œil, mais il avait gardé ça pour lui au lieu de se confier, se disant que personne n'entendrait jamais parler de l'opération subie au Canada. Comme ça, il pouvait s'embourber la prime offerte par Billy à la signature du contrat, et empocher les deux mille cinq cents par mois à courir le jupon. Je me demandais combien de temps il aurait pu se foutre de nous comme ça.

Seulement maintenant qu'est-ce que j'allais dire à Billy ? Après tout c'était sur mon nom que s'était faite l'affaire avec Coyle. Mon étincelant et colossal Espoir blanc était à présent terne et rouillé comme une vieille baignoire en zinc. J'en ai discuté avec Dee-Cee.

Dee-Cee m'a dit :

« Tu as raison. C'est pour ça que ce salopard est descendu dans le Sud ! »

On a pris Coyle par surprise, Dee-Cee et moi. Il ne savait pas que le résultat des examens était revenu, alors on lui a demandé de s'asseoir au bord du ring. Au début, il ne s'attendait à rien, c'était un véritable agneau.

Dee-Cee a dit :

« Pourquoi est-ce que tu ne nous as rien dit au sujet de ton œil ? »

Coyle a menti :

« Quel œil ? »

Dee-Cee a dit :

« La première règle, fiston, c'est qu'on embrouille pas un embrouilleur. L'œil qui est foutu. »

Coyle a répondu :

« Je n'ai pas d'œil foutu.

– Tu as un œil foutu, arrête de raconter des craques, a dit Dee-Cee.

– Il est pas foutu, je vois un peu trouble, c'est tout.

– *Un peu trouble*, ça veut dire pas de match à Vegas, c'est ça ton putain d'œil trouble, a dit Dee-Cee dont la mâchoire se contractait spasmodiquement. Je te laisse tomber tout de suite, t'as compris ? Je n'ai rien à faire avec une petite frappe qui cherche à me posséder. »

Les yeux de Coyle se sont écarquillés, son cou a gonflé, écarlate.

« C'est toi la petite frappe, vieille peau ! »

Coyle a imprimé une violente poussée sur la poitrine de Dee-Cee. Celui-ci est parti en arrière mais il a roulé sur l'épaule et aussitôt rebondi sur pied.

« La deuxième règle, mon garçon, c'est qu'on ne cogne pas un cogneur. »

Coyle a voulu avancer pour expédier à Dee-Cee une volée de coups de pied. Ma main a plongé vers mon arme dans ma poche revolver, mais avant d'avoir pu la sortir, Dee-Cee vif comme l'éclair avait balancé trois coups de canne sur les jambes de Coyle, un en travers du genou et deux sur les tibias, *bang ! bang ! Bang !* Coyle s'était effondré comme un sac à patates.

« Je te tuerai, vieille peau. Je te défoncerai le crâne avec ta propre canne. »

Dee-Cee a dit :

« Tu ferais mieux de laisser tomber les menaces de mort avec Dark Chocolate, fils de pute !

– Fais gaffe à toi, vieille peau ! »

Dee-Cee a dit :

« Mon garçon, tu creuses toi-même ta tombe. »

Dee-Cee s'est éloigné en boitillant, en s'appuyant lourdement sur sa canne. Coyle n'a fait aucune tentative pour le poursuivre, mais j'avais sorti mon flingue depuis longtemps à ce stade-là.

J'ai dit :

« Est-ce que quelqu'un a déjà vu un chien se faire écorcher vif ? »

Il fallait que je sorte Coyle du gymnase, je me suis dit que j'allais l'emmener vite fait à la Texas Ice House, où on pouvait s'envoyer quelques bières et peut-être se détendre. La Texas Ice House est ouverte tous les jours de l'année, la pancarte devant la façade porte l'inscription : ALLEZ-Y COWBOYS.

Coyle a dit :
« J'en ai à la maison, de cette saloperie de bière texane. »
Texas et *saloperie* du même souffle, c'est pas exactement comme ça qu'on fait pousser le coton chez nous autres Texans, mais je suis passé chez lui un peu plus tard parce qu'il le fallait. J'ai frappé et à travers la porte j'ai entendu le bruit d'une cartouche qui monte dans le canon d'un fusil à pompe.
J'ai dit :
« C'est moi, Red. »
Coyle a ouvert, et il a boitillé sur la véranda, cherchant Dee-Cee.
Il a dit :
« Je vais le descendre, tu peux lui dire. »
À l'intérieur, le sol était jonché de canettes de bière, ça sentait l'herbe et le sexe. Coyle était vautré avec une strip-teaseuse ramassée dans un club spécialisé, somnolente et à moitié à poil. Elle n'a pas prononcé une seule parole. Des noms comme Geraghty et O'Kelly me retiennent d'aller plus loin, mais quand je me suis rendu compte quel serpent à sonnettes était Coyle, ça m'a donné honte d'appartenir à la même race de bouffeurs de patates.
J'ai dit :
« Quand est-ce que tu es devenu borgne ? »
Coyle se massait encore les jambes.
« L'œil était encore en parfaite condition avant que Marcellus Ellis me donne un coup de boule, au casino. Mais du moment que c'est toi qui m'entraînes, ma poule, je peux combattre.
– Si tu fais des matchs par ici, tu recommences à toucher des bourses de misère.
– Mon œil est juste un peu trouble, c'est tout. Recommence pas à me chercher des crosses, putain !
– C'est toi qui commences.

– C'est arrivé l'avant-dernière fois dans le Mississippi, d'accord ? Et ça guérissait petit à petit, tout seul. »

Je restai silencieux un moment, lui aussi. Puis je dis :

« Tu ne saisis pas ? Si tu ne passes pas les tests oculaires, pas de combat à Vegas, ni nulle part où il y ait un tant soit peu de pognon à se faire. Les seuls entraîneurs qui voudront de toi à présent seront des vampires. »

Coyle haussa les épaules, il se permit même un petit rire. C'est là que je lui ai posé la question qu'il n'aurait jamais voulu entendre, celle qui signifiait qu'il fallait rendre son fric à Billy s'il y répondait par la vérité.

« Pourquoi est-ce que tu ne nous as pas parlé de ton œil avant la signature du contrat ? »

Coyle a pris un coup de vieux. Il a détourné les yeux, le regard plongé dans un vague très lointain, bégayé deux fois avant de dire :

« Tout le monde était au courant, pour mon œil. »

J'ai dit :

« Pas grand monde à Vancouver, et certainement personne à San Antonia. »

Coyle a répondu :

« Vegas pouvait faire des vérifications. »

J'ai dit :

« On n'est pas Vegas. »

Coyle se leva. Il croyait avoir envie de me frapper, mais en réalité il avait envie de se cacher. Au lieu de ça, il a orienté le fusil à pompe de façon que le canon soit pointé sur mon ventre.

Il a dit :

« Je ne veux plus de toi comme entraîneur. »

J'ai dit :

« La prochaine fois que tu veux entuber quelqu'un, entube ta mère dans son cercueil. Elle pourra pas te le rendre. »

Ça l'a dégrisé d'un coup, j'ai compris qu'il était temps de prendre la tangente. En refermant la porte, j'ai entendu Coyle et sa greluche de strip-tease se mettre à rigoler.

Je me suis dit intérieurement : « Profites-en, petite frappe, marre-toi. Me braquer moi avec un fusil ... et négliger de s'en servir ensuite. »

J'ai pris la camionnette le jour suivant et j'ai roulé jusqu'au bureau de Billy pour lui raconter toute l'histoire. Ça n'était pas loin de chez moi mais c'est le plus long trajet que j'ai eu à effectuer de ma vie entière. Je m'attendais à ce qu'il me dise d'exporter mon cul de péquenaud hors du Texas. Il s'est contenté d'écouter, puis il a allumé un Havane de contrebande, un Montecristo, avec un briquet Dunhill en or. Il a pris son temps et nous a versé à chacun une mesure de Hennessy XO.

Il voyait que je me sentais minable, et que je pensais avoir tué notre amitié.

J'ai dit :

« Je suis désolé, Billy. Tu sais que je n'aurais jamais essayé de te rouler volontairement. »

Billy a répondu :

« Tu ne pouvais pas lire l'avenir, Red. Seules les femmes le peuvent, et c'est parce qu'elles savent qu'elles vont se faire sauter. »

Billy avait lancé cette blague pour me sauver de moi-même, que je sois pendu si c'est pas vrai. J'étais prêt à me lancer aux trousses de Coyle et à lui ouvrir le ventre. Mais Billy m'a dit de me calmer, qu'il irait trouver Coyle chez lui, un peu plus tard. Je voulais y aller, et inviter messieurs Smith & Wesson.

Quand Billy s'est pointé chez Coyle, Kenny était encore en train de fumer de l'herbe, un gros calibre .357 Ruger en acier inoxydable avec un canon de trente centimètres en main. Billy n'a pas cillé, il a demandé s'il pouvait avoir un thé glacé comme celui que Coyle était en train de boire. Coyle a répondu que c'était un Snapple parfum pêche, avec du sucre et pas d'édulcorants, mais Billy a dit, vas-y envoie. L'atmosphère est devenue plus sympathique, mais Coyle ne lâchait pas son Ruger.

Billy a dit :

« À mon avis, tu n'as pas monté tout ça exprès depuis le début. »

Coyle a répondu :

« C'est vrai. C'est Ellis qui a fait ça. »

Billy a dit :

« Mais tu m'as quand même refait de soixante mille. »

Coyle a répondu :

« Ça dépend comment on l'envisage. »

Il rit de sa propre plaisanterie.

« ... D'ailleurs sur mon œil, personne n'a rien dit, alors je n'ai pas menti. Eh, je fais des vers, comme Ali, c'est lui Kenny, oui ! »

Billy a dit :

« Il y a des mensonges par compromission et il y en a par omission. Là, il est question d'une omission de soixante mille dollars. »

Coyle a répondu :

« Tu n'as aucune preuve. C'était tout en liquide, c'est toi qui l'as voulu. Net d'impôts. »

Billy a dit :

« Je veux récupérer mes soixante mille. Tu peux oublier l'hébergement à l'œil et les deux mille cinq cents mensuels, mais je veux l'argent de la prime. »

Coyle a répondu :

« Je ne les ai pas, je ne peux pas te les rendre. »

Billy a dit :

« Tu as la BMW, tu ne dois plus un centime dessus. Tu me la cèdes par contrat, et on sera quittes. »

Coyle a répondu :

« Tu prendras pas mon Bonheur. Je l'ai acheté avec la prime. »

Billy a dit :

« Tu as accepté cet argent en sachant que ton œil était foutu, c'était de l'entaulage. »

Coyle a répondu :

« Je m'en tiens au contrat. Mon avocat dit que tu me dois encore deux mille cinq cents ce mois-ci, et peut-être pour les trois années à venir. Il dit que tout est de ta faute, que c'est toi qui m'as envoyé au casse-pipe avec un adversaire irrégulier. »

Billy avait pris du poids, il avait une petite bouée autour du ventre, et Coyle montrait qu'il n'avait pas peur de lui.

Billy n'a pas perdu son sang-froid, n'a pas discuté les deux mille cinq cents par mois, et n'a rien dit sur les bénéfices à venir partis en fumée.

« Alors dis-moi, a demandé Billy, quand est-ce que tu as l'intention de partir de chez moi et de me rendre les clés ? »

Coyle a émis son ricanement habituel.

« Quand tu m'auras expulsé, et tu ne peux pas le faire avant un bon moment, parce que je suis borgne donc invalide. J'ai vérifié. »

Billy a ri avec Coyle, et Billy a serré la main gauche de Coyle avant de partir parce que sa main droite tenait toujours le Ruger.

Billy a dit :

« Préviens-moi si tu changes d'avis.

– Il y a peu de chances, répondit Coyle. Je songe à épouser la fille du flic. Ce sera notre nid d'amour, ici. »

Dee-Cee et moi maudissions Coyle à longueur de journées, mais Billy n'a jamais donné le moindre signe que cette histoire le préoccupait. Une semaine plus tard, il nous a dit que sa femme et ses gosses partaient pour DisneyWorld à Orlando quelques jours. Le jeudi Billy nous a invités à aller faire un tour à Nuevo Laredo vendredi soir, pour y passer le week-end.

Billy a dit :

« On descendra quelques milliers de verres au Cadillac Bar pour se laver la bouche du goût qu'y a laissé Coyle. »

Il a rendu l'expédition plus alléchante encore, il a dit et si on se payait une virée grand-duc dans les bobinards du quartier chaud à ses frais ? J'ai répondu que mon vieux chibre pouvait encore faire des siennes avec l'inspiration nécessaire. Dee-Cee aussi, mais il a ajouté que son dos lui faisait mal depuis cette affaire avec Coyle et qu'il lui fallait aller à Houston où il connaissait une Cubaine versée dans la *santería*. Elle préparait une potion mystique faite avec du sang de coq, et c'était la seule chose qui le soulageait.

Dee-Cee a dit :

« Ça me fend le cœur de louper la virée avec vous, mais il faut que j'aille voir ma Cubaine. »

J'ai dit à Billy qu'il devrait en profiter pour faire le trajet jusqu'à Nuevo Laredo dans ma bagnole. C'est à la frontière, voyez, à trois heures au sud de San Antonia. J'avais un arbre à came à livrer à mon cousin Royal à Dilley, qui se trouve à une centaine de kilomètres de San Antonia sur la route 35, exactement notre chemin. Billy a dit qu'il avait des choses à faire dans la matinée, mais qu'on pouvait se retrouver vers six heures au Cadillac Bar, le jour suivant. Du coup j'ai fait le voyage tout seul, complètement fracassé à l'intérieur d'avoir été régulier avec un putois.

Je suis parti tôt pour avoir le temps d'écouter Royal me raconter des sornettes et me remettre à niveau en éclusant son Jack Daniel's. Quand je me suis arrêté devant le Cadillac Bar à six heures dix, j'ai vu la Town Car gonflée de Billy garée en face. Il était dans le bar, un grand sourire aux lèvres. Avec mon chapeau neuf et mes bottes neuves j'avais l'impression d'avoir à nouveau cinquante ans, et que Kenny Coyle aille au diable dans sa BMW. On rigolait comme si on se foutait de Coyle comme de l'an quarante, mais je savais que c'était pas vrai.

Billy nous a dégotté de belles chambres dans un motel flambant neuf, une fois qu'on s'était calé l'estomac avec de la perdrix, de la bière Dos Equís, et de la glace au riz frit façon mex. D'après mes souvenirs, on a laissé les bagnoles au motel et on est partis dans le quartier chaud en taxi. On s'est trimballés dans des endroits comme le Honeymoon Hotel, le Dallas Cow-Boys, et le New York Yankey. Bon Dieu, je me suis enseveli dans quelques paires de seins basanés, et j'ai terminé avec une petite Chinetoque que j'aurais voulu ramener en douce au pays dans mon chapeau. J'ai passé deux nuits avec elle et je ne voulais plus jamais rentrer à la maison.

Je n'en suis pas tout à fait sûr, mais il me semble que je suis repassé à l'hôtel une fois pour voir où en était Billy. Sa voiture n'était plus là, et il y avait un message pour moi sur la boîte vocale de ma chambre, plus cinq cents dollars sur mon oreiller. Le message de Billy disait qu'il devait aller à Matamoros parce que le camion qui livrait ses crevettes était tombé en panne, et qu'il devait en trouver un autre à temps pour sa soirée crevettes. Alors je me suis offert une masse d'œufs brouillés riz et haricots à la mex accompagnée de quelques milliers de bouteilles de Negra Modelo. Je suis parti voir ma Chinetoque encore un peu chancelant, mais je n'avais perdu ni mes bottes ni *El Patron* en route, alors je me prenais pour le coq de la basse-cour.

Il me semble que j'ai eu quelques trous noirs à ce moment-là. Mais bon, à un certain moment je me souviens d'avoir traîné dans les rues du quartier chaud, et je me suis arrêté devant un petit jardin public où quelque chose a attiré mon attention. Quelque chose qui est courant dans tous les squares du Mexique. Les réverbères se réduisent à des ampoules nues couvertes de moustiques d'où jaillissent de temps en temps des chauves-souris. Des garçons et filles entre quatorze et dix-huit ans se livrent au *paseo* nocturne – ça consiste en une promenade dans l'allée principale, parce qu'il n'y a ni télé ni rien chez eux, et le *paseo*, c'est ce qu'ils font pour sortir de chez eux et flirter. Dans certains endroits du pays, les jeunes se réunissent en cercle dans les parcs. Le cercle des garçons est à l'extérieur de celui des filles et chaque cercle tourne lentement en sens inverse de l'autre, de façon à ce que garçons et filles se regardent de face en passant. La fille asperge le garçon pour lequel elle a un faible avec du parfum bon marché. Le garçon essaie de jeter une pincée de confettis dans la bouche de la fille qui lui plaît. Tout le monde rigole, crache, et se tient le nez, mais dans leurs culottes ils sont prêts à tout larguer. C'est comme ça que les gens se marient dans ce pays.

Bien sûr, je n'avais pas la moindre idée de mariage en tête. Non, mes projets étaient tout différents, et j'ai fait de mon mieux pour satisfaire mon esprit avec une ration supplémentaire de ce régal doux-amer cent pour cent Chinetoque.

Le jour suivant, dimanche, Billy dormait quand je suis revenu en titubant, alors je me suis mis à roupiller moi aussi. Si je me souviens bien on est revenus séparément tard dans la soirée du dimanche. On était tous les deux verdâtres et quasiment infirmes, mais en rentrant à Laredo, Billy a fait laver sa voiture qui était propre comme un sou neuf, à part la vitre fissurée à l'arrière. Billy m'a dit qu'un poivrot de Matamoros avait essayé sans succès de fracturer la voiture. Il m'a montré ses phalanges écorchées pour le prouver.

Billy a dit :

« Je sais encore cogner comme tu m'as appris. »

Sur le chemin du retour, tout seul, j'avais les jambes flageolantes et le cœur qui faisait des bonds dans la poitrine. Mais à l'heure de mon dernier sommeil, je veux mourir dans le quartier chaud à lutiner les filles et apprendre le chinois.

J'avais encore la gueule de bois le lundi, et il a fallu que je reste couché pâle et tremblant jusqu'à ce que je puisse recharger mes accus avec du pain au lait et de la sauce, plus de la salsa mexicaine fraîchement préparée, du gruau de maïs frit, une livre de bacon ou presque, trois ou quatre tomates, et quelques milliers de bières. Je crois que j'ai passé mon temps à dormir, parce que je n'ai aucun souvenir de la télé.

Ce n'est qu'en retournant au gymnase le mardi que j'ai appris, pour Kenny Coyle. Des chasseurs l'avaient retrouvé mort. Il traînait à côté de sa BMW calcinée dans le bois de mesquite aux confins de la ville. Ils l'avaient découvert dimanche midi, et on disait qu'il était mort depuis une douzaine d'heures, ce qui signifiait qu'on l'avait tué samedi soir vers minuit. Au gymnase, quelqu'un a dit que les flics étaient passés pour me voir. Bon Dieu on était au Mexique, Billy et moi, et Dee-Cee était à Houston.

Les sources autorisées racontaient que Coyle avait été ligoté avec du fil plastique comme celui dont se servent parfois les flics à la place des menottes. On lui avait auparavant tiré une balle dans le genou avec son propre Ruger mais ailleurs, pas au même endroit, et on lui avait défoncé le crâne avec un objet contondant non identifié. Sa cervelle était à nu et on disait qu'elle ressemblait à une grappe de raisin. Il avait les couilles dans la bouche, élargie au rasoir pour qu'elles tiennent. D'après ce que j'ai su, les flics qui l'avaient découvert s'étaient mis à rigoler, ils trouvaient ça comique de voir un homme en train de se les mordre. La police, voyez, avait compris tout de suite qu'il s'agissait d'une histoire de fric.

Quand les flics sont passés le mardi, j'étais encore en train de boire un café en regardant par la vitrine qui donnait sur la rue. Je n'avais rien à cacher, alors j'ai continué à siroter mon jus là où j'étais. Je leur ai raconté l'histoire que je viens d'exposer plus haut, en commençant par mon escale chez Royal, à Dilley. Le flic en chef, voyez, c'était Junior, et Junior, c'était le papa de la fille qu'avait engrossée Coyle.

Je lui ai dit que Billy et moi étions à Nuevo Laredo quand la tragédie avait eu lieu. Je lui ai parlé du Cadillac Bar et de la tequila, et des filles du quartier chaud. Bien entendu j'ai gardé pour moi quelques milliers de détails qui ne le regardaient pas. Les yeux de ce vieux Junior ont encore pâli d'un cran, et sa mâchoire s'est tellement contractée qu'il pouvait à peine remuer les lèvres en parlant. Il n'a posé que deux ou trois questions et a paru satisfait de mes réponses.

Au moment de partir, Junior a dit :

« On dirait que certaines personnes ne peuvent apprendre à être raisonnables qu'à la dure. »

Après le départ de Junior, les conversations ont repris et les cordes à sauter ont recommencé à claquer sur le sol du gymnase. Du nord du Mexique jusqu'au Texas, dans les salles de boxe, le bruit de ce qui était arrivé à Coyle s'est répandu comme une traînée de poudre. Pour autant que je sache, les flics n'ont jamais frappé à la porte de Bill Clancy, mais par contre je peux vous assurer qu'aucun des boxeurs de Billy n'a plus jamais renâclé à mouiller son maillot, ou à se préparer pour un combat.

J'en étais à ma troisième tasse de café, quand j'ai vu Dee-Cee descendre de l'autobus. Il était comme d'habitude sauf qu'il avait une nouvelle canne en bois noueux. Du mesquite, comme la précédente. Mais quand il s'est rapproché, j'ai vu qu'elle était faite avec du bois encore vert, fraîchement coupé sur l'arbre.

J'ai dit :

« Tu as entendu ce qui est arrivé à Coyle ?

– Je viens de revenir, a dit Dee-Cee, que lui est-il arrivé ? »

Un des boxeurs basanés qui s'entraînait à côté s'est mis à ricaner. Dee-Cee lui a jeté un regard de ses yeux bleu vert. Et ça n'a pas été plus loin.

Titre original : *Midnight Emissions*

Traduit par Thierry Marignac

Daniel Waterman

HISTOIRE D'UN LÉPIDOPTÉRISTE

Paru dans *Bomb*

Quand ma sœur Janie et moi étions gosses à Smoketown, peu après que Skeet avait quitté la maison d'en face pour habiter chez nous comme notre frère, un chat de gouttière se mit à traîner près de chez nous. Comme tous les chats errants, il rôdait, indécis, partagé entre deux instincts contradictoires : il se frottait à votre jambe, mais ne voulait pas se laisser caresser. Il vous suivait partout, mais crachait d'un air féroce si on essayait de le prendre dans les bras.

Skeet adorait ce chat. Cela ne dura qu'un temps. L'animal était scrofuleux et décharné mais avec ses yeux gris encore vifs, il n'avait rien perdu de sa superbe. Skeet s'accommodait de son comportement désagréable, lui donnait à manger et du lait, le regardait épier ses proies et chasser. Je suppose qu'il voulait simplement avoir une créature dont il pourrait prendre soin, dès cette époque. Mais comme personne n'a vraiment envie d'un chat qu'on ne peut ni prendre dans ses bras ni caresser, d'un chat peu amène, Skeet cessa de le nourrir et de le laisser entrer. Au bout d'un moment le chat ne vint plus. Je suppose qu'il fut ramassé, qu'il disparut ou qu'il mourut : j'ignore lequel des trois. Et je suppose que Skeet ressemblait beaucoup à cet animal. Ce chat portait en lui son propre malheur comme une tumeur.

C'est un épisode mineur de mon enfance, et je l'aurais complètement oublié si une Janie en larmes ne m'avait pas appelé au bureau la semaine dernière en me demandant de la retrouver à l'appartement de Skeet. Il avait vécu dans des tas d'endroits depuis que nous avions tous quitté la maison huit ans plus tôt. Je ne mettais pas les pieds dans la plupart de ces endroits, qui ne m'auraient sans doute pas plu. Mais deux mois plus tôt, sans crier gare, il avait débarqué dans le quartier que Janie et moi nous efforcions toujours d'éviter, celui où nous avions tous grandi ensemble.

C'était Smoketown, où les bicoques s'alignent, indistinctes, sur des pâtés de maisons entiers, comme les briques s'entassent dans un mur. Où l'ennui de la rue, morne, récurée, vide et propre, est ponctué à d'improbables intersections par quelques devantures qui font l'angle : une épicerie de quartier, une laverie ou un bar. Où l'énorme cheminée de l'incinérateur de la ville se dresse omniprésente, et où la fumée qui en jaillit tout le jour a donné son nom au quartier.

Les quelques affaires de Skeet se trouvaient encore à son appartement, et son propriétaire nous avait demandé de les enlever. Apparemment Skeet avait donné le nom de Janie comme personne à prévenir en cas d'urgence. Ce n'était plus une urgence, mais Janie avait fini par trouver le courage d'aller voir ce qu'il y avait là-bas. Pendant son jour de congé, d'une cabine au coin de la rue, car Skeet n'avait pas le téléphone, et ne l'avait jamais eu, elle me demandait de venir aussi. Vite.

« Qu'est-ce qu'il y a ? lui ai-je demandé.

– Je veux que tu viennes, c'est tout.

– Ce n'est pas le moment, Janie, lui ai-je dit. Je suis nouveau ici. Je ne peux pas filer pour ceci ou cela en plein milieu de la journée.

– Je veux que tu viennes. OK ?

– Écoute, ai-je dit en supposant qu'elle avait eu un gros coup de blues, laisse tomber tout ça pour l'instant. Demain c'est samedi. J'aurai toute la journée. Je t'aiderai demain.

– Ce n'est pas possible.

– Qu'est-ce qu'il y a, alors ? »

Dans le silence qui a suivi, je l'ai entendue inhaler, ce temps mort si caractéristique. Elle s'était remise à fumer. « Je veux que tu viennes, a-t-elle répété.

– Je ne peux vraiment pas. Pourquoi tu n'appelles pas Hal ? » ai-je demandé, en espérant qu'elle envisage de téléphoner à son mari. Un silence malveillant a accueilli ma suggestion, et je me suis rappelé que Hal, qui n'est pas mauvais homme, était tombé en disgrâce aux yeux de ma sœur, sa femme. J'étais convaincu qu'il n'avait rien fait de mal, mais ça ne l'aiderait pas pour autant. Les jugements de Janie se suffisent à eux-mêmes, ils ne dépendent jamais de choses telles que vos actes, bons ou mauvais, ou vos mérites.

« Laisse tomber, ai-je repris.

– Il n'a jamais rencontré Skeet, a-t-elle objecté, dans une sorte de grognement.

– Janie ! ai-je soupiré.

– Désolée », a-t-elle dit, en s'adoucissant, mais toujours sur la défensive, encore en petite fille déçue. « Écoute, a-t-elle continué, j'ai trouvé quelque chose. »

À cet instant précis M. Logan, le plus ancien associé du cabinet d'avocats dans lequel je travaille, est entré dans la bibliothèque. En me voyant au téléphone, il s'est dirigé vers ma table d'un pas décidé.

J'ai souri et levé la main pour le saluer. Il s'est penché sur moi, ses doigts écartés bien à plat sur la table, et il a attendu.

« Quoi ? ai-je demandé à Janie.

– J'ai dit que j'ai trouvé quelque chose.

– J'avais bien compris. Qu'est-ce que tu as trouvé ?

– Viens voir, s'il te plaît. » Elle avait raccroché.

« Monsieur Logan », ai-je dit en levant les yeux. Il a haussé les sourcils par-dessus ses demi-lunes, le visage déjà figé dans l'expression d'une déception prédestinée. « Je vais devoir m'absenter un petit moment. »

L'appartement de Skeet n'avait rien d'un appartement, c'était justement un de ces magasins de notre ancien quartier, à l'angle de Grand Street et de Clay Street. Je suis resté assis un instant dans la voiture pour relire l'adresse que Janie m'avait donnée, convaincu que ce n'était pas la bonne. Ce magasin m'était trop familier, à seulement deux pâtés de maisons de l'endroit où on avait grandi. Quand Janie et moi étions gamins, c'était le Tabac Murphy où on achetait des bonbons, devenu l'épicerie *Bunny's Corner*, et, longtemps après, un débit de boissons et un bar, comme si l'immeuble lui-même avait jugé bon de s'adapter à l'évolution de tous nos besoins.

Le magasin était désormais inoccupé, et pourtant la vitrine de la devanture était encore intacte, ce qui m'a surpris. Mais le verre de la vitrine était peint d'un noir intense, et recouvert d'une épaisse couche d'affiches de boîtes de nuit et de prospectus annonçant des concerts. J'ai coupé l'air conditionné de la voiture, tourné la manivelle pour baisser la vitre et j'ai attendu.

Dehors l'air était chaud et immobile. La lumière creuse de l'été, les ombres et le silence, les étroits trottoirs nus ont brisé mon élan et je suis simplement resté assis là, à retrouver certaines sensations des étés passés. Plus bas dans la rue deux enfants se battaient à coups de bâton. Une porte à moustiquaire a claqué quelque part derrière moi et une petite fille à bicyclette m'a doublé à pleine vitesse, une poupée cruellement attachée au porte-bagages. Dans un vacarme soudain une grosse Cadillac jaune a brûlé le stop devant moi, vitres baissées sur le rythme sourd de sa stéréo, l'instant d'après, elle était loin.

Quand j'ai reporté mon regard sur la devanture, Janie était penchée dans l'entrée sombre du magasin. Elle me regardait avec impatience, elle retenait la lourde porte blindée d'une de ses mains fortes et noueuses en me faisant signe d'entrer. J'ai verrouillé la voiture et suis allé la rejoindre.

Janie a battu en retraite devant moi comme un guide, en s'enfonçant à reculons toujours plus avant dans la pièce. « Regarde ça ! » a-t-elle dit. Mais je ne distinguais rien. La pièce, bien que fraîche et humide, était trop sombre pour y voir. Janie avait calé la porte d'entrée, et la faible lumière qui en provenait éclairait ce taudis. À l'arrière une fenêtre à tabatière crasseuse donnait de la lumière dans le fond. Marquant le pas, je l'ai laissée avancer dans la pièce en attendant que mes yeux s'habituent à la pénombre. Et quand ils s'y sont accoutumés, la pièce m'a paru simple et nue. Un vieux plancher à rainures et languettes, poli comme des galets par des années de piétinement, couvrait toute la surface de la pièce. D'un côté un large secrétaire double se dressait à l'écart. Un lourd fauteuil pivotant était rangé derrière le bureau. Au fond de la pièce un matelas et un sommier à ressorts étaient empilés par terre.

J'ai emboîté le pas à Janie, mais quelque chose – un bout de ficelle – m'a frôlé le visage, avec une douceur qui m'a surpris. Une mince corde. J'ai tendu la main pour tirer dessus.

« Cassée, a dit Janie, viens voir ça. »

Arrivée au secrétaire, Janie l'a contourné pour me faire face. Elle a baissé les yeux sur le plateau, et j'ai suivi son regard. Des boîtes y étaient posées. Nous nous sommes regardés, puis avons reporté nos regards sur les boîtes.

« Qu'est-ce que c'est ? ai-je demandé.

– À toi de me le dire », a-t-elle répondu.

J'ai fait le tour du secrétaire pour me pencher plus près. Il s'agissait de présentoirs vitrés – des boîtes en bois rectangulaires toutes simples avec leurs couvercles vitrés à charnières – il y en avait deux, leurs vitrines posées face vitrée vers le haut. On les reconnaissait au premier coup d'œil, c'était le genre de présentoirs sur lesquels on peut s'attarder dans une brocante pour examiner les montres de gousset, les canifs, les vieux stylos à encre et les badges électoraux : tous ces objets éphémères et ces babioles pour manteaux de cheminée que les gens accumulent, collectionnent et investissent de quelque obscure signification. J'ai scruté une des boîtes avant de relever les yeux sur Janie.

« Des mites ? ai-je demandé, n'ayant rien d'un lépidoptériste.

– Des papillons, a modulé Janie, tous des papillons. »

Elle a soulevé l'autre boîte à la faible lumière de la porte d'entrée. Soudain leurs couleurs – caramel, noir, jaune, et bleu – se sont mises à luire comme éclairées de l'intérieur, translucides et vivantes. Dans ce présentoir comme dans l'autre, des papillons de toutes sortes étaient alignés en rangs propres et espacés, bien présentés au garde-à-vous. Leurs ailes étaient étalées en parfait équilibre, comme s'ils venaient d'achever un long vol, ou un lent ballet, en se posant délicatement pour tirer leur révérence. Mais de petites épingles noires transperçaient l'abdomen étroit de chacun d'eux, les fixaient à la surface en liège, en leur ôtant un peu de leur grâce et en les rapprochant de la mort – ils étaient bien loin de danser.

Une étiquette en papier était collée sous chaque papillon, son nom exact inscrit de l'écriture de chat, erratique et maladroite, de Skeet : *Papilio Glaucus, Lycaena Phlaeas, Papilio Troilus, Epargyreus Clarus, Monarque, Amiral Rouge, Piéride du Chou Pékinoise, Ipso-Columbus Bleu, Thorybes Pylades.* Après les avoir lus, j'avais du mal à imaginer laquelle des deux situations était la plus improbable : Skeet essayant de prononcer ces noms ou effectivement occupé à les calligraphier ?

« Regarde les autres », a dit Janie. Elle a agité le doigt et m'a fait signe de la suivre un peu plus loin. Nous avons traversé toute la longueur de la pièce pour nous retrouver face à trois autres boîtes identiques, alignées à la verticale contre le mur du fond, comme des présentoirs de musées qui attendent d'être accrochés. Elles aussi étaient pleines de papillons.

« D'où viennent-ils ? » ai-je demandé.

Janie a reculé de quelques pas et elle m'a fait face en croisant les bras. « Je n'en sais rien, a-t-elle dit, franchement, je n'en sais rien. »

Je me suis penché pour examiner quelques-uns des papillons. « Il les a peut-être pris quelque part.

– Pris ? Mais où il les aurait pris ? a-t-elle demandé.

– Je ne sais pas. Il les a peut-être achetés.

– Allez ! » a-t-elle répondu. J'ai levé les yeux sur elle. Ses bras étaient croisés. Elle se balançait d'avant en arrière sur demi-pointes. Son front était plissé et elle se grattait cruellement les doigts.

« Ou alors il les a trouvés », ai-je encore hasardé. « Dans une ruelle. Ou devant un laboratoire. Ou au musée. Dans une brocante de particuliers. Qui sait ?

– Il aurait pris ça dans une ruelle ?

– Il les a peut-être achetés, Janie. Je n'en sais rien, moi !

– Va voir dans le tiroir, a-t-elle dit.

– Pourquoi ? Qu'est-ce qu'il y a dans le tiroir ? ai-je demandé.

– Va donc voir !

– Des animaux morts ? C'est ça ?

– Va voir dans le tiroir. »

Je suis allé voir. Éparpillés à l'intérieur, il y avait tous les instruments que Skeet avait utilisés pour remplir ses présentoirs : de minuscules boîtes en plastique pleines d'épingles colorées, de la colle, du ruban adhésif, du liège, des règles et des couteaux de précision.

« Regarde dans l'autre », a dit Janie.

Dans le tiroir du dessous, qui était profond, se trouvaient des morceaux de mousseline et d'étamine, deux d'entre eux avaient été disposés autour de cintres pour former de grossiers filets à papillons. Il y avait aussi une vieille boîte à café. J'en ai soulevé le couvercle et l'odeur âcre qui en a émané – de l'acétate d'éthyle, je le sais aujourd'hui – me l'a fait reposer très vite. Il s'agissait d'une boîte à tuer les papillons, primitive, elle aussi fabriquée par Skeet. Émietté dans le fond du tiroir, c'était un carnage de papillons, leurs corps secs et poussiéreux en décomposition aussi cassants que des feuilles d'automne.

Après avoir refermé les tiroirs, j'ai fait pivoter le fauteuil du bureau et me suis assis. « Je n'y comprends rien, ai-je dit.

– Moi non plus. » Janie, toujours debout, a sorti une cigarette et l'a allumée. Je me suis mis à tousser ostensiblement.

« Pas un mot, a-t-elle prévenu, c'est moi l'infirmière ici.

– À te voir, on ne le devinerait pas », ai-je dit.

Elle a inhalé et baissé les yeux sur elle-même.

« Il faut que je retourne au travail, ai-je fini par dire.

– Et qu'est-ce que je suis censée en faire ?

– Je n'en sais rien. On en discutera plus tard.

– Mais je ne peux pas les laisser là.

– Pour l'instant si, ai-je répondu. Il faut que je retourne au travail. »

Elle a commencé à déplacer son poids d'une jambe sur l'autre. Elle a laissé tomber sa cigarette par terre et l'a écrasée d'une torsion du pied. « C'est à n'y rien comprendre.

– Je sais bien », ai-je dit. Je me suis levé pour partir.

« Qu'est-ce qu'il fabriquait ? »

Je suis resté debout à la regarder, je la voyais réfléchir et me demandais moi aussi si elle allait y penser, s'en souvenir, s'autoriser à comprendre comment l'homme le plus méchant que nous connaissions en était arrivé à développer un intérêt obsessionnel pour les papillons.

« Je n'en sais rien, Janie. Il faut vraiment que j'y aille. »

Mais je savais. Les mensonges qu'on raconte quand on est petit peuvent être qualifiés d'innocents, pas parce qu'on est innocent, mais parce que, enfant, on sait que l'on ment, et pourquoi ou dans quel but. Les mensonges que nous faisons à l'âge adulte, quant à eux, sont effrayants, parce que désormais c'est surtout à nous-même que nous mentons, et c'est nul autre que nous-même que nous cherchons à tromper.

Skeet a fait date dans l'histoire médicale, bien que son nom ne figure dans aucun manuel. Pourquoi ?

Je l'ignore. Tout ce que je sais, c'est que les mesures prises par les médecins pour sauver la vie de Skeet, aujourd'hui si répandues, étaient inconnues à l'époque.

Il est tombé malade peu après être venu vivre chez nous. Il a commencé par avoir du mal à marcher, à parler et à bouger les bras, aussi lent qu'un jouet à remontée mécanique au stade terminal de ses rotations. Maman était infirmière, attentive à de tels signes, et elle le remarqua avant que quiconque, y compris Skeet lui-même, je pense, ne devine qu'il y avait un problème. Elle prit pour Skeet les rendez-vous et fit pratiquer les analyses qu'il fallait, et au bout de nombreuses semaines de tests les médecins diagnostiquèrent une dégénérescence des muscles de Skeet. Ils étaient en train de mourir, et ils étaient tous atteints. Il n'existait aucun nom pour cette maladie, mais les médecins expliquèrent que cela commençait toujours par les extrémités du patient. Les membres et les appendices allaient devenir encore plus lents et engourdis. D'abord les bras et les jambes, puis les doigts, les orteils et la langue. Skeet ne pourrait plus ni marcher ni manger ni garder les yeux ouverts. Puis la paralysie gagnerait les organes internes : les muscles de l'estomac, les muscles de l'abdomen, les muscles de la vessie et, à la fin, les muscles du cœur s'atrophieraient. Skeet avait neuf ans.

Les médecins avaient déjà vu d'autres cas de cette maladie et savaient à quoi s'attendre, mais ils n'avaient toujours aucun remède pour la soigner de manière efficace. L'un d'eux avait quelques idées, cependant, et voulait les tester sur Skeet. Comme le traitement était expérimental, et les risques assez indéterminés, et comme nous n'avions pour ainsi dire pas d'argent, toute la procédure – les analyses, les injections, la kinésithérapie et les séjours à l'hôpital – seraient gratuits.

Maman prit quelques semaines pour y réfléchir, et pour essayer de retrouver la mère de Skeet.

Avant de venir vivre chez nous, Skeet n'était personne en particulier. Il n'était même pas Skeet. Il s'appelait Ted, et c'était juste le gamin maladif qui habitait en face, une bicoque comme la nôtre. Ted et sa mère avaient débarqué de je ne sais où, Cincinnati, je crois, et comme la maman de Ted et la nôtre étaient les seules mères célibataires du coin, et d'âges rapprochés, elles sont devenues amies. La mère de Skeet le ramenait jouer avec nous quand elle avait envie de s'asseoir sur la véranda pour bavasser avec maman. Elle nous trouvait une babysitter à tous les trois quand elle voulait emmener maman boire avec elle, et maman ne disait pas non à une beuverie de temps à autre.

Je n'étais pas à la maison quand la mère de Skeet le déposa chez nous pour quelques jours – pour toujours, en fin de compte. Janie était là, et elle se rappelle que la maman de Skeet semblait énervée. Apparemment le père de Skeet avait refait surface quelque part dans l'Ohio, et elle partait le chercher pour le ramener à la maison. Pouvions-nous veiller sur Ted quelque temps ? Bien sûr.

Ce soir-là, alors que Skeet dormait à l'étage et que Janie s'apprêtait à le rejoindre dans la chambre que nous allions tous partager, je me suis attardé dans la cuisine avec maman et je lui ai posé cette question prophétique : que se passerait-il si la maman de Skeet ne revenait pas ? Maman a ri. « Elle reviendra chercher Ted, mon chéri », a-t-elle dit, incapable d'imaginer qu'une mère puisse abandonner son enfant. « Elle a eu la vie dure, cette femme », disait-elle, sans jamais cesser de penser à elle-même en ces termes. Dans les mois qui suivirent, Janie et moi étions inquiets et maman secrètement terrifiée en attendant que la mère de Skeet revienne, puis que les autorités municipales s'aperçoivent de sa disparition, ou viennent poser des questions sur cet enfant qui n'était pas de notre famille. Mais personne ne vint, ni père ni mère ni représentant de la loi, et au bout d'un certain temps nous avons tous cessé de nous inquiéter. Aujourd'hui il semble incroyable qu'on puisse tout simplement abandonner un enfant pour toujours dans une famille qui n'est pas la sienne, mais je suppose qu'on pouvait le faire en toute impunité en changeant souvent de ville comme les parents de Skeet à l'époque. On peut faire n'importe quoi sans être inquiété, en fait, dès lors que les gens ne font plus attention.

Skeet ne sembla jamais remarquer l'absence de sa mère. Il n'y fit jamais allusion, et au bout d'un moment aucun d'entre nous ne parla plus d'elle. Après la maladie de Skeet il n'en fut plus jamais question.

Si l'embarras régnait dans la maison avant que Skeet tombe malade, notre gêne grandit à mesure que les forces de Skeet s'amoindrissaient sévèrement. Quand maman ne travaillait pas, elle était à la maison, et restait planquée dans sa chambre d'où elle ne sortait que pour faire la cuisine, pendant que Janie et moi baladions Skeet dans le quartier sur la charrette ou l'installions sur la véranda avec nous. L'après-midi on regardait la télé tous les trois, et quand maman venait nous préparer le dîner, Skeet, qui avait du mal à bouger la tête, suivait des yeux chacun de ses déplacements dans la cuisine et maman, qui le sentait, hasardait un regard de son côté et fondait en larmes. Elle ne savait pas comment l'aider. Nous non plus. Et au bout d'un mois où la mère de Skeet restait introuvable et où les rapports des médecins passèrent de « préoccupant » à « grave », maman signa les décharges. Le traitement de Skeet commença immédiatement.

L'expérience qu'ils tentèrent, alors inédite, comme je l'ai dit, mais si commune aujourd'hui, consistait à lui administrer des doses massives d'hormones de synthèse. Les injections se faisaient à l'hôpital trois fois par semaine, des séances de quatre heures chacune, suivies de quelques heures de repos et de rééducation. Ces jours-là, Skeet partait avec maman à son travail le matin et Janie et moi allions directement à l'hôpital après l'école attendre que Skeet récupère des suites de son traitement. C'était assez proche de la façon dont ma mère a réagi à la chimiothérapie il y a quelques années, avant qu'elle nous soit enlevée, assez proche de la chimiothérapie aussi dans les perturbations que cela infligeait au petit corps de Skeet. Il était épuisé, puis euphorique, puis perclus de crampes musculaires qui le faisaient hurler. Ils lui firent suivre un programme de kinésithérapie astreignant pour les jours de « repos ». Quand, après trois mois de traitement, son contrôle musculaire fut non seulement rétabli mais se mit à croître, Skeet continua à faire ses exercices tout seul et n'alla plus à l'hôpital que pour des tests et une nuit par mois pour un bilan de santé.

« C'est un Charles Atlas [1] devenu fou », déclara Janie un soir à table, un an plus tard. Maman, Janie et moi étions seuls. Skeet était déjà parti s'entraîner à la MJC. Il s'entraînait tous les soirs, et nous laissait toujours manger tous les trois. Skeet n'avait aucune patience pour les conversations de table, et il nous laissait comme ça presque chaque soir. Il n'était pas grossier, ni malheureux, mais il partait, tout à sa folie et à sa détermination derrière lesquelles ne se cachait aucune intention particulière.

« Je crois que je vais l'appeler Charles, poursuivit Janie, au lieu de Skeet.

1. Nom que s'est donné un adepte du body-building américain.

– Oh, j'ai horreur de ce nom ! dit maman. Skeet est un prénom de truand. Ou de péquenaud. Je ne comprends pas pourquoi vous ne pouvez pas l'appeler par son prénom, tout simplement. »

Janie et moi échangeâmes un regard, et Janie roula les yeux.

« Ted ! » fîmes-nous en chœur, avant d'éclater de rire. Maman sourit à contrecœur et bientôt elle riait avec nous. Nous n'étions pas fiers de nos sourires, mais nous riions quand même. Skeet n'avait cessé d'être une telle préoccupation pour nous tous que nous pouvions bien nous accorder un peu de répit, à l'abri derrière un petit sourire.

Le nom de Skeet venait des sons confus qu'il s'était mis à produire à un stade très précoce de sa maladie, alors que les spasmes musculaires commençaient tout juste à se faire sentir et gagnaient sa langue. Ses phrases dégénéraient en sifflements baveux quand il s'efforçait de maîtriser les sons délicats – de prononcer les S et les T du bout de la langue, – langue qui devenait incontrôlable. Quand il parlait, disaient les gosses du quartier, on aurait dit un moustique. Il allait encore à l'école à cette époque, et les gamins avec qui on jouait depuis toujours, avec qui on avait grandi et qu'on connaissait bien devinrent des étrangers dans leur façon de taquiner Skeet, dans leur cruauté. Ils lui posaient des questions. Ils n'arrêtaient pas de lui poser des questions, toutes les questions qui leur passaient par la tête, des tas de questions. Ils adoraient l'entendre parler, et quand il finissait par refuser de répondre, humilié, ils lui posaient toujours plus de questions, encore et encore, jusqu'à ce qu'il ne puisse plus se contrôler, et se mette à bafouiller, à hurler, alors les mots se désagrégeaient et les enfants se mettaient à l'appeler Skeeter [1].

1. Moustique.

Mais à la fin de l'année, quand il fut presque guéri, il adopta le nom dont tous nos copains de classe l'avaient affublé et ne répondit plus qu'à celui de Skeet. Une fois son élocution rétablie, il prit plaisir à l'énonciation lente, précise et méthodique de son nom. « Je m'appelle Skeet », disait-il, et sa façon de prononcer ces mots avait quelque chose de sinistre.

Un soir d'automne après l'école, dans l'air froid et métallique, on était tous allés jouer à la lumière terne de la morte saison qui baignait l'entrepôt en plein air de *Jemson's Brick & Tile,* plus bas dans notre rue. Sur un îlot de ciment, au centre du dépôt de matériaux de construction, se dressait le seul arbre vraiment grand du quartier. On aimait tous s'y suspendre et se balancer, et en cette fin d'après-midi, nos jeux firent tomber un nid d'oiseau d'une des plus hautes branches de l'arbre. Il roula sur le trottoir. Il contenait deux œufs, et deux poussins tout juste éclos, dont l'un semblait s'être blessé dans la chute. Il était lumineux et minuscule, ses plumes naissantes encore humides et ébouriffées comme des cheveux, et il se débattait, ouvrait et fermait le bec, battant de son unique aile libre.

« Regardez ! Regardez ! Il est blessé ! dit quelqu'un.

– Il n'est pas blessé. Il est encore en train de sortir de la coquille.

– Non, pas celui-là ! Regardez ! Celui qui est blessé ! »

On regardait tous l'oiseau estropié, et au bout d'un moment j'ai cherché Janie et Skeet du regard. Janie était à côté de moi, mais Skeet s'éloignait. Il se dirigeait droit sur un tas de briques. Je me suis redressé dans le petit groupe d'enfants et l'ai regardé partir. Il est revenu se joindre à nous, il tenait une seule brique rouge loin au-dessus de sa tête. C'était quelque chose d'assez remarquable, étant donné que quelques mois plus tôt il pouvait à peine lever les bras. J'ai compris ce qu'il avait l'intention de faire, et très vite j'ai reculé. Dans les instants qui ont suivi, les autres enfants ont levé les yeux et, en comprenant, ils se sont tous égaillés en arrière. On a attendu. Skeet a dit quelque chose avant de laisser tomber la brique de très haut. On s'est tous approchés pas à pas et on a contemplé le carnage. De petites taches de sang et un liquide jaune s'étalaient sous la brique. L'unique aile de l'oiseau blessé battait encore faiblement. Quelques-uns des enfants s'enfuirent en larmes. Un autre, déconcerté, se contenta de s'exclamer : « Génial ! » Au bout d'un moment, ils ont tous plus ou moins pris le chemin du retour, à pas lents et sans un mot, mais Janie et moi sommes restés longtemps avec Skeet, jusqu'à ce que l'unique aile de l'oiseau cesse enfin de bouger. En rentrant à la maison, j'ai demandé à Skeet ce qu'il avait dit avant de lâcher la brique. Il l'a répété, mais si doucement que nous ne pouvions toujours pas l'entendre. « Quoi ? » a redemandé Janie. Et il l'a répété encore une fois, d'une voix forte, sérieuse et enfin distincte : « Ce n'est pas moi, l'oiseau blessé. »

La toute dernière fois que j'ai vu Skeet a été l'occasion d'une rencontre embarrassante. L'obtention de mon diplôme de droit a été une sorte de miracle à mes yeux, je n'étais pourtant pas mauvais – j'étais un étudiant moyen – mais je n'avais jamais cru cela possible. Janie savait combien cela comptait pour moi. Elle y attachait autant d'importance, je crois, car elle savait combien cela en aurait eu pour notre mère. Aussi Janie avait-elle organisé un pique-nique festif dans Seneca Park en ce premier dimanche de juin après la remise des diplômes.

Nous voulions réunir mes amis, mes nouveaux amis de l'université et de la faculté de droit pour la plupart, Janie amènerait Hal et quand ma nouvelle petite amie a demandé si nous invitions des membres de la famille, Janie m'a regardé et nous nous sommes écriés : « Skeet ! »

Skeet faisait plutôt figure de loubard parmi nous autres petits blancs-becs. Rien que sa carrure, ses bras et son cou épais, et sa nouvelle coupe près du crâne, l'ont mis à l'index quasiment à l'instant où il a garé sa voiture à hayon sur l'herbe avec la stéréo à fond et en est sorti pour se joindre à nous. On était assis au soleil, sur la pelouse, à boire du vin et à manger du fromage, et l'arrivée de Skeet a mis fin à nos bavardages avinés. Je ne savais pas comment j'allais le présenter à mes amis, mais j'ai soudain été ravi qu'il soit là. Là même où mon avenir était censé commencer, je sentais l'arrière-goût de mon passé incohérent et mal famé qui me mettait à l'index comme un tatouage tape-à-l'œil parmi mes nouveaux amis et compagnons d'études. Mais au cours de l'après-midi, en voyant le mal que Skeet se donnait rien que pour affirmer son existence au milieu de nous autres, j'ai eu honte. Mon passé était son présent, et j'avais tort d'en revendiquer la communauté, surtout au moment de lui fausser compagnie.

Barbara et Stan l'invitèrent à s'asseoir, et ils essayèrent de le faire parler de son travail, mais quand on est videur dans un bar et qu'on vient de se faire virer pour avoir passé à tabac un client, et que maintenant on est chargé du recouvrement des dettes pour Jimmie Lavender, l'usurier, la conversation ne va pas très loin et tout le monde reste assis là les bras ballants. Plus tard, Skeet s'est laissé tomber sous l'arbre et s'est mis à draguer Barbara et Margaret, qui s'occupaient de la nourriture. Il était assis les mains derrière la tête en mâchonnant un brin d'herbe, à la Marlon Brando. Et quand il m'a fait un clin d'œil, même si Barbara l'a vu et s'est levée pour s'éloigner, la mine dégoûtée, j'ai répondu par un clin d'œil.

Il était beaucoup plus à l'aise que je ne l'aurais cru, bien moins en retrait et bien plus présent qu'il ne l'avait jamais été dans mon souvenir. Plus tard Skeet et moi nous avons fait un tour ensemble. Si j'avais été content de le voir, il semblait beaucoup plus heureux pour moi, et tout simplement heureux d'avoir été invité. Il ne me donnait pas l'impression que Janie et moi l'avions oublié – or nous l'avions oublié – mais que lui nous avait oubliés, tant sa nouvelle vie était remplie et intense. Il en rajoutait. Il y avait quelque chose de creux et de vulnérable dans son enthousiasme. N'empêche, il insistait : il avait de grosses affaires en cours. Des responsabilités. Du pain sur la planche. C'était tout ce qui comptait maintenant. Mieux que jamais, plus heureux que jamais. En pleine ascension. « J'ai trouvé ma voie maintenant », a-t-il déclaré, comme s'il avait le choix.

« Juriste », a-t-il dit, en secouant la tête, quand on s'est arrêtés. Nous étions au bord du terrain de golf public. Skeet s'est tourné vers moi avec un sourire rayonnant, apparemment plus fier de moi que je l'étais moi-même. Il a penché la tête en arrière sans me quitter des yeux. Puis son admiration s'est transformée en regard mauvais. « Qui aurait cru ça », a-t-il dit et entre ces quatre mots je n'ai perçu aucune fierté.

Il m'a enfoncé le doigt dans les côtes en riant. « T'irais pas me faire coffrer, hein ?

– Je ne peux pas arrêter les gens, Skeet, ai-je dit en faisant un geste pour chasser son bras. Je suis juriste, pas flic.

– Ouais. Mais c'est pas ça que je t'ai demandé. Ça c'est une question technique, a-t-il dit. Moi j'ai demandé, tu le ferais si tu pouvais ?

– Non.

– Non ?

– Non, Skeet.

– Tu serais de mon côté, hein ? Tu m'éviterais la taule.

– C'est ça. »

Son expression est passée rapidement du soupçon à la colère, puis à l'amusement avec un regard un peu fou. Il m'a dévisagé une dernière fois d'un œil dur, puis il a souri. « Et comment, que tu le ferais ! » a-t-il conclu.

Quand je suis entré au barreau il y a un mois, on m'a demandé de prêter serment. Serment de faire respecter la loi. Je connais un peu la loi. Désormais, on peut aller jusqu'à dire que je la pratique. Mais cette expression, « homme de loi », m'a toujours semblé étrange. Comme un praticien de la magie, un maître des illusions, un apprenti sorcier. Envisagé sous cet angle, cependant, ce n'est pas si étrange après tout. Le terme est peut-être parfaitement approprié. Peut-être ne fais-je que jouer aux apprentis sorciers avec des illusions : l'illusion de la loi. Jamais je n'exprimerais ce soupçon à un seul de mes pairs – une clé du succès dans cette profession, comme on l'apprend très vite, consiste à jouer les imbéciles et à tenir sa langue au bon moment. Skeet ignorait tout du droit lui-même. Mais à sa façon limitée, peut-être qu'il connaissait les seules lois qui valaient la peine d'être connues.

La semaine dernière, samedi matin, Janie et moi nous sommes à nouveau rejoints à l'appartement de Skeet pour le vider de tout ce qu'il y restait. Les quelques vêtements, les assiettes, la plaque de cuisson et le lit crasseux, les outils et les boîtes de papillons. Le matelas et le sommier, on les a laissés dans la rue. L'énorme secrétaire et le fauteuil pivotant, pourtant désignés par Janie comme « antiquités » en puissance, demandaient plus d'énergie que nous pouvions en rassembler. Nous les avons laissés au propriétaire, avec une enveloppe contenant un chèque pour régler les arriérés de loyer de Skeet. Après avoir balayé les parquets, nous avons fermé la porte à clé et avons quitté l'appartement. Il était dix heures du matin. Nous avions terminé.

Sur le trottoir, j'ai attendu en bavardant avec Janie pendant qu'elle finissait une autre cigarette.

« Comment va Hal ? » ai-je demandé. Je ne prétends ni très bien connaître ni très bien comprendre Hal, même si on est allés au lycée ensemble. Mais demander comment il va, pour moi, c'est demander à Janie comment elle va. Leurs relations étaient encore houleuses, alors je me suis dit que j'allais lui poser la question.

« Il est nul », répondit Janie d'un air détaché. Elle a expiré et m'a lancé un regard pour voir ma réaction. Je n'en ai laissé paraître aucune. « Il te passe le bonjour.

– Dis-lui aussi bonjour de ma part », lui ai-je dit. Janie, je suppose, a toujours comparé son mari au modèle de virilité que Skeet a fini par incarner à ses yeux. Voire à nos yeux, en fait. Skeet était méchant. Il me faisait souvent peur. Où qu'il aille, il promenait avec lui un visage à la froideur de marbre. Les artères de son cou tressautaient, vivantes comme ses organes vitaux, et le sang lui montait aux joues quand il était en proie à une fureur froide, ce qui arrivait souvent. Mais il nous donnait à tous deux un sentiment de sécurité.

Janie avait fini par ne plus sortir en notre compagnie. Elle fréquentait des garçons, et quand elle n'était pas avec des garçons, elle avait des copines avec qui traîner. Mais Skeet et moi allions partout ensemble. Pour nous le lycée a sans doute été différent de ce qu'il est pour tous les autres. Et dans les parcs et les parkings où nous gravitions la nuit, il y avait chaque fois des embrouilles pour quelqu'un. Je faisais en sorte que Skeet évite toujours que ce soit moi.

Un vendredi soir tard, dans les toilettes du *White Castle*, en ville, le bar où tout le monde finissait la soirée du vendredi, deux types de St Xavier qui se pomponnaient devant le miroir ont marmonné quelque chose de déplaisant sur Skeet et moi. J'ignore ce qu'ils dirent, mais c'était une insulte : « pédales », peut-être. Je ne faisais pas attention. Contrairement à Skeet. Il n'attendait que ça. Rien d'autre que ça : l'insulte lancée à la légère, le regard plein de morgue, le doigt d'honneur, la moue méprisante du gosse de riches, les calomnies bien-pensantes. Il avait appris à anticiper ces signes et les percevait mieux que je ne les ai jamais perçus. Chez moi, ils provoquaient un haussement d'épaules, si je les remarquais. Pour Skeet ils comptaient vraiment; ils étaient tout.

J'ai regardé du côté de Skeet, debout devant l'urinoir voisin. Ses yeux étaient rétrécis et fixes, des lasers creusant les carreaux de faïence devant lui. Puis il s'est contenté de s'arrêter de pisser et il a remonté sa braguette en plein milieu et m'a laissé à mon urinoir, pour s'approcher d'eux en deux enjambées décidées et leur assener à tous les deux un coup de poing en pleine figure – un, et deux, aussi vite que ça – si fort qu'aucun des deux – l'un et l'autre de grands gaillards avec des vestes aux lettres d'une fac ou d'une autre – n'a eu le temps de réagir. Le bruit d'un nez brisé m'a soulevé le cœur.

Skeet ne s'est pas arrêté là. Il en a tiré un par les cheveux et a projeté sa tête contre le muret en Formica, il a laissé tomber le type par terre, et il s'est mis à lui donner des coups de pied. Il a ramassé l'autre, recroquevillé dans le coin, le visage ensanglanté dans ses mains, et il lui a donné des coups de genou dans le ventre. Le type s'est affalé par terre et a vomi. Skeet a attendu qu'il ait fini, lui a empoigné les cheveux pour lui redresser la tête, et il a envoyé un coup de poing transversal dans sa mâchoire, le choc a semblé doter la partie inférieure de son visage d'une vie propre. Quand on a quitté les toilettes, dans le restaurant toutes les têtes étaient tournées vers la porte des WC et Skeet s'est frayé un chemin sans encombre au milieu des gens. Je l'ai suivi.

Il faisait subir le même traitement aux beaux gosses des bals de campagne où on débarquait un peu partout dans le comté, sans provocation, juste pour s'amuser. Il faisait la même chose aux athlètes des défilés de supporters de basket-ball, dans le noir, derrière les vestiaires. Il s'y est mis avec les Noirs qui se pavanaient devant notre voiture dans Central Park. Il le faisait dans les boîtes de nuit aux types trop saouls pour danser et trop murgés pour se méfier de Skeet.

Celui que Skeet a tué, Gordon Lang, était sorti deux fois avec Janie. Seulement deux fois, mais j'imagine que c'était assez pour que Gordon estime qu'il l'avait achetée. Saoul et amer, il l'a traitée de sale pute, m'a lancé cette insulte au visage, en déformant ses mots de façon grotesque, et tout à coup je l'ai haï. On était debout dans la cuisine de Brad Bowman, c'était une accalmie pendant une des fêtes que Brad organisait dans la cour de sa maison. J'ai cherché Skeet du regard. Sa présence améliorait le comportement de tous ceux qui l'approchaient, et d'ordinaire son arrivée à mon côté provoquait rapidement des excuses ou une retraite. La seule chose qui pouvait arrêter Skeet était un mot de moi, et souvent cela ne suffisait pas. Mais il n'y avait personne d'autre dans la cuisine. Personne n'avait vu ni entendu quoi que ce soit.

Après avoir menacé et gesticulé quelques instants, Gordon est sorti en riant. Quand Skeet est revenu un peu plus tard, je lui ai raconté. « Qui ? Lequel ? » a demandé Skeet. J'ai désigné Gordon qui partait dans la rue, et n'y ai plus pensé, alors qu'en fait, je venais de le tuer. Je suis sorti à mon tour, me chercher une autre bière et ruminer dans mon coin. Le lendemain matin, on a retrouvé Gordon, à deux immeubles de là, dans une cour, derrière une maison du quartier, la tête contusionnée et immergée dans un bassin à poissons rouges de soixante centimètres de profondeur. Il « s'était noyé ». Janie a passé toute la journée à pleurer comme si elle avait perdu l'un de nous, et c'est peut-être pour cette raison que je ne lui ai jamais dit ce que Skeet m'avait confié : c'était lui qui avait fait le coup, il avait cogné la tête de Gordon contre le rebord en pierre du bassin puis l'avait maintenu sous l'eau. Janie n'en a jamais rien su. Elle n'a jamais rien su et je ne le lui ai jamais raconté. Je n'ai jamais été capable de protéger Janie comme Skeet. Mais j'ai ma façon à moi de le faire : je la préserve surtout en évitant de lui parler de certaines choses.

« Tu viens toujours dîner ? » m'a-t-elle demandé, en quittant le trottoir pour monter en voiture. En bon célibataire, je dîne au moins deux fois par semaine chez ma sœur et mon beau-frère.

« Qu'est-ce qu'on mange ce soir ?

– Qu'est-ce qu'on mange à chaque fois ?

– Grillade ? » L'été, quand Hal cuisine, on mange toujours des grillades. Janie a démarré la voiture, la portière encore ouverte.

« Alors, on mangera ça ce soir. Une grillade.

– J'apporte la bière ? ai-je demandé.

– Oui, s'il te plaît, a-t-elle répondu. Et du shit. »

Dès que Janie est partie, j'ai quitté le centre ville en voiture pour aller voir la vieille maison où nous avions grandi tous les trois. Elle n'a jamais été très loin des endroits où j'ai vécu – rien n'est jamais très loin dans cette ville. Mais c'est la seule fois depuis que je l'ai quittée qu'un sentiment de nostalgie m'a saisi, alors j'y suis allé et je suis resté assis là à la regarder. On ne la remarquerait pas sur une photo ; elle ressemble toujours à toutes les autres maisons de cette rue, et elle ne se distingue que par son numéro : 332 Clay Street.

J'ai trois des boîtes à papillons de Skeet en ma possession maintenant. Janie a les autres, et depuis j'ai pris le temps de chercher leurs noms dans le *Petit Guide Peterson des insectes.* Ce qui m'avait semblé extraordinaire a cessé de l'être à mes yeux. Voilà ce que le guide m'a appris. La plupart des livres que je lis ces temps-ci me font cet effet : ils dépouillent toutes les choses de ce qu'elles ont d'extraordinaire. Ces papillons étaient des plus ordinaires, en dépit de leurs noms exotiques, faciles à attraper dans n'importe quel jardin ou parc public de banlieue. Faciles à attraper même en ville, dans la rue. Il s'agissait de variétés de lépidoptères de jardin. Aucun papillon exceptionnel.

« Je crois que je sais », dit Janie. Elle est assise sur le canapé en face de moi, les jambes croisées, son troisième scotch blotti entre ses mains arrondies comme quelque chose de fragile, de vivant. Hal s'est endormi sur le canapé à côté d'elle, il émet un léger sifflement depuis près d'une heure déjà. Un gros repas et la marijuana ne manquent jamais de l'assoupir. Mais ils rendent Janie pleine de vitalité, d'exubérance. Nous bavardons depuis un bon moment.

« Tu crois que tu sais quoi ? » demandai-je.

Après avoir déposé sa cigarette dans le cendrier, Janie rejette la tête contre le canapé et contemple le plafond. « Les papillons, dit-elle. La raison pour laquelle Skeet avait ces papillons. » Elle prononce ces paroles d'un ton presque mystique, et je me dis que ce sont simplement des propos de défoncée. Mais au moment où elle cesse de parler, cette attitude-là glisse rapidement dans l'oubli et fait place au calme. Janie baisse les yeux sur son verre, les lève sur moi, puis regarde encore son verre, et je me dis qu'elle a peut-être compris quelque chose.

« Quelle en est la raison ? demandé-je, en m'adossant de nouveau à ma chaise.

– Eh bien, dit-elle. C'est une simple hypothèse. » Elle me regarde d'un air penaud. « Ça peut sembler un peu dingue.

– J'en suis certain, lui dis-je. Qu'est-ce que c'est ?

– Bon, tu te rappelles le pique-nique, pour ton diplôme ?

– Oui », dis-je.

Janie regarde de nouveau ses pieds, lève son verre pour boire une gorgée.

« Laisse tomber.

– Non, lui dis-je. Vas-y !

– C'est ridicule.

– Tu en es sûre ? » dis-je.

Janie me regarde d'un air méfiant, un peu effrayée. Elle secoue la tête, mais ne dit rien de plus.

Des heures plus tard nous sommes toujours assis là. Janie, endormie, est recroquevillée tout contre l'épaule de Hal et j'ai éteint toutes les lumières. Ils respirent doucement, tous les deux, et s'ils se réveillent, je ferai semblant de m'être endormi moi aussi, car Janie penserait que je suis fou de ne pas être rentré chez moi. Je suis assis là à les regarder dormir parce que c'est bon de rester là, parmi les siens, de se reposer dans la même pièce que ceux qu'on aime et de les écouter respirer dans le noir. Voilà si longtemps que nous ne partageons plus la même chambre. Alors je vais rester ici, à siroter mon verre en pensant à ce que Janie ne veut pas se rappeler : ce jour-là dans le parc où Skeet a tué un papillon devant mes amis réunis.

La journée tirait à sa fin. Tout le monde était saoul. Skeet avait de la musique qu'il voulait nous passer, persuadé que cela remettrait tout le monde sur pied. Personne n'a protesté, même si aucun de nous n'en avait envie. Nous faisions semblant d'apprécier le calme. Et quand il a ouvert le hayon de sa voiture pour prendre ses cassettes, un insecte – je n'ai pas vu quoi, une abeille, une guêpe ou une mite – s'est mis à voltiger furieusement autour de lui. Skeet a fait un bond en arrière, manifestement alarmé. C'est à ce moment-là que j'ai levé les yeux et que je l'ai vu. Il a fait un pas en arrière, puis a avancé et d'un geste vif a plongé la main dans le coffre. Il en a sorti une serviette de plage. Il l'a brandie très haut, a visé l'insecte, qui tourbillonnait toujours autour de lui, et l'a frappé frénétiquement, bataillant comme un amateur d'escrime qui livre un duel au vent. Il a reculé pour assener un autre coup, puis, apaisé, a laissé son bras retomber mollement à son côté.

« Tu l'as eu ? » ai-je demandé, sans vraiment m'en soucier, en essayant de manifester de l'intérêt pour le bien-être de Skeet.

Il m'a regardé d'un air absent, dans cette transe familière produite par la violence, puis il s'est penché sur le coffre. Entre le pouce et l'index qu'il avait épais, il en a sorti un papillon orange à larges rayures. C'était un monarque, je le sais maintenant. Il nous l'a tendu pour qu'on le voie. Puis il y a jeté un œil lui aussi. Il a exposé ses ailes à la lumière, a examiné son ventre, l'a tourné de tous les côtés. Ou peut-être que je lui fais trop d'honneur. Peut-être qu'il ne l'a pas regardé du tout. En tout cas l'attention qu'il lui a peut-être accordé a cessé dès que Janie, qui regardait aussi, s'est levée en essuyant la culotte de son pantalon. « Il est mort ? » a-t-elle demandé.

Skeet l'a levé encore une fois pour le voir. Il a haussé les épaules, puis a laissé sa main, toujours refermée sur le papillon, retomber le long de son corps.

« Tu l'as tué ? » a demandé Margaret, en levant les yeux de la planche à découper. Elle a secoué la tête. « Oh, non ! » a-t-elle déploré sans grande conviction. « Tu l'as tué. »

Avec une pointe d'humour dans la voix, Janie a dit : « Hé, Skeet a assassiné le papillon !

– Oh, beurk ! a dit Barbara. Il a assassiné le papillon.

– Assassin, a taquiné Stan.

– Assassin, a ri Barbara, en retournant à sa couronne de fleurs sauvages.

– Assassin », ont-ils tous entonné en chœur et je me suis joint à eux, trouvant la plaisanterie drôle moi aussi, jusqu'au moment où les yeux perplexes de Skeet se sont durcis, petits disques, en se posant sur moi, et où la mémoire m'est revenue – mais trop tard.

Titre original : *A Lepidopterist's Tale*

Traduit par Virginie Buhl

Scott Wolven

LES ROIS DU CUIVRE

Paru dans *HandHeldCrime & Plots with Guns*

Après que ma femme eut obtenu le divorce en août dernier, je quittai le nord de l'État de New York pour aller vers l'ouest. Je comptais m'installer à Seattle, mais arrivé à Moscow, dans l'Idaho, mes finances étaient au plus bas et je me retrouvai coincé là. Je consacrai beaucoup de temps et de soin à boire sans mesure et découvris ainsi que j'étais pourvu d'un vrai talent pour l'ivresse.

L'alcoolisme chronique exige une subtile combinaison de solitude, de gnôle et de pognon que je m'appliquai à ériger en principe scientifique. Il n'est jamais facile de maintenir la partie finances à un niveau suffisant, d'où mon soulagement quand Greg apparut sur le pas de ma porte un samedi matin aux aurores, en parlant d'une journée de travail payée cash.

Greg était un ancien joueur de football baraqué, qui vivait avec sa compagne et le fils de cette dernière dans l'une des caravanes entourant mon propre mobil-home monté sur parpaings avec son unique pièce. Greg vendait des contrats d'assurance, il effectuait des travaux de peinture, mais sa principale source de revenus annexes était la chasse aux primes et aux fugitifs. Il possédait une licence délivrée dans l'Idaho, par conséquent le gros de ses activités se situait quelque part aux frontières de la légalité. La semaine de mon arrivée dans l'État, il m'avait plus ou moins réquisitionné pour l'aider à alpaguer un fugitif, après quoi nous avions ramené le méchant jusqu'à Spokane où nous l'avions remis entre les mains du marshal. Greg m'avait cédé une partie de la récompense, que je m'étais empressé de boire. Chaque fois que j'apercevais Greg près de la caravane de son amie, je lui faisais signe et lui aussi. Nous étions pour ainsi dire collègues.

Je l'avais vu remonter le chemin caillouteux qui serpente entre les caravanes et, avant même qu'il ait pu frapper, j'avais ouvert la porte.

« Salut », dis-je. Il portait un jean et une chemise assortie, un gilet de chasse de couleur fauve et des santiags noires.

« C'est pas un peu tôt pour se bourrer la gueule ? » questionna-t-il en désignant du menton la canette dans ma main droite.

« C'est une légende, ça, rétorquai-je. L'alcool est incapable de trouver le chemin du cerveau avant midi.

– C'est vrai, approuva Greg. Je t'emmène faire un tour ? J'ai un client potentiel, et on pourrait voir la couleur de l'argent à la fin de la journée.

– Combien ? » demandai-je.

Greg fit porter le poids de son corps sur l'autre jambe et son regard embrassa les caravanes.

« Je pense que ça va dépendre, fit-il.

– Mets-moi au parfum. » Je m'appuyai au chambranle et sirotai ma bière tiède.

« Il s'agit de retrouver quelqu'un », annonça-t-il. Il se retourna pour me regarder en face. « Il pourrait y avoir deux cents sacs à la clé et sans doute pas besoin de flingues. » Il marqua un temps d'arrêt. « Enfin, il y aura peut-être des flingues, mais certainement pas de flics. »

J'acquiesçai. « Ça marche. » J'inclinai la tête et séchai ma bière, puis balançai la canette vide à l'intérieur de ma piaule. « Je peux me servir de ton pistolet ? » Greg possédait un Beretta qui attisait ma convoitise. Il sourit. « Pas de problème. Allons-y. »

Nous empruntâmes le chemin caillouteux et montâmes dans le camion de Greg, une mocheté totale. C'était un vieux Toyota à quatre portes qu'il avait équipé d'une cloison de Plexiglas pour séparer les sièges avant de l'arrière. Exactement comme les flics. Il démarra, puis après avoir traversé l'agglomération, nous nous retrouvâmes en pleine campagne. Des champs de lentilles et de maïs s'étendaient à perte de vue sur les kilomètres.

« Belle région », fis-je. Je portais mes vêtements de travail : un jean, de grosses bottes, un T-shirt bleu et un blouson marron. Une bouteille de whisky était glissée dans ma poche de blouson. Je la sortis et bus un coup. Je regardai les champs qui défilaient.

Greg se pencha, fouilla dans la boîte à gants et me tendit le Beretta. Je le mis en sûreté dans la poche droite de mon blouson.

« Les fermes, ça me fait toujours peur, dit mon compagnon. Trop de boulot. » Il observa la route droit devant, une mer de champs de céréales défilait de chaque côté. « J'aime les villes, reprit-il. Peu importe la taille. »

Nous passâmes devant une église désaffectée depuis longtemps puis, après avoir tourné à droite, nous nous engageâmes sur un chemin de terre. Sur le bas-côté, un panneau indiquait : « Ryan's Farm » en lettres peintes à la main. J'avalai une nouvelle rasade de whisky. Nous suivîmes le chemin et nous arrêtâmes près d'une maison blanche entourée de bâtiments agricoles. Il y avait une table de jardin branlante sur la pelouse, devant la maison. Un vieil homme quitta la galerie couverte et s'avança vers nous. Une femme aux cheveux blancs, plus âgée que lui, se tenait au bas des marches. Nous descendîmes tous deux du camion, mais je laissai la bouteille de whisky sous le siège du passager.

« Bonjour ! » dit le vieillard d'une voix semblable à une tonne de graviers tombant d'une benne. « Je suis Harry Ryan. » Il portait une salopette en jean et une casquette de base-ball verte.

Mon compagnon fit un signe de tête. « Je suis Greg Newell et voilà mon collègue John Thorn », dit-il. Je me contentai d'incliner aussi la tête et de lever la main droite en guise de bonjour.

« Sam Haag m'a dit que vous étiez le gars qu'il faut pour ce boulot. Sam dit que vous n'avez pas froid aux yeux. » Harry Ryan nous regarda, d'abord Greg, puis moi. « Il me faut quelqu'un qui n'a pas froid aux yeux.

– C'est notre cas », dit Greg.

Harry Ryan s'approcha. « Je sens une odeur d'alcool, dit-il.

– C'est que j'ai renversé mon verre sur mes bottes en jouant au billard hier soir », mentis-je.

Harry Ryan fit un pas supplémentaire. « À ce que je sens, vous l'avez renversé dans votre gosier et pas plus tard que ce matin.

– C'est pour ça que je n'ai pas froid aux yeux, ça m'aide », répliquai-je.

Harry Ryan hocha la tête.

« Sa femme l'a quitté », précisa Greg.

Harry Ryan mit les mains dans ses poches. « Je comprends. » Il alla jusqu'à la table de jardin et s'assit. Nous le suivîmes et restâmes debout de l'autre côté. Harry Ryan leva les yeux vers nous.

« Bon, dit-il, je veux que vous retrouviez mon fils. » Il montra une enveloppe. « Il est allé dans le

Panhandle[1] pour chercher du travail et nous a envoyé des lettres comme celle-ci. Mais depuis trois semaines, il n'y a plus de lettres et je suis sans nouvelles de lui. » Il tendit l'enveloppe à Greg qui l'ouvrit et sortit la lettre qu'elle contenait. Il la tint de façon à ce que je puisse lire moi aussi. L'écriture était brouillonne.

> « Papa, voilà neuf cents dollars et je t'en enverrai d'autres. Tout va bien. Je suis dans le nord, j'ai trouvé un travail dans les mines, j'ai été embauché par les Rois du cuivre et la paye est bonne. Je bosse dur et je reviendrai bientôt vous voir, maman et toi. Grosses bises. Mike. »

« Je veux que vous le retrouviez, dit Harry Ryan. Si vous y arrivez, je vous donnerai cinq cents dollars. » La femme à cheveux blancs plus âgée fit lentement demi-tour, remonta les marches et disparut dans la maison. La porte moustiquaire se referma avec un bruit mat contre le cadre en bois. Harry Ryan poursuivit à mi-voix : « Mike s'était attiré des petits ennuis à Boise et je n'étais même pas au courant. Un contrôleur judiciaire et un flic de l'État sont venus ici hier, mais ils n'ont rien voulu me dire. À part le fait qu'ils recherchaient Mike. » Harry Ryan posa une photo sur la table. « C'est lui », dit-il. Sur le cliché on voyait un jeune homme souriant près d'un pick-up tout neuf. À l'arrière du véhicule il y avait un doberman. Greg prit la photo.

« C'est son chien ? demanda-t-il.

– C'est Max, dit Harry. Mike l'avait dressé et n'allait jamais nulle part sans lui.

– Max est féroce ? »

Harry eut un sourire. « Il vous aurait emporté la jambe. Pour moi, Max, c'était mieux qu'une arme. »

1. Littéralement « manche de casserole ». Allusion à la forme de l'Idaho dont la partie nord peut évoquer la queue d'une casserole.

Il regarda l'immensité du ciel bleu puis les champs environnants. Il se leva et tendit de l'argent à Greg. « Voilà deux cent cinquante. Vous aurez le reste quand ça sera fait. » Et Harry se dirigea vers sa ferme à pas lents.

« Très bien », dit Greg. Il lui adressa un signe de tête et j'en fis autant. « Entendu. »

Il me donna la photo et nous remontâmes dans le camion. Harry Ryan ne se retourna pas ; il gravit les marches du perron et rentra chez lui. Je m'envoyai une lampée de whisky et contemplai les mêmes champs qu'à l'aller tandis que Greg nous ramenait en ville.

Il traversa l'agglomération et s'arrêta près d'un téléphone public devant une station-service. Je le vis passer plusieurs coups de fil, rire et hocher la tête dans la petite cabine téléphonique.

« Qui as-tu appelé ? » questionnai-je quand il revint.

Greg me regarda en plissant les yeux. « C'est toujours payant d'entretenir des contacts fiables dans le milieu.

– Qui as-tu appelé ? répétai-je.

– Smitty et mon ex-petite amie », répondit-il. Smitty était un de ses vieux copains bikers, il était propriétaire d'un bar à la sortie de Bonner's Ferry, là-haut dans le Panhandle. Je ne connaissais pas son ex. « Smitty dit qu'il a entendu parler d'une mine de cuivre dans les collines qui aurait été rouverte. C'est peut-être ce qu'on cherche. Il va se renseigner et nous filer des tuyaux. Mais il nous faudra une couverture.

– Quoi ?

– Une couverture, dit Greg. Un déguisement pour qu'on puisse entrer dans la place. » Il fit demi-tour sur le parking de la station et reprit le chemin de la ville. Il obliqua dans une petite rue et se gara devant une maison rouge. « J'en ai pour une minute », dit-il. Une femme sortit sur la galerie et à en juger par le regard ardent qu'elle jeta à Greg, elle semblait disposée à quitter les rangs des ex-copines pour reprendre du service actif. Greg disparut avec elle à l'intérieur de la maison et je m'octroyai deux lampées de gnôle. J'aurais volontiers bu un café pour me calmer les nerfs, en quelque sorte, mais je n'avais que le whisky sous la main ; j'en avalai donc deux autres gorgées, histoire de rester cool et affûté.

La « minute » se transforma en trois quarts d'heure et enfin, Greg redescendit les marches du perron. À ses côtés, le plus gros chien que j'eusse jamais vu au bout d'une laisse. L'animal était roux et noir, à peu près de la taille d'un petit poney. Quand Greg le fit monter à l'arrière, toute la camionnette se mit à tanguer. Greg prit le volant et démarra.

« Seigneur, c'est quoi cette bestiole ? m'exclamai-je.

– Mister Lucky, expliqua Greg. C'est lui notre couverture. Grâce à lui on pourra entrer. » La tête de Mister Lucky vint heurter la cloison de Plexiglas au passage d'un nid-de-poule. Mais ça n'eut pas l'air de le perturber. Sa tête était plus volumineuse qu'un ballon de basket.

« De quelle race est-il ? demandai-je.

– C'est un mâtin de Naples. Des vrais tueurs, ces chiens. » Mister Lucky était couché sur la banquette arrière. Il semblait à l'étroit et légèrement furax.

« Et il pèse combien ?

– Je n'en sais rien. Peut-être dans les cent quinze ou cent vingt. Un vrai tueur. »

Nous continuâmes vers le nord en direction de Bonner's Ferry. Je passai le temps le nez collé à la vitre, mais je ne vis personne ressemblant de près ou de loin à Mike Ryan. Les Rocheuses se dressaient à notre droite et paraissaient grossir à mesure que nous allions à leur rencontre. En fait je crois m'être endormi durant une partie du trajet.

Nous fîmes halte chez Smitty. Deux motos et un pick-up étaient garés sur le terre-plein. Nous descendîmes du camion et je suivis Greg à l'intérieur du bar. C'était un endroit sombre avec un juke-box, un billard et pas grand-chose d'autre. Une énorme poutre sciée en deux sur toute la longueur était fixée au-dessus du comptoir. On y lisait ces mots, pyrogravés dans le bois : NOUS METTONS NOTRE CONFIANCE EN DIEU MAIS VOUS N'ÊTES PAS DIEU. Il y avait trois ou quatre habitués. Ça ne pouvait être que des habitués car même des simples d'esprit n'auraient pas eu l'idée d'entrer chez Smitty par hasard. Dans la région du Panhandle, personne ne faisait quoi que ce soit par hasard. Tout était franchement intentionnel. Il y avait des endroits où l'on n'était pas censé aller, une sorte de secret de Polichinelle ; et c'était précisément dans ce genre de lieu que nous nous apprêtions à entrer. Smitty conféra à voix basse avec Greg, esquissa un bonjour à mon intention, puis nous retournâmes à la camionnette. À ce stade, la moitié de l'après-midi s'était déjà écoulée. Nous remontâmes à bord. Mister Lucky ne bougea pas.

« Alors, Smitty t'a été utile ? demandai-je.

– Absolument, dit Greg. Maintenant c'est le moment de gagner notre blé. » Il prit un autre pistolet dans la boîte à gants, un Colt Combat Commander calibre .45 qu'il glissa le long de sa jambe gauche. « En cas de besoin », fit-il. Je mis la main dans la poche de mon blouson et débloquai le cran de sûreté du Beretta. Je bus un dernier coup et posai la bouteille par terre. Nous étions prêts.

Greg s'engagea sur des routes de montagne en lacets, tournant de temps à autre à un embranchement. Nous roulâmes ainsi pendant une quarantaine de minutes. Mes oreilles se bouchaient au fur et à mesure que nous grimpions. Nous finîmes par aboutir sur un chemin de terre que nous suivîmes sur environ deux kilomètres et demi.

« Voilà, ça doit être ici », dit Greg.

Devant nous, un portail en fer et une petite guérite. Un homme était assis sur le portail. Appuyé au mur de la cahute, il y avait un fusil. Nous nous arrêtâmes à la grille. Un panneau fixé sur la guérite indiquait : LES ROIS DU CUIVRE. L'homme descendit de son perchoir et se dirigea vers le fusil qu'il attrapa tout en nous hélant : « La mine est fermée aujourd'hui, les gars », dit-il en s'approchant de nous, l'arme au creux des bras. « C'est fermé, et puis on n'embauche pas. » Il jeta un coup d'œil dans la camionnette et vit Mister Lucky qui se dressa sur ses pattes et le regarda à son tour. « Joli bébé », fit-il.

Greg se pencha par la vitre ouverte, deux billets de vingt à la main.

« Eh, regardez ! C'est des nouveaux billets de vingt. » Il les examina attentivement. « Le président Jackson est bien plus grand sur ceux-là », ajouta-t-il.

L'homme qui cherchait à se faire passer pour un vrai garde s'approcha et prit les deux billets.

Greg approuva d'un hochement de tête. « C'est bien des nouveaux, hein ?

– Difficile à dire dans cette lumière, répondit l'homme qui gardait l'entrée.

– Eh bien, je vous les confie et vous me donnerez la réponse, dit Greg. J'ai bien conscience que pour ça, vous allez sans doute être obligé de les dépenser, mais du coup vous en aurez le cœur net. » Il adressa un large sourire de faux-jeton à l'homme qui gardait l'entrée mais ne voulait pas qu'on pense qu'il la gardait. Le type lui rendit son sourire. Le type se dirigea vers la guérite et la barrière se releva. Greg s'avança.

« Venez, et dites à Charlie que vous avez un clebs pour ce soir », fit l'homme qui gardait quelque chose qui n'était pas une mine de cuivre.

« Et comment je saurai que c'est Charlie ? demanda Greg.

– C'est le plus gros biker que t'aies jamais vu, dit le type. Et il a un flingue comme t'en as jamais vu non plus. » Il nous fit signe d'y aller.

Greg franchit l'entrée. Il y avait là des bâtiments à l'abandon, des installations minières et des wagonnets recouverts de bâches. Deux pick-ups étaient garés près des bâtiments. Personne n'extrayait le moindre minerai là-dedans.

« Tu sens ça ? » me demanda Greg. J'acquiesçai. C'était un curieux mélange d'essence et d'éther. « Mine de cuivre, mon cul, fit-il. C'est la plus grande usine de speed du monde, oui. » Je me baissai pour attraper la bouteille de whisky et avalai une gorgée. Devant nous, une foule d'hommes étaient rassemblés ; la plupart d'entre eux se prélassaient à l'arrière des pick-ups et bavardaient, une bière à la main. Beaucoup avaient des chiens, de races diverses, du berger allemand au husky. De temps en temps, l'une des bêtes aboyait. Un impressionnant biker – certainement Charlie – était assis à une table à l'entrée du puits de mine, d'où montait une rumeur ponctuée par des aboiements. Greg gara son camion et descendit, tenant Mister Lucky en laisse. « Prends le flingue », dit-il tranquillement. Nous nous approchâmes de la table. À côté de Mister Lucky, tous les autres chiens étaient éclipsés. Nous nous plantâmes devant Charlie.

« Vous voulez faire combattre votre chien ce soir ? » questionna Charlie. Même assis, il était immense. Il devait peser plus de cent cinquante kilos. Devant lui, sur la table, était posée une arme à l'air très méchant. Je n'en avais encore jamais vu de semblable. C'était un fusil de chasse à canon court, mais pourvu d'un magasin cylindrique fixé à la crosse. Charlie avait suivi la direction de mon regard. « C'est un Streetsweeper. Dix-neuf coups en rafale. Ça part aussi vite que je peux appuyer sur la détente. Une balle dans la chambre, les dix-huit autres dans le chargeur. » Il me jeta un coup d'œil entendu. « Les problèmes sont vite réglés avec ça, si vous voyez ce que je veux dire.

– Je vois ce que vous voulez dire. »

Il se tourna de nouveau vers Greg et Mister Lucky : « Alors, qu'est-ce que vous en dites ? »

Greg secoua la tête. « Non. On s'en est juste servi pour franchir la grille d'entrée. »

Le visage de Charlie esquissa quelque chose qui devait lui tenir lieu de sourire. « Par ici, il vous faudra plus que ça. » Il cracha dans la poussière et regarda Greg dans les yeux. « Si t'es flic, ta tombe est déjà creusée.

– Est-ce que j'ai une tête de flic ? » dit Greg.

Charlie haussa les épaules. « Aujourd'hui, les flics ils ont plus l'air de flics. Dans le temps c'était facile ; un type aux godasses qui brillent et aux cheveux courts. Mais maintenant... » Il s'interrompit. « ... eh ben, c'est plus si simple.

– C'est sûr, concéda Greg. En fait, je suis juste à la recherche de quelqu'un. »

Il sortit la photo de Mike Ryan et la posa sur la table devant Charlie. Les terribles échos des combats de chiens remontaient par le puits de mine et se répercutaient dans tous les bâtiments. « Vous l'avez déjà vu ? » questionna Greg.

Charlie garda le silence puis toussa. « Il est parti, ce môme. Pour toujours.

– C'est arrivé comment ?

– Il s'est arrêté de respirer, voilà comment. C'est comme ça que ça se passe en général. »

Il regarda Greg. « Un accident et rien d'autre. Y en a des accidents dans cette vie.

– Certes », fit Greg. L'éclair n'aurait pas été aussi rapide que lui dans l'instant qui suivit, et moi j'étais le tonnerre avec à peine une seconde de décalage. Il avait plaqué Charlie au sol, le pied droit sur sa gorge et la gueule de Mister Lucky à deux centimètres de son œil droit. J'avais le Streetsweeper à la main, cran de sûreté débloqué, et je tenais en respect les types derrière nous. « Raconte-le-moi à voix basse, dit Greg à Charlie. Raconte-moi l'accident. Et ne fais rien qui énerve le chien. On arrive à peine à le tenir. » Un grondement sourd, comme un moteur d'avion dans le lontain, montait de la gorge de Mister Lucky. Charlie commença en chuchotant.

« Ce gamin venait de Boise, il était en liberté surveillée. Il a bossé ici trois semaines. Il transportait la came et son chien gagnait des combats. Et puis on s'est aperçu qu'il avait un mouchard sur lui. » La respiration de Charlie n'était plus qu'un souffle. Greg augmenta la pression de son pied.

« On l'a lâché au milieu des clebs », coassa-t-il.

Greg ôta son pied. Mister Lucky demeura en arrêt jusqu'à ce que Greg donne une impulsion à la laisse. Derrière nous les hommes n'avaient pas bougé. Charlie se releva lentement.

« Sans rancune, dit Greg. Il fallait que je sache. »

Charlie se massa la pomme d'Adam. « Vous allez avoir des nuits très noires et pleines de cauchemars », fit-il. Il jeta à mon compagnon un regard appuyé. Je me retournai, braquant le Streetsweeper, et mon sang ne fit qu'un tour. « Espèce de pauvre débile camé ! hurlai-je. J'ai dix potes du Vietnam à même pas une heure d'ici. Tu veux que je déclenche le feu de l'enfer ? » Je tremblais, le flingue à un centimètre du nez de Charlie. « Ils te feront bouffer ton propre cul. T'en veux ? » Je le fixais droit dans les yeux. « Alors, t'en veux ? » Je sentais la détente sous mon doigt et le whisky qui bouillonnait dans mes veines m'incitait à la presser.

Charlie secoua la tête. Il nous suivit du regard jusqu'à ce que nous soyons montés dans le camion et ayons démarré. Nous adressâmes un signe de la main à l'homme qui gardait la grille. Demain il serait probablement mort pour nous avoir laissés entrer. Il nous rendit notre salut.

Le soleil se couchait quand nous reprîmes le chemin de Moscow. Nous arrivâmes aux abords de la ville et Greg se racla la gorge.

« Tu as des potes qui ont fait le Vietnam ? demanda-t-il.

– Non !

– Même moi j'y ai cru. »

Nous nous garâmes dans le chemin qui menait à la ferme de Harry Ryan. Ce dernier sortit de la maison et nous du camion. La femme plus âgée aux cheveux blancs était assise sur les marches du perron. Harry, Greg et moi fîmes quelques pas jusqu'au champ de lentilles. Il semblait s'étendre à perte de vue. Harry nous tournait le dos, perdu dans la contemplation du champ.

« Comment va mon fiston ? Est-ce que vous l'avez retrouvé ? »

Greg regarda le sol, puis le dos d'Harry Ryan. Il leva les yeux vers le soleil qui se couchait sur un fond de ciel encore bleu. « Il travaille », dit-il. Dès que Greg eut ouvert la bouche, Harry Ryan se mit à pleurer doucement. « Il travaille dans le nord pour les Rois du cuivre, comme il vous l'a dit dans sa lettre. »

Harry Ryan inclina la tête. J'entendais les sanglots dans sa voix.

« Dites-moi encore des mensonges, dit-il. Mentez-moi du mieux que vous pouvez. » Il pleurait sans retenue. « L'argent est sur la table. » Et tournant les talons, il se dirigea vers la maison. Lorsque je regardai en direction du perron, je vis que la vieille femme avait disparu. Je ramassai l'argent, puis nous retournâmes au camion, toujours aussi laid, et nous démarrâmes.

Titre original : *The Copper Kings*

Traduit par Jeanne N'Guyen

Quelques mots des auteurs

John Biguenet

Zoetrope m'a commandé une histoire de dix mille mots, d'après une idée de Francis Ford Coppola : un homme, nommé José Antonio, voit à l'âge de cinq ans son père tuer sa mère. Cinquante ans plus tard, il gagne le gros lot à la loterie et utilise l'argent pour traquer son père. Monsieur Coppola était particulièrement curieux de savoir si l'argent permettrait que justice soit faite.

Au début, j'ai un peu renâclé devant les contraintes de cette commande, mais les commentaires pertinents et bienveillants d'Adrienne Brodeur et des autres talentueux éditeurs de chez *Zoetrope* m'ont encouragé au long de cinq réécritures successives. J'ai travaillé avec eux sur *Il pleut à Bejucal* pendant près d'un an, ce qui m'a rappelé que la publication d'un texte de fiction exige la coopération de plusieurs talents.

Michael Connelly

Je ne suis pas un adepte de la nouvelle. Pendant des années, j'ai décliné propositions, commandes et questions concernant d'éventuelles nouvelles. Je préférais le format du roman et pensais non sans arrogance que les petites histoires étaient faites pour les petites idées. Je trouvais que mes idées à mois étaient grandes. Bien sûr, j'avais tort, mais je ne l'ai compris qu'au moment où Otto Penzler m'a acculé avec une offre que je ne pouvais refuser : une nouvelle sur le base-ball. J'ai acquiescé. Ouais. Je pouvais essayer ça. Rien n'est à la fois aussi grand et petit que le base-ball. Je n'avais jamais appartenu à aucune équipe mais lorsque j'ai déménagé à Los Angeles, j'ai été conquis en regardant les *Dodgers*. J'ai peaufiné bien des intrigues pendant des matchs au *Dodger Stadium*. Pour moi, c'est un endroit zen dans un océan de chaos. Dans l'histoire récente des *Dodgers*, le moment le plus fort fut le *home run* de Kirk Gibson dans les finales de 1988. Un moment de joie intense, avant la période noire qui suivit. Je n'y étais pas. Je ne pouvais pas me le payer. En fait, j'ai assisté à l'événement debout, au milieu d'une foule, regardant la télé d'un bar à sushi depuis un trottoir de Melrose Avenue. Lorsque la balle franchit les limites du terrain et que les *Dodgers* l'emportèrent, la foule du trottoir explosa de joie et s'éparpilla dans toutes les directions pour annoncer la nouvelle à de parfaits inconnus. J'étais l'un d'eux. Tout irait bien en ville cette nuit-là.

Thomas H. Cook

J'ai écrit ma première nouvelle alors que je travaillais comme rédacteur adjoint et critique littéraire pour *Atlantic Magazine*. Je ne m'étais jamais essayé à une chose pareille et fus agréablement surpris de découvrir qu'écrire une nouvelle me procurait autant de satisfaction que d'en lire une. En tant qu'écrivain, j'appréciais particulièrement que le point culminant de l'intrigue, « ce moment fatidique vers lequel vous avez progressé depuis le début », et le sentiment d'accomplissement créatif qui l'accompagne, arrivent bien plus tôt dans une nouvelle que dans un roman.

En tant que lecteur, je considère la nouvelle comme une rencontre brève, intense et puissante, capable de s'attarder en vous très très longtemps. Dans *Le combat truqué*, j'ai cherché à atteindre cette intensité, cette résonance, en recourant à la boxe ; et particulièrement à la noblesse abîmée d'un combattant longtemps calomnié, pour suggérer les « tentations » qui nous guettent chaque jour, l'érosion de caractère que ces dernières entraînent inévitablement et, finalement, une terrible vérité : la corruption peut offrir tous les plaisirs, mais pas le respect de soi.

Sean Doolittle

J'imagine que la plupart des gens ont dû, à un moment ou à un autre, connaître une peur qui prend aux tripes : celle de perdre ses capacités. J'ai entendu des écrivains dire qu'ils ne pourraient jamais vivre assez longtemps pour exploiter toutes les idées qui se bousculent dans leur tête. Personnellement, je n'ai jamais souffert de ce mal. Je ferais plutôt partie de ceux qui se demandent, en couchant une idée sur le papier, s'ils en auront jamais d'autres. Ce ne fut pas avant d'avoir terminé *Mathrix* que j'ai commencé à me douter que cette angoisse particulière n'avait pas grand-chose à voir avec l'écriture.

À propos de cette nouvelle, je faisais des travaux dans notre cave (ça, c'est une autre histoire), me débattant avec mes planches et mes mesures. Je réalisais alors que ça faisait bien longtemps que je n'avais pas fait de mathématiques, à part utiliser un puissant PC pour vérifier les comptes de la maison. À tel point que j'avais même réellement oublié la plupart des tables de multiplication apprises en primaire. Ça m'a un peu embêté dans l'absolu, mais pas tant que ça après tout. Je ne les ai jamais vraiment bien sues et de toute façon, j'ai toujours détesté les maths. Mais je me rappelle avoir pensé : « Si on me braquait une arme sur la tempe, je ne pourrais pas faire ces calculs de tête. » Le personnage de Stephen Fielder était à portée de main.

Michael Downs

Un matin de Pâques enneigé, lorsque j'avais onze ou douze ans, ma famille a vu en se réveillant des voitures de police qui encombraient notre impasse. Quelques instants après, nous apprenions que notre voisin avait tué sa femme et leurs deux chiens. J'aimais bien les voisins et particulièrement leurs chiens. À cette époque, nous habitions une petite ville du Vermont. Plus tard dans l'après-midi de ce dimanche de Pâques, un reporter du *Rutland Herald* sonna à notre porte, mais mon père refusa de parler des voisins, se limitant à ce que je prenais pour de la simple bienséance. Des années plus tard, je devins reporter et, à chaque fois que j'étais frustré par le silence des gens, j'essayais de me souvenir du point de vue de mon père. C'est cette vision duale et, d'une manière générale, les impératifs compliqués auxquels sont confrontés reporters et témoins (particulièrement mon reporter et Dudek), qui furent à l'origine de *Un homme tue sa femme et ses deux chiens*. J'ai d'abord essayé de situer l'histoire dans le Vermont, revenant ainsi à mon enfance, mais, comme c'est souvent le cas, les faits ne s'accommodaient pas de la fiction. Après avoir transposé l'histoire à Hartford et fait de Dudek mon personnage (au lieu d'un homme semblable à mon père), l'imagination et l'histoire se sont débridées. En vérité, je n'en savais pas plus sur ce qui s'était passé ce matin-là que Dudek n'en savait des meurtres de l'appartement de son propriétaire.

Brendan DuBois

Ma nouvelle *Esprit d'équipe* fut écrite pour un recueil de fictions inédites autour du thème du baseball, appelé *Murderers' Row*. Sachant que la plupart des auteurs participant à cette anthologie proposeraient des histoires concernant le jeu de *Major League* [1], j'ai décidé de parler des débuts de tout joueur : les championnats juniors de leur ville natale.

Mais si, dans ces championnats, les enfants découvrent un jeu familial, les tensions, pressions et, oui, même la violence hors du terrain, renvoient parfois aux pires aspects des *Major Leagues*. Pendant ces années-là, on raconte beaucoup d'histoires sur « la rage des patinoires » ou « rage des stades », dans lesquelles des parents mécontents se bagarrent, entre eux ou avec les arbitres ou les juges. J'étais curieux de savoir comment quelqu'un ayant un passé criminel – et très désireux de le garder secret – réagirait confronté à un parent en colère, prêt à en venir aux mains.

1. Équivalent de la « Première division ».

Les vrais cas de violence parentale lors d'événements sportifs finissent bien trop souvent à l'hôpital ou au tribunal. Dans *Esprit d'équipe*, je me plais à croire que j'ai trouvé une histoire originale et satisfaisante, où non seulement une sombre brute a ce qu'il mérite, mais une famille particulière est protégée par un parent aimant.

David Edgerley Gates

Bon nombre de mes histoires sont inspirées de faits historiques ou de bizarreries contemporaines qui flottent dans ma tête jusqu'à ce que je puisse les utiliser, mais *Le Miroir Bleu* est plus proche de ma propre expérience. Stanley Kosciusko fut inspiré par un homme avec qui j'ai travaillé il y a longtemps dans un garage, un homme qui a survécu à cinquante missions de mitrailleur aérien contre les Allemands chez les *Liberators*, pour mourir ensuite d'un cancer. Bien d'autres détails de cette histoire, comme le bar de motards et la scène du moment décisif, ont aussi leur part de vérité ; contrairement à la « guerre de territoire » pour le contrôle des amphétamines, un thème plus classique.

Pour *Le Miroir Bleu*, je n'ai pas non plus passé beaucoup de temps à relier les éléments de l'intrigue. Je pensais que le détective privé de l'histoire se devait d'être au moins aussi subtil que le lecteur, et si le lecteur pouvait trouver la solution, alors pourquoi pas Jack ?

Feue Cathleen Jordan acheta cette histoire pour le magazine *Alfred Hitchcock*. Cathleen était une personne formidable, ainsi qu'une éditrice fine et sympathique. Elle avait l'œil pour le détail exact et l'oreille pour le rythme. Loin d'être arbitraires, ses goûts étaient variés et elle se montra gentille avec moi à bien des reprises. Je ne suis pas le seul à qui elle va manquer. Pour utiliser la phrase de Norman Mailer : Cathleen embellissait votre maison.

Joe Gores

Énigmatique débute avec un perroquet. Ma femme Dori a une amie, nommée Carole Colucci, qui avait trois perroquets domestiques. L'un d'entre eux s'appelait *Knuckles.* [1] La première fois que j'ai entendu cela, je me suis exclamé : « *Phalanges* Colucci. Ce doit être un tueur à gages de la mafia de Detroit ! » Mais à cette époque, je travaillais sur *Cases*, un roman transposant dans la fiction mes débuts de détective à San Francisco dans les années 50, et Phalanges me sortit de la tête.

Avance rapide jusqu'à l'an 2000. Mon éditeur à *Mysterious Press*, Bill Malloy, m'a demandé une histoire inédite pour une anthologie célébrant les 25 ans de *Mysterious Press*. Puis Bill a énoncé la difficulté : il voulait que l'équipe DKA apparaisse dans l'histoire. Je travaillais alors sur le dernier roman des DKA, *Cons, Scams & Grifts*, et toute mon inspiration DKA se concentrait là-dessus. Mais j'ai dit que j'essaierai de faire quelque chose.

Une nuit de janvier, la pluie tombait à verse. J'attendais Dori dans ma *4-Runner* avec rien à lire. Soudainement, *bada-bing, bada-bang, bada-boom* comme ils aiment à le dire dans *Les Sopranos*, trois nouvelles jaillirent dans mon cerveau. L'une était *Summer Fog*, qui parut dans une autre anthologie en 2001, *Flesh and Blood.* La deuxième était une histoire de golf sur laquelle je travaille maintenant. La troisième était *Énigmatique.* Ballard, Heslip,

1. Désigne les pointures, mais aussi le coup de poing américain.

Gisèle et O.B. furent impliqués dans le sauvetage d'un épicier chinois menacé par... qui d'autre ? Un tueur à gages mafieux venu de Detroit appelé *Phalanges* Colucci !

J'espère que vous vous amuserez autant à picorer toutes les références aux oiseaux qui parsèment *Énigmatique* que j'ai eu de plaisir à les écrire.

James Grady

J'ai grandi à Shelby, Montana, et j'ai toujours été gêné par l'étrange désir de célébrité qui s'empara un jour de ma ville natale : son sponsoring presque suicidaire d'un match de boxe du championnat poids lourds. Un événement planétaire lâché au milieu du grand nulle part américain. J'ai toujours voulu être écrivain mais je jurai de ne jamais m'occuper – *jamais !* – de cette débâcle : Dempsey contre Gibbons.

Puis, cette histoire s'imposa à mon esprit et le big bang qui en résulta éjecta les personnages et un zeste d'histoire de la partie la plus sauvage et sentimentale de mon âme. Même si cette histoire a recours à des mécanismes de fiction, son cœur est l'œuvre la plus authentique que j'aie jamais écrite.

Clark Howard

Cobalt Blues est, comme nombre de mes travaux, tiré de mes souvenirs de jeunesse des rues de Chicago et de la masse de gens hauts en couleur qui ont traversé ma vie à cette époque. Le personnage de Lewis est inspiré d'un vieil homme que je connaissais lorsque, après l'école, je jouais le rabatteur pour un bookmaker clandestin, dont je prenais les paris du lendemain (à l'époque où ils étaient encore illégaux). Ce vieil homme passait sa vie sous la cloche de départ des courses dans tout le pays, et Potts fut pour sa part inspiré par un homme avec qui j'ai servi chez les marines, quelqu'un de vraiment malchanceux. Quand il a été tué, un autre marine a dit : « Qu'est-ce que ça peut faire ? Avec sa chance, s'il s'en était sorti, il aurait probablement eu un cancer ou un truc du même genre. »

J'aime écrire des histoires sur la vie des losers qui deviennent parfois des gagnants, juste une fois, avant de mourir. Comme les hommes de *Cobalt Blues*.

Stuart M. Kaminsky

Quand le hasard s'en mêle fut une première pour moi, une véritable expérience. Je voulais voir à quel rythme je pouvais faire avancer une histoire dans laquelle je n'avais aucune idée de ce qui allait se produire, une histoire débutant sur deux hommes dans un parking. J'étais fasciné par ce qu'ils faisaient là et ce qu'ils allaient devenir. J'ai toujours su qui étaient mes personnages et ce qui devait leur arriver dans mes romans et mes nouvelles. Ce n'était pas le cas dans cette nouvelle-là, et ça m'a beaucoup plu. Je compte recommencer bientôt.

Joe R. Lansdale

Lorsque j'avais vingt ans, ma femme et moi possédions une mule. Je l'utilisais pour labourer. Nous avions acheté du terrain avec une petite mare et beaucoup d'herbe, mais sans nous y installer. Nous avions prévu de le faire mais nous n'y arrivâmes jamais. Nous finîmes par vendre le terrain et déménager autre part.

Lorsque nous pensions encore y emménager, nous y installâmes la mule tout en faisant des projets. Je m'y rendais tous les jours pour la nourrir, la dorloter, m'occuper de ses sabots et m'assurer qu'elle allait bien.

Un jour, elle n'était plus là.

Des voleurs de mule.

Vraiment.

Bien des années plus tard, je repensai au destin de ma vieille mule volée. En pleine nostalgie, je suis tombé sur un article parlant des criminels qui parcouraient les quartiers à la recherche de choses à voler.

C'est là que j'ai eu l'idée de mes gars. Et de leur projet de voler une mule. J'ai décidé de les calquer sur des types que j'avais connus en grandissant. Pas vraiment des prix Nobel, ni très portés sur la propreté non plus. Plutôt des pantins de *crash test* automobile.

Des gars qui voulaient de l'argent facile, et même s'ils n'étaient pas vraiment mauvais, pas non plus une bande de joyeux drilles. Ça s'est rattaché à d'autres choses que j'avais lues, vécues ou entendues. Cette histoire résulte de tout cela.

Surveillez bien vos mules.

Michael Malone

Le tireur fou fut d'abord publié dans l'anthologie *Confederacy of Crime*. Son héroïne sardonique, Lucy, capable d'infliger les leçons les plus impitoyables sur la manière de s'en tirer avec un meurtre sur la conscience, est l'une des douze héroïnes du Sud de mon nouveau recueil de nouvelles : *Red Clay, Blue Cadillac*.

Fred Melton

Un jour d'octobre, j'ai emmené notre jeune fils Andrew chasser le cerf dans l'est de l'État de Washington. En parcourant les régions escarpées et balayées par le vent dominant la rivière Palouse, nous rencontrâmes un cultivateur de blé entre deux âges, à la carrure massive et aux cheveux collés de poussière. D'abord énervé par notre présence, il finit par nous accorder la permission de chasser sur ses terres, à condition que nous ne nous approchions pas de ses silos à grains. Lorsque j'appris plus tard que ce fermier était toujours resté célibataire, ce fut l'origine de *Compter, toujours compter*.

En écrivant l'histoire de Oncle Keven, j'ai vu se dessiner un homme pour qui justice et revanche étaient des convictions viscérales. J'ai aussi découvert quelqu'un à qui le destin avait refusé de bonnes cartes ; et pourtant, il restait férocement attaché à la chose qui comptait le plus pour lui : la famille.

Annette Meyers

Bien que je garde tout un dossier d'idées de nouvelles, j'en grappille souvent dans mon expérience personnelle. Le personnage d'Olivia Brown apparut d'abord dans une nouvelle, *The House on Bedford Street*. Elle est issue de mon ambition de jeunesse de devenir écrivain et de mon admiration pour Edna St. Vincent Millay.

J'ai écrit *Tu ne me connais pas* après avoir été invitée à donner une histoire érotique noire pour l'anthologie *Flesh and Blood*. Laissez tomber : le noir érotique n'est pas mon style. Mais attendez, n'étais-je pas un écrivain, et l'écrivain n'était-il pas censé toujours surprendre l'écrivain ?

Tu ne me connais pas sortit tout droit de mon dossier d'idées. Cette histoire était restée à la limite de ma conscience pendant des années, avant de surgir comme si elle n'attendait que d'être racontée. C'était la première fois que j'écrivais d'un point de vue masculin. Il le fallait, parce que c'était l'histoire de cet homme.

Joyce Carol Oates

Le premier amour fut inspirée par le sentiment inconfortable que ceux d'entre nous qui écrivent et peut-être même ceux d'entre nous qui lisent des romans noirs sont, d'une manière plus ou moins ambiguë, des complices moraux du mal. Rendre hommage au maître du noir revient à rendre hommage à une appropriation habile de la violence qui, dans la « réalité », nous épouvanterait et nous terrifierait. Pourtant, de tels actes sont rachetés à travers « l'art » (mais le sont-ils vraiment ?).

Robert B. Parker

Lorsque j'étais un petit garçon vivant dans l'ouest du Massachusetts, il n'y avait pas de match de baseball en direct de Boston le dimanche. Aussi mon père écoutait-il les matchs des Dodgers sur WHN, radio qui nous venait droit de la vallée du Connecticut. J'étais donc un vrai fanatique des Dodgers lorsque Jackie Robinson rallia l'équipe en avril 1947. Je ne l'ai jamais vu, mais je m'en souviens comme si ça avait été le cas. La peau noire et l'uniforme blanc. L'herbe verte luisante et la merveilleuse voix du Sud de Red Barber faisant précautionneusement remarquer que Jackie était

« décidément très brun ». Je pensais alors que Jackie Robinson était l'un des plus grands hommes du vingtième siècle. Je n'ai pas changé d'avis.

Harlem Nocturne n'est pas inspiré par un événement authentique. La nouvelle fut conçue parce que Otto Penzler m'en a demandé une pour son anthologie sur le base-ball. Comme je n'arrivais pas à en imaginer une, j'ai demandé conseil à Joan et elle m'a dit : « tu en sais tellement sur le base-ball de jadis. Pourquoi n'écrirais-tu pas là-dessus ? » C'est ce que j'ai fait.

F.X. Toole

Bien que j'aie écrit *Pollutions nocturnes* à la première personne, il s'agissait d'un entraînement pour un roman à la troisième personne que je voulais situer dans le monde de la boxe de Los Angeles et de San Antonio, *Pollutions nocturnes*. Je parle d'exercice parce que j'ai pensé que si je pouvais rendre mes Texans crédibles dans *Pollutions nocturnes*, alors j'avais toutes mes chances d'arriver au même résultat dans le roman. Même si *Pound for Pound* ne pèse que 120 Kilos octets pour l'instant, je me retrouve coincé avec des Texans et des ramasseurs de prunes qui ne veulent décidément pas la fermer.

Daniel Waterman

L'histoire de Skeet, sa condition, sa récupération et son évolution en personnage de brute ont surgi dans mon esprit au cours d'une période de quelques semaines de solitude dans un bungalow de quatre pièces non meublé de l'Alabama, attendant que s'ouvre un nouveau chapitre de ma vie. L'histoire et le cheminement de Skeet m'apparaissaient clairement mais n'avaient aucune signification jusqu'à ce que je lui promette une rédemption et le rapproche d'une famille, ou du moins de quelques individus capables de l'aimer. Cela devint alors leur histoire, au même titre que celle de Skeet.

Même si bon nombre d'amis, de collègues ou de parents ont lu cette histoire, j'ai trouvé intéressant qu'un seul me pose la question : « Qu'arrive-t-il exactement à Skeet ? » C'est une bonne question – je suis le premier à admettre que ce qui lui arrive à la fin est ambigu – mais la réponse n'est ni plaisante, ni satisfaisante. Tout ce que je peux dire, c'est que je laisse le destin de Skeet à l'imagination du lecteur. Bien que j'en aie moi-même une idée bien précise, je ne pense pas que la réponse soit tellement importante. Skeet est une sorte de golem. Il n'est dénué ni de cœur ni d'esprit, mais représente cette partie de nous-même qui se change en plomb. Même si de nombreux mystères l'entourent – comment devient-il l'homme qu'il est, qu'est-ce qui explique son besoin obsessionnel de collectionner de tels animaux, pourquoi doit-il détruire la vie pour s'y rattacher – le principal problème est pour moi le sort du narrateur. En passant d'une vie à une autre, qu'a-t-il gagné ou perdu, comment a-t-il supporté ses sentiments de culpabilité ou de trahison, et comment combattra-t-il une idée de lui-même, qu'il pourrait ne jamais surmonter ?

Scott Wolven

Les rois du cuivre est une nouvelle que j'ai écrite en partant des personnages, et je suis sûr que je vais les garder pour les réutiliser. J'ai vécu en Idaho pendant un moment : c'est un décor dur et magnifique pour toutes sortes de raisons. J'aime bien les gros chiens et les mêle de temps en temps à mes histoires. L'expression « Les rois du cuivre » se réfère aux hommes d'affaires des années 1880, qui possédaient de gigantesques mines de cuivre à Anaconda et Butte, dans le Montana. Plus récemment, Butte a eu une équipe de base-ball locale appelée « Les rois du cuivre ». J'ai vraiment trouvé que ça ferait un bon titre.

Cela m'a aussi permis de tisser le fil conducteur obscur de cette histoire. L'une de mes enquêtes de Sherlock Holmes favorites est *The Copper Beeches* [1], dans laquelle Holmes et Watson font une excursion en train dans la campagne anglaise. Quand Watson dit qu'il aime la campagne, Holmes répond qu'elle le terrifie. Tout comme Greg, sur le chemin de chez Ryan, admet que les fermes lui font peur. Holmes parle des crimes de la campagne comme « d'actes d'une cruauté infernale » et je n'ai cessé d'y penser en écrivant l'histoire.

Traduit par Benjamin et Julien Guérif

1. Traduite en français sous le titre : *Les hêtres rouges*.

Table

Rivages / noir
Dernières parutions

Petits romans noirs irlandais (nº 505)
Sherlock Holmes dans tous ses états (nº 664)

André Allemand	*Un crime en Algérie* (nº 384)
Eric Ambler	*Au loin le danger* (nº 622)
	Je ne suis pas un héros (nº 661)
Claude Amoz	*Bois-Brûlé* (nº 423)
	Étoiles cannibales (nº 487)
	Racines amères (nº 629)
Paul Argemi	*Le Gros, le Français et la souris* (nº 579)
	Les Morts perdent toujours leurs chaussures (nº 640)
Olivier Arnaud	*L'Homme qui voulait parler au monde* (nº 547)
Cesare Battisti	*Terres brûlées* (nº 477)
	Avenida Revolución (nº 522)
William Bayer	*Tarot* (nº 534)
	Le Rêve des chevaux brisés (nº 619)
	Pèlerin (nº 659)
Marc Behm/Paco Ignacio Taibo II	*Hurler à la lune* (nº 457)
A.-H. Benotman	*Les Forcenés* (nº 362)
	Les poteaux de torture (nº 615)
Joseph Bialot	*La Ménagerie* (nº 635)
James C. Blake	*L'Homme aux pistolets* (nº 432)
	Les amis de Pancho Villa (nº 569)
	Crépuscule sanglant (nº 637)
Lawrence Block	*Moisson noire* (nº 581)
Marc Boulet	*L'Exequatur* (nº 614)

Frederic Brown	*La Nuit du Jabberwock* (n° 634)
Edward Bunker	*L'Éducation d'un malfrat* (n° 549)
Declan Burke	*Eight Ball Boogie* (n° 607)
James Lee Burke	*Cadillac juke-box* (n° 462)
	Vers une aube radieuse (n° 491)
	Sunset Limited (n° 551)
	Heartwood (n° 573)
	Le Boogie des rêves perdus (n° 593)
	Purple cane Road (n° 638)
J.-J. Busino	*Le Théorème de l'autre* (n° 358)
James Cain	*Au bout de l'arc-en-ciel* (n° 550)
Daniel Chavarría	*Le Rouge sur la plume du perroquet* (n° 561)
George Chesbro	*Le Langage des cannibales* (n° 368)
	Veil (n° 369)
	Crying Freeman (n° 403)
	Le Chapiteau de la peur aux dents longues (n° 411)
	Chant funèbre en rouge majeur (n° 439)
	Pêche macabre en mer de sang (n° 480)
	Hémorragie dans l'œil du cyclone mental (n° 514)
	Loups solitaires (n° 538)
	Le Rêve d'un aigle foudroyé (n° 565)
	Le Seigneur des glaces et de la solitude (n° 604)
Andrew Coburn	*Sans retour* (n° 448)
	Des voix dans les ténèbres (n° 585)
Piero Colaprico	*Kriminalbar* (n° 416)
	La Dent du narval (n° 665)
Michael Connelly	*Moisson noire* (n° 625)
Christopher Cook	*Voleurs* (n° 501)
Robin Cook	*Mémoire vive* (n° 374)
	Quelque chose de pourri au royaume d'Angleterre (n° 574)
Peter Corris	*Le Grand Plongeon* (n° 394)
Peter Craig	*Hot Plastic* (n° 618)
David Cray	*Avocat criminel* (n° 504)
	Little Girl Blue (n° 610)
Jay Cronley	*Le Casse du siècle* (n° 468)

A. De Angelis	*Les Trois orchidées* (nº 481)
	Le Banquier assassiné (nº 643)
J.-P. Demure	*Noir Rivage* (nº 429)
J.-C. Derey	*Toubab or not toubab* (nº 379)
	L'Alpha et l'oméga (nº 469)
Pascal Dessaint	*Une pieuvre dans la tête* (nº 363)
	On y va tout droit (nº 382)
	Les Paupières de Lou (nº 493)
	Mourir n'est peut-être pas la pire des choses (nº 540)
	Les hommes sont courageux (nº 597)
	Loin des humains (nº 639)
Peter Dickinson	*L'Oracle empoisonné* (nº 519)
	Quelques morts avant de mourir (nº 537)
Tim Dorsey	*Florida Roadkill* (nº 476)
James Ellroy	*Le Dahlia noir* (nº 100)
	Crimes en série (nº 388)
	American Death Trip (nº 489)
	Destination morgue (nº 595)
	Revue POLAR *spécial Ellroy* (nº 662)
	Moisson noire (nº 668)
Howard Fast	*Un homme brisé* (nº 523)
	Mémoires d'un rouge (nº 543)
Davide Ferrario	*Black Magic* (nº 560)
François Forestier	*Rue des rats* (nº 624)
Kinky Friedman	*Le Chant d'amour de J. Edgar Hoover* (nº 507)
	Passé imparfait (nº 644)
B. Garlaschelli	*Alice dans l'ombre* (nº 532)
	Deux sœurs (nº 633)
Doris Gercke	*Aubergiste, tu seras pendu* (nº 525)
Barry Gifford	*La Légende de Marble Lesson* (nº 387)
A. Gimenez Bartlett	*Les Messagers de la nuit* (nº 458)
	Meurtres sur papier (nº 541)
	Des serpents au paradis (nº 636)
Joe Gores	*Privé* (nº 667)
James Grady	*Comme une flamme blanche* (nº 445)
	La Ville des ombres (nº 553)
	Les six jours du condor (nº 641)
Davis Grubb	*Personne ne regarde* (nº 627)

Wolf Haas	*Silentium !* (nº 509)
	Quitter Zell (nº 645)
Joseph Hansen	*Le poids du monde* (nº 611)
	À fleur de peau (nº 631)
Cyril Hare	*Meurtre à l'anglaise* (nº 544)
John Harvey	*Eau dormante* (nº 479)
	Couleur franche (nº 511)
	Now's the Time (nº 526)
	Derniers sacrements (nº 527)
	Bleu noir (nº 570)
	De chair et de sang (nº 652)
M. Haskell Smith	*À bras raccourci* (nº 508)
Tony Hillerman	*Le Premier Aigle* (nº 404)
	Blaireau se cache (nº 442)
	Le Peuple des ténèbres (nº 506)
	Le vent qui gémit (nº 600)
	Rares furent les déceptions (nº 605)
	Le Cochon sinistre (nº 651)
Craig Holden	*Les Quatre coins de la nuit* (nº 447)
Philippe Huet	*L'Inconnue d'Antoine* (nº 577)
Fergus Hume	*Le mystère du Hansom Cab* (nº 594)
Eugene Izzi	*Chicago en flammes* (nº 441)
	Le Criminaliste (nº 456)
Bill James	*Raid sur la ville* (nº 440)
	Le Cortège du souvenir (nº 472)
	Protection (nº 517)
	Franc-jeu (nº 583)
	Sans états d'âme (nº 655)
Hervé Jaouen	*Les moulins de Yalikavak* (nº 617)
Stuart Kaminsky	*Il est minuit, Charlie Chaplin* (nº 451)
	Biscotti à Sarasotta (nº 642)
Thomas Kelly	*Le Ventre de New York* (nº 396)
Helen Knode	*Terminus Hollywood* (nº 576)
Jake Lamar	*Le Caméléon noir* (nº 460)
Terrill Lankford	*Shooters* (nº 372)
Michael Larsen	*Le Serpent de Sydney* (nº 455)
	Le Cinquième soleil (nº 565)
Hervé Le Corre	*L'Homme aux lèvres de saphir* (nº 531)
Alexis Lecaye	*Einstein et Sherlock Holmes* (nº 529)
Cornelius Lehane	*Prends garde au buveur solitaire* (nº 431)
	Qui sème le vent (nº 656)

Dennis Lehane	*Un dernier verre avant la guerre* (nº 380)
	Ténèbres, prenez-moi la main (nº 424)
	Sacré (nº 466)
	Mystic River (nº 515)
	Gone, Baby, Gone (nº 557)
	Shutter Island (nº 587)
	Prières pour la pluie (nº 612)
	Coronado (nº 646)
Ernest Lehman	*Le Grand Chantage* (nº 484)
Christian Lehmann	*La Folie Kennaway* (nº 406)
	Une question de confiance (nº 446)
	La Tribu (nº 463)
Robert Leininger	*Il faut tuer Suki Flood* (nº 528)
Elmore Leonard	*Beyrouth Miami* (nº 412)
	Loin des yeux (nº 436)
	Le Zoulou de l'Ouest (nº 437)
	Viva Cuba Libre ! (nº 474)
	La Loi à Randado (nº 475)
	L'Évasion de Five Shadows (nº 486)
	Hombre (nº 494)
	Duel à Sonora (nº 520)
	Valdez arrive ! (nº 542)
	Be Cool (nº 571)
	Retour à Saber River (nº 588)
	La Brava (nº 591)
	Killshot (nº 598)
	Les Fantômes de Detroit (nº 609)
	La Loi de la cité (nº 632)
Bob Leuci	*L'Indic* (nº 485)
Ted Lewis	*Billy Rags* (nº 426)
Steve Lopez	*Le Club des Macaronis* (nº 533)
J.-P. Manchette	*Chroniques* (nº 488)
	Cache ta joie (nº 606)
D. Manotti	*Kop* (nº 383)
	Nos fantastiques années fric (nº 483)
Thierry Marignac	*Fuyards* (nº 482)
	À quai (nº 590)
Ed McBain	*Leçons de conduite* (nº 413)
Bill Moody	*Sur les traces de Chet Baker* (nº 497)
R. H. Morrieson	*L'Épouvantail* (nº 616)
Tobie Nathan	*613* (nº 524)

Jim Nisbet	*Prélude à un cri* (nº 399)
	Sombre complice (nº 580)
Jean-Paul Nozière	*Le silence des morts* (nº 596)
	Je vais tuer mon papa (nº 660)
Jack O'Connell	*Porno Palace* (nº 376)
	Et le verbe s'est fait chair (nº 454)
	Ondes de choc (nº 558)
Renato Olivieri	*Fichu 15 août* (nº 443)
	Ils mourront donc (nº 513)
	L'Enquête interrompue (nº 620)
J.-H. Oppel	*Chaton : trilogie* (nº 418)
	Au Saut de la Louve (nº 530)
Abigail Padgett	*Poupées brisées* (nº 435)
	Petite tortue (nº 621)
Hugues Pagan	*Dernière Station avant l'autoroute* (nº 356)
	Tarif de groupe (nº 401)
	Je suis un soir d'été (nº 453)
Robert B. Parker	*Une ombre qui passe* (nº 648)
David Peace	*1974* (nº 510)
	1977 (nº 552)
	1980 (nº 603)
Pierre Pelot	*Le Méchant qui danse* (nº 370)
	Si loin de Caïn (nº 430)
	Les Chiens qui traversent la nuit (nº 459)
Anne Perry	*Un plat qui se mange froid* (nº 425)
Andrea G. Pinketts	*Le Vice de l'agneau* (nº 408)
	La Madone assassine (nº 564)
Gianni Pirozzi	*Hôtel Europa* (nº 498)
Philip Pullman	*Le Papillon tatoué* (nº 548)
Michel Quint	*L'Éternité sans faute* (nº 359)
	À l'encre rouge (nº 427)
Hugh C. Rae	*Skinner* (nº 407)
Rob Reuland	*Point mort* (nº 589)
John Ridley	*Ici commence l'enfer* (nº 405)
Christian Roux	*Les Ombres mortes* (nº 575)
Marc Ruscart	*L'homme qui a vu l'homme qui a vu l'ours* (nº 657)
D. Salisbury-Davis	*L'Assassin affable* (nº 512)
James Sallis	*Drive* (nº 613)

Louis Sanders	*Comme des hommes* (nº 366)
	Passe-temps pour les âmes ignobles (nº 449)
G. Scerbanenco	*Le sable ne se souvient pas* (nº 464)
	Les amants du bord de mer (nº 559)
	Mort sur la lagune (nº 654)
John Shannon	*Le Rideau orange* (nº 602)
Roger Simon	*Final cut* (nº 592)
Pierre Siniac	*Bon cauchemar les petits…* (nº 389)
	Ferdinaud Céline (nº 419)
	Carton blême (nº 467)
	La Course du hanneton dans la ville détruite (nº 586)
Neville Smith	*Gumshoe* (nº 377)
Jerry Stahl	*À poil en civil* (nº 647)
Richard Stark	*Comeback* (nº 415)
	Backflash (nº 473)
	Le Septième (nº 516)
	Flashfire (nº 582)
Jason Starr	*Mauvais karma* (nº 584)
Rex Stout	*Le Secret de la bande élastique* (nº 545)
Paco I. Taibo II	*Rêves de frontière* (nº 438)
	Le Trésor fantôme (nº 465)
	Nous revenons comme des ombres (nº 500)
	D'amour et de fantômes (nº 562)
	Adios Madrid (nº 563)
Hake Talbot	*Le bras droit du bourreau* (nº 556)
Josephine Tey	*Le plus beau des anges* (nº 546)
Brian Thompson	*L'Échelle des anges* (nº 395)
Nick Tosches	*Dino* (nº 478)
	Night Train (nº 630)
Jack Trolley	*Ballet d'ombres à Balboa* (nº 555)
E. Van Lustbader	*Tableau de famille* (nº 649)
Marc Villard	*Personne n'en sortira vivant* (nº 470)
	La Guitare de Bo Diddley (nº 471)
M. Villard/J.B. Pouy	*Ping-pong* (nº 572)
J.-M. Villemot	*Ce monstre aux yeux verts* (nº 499)
	Les petits hommes d'Abidjan (nº 623)
M. Wachendorff	*L'impossible enfant* (nº 653)
John Wessel	*Le Point limite* (nº 428)
	Pretty Ballerina (nº 578)

Donald Westlake	*Le Couperet* (nº 375)
	Smoke (nº 400)
	361 (nº 414)
	Moi, mentir ? (nº 422)
	Le Contrat (nº 490)
	Au pire qu'est-ce qu'on risque ? (nº 495)
	Moisson noire (nº 521)
	Mauvaises nouvelles (nº 535)
	La Mouche du coche (nº 536)
	Jimmy the Kid (nº 554)
	Dégâts des eaux (nº 599)
	Pourquoi moi ? (nº 601)
	Pierre qui roule (nº 628)
	Adios Shéhérazade (nº 650)
	Personne n'est parfait (nº 666)
J. Van De Wetering	*L'Ange au regard vide* (nº 410)
	Mangrove Mama (nº 452)
	Le Perroquet perfide (nº 496)
	Meurtre sur la digue (nº 518)
	Le Cadavre japonais (nº 539)
Charles Willeford	*L'Île flottante infestée de requins* (nº 393)
	Combats de coqs (nº 492)
	La Différence (nº 626)
John Williams	*Gueule de bois* (nº 444)
Colin Wilson	*Le Tueur* (nº 398)
	L'Assassin aux deux visages (nº 450)
	Meurtre d'une écolière (nº 608)
Daniel Woodrell	*La Fille aux cheveux rouge tomate* (nº 381)
	La Mort du petit cœur (nº 433)
	Chevauchée avec le diable (nº 434)

Achevé d'imprimer en octobre 2007
par Novoprint (Barcelone)

Dépôt légal : novembre 2007
Imprimé en Espagne